깬 다 깨
커 플

깬다깨 커플 2

초판 1쇄 인쇄일 2014년 10월 27일
초판 1쇄 발행일 2014년 10월 30일

지은이 | 루치아
펴낸이 | 김기선

편집장 | 김은지
디자인 | 금장미

펴낸곳 | 와이엠북스(YMBOOKS)
출판등록 | 2012년 7월 17일 (제2014-17호)
주소 | 서울시 도봉구 노해로 379, 1005호(창동, 대성빌딩)
전화 | 02)906-7768 / 팩스 | 02)906-7769
E-mail | ymbooks@nate.com

ISBN 979-11-5619-837-6 (04810)
ISBN 979-11-5619-835-2 (set)

값 12,800원

깬다깨 커플

2

루치아 장편소설

CONTENTS

장. 돌아오다

　사랑이라는 감정으로 가슴에 품었던 사람을 보낸다는 것은 아팠다. 슬펐다. 고통스러웠기에 힘들었다.

　은서는 령과의 이별 이후 아파트로 가지 않고 부모님 집에서 출퇴근하거나 병원 당직실에서 지냈다. 령과 부딪칠까 봐 두려웠다.

　그를 다시 볼 용기가 생기지 않았다.

　겉모습이 강해 보인다 해서 마음마저 강한 건 아니었다. 처음 만난 날 봤던 령의 눈빛. 그리고 마지막으로 봤던 령의 눈빛. 둘 다 무서워 보였지만 같은 눈빛은 아니었다.

　마지막으로 봤던 령의 눈빛은 같이 있으면 더러운 것이 옮겨 붙을까 봐 피하는 눈빛이었다. 악취가 심하게 나는 오물 취급하는 눈빛이었다.

　그러니까…… 추하다고 했겠지.

　"유 샘! 무슨 생각 하세요?"

　양 간호사의 물음에 차트를 집어 든 은서는 애써 웃어 보였다.

　"환자 생각이요."

이런 은서의 모습을 보는 친구들은 마음이 아팠다. 마치 아무 일도 없었던 것처럼 행동하는 그녀의 모습이 위태로워 보여 마치 살얼음판을 걷는 것처럼 불안했다. 짊어진 짐이 무거워 보여 그 무게로 얼음판이 깨질까 봐 끌어내주고 싶었다. 하지만 은서는 부모를 위해 기꺼이 지고자 했다. 그러니 친구의 뜻을 존중해줄 수밖에 없었다.

더러운 똥통인 줄 모르고 빠졌다가 이제라도 벗어나서 다행이라며 이런 쓸모없는 위로를 해주었다. 이렇게라도 도와주고 싶었다.

"유 선생, 무슨 일이야?"

은서는 사랑의 아픔을 치료하기 위해 한 과장을 찾아갔다. 령을 잊기 위해 그녀는 다른 길을 선택했다.

"사직서입니다."

뜻하지 않은 말에 한 과장은 하던 일을 멈추고 은서 앞으로 앉았다.

"뭐라는 거야! 사직서라니?"

"이런 말씀 드려 죄송합니다. 의사로서 꼭 하고 싶은 일이 있어서요."

"그게 뭔데 사직서까지 제출해?"

한 과장의 표정이 사뭇 진지해졌다.

"필리핀으로 가서 코피노 아이들을 도와주고 싶어요."

"코…… 피노."

뭔지 알겠는지 한 과장은 말을 멈췄다.

"과장님, 가고 싶습니다."

한 과장은 은서의 표정에서 확고한 의지를 느꼈다. 그렇다면 말린다고 해서 들을 그녀가 아니란 것 정도는 이미 알고 있었다.

"시간을 좀 줘. 생각 좀 해보자."

생각해보자는 말이 어떤 결과를 만들지는 모르겠지만, 이제는 부모님을 설득해야 했다.

퇴근을 하는 은서의 마음은 무거웠다. 역시 말을 꺼내자마자 놀라서 쳐다보는 부모의 얼굴을 애써 외면하고, 그녀는 담담하게 말을 이었다.

"막상 그 아이들에 대해서 알고 나니 가보고 싶다는 생각이 들어요."

선영이 말려보라는 눈빛으로 영민을 보자 그는 입을 열었다.

"얼마나 있을 건데?"

"그건 아직 정하진 않았지만 두 분도 여행 삼아 가끔 오신다고 하면 몇 년은 있고 싶어요."

영민이 아는 은서는 일에 있어선 단 한 번도 허튼소리를 한 적이 없었다. 그런 딸이 그 어느 때보다 진지하게 말하자, 영민은 그녀의 의중을 다시 듣고 싶었다.

"은서야, 꼭 가고 싶니?"

"네, 아빠. 가서 불쌍한 아이들을 보살펴주고 싶어요."

이미 모든 걸 결정지어놓고 통보하는 은서였기에 말린다 해도 소용없었다. 하고자 마음먹은 것은 반드시 성취해야 하는 딸이란 걸 그 역시 알고 있었다. 의사가 되겠다고 말을 한 후 은서는 정말 의사가 되었다.

"그럼 가라. 가서 어려운 사람들을 네 능력껏 도와줘. 그 대신 아빠가 돌아오라고 하면 즉각 온다는 조건이다."

"네, 그럴게요."

대답하며 웃는 은서의 모습이 영민의 눈엔 석연치 않았다. 이곳에 와서 지낼 때부터 뭔가 있다는 걸 느꼈다. 혹시 치료하던 환자가 잘못되었나. 그래서 언젠가 그랬던 것처럼 도망치는 것인가.

그렇다면 시간을 줘야겠지. 마음을 추스를 수 있는 시간이 필요하겠지. 궁지에 몰려 있는 마음이 스스로 벽을 깨고 나오게 해야지. 그래야 의사로서 성장할 수 있겠지.

영민의 허락이 떨어지자 은서는 안도했다. 그러나 여전히 안 된다는 표정으로 자신을 바라보는 선영을 애써 모른 척 외면했다.

"은서야……."

"엄마, 나 잘하고 올게. 그러니까 걱정하지 마."

단호한 은서의 뜻에도 선영은 알았다고 고개를 끄덕일 수 없었다. 보내고 싶지 않았다.

"쉬세요."

울 것 같은 선영의 표정을 보자 은서 역시 힘들었다. 그녀는 자신의 방으로 들어왔다. 이기적인 행동으로 선영의 마음을 아프게 한 것 같아 문을 닫고는 깊은 한숨을 내쉬었다.

아무것도 생각하고 싶지 않아 잠을 청하려 침대 속으로 들어가 누웠다. 그녀는 휴대폰에 저장된 령의 사진을 보았다. 저절로 아랫입술이 깨물어졌다.

"4가지, 나…… 추하지 않아."

울지 않으려 해도 흐르는 눈물을 막을 수 없었다. 이불을 뒤집어쓴 은서는 소리조차 내지 못하고 숨죽여 울었다.

추하지 않아. 추하지 않아.

추하지 않다고 스스로에게 최면을 걸었다. 지금 서럽게 흐르는 은서의 눈물을 령은 알 리가 없었다. 그의 하루는 고독 그 자체였다. 침묵은 다른 사람을 긴장하게 만들었고, 자신을 더욱 깊은 슬픔 속으로 가둬버렸다.

"부장님, 무슨 걱정이라도 있으세요?"

퇴근하려고 나온 검사들은 요즘 령의 모습이 심상치 않음을 느꼈다.

"없습니다."

없다. 이젠 누군가를 그리워하고 기다리며 걱정할 마음 같은 건 없었다. 힘없이 대답하는 그의 모습에 서로 눈치를 보던 사람들은 하나둘씩 사무실을 빠져나갔다.

외근에서 돌아온 현희가 령의 사무실로 들어서려 했다. 하나 정 검사가 그녀에게 눈짓을 하며 밖으로 데리고 나갔다. 영문을 모르는 현희의 눈에 서류를 들여다보는 령의 모습이 들어왔다.

표정이 없었다. 예전의 그 모습으로 돌아왔다. 차 선배를 잃었을 때의 표정으로 돌아왔다.

"무슨 일…… 있어요?"

"사건 때문에 그러신가 봐요."

현희의 눈에 두려움이 드리워졌다. 령의 성격상 절대로 자신의 감정을 타인에게 드러내지 않을 것이다.

모두 나가자 시끌벅적했던 사무실이 조용해졌다. 서류를 보고 있던 그의 눈이 초점을 잃었다. 미움 또한 사랑의 또 다른 모습인가.

령은 일에 파묻혀 그녀를 잊으려 했다. 하지만 불쑥불쑥 떠오르는 은서의 모습은 일에 대한 열정마저도 식혀버렸다.

하루, 이틀, 삼 일…….

그 후로 얼마의 시간이 더 지나갔을까. 헤아려보지도 않았다. 시간은 여지없이 흘러갔고, 날이 갈수록 령의 마음도 은서처럼 힘들어졌다.

"왜 이렇게 집중이 안 되지……."

가끔 멍하니 은서와의 일을 생각하며 혹시라도 마음이 바뀔까 봐 저장된 사진조차 보지 못했다. 령은 단호한 자신의 성격이 이럴 땐 너무 싫었다.

애초에 남의 것을 가지려고 욕심내다 상처를 입었다. 그는 스스로를 치유하기 위해 마음을 꽁꽁 싸매고 그 누구한테도 자신의 아픔을 드러내지 않았다.

똑똑.

"사람이 오는 줄도 모르고 무슨 생각을 그리해."

서류를 보던 그는 노크 소리에 고개를 들었다. 현희를 확인하고 귀찮은 표정을 지었다.

"아무것도……. 왜?"

"술이나 한잔하자고."

술이라. 상처 치유를 위해 필요한 것이라면 이것 또한 하나의 방법이란 생각이 들었다.

"그럴까."

그가 책상에 펼쳐져 있던 서류들을 정리했다.

령은 술잔을 보며 지난날 은서와의 추억이 떠오르자 잔을 들지 못했다. 황당하게 시작된 이 술잔 속에 웃음이 있었고, 설렘이 있었고, 아프게 끝난 사랑이 있었다.

"왜 안 마셔?"

"그냥 안 들어가네."

"그럼 마시지 마."

술잔을 살짝 흔들자 모든 추억들이 사라져버렸다.

"현희야, 넌 좋아하는 사람한테 배신감 느낀 적 있어?"

모든 추억이 사라지고 배신감만 남은 술을 그는 입안으로 털어 넣었다.

"배…… 신감?"

은서의 모습이 떠올랐다. 현희는 무슨 일이 있었다는 것을 직감적으로 눈치챘다. 그것이 자신이 의도한 대로 흘러간 것 같아 안심하면서도 마음 한 구석은 체한 것처럼 불편했다.

이렇게라도 그의 옆에 남아 있을 수 있다면……. 그런데 양심을 팔아서 그런지 비참하게 느껴졌다. 하나 비참해도 이미 돌이킬 수 없는 일이니 끝까지 밀고 가볼 수밖에.

"없어. 왜? 무슨 일 있었어?"

"아니, 아무 일도 없어. 나 먼저 갈게."

이곳에 앉아 있기 힘들 만큼 령의 마음은 피폐해졌다.

"벌써? 오자마자 가려고?"

"오늘은 컨디션이 별로네."

령이 일어서자 현희도 따라 일어섰다.

"데려다 줄까?"

"됐어. 조심해서 가라."

집으로 돌아가는 령의 발걸음은 아파트와 가까워질수록 점점 무겁게 느껴졌다. 불이 꺼져 있는 은서의 집은 돌덩어리가 되어 령의 가슴을 짓눌렀고, 시간이 지날수록 그는 배신감에 떨었다.

절대로…… 용서하지 않으리라.

힘들게만 느껴졌던 시간이 지나가고 서로를 더 이상 기억하지 않으려 노력하던 어느 날, 은서는 한 과장으로부터 호출을 받았다. 외과장실 앞에 선 그녀는 노크하려던 손을 멈췄다.

"후……."

"뭐 하냐?"

안에 있는 줄 알았던 한 과장이 자신의 뒤에 서 있자 은서는 깜짝 놀랐다.

"과장님, 놀랐잖아요."

"너 죄지은 거 있지? 안 그럼 왜 못 들어가고 한숨을 날려?"

앞서 들어가는 한 과장의 뒤를 따라 들어가며 은서는 오랜만에 웃었다.

"죄라뇨? 저처럼만 살라고 그래요. 그럼 법도 필요 없을 거예요."

잠시 후, 찻잔을 사이에 두고 앉았다. 한 과장의 이야기를 듣던 은서는 끝내 눈물을 흘렸다.

"아버님이 오셔서 부탁하시는 바람에 사직이 아닌 휴직으로 처리해주는 거야. 근데 마음 추스르는 데까지 몇 년이나 기다려야 하나? 너무 오래 기다리게 하진 마라."

영민이 다녀갔다는 말에 은서의 눈에선 주체할 수 없을 정도로 눈물이 흘러내렸다. 자식을 염려하는 부친의 마음. 그 마음이 가슴 깊숙한 곳까지 전해져 그녀는 울고 또 울었다.

아빠, 미안해. 정말 미안해. 나 때문에 고개 숙이게 해서 미안해.

그깟 남자 때문에 아빠를 고개 숙이게 했다니. 그녀는 부끄러웠다.

외과장실에서 나온 은서는 퉁퉁 부은 눈으로 우빈과 소희에게 상황을 설명했다. 이에 친구들은 또다시 흥분했다. 그 일이 있은 후 잊는 데 도움이 될까 싶어 술을 산다 해도 은서는 단 한 번도 술잔을 든 적이 없었다. 무슨 생각을 하는지 도통 자신의 마음을 보여준 적도 없었다. 그저 평범한 하루를 보냈다. 그런데 이런 날벼락 같은 소리를 하다니.

"왜 네가 떠나야 하는 건데!"

"그래, 은서야. 이건 아닌 거 같아!"

이번엔 우빈뿐만 아니라 소희도 반대했다. 그러나 은서는 이미 모든 것을 결정했기에 한쪽 귀로 듣고 한쪽 귀로 흘려버렸다. 어느 정도 예상했던 반응이라 크게 동요하지 않았다.

"정말 그 자식 때문에 화가 나서 미쳐버릴 거 같아!"

"그만! 그냥 머리 좀 식히려고 그래. 그러니 이해해주라."

순간 령의 모습이 떠오르자 그녀는 멈추고 싶었다. 생각조차 거부하고 싶었다. 하지만 은서의 마음을 알면서도 안타까운 마음에 친구들은 이 상황을 받아들이기 힘들었다.

"이건 도망가는 것밖에 안 돼."

소희의 말이 맞을지도 모른다. 도망가는 거다.

"알아, 비겁하게 도망간다는 거. 그런데 나 좀 살자. 제대로 숨 좀 쉬면서 살자."

"당찬 유은서는 어디 갔니? 너 유은서 맞아? 그깟 사랑에 실패했다고 이

14

러는 게 말이 돼?"

"돌아올 땐 예전의 내 모습으로 온다고 약속할게."

힘겹게 웃는 그녀의 미소가 슬퍼 보여 친구들은 더 이상 말릴 수 없었다.

은서와 저녁을 먹은 친구들은 애써 웃으며 대화를 이어 나갔다.

"세부는 바다가 아름답다고 하던데."

소희는 후식으로 나온 커피 잔을 들며 말했다. 그 말에 우빈이 휴대폰으로 인터넷 검색을 했다.

"그러게. 이것 봐. 물고기가 육안으로 다 보인다. 잠수 거울이랑 호흡관만 있으면 그냥 잡을 수도 있겠는데?"

"놀러 와. 내가 먼저 가서 다 해보고 가이드 해줄게."

이런 친구들의 마음이 고마웠다.

"그거 좋지! 민아야, 우리 신혼여행 세부로 갈까?"

우빈의 말에 민아의 얼굴이 발그레해졌다.

"신혼여행이요? 나쁘진 않아요."

"뭐야! 지금 두 사람 여기서 공개적으로 얼렁뚱땅 프러포즈하고 허락하는 거야?"

소희의 말을 듣고 보니 그런 것 같았다.

"아니야! 아니야!"

우빈의 강한 부정에 모두 웃어버렸다.

시간은 빠르게 흘러갔고, 떠나기 전날 은서는 아파트에 들러 마지막 정리를 했다. 주방으로 가 비닐봉지에 담겨 있는 술병을 들어 식탁 위에 올려놓았다. 한참을 앉아 쳐다보던 그녀가 사인펜을 가지고 오더니 병마개에 뭔가를 적어놓았다.

"아직 여덟 병이나…… 남았었구나."

무효가 적용되며 더 이상 줄지 않았던 술병.

그녀가 술병을 하나씩 어루만질 때, 령은 옆집에 은서가 온 걸 까맣게 모르고 있었다. 그는 내일 아침에 있을 사건 브리핑 자료를 다시 확인하고 노트북을 닫았다. 의자에 몸을 기댄 그가 눈을 감았다. 하지만 한숨을 내쉴 수밖에 없었다.

"술이나 할까……."

웃는 목소리. 화내는 표정. 당황해 놀라는 모습. 집 안 구석구석 은서의 모습이 배어 있었다. 이렇듯 조용한 밤은 령의 마음을 더 힘들게 했다. 결국 그는 은서의 모습을 잊으려 독한 술을 넘기고 또 넘겼다.

"오늘 밤은 어디서 자야 하나?"

취기를 빌려 잠을 청하려던 령은 끝내 침실 문을 열지 못하고, 서재로 쓰고 있는 작은방으로 걸어갔다. 유일하게 은서의 흔적이 없는 공간.

방문을 열고 안으로 들어간 령은 방바닥에 펴져 있는 이불 속으로 들어가 누웠다. 은서와의 이별 이후 이곳에서만 잠들 수 있었다.

침실의 침대. 거실의 소파. 손님방의 침대. 주방의 식탁. 심지어 현관까지…… 미워할수록 집요하게 생각나는 그녀의 잔상이 집 안에 있었다.

다음 날 아침, 은서는 공항으로 가기 위해 이른 시각 집을 나섰다. 엘리베이터에 올라타 문이 거의 닫힐 때쯤 다시 문이 열렸다.

문이 열리며 보이는 실루엣에 은서의 눈이 커졌고, 령의 모습을 본 그녀는 고개를 숙였다.

령은 아침에 있을 브리핑 추가 자료를 준비하느라 평소보다 일찍 서둘렀고, 엘리베이터 안으로 캐리어가 들어가는 걸 보고 간신히 잡았다.

주춤.

문이 열리자 령도 은서의 모습에 놀라 들어오지 못하고 멈췄다. 다시 엘리베이터의 문이 닫히려 할 때 그는 버튼을 누르고 안으로 들어갔다.

그렇게 둘은 다시 만났다.

서로를 쳐다보지도 않았고, 단 한마디의 말도 하지 않았다. 령은 은서의 모습에 가슴 한쪽이 아릿해짐을 느꼈지만 외면해버렸다.

얼마 만에 보는 서로의 모습인지…… 무척 낯설고 거리감이 느껴졌다. 이젠 완전히 남이었다. 서로에게 받은 깊은 상처로 인해 어떤 해명도 하지 않고, 오해 속에서 끝을 고했다. 남보다 강한 자존심은 이럴 땐 치명적이었다.

엘리베이터가 1층에 도착하자 은서는 커다란 캐리어를 끌고 나갔다. 령은 그저 지켜보기만 했다. 자신이 매정하게 던진 말 때문에 도움의 손길을 주지 못했다. 그리고 천천히 엘리베이터를 빠져나가는 은서의 뒤를 따라가는 령의 눈에 부쩍 야윈 그녀의 뒷모습이 보였다.

은서 또한 이제껏 령에게서 단 한 번도 느껴보지 못한 진한 술 냄새를 맡으며 무거운 발걸음을 옮겼다.

주차장에서 기다리던 콜택시 기사가 짐을 싣자, 그녀는 단 한 번도 뒤돌아보지 않고 미련 없이 그곳을 떠났다.

시동을 걸며 그 모습을 지켜보던 령도 차를 몰아 검찰청으로 향했다. 좀 전에 본 그녀의 모습을 잊으려 안간힘을 썼다.

하지만 그녀를 본 후 검찰청에 도착한 령은 심하게 흔들리는 자신을 발견했다. 밤새 읽어본 자료와 사진들이 뒤죽박죽 엉키며 오로지 은서의 뒷모습이 눈에 밟혀 끝내 머리를 감싸 쥐고야 말았다.

'최령, 흔들리지 마. 이미 끝난 인연이야.'

추가 자료를 가지고 들어오다 령의 모습을 본 박 검사는 그의 모습에 걱정스러운 표정을 지었다.

"어디 아프십니까?"

"아닙니다."

"이거, 말씀하신 추가 자료입니다."

"아…… 잊고 있었습니다."

항상 완벽했던 그가 오늘은 무엇 때문인지 매우 혼란스러워 보였다. 그 모습에 박 검사는 불안해졌다.

"많이 힘들어 보이는데, 괜찮으시겠습니까?"

"괜찮습니다."

"그럼 슬슬 일어나셔야 할 것 같습니다."

령은 손목시계를 보았다.

"시간이 벌써 그렇게 됐네요. 갑시다."

하지만 브리핑을 하는 동안 령은 엄청난 집중력을 보이며 박 검사의 걱정을 한순간에 날려버렸다.

그 시각, 은서가 탄 택시는 목적지에 도착했다. 누군간 떠나고 누군간 돌아오는 곳이기에 공항은 항상 북적거렸다. 은서도 그중 한 사람이 되어 서 있었다. 이곳에 도착하니 오히려 그녀의 표정은 밝아졌다.

새로운 곳을 향해가는 설렘과 또 다른 기대감으로 도피가 아닌 도전이라 생각하며 스스로를 위로했다.

"다 된 거야?"

"어, 엄마. 이제 들어가면 돼."

딸을 타국으로 보내야 하는 선영은 마음이 아파서 끝내 눈물을 흘리고야 말았다. 그녀는 은서의 손을 꼭 잡은 채 놓지를 못했다.

"엄마, 자주 전화할게."

은서의 눈에서도 눈물이 흐르자 조용히 지켜보던 영민이 그녀를 안아주었다.

"몸조심하고 무슨 일 있으면 바로 연락해."

"응, 아빠."

"넌 의사야. 환자를 가려서 진료하면 안 된다. 그것만 명심해."

"한 사람 한 사람에게 최선을 다할게요."

모든 수속을 마친 은서는 미리 와서 기다리던 부모와 작별인사를 하고 비행기에 몸을 실었다. 그렇게 그녀는 사랑하는 사람들이 있는 나라를 훌쩍 떠났다.

운동을 다녀온 령은 엘리베이터에서 내렸다. 제집으로 향하다 어쩐 일인지 은서 집 현관문이 열려 있는 걸 보았다. 어색한 상황에서 부딪치고 싶지 않은 탓에 깊은 한숨이 나왔다.

그는 시선을 돌린 채 빠른 걸음으로 걸어갔다. 그런데 안에서 들리는 말소리에 저절로 발걸음이 멈춰 섰다.

"아저씨, 그 짐은 여기로 따로 빼주시고, 저건 버려주세요."

아예 복도로 나온 선영은 오도카니 서 있는 령을 발견하고는 자신의 눈을 의심했다.

"어머! 령아, 여기는 어쩐 일이니?"

"안녕하세요. 저…… 여기 살아요."

어쩔 수 없이 다가가 고개 숙여 인사했다. 그가 옆집을 가리키자 선영은 믿기 어렵다는 듯이 웃었다.

"그랬구나. 몰랐네. 참 우연이다."

"근데 무슨…… 일이십니까?"

이사를 하는 것 같지는 않은데 은서의 모습이 보이지 않았다. 느낌이 이상했다.

"은서가 갑자기 떠나게 돼서 이것저것 정리 좀 해두려고."

"떠…… 나다니요?"

그제야 령은 며칠 전 그녀가 들고 나갔던 캐리어가 생각났다.

"외국으로 나갔거든."

"외국…… 이요?"

대수롭지 않게 생각했던 그날 아침이 마지막일 줄은 예상 못 했다. 령은 자신도 이곳을 떠나고 싶었기에 어쩌면 은서도 같은 마음에 그리했을 거란 생각이 들었다. 다만 다른 나라로 갔다는 사실은 충격으로 다가왔다.

"아주머니, 여기 술이 있는데 이건 어떻게 할까요?"

"술이요?"

짐을 나르던 사람의 말에 선영이 궁금한 표정으로 들어가자 령의 발걸음도 저절로 현관 안으로 향했다. 이리저리 옮겨놓은 짐처럼 그의 마음도 뒤죽박죽 혼란스러웠다.

"어머! 이렇게나 많아요? 이게 도대체 몇 병이야?"

령은 선영이 들고 나오는 비닐봉지를 보았다.

"령아, 이거 남 주기도 뭐한데 네가 가져가라."

얼떨결에 봉투를 받아 든 그는 쓸쓸해하는 선영의 표정에 눈을 피했다.

"……."

다시 집 안을 쳐다보는 령의 눈에 끙끙거리며 소파를 옮기던 은서 모습이 보였다. 밤마다 불이 꺼져 있던 이유는 그녀가 이 집에 없기 때문이었다.

"우리 은서가 술꾼이었나 봐. 엄마가 돼서 전혀 몰랐네."

묵직하게 느껴지는 비닐봉지 안의 술. 약속이 깨지면서 아무런 의미가 없어진 술병들.

"언제쯤 올지…… 몇 날 며칠 먹지도 자지도 않고 울기만 하더니 훌쩍 가버렸어."

"……."

"우빈이한테 물어봐도 말을 안 해주고 도대체 무슨 일이 있던 건지. 에휴……. 그래도 그 녀석이 잡으면 남을 줄 알았는데 그 녀석도 잡지를 않고."

"……."

선영의 푸념을 들으면서도 끝내 아무것도 묻지 않은 령은 집으로 들어왔다. 이미 자신과는 아무런 관련 없는 사람이었다.

그런데 뇌와 심장은 달랐다.

생각과 마음이 하나가 되지 않아 혼란스러웠다. 식탁에 앉아 술병을 바라보던 령의 머릿속으로 지난 일들이 하나씩 스쳐 지나갔다.

분노로 치를 떨던 그날이 떠오르자 세차게 머리를 흔들었다. 고통 속에 있던 그 순간만큼은 다시 생각하고 싶지 않았다.

"그래. 난 너 용서 안 해."

무의미해진 술병을 멍하니 바라보던 령은 뭔가를 발견했는지 병뚜껑을 유심히 쳐다보았다.

"4가지 ○○ 했어? 이게…… 무슨 말이지."

병뚜껑에 적혀 있는 글을 보며 그는 은서가 자신에게 남긴 마지막 메시지란 걸 알았다.

"미워했어? 좋아했어? 행복했어? 구토, 넌 나한테 어떤 말을 물은 거니?"

은서를 미워하면서도 함께할 수 없기에 끝내 그의 눈은 뿌옇게 변했다.

"용서할 순 없지만, 추…… 하다 말해서 미안해."

사랑하는 감정은 버렸지만, 사랑했던 감정까진 버릴 수 없었다.

4가지 ○○ 했어?

령에게 이 술병이 돌아갈 줄 상상조차 하지 못한 그녀는 그래도 그의 마음을 알고 싶어 답을 들을 수 없는 질문을 이렇게 남겨놓고 떠났다.

그리고 운명처럼 그 술병은 주인을 찾아갔다.

모든 건 다 그대로인데 마음만 변했다. 령은 은서를 잊었고 그녀 역시 그를 잊었다. 둘이 만났던 화창했던 봄은 슬픔 속에 사라졌다. 더웠던 여름이 오는가 싶더니 어느새 가을이 갔다. 그리고 사랑을 잃은 둘의 마음처럼 추운 계절이 왔다.

"어우 춥다."

낯익은 목소리가 들리자 령은 뒤를 돌아보았다.

"최령!"

추위에 잔뜩 웅크린 시루가 그를 발견하고 달려오자 령은 빙긋이 웃어주었다.

"재판 있었어?"

시루는 대답 대신 장난스럽게 악수를 청했다. 내민 손을 쳐낸 령은 이내 한심한 눈으로 시루를 보았다.

"악수는 무슨? 너 어디 가서 나 안다고 하지 마라."

"혹시 클럽 이야기 들었어?"

은서를 잊으며 살던 무렵, 동기들 번개 모임이 있었다. 령은 은서가 갔던 클럽이 단속에 들어가는 바람에 시루가 끌려갔다는 이야기를 다른 동기한테서 들었다.

그날 령은 몸을 가누지 못할 정도로 술을 마실 수밖에 없었다. 이미 지나간 일이었지만 은서가 밉다는 이성과 그래도 한 번쯤은 보고 싶다는 감성이 그를 괴롭혔다.

"하는 짓이 딱 너더라."

"내 삶은 내가 생각해도 판타스틱 그 자체야. 폭행사건 맡고 나이트 잠복하다 패싸움에 연루됐고, 클럽에 현장조사 하러 갔다가 재수 없게 잡혀갔고, 법정에선 가해자랑 싸우다가 판사한테 찍혔고. 난 왜 이리 멋지게 사는지 모르겠어."

"멋지긴 개뿔. 꼴통이지. 퇴근 시간 다가오는데 술이든 밥이든 먹자."

시루가 시계를 쳐다보았다.

"그럴까. 나 한 건만 더 처리하고 바로 갈 테니까 자리 잡고 연락해."

"알았어."

시루가 가자 자연스레 은서의 모습이 떠올랐다. 연관된 단어만으로도 지나온 시간으로 되돌아가 버렸다. 무표정하게 걷는 령을 보고 누군가 인사하자, 그는 습관적으로 답례하고는 법원을 빠져나왔다.

"어?"

하늘에서 하얀 꽃가루가 떨어지고 있었다.

눈이다. 함박눈이 내리고 있었다.

령은 한동안 그 자리에 서서 눈이 내리는 겨울 하늘을 올려다보았다.

세월이란 건 참으로 이상했다. 가지 않는 듯했지만 여전히 흘러가고 있었다.

두 번의 계절을 건너뛴 은서는 몇 개월 후, 아픈 마음을 갖고 떠났던 그 자리에 웃음을 머금고 돌아왔다.

유은서. 그녀가 돌아왔다.

눈이 내린 어느 날, 령이 하염없이 바라보던 그 하늘을 가로질러 다시 그가 사는 이 땅으로 돌아왔다.

"엄마! 아빠!"

반가운 목소리가 들리자, 선영은 은서의 모습이 보이는 쪽을 가리켰다.

"여보! 저기 나오네요."

"은서야! 여기!"

하루도 마음 편할 날이 없었던 부부는 은서의 모습에 함박웃음을 지었다. 매일 걱정하는 아내의 모습에서 영민은 미안한 마음마저 들었다.

"엄마. 아빠."

그녀가 선영의 품에 안기자 영민은 보고 싶었던 딸의 머리카락을 쓰다듬어주었다.

"교수님."

"동우 학생, 수고했어."

영민이 악수를 청하자 선영도 쳐다보았다.

"은서랑 같은 비행기였어?"

현동우. 그는 은서가 가장 힘들 때 옆에 있어준 사람이었다. 코피노 아이들이 생활하는 그곳은 모든 게 부족했다. 어린 미혼모들은 자신의 몸도 건사하기 힘들었고, 아픈 아이들은 배고픔까지 견뎌야 했다.

오늘은 또 어떻게 이 아이들을 돌보나?

이런 걱정스러운 마음으로 출근했을 때 구호물자가 차에서 내려지는 광경을 보았다. '이런 일도 있구나!' 하는 반가운 마음에 그녀는 그곳으로 달려갔다. 내려지는 물품들을 마냥 신기한 눈으로 쳐다봤다.

"유은서!"

그때 누군가 그녀를 덥석 안았다.

"누구세요?"

구호물자에 정신이 팔려 제대로 얼굴도 확인하지 못한 상태였다. 은서가 몸을 빼려 하자 동우는 그녀를 안고 있던 팔에 힘을 주었다.

"삼총사 과외 선생님이다."

"동우 선배?"

은서의 눈이 동그래졌지만, 그녀의 모습을 오랜만에 본 그 역시 놀란 표정이었다.

"그래, 동우 선배다! 너 진짜 유은서 맞지?"

"이게 어떻게 된 거야?"

"그보다 너 왜 이리 예뻐졌어? 혹시 성형했어?"

"선배! 만나자 마자 무슨 소리예요?"

"널 만난 게 믿기지 않아서 그런다."

동우는 여유를 부리듯 놀란 그녀를 보고 빙그레 웃었지만, 그는 우빈의 부탁을 받고 찾아온 것이다. 은서를 본 그는 아주 만족스러운 표정을 지었다.

그 후 은서는 동우의 도움으로 그곳에서 차츰 자리 잡아갔고, 동우의 손에 이끌려 다시 이곳으로 왔다.

"이 녀석 혼자 보낼 수가 있어야죠. 겸사겸사 해서 같이 왔습니다."

"고마워라. 은서가 그곳에서 동우 학생을 만났다는 전화를 받고 얼마나 마음이 놓였는지 몰라."

영민이 은서가 끌고 온 캐리어의 손잡이를 잡았다.

"어서 가자. 이러다 여기서 밤새우겠어."

은서가 돌아온 사실을 까맣게 모르는 령은 시루와 마주 앉았다. 그는 막걸리 잔을 들었다.

"넌 파전이 넘어가니? 난 여기 있는 오징어들이 죄다 송충이로 보여서 이젠 먹을 수가 없는데."

령이 맛있다는 표정을 지으며 젓가락을 놓자 시루가 한마디 했다.

"맛만 있는데. 하긴, 언젠가 어떤 여자도 그랬어. 앞으로 파전은 못 먹을 것 같다고……."

"여자? 누구? 현희는 아닌 것 같은데."

"내…… 첫사랑. 아니, 짝사랑인가?"

"사랑? 너 언제 그런 것도 해봤어? 지금도 ING 중?"

령은 그 누구에게도 말하지 않았던 은서와의 일을 무덤덤하게 내뱉었다. 이렇게 말할 수 있다는 사실에 솔직히 자신도 놀란 상태였다.

상처 받았던 마음이, 죽을 것 같이 아팠던 그 시간이 스스로 치유되며 잊혀졌다.

"아니, 남자가 있는 여자였어. 내가 행복해지려고 욕심내다가 차 선배한테 벌 받았나 봐. 보기 좋게 차였거든."

"최령 그건……."

"흔히 첫사랑은 아름다운 추억이라고 하지만, 나한테는 두 번 다시 생각하고 싶지 않은…… 뭐, 그냥 추억하고 싶지 않은 과거 정도. 하하."

담담하게 웃는 령의 웃음이 시루의 눈엔 오히려 슬퍼 보였다.

"문제는 그런 아픈 추억은 더 잊히지 않는다는 것이지."

"그런 것…… 같아."

시루의 말에 공감되기에 령은 고개를 끄덕였다. 은서와 있었던 모든 일은 아무것도 기억하지 않고 모두 잊고 싶었다. 그렇게 되면 불현듯 떠오르는 그녀로 인해서 아려오는 마음은 없어질 테니까.

"그런데 만약 우연히 만난다면 어떨 것 같아?"

"만약 우연히……."

순간 숨 쉬기 힘들 정도로 령의 가슴이 아팠다.

"말이 우연이지, 그리 만나지는 거 쉽지 않다. 무슨 드라마도 아니고."

"……."

시루의 말처럼 은서를 우연히 만난다면, 모른 척 외면할 수도 없는 상황이라면 그땐 무슨 말을 건넬까. 생각에 빠진 령은 조용히 막걸리 잔을 들었다.

"너는 만나는 여자 없어?"

령의 물음에 시루가 피식 웃었다.

"난 자유인, 아직 누구한테도 속박당하고 싶진 않아."

"꼴통답다."

"그러지 말고 나랑 클럽이나 가자. 거긴 또 다른 신천지가 펼쳐져 있거든."

그가 못 들은 척 파전을 먹자 시루가 심오한 표정으로 바라보았다.

"최령, 너 가끔 보면 이상한 짓 하더라."

"이상한 짓?"

"전에는 좋던 싫던 분명하게 답을 줬는데 언제부터인가 대답하기 싫으면 딴청을 부리더라고."

"내가?"

그도 몰랐던 사실을 알고 나자 령은 놀란 눈을 했다. 자신도 모르는 사이 그는 은서를 닮아가고 있었던 것이다.

"이번 주말에 웨딩 촬영 있는 거 잊으시면 안 돼요."

민아의 말에 우빈이 고개를 끄덕였다.

"은서 샘 오늘 병원에 온다고 했죠?"

"응. 퇴근 시간에 맞춰서 올 거야."

우빈이 가운의 소매를 올려 시간을 확인했다.

"그분하고는 같이 오시려나?"

"동우 선배는 회사 일로 온 거라 바쁠 거야."

"다른 나라에서 우연히 그렇게 만난 거 보면 인연인 것 같아요. 잘됐으면 좋겠다."

우빈은 작게 한숨을 내쉬었다. 정란이 동우의 연락처를 알고 있다는 말에 그는 세부로 전화를 했었다. 동우와 연결된 그 순간 우빈은 환호성을 지를 뻔했다.

은서의 옆에 누구라도 있다면 위안이 될 것 같아 그는 동우에게 그녀를 부탁했고 동우는 거절하지 않았다.

찬바람이 쌩쌩 부는 추운 저녁, 잠시 짬을 낸 우빈은 민아와 벤치에 앉아 있었다. 그는 차가워진 민아의 손을 제 호주머니 안으로 집어넣었다.

"따뜻해요."

"더 따뜻하게 해줄까?"

"어떻게?"

추운 날씨 탓인지, 아니면 어둠이 내린 시간 탓인지 사람의 그림자도 보이지 않는 정원 주변을 우빈이 슬쩍 훑어보았다. 그의 입술이 민아의 입술을 찾아가자 그녀는 살며시 외면했다.

"누가 봐요."

"보면 어때. 곧 내 아내가 될 사람인데."

"그래도……."

수줍은 듯 빙긋이 웃는 민아의 모습에 우빈은 저녁 하늘을 올려다보았다.

"그나저나 첫날밤은 언제 온대? 기다리기 지친다."

"훗!"

"아우, 추워! 여기 더 있다가는 첫날밤 오기도 전에 얼어 죽겠다. 얼른 들어가자."

우빈이 민아의 손을 잡고 병원 건물 안으로 뛸 때, 은서는 병원 로비로 들어서고 있었다. 그리웠던 곳. 그녀는 자신을 기다리고 있는 친구들에게 향했다.

"은서야!"

은서의 모습을 발견한 소희가 반갑게 달려갔다. 우빈 역시 그녀의 모습에 환하게 웃었다.

'내 친구들…….'

와락! 서로 얼싸 안으며 반가워하자, 간호사들도 은서의 모습에 잠시 일손을 멈췄다.

"떨어져."

한창 분위기 잡고 있는데 우빈이 다가와서는 심술을 부리며 둘을 떨어트려놓았다. 사실 누구보다 우빈도 반가웠지만, 심술 아닌 심술을 부려보았다.

"왜 그래?"

억지로 떨어트려 놓자 은서가 짜증을 냈다.

"나도 안고 싶은데 이제는 민아 눈치 보여서 못 안으니까 그렇지."

"안아줄게. 이리 와!"

겨우 그런 이유였다면 기꺼이 안아주리라. 은서가 두 팔을 벌리자 우빈이 작게 웃으며 그녀를 가볍게 안았다.

"잘 돌아왔어, 유은서."

지켜보던 간호사들도 기다렸다는 듯 우르르 몰려왔다.

"유 샘!"

"다들 잘 지냈어요?"

"유 샘 없어서 너무 심심했어요. 빨리 돌아와요."

양 간호사의 말에 모두 고개를 끄덕이자 은서의 눈엔 눈물이 핑 돌았다.

"사실 저도 아주 많이 심심했어요."

"거봐요. 유 샘은 여기가 제자리예요. 우리가 심심하지 않게 매일 놀아드릴게요."

"어허! 환자들을 돌보셔야지 저랑 노시면 어쩌라고요?"

"그럼 환자들 돌보면서 놀아드릴게요. 그럼 되는 거죠?"

"……."

이루 말할 수 없는 벅참에 눈물이 또르르 흘러내렸다.

"유 샘! 유 샘! 울지 마요. 안 놀아드릴게요."

"히히히!"

눈물을 닦던 은서는 당황하는 양 간호사를 보며 억지로 웃음을 터트렸다.

그녀의 눈물에 마음 아픈 소희가 은서의 어깨를 다정스런 손길로 두드려주었다.

"유은서, 너는 외롭지 않아."

"그럼. 우리가 있는데."

"알아."

은서는 모두를 보며 환하게 미소 지었다.

"자, 여기는 이제 마무리하고 한 과장님께 인사하러 가볼까?"

"응."

우빈과 함께 그녀는 잠시 후, 한 과장을 찾았다. 노크 소리에 문을 쳐다보던 한 과장은 우빈의 모습에 다시 고개를 돌렸다.

"과장님."

그러나 뒤따라 들어오는 은서의 모습에 깜짝 놀라 자리에서 벌떡 일어섰다. 그의 표정엔 믿을 수 없다는 기색이 역력했다.

"유은서, 이게 얼마 만이야?"

"잘 지내셨어요?"

"너 때문에 못 지냈다."

은서는 차를 마시며 그곳에서 있었던 일들을 이야기했고, 우빈은 잠시 말이 끊겼을 때 한 과장에게 청첩장을 건네주었다.

유명한 사내커플이 드디어 결실을 본다는 것에 한 과장은 흐뭇한 표정을 감추지 않았다. 은서가 동우한테 억지로 끌려 들어온 것도 우빈의 결혼 때문이었다. 우빈은 은서를 불러들이기 위해 결혼을 서둘렀다.

"드디어 결혼하는군. 축하하네. 그리고 유 선생은 이제 휴직을 끝내고 돌아와야지."

은서는 잠시 머뭇거렸다.

"그게…… 거기서 자리를 잡았으면 해서요. 해보니 보람도 있고, 그래서 다시 들어가면 근무조건이 맞는 병원을 찾아보고, 저녁엔 코피노 아이들을 돌보고 싶어요."

항상 예상을 깨는 은서였지만 이 말에는 한 과장도 놀랄 수밖에 없었다.

"잠깐! 아직 결정하지 말고, 원하는 만큼 시간을 줄 테니 다시 생각해봐."

그 시각, 동우는 은서 부모가 사는 아파트에 들렀다.

"저녁은 먹고 왔다니 과일이라도 들어."

"네, 감사합니다."

영민과 바둑을 두려는지 동우가 바둑판을 가져왔다. 과일을 깎아온 선영이 테이블 위에 올려놓자 동우는 깍듯이 인사했다.

"은서가 없어서 어쩌지? 친구들 만나러 병원에 갔어."

"은서를 만나러 온 게 아니고 바쁘다 보면 혹시 인사 못 드리고 그냥 갈지 몰라서 미리 두 분께 인사드리러 온 겁니다."

"바쁜데 일부러 은서 때문에 나오고 미안해서 어떻게 해?"

"처리할 일도 있고 해서 왔습니다."

미안해하는 선영의 표정에 동우는 편안한 표정을 지었다.

"과일보다는 따뜻한 차가 마시고 싶은데."

바둑알을 하나 든 영민이 말했다.

"알았어요. 동우 학생도 줄까?"

"저는 됐습니다."

선영이 일어나 주방으로 가자 영민은 동우를 바라보았다.

"만약 은서가 자네를 좋아한다면 어떻게 하겠는가?"

"네, 저를요?"

뜻하지 않은 영민의 물음에 동우는 자못 놀란 표정이 되었다.

"은서가 세부에서 힘들어한다는 자네 전화를 받고 나도 나름 많이 걱정했다네."

"……."

이미 우빈에게 들었기에 모든 진실을 알고 있는 동우였지만, 그는 아무것도 영민에게 알려줄 수가 없었다. 절대 비밀이라는 우빈의 말보다는 부모를 생각하는 은서의 예쁜 마음을 더 지켜주고 싶었다.

"난 은서가 예전처럼 다시 웃는 모습을 보고 싶다네."

"제가 은서를 웃게 한다면 저한테 주실 수 있습니까?"

"그 아이가 진심으로 원한다면."

"은서가 저를……."

은서가 아주 마음에 없었던 것이 아닌 동우는 영민의 말에 슬그머니 욕심이 생겼다. 세부에서 은서를 처음 본 순간 아름다운 여인이 된 그녀의 모습에 그는 설레는 마음까지 생겼었다. 무엇 하나 빠지지 않는 은서의 조건이라면 자신에겐 최상의 결혼 상대였다.

"진짜 저를 원하면 주실 수 있습니까?"

영민이 고개를 끄덕이자 동우가 빙긋이 웃었다.

"그럼 오늘부터 최선을 다해 노력해보겠습니다."

"지켜봄세."

영민은 들고 있는 바둑알을 바둑판에 탁! 소리가 나도록 내려놓았고 찻잔을 가져온 선영은 테이블 위에 올려놓았다. 동우가 무슨 생각인지 선영을 바라보았다.

"저, 드릴 말씀이 있습니다."

"해봐."

"가능하다면 은서와 결혼을 전제로 사귀어보고 싶습니다."

"뭐!"

너무 놀랐는지 선영은 소리쳤지만, 영민은 담담한 표정으로 바둑판을 들여다보았다.

"싫으세요?"

"싫기는, 나야 그리된다면 너무 좋지."

령은 이제 은서에 대한 마음을 완전히 정리했다. 그는 그녀를 만나기 전의 모습으로 돌아왔다. 수배사건에 관한 회의를 마친 령은 모든 게 불만이었다. 그 모습을 지켜보던 현희는 검사들이 나가자 그의 앞으로 걸어갔다.

"최령 부장님."

격식을 갖춰 부르는 말에 령은 그녀가 무슨 말을 할지 짐작되었다. 간섭받는 것 같아 심기가 더 불편해졌다.

"잔소리할 거면 너도 나가."

현희는 모두를 대표해 총대를 메기로 했다.

"부장님, 검찰청의 모든 사건을 다 물어 오시기 전에 밑에서 일하는 검사들 생각 좀 해주시죠."

"다른 생각 안 나게 일에만 몰두하고 싶어."

령은 은서가 떠난 이후 오로지 일에만 몰두하며 잠조차 제대로 자지 않았다. 자신의 몸이 피곤해도 술을 찾는 날이 많아졌고, 술에 취한 날에는 어김없이 구토라는 말을 중얼거렸다.

현희는 처음엔 구토가 무슨 뜻인지 몰랐다. 하지만 한 달, 두 달이 지나면서 자연스레 은서를 뜻한다는 것을 알았다.

그렇게 힘든 날을 보내던 령이 요즘은 안정된 모습을 보여 그나마 다행이라고 여겼다. 하지만 겉으로 보이는 그것이 본모습이 아니라는 것 정도는 알고 있었다.

"요즘도 집에서 안 자고 아침에 가서 옷만 갈아입고 오는 거야?"

"……."

대꾸하기 싫었다.

"그래도 집에 가서 편하게 자. 매일 당직실에서 피곤하잖아."

"견딜 만해."

"견딜 만하긴. 벌써 몇 달째 집엔 어쩌다 한 번 가잖아."

현희가 너무 많은 걸 참견하자 서류를 보던 령은 고개를 들었다. 은서를 생각했는지 그의 표정은 얼음장같이 차가워졌다.

"나 좀 바쁜데."

그 어떤 감정도 보이지 않는 차가운 모습이었다. 은서의 흔적에 차마 집에 갈 수 없었던 령은 이렇게 그녀를 잊어가려 했고, 시간이 약이라는 말처럼 그는 그녀를 잊은 척 살아가고 있었다.

"그래, 나가줄게. 사랑하는 사건 서류 많이 봐라. 근데 의무실 아가씨가 급하게 무슨 수술을 해서 못 나오는 바람에 요즘 미정 씨 표정이 울상이던데."

오늘 아침 총무과의 여직원을 만난 현희는 이러한 상황을 전해 들었다. 여기저기 알아보고는 있는데 자원봉사라는 이유로 모두 거절했다는 것이다.

"우리가 그런 거까지 신경 써야 해?"

령은 짜증 섞인 목소리로 말했다.

"풀 죽어서 나보고도 알아봐 달라니까 그렇지. 얼마나 급하면 나한테까지 그러겠니?"

"너도 오지랖 참 넓다."

"미친 척하고 한 과장님한테 전화나 한번 해볼까?"

생각난 김에 통화나 해보자는 생각에 령의 사무실을 나가던 그녀는 휴대폰을 꺼냈다.

[잠깐만. 있어줄 의사가 있나? 놀지 않는 한.]

어느 정도 예상은 했지만 시큰둥한 한 과장의 반응에 현희는 한 번 더 사정해보았다.

"좀 도와주세요. 아파서 의무실에 가도 뭘 알아야 약을 먹죠. 어제 동료가 체했는데 약 찾아 삼만리 했어요."

[알았어. 일단 공문 넣어봐. 알아볼게. 근데 그 썩을 놈은 잘 있어?]

"누구요? 령이요?"

현희는 닫혀 있는 령의 사무실 문을 쳐다보았다.

[그래.]

"잘 있어요. 매일 사건에 파묻혀 살아요."

[아주 잘하고 있구먼.]

다음 날, 한 과장의 호출을 받고 병원에 들른 은서는 뜻밖의 말을 들었다.

'병원도 아니고 검찰청이라니.'

"사정이 그러니 며칠만 유 선생이 돌봐주면 안 될까?"

현희가 부탁한 걸 한 과장은 은서에게 부탁하고 있었다.

"내키지 않아요."

내키지 않을뿐더러 거짓덩어리인 령의 얼굴을 다시는 보고 싶지 않았다. 치욕스런 말을 들으며 그 순간을 참아야 했던 자신의 모습은 지금도 악몽처럼 기억되고 있었다.

"안 되면 어쩔 수 없지만……."

은서의 말에 수긍하면서도 한 과장은 아쉬움을 내비쳤다. 한 과장의 표정을 보자 딱 잘라 거절한 게 미안할 정도였다. 은서는 머리카락을 쓸어 넘기더니 몇 가닥을 잡고 빙글빙글 돌렸다.

'다시는 만나고 싶지 않은데…… 그 여자랑 희희낙락 잘 지내겠지?'

한 과장이 휴대폰을 찾으러 일어서자 은서는 머리카락을 돌리던 행동을 멈췄다.

'아니지. 내가 피할 이유가 뭐가 있어. 가…… 볼까?'

은서는 령과 같은 공간에 있으면서 자신과의 약속을 어긴 그가 얼마나 행복하게 지내는지 한 번쯤은 보고 싶었다.

"좋아요. 해볼게요."

한 과장은 은서의 말에 화색이 돌았다.

"역시 유은서야. 내 체면 생각해줘서 고마워. 마음 변하기 전에 지금 가자."

"지금요?"

막상 지금 가자고 하니 순간 망설여졌다. 그녀는 다시 머리카락을 쓸어 올렸다. 어쩌다 마주칠 수 있는 그에게 절대 초라하게 보이고 싶지 않아 자신의 모습을 보았다.

"마침 점심시간이고, 쇠뿔도 단김에 빼랬다고 했잖아."

"하지만……."

"거기 아픈 환자들이 줄 서 있대. 너 의사잖아. 안 그래?"

의사라……. 이 말에 그녀는 허튼 감정을 버렸다. 테이블 위에 있는 티슈를 한 장 뽑아 부츠의 앞부분을 닦고 일어섰지만, 어이없는 표정으로 웃었다.

"병원이에요? 아픈 환자가 줄 서 있게."

"거짓말인 거 알았어?"

"네, 다 보여요."

겉옷을 들고 나가는 한 과장의 뒤를 따르며 은서는 외투의 단추를 잠갔다. 똑똑히 두 눈으로 보고 가슴에 새기리라. 그리고 지금처럼 평생 미워하며 기억하리라.

신고 있는 부츠를 보던 그녀는 검찰청이 가까워지자 작게 웃었다. 그 넓은 검찰청 안에서 만날 거라고 단정 지었던 자신이 갑자기 우습게 여겨졌다. 사실 부서가 다르니 오늘 만난다는 보장도 없거니와, 그런 인연은 이미 오래전에 끝난 상태였다.

한 과장을 따라 검찰청에 들어선 은서는 태연한 척 행동했다. 주변을 둘러보며 안내받은 사무실 앞에 섰다. 그녀는 문에 걸려 있는 문패를 보았다. 기가 막힌 우연이었다. 안내원이 노크를 하고는 문을 열었다. 밀리는 문틈 사이로 낯익은 웃음소리가 흘러나왔다.

"하하하하."

최령! 그 사람이 웃고 있었다.

'예상대로 희희낙락 잘 지내고 있었구나. 나만 힘들었나 보네. 나쁜 놈! 역시 넌 싸가지 없어!'

"령이 네가 그날 못 봐서 그래. 시루 그 자식 얼마나 웃겼는데."

문이 반쯤 열리자 미소 짓고 있는 령의 모습과 현희의 뒷모습이 보였다.

"손님 오셨습니다."

안내해준 사람이 문을 활짝 열어주었다. 가볍게 인사하고 자리를 뜨자 한 과장이 안으로 들어섰다.

"마침 현희도 같이 있었네."

자신의 사무실로 들어오는 한 과장을 보고 령은 무엇에 이끌려 일어나듯 자리에서 일어섰고, 현희는 뒤돌아보았다.

"허억!"

유은서. 그녀가 있었다. 깜짝 놀란 현희는 자신의 입에서 신음 같은 비명이 나오는 것도 몰랐다. 한 과장 뒤에 서 있는 은서의 모습에 령의 눈빛은 심하게 흔들렸다.

'꿈인가…….'

2장. 재회

　현실이길 거부하고 싶은 꿈같은 상황. 령은 숨을 쉬기 힘들 정도로 답답해 넥타이를 살짝 잡아당겼다.

　"연락할까 하다 여기까지 온 김에 최령 얼굴도 볼까 해서. 근데 둘 다 표정이 왜 그래? 귀신 봤어?"

　얼빠졌다는 표현이 어울릴 만큼 현희의 얼굴은 사색이 됐다. 그러나 놀란 두 사람을 보는 은서는 오히려 담담한 듯 표정 하나 바꾸지 않았다.

　이제 은서의 눈에는 사랑이란 감정으로 마음에 담았던 령은 없었다.

　반면, 령은 뜻하지 않은 은서의 출현에 흔들리는 자신을 느꼈다.

　이렇게 다시 만나다니…….

　이런 건 싫었다. 이제야 정리된 마음을 다시 쑤셔놓을 것 같아 두려웠다.

　"진짜 그 표정들 뭐야? 왜 그래? 우리 귀신 아니야!"

　"아저씨가 어떻게 여길 다……."

　령은 인사하는 것도 잊었고, 하고 싶은 말조차 생각나지 않았다.

　"현희가 당분간만 있어줄 사람이 필요하다고 해서. 마침 은서가 결혼 문제로 들어왔거든. 그래서 부탁했더니 흔쾌히 받아주네."

'결혼?'

령과 은서의 눈빛이 처음으로 부딪쳤다. 하지만 두 눈빛에는 이미 사랑은 없었다. 은서는 현희와 함께 있는 령을 보니 이상한 오기가 발동했다.

"두 분은 여전히 좋아 보이시네요."

싸늘하게 뱉어낸 은서의 말에 령은 미간을 찌푸렸다.

좋아 보여? 그렇게 보였다면 그런가 보지.

"당연한 거 아닙니까?"

둘은 이렇게 서로를 미워하는 마음을 가지고 다시 만났다.

"그리고 계속 서 있을 거야? 유은서, 이리 와서 앉아."

한 과장의 말에 은서가 그의 옆에 앉자 령은 맞은편에 앉았다.

"현희는 계속 서 있을 거야? 진짜 왜들 이런데."

"앉을게요."

현희가 령의 옆으로 앉았다.

"며칠만 있어달라기에 내가 특별히 부탁해서 데려온 거니까 두 사람 은서한테 신경 좀 써줘. 그리고 은서가 이곳에 있을 수 있게 필요한 절차는 현희가 봐주고."

"……네."

한 과장의 말에 현희는 마지못해 대답했다.

막상 오고 나니 앞의 두 사람이 보고 싶지 않아 그녀는 딴청을 피웠다. 령은 그런 은서가 보고 싶지 않아 한 과장을 보았지만, 현희, 그녀에겐 은서의 모습 자체가 공포였다.

한 과장은 간단하게 부탁을 한 뒤, 탁자 앞에 찻잔이 놓이자 이런저런 사적인 이야기를 늘어놓기 시작했다. 하지만 세 사람 모두 귀가 닫힌 듯 아무 말도 들리지 않았다.

그 후 고요한 사무실 안은 한 과장의 목소리만 들렸고, 간간이 짧게 대답하는 세 사람의 목소리는 거의 기어들어가는 수준이었다.

"이런! 말을 하다 보니 이야기가 길어졌네."

바닥이 거의 보이는 찻잔을 다시 들려던 한 과장은 손목시계를 보더니 급히 일어섰다. 셋 다 의식을 못 했지만 시간이 꽤 흘러갔나 보다.

"모셔다 드리겠습니다."

"누구? 나? 모셔다 드릴 정도로 내가 그렇게 늙었어? 됐어. 유 선생 있을 곳이나 안내해줘."

주섬주섬 물건을 챙겨 일어선 한 과장은 다시 엄포하듯 말했다.

"최령, 유 선생 잘 좀 부탁한다."

"……."

령은 대답할 수가 없었다.

"이런 무뚝뚝이! 현희야, 네가 같은 여자니까 신경 좀 써줘라."

나무라듯 령을 보던 한 과장이 현희를 바라보자, 그녀는 마지못해 고개를 끄덕였다. 령이 한 과장을 따라 사무실에서 나가자 은서와 단둘이 남은 현희는 오히려 그녀가 아무 말도 없자 불안했다. 갑자기 일이 왜 이렇게 돌아가는 것인지 불길한 예감마저 들었다.

"별거 없네."

은서는 마치 기분 나쁜 공간을 둘러보듯 팔짱을 낀 채 령의 사무실을 훑어보았다. 얼마 후, 엘리베이터 앞까지 한 과장을 배웅한 그가 사무실로 들어왔다.

"전 어디로 가야 하나요?"

무시한다는 것이 이런 것일까? 첫 대면 후 령을 향해 눈길조차 안 주던 은서가 문을 향해 걸어갔다.

"안내해…… 드릴게요."

무섭다. 현희는 현실이 무서워 이 자리를 빨리 벗어나고 싶었다. 은서를 따라 나가던 현희가 령을 보았지만, 그 역시 은서의 모습을 피하려는지 눈길을 딴 곳에 두고 있었다.

"결혼…… 하는구나……."

령은 자리에 털썩 주저앉으며 중얼거렸다. 허탈했다. 기억하지 않으려 감춰뒀던 추억들이 머릿속을 스쳐 지나가며 그의 아픈 상처를 건드렸다.

"결혼하는구나."

병이 재발하듯 주인을 잃은 심장이 아파왔다. 같은 말을 다시 뱉어낸 령은 의자에 머리를 기대며 눈을 감았다.

부디 자신의 심장이 더는 힘들지 않길 바라며…….

한편, 령의 사무실을 나와 현희보다 몇 걸음 앞서가던 은서가 걸음을 멈췄다.

"아직도 저 싸가지 여자 뒤치다꺼리 하세요?"

"……."

그 물음에 차마 답을 할 수 없는 현희는 은서를 앞질러 갔다.

"나한테 뭐라고 하기 전에 그쪽이야말로 정신 차려야 할 것 같은데."

이런 말을 하는 은서는 현희가 한심스러울 정도로 이해하기 힘들었다. 또 한편으론 그만큼 그 남자를 사랑한다는 것이니 같은 여자로서 가엾다는 생각도 잠시 들었다.

하지만 은서는 단 한 번뿐일지라도 자신에게 그런 수치스런 일을 겪게 한 령이 소름 끼치게 싫었다.

"그건 은서 씨가 걱정할 문제가 아닌 거 같은데요."

"바람둥이라며? 댁이 불쌍해서 그러지."

그땐 자신이 불륜을 저지른 것 같은 미안한 마음에 은서는 현희에게 아무 말도 할 수 없었다. 그러나 이제는 거침없었다.

"사적인 일입니다."

사적인 일?

"어우! 소름 끼쳐. 딴 여자를 만나고 다니는 남자랑 사귀고 싶을까?"

"이봐요!"

비아냥거리는 은서의 말에 현희의 언성이 높아졌다.

"킥킥킥. 더 이상 관여 안 할 테니 단속 잘하세요. 혹시 오늘 밤도. 으으으."

치를 떠는 은서의 몸짓에 현희는 손가락으로 의무실을 가리켰다.

"저 방이에요!"

"그래요? 고마워요."

은서는 갸우뚱 고개를 숙이듯 인사했다. 그녀가 안으로 들어가며 문을 닫자 현희는 휘청하며 벽을 잡았다. 등에선 식은땀이 흘렀다. 얼마 안 되는 이 거리가 몇십 리를 걸어온 것 같이 힘들었다.

"어떻게 이런 일이……."

령의 말처럼 쓸데없는 오지랖이 엄청난 일을 벌여놓은 기분이었다. 되돌릴 수도 없고, 이대로 지켜볼 수도 없는 숨 막히는 공포에 현희의 몸은 사시나무 떨리듯 떨려왔다. 그녀는 벽을 짚으며 겨우 발걸음을 옮겼다.

의무실 안을 한 바퀴 돌아본 은서는 일지부터 확인했다. 며칠 사람이 돌보지 않아서인지 책상 위에 먼지가 쌓여 있었다. 이왕 여기서 있을 거면 온 김에 치워야겠다는 생각이 들었다. 그녀는 청소도구를 찾기 위해 문을 열었다.

"이게 누구십니까?"

지나가던 박 검사가 문을 열고 나오는 은서를 보았다.

"어! 검사님!"

반가움에 은서의 입에 미소가 걸렸다.

"여긴 어쩐 일이십니까?"

"의무실에 사정이 생겼다고 며칠만 봐달라는 한 과장님의 부탁 때문에 들렀어요."

"그러셨군요. 여기서 이러지 말고 제 사무실로 가시죠?"

오랜만에 본 은서의 모습에 회의실에 모여 차를 마시던 검사들은 모처럼 소리 내서 웃었다.

"하하하하."

"웃지 마세요. 다시 바다 위로 떠올랐는데 아무것도 없다고 생각해보세요."

은서는 세부의 어느 바닷가에서 스킨스쿠버 다이빙을 했던 이야기를 들려주고 있었다.

"그래서 어떻게 하셨어요?"

"가이드가 제가 안 보이니까 쫓아 올라왔더라고요."

"그럼 배는 거기다 사람들을 내려놓고 그냥 가버린 거예요?"

아직 해외여행을 가보지 못한 정 검사는 모든 게 신기했는지 이것저것 물었다.

"네. 다른 여행객을 실으러 갔다고 그러더라고요. 어쩔 수 없이 죽을 각오하고 가이드를 따라서 다시 물속으로 들어가는데, 진짜 무서워서 혼났어요."

회의실 문이 열려 있었던 탓에 은서의 목소리가 들리자 령은 되돌아섰다. 태연하게 아무 일도 없었던 것처럼 같이 있을 마음의 여유가 생기지 않았다.

"근데 유 선생님은 어떤 스타일의 남자를 좋아하세요?"

발걸음을 돌리던 령은 뜬금없는 정 검사의 말에 멈춰 섰다.

"음…… 스타일보다는 저보고 추하다고 하지 않는 사람."

은서는 가슴에 맺힌 그 말을 웃으며 대답했다.

"아니, 누가 추하다고 해요?"

모두 놀라서 쳐다보았다.

"그냥 잘난 척하는 사람이 있네요. 자기도 싸가지면서."

"이리 나와!"

순간 령의 커다란 손이 은서의 손목을 잡아당겼다. 순식간에 일어난 일이었다. 벌컥! 문이 열리는 소리에 검사들이 쳐다봤을 땐 이미 령은 은서의 손목을 낚아챈 상태였다.

"나와!"

무슨 일인지 몰라 자리에서 엉거주춤 일어선 검사들은 령과 은서를 번갈아가며 쳐다보았다.

"이거 놔요. 아파요!"

손목으로 끊어질 것 같은 고통이 전해져 왔다. 잡힌 손목을 빼내려 해도 그의 힘을 당해낼 수가 없었다.

이거 잘못됐구나!

순간 검사들의 머릿속으로 이 생각이 지나갔다.

"부장님! 왜 이러세요!"

"그 손 놓으세요. 유 선생님 다쳐요!"

강 검사와 정 검사는 아파하는 은서의 표정에 어찌해야 할지 몰랐다. 그러나 선뜻 나서기 어려울 정도로 령의 표정은 무서웠다. 손목을 잡힌 은서의 주먹이 바들바들 떨리자 박 검사가 령의 손목을 잡았다.

"부장님, 유 선생님은 여자입니다."

박 검사의 말에 은서를 노려보던 령의 눈이 자신의 손으로 향했다.

하! 자신이 저지른 잘못도 모르고 이리도 당당하다니.

은서의 얼굴을 다시 본 령은 제 손의 힘을 풀었다.

나쁜 놈! 뭘 그리 잘했다고. 지금 나한테 이럴 자격이나 있어?

두 사람은 서로를 죽일 듯 노려보았다. 상대방의 잘못으로 아는 이 상황에서 돌파구는 없는 것 같았다.

"부장님, 진정하시고 나가시죠?"

박 검사가 령의 어깨를 밀었다. 그는 여전히 경멸하는 눈으로 은서를 보며 발걸음을 옮겼다. 은서가 제 손목을 만지자 걱정스러운 표정을 한 강 검사가 다가왔다.

"유 선생님, 괜찮으세요?"

"괜찮아요. ……저는 괜찮아요."

은서는 걱정하는 검사들을 뒤로하고 밖으로 나왔다. 그제야 무슨 일이 일어났는지 실감 나자 다리가 후들거리며 눈물이 고였다.

하지만 저만치서 걸어오는 현희의 모습이 보이자, 그녀는 어깨를 편 채 시선은 정면을 바라보았다. 절대 저 여자한테만은 초라하게 보이지 않으리라.

"폭력까지…….."

은서는 작게 중얼거리며 지나갔다. 그게 무슨 말인지 몰라 현희는 걸음을 멈추고 돌아보았다.

은서가 나간 뒤 검사들은 좀 전의 상황에 놀랐는지 서로의 얼굴만 쳐다보았다.

"아니, 예전에 병원에서 검사 새끼라고 싸웠던 걸로 아직도 저러는 거야?"

"그런가 봐요. 이거 분위기 싸해지는데요."

정 검사가 테이블 위에 있는 종이컵을 한쪽으로 치웠다. 처음 본 령의 모습에 뭐라 말을 못 하겠는지 입을 다물었다.

"어우! 춥다!"

잔뜩 몸을 웅크리고 들어오던 장 수사관이 심상치 않은 기류를 느꼈다.

"뭐예요? 또 무슨 일이에요?"

령을 부장실로 데려온 박 검사는 그의 행동을 이해할 수 없었다.

"부장님답지 않으셨습니다."

더 말을 하려다 자신을 쳐다보는 령의 텅 빈 눈동자를 보자 박 검사는 작은 한숨을 내쉬었다.

"검사 새끼 사건은 어쩔 수 없는 상황에서 일어난 것이니 부장님이 남자답게 이해하고 넘어가 주시면 안 될까요?"

"……."

"유 선생님 대해보니 그리 나쁜 사람 같진 않던데."

"나가보세요."

그가 의자를 돌려 창밖을 쳐다보자 사무실을 나가려던 박 검사는 다시 뒤돌아보았다. 아직도 이해할 수 없는 령의 행동에 고개를 갸우뚱했다.

령은 모든 일이 왜 이렇게 돌아가는지 누구한테라도 물어보고 싶었다. 언젠가 시루가 물었었다. 우연히 만나게 되면 어찌하겠느냐고, 그래서 가끔 생각해봤었다. 그러나 이런 답은 아니었다. 적어도 인사 정도는 나눌 줄 알았다.

잘…… 지내느냐고…….

하지만 그것뿐, 행복은 빌어주고 싶지 않았다. 처한 현실에 심장이 터질 것처럼 아파져 오자 령은 눈을 감았다.

"추하다……."

은서가 떠난 후 그는 자신이 했던 마지막 말을 후회하며 살았다. 남녀가 만났다 헤어지는 게 뭐, 그리 대단하다고. 이성을 잃을 정도로 한심했던 자신의 행동이 부끄러웠다.

그는 현실의 답답함에 마음을 가라앉히려 밖으로 나왔다. 벤치에 앉자 찬 바람이 뼛속까지 파고드는 기분이었다. 그저 모든 감정을 비워내고 싶은 심정으로 멍하니 하늘을 올려다보았다.

"최 부장, 무슨 안 풀리는 과제를 만난 거야?"

지나가던 동료 검사가 다가와 물었다.

"아닙니다. 그냥 바람 좀 쐬려고."

그가 어색하게 웃었다.

"그런 표정 처음 보는 거 같은데, 힘든 숙제를 만났나 보네."

"……."

"추워서 나 먼저 들어간다."

"수고하세요."

령은 다시 회색빛 겨울 하늘을 올려다보았다.

"숙제라…… 이별 인사를 못 했었지……."

혼잣말로 중얼거렸다.

그리고 그가 혼란스러운 만큼 은서도 혼란스러웠다. 한동안 멍하니 벽을 바라보던 그녀는 령에게 잡혔던 손목을 들여다보았다. 그의 무서운 눈빛에 지지 않으려 발악을 하던 자신의 모습이 떠올랐다.

"훗!"

웃음이 나왔다. 결혼한 것도 아니고 고작 한 달가량 순수한 연애도 아닌, 계약 연애를 한 건데 그게 뭐가 그리 대단하다고 그 난리를 쳤는지 갑자기 우습게 느껴졌다.

보고 있자니 고통스럽게 잡혔던 자신의 손목이 안쓰러웠다.

그녀는 제 손목을 가슴에 품었다. 그 순간 얼마나 세게 잡혔는지 손목에는 푸른빛의 멍이 들어 있었다.

"이것도 멍이라고 아프네."

하지만 은서의 가슴엔 이보다 몇 배나 더 크고 선명한 피멍이 들어 있었다. 그리고 또 다른 아픔이 느껴졌다. 이런 만남에 마음이 아팠다. 령이 자신의 아픔을 모른다는 것에 외로워서 더욱 아팠다.

현희는 좀 전에 있었던 이야기를 검사들에게 전해 듣자 불안한 마음을 감출 수가 없었다. 만약 이 일이 들통 난다면 령이 어떻게 나올지 안 봐도 알 것 같았기 때문이다.

두려움에 떠는 그녀는 전전긍긍했다. 빠져나갈 길을 아무리 궁리해도 방법이 떠오르질 않자 자리에 앉지도 못하고 서성거렸다. 지나가던 정 검사가 그런 현희의 모습을 발견했다.

"김 검사님, 뭐가 이리 심각해요?"

"아니, 그냥……. 후우."

초조함에 저절로 한숨이 나왔다.

"좀 전에 부장님 사건?"

"뭐…… 좀 그러네요."

"그 일은 신경 쓰지 마세요. 원래 두 사람 처음부터 사이가 안 좋았어요."

"네."

"악연도 저런 악연은 없을 거예요. 그런데 이상한 게 오늘 행동은 부장님답지 않았다는 겁니다. 저 정도로 감정을 내보이지 않는 분이신데."

"……!"

현희는 그게 무서웠다. 자신이 아는 최령은 사건이 아닌 다른 일에는 거의 무반응을 보였다. 은서를 마음에서 완전히 떨쳐냈다면 그는 결코 눈길조차 주지 않았을 것이다.

아직 은서에 대한 감정이 어떤 형태로든 남아 있으니 저런 반응이 나오는 것이다. 그 감정이 어떻게 변할지 현희는 진실이 밝혀지는 것만큼 두려웠다.

"사실 유 선생님의 경우 빠지지 않는 아주 훌륭한 조건인데……."

"……."

"김 검사님, 저 둘 사귀면 대박 터질 것 같지 않아요? 은근히 뭔가 어울린단 말이야."

상당히 재미있는 일을 발견한 아이처럼 정 검사의 표정이 밝아졌다.

"뭐라는 거예요?"

농담으로 하는 말인 걸 알면서도 현희는 듣기 싫었다.

"둘이 붙여놓으면 옆에 있는 사람들은 절대 심심하지 않을 거 같아서요. 흐흐흐."

뭘 생각했는지 정 검사가 야릇한 웃음소리를 내며 사라지자, 현희는 그대로 의자에 주저앉았다. 그리고 검사들 또한 현희만큼이나 걱정이 늘어지고 있었다.

"예쁜 여의사님이 오셔서 좋아했더니만, 이거야 어디 분위기 살벌해서."

회의실에 앉아 있던 사람들은 박 검사의 말에 모두 공감한다는 표정을 지었다.

"그러게요. 도대체 어떻게 해야 둘이 친하게 만들 수 있을까요. 골방에 가둬버려?"

"저 성격에 문 부수고 나올걸."

강 검사의 말에 박 검사는 어림도 없다는 뜻을 내비쳤다.

"자연스럽게 친해질 방법 없을까?"

의자를 까닥까닥거리며 방법이라도 찾아보려는 듯 천장만 쳐다보았다. 그때 정 검사가 들어오다 그 모습을 보았다.

"다들 뭐예요? 왜 이리 심각해요?"

"저 둘 때문에 그러지."

박 검사의 말에 자리에 앉으려던 정 검사의 눈이 커졌다.

"그래, 그거야! 우리 친목 도모로 가는 여행에 두 사람도 데리고 갑시다."

"부장님이 가려고 할까요? 한 번도 승낙한 적 없는데."

"밑져야 본전이니까 박 검사가 한 번 더 말을 꺼내봐. 그 대신 유 선생님 간다는 사실은 비밀로 하고."

강 검사의 말에 의자를 까딱이던 박 검사가 행동을 멈췄다.

"그럴까?"

집으로 가려던 은서는 그대로 주저앉았다. 사실 다리에 힘이 풀려 일어서지 못했다. 그러다 보니 근무시간이 지났는데도 몇 명의 환자를 봐준 뒤 검찰청을 나서게 됐다. 천천히 정문 쪽으로 걸어가던 그녀는 제법 매서운 바람에 옷깃을 여몄다.

"그럼 부장님, 조심해서 들어가세요."

령과 검사들도 무리를 지어 나왔다.

"네, 수고하셨습니다."

인사를 나눈 뒤 령은 주차장으로 걸어갔다. 남은 검사들은 뭔가 아쉬운지 서로들 보더니 무언의 눈빛을 교환했다.

"한잔 빨아볼까?"

"일찍 집에 가도 반겨주는 사람도 없습니다. 추워서 그런지 얼큰한 국물이 생각나네요."

"그럼 딱 한 잔씩만 하자."

박 검사의 말을 듣고 있던 장 수사관이 이 수사관을 부르려는지 휴대폰을 꺼냈다.

오늘 검사들에게 왕따를 당한 령은 차에 올라 시동을 걸었다. 그는 천천히 차를 몰고 나와 대로로 접어들기 위해 신호를 기다렸다.

그러다 버스 정류장에 서 있는 은서의 모습을 발견했다. 그녀는 몇 발짝 앞으로 걸어가다 다시 정류장으로 뒤돌아갔고, 그러다가 다시 앞을 바라보았다.

신호가 바뀌자 무시하고 가려 했지만, 그의 눈은 은서의 모습을 좇고 있었다. 어딘가를 바라보던 그녀가 드디어 발걸음을 옮기자, 령은 달리던 차의 속도를 늦췄다. 그리고 가다 서기를 반복하며 은서의 뒤를 따라갔고, 그걸 모르는 그녀는 추억 밟기를 하고 있었다.

애써 감춰놨던 그녀에 대한 감정이 가슴을 짓누르자, 령은 숨을 쉬는 것조차 버거웠다.

추위에 잔뜩 웅크린 채 종종걸음을 하던 그녀가 도착한 곳은 야시장이었다. 입구에 서서 한참 동안 어떤 가게를 바라보던 은서는 자신의 말에 웃어주던 령의 모습이 떠오르자 슬픈 표정을 지었다.

이내 아픈 감정을 감추려는 듯 차가운 두 손을 입으로 가져가더니 입김을 호호 불며 중얼거렸다.

"닭발이 맛있었는데…… 지금도 하려나?"

차 안에서 그 모습을 지켜보던 령이 인상을 쓰자 미간에 주름이 생겼다. 다시 걸음을 옮겨 한참을 걷던 은서는 흔들 차가 있었던 골목을 들여다보았다. 그에 맞춰 령도 정차했다.

"저 여자 진짜 이상해. 하하하하."

은서와 같은 생각을 해서일까? 령은 자신의 목소리와 웃음소리가 골목 안에 울려 퍼지는 것 같았다.

"훗! 영화처럼 아름답진 않았지만 지금 생각해도 우습네."

옅은 미소를 띤 은서는 칼바람이 외투 속으로 파고들자 옷깃을 더 여미며 걸음을 옮겼다. 그리고 도착한 곳은 자신이 살았던 아파트 입구였다.

첫사랑이 시작되고 모든 것이 끝난 곳…….

은서는 불이 꺼져 있는 령의 집을 올려다보았다. 그녀를 따라오던 령의 차도 멈춰 섰다.

"이곳에 다시 올 수 있으려나?"

아마도 어려울 것 같았다.

핸들에 몸을 기댄 채 은서 집을 올려다보던 령은 눈길을 돌려 저만치 앞에 서 있는 그녀를 보았다.

"참 웃기고 있네."

은서의 행동이 가소롭게 느껴져 비웃음 섞인 말이 나왔지만, 그래도 어찌하는지 그냥 지켜보기로 했다.

하지만 은서는 주머니를 뒤적거려 휴대폰을 꺼내 보더니 도로 쪽에 주차해 있던 택시를 타고 사라졌다. 은서와 추억 밟기를 같이한 령은 자신을 배신한 그녀가 그날 일을 기억하고 있다는 것 자체가 불쾌했다.

"넌 나와의 추억 따위 생각할 자격조차 없어."

엘리베이터에서 내려 복도를 걷던 령은 기분이 씁쓸했다. 그는 그녀 집 앞을 지나가려다 걸음을 멈췄다. 그러고는 초인종을 눌러보았다.

띵- 동.

여전히 문은 열리지 않았지만, 은서와의 행복했던 날들이 떠오르자 령의 입가에 슬픈 미소가 지나갔다. 정말 눈이 부시도록 아름다운 날들이었다.

집에 오자마자 옷부터 갈아입은 은서는 곧바로 주방으로 갔다. 그녀는 영민의 옆으로 앉았다.

"아빠도 아직 안 드셨어요?"

"우리 딸이랑 같이 먹으려고 기다렸지."

그녀는 저녁을 먹으며 오늘 검찰청에 갔다 온 일에 대해 말했다.

"그럼 당분간 봐주기로 한 거야?"

"그렇긴 한데, 내일 한 과장님께 못하겠다고 말해보려고."

"왜?"

은서는 반찬을 집으려고 팔을 뻗다 멈칫했다. 소매가 올라가며 멍이 든 손목이 드러났기 때문이다.

"나하고 안 맞아."

순간의 그릇된 감정으로 오늘 그곳에 간 일이 후회스러웠다. 솔직히 잘 지내고 있는 둘의 모습에 다시 상처 받고 말았다.

"오늘 밤에 잘 생각해보고, 내일 한 과장님이랑 의논해봐."

은서가 고개를 끄덕이자 선영은 무슨 말을 하려는 듯 머뭇거렸다.

"저기 은서야, 어제 동우 학생이 왔었는데."

"동우 선배? 밥 먹으러 놀러 왔었구나."

"그건 아니고……."

선영이 은서의 눈치를 보았다.

"엄마, 무슨 일인데 그래?"

"어제 동우가 너랑 결혼을 전제로 사귀고 싶다고 허락해달라고 하더라. 그래서 너는 어떤지 해서."

기대하는 선영의 표정을 보아서일까. 뜻밖의 말에 놀라기는 했으나 표현 하지는 않았다.

"두 분은…… 어떻게 생각하세요?"

"나야 좋지!"

예상대로 선영이 반색하자 은서는 영민을 보았다.

"아…… 빠는?"

"너만 괜찮다면 나도 반대는 안 한다."

영민까지 이리 말하자 은서는 억지로라도 웃으려 입가에 미소를 지었다.

"두 분이 좋다고 하시면 생각해볼게요. 조금만 시간을 주세요."

"정말?"

선영이 좋아서 기쁨을 감추지 못하자 은서는 영민을 바라보았다.

"아빠만 좋다면 누구라도 상관없어요."

"약속할 수 있니?"

"네."

자식을 위해 기꺼이 한 과장에게 고개를 숙이는 아빠…… 사랑해요. 은서는 활짝 웃었지만, 그녀의 말을 들은 영민의 표정은 어두워졌다.

설거지를 도와주고 방으로 들어온 은서는 거실에서 동우와 통화하는 선영의 목소리를 들었다. 사귄다는 것에 확답을 한 상태도 아닌데 이미 결혼을 승낙한 것처럼 저리 좋아하시다니.

"하……"

아무것도 생각하고 싶지 않았다. 그녀는 침대 이불을 걷고 들어가 누웠다. 천장을 바라보고 있던 은서는 자신의 손을 올려 소매를 걷어보았다.

손목을 잡혔을 때의 아픔보다 자신에게 사납게 굴었던 그의 모습에 마음이 아팠다. 어쩌자고 이런 존재가 되었을까.

"난 추하지 않아……"

매일 밤 되뇌던 말이었다. 그녀는 그 말을 부정하며 받아들이고 싶지 않았다. 이내 은서는 잠을 청하려 눈을 감았다. 그러나 자신을 경멸하던 령의 마지막 눈빛이 떠오르자 깜짝 놀라 눈을 떴다.

"두 번 다시 아는 척하지 마. 너무 추하다."

부스스 일어나 침대 옆의 협탁 서랍을 열었다. 수면제 몇 알을 꺼낸 그녀는 입안으로 털어 넣었다. 은서는 령과 헤어진 후 불면증으로 시달렸다. 다시 경멸하는 눈으로 자신을 보던 령의 눈빛이 생각났다.

"다신 아는 척 안 해……. 그러니 그런 눈으로 쳐다보지 마."

그에게 들었던 마지막 말을 잊을 정도였다니……. 다정했던 둘의 모습에 눈이 뒤집혔다는 표현이 맞을 것이다. 다시 생각해보니 자신이 한심스러웠다.

은서가 이처럼 힘들어하는 것처럼 령도 힘들었다. 식탁에 앉아 있던 그는 그녀가 남기고 간 술병을 만지작거렸다. 오늘 검찰청에서 있었던 일을 생각하며 멍하니 들여다보았다.

"많이…… 아팠겠다."

은서의 손목을 잡았던 자신의 손이 눈에 들어왔다. 겨우 안정되었던 마음에 커다란 돌덩이가 던져져 파문이 일어났다. 그 파문으로 억눌러 놨던 그리움이란 감정이 밖으로 흘러넘쳤다.

아직도 병마개의 답을 찾지 못한 령은 그 술병들을 볼 때마다 자신에게 묻고 또 물었다. 그러나 답은 항상 하나였다.

"미워했어? 이게 답이니?"

앞에 놓여 있는 술병들을 다시 만져보았다.

"그래, 나 너 미워했어. 그리고 지금도…… 미워."

적막함이 흐르는 밤. 은서에 대한 그리움보다 미움이 더 컸다.

그가 이렇듯 힘들어하는 것처럼 은서 역시 잠을 설친 탓에 아침부터 힘들었다. 잠들고 싶어도 잠을 잘 수 없어 거의 뜬눈으로 지새웠다.

식탁에 앉아 겨우 우유 한 잔 마시고 일어서자 선영은 걱정 어린 눈을 하곤 뒤쫓아 나왔다.

"잠자리가 바뀌어서 그래? 제대로 잠을 못 잔 얼굴이네."

그녀는 괜찮다며 고개를 저었다.

"뭘 좀 생각하느라고 그런 거예요. 걱정하지 마세요."

은서의 말에 영민이 자동차 키를 흔들었다.

"추운데 아빠가 태워다 줄게. 옷 입고 나올 테니까 잠시만 기다려."

"괜찮아요. 지하철 타고 가면 돼요."

"그러게 그때 차는 왜 팔아!"

선영은 안쓰러움에 짜증 섞인 말을 내뱉었다. 마치 다시는 안 올 것처럼 그녀는 모든 걸 정리하고 떠났었다. 은서는 선영의 마음을 알기에 작게 웃으며 현관문을 열었다.

"다녀오겠습니다."

인사를 하고 현관문을 닫은 은서는 계단 쪽을 보곤 멈칫했다.

"동우 선배……."

"가자. 태워다줄게."

계단에 앉아 있던 동우가 바지를 털며 일어서자 그녀는 그냥 웃고 말았다.

"왔으면 들어오지 그랬어?"

"서프라이즈! 깜짝 놀라게 하고 싶어서 그랬지. 솔직히 말해봐. 조금은 감동했지?"

"네, 네. 감동하다 못해 기절해 죽을 것 같습니다."

"밖에 춥다."

동우가 자신의 목도리를 풀어 은서의 목에 둘러주었다.

시루는 주차한 후 투덜거리며 차에서 내렸다. 심한 추위를 느꼈는지 점퍼의 모자를 쓰고 차 안에 있던 선글라스까지 썼다.

"에이! 한겨울에 보일러가 고장 나고 난리야! 이미지 구겨지게. 씻지도 않고 내가 밖엘 나오다니 천지가 개벽하겠다."

짜증 섞인 말을 뱉고는 목욕탕 쪽으로 바삐 걸어가며 주변을 살폈다. 재수 없게 아는 얼굴이라도 만나면 안 되기 때문이다.

특히 여자! 그것도 젊은 여자!

어떠한 상황에서도 이런 몰골을 보인다는 건 절대로 용납할 수가 없었다. 그러다 보니 주변을 살피며 걸음을 재촉했다.

툭!

"어쩐대!"

들리는 말소리에 앞을 보았다. 시루는 지나치게 주변을 의식한 나머지 한눈을 팔다 목욕을 하고 나오던 정란과 부딪쳤다.

"죄송합니다."

발밑에 떨어져 있는 정란의 목욕 바구니를 보며 말했다.

"아니, 눈을 어디다 두고 다니기에 아침부터 들이밀까?"

"어쩌다 보니 제가 실수했습니다. 너그럽게 이해해주세요."

미안해하는 시루의 모습에 정란은 한심한 눈으로 쳐다보았다. 들이민 이유가 있었다.

'뭐 하는 놈이기에 아침부터 시커먼 안경을 끼고 있대. 멋을 낼 데서 내야지. 이런 덜떨어진 놈 같으니라고.'

시루가 쏟아진 목욕 용품들을 바구니에 담자 정란도 그의 앞에 앉았다.

"괜찮아요. 그럴 수도 있지. 그런데 이건 어쩐대?"

정란이 깨진 로션 병을 보며 말하자, 시루는 주머니에서 돈을 꺼냈다.

"이거면 될까요?"

신사임당! 5만 원이다!

"뭐, 될 것도 같구먼."

정란은 어쩔 수 없이 받는다는 표정을 지었다. 그러나 혹시라도 붙잡을까 싶어 바구니를 들고 바삐 걸어갔다. 정란의 뒷모습을 보던 시루는 목욕탕

문을 밀고 들어섰다.

"어서 오세요!"

"얼마죠?"

주머니를 뒤지던 시루는 작게 한숨을 내쉬었다. 아까 당황한 탓에 목욕비로 가져온 돈을 정란에게 모두 줘버렸기 때문이다.

'이런, 지갑까지 가지고 오는 건데.'

이미지 구겨질 걸 각오한 시루는 선글라스를 벗으며 목욕탕 주인의 얼굴을 보았다.

"저기요. 목욕비 외상은 안 될까요?"

"어머! 이게 누구세요?"

들리는 소리에 옆을 보니 목욕을 하고 나오던 여자가 시루를 보고 알은체를 했다.

"누구?"

"에이~ 어제 나이트에서 신 나게 노는 거 다 봤어요! 근데 목욕비도 없을 정도로 가난하세요?"

"아……."

나이트! 이대로 사라지고 싶은 시루는 밖으로 뛰쳐나왔다. 그리고 이른 시간임에도 불구하고 령에게 전화를 했다. 하지만 그는 회의 중이라 받을 수 없었다.

회의를 마치고 휴대폰을 학인하려던 령은 박 검사가 다가오자 시선을 돌렸다.

"무슨 일이십니까?"

골치 아픈 사건으로 회의 도중 언성이 높아져 모두 진이 빠져 있는 상태였다. 무엇보다 팀워크가 중요한 시점이었다.

"오늘 저녁에 친목 도모를 위해 한잔 어떻습니까?"

박 검사의 의도를 아는 령은 그의 리더십에 가산점을 줬다.

"뭐, 특별한 일은 없으니 그렇게 합시다."

박 검사가 나가자 령도 일어섰다. 그런데 현희가 문 앞에 있었다.

"나한테 용건 있어?"

령이 물었다.

"법원 갈 거면 같이 가려고."

"그러자."

현희는 지금 이 현실이 두려웠다. 기름통을 짊어지고 불길 앞에 서 있는 기분이었다. 진실이라는 바람에 불길이 옮겨 붙는 순간, 자신의 몸이 산화되어 사라져 버릴 것만 같았다.

자신이 이런 생각을 할 때 이 남자는 지금 무슨 생각을 할까? 현희는 옆에서 걷고 있는 령을 보았다. 그가 무슨 생각을 하고 있는지 궁금했다.

최대한 부딪치지 말자. 내 일에 열중하자. 이젠 인연의 줄이 끊긴 남이다. 미움도 버리자. 무관심…… 무반응…….

이게 지금 현희가 궁금해하는 령의 생각이었다. 힘들었던 령의 마음과 통했던 것일까. 은서의 마음도 지칠 만큼 지쳐 있었다.

그녀는 퇴근 후 한 과장을 찾았다.

"그렇게 안 맞아?"

"그냥 그래요. 다른 사람으로 한번 알아봐 주세요."

은서의 말에 한 과장은 웃음을 참으려는 듯 입을 비죽거렸다. 그녀의 성격을 모르는 것도 아니었다. 온종일 혼자 있으려니 좀이 쑤셨을 터.

그럴 리는 없겠지만, 만약 그곳에 중환자라도 있었다면 이야기는 달라졌을 것이다. 기껏해야 약 처방하는 일이 다였을 테니 하루 하고 못 하겠다는 은서의 말에 한 과장도 어느 정도 공감이 갔다.

하지만 뭔가 이상했다. 책임감 있는 은서가 단번에 말을 뒤집는다니. 한

번 시작했다면 끝을 보고야 마는 성격이란 걸 그동안 겪어봤기에 누구보다 잘 알고 있었다.

"이러지 말고, 우리 나가서 한잔하자."

"네?"

"어서 일어나."

한 과장에게 끌려가듯 따라간 은서는 근처 술집으로 들어갔다. 자리를 잡고 보니 비교적 사람들이 많았다. 시끄러운 탓에 들리는 음악 소리는 오히려 소음에 가까웠다.

"뭐 마실까? 양주?"

"저 술 끊었는데……. 그럼 맥주로 주세요."

"술을 끊었어? 너 외국 나가더니 많이 변했다. 뭔 일 있었구나?"

한 과장은 신기한 눈으로 은서를 보며 말했다.

"과장님도 참. 이젠 저도 바르게 살아야죠."

"바르게? 너 외국 가서 술 먹고 이상한 짓 하다가 잡혀갔지? 아니면 길거리에서 옷 벗고 잤니?"

"네! 어찌 그리 잘 아신대요. 둘 다입니다."

농담인 줄 알기에 서로 웃고 말았다. 맥주가 오자 혼자 자작을 하던 한 과장은 처음에는 은서를 설득하더니 어느 순간 다른 이야기로 슬그머니 넘어갔다.

"한 과장님과 유 선생님 아니십니까?"

낯익은 목소리에 고개를 돌리자 박 검사가 서 있었다.

"자네, 어…… 검사 맞지?"

한 과장은 누군지 알겠다는 듯 손가락으로 가리키며 이름을 생각해내려 했다.

"박정수입니다."

"맞아! 박 검사!"

"서로 아는 얼굴인데 합석하시죠?"

은서가 조용한 탓에 심심했는지 한 과장은 반가운 듯 반응을 보였다.

"그래도 되려나?"

"되고말고요."

억지로 잡아 일으키는 박 검사로 인해 은서는 검사들이 있는 룸으로 들어갔다. 그리고 현희와 나란히 앉아 이야기하는 령의 모습을 보았다. 다시 나가려 하자 한 과장이 그녀의 팔을 잡았다.

"어딜 가게?"

"저는 먼저 가는 게……."

"최령!"

은서의 말이 끝나기도 전에 한 과장은 령을 불렀다.

그 목소리에 이야기를 나누던 모두의 시선이 문 쪽으로 향했다.

"아저씨……."

한 과장을 보고 일어서던 령은 뒤에 서 있는 은서의 모습에 적잖이 놀라는 눈치였다. 그건 다른 검사들도 마찬가지였다. 둘의 모습을 번갈아 보더니 데리고 들어온 박 검사를 고까운 눈으로 보았다.

"한잔하는데 우리도 끼워줘."

한 과장이 앉자 령도 자리에 앉으며 술병을 들었다.

"어쩐 일이세요?"

"어, 나도 술이 고파서 예쁜 애인 데리고 한잔하려고 왔지. 유 선생, 이리 오지 않고 뭐 해?"

"……."

난감해진 은서는 문 앞에서 미동도 없이 서 있었다.

"알았어. 애인이라 해서 미안하다. 어서 이리 와서 앉아."

그녀는 마지못해 령의 앞으로 다가가 앉았다. 어색해진 분위기를 바꾸려는 듯 정 검사가 앞으로 나가더니 마이크를 잡고 너스레를 떨었다.

"자, 랜덤으로 갑니다."

자고로 회식 자리는 즐거워야 했다. 화끈한 그의 말에 모두 정말로? 하는 표정이 됐다.

"그렇게 자신 있어? 랜덤으로 나온 노래 부르면 내가 내일부터 정 검사 점심 일주일간 책임질게."

"진짜지?"

친구인 이 수사관이 약간의 무리수를 뒀지만, 정 검사는 두말하지 않고 덥석 물었다.

"속고만 살았냐?"

"자, 그럼 편파를 피하고자 강대수 검사님이 눌러주세요!"

정 검사가 자신을 부르자 강 검사는 앞으로 나가더니 한 대 때리려는 시늉을 했다.

"이게 선배를!"

"선배님~ 편파 판정을 피하게 해주세요."

정 검사의 징그러운 재롱에 강 검사는 눈을 감고 숫자를 눌렀다.

"3! 9! 8! 7!"

반주와 함께 곡이 나오자 정 검사는 펄쩍 뛰며 손을 높이 들어 기쁨을 표했다.

"이겼다!"

"저거 옛날 노랜데 저 녀석이 알려나?"

"저 노래는 음만 알면 반은 먹고 들어가는 노래야. 네가 졌어."

강 검사의 말에 이 수사관은 머리를 움켜쥐었다.

"내가 미쳐!"

이내 반주가 흘러나왔다. 선정된 곡은 '님은 먼 곳에'라는 노래였다. 정 검사가 반주에 맞춰 조용히 노래를 부르자, 한 과장은 자신이 잘 부르던 애창곡이라 흥에 겨웠는지 앞으로 나갔다. 보는 이가 어떻든 둘은 느끼한 표정을 지으며 서로 주거니 받거니 불렀다.

가사만으로도 구슬픈 노래가 령과 은서의 마음을 울렸다.

님은 먼 곳에…….

두 사람은 가까이 마주 앉아 있지만, 마음은 서로에게 더 이상 닿을 수 없다는 걸 새삼 알았다. 금방이라도 올 것 같은 은서와 아픔을 감추려는지 술병을 드는 령. 숨기려 해도 힘들어하는 둘의 모습에 현희는 제정신이 아니었다.

숨이 막혀 죽을 것 같았다. 둘 중 하나가 먼저 입을 열어 서로의 이름을 부를까 봐 현희는 술조차 마시지 못했다. 그사이 둘의 노래가 끝나자 한 과장은 화장실을 간다며 급히 나갔다.

정 검사에게 승리의 술잔이 돌아갈 때 한 남자가 들어왔다. 은서는 한 과장도 없는 그 자리가 멋쩍어 휴대폰을 만지작거렸다.

"어째 아는 목소리가 들린다 했더니."

"아! 이강석 부장님 아니십니까?"

대선배인 이강석의 출현에 모두 자리에서 일어섰다.

"여기 아는 얼굴들은 다 있었네."

한잔 걸친 얼굴로 쭉 둘러보던 이강석은 은서의 모습에 시선이 고정됐다.

"히야! 이 예쁜 아가씨는 누굴까?"

순간 령의 눈은 이강석에게 향했다. 은서뿐만 아니라 방에 있던 모두가 이강석을 보았다.

"오~ 대단한 미인인데."

"……."

이강석은 한 과장이 앉았던 자리에 덥석 앉았다. 호감을 보이며 달려드는 이강석의 행동에 령은 은서를 바라보았다.

"뭐 하시는 분이신가? 검사 중에 이런 미인이 있었나?"

음흉한 눈빛이 자신의 몸을 훑으며 지나가자 은서는 소름이 돋았다.

"이 부장님, 제 술 한 잔 받으시죠?"

박 검사가 안 되겠다 싶었는지 한잔 걸친 이강석을 향해 술을 권했다. 뚫어지게 은서만 쳐다보던 그는 그녀의 다리를 손가락으로 톡! 건드렸다.

'어라?'

휴대폰을 만지던 은서는 이강석이 만졌던 자신의 다리를 보았다. 그 광경을 본 모두가 다시 박 검사에게 어떻게 해보라고 눈빛을 보냈다.

"부장님, 제 술 한 잔 받으시죠?"

령의 표정을 힐끗 본 박 검사는 이강석의 시선을 끌고자 다시 입을 열었다. 지금 박 검사가 보고 있는 령의 표정은 누구 하나 죽일 것 같은 그런 무서운 얼굴이었다.

"필요 없어."

이강석은 여전히 은서의 얼굴에 시선을 고정하고 있었다.

이강석 부장 검사. 뒷줄이 누구보다 좋은 검사였다. 그것이 어떻게 이뤄진 사슬인지는 몰라도 정계에서부터 재계까지 부탁할 일이 있으면 이 사람을 찾으라는 말이 나올 정도였다.

은서를 대하는 이강석의 태도에 령의 심기가 불편해졌는지 그의 표정은 완전히 굳어버렸다.

"한 잔 드세요."

은서는 테이블 위에 휴대폰을 내려놓으며 말했다. 술병을 들어 이강석의 잔을 채우는 그녀의 행동에 모두 숨을 죽였다.

"싹싹하기까지. 이렇게 나온다면 내가 마음껏 예뻐해줄 수 있지."

그의 표정이 느물스럽게 변했다. 마치 자신은 모든 여자에게 이런 대접을 받는 사람이라고 자랑하는 것 같았다.

"결혼은 하셨어요?"

은서가 웃으며 나긋나긋하게 묻자 령은 그녀의 행동에 화가 난다기보다 실망감이 생겼다.

뭘까. 설마 저 모습이 진심일까. 내가 모르는 또 다른 모습이라면 더는 기대할 것도 없지만 제발 그만하라고. 그러지 말라고. 그런 모습 보기 싫다고 간절히 부탁하고 싶었다.

한편 은서의 미색에 정신이 팔린 이강석은 그녀가 웃을 듯 말 듯 애간장을 태우자 술잔을 들어 벌컥벌컥 마셨다.

"하긴 했지만 사이가 별로 안 좋아서. 내가 다른 여자한테 한눈팔아도 관심조차 없어."

이강석은 은서가 알아주길 바라는지 큰 소리로 말했다.

그 방에 있는 모두는 은서의 행동에 입술들이 바짝 마르는지 그들도 자신들의 술잔을 비웠다. 이런 상태다 보니 이 상황이 불편한 령은 제 감정을 감추려 움켜쥔 손에 더 힘을 주었다. 자연스레 부들부들 떨렸다.

령의 이런 모습을 옆에서 지켜보던 현희는 뭔가 터질 거라고 생각했다. 지금껏 은서에게 말 한마디 걸지 않았다는 건 이미 그녀를 마음속에서 내치려 노력했다는 것이다.

그런데 그의 움켜쥔 주먹을 보니 지금껏 령은 이를 악물며 참아냈다는 사실을 깨달았다. 현희의 마음에 두려움이 생길 때 은서가 입을 열었다.

"그럼 집에 가셔서."

"응, 집에 가서?"

은서가 다시 술잔에 술을 채우자 이강석은 아주 자연스럽게 그녀의 다리를 어루만졌다. 그 모습을 보는 령은 자신의 눈에서 불길이 이는 걸 느꼈다.

'저놈의 손모가지 확! 분질러버려?'

이런 생각이 들자 령은 떨리는 손으로 술병을 들었다.

'셋만 세자. 그래, 셋만 세자. 하나!'

령은 셋을 세고 난 후엔 자신이 어떻게 변할지 생각하고 싶지 않았다. 하지만 둘을 세기도 전에 은서가 먼저 입을 열었다.

"네 마누라 다리나 만져줘, 이 개자식아."

"뭐라고 했어?"

잘못 들었나 싶어 이강석은 되물었고, 령은 분명히 느꼈다. 은서의 반격! 그는 나머지 숫자를 셌다.

'둘, 셋!'

"귀 처먹었어? 네 마누라 다리나 만지라고. 왜 내 다리를 만지고 지랄이야! 이게 네 거야?"

이강석의 작은 눈이 놀라서인지 커졌다.

"뭐!"

"검사 새끼고 나발이고 성추행으로 확! 고소해버릴까 보다!"

표정을 싹 바꾼 은서는 거침없이 말을 내뱉었다. 령의 입에선 안도의 한숨이 흘러나왔다. 더는 실망시키지 않은 그녀의 말에 고마웠다.

"후우……."

"검사 새끼?"

이강석의 표정이 일그러졌다.

"뭐라고! 이년이!"

탁!

그 순간이었다.

3장. 흔들리는 마음

탁!

령이 들고 있던 술병을 이강석이 앉은 탁자 앞에 둔탁한 소리가 나도록 내려놓았다. 술병을 잡은 령의 손은 화를 다스리는 듯 부르르 떨렸다.

어찌나 세게 내리쳤는지 술병이 바닥에 부딪혀 깨져서 그 안에 있던 술이 흘러나왔다. 화를 참아내는지 입은 굳게 다물려 있었다.

무엇보다 죽일 듯이 노려보는 령의 눈빛에 이강석은 움찔했다. 은서도 깜짝 놀라 령을 쳐다보았고, 검사들은 그대로 행동을 멈췄다. 현희 역시 상당히 놀랐는지 입을 다물지 못했다.

"너. 너. 최령."

당황해서 떨리는 현희의 목소리가 은서의 귀에 들렸다.

"부장님."

걱정이 담긴 박 검사의 목소리가 들리자 령은 술병에서 손을 뗐다. 술병이 옆으로 쓰러지며 안에 들어 있던 나머지 술이 바닥으로 떨어졌다.

"술 한 잔 드리려 했는데 술병이 부실했나 봅니다."

령이 조용히 말하며 죽일 듯 노려보자, 이강석은 현희처럼 말을 더듬었다.

"너, 너, 지금!"

"다른 술로 드리겠습니다."

령은 목소리 톤 하나 바꾸지 않고 이강석을 보며 말했다. 그러자 모두 걱정스러운 눈빛으로 령을 바라보았고, 건드려서 좋을 거 하나 없는 이강석이기에 박 검사조차 나설 엄두를 내지 못했다.

그가 손을 내밀며 술병을 달라고 하자 박 검사가 마지못해 자신의 앞에 있는 술병을 령에게 건네주었다.

"날 향해 놓은 거 같은데? 그렇지 않고 어떻게 이리 깨질 수가 있나?"

이미 다른 의도가 있다는 걸 눈치챈 이강석은 자신한테 무례하게 행동한 령에게 기분이 상했다. 그러나 그렇다고 겁먹을 그가 아니었다.

"생각하기 나름입니다."

"병이 깨질 만큼 내가 뭘 잘못했나?"

이럴 줄 알았으면 면상에 던져버릴걸. 령은 자신의 잘못도 모르는 인간하고 더는 말조차 섞기 싫었다.

"검사가 돼서 자신이 한 잘못도 모르면 옷 벗으셔야 하는 거 아닙니까?"

팽팽한 신경전에 방에 있던 모두가 숨을 죽였고, 단 한 번도 보지 못한 검사 령의 모습에 은서는 소름이 돋았다. 최대한 자신의 감정을 숨긴 차분한 말투와 무표정. 그리고 전혀 기죽지 않는 당당한 태도. 저 모습이 바로 검사 최령이구나.

그러나 그런 령의 모습을 막나가자는 것으로 판단한 이강석은 독사의 모습을 드러냈다.

"뭐라고? 어디서 새까맣게 아래에 있는 후배 놈이 하늘 같은 대선배한테."

"대선배?"

령은 비꼬듯 말하며 야릇한 웃음을 지었다. 그 모습에 이강석의 심기는 더 불편해졌다.

"뭐야? 그 웃음은?"

"대선배도 선배 나름이죠, 분위기 흐리지 말고 그 면상 들고 나가주십시오."

역겨웠다. 더는 말하고 싶지 않을 정도로 이강석에게 역겨움을 느꼈다. 후배에게 표본이 되어야 할 검사로서의 모습은 그 어디에서도 찾아볼 수가 없었다.

"너 이 새끼! 내가 누군지 알아?"

이강석은 자신의 존재를 다시 각인시키려는지 언성을 높였다. 그러나 령에게는 통하지 않았다.

"알면?"

"같은 검사로서……."

"천인소지(千人所指: 세상 무서운 줄 모르고 날뛰면 남들 손가락질에 죽을 수도 있다)."

이강석이 말을 끝내기도 전에 령은 비웃듯 사자성어를 읊었다. 한 치의 흐트러짐도 없이 주눅조차 들지 않는 령의 모습에 이강석은 오히려 마른침을 삼켰다.

"임인유현(任人唯賢: 오직 인품과 능력만을 보고 사람을 임용한다)."

"……."

"둘 다 이강석 부장님께 필요 없는 말이길 바랍니다."

"최 검사!"

이강석은 분함을 이기지 못하고 부들부들 떨리는 목소리로 소리를 질렀다.

"말씀하시죠. 둘 다 필요한 말입니까?"

"너! 이 새끼!"

은서는 자신 때문에 좋은 시간을 망쳐놓은 것 같아 미안한 생각이 들었다. 그녀는 씩씩거리는 이강석을 보며 깨진 술병을 조심스레 들어 탁자 밑의 쓰레기통에 넣었다. 그리고 일부러 탁탁 소리를 크게 내며 손을 털었다.

"당신, 거기까지만."

은서의 낮은 목소리에 이강석은 그녀를 쳐다보았다.

"뭐야, 너는?"

"사과하고 가세요. 그럼 덮어줄 테니."

"하!"

이강석은 어이가 없다는 듯 헛웃음을 쳤다.

"사과! 몰라요? 잘못했습니다. 용서해주세요."

그녀는 알아들으라며 또박또박 한 자씩 읊었다.

"너!"

이강석은 분함에 몸을 부르르 떨었다. 은서는 빨리 이 상황을 정리하고 싶어 인심 한번 크게 쓰기로 했다.

"그냥 조용히 나가면 용서해줄 테니까 꺼져!"

은서는 휴대폰을 들어 이강석의 앞으로 내밀었다.

"녹음."

"뭐?"

"못 알아들었어요? 당신이 좀 전에 한 짓 다 녹음해뒀다고. 내일 아침 뉴스에 나와볼래요?"

"녹…… 음?"

당황하는 이강석의 표정을 보자 야릇한 쾌감이 느껴졌다.

"이 영상에 댓글 달리면 완전 죽음일 거 같은데."

은서는 이강석의 목을 손으로 긋는 시늉을 했다.

"우리나라 네티즌 엄청 무서워요. 댓글로 사람을 죽이기도 하고 살리기도 해요."

이강석의 표정이 어두워졌다.

"흠!"

헛기침을 한 그는 상황을 판단하기 위해 검사들을 힐끔거리며 보았다. 모두 실망한 기색이 역력한 표정이었다. 이내 령에게 시선이 멈췄을 때 그는 깊은 숨을 들이마셨다. 부장급 회의에서 몇 번 얼굴만 익힌 정도의 애송이. 하지만 그 뒤에는 거물급이 있다는 걸 알고 있기에 잘못 건드려서 좋을 게 없다고 느꼈다.

"아~ 내가 또 아는 기자가 많아요. 물론 의학 전문 기자지만 정치부, 사회부 다 통하거든요."

은서가 휴대폰을 터치하자 이강석이 벌떡 일어났다.

"흠!"

다시 헛기침을 크게 하더니 뒤도 안 보고 빠른 걸음으로 방을 빠져나갔다.

"후······."

"령아, 너 미쳤어!"

안도의 한숨 소리가 들리기가 무섭게 현희는 화부터 냈다.

"뭐가? 저 행동이 검사가 할 행동이야!"

현희의 말을 용납 못하겠는지 령의 목소리도 커졌다.

"저 사람 건드려서 좋을 거 하나 없어!"

"난 그런 거 몰라!"

"왜들 그래? 무슨 일이야? 이거 왜 이래?"

싱글거리며 들어오던 한 과장은 싸우는 말투에 놀랐는지 연이어 질문했다.

"뭐야? 유 선생, 괜찮은 거야?"

탁자 위에 깨져 있는 병 조각을 보고는 은서가 걱정되었는지 위아래로 훑어보았다.

"아무 일도 아니에요. 그리고 전 괜찮아요."

"최령, 은서랑 또 싸웠어?"

"그게 아닙니다. 사실은."

한 과장의 말에 박 검사가 상황을 설명하자, 종업원 두 명이 들어오더니 부지런히 탁자 위를 치웠다.

다시 처음부터 모든 상황을 듣던 은서는 의문이 생겼다. 좀 전에 본 령의 모습이 진실이라면 자신이 알고 있는 모습은 무엇인지 의심스러웠다.

불의를 보며 참지 못하던 령의 모습은 현희가 말한 모습과는 거리가 멀었다. 그리고 자신이 봐왔던 령의 모습과도 달랐다. 믿음직한 뒷모습에서 느꼈던 그 감정들은 하루아침에 그냥 생기는 것이 아니기 때문이었다.

현희를 바라보던 은서는 그날 일을 떠올렸다.

'모르겠다. 어느 게 진실인지.'

은서는 혼란스러웠다.

"그렇게 된 거로군. 하지만 앞으로는 감정적으로 하지 말고 현명하게 생각해서 대처해."

"죄송합니다."

령은 현명하게 생각할 틈도 없이 몸이 먼저 반응했지만, 그렇다고 자신이 한 행동에 대해 후회는 없었다.

"이 부장이 가만있지 않을 텐데……."

여전히 걱정스런 현희의 말에 은서는 령에게 괜찮으냐고, 고맙다고 인사조차 할 수 없는 자신의 현실을 새삼 느꼈다.

"그리고 최령, 은서한테 잘 좀 해주지 어떻게 했기에 하루 하고 안 한다는 소리를 하게 해. 내가 부탁까지 했는데."

한 과장은 서운한 마음을 드러냈지만 은서는 꼭 고자질한 것처럼 되어버려 곤란해졌다.

"과장님, 그게 아니고."

"가만 있어봐."

'후……'

뜻하지 않은 이야기 전개로 난처해진 은서는 속으로 한숨을 내쉬었다.

"이제 다시 나가면 언제 올지 모르는 앤데, 도대체 어떻게 대했기에."

"죄송합니다."

한 과장은 이야기를 부풀릴 정도로 솔직히 기분이 나빴다.

"여기 부탁이니 은서를 데려왔지, 안 그럼 어림도 없었어."

"압니다."

"빨리 다른 사람 알아볼 테니까 며칠만이야. 아니면 내일부터 의무실 비워놓든지. 아쉬운 건 그쪽 아니야? 안 그래?"

"죄송합니다."

거듭되는 령의 사과에 은서는 검찰청으로 간 자신의 판단이 후회스러웠다.

"그리고 여기 계신 분들도 안면이 있으니 다들 신경 좀 써줘요."

"네! 명심하겠습니다."

검사들의 합창을 들으며 한 과장은 자리에서 일어섰다.

"자, 그럼 우린 그만 가보겠네. 분위기 흐려서 미안하네."

"배웅해드리겠습니다."

한 과장은 검사들과 악수로 인사를 대신했고, 현희가 뒤따라 나가려 하자 박 검사가 붙잡았다.

"뭐하러 줄줄이 다 나갑니까."

"아니…… 그래도."

현희는 은서와 나가는 령의 뒷모습을 보며 박 검사의 힘에 이끌려 자리에 앉았다.

그는 밖으로 나와 한 과장이 타고 갈 택시부터 잡았다. 이내 택시에 오른

한 과장을 배웅하고는 은서도 집으로 가기 위해 빈 택시를 기다렸다. 령은 한 과장이 타고 간 택시가 사라지자 도로에 서 있는 은서를 쳐다보았다. 무슨 말을 하려는지 그는 몇 번인가 입을 달싹이다 멈추기를 반복했다.

부르기조차 낯선 이름······.

"유······ 은서 씨."

은서는 자신의 이름이 이렇게 아프게 들릴 줄 몰랐다.

구토가 아니었다. 이로써 이제 자신은 령에게 그 어떤 특별한 존재가 아니라는 것을 다시 한 번 확인했다.

"지난번에 그렇게 말해서 미안합니다."

"택시!"

은서는 더는 그 어떤 말도 듣고 싶지 않았다.

"유은서!"

다시는 아는 척 안 하리라 다짐했지만, 자신이 처해 있는 상황을 그에게 상기시켜주려 뒤돌아보았다.

"추하다고······ 아는 척하지 말라면서요."

이 말을 하고 뒤돌아선 은서가 빈 택시를 보고 손을 들자, 령은 성큼성큼 걸어 그녀에게 다가갔다.

"뭐 하는 거예요?"

은서는 택시에 오르려고 뒷문을 열었다. 그 순간 그가 자신의 팔을 낚아채자 그녀는 놀랐는지 팔을 빼려고 몸을 움직였다.

"그렇게 말해서 미안하다고 하잖아."

"······."

"미안합니다."

미안. 미안합니다.

령의 눈을 바라본 은서는 그 어디에서도 자신을 봐주며 웃어주던 그 눈빛을 찾아볼 수가 없었다. 그래서 그의 눈을 피했다.

"이 팔 놔줘요. 갈래요."

은서가 팔을 뿌리치자 령은 잡고 있던 그녀의 팔을 놓아줬다. 그녀는 이미 상처 입은 자신의 마음에 입에 발린 사과 따위는 듣고 싶지 않았다. 결국 자기 마음 편하자고 하는 사과였다. 그녀는 서둘러 버스 정류장 쪽으로 뛰다시피 걸어갔다.

"하나만 알려줘요. 그 소주 병마개에 적혀 있는 거, 답이 뭡니까?"

몇 발짝 뒤따라가던 령이 걸음을 멈추고 물었다.

"……"

무슨 소리일까. 지금 저 사람이 뭐라고 한 거지. 은서가 걸음을 멈추고 뒤돌아섰다.

"그 소주병…… 봤어요?"

"지금 제가 가지고 있습니다."

현희는 들어올 시간이 지났는데도 령이 들어오지 않자 초조한 마음에 밖으로 나갔다. 다른 사람들은 좀 전에 있었던 일로 열변을 토하고 있었다.

"우리 부장님은 어떻게 이강석 부장한테 그런 행동을 할 수가 있죠?"

"깡 하나는 죽여준다."

강 검사와 정 검사는 혀를 내둘렀다.

"깡이 아니고 진리겠지."

둘의 대화를 들으며 소파에 기대앉아 있던 박 검사가 몸을 바로 하고 앉았다. 다시 생각해보니 이강석의 행동에 아무 소리 못 하고 있던 자신의 태도가 부끄러웠다.

"진리?"

강 검사가 무슨 뜻이냐며 쳐다보았다.

"검사로서 그 어떤 상황에서도 잘못을 가려내는 참된 도리."

"상황과 힘에 절대 굴복하지 않는다, 이거군요."

정 검사가 아는 척했다.

"그렇지. 우리가 부장님께 배우고 실천해야 할 모습이야."

"그런데 박 검사님과 이야기를 하다 보면 우리 부장님에 대해서 많이 알고 계신 것 같은데, 어찌 그리 잘 아세요?"

"차영철 검사……."

박 검사는 더는 말을 잇지 못하고 술잔을 들었다.

한편 령을 찾으러 밖으로 나온 현희는 둘의 모습이 보이지 않자 불안했다. 그녀는 택시 정류장으로 가며 휴대폰을 꺼냈다.

"도대체 어디 간 거야?"

주차해 있던 택시에 오르며 목적지를 말하고는 휴대폰의 단축 버튼을 눌렀다.

'피가 마른다. 지금이라도 다 얘기해버릴까?'

거짓말이 시작된 그날부터 시작된 갈등. 하지만 진실을 밝히고 싶어도 령을 잃을지도 모른다는 생각에 매번 그 마음을 접어야만 했다.

헤어졌던 사람들이 다른 사람도 아닌 자신에 의해 또다시 이렇게 만나다니. 부정하려 해도 거부할 수 없는 운명 같은 그들의 만남에 현희는 포기하자는 마음마저 생겼다.

령은 주머니에서 휴대폰을 꺼냈지만, 발신자를 확인하곤 무시해버렸다.

"그 소주병, 답이 뭡니까?"

은서가 입을 다물고 말을 안 하자 그는 다시 물었다.

"없어요, 그런 거."

"아니, 분명히 있습니다. 알고 싶습니다."

"생각 안 나요."

"답이 뭡니까?"

다시 묻는 령의 말에 그녀는 잠시 그를 올려다보았다. 눈빛이 마주치자 이렇게 서로를 마주 보고 있는 게 참으로 오랜만이란 생각이 들었다. 생각조차 거부하고 싶었던 서로의 모습. 그러니 계속 이어갈 필요는 없었다.

"이젠 다 지난 일이에요. 지금 와서 그게 무슨 소용 있어요?"

"……."

"나…… 여기 있는 동안 마음 편히 있다 가게 해주세요. 부탁할게요."

손목을 매만지며 눈길을 피하는 은서의 행동에 령의 눈빛이 흔들렸다. 무서웠으리라. 그 순간 자신의 거친 행동으로 이 여잔 두려웠으리라. 그 또한 미안했다. 그러니 그만 괴롭혀야겠지.

"알겠습니다."

"그럼……."

버스가 오자 은서는 정류장 쪽으로 걸어갔다.

"유은서 씨, 왜 저하고 한 약속을 깼습니까?"

이미 정해져 있는 답이었지만, 그래도 한 번은 물어보고 싶었다.

"먼저 깼잖아요."

빠아앙-! 하지만 대형차의 클랙슨 소리로 은서의 말은 허공으로 사라져버렸다. 버스에 오르는 그녀의 모습을 지켜보던 령은 작게 중얼거렸다.

"들어줄 자신 없는데 부탁 같은 거 나한테 하지 말지."

은서를 보낸 그가 일행이 있는 곳으로 다시 들어오자, 박 검사는 그에게 친목 도모를 위한 여행을 제안했다.

"나쁘진 않을 거 같은데요. 눈 덮인 산을 등산하는 것도 나름 괜찮습니다."

"그렇죠? 그럼 이번 토요일 날 일찍 출발하는 걸로 하겠습니다."

생각해보니 하룻밤 묵으며 친분을 돈독히 하는 것도 괜찮을 것 같았다.

자신에게 부족한 면을 옆에서 충분히 채워주고 있는 박 검사의 리더십에 령은 다시 가산점을 줬다.

"부장님이 같이 가준다고 할 줄은 정말 몰랐습니다."

"그런데 김 검사는 어디 갔습니까?"

정 수사관의 말에 령은 멋쩍었는지 그 자리에 없는 현희에 관해 물었다.

"그러게요. 아까 나갔는데…… 제가 전화해보겠습니다."

이 수사관이 휴대폰을 들었다.

"아름다우신 김 검사님! 최 부장님이 찾으시는데 어디 가셨어요?"

[최령, 거기 있어요?]

현희의 외침에 이 수사관이 당황했다.

"아. 네. 여기 있으면 안 되나요?"

[바로 갈게요.]

현희가 택시를 돌려 다시 령이 있는 곳으로 향할 때, 버스 좌석에 앉아 있던 은서는 눈을 감았다.

'미안하다고…… 했어. 미안하다고. 그러니 나는 이제 추하지 않아.'

은서의 눈 안에 눈물이 고였다.

'오늘 밤부터는 잘 수 있으려나.'

단 한 번만이라도 좋으니 죽은 듯 자고 싶었다.

령과 부딪치고 싶지 않아서일까. 다음 날 은서는 오전 내내 의무실 안에만 있었다. 그런 그녀가 동우의 점심 약속 때문에 외출을 하려고 나왔다. 그런데 검찰청의 공기가 어제와는 다르다는 것을 느꼈다. 뭔지는 모르겠지만, 분명히 무슨 일이 일어나고 있었다. 그녀는 상황을 파악하고 싶어 자판기 앞에 서 있는 정 검사에게 향했다.

"무슨 일 있어요?"

심각한 표정으로 커피를 마시던 정 검사가 은서를 보고는 가볍게 인사를 했다.

"오늘 검거 작전이 있는데 생각만큼 특공대 지원이 안 되네요."

"그럼…… 어떻게 해요?"

이런 일을 겪어보진 않았지만 정 검사의 표정에 상황이 나쁘다는 것 정도는 알 수 있었다.

"위험할 수도 있나요?"

걱정된 마음에 은서는 다시 물었다.

"작전이 있을 때마다 위험은 항상 따라다녀요. 어디서 총알이 날아올지 모르는 상황도 많이 생기다 보니, 작전에 투입된 사람들이 다치거나 죽은 모습을 볼 땐……."

총알? 죽음! 갑자기 체한 것처럼 명치가 아프게 느껴졌다. 자연스레 은서의 손이 가슴 쪽으로 갔다.

"죽어요?"

"몇 명…… 잃었다고 들었어요."

정 검사의 쓸쓸한 표정을 보고 나니 자판기 투입구에 동전을 넣는 은서의 손이 떨렸다.

"왜 이 한겨울에 얼음 가득한 냉커피가 생각나지."

박 검사가 다가오자 은서는 자판기에서 꺼낸 커피를 건네줬고 그는 감사를 표하며 받아 들었다.

"부장님은 어쩌고 계세요?"

"부장님보다…… 이강석 그 자식이 어제 앙갚음으로 뒤에서 농간을 부린 것 같아. 느낌이 그래."

이강석이라. 은서는 다시 자판기 투입구에 동전을 넣으며 자신 때문에 이 사람들이 고초를 겪는 것 같아 미안했다.

지- 잉. 지- 잉. 커피를 꺼내 든 은서는 휴대폰이 울리자 구석으로 갔다.

"어, 동우 선배."

[나오고 있어? 나 한 십 분 후면 도착할 것 같은데.]

약속조차 깜박 잊어버릴 정도로 그녀의 마음엔 여유가 없었다.

"선배, 미안한데 나 급한 일이 생겨서 못 나갈 것 같아."

[왜? 점심시간인데 무슨 일이라도 있는 거야?]

"어, 어, 미안. 내가 다음에 맛있는 거 살게. 미안해."

급히 통화를 끝낸 은서는 둘의 대화를 들었다. 그녀는 뜨거운 커피를 조심스레 입으로 가져갔다.

"박 검사님! 부장님이 찾으세요!"

이 수사관이 다급한 목소리로 외쳤다. 그 후 의무실에 있는 은서는 폭풍 전야 같은 상황에 아무것도 할 수가 없었다. 항상 흐르는 시간이건만 오늘따라 더디게 느껴졌다.

늦은 오후쯤 되자 검찰청이 소란스러워졌다. 은서는 살며시 의무실 문을 열고 밖을 내다보았다. 잠시 후 령의 사무실 문이 열리자 그녀는 잽싸게 안으로 몸을 숨겼다.

"나도 가보고 싶은데."

령을 향해 다정스럽게 말하는 현희의 목소리가 들렸다.

"위험해서 안 돼."

은서의 귀로 들리는 그의 목소리 역시 살가웠다.

은서가 듣고 있는 것을 모르는 령은 사무실 문을 닫으며 의무실이 있는 방향을 쳐다보았다.

"그럼 네 옆에만 붙어 있을게."

"……귀찮게 한다. 차 안에만 있겠다고 하면 허락할게."

"좋아!"

령의 말소리가 멀어지자 은서는 살며시 고개를 밖으로 내밀었다. 혹시나 하는 걱정된 마음에 령에게서 시선을 거둘 수가 없었다.

늦은 밤, 특공대원들은 시내 한쪽에 위치한 쌍둥이 건물 중 하나를 에워 쌌다. 불법으로 도박 게임기를 설치하고 영업을 한다는 제보를 받은 이 수사관은 령의 지시로 수사에 착수했고, 령은 상급자들 모르게 개별수사 후 자진신청 했다.

수사가 진행될수록 생각했던 것보다 조직적으로 움직인다는 걸 알아냈고, 하루 동안 거래되는 돈의 액수가 어마어마한 것으로 밝혀졌다.

개별수사를 할 정도로 비밀리에 부친 것은 검찰청에도 그들이 심어놓은 끄나풀이 있을지 모르기 때문이었다.

수사 결과, 위험한 조직이 개입되었을 가능성이 크다고 판단해 특공대를 움직이려 했으나 무슨 일인지 원하는 만큼 인원을 지원받지 못했다. 뭔가 자꾸 꼬투리를 잡으며 시간을 끌고 있다는 느낌을 받았다.

만약 검거 작전에 대한 정보가 샜다면 그동안 수사한 모든 일이 수포로 돌아가기에 더는 시간을 끌 수 없는 상황이었다. 드디어 특공대장의 지시로 검거 작전이 시작되었다.

"뭐야!"

"도망쳐!"

건물 안에 가득 차 있는 도박 기계 앞에서 횡재를 꿈꾸던 도박꾼들은 사태를 눈치채고 도망쳤다. 이들이 도박꾼이긴 하지만 무기를 소지하지 않은 민간인들이라 총을 겨눌 수도 없는 상황이었다.

탕! 탕! 공포탄이 발사되자 그들은 머리를 감싸 쥐며 주저앉았고, 도박장을 운영하는 문제의 남성들이 모습을 나타냈다. 그들은 쇠 파이프, 야구방망이, 날이 시퍼런 칼부터 총까지 소지하고 있었다.

"너희 몇 명이 뭘 하겠다고?"

쩡그랑-! 그들의 비아냥거림을 잠재우기라도 하듯 특공대원들이 창문을 깨고 진입했다. 요란한 기계 소리만 나던 도박장은 놀란 사람들의 비명으로 아비규환이 됐다. 탕!

"조용!"

다시 공포탄이 발사되며 모든 소리를 잠재웠다. 점점 조여 오는 특공대들의 총구에 범죄자들의 눈빛에는 당황하는 기색이 역력했다. 자신들의 이마에 겨냥된 붉은 불빛에 그들은 두려움을 느꼈는지 눈동자조차 움직이지 못했다.

"살고 싶으면 모두 무기를 바닥에 던져놓는다!"

이길 수 없는 싸움이라고 판단했는지 그들은 무기를 바닥에 내려놓았다.

이렇게 모든 상황이 순조롭게 마무리될 때, 은서는 의무실 안에 걸려 있는 벽시계만 뚫어져라 쳐다보고 있었다.

째깍째깍 초침 지나가는 소리와 가끔 내뱉는 한숨 소리뿐 모든 게 정지된 듯 고요했다. 초조함에 심장이 떨려서일까. 은서는 쿵쿵거리는 왼쪽 가슴에 손을 갖다 대었다.

미워하는 마음과 걱정되는 마음…… 그 혼란스러움 속에서 그녀는 지금 령을 기다리고 있었다.

"왜 이렇게 안 오는 거야?"

그리고 얼마 후 뚜벅뚜벅 소리를 내며 무리 지어 걸어오는 발소리가 들렸다. 은서는 자세히 듣기 위해 문 쪽을 쳐다보며 귀를 기울였다.

"오늘 수고하셨습니다. 큰 사고 없이 무사히 작전을 마쳐 다행입니다."

밖에서 들리는 어렴풋한 령의 목소리에 그녀는 튕기듯 의자에서 일어나 문으로 향했다.

"역시 검거작전은 짜릿하단 말이야."

문을 열기 위해 문고리를 잡았던 은서는 멈칫했다. 무사히 돌아왔느냐고,

어디 다친 데는 없느냐고 말조차 건넬 수 없었다. 현희의 목소리에 그녀는 현실로 돌아왔다.

"보는 사람은 짜릿할지 몰라도 작전에 투입된 사람들은 불안함에 찌릿해져."

"어머! 최령 부장님, 그런 말장난도 할 줄 하세요?"

"하하하하."

현희의 말에 검사들의 호탕한 웃음소리가 들리자, 은서는 옷걸이에 걸려 있는 외투를 집어 들었다. 한심해서인지 실없는 웃음이 나왔다.

"바보…… 유은서. 너 지금 뭐 하고 있니?"

의무실 문을 잠그고 복도를 보니 모두 회의실로 들어갔는지 아무도 보이지 않았다. 다행이란 생각에 그녀는 걸음을 서둘렀다.

"이리 늦도록 뭐 하시다 지금 가세요?"

뒤에서 들리는 말소리에 은서는 움찔하며 놀랐다.

"아…… 책. 책 좀 봤네요. 그런데 정 검사님은?"

"저는 이거."

정 검사가 들고 있는 쟁반 위에 커피가 담겨 있는 종이컵이 놓여 있었다. 수고하시라는 뜻으로 미소를 보여준 은서는 가볍게 고개 숙이며 인사를 했다. 정 검사는 그녀의 뒷모습을 보며 회의실 문을 열었다.

"새벽 2시가 다 되어가는데, 유 선생은 지금 나가시네요."

"아니, 뭐 하시다?"

모두 의아한 눈으로 정 검사를 보자 현희는 령을 보았다.

"책 보셨대요."

"책? 이 밤까지?"

"난들 아나요? 그렇다고 하시니 그런가 보다 하는 거지. 자, 다들 커피 드세요."

손목시계를 쳐다보는 령의 눈빛이 순간 흔들렸다. 현희는 그런 령의 모습이 보고 싶지 않았는지 커피가 담긴 잔을 들고 일어섰다.

"먼저 가볼게요. 모두 수고하셨고요. 저는 내일 아침 일찍 사건 확인차 지방으로 내려가야 할 것 같아요."

"수고하셨습니다."

자신의 말에 반응조차 없는 령을 보고 현희는 검사들의 인사말을 들으며 회의실을 나갔다.

승차장에서 택시를 기다리던 은서는 추위에 몸을 웅크린 채 어두운 밤하늘을 올려다보았다. 태양이 숨은 1월의 밤은 얼어붙은 마음만큼이나 추웠다.

"유은서, 동우 선배랑 결혼이나 할까? 그럼…… 잊히려나."

미워하는 사람이라 해도, 지나간 사랑이라 해도 그의 안전이 걱정되는 마음은 감출 수가 없었다. 마음이 자꾸 흔들렸다.

은서가 이렇듯 갈피를 잡지 못할 때 령 또한 마찬가지였다. 갑자기 밖으로 뛰어나가는 그를 본 검사들은 서로 얼굴만 쳐다보았다.

"부장님 왜 저러셔?"

밖으로 나온 령은 은서를 찾아 헤맸다. 그러나 그 어디에서도 그녀의 모습을 찾을 수가 없었다. 어두운 밤, 정신없이 뛰어다니던 그는 미움보단 오로지 걱정뿐이었다.

그런 령의 모습을 보며 신호를 기다리던 현희의 표정은 울 것처럼 변했다. 이젠 정말 포기를 하자는 마음과 아직은 아니라는 두 마음이 공존했다. 자신에게 기회가 없다 해도 처절하도록 갖고 싶은 현희의 첫사랑은 그래서 더 슬프고 힘들었다.

"최령…… 난 절대 못 줘. 넌 내 거야!"

령을 보며 단호한 표정을 지은 현희는 액셀러레이터를 밟았다. 그리고 그녀의 차가 출발할 때 그는 다시 검찰청으로 발길을 돌릴 수밖에 없었다. 지금은 사적인 일로 이렇듯 마음이 흔들릴 때가 아니란 걸 깨달았다.

검찰청으로 돌아온 령은 그 후, 팀원들과 함께 아침까지 상황 수습을 하느라 바빴다. 회의를 마친 그가 서류를 들고 나가려 하자 박 검사가 령을 불러 세우며 회의실 문을 닫았다.

"저는 아무래도 어제 있었던 검거작전에 이강석이 농간을 부린 것 같아 기분이 언짢습니다."

박 검사의 말이 무엇을 의미하는 줄 알기에 령의 표정도 굳어졌다.

"저도 그렇기는 합니다만, 이미 지나간 일이고 확실한 증거도 없으니 덮어둡시다."

"한번 알아볼까요?"

령은 고개를 저었다.

"여기서 더 이상 소란스러워지는 걸 원치 않습니다."

"부장님 뜻이 그렇다면 알겠습니다."

령은 웃음으로 감사의 뜻을 전하고 회의실 문을 열었다.

"오늘 아침에 일회용 밴드 가지러 들렀는데 진짜 인형같이 생겼어."

령은 지나가는 두 남자를 쳐다보며 직감적으로 은서를 뜻한다는 것을 알았다.

"무슨 일이십니까?"

문 앞을 가로막고 서 있자 뒤에 서 있는 박 검사가 물었다.

"아무것도 아닙니다."

모든 남자가 은서를 저런 눈으로 보고 있다는 걸 의식했다. 걸음을 옮기던 령은 다시 그 남자들을 보며 질투심이 발동하자 주먹을 불끈 쥐었다. 그것도 잠시, 령이 자신의 사무실로 들어가자 박 검사는 반대 방향으로 걸어갔다.

똑! 똑!

박 검사가 향한 곳은 바로 은서가 있는 의무실이었다.

"어디 아프세요?"

문을 열고 들어오는 박 검사의 모습에 은서는 자리에서 일어서며 그를 위아래로 훑어보았다.

"아니요. 드릴 말씀이 있어서요."

"뭔데요?"

"이번 토요일에 등산 가는데 같이 가실 수 있나 해서요."

"등…… 산이요?"

은서는 내키지 않아 주저했지만, 박 검사는 웬일인지 불도저처럼 밀어붙였다.

"의무실에서 동행해주셔야만 저희도 갈 수가 있습니다."

"왜요?"

"혹시 있을지 모르는 사고에 대비해서."

"제가 안 가면요?"

"저희도 못 갑니다."

"에이~ 무슨 그런 경우가 다 있어요."

농담으로 생각하는 은서의 말에 박 검사는 판사처럼 판결을 내렸다.

"그럼 저희를 위해 같이 가시는 걸로 알고 있겠습니다. 감사합니다."

이 말을 남긴 박 검사는 바람처럼 사라졌다. 은서는 난감해져 저 말을 믿어야 하나 말아야 하나 고민했다. 병원 생활 외엔 다른 직장 생활 경험이 없으니 알 수가 없었다.

"원래 이런 건가?"

퇴근 후, 택시를 기다리던 은서를 발견한 령은 그녀가 택시에 올라타자 자신도 모르게 핸들을 돌려 뒤따라갔다. 처음에는 걱정된 마음에 은서가 목적지에 도착하면 되돌아올 생각이었다. 그런데 그녀가 가고 있는 방향은 자신도 알고 있는 곳이었다.

언제였던가. 은서와 첫 데이트 때 들렀던 그 레스토랑이었다. 혹시나 하는 생각에 령의 입가에 옅은 미소가 생겼다. 하지만 은서가 택시에서 내려 안으로 들어간 후 우빈의 모습이 보이자 쓴웃음을 지을 수밖에 없었다.

창문 너머로 우빈의 온화한 미소와 그의 맞은편에 앉는 은서의 모습이 보였다. 이럴 줄 알았으면 따라오지 말걸…….

"한심하게 네가 나와의 첫 데이트가 생각나서 여기 온 줄 알고 기뻤다."

뭐라고 표현할 수 없는 허탈감이 밀려왔다. 령은 그곳을 벗어나기 위해 핸들을 돌렸다. 그리고 그가 나간 주차 공간으로 한 대의 자동차가 들어왔다.

"아니, 은서는 무슨 맛있는 밥을 사준다고 여기까지 오라고 한 거야?"

안전띠를 풀며 밖의 풍경을 본 소희는 감탄했다.

"동우 선배, 여기 레스토랑 엄청나게 예쁘다!"

"그래? 저기 은서랑 우빈이 보인다."

"어! 정말."

일행을 기다리던 은서의 눈에 행복하게 웃던 자신의 옛 모습이 겹쳐 보이자 물잔을 들었다.

"여기 최…… 검사랑 왔었던 곳이야?"

은서의 쓸쓸한 표정을 우빈은 놓치지 않았다.

"응."

"아직도 못 잊은 거야?"

"미운데…… 쉽지가 않네."

아파하는 은서의 마음에 우빈은 순간 화가 치밀어 올랐다.

"아후! 개자식."

"그렇게 말하지 마. 그래도 내 첫사랑인데."

홍역과도 같은 은서의 첫사랑. 그걸 알기에 우빈은 고개를 끄덕였다.

"동우 선배 왔다."

우빈의 말에 은서는 뒤를 돌아보았다.

"다들 모였구나! 내 제자들."

"사부!"

세 사람의 합창을 들으며 동우는 은서의 옆자리에 앉았다.

"이렇게 다 같이 모인 게 도대체 얼마 만이야. 10년도 넘은 것 같은데."

"그런데 타국에서 은서를 만났을 때 기분이 어땠어?"

"음. 운명이라고 생각했지. 하하하하."

뜬금없는 우빈의 질문에 동우는 속마음을 보이며 호탕하게 웃었다.

"그러게. 내가 생각해도 운명인 거 같아."

소희도 거들며 은서의 눈치를 보자 그녀는 담담한 표정을 지었다.

"근데 여기 데이트 장소로 아주 좋다. 인테리어도 예쁘고 분위기도 좋고."

소희는 가게 안을 둘러보며 또 한 번 감탄했다.

"오늘 첫 데이트치곤 지금까지는 모두 합격점이에요."

"데이트?"

은서는 이곳에서 령과 자신이 나누었던 말을 떠올렸다. 그녀에게 있어 이곳은 령과 함께한 첫 데이트 장소였다. 아픈 추억이 되어버린 그 시절이지만, 그때의 유은서는 설레는 마음으로 마음껏 웃으며 행복을 누렸다.

이런 은서의 마음을 전혀 모르는 령은 또 한 번 실망감을 맛보고 나니 어리석은 짓을 한 자신이 한심했다. 그는 교차로에서 신호를 기다리다 휴대폰을 들었다. 그가 누른 글자는…… SOS.

어느 건물 앞에 차를 주차한 령은 가게 문을 열고 들어갔다. 한적한 곳에 자리를 잡자 후덕하게 생긴 주인아주머니가 반가운 얼굴을 하며 다가왔다.

"왔어? 시루는 아직 안 왔는데 어쩔까?"

"곧 올 거예요. 이모님이 알아서 적당한 걸로 먼저 주세요."

"그래, 조금만 기다려."

그리고 얼마 후 안주가 나오자 령은 혼자서 홀짝이며 자작을 하고 있었다.

"원샷……."

입안으로 넘어가는 술맛이 쓰디썼다.

"소주는 국산……."

혼자 중얼거리는 령의 앞에 시루가 앉았다.

"무슨 일이야?"

령으로부터 SOS 문자를 받은 시루는 헐레벌떡 달려왔다.

SOS는 둘만의 암호였다. 혼자서 견디기 너무 힘들 때, 그래서 친구가 간절히 필요할 때 이 문자를 보내면 둘은 약속 장소로 정해놓은 이곳에서 만났다.

"꼴통이 보고 싶어서."

"……."

시루의 기억에 여름이 오기 시작할 무렵이었으리라. 그때도 한번 SOS를 보낸 령은 지금 이 모습으로 앉아 술잔을 기울이고 있었다. 하지만 그는 아무 말도 하지 않았고, 시루는 조급하게 캐묻지도 않았다. 뭐든지 때가 있는 법이니까.

시간이 지나자 령은 조금씩이지만 자신의 속내를 보여주기 시작했다. 그 상처가 다 아물어 아프지 않다고 말할 때까지 시루는 앞으로도 기다려줄 생각이었다.

"시루야, 언젠가 말했었지. 내 첫 사랑 겸 짝사랑."

"응."

"그 여자가 결혼한다고 돌아왔어."

이 녀석. 그래서 마음이 아프다고 나를 불렀구나.

"그랬어? 근데 최령, 원래 첫사랑은 이루어지지 않는 거래."

"그래? 그럴 줄 알았으면 첫사랑이란 거 미리 해볼걸. 그럼 그녀랑 이루어졌을까?"

얼마나 마음이 아프면 이런 말을 할까.

"인연이 아니라면 힘들 수도……."

계속해서 말할 수 없었던 것은 령의 표정이 슬퍼 보였기 때문이었다.

이 상황에서 시루가 령을 위해 해줄 수 있는 것은 없었다. 그저 친구를 위해 부디 그 여자와 령이 인연이 되게 해달라고 마음속으로 빌어주는 것밖에는.

"인연이라."

인연이 아니라서 그랬구나. 그래도 나도 좀 봐줬으면 좋았을 텐데.

"네 마음을 사로잡은 그 여자, 어떤 여자인지 궁금하다."

시루는 진심으로 궁금했다. 목석같은 이 녀석의 마음을 움직이게 한 여자. 사랑 따위 포기했던 이 친구를 이토록 흔들어놓은 여자. 아프다는 마음을 이렇게 표현하도록 한 여자. 최령을 사람으로 만들어놓은 여자가 궁금했다.

령은 막걸리 병을 들어 시루의 잔을 채웠다.

"좀 더 시간이 지나서 아무것도 아닌 하나의 추억으로 남으면 사진 보여줄게."

"지금 보여줘. 지금!"

어린아이처럼 떼쓰는 시루를 보며 령은 익살스럽게 웃었다.

"이모! 시루가 오징어 해물전 먹고 싶대요."

"우- 욱."

이렇게 령이 아파하며 은서를 추억할 때, 그녀는 동우의 차를 타고 집으로 향하고 있었다.

오랜만에 스승과 제자들이 뭉쳤으니 조용한 식당 안에서 눈치가 보일 정도로 와자지껄 떠들었다. 조금은 상기된 모습으로 조수석에 앉아 있는 은서를 보니 동우의 기분도 좋아졌다. 그는 그녀를 만난 후 처음으로 이런 모습을 본 것 같았다.

"나 다음 달에 다시 세부로 나갈 건데…… 은서야, 우리 결혼해서 같이 나가자."

"……."

은서는 동우를 바라보았다. 생각해볼 테니 기다려달라고 했는데 갑작스러운 동우의 청혼에 할 말을 잃었다.

"유은서, 그러자. 응? 내가 오늘처럼 너 웃게 해줄게."

"……."

"넌 그곳에서 마음 편하게 코피노 아이들 돌보면서 나랑 같이 행복하게 살면 되는 거야."

"……."

"싫어?"

은서가 아무 말도 없자 동우는 불안했다.

"생각해볼게."

"그래. 되도록 내가 원하는 쪽으로 생각해줘. 그렇게 해줄 거지?"

은서는 대답 대신 고개를 끄덕였다.

결혼이라…… 령과는 할 수 없으니 그 누구라도 상관없다는 생각이 들었다.

"난 너와 세부에서 함께했던 그 시간들이 결코 나쁘지 않았다고 봐."

"……."

"그 시간을 헛되게 하고 싶지도 않지만, 한때 우린 오빠 동생처럼 지낸 적도 있으니 난 괜찮은 관계라고 보는데, 너는 어때?"

은서는 이번에도 대답 대신 고개를 끄덕였다.

"설마 독신주의자 그런 건 아니지?"

"훗!"

"그렇게 웃어. 너 웃는 모습 참 예쁘다."

"선배가 그런 말 하니까 느끼해."

"부담스러워? 아직 이런 말이 낯설면 연애부터 착실하게 해보자. 어때?"

"구토, 나랑 연애할래?"

문득 령의 말이 생각났다. 은서는 마음이 욱신거리며 아파왔다.

"사실 용기가 없었는데 교수님이 응원해줘서 그런지 힘이 불끈불끈 난다."

'아빠.'

동우는 이미 부친이 허락한 사람이었다. 그러니…….

"나랑 결혼하면 교수님이 무척 좋아하실 것 같은데."

동우는 그녀의 효심이 얼마나 깊은지 잘 알고 있었다. 은서와 결혼하고 싶다는 생각을 굳혀서 그런지 그는 이제 그녀를 놓치고 싶지 않았다.

"신중히 생각해볼게."

아빠만 좋다면 누구라도 상관없다고 영민과 약속했던 은서였다.

약속…… 령과의 약속이 깨지면서 크나큰 고통을 맛보았던 그녀다. 그러니 누구보다 약속의 중요성을 잘 알고 있다. 영민을 실망시키지 않기 위해

선 이 약속을 지켜야만 했다. 은서는 작게 한숨을 내쉬었다.

회의를 마친 령은 커피를 마시기 위해 휴게실로 갔다. 그는 자판기 앞에 서 있는 은서를 보고는 뒤에서 기다렸다.

뒷모습이 이런 모습이었지. 머리카락이 좀 더 자랐네. 그런데 왜 이리 말 랐니.

잊으려 했던 은서의 모습이 령의 눈과 마음에 다시 새겨졌다.

유은서. 하나 묻고 싶은데 너는 여기에 왜 왔니?

자신이 이곳에 있는 걸 알면서도 그녀는 이곳에 왔다. 무엇 때문에…….
여전히 이상한 여자였다.

은서는 자판기 기계음을 들으며 오전에 총무과 직원과 나눈 대화를 생각 하고 있었다.

"정말 감사해요. 다행히 의무실 미스 황이 수술이 잘되어서 다음 주중에 는 나올 수 있다고 하니 며칠만 더 부탁할게요."

며칠만이라는 이 말이 서운했던 건 뭘까? 듣는 순간 은서의 마음이 싸해 졌다. 커피를 꺼낸 그녀가 돌아섰다.

뒤에 있던 령의 모습에 놀랐지만 크게 동요하지는 않았다. 좀 초췌해 보 이는 그의 모습을 외면하고 그녀는 스쳐 지나갔다. 그런데 언젠가 그때처럼 그에게서 술 냄새가 났다.

까? 은서는 그곳을 벗어나지 못하고 한쪽으로 서서 커피를 홀짝였다.

아주 짧지만 둘만의 무언의 시간…….

은서는 힐끗 훔쳐보듯 령의 모습을 보았다. 등산하면서 봐왔던 뒷모습.
아무것도 몰랐던 그 시절이 그리워서일까. 아니면 이젠 다시 볼 수 없으니 시원섭섭해서일까.

"술 드셨으면 커피보다 이온 음료나 물을 드시는 게……."

걱정이 된 은서는 커피를 꺼낸 령이 돌아서자, 자신도 모르게 말했다.

"그러겠습니다."

령은 짧은 대답을 하고 그 자리를 떴다. 사무실로 돌아온 그는 책상 위에 있는 커피 잔과 물잔을 번갈아 쳐다보았다.

"나 여기 있는 동안 마음 편히 있다 가게 해주세요."

은서의 말이 생각났다.

"그래, 네 마지막 부탁 들어줄게. 구…… 토."

헤어진 후 부를 수조차 없었던 은서의 애칭이 령의 목에 걸려 나오기가 힘들었다. 구토라는 애칭을 부르는 순간, 마치 봉인이 풀리듯 잊으려 했던 그리움과 슬픈 현실이 그의 가슴을 짓눌렀다.

구…… 토.

은서는 어디선가 자신을 부르는 소리가 들리는 듯해 책장을 넘기려던 손길을 멈췄다.

그때, 라디오에서 '내 사랑아'라는 노래가 흘러나오자 그녀는 눈을 감았다. 입안에서 맴도는 이름만으로도 가슴이 아렸다.

"4가지……."

둘 다 지금의 상황이 힘들었다.

미워했던 마음과 사랑했던 마음이 순간순간 서로에 대한 생각을 놓지 못하게 했다.

사랑…….

4장. 이별의 인사

사람들의 웅성거리는 소리에 시간을 확인한 령은 보고 있던 서류를 덮었다. 그는 현희의 말이 옳다는 생각을 했다. 자신은 은서를 잊고자 일을 선택했지만, 팀원들은 자신 때문에 사건과 싸워야만 했다. 미안한 생각이 들었다.

"식사하러 갑시다."

령이 먼저 일어섰다. 그러자 검사들도 일어서며 하나같이 기지개를 켰다.

"부장님이 시장하셨나?"

박 검사는 령이 나간 문을 바라보며 말했다.

"의사 선생님 의무실에 있는 거 보니까 아직 점심 안 드신 것 같은데."

법원을 다녀오던 강 검사는 의무실 쪽으로 오다 은서의 모습을 보았다. 환기를 시키려는지 문을 열어놓은 채 자리에 앉아 있었다.

"추운데 따뜻한 설렁탕이나 먹자고 누가 한번 말해봐."

"그래볼까요?"

정 검사가 의무실로 향했다.

먼저 식당에 와서 기다리던 령은 검사들이 들어오자 보던 신문을 접었다.

"으~ 추워."

"그런데 정 검사는 안 옵니까?"

신임 검사가 안 보이자 령은 물을 따라주며 물었다.

"의무실에 들렀다가 올 겁니다. 아직 유 선생님이 식사를 안 하신 것 같아서 모시고 오라고 했습니다."

박 검사는 령이 이강석과 대립했던 모습을 떠올리며 이젠 부딪치지 않을 거라는 판단하에 자연스레 말을 꺼냈다. 식탁에 설렁탕 그릇이 놓일 때쯤 정 검사가 식당 문을 열고 들어왔다. 그런데 혼자였다.

"유 선생은?"

령과 마찬가지로 모두 정 검사의 얼굴을 쳐다보았다. 박 검사가 묻자 정 검사는 그의 옆자리에 앉았다.

"몇 번이나 말씀드려봤는데 생각 없다고 안 드신대요."

"그럼 굶겠다고?"

"책 보시더라고요."

"책은 왜 그리 좋아하신다냐. 그래도 밥은 드셔야지. 다 먹고 살자고 하는 짓인데."

은서가 얼마나 잘 먹는지 령은 누구보다 잘 알고 있었다. 혹시 그녀가 자신 때문에 이 자리를 피하는 건 아닌가 싶어 마음이 불편해졌다. 그러다 보니 앞에 놓여 있는 설렁탕을 보고도 숟가락을 들지 못했다.

"부장님, 드시죠?"

"아…… 네, 맛있게 드세요."

밥을 먹으려던 박 검사가 뭔가 생각이 난 듯 다시 령을 쳐다보았다.

"참, 부장님, 김현희 검사가 그곳에서 중요한 단서를 잡았나 봐요. 처리되는 대로 올라오겠다고 연락이 왔습니다."

"그래요. 다행이군요."

검사들은 자연스레 일상적인 이야기로 넘어갔다. 령이 그 이야기를 들으며 먹는 둥 마는 둥 식사를 끝내고 먼저 일어설 때, 은서는 시계를 보았다.

"시간이 이렇게 지났는데도 배고픈 줄 모르다니⋯⋯."

코피노 아이들과 함께 생활하기 시작한 어느 순간부터 그녀는 그 아이들이 굶으면 함께 굶었고, 먹을 게 있으면 함께 나눠 먹었다.

"세 끼 중 한 끼 굶는다고 죽나. 한 끼로 하루를 버티는 아이들도 많은데."

그러다 보니 그녀의 식생활은 예전 습관에서 벗어나 있었다. 정 검사가 같이 가자는 소리를 반복할 때 사실 령이 걸려 못 간 건 맞았다. 나란히 같이 앉아 밥을 먹었다간 그 표정만으로도 불편해서 체할 것 같았다.

령이 의무실 쪽으로 향하며 보자 모든 사무실 문은 닫혀 있었다. 아무도 없다는 걸 알면서도 그는 주변을 두리번거린 후, 도둑질하듯 살금살금 걸었다.

"우리 커피 말고 유자차 해요. 제가 집에서 가져온 게 있거든요."

"그럴까요? 오전에 커피를 너무 마셔서 피하고 싶었는데 잘됐네요."

구내식당에서 식사를 마치고 오는 실무관들의 말소리가 들리자, 령은 재빨리 자판기가 있는 쪽으로 되돌아갔다. 애꿎은 자판기를 만지던 그는 그들이 사무실로 들어가자 주저하지 않고 의무실로 갔다. 자꾸 지체했다간 식사를 마친 이들이 우르르 몰려올 것 같았다.

령은 의무실 앞을 지나가는 척하며 문고리에 뭔가를 재빨리 걸었다. 그러고는 서둘러 그 자리를 벗어났다.

사람들 지나가는 소리에 은서는 보던 책을 덮었다. 차라도 마실 생각에 전기 포터기를 들고 일어섰다. 의무실에서 나오던 그녀는 문고리에 뭔가 걸려 있는 걸 확인하고 집어 들었다.

"뭐지?"

전기 포터기를 책상에 올려놓고 들고 온 쇼핑백을 열었다. 안의 내용물을 확인한 그녀는 다시 밖으로 나와 복도를 내다보았다. 저만치 정 검사가 의무실 쪽으로 걸어오는 걸 보았다.

"의사 선생님, 식사하셔야죠?"

"어?"

정 검사는 다짜고짜 은서의 어깨를 밀더니 회의실로 데리고 갔다. 얼떨결에 이끌려간 그녀가 의자에 앉혀졌다.

"식사하셔야죠?"

그녀 앞에는 포장용기에 담긴 설렁탕이 놓여 있었다.

"……."

"박 검사님이 여기다 이렇게 준비해놓고 외근 나가셨거든요. 아무래도 말씀하시기 쑥스러웠나 봐요."

정 검사의 말에 은서는 앞에 앉아 있는 두 사람을 바라보았다. 정식으로 소개받지는 않았지만, 넥타이 차림의 인물은 검사일 거고 편안한 점퍼 차림의 인물은 검사들과 같이 호흡을 맞추는 수사관일 것으로 추측했다.

은서가 보고 있는 그들은 강대수 검사와 장동현 수사관이었다.

"어서 식기 전에 드세요."

이 수사관의 말에 은서는 쇼핑백 안의 내용물을 꺼냈다.

"이런 게 문에 걸려 있더라고요."

은서의 말에 모두의 시선이 한곳으로 몰렸다.

"초밥이잖아!"

"초밥이네!"

"오~ 누가 의사 선생님을 흠모하고 있나 본데요?"

한마디씩 하는 말에 은서는 눈만 껌벅였다.

"설렁탕도 드시고 초밥도 드세요. 점심 안 드신 거 알고 사다 드린 거 같은데, 설마 독약이라도 넣었겠어요."

장 수사관이 초밥을 하나 꺼내 먹으며 웃었다.

"자~ 보세요. 안 죽고 있죠?"

그 모습에 다른 사람들도 하나씩 집어 먹었다.

"저도 안 죽고 있습니다."

"자~ 모두 안 죽고 있습니다."

이 남자들 덩치에 맞지 않게 왜 이리 귀엽게들 노는지.

"하하하하. 네, 안 죽고들 계시네요."

은서가 크게 소리 내서 웃자 밖에서 상황을 듣던 령도 작게 웃었다. 하지만 그것도 잠시, 자신의 사무실로 걸어가며 못마땅한 표정을 지은 채 중얼거렸다.

"왜 자기들이 먹고 난리야."

오랜만에 점심을 맛있게 먹은 탓일까. 기분이 좋아진 은서는 어느 순간 스르르 눈이 감기자 책상에 살며시 엎드렸다. 령과 같은 공간에 있어서 그런가. 은서는 문자 알림음도 듣지 못한 채 깊은 잠에 빠져들었다.

평소와 다른 평온한 오후를 보내는 령도 마음을 비워서인지 한결 편안한 모습으로 사건 서류를 보고 있었다.

공판과 사건 수사로 모두 자리를 비워서인지 그야말로 고요했다. 서류를 보고 있던 그가 고개를 들었다. 오죽했으면 그가 문 쪽을 바라보며 별일이라는 반응을 보일 정도였다.

투두둑, 투두둑. 창밖에서 들리는 빗소리에 령은 잠시 의자를 돌려 밖을 바라보았다. 비가 내리고 있었다.

"천둥 치면 무서워하는데……."

은서와의 일은 추억하기조차 거부했던 령이 지금은 그녀와 헤어진 상황을 자연스럽게 받아들이고 있었다. 진작 모든 걸 포기하고 마음을 비웠다면 그리 힘들지 않았을 텐데. 불현듯 자신의 고집이 어리석게 느껴졌다. 령은 지금 은서의 마지막 부탁을 들어주기 위해 자신의 마음속에 있던 미움이란 감정을 없애려고 노력 중이었다.

번쩍! 책상 앞에 앉아 있던 은서는 번개가 치자 창밖을 보았다.

'하나, 둘, 셋!'

우르릉, 쾅-!

령이 천둥소리와 함께 문 쪽을 바라보며 은서를 걱정할 때, 그녀는 이제 무서워하지 않았다.

이미 지나가버린 인연이건만…….

두 사람은 같은 공간에 있으면서도 그 공간을 힘겨워했고, 그러면서도 서로를 생각하고 있었다.

오후에 몇 명의 환자를 돌본 게 다였던 그녀는 퇴근 준비를 했다. 휴대폰을 가방에 넣으려던 은서는 그제야 문자가 와 있었다는 걸 알았다. 서둘러 겉옷을 입고는 문을 열려다 의무실 안을 둘러보았다.

"우산이……."

없다. 할 수 없이 일단 나가보자 생각한 은서가 복도를 걸을 때, 외근을 다녀온 박 검사를 만났다. 설렁탕에 대한 감사함에 그녀는 미소로 인사했다.

"밖에 비가 제법 오는데 우산도 없이 가시는 거예요?"

"아빠가 퇴근 시간에 맞춰서 정문 근처에서 기다리신다고 문자가 왔어요."

"그래도 거기까지 가시려면 우산이."

무슨 생각인지 박 검사가 령의 사무실을 노크하더니 문을 열었다.

"부장님, 우산 있으세요? 유 선생님이 우산이 없어서 비 맞게 생겼네요."

뜻밖의 행동에 은서의 입이 떡 벌어졌다. 그리고 서류를 보던 령은 얼떨결에 우산을 박 검사를 향해 내밀었다.

"여기 있습니다."

"직접 주세요. 저는 바쁘게 처리해야 할 일이 있어서."

그러곤 박 검사는 자신의 사무실로 들어가 버렸다. 복도로 나온 령은 은서에게 우산을 건넸다.

"……."

"받아요."

"……잘 쓸게요."

은서가 마지못해 우산을 받아 들고 돌아서자 령은 그녀의 뒷모습이 사라질 때까지 바라보았다.

대화한다는 것. 서로 마주 보고 눈을 맞춘다는 것. 참…… 낯설고 어색했다.

밖으로 나온 은서는 빗방울이 떨어지는 하늘을 보며 우산을 펴려 했다. 그때였다. 자신의 머리 위로 검은색 우산이 씌워졌다.

"아빠."

"가자. 우리 딸 비 맞으면 안 되지."

영민이 마중 온 것이다. 은서는 부친의 팔에 팔짱을 꼈다. 두 사람은 사이 좋게 차로 이동했다.

조수석에 앉은 은서가 령이 준 우산을 만지작거리며 미끄러지듯 달려가는 앞차를 바라보았다. 가끔 빗물을 쓸고 지나가는 와이퍼를 보며 영민과 이야기를 나눴다. 문득 영민이 자신의 딸을 슬쩍 쳐다보았다.

"은서야, 하나만 묻자."

"……."

뜬금없는 말에 은서는 부친을 보았다.

"갑자기 이곳을 떠난 이유가 있니?"

은서는 빙긋이 웃기만 할 뿐이었다. 여전히 그녀가 속내를 보이지 않자 영민은 안타까운 마음이 생겼다.

"아빠한테도 말할 수 없는 일이야?"

"나중에, 아주 나중에 제가 마음이 편안해지면 다 말씀드릴게요."

아마 그때도 말할 수 없으리라. 은서는 이렇게 흘러가는 시간이 아쉬웠다. 이제 이곳에서의 남은 시간은 길어야 며칠이었다. 그렇다면 검찰청에서 일어나는 모든 일을 좋은 추억으로 남기고 싶었다.

"그래. 그럼 그렇게 해."

자신의 물음에 답을 회피하자 영민은 좀 전에 동우와 통화한 일을 떠올렸다. 세부로 가기 전에 안부 전화를 했다고 했다. 그러고는 은서와의 일을 보고하듯 말하더니 상의할 것이 있다고 했다. 통화 내용을 생각해서인지 영민의 표정이 잠깐이었지만 어두워졌다.

"우리 딸, 뭐 먹고 싶은 것 있어?"

"전 엄마 밥이 제일 맛있어요."

다음 날 출근한 은서는 어제 령에게 받았던 우산을 그의 사무실 문 앞에 세워놓았다. 의무실로 향하던 그녀가 걸음을 멈췄다. 이젠 미워하지 않도록 노력하리라. 령에게 향한 미움 또한 하나의 감정이었으니 모두 버리고 완전한 타인으로 돌아가리라.

모든 마음을 정리하는 마지막 만남…….

뒤돌아선 그녀가 령의 사무실을 바라보았다. 이것이 진정 마지막이라면, 만약 기회가 된다면 그의 마지막 기억을 바꿔주고 싶었다. 이루고 싶은 하나의 간절한 소망이 생겼다.

"유 선생님, 안녕하세요."

은서는 자신에게 인사하는 박 검사를 보며 밝게 웃었다.

"안녕하세요."

"내일 1박 2일 등산 가는 거 잊으시면 안 됩니다."

"네, 기억하고 있어요."

그녀가 걱정하지 말라는 표정을 지었다. 그 후 의무실 안으로 들어가 문을 활짝 열었다.

떠나기 전 이곳도 정리하리라. 겉옷을 벗어 옷걸이에 걸어놓고는 라디오를 켰다. 그리고 의무실 청소를 하고자 창문도 마저 열려 했다. 하지만 아무리 힘을 줘도 열리지 않아 낑낑거릴 수밖에 없었다.

다시 힘껏 밀려 할 때 누군가의 손이 창문에 닿으며 문이 활짝 열렸다. 깜짝 놀란 그녀가 뒤를 돌아보았다.

최령…… 그였다.

은서의 뒤에서 그가 그녀를 품에 안듯 팔을 뻗어 창문을 열어준 것이다. 눈이 동그래진 은서는 황급히 고개를 돌렸다.

"바람이 찹니다."

그의 말처럼 바람은 살을 얼릴 듯 차가웠다.

"……고마워요."

그가 나가자 은서는 자신의 몸을 벽에 기댔다. 그리고, 의무실 문을 닫은 령도 그 문에 몸을 기대고 섰다. 언젠가 서로에게 안겼던 그 품이 그리웠는지, 두 개의 심장이 주인을 알아보듯 다시 빠르게 뛰기 시작했다.

"아하! 그래서 지금 둘이 웨딩촬영 한다고 자랑하시는 거군요."

우빈의 말에 소희는 어찌나 샘이 났는지 존칭으로 비꼬듯 말했다.

"자랑보다는 너랑 은서도 왔으면 해서 그런 거지."

"어머! 애 좀 봐. 지금 은서 마음이 어떤지 알면서 둘이 닭살 떠는 걸 보라고? 그리고 그런 자리는 신부 친구들이 가야지, 신랑 친구가 왜 가. 이 바보야!"

"옆에서 누가 닭살을 떨어줘야 은서도 동우 선배랑 결혼할 마음이 생길 거 아니야."

"맞아요."

가재는 게 편이라고 우빈의 말에 민아가 고개를 끄덕였다.

"우리가 결혼하라고 해서 은서가 할 사람이냐? 그리고 사랑하지도 않는 사람하고 어떻게 결혼을 하니?"

"후……."

소희가 하는 말을 모두 이해하기에 우빈은 한숨이 나왔다.

"그날 은서 얼굴 봤지? 그게 동우 선배를 사랑하는 여자의 얼굴이디? 쉬운 예로 너 나랑 결혼할 수 있어?"

"미쳤어!"

우빈이 화들짝 놀라며 화를 냈다.

"거봐. 그러니까 은서를 아무한테나 붙이려고 하지 마!"

동우를 만난 그날, 우빈의 말에 장단을 맞추던 소희는 은서의 표정을 보았다. 울 것 같은 가여운 친구의 표정에 미안한 마음이 생겨 더는 밀어붙일 수가 없었다.

친구들이 이토록 걱정하는 것을 은서는 알까.

퇴근 후 그녀는 내일 필요한 등산 장비를 가지러 아파트에 왔다. 엘리베이터에서 내려 복도를 따라 걷던 은서는 자신의 집이 아닌 령의 집을 보았다.

"제가 마시고 싶다고 하는 날, 안주랑 같이 한 병씩 가지고 제집으로 오시죠."

그때 가지 않았다면, 그냥 돈으로 배상했다면, 그래도 지금 이 상황으로 전개되었을까. 그녀는 굳게 닫혀 있는 령의 집을 바라보곤 자신의 집으로 들어갔다.

떠날 때와는 달리 조금 변해 있는 집 안은 사람의 온기가 없어서인지 썰렁했다. 다용도실로 곧장 들어간 은서는 수납장에서 배낭을 꺼내 들었다.

"여는 순간 송충이 열댓 마리…… 꾸물꾸물."

은서는 같은 말을 계속 반복하며 필요한 등산 물품들을 챙겨 배낭에 넣었다.

"이제 다 된 건가?"

나가기 전 배낭을 든 은서는 집 안을 둘러보았다. 그리고 그녀의 표정은 어느덧 울 것같이 변했다. 령의 모습이 보였다. 자신을 보고 웃어주던 그의 모습이 환영이 되어 그녀의 눈 안에 있었다.

딸각. 더는 기억하고 싶지 않았기에 은서는 스위치를 내렸고, 령의 차는 아파트 단지로 들어오고 있었다.

습관처럼 그가 은서의 집을 올려다보았다. 순간 그녀의 집에 불이 꺼지는 걸 발견했다.

'구토?'

령의 심장이 두근거렸다. 서둘러 차에서 내린 그가 엘리베이터로 뛰어갔다. 은서가 돌아왔을 거란 생각에 마음의 통제를 잃은 그는 버튼을 눌러놓고 초조하게 기다렸다.

그사이 은서는 휴대폰의 통화 종료 버튼을 누르며 엘리베이터 앞에 섰다.

령은 엘리베이터가 도착하자 뛰어들 듯 올라탔다. 버튼을 누른 후 층수를 알리는 붉은색 버튼이 하나씩 올라갈 때마다 그의 속은 조급함에 타들어가는 것 같았다.

띵 소리와 함께 문이 열리자 그는 그대로 복도를 내달렸다.

띵- 동! 띵- 동! 쾅! 쾅! 쾅!

벨을 누르고도 답이 없자 령은 현관문을 두드렸고, 그걸 모르는 은서는 비상구 계단을 내려가고 있었다. 엘리베이터가 막 내려가고 있기도 했고, 주차장에서 자신을 기다리고 있을 동우가 떠올랐기 때문이기도 했다. 그렇게 계단을 선택한 은서가 어느 정도 내려가던 중 돌연 걸음을 멈췄다.

"가장 위급할 때 그 사람의 진심이 보이는 건데……."

아파트에 불이 나던 그날 밤, 그녀는 비상 사이렌이 울리자 현관이 아닌 베란다로 뛰어갔다. 그런데 령은 자신한테 왔다. 짧은 시간 동안에 일어난 상황이었다. 그 정도의 시간이었다면 그는 앞뒤 생각할 것도 없이 자신한테 달려온 것이다. 은서는 이런 생각을 하며 다시 계단을 내려갔다.

"그럼 그것도 거짓이었나?"

뭔가 이상하다는 생각을 하며 은서는 계단을 마저 내려갔다.

한편, 령은 초인종을 몇 번이나 더 누르고도 답이 없자 휴대폰의 단축번호를 눌렀다. 컬러링이 끝나자 그는 은서를 불렀다.

"구토!"

[누구세요?]

은서의 목소리가 아니었다.

"유…… 은서 씨 휴대폰 아닌가요?"

[잘못 거셨네요.]

"죄송합니다."

모든 게 왜 이리 잘못되었을까. 인연은 더 이상 이어져 있지 않았다는 걸 령은 새삼 알았다. 그가 망연자실해져 있을 때, 비상계단으로 내려온 은서는 주차해 있는 동우의 차로 올라탔다.

"왜 이리 숨이 차?"

은서의 숨소리가 가쁘게 들리자 동우는 바로 알아챘다.

"어. 엘리베이터 기다리기가 뭐해서 계단으로 내려왔어."

"9층인데 계단으로? 천천히 내려와도 되는데."

동우 차가 단지를 빠져나가자 은서는 불이 꺼져 있는 령의 집을 올려다보았다.

"그런데 어떻게 빨리 왔어?"

"어. 퇴근 시간에 맞춰서 검찰청으로 가려고 전화를 했는데 네가 아파트라고 해서 지나가던 길이라 바로 차를 돌렸어."

은서가 배낭을 정리할 때 동우에게서 전화가 왔다. 세부에 있는 지사에 급한 일이 생겨 내일 가봐야 한다고 하자 그녀는 코피노 아이들이 떠올랐다. 마침 자신을 만나러 온다고 해서 그 아이들을 부탁하고 싶은 은서는 집을 나서며 불을 껐고, 령은 불이 꺼질 때 그녀의 집을 올려다본 것이다.

"급한 볼일 끝나면 코피노 아이들한테 들러줄 수 있어?"

갈 거라는 걸 알면서도 은서는 답을 들어야 안심할 것 같았다.

"그럴 거니까 너는 걱정하지 마."

"고마워."

"이제야 좀 웃는구나."

빙긋이 웃는 은서의 모습에 동우가 그녀의 손을 잡았다. 낯선 체온이 자신의 손에 닿자 은서는 령이 생각났다. 무척이나 뜨거웠던 그의 손이 떠올랐다.

"……"

"최대한 빨리 처리하고 올게."

아파트 주차장에 도착해 은서가 차에서 내리자 그도 따라 내렸다.

"그럼 나 올라갈게. 조심해서 갔다 와."

은서가 배낭을 메자 동우가 곁으로 다가왔다. 그리고 어깨의 배낭끈이 꼬여 있자 그것을 풀며 은서를 바라보았다. 그가 은서의 어깨를 잡았다.

"굿나잇 인사해도 될까?"

"응?"

은서가 동우의 말에 무슨 뜻이냐고 쳐다보자 그의 얼굴이 점점 그녀의 얼굴 쪽으로 다가왔다. 하지만 동우의 입술이 닿기도 전에 은서는 자신도 모르게 얼굴을 피했다.

"아직은……"

"그럼 언제쯤? 내가 세부에서 돌아오면 확실한 답을 줄 수 있어?"

그 역시 어느 정도 은서의 반응을 예상했는지 크게 실망하는 눈치는 아니었다.

"……."

"연애부터 하자고 하고, 내가 너무 서두르고 있지?"

"조금……."

애가 타는 자신의 마음과는 다르게 은서는 조금도 서두르는 감이 없자 동우는 그녀의 첫사랑이라던 남자를 떠올렸다. 어쩐지 이대로라면 은서를 놓칠 것 같은 불안한 마음이 생기자 그는 조급해졌다.

"아직 결혼에 확신이 없으면 먼저 약혼을 하는 건 어때?"

"약…… 혼?"

그녀가 놀란 듯 바라보았다.

"응. 어제 교수님과 통화하면서 상의했는데 너만 승낙하면 괜찮다고 하셨어."

"아빠가?"

은서는 머리를 해머로 얻어맞은 것처럼 멍해졌다.

"그런 줄 알고 그만 들어가. 전화할게."

"어? 어. 그럼 잘 다녀와."

동우는 은서의 뒷모습이 건물 안으로 사라질 때까지 쳐다보았다. 그는 답답한 마음에 차 문을 열며 중얼거렸다.

"유은서, 네 마음은 아직도 그 녀석에게 현재 진행형인 거니?"

다음 날, 박 검사의 차를 타고 강 검사와 함께 출발한 은서는 두 사람이 나누는 대화에 건성으로 대답하며 어제 있었던 일을 회상했다.

동우는 마치 통보하듯 약혼 이야기를 꺼냈다. 먼저 상의하지 않은 것에 기분이 나빴다기보다는 부모님이 좋아했던 모습이 생각나자 은서의 마음도 어느 정도 그쪽으로 기울어가고 있었다.

또 다른 누군가를 사랑한다는 것은 이제 더는 하고 싶지 않았다. 배우자로서 동우의 조건이 그리 나쁜 것도 아니었다. 조건이 아닌 사랑으로 하고 싶었던 결혼이었지만, 은서는 이제 부모님이 원한다면 조건도 괜찮을 것 같았다.

동우와 함께 이곳을 떠나 령이 없는 하늘 아래로 다시 간다면…… 모든 것은 제자리로 돌아갈 것이다.

오늘 그곳에 가면 령과 현희가 함께 있는 모습을 보게 될 것이다. 그래도 상처 입지 말고 아파하지 말자며 은서는 작게 한숨을 내쉬었다.

"다 왔습니다."

강 검사의 말에 그녀는 창밖을 보았다. 주차되어 있는 령의 차가 보이자 이번에는 깊은 숨을 들이마셨다.

"어서 오세요!"

먼저 와서 기다리던 정 검사가 차 문을 열더니 은서의 배낭을 집어 들었다. 장 수사관은 트렁크 쪽으로 갔다.

"최령, 다들 왔나 보네."

뒤이어 현희의 목소리가 들렸다.

"안녕하세요."

은서는 차에서 내리며 큰 소리로 밝게 인사했다.

"선생님, 어서 오세요."

"검사도 아닌데 여긴 어떻게 오셨어요?"

현희는 수사관들과 인사를 주고받는 은서를 어이없다는 표정으로 바라보았다.

"차 타고 왔는데요."

뒤따라 나온 령은 뜻하지 않은 은서의 출현보다 둘의 말투에 의아해했다.

"유 선생은 모두의 안전을 위해 제가 모시고 왔습니다."

은서와 같이 안으로 들어온 박 검사는 자신의 가방을 내려놓으며 현희를 바라보았다.

"여자분들이 작은방을 쓰시면 되겠네요."

은서가 작은방으로 가자 현희가 뒤따라 들어왔다.

"난 다른 사람이랑 같이 방 못 쓰는데."

현희가 안쪽으로 자리를 잡으며 은서를 향해 말했다.

"그럼 댁이 다른 방으로 가면 되겠네."

"……."

은서가 옷을 벗으며 한마디 하자 현희의 표정이 굳어졌다. 다시 느낀 거지만 아무 말도 못 했던 예전의 모습이 아니기 때문이었다.

"하나 물어보고 싶은 게 있는데, 정말 둘이 사랑하는 사이 맞아요?"

"무, 무슨 말이에요?"

"그게 그 사람이 당신을 쳐다볼 때 사랑이 담긴 눈빛이 아니라……."

자신을 바라보며 웃어주던 그 눈빛. 그 모습이 사랑이라 여겼던 시절에 령의 눈은 빛나 보였다.

"뭐라고요? 이젠 하다하다 별소리를 다 듣네."

"눈빛이 달라."

'뭐가 어째? 눈빛이 어때서!'

은서의 말에 현희는 모든 걸 들켜버린 것 같아 속으로 외칠 수밖에 없었다. 그러다 보니 그녀의 표정은 더욱 굳어졌다.

"그런 표정 짓지 않아도 돼요. 두 사람한테 이제 전혀 관심 없으니까."

관심 없다. 나는 관심 없다. 이제는 관심 없을 테니 예전의 나로 돌아가면 된다. 그런데 돌아가기 전에 하고 싶은 말이 있었다.

"행복을 빌어주고는 싶은데 과연 행복할 수 있을까?"

"뭐?"

은서는 약 올리듯 어깨를 으쓱하며 나갔다. 현희는 그 모습이 화가 났는지 신경질적으로 겉옷을 방바닥에 집어 던졌다.

은서는 주방 싱크대 앞에 모여 있는 남자들에게 다가갔다.

"제가 도와드릴 것 없어요?"

"딱히 일손이 더 필요한 건 없으니 김 검사랑 온천이나 다녀오시죠? 저희도 이것만 해놓고 출발할 겁니다."

헐. 누구랑 같이 온천을 가라고? 뒤통수가 뜨거워지는 걸 느낀 은서가 뒤를 돌아보자 현희가 노려보고 있었다.

"아…… 아직은 가고 싶지 않네요."

령은 등산복으로 갈아입고 방에서 나왔다. 그는 은서의 말을 들으며 등산화를 신었다.

"어디 가?"

"어. 산에 좀 올라갔다 오려고."

령은 지금 이 자리를 일부러 피했다. 그녀가 온 순간부터 입을 다물었지만, 그의 눈은 은서를 좇고 있었다. 그걸 알기에 현희는 문을 열고 나가는 령을 그저 바라만 보았다.

령은 다른 사람들이 온천욕을 즐기는 동안 마음의 정리를 위해 산행을 선택했다. 이미 모든 걸 정리했다고 생각했는데, 다시 정리할 마음이 생기자 오히려 신기했다. 그런데 뭐부터 정리해야 하나. 집안을 대청소하듯 마음도 그리할 수만 있다면 얼마나 좋을까.

어느 정도 올라가니 눈에 덮여 있던 탓에 등산로가 잘 보이지 않았다. 은서와 헤어진 후 단 한 번도 산을 찾지 않은 령은 한발 한발 조심스럽게 내디디며 올라갔다.

"아!"

순간 휘청하며 발을 헛디뎠다.

"잘못하면 큰일 나겠는데……."

령은 다시 앞만 보고 묵묵히 올라갔다. 한 번도 연인과의 이별을 경험해 보지 못한 그는 은서의 존재가 반가우면서도 그의 마음은 눈 덮인 겨울 산보다 더 춥게 느껴졌다.

"헤어진 사람과 다시 만난다는 건 결코 좋은 일만은 아니구나."

령이 은서와 재회한 것으로 힘들어할 때, 그녀는 겨울 햇볕을 즐기고 있었다. 따스했다. 눈앞에 펼쳐진 산을 보며 은서는 령과 함께 등산하던 옛 생각에 잠겼다. 송충이를 떠올리자 입가에 미소가 번졌다. 하지만 그녀의 눈엔 눈물이 고였다.

"안 들어가고 뭐 하세요?"

들리는 목소리에 뒤를 돌아보니 정 검사였다.

"햇볕이 좋아서 일광욕해요."

"잘못하면 감기 걸리는데. 지금 펜션에 아무도 없으니까 들어가서 편히 쉬셔도 돼요."

"조금만 더 있다 들어갈게요."

걱정하는 정 검사의 눈빛에 은서는 어쩔 수 없이 일어섰다. 그리고 아무도 없는 빈 펜션에 들어온 그녀는 거실에 누워 TV를 시청했다. 이것 말고는 달리 할 게 없었다.

얼마나 지났을까? 창밖을 보니 하늘이 온통 붉은빛으로 물들어 있었다.

"유 선생님 혼자 계셨어요?"

온천에 갔던 일행이 돌아왔다.

"네. 어쩌다 보니."

"우리 오늘 저녁에 고기 어때요?"

박 검사가 냉장고를 열어 보며 물었다. 놀러 와서 먹는 고기라…….

"좋죠! 제가 한턱낼게요."

은서가 선뜻 대답하고는 방으로 들어가 지갑을 들고 나왔다.

"오~ 맛있는 걸로 부탁해요."

"걱정하지 마시고 밥해주세요!"

"네! 알겠습니다."

남자들은 같이 신이 났지만 현희는 내내 불안감을 감추지 못했다.

"최 부장은 아직 안 왔나 본데……."

"그러게요. 날이 어두워지고 있어서 걱정되네요."

"아니, 어디까지 올라갔기에 아직도 안 와?"

현희의 말에 모두 걱정스러운 표정을 지었다. 아무 일도 없을 거라며 모두 생각하고 있을 때, 마치 자신의 이야기를 듣고 찾아오기라도 하듯 령이 문을 열었다. 그가 안으로 들어오기 전 등산화에 묻은 눈을 툭툭 털었다.

"최령, 어디까지 올라갔다 온 거야?"

"중간쯤. 내일 올라갈 때 조심해야겠어요. 눈이 많이 와서 길 찾기가 쉽지 않습니다."

"알겠습니다."

방으로 들어가려던 령은 은서의 모습을 찾았다.

"정 검! 유 선생보고 쌈장도 사오라고 전화해."

'슈퍼 갔구나. 근데 이 시간에 혼자 보낸 거야?'

은서가 없는 이유를 알게 되자 싱크대에 서 있는 남자들을 한 대씩 패주고 싶었다.

"번호 알아?"

"모르지."

령은 주머니에 있는 휴대폰을 만지작거렸다. 그러나 휴대폰에 저장되어 있는 은서의 번호는 이젠 쓸모없는 숫자에 불과했다.

"여자분이니 알아서 사오겠지?"

'과연 그럴까?'

령은 자신이 아는 은서라면 절대로 사오지 않을 것이란 결론을 내렸다.

잠시 후 은서가 돌아왔다. 그녀가 건넨 비닐봉지를 받아 든 강 검사는 안을 들여다보며 뒤적거렸다.

"쌈장 사오셨어요?"

"아니요. 사와야 해요?"

"……."

오히려 되묻자 할 말을 잃었다.

"그거 소고기라 쌈장 없어도 될 것 같은데. 여기 소금장."

이내 고기를 꺼낸 은서는 자랑스럽게 내보였고, 삼겹살을 생각하고 있던 검사들은 이게 웬 떡인가 싶어 화색이 돌았다.

"오~ 소고기! 오늘 입 호강하겠는데."

"저 예쁘죠?"

"네! 아주 예쁘십니다."

유치찬란하게 노는 남자들을 보며 령의 입가에 미소가 생겼다.

고기는 구워지기가 무섭게 없어졌고, 은서는 그런 모습이 좋아 입가에 예쁜 미소를 지었다.

"유 선생, 이 고기 죽이는데요. 이 마블링 좀 보소. 아주 그냥 예술입니다."

"그만큼 저는 출혈이 커서 이제부터 점심시간엔 라면만 먹어야 할 거 같아요."

막내답게 열심히 고기를 굽던 정 검사가 은서의 말에 기회를 잡았다는 듯 입을 열었다.

"그런 거라면 걱정하지 않으셔도 됩니다. 점심은 물론 저녁까지 제가 책임지겠습니다."

"뭐야? 데이트 신청?"

"정 검사님은 아주 귀엽긴 한데…… 죄송해요. 제 이상형은 아니네요."

'귀여워?'

저게 귀여워? 저 얼굴이 귀엽다고? 어디가? 령은 황당한 얼굴로 정 검사를 쳐다보았다.

"하하하하, 쑥스럽네."

얼굴이 벌게진 정 검사가 큰 소리를 내며 웃자, 검사들은 구워진 고기를 그의 앞으로 놓아줬다.

"많이 먹고 힘내. 그리고 실연의 아픔은 귀엽다는 말로 위로받아."

"그래. 새로운 사랑은 언제고 다시 올 거야."

"후…… 그리 말씀하시면 저는 더 비참해집니다."

정 검사는 선배 검사들이 모두 얄밉게 보였다. 하지만 한술 더 뜨는 이가 있었으니…….

"눈을 좀 낮춰라. 연상인 유 선생님은 네가 감당하기엔 너무 버거워."

이 수사관의 말에 령은 피식 웃었다. 아무렴. 저런 순둥이는 감당하기 어렵지. 보통 엉뚱해야 말이지. 어디로 튈지 모르는 개구리 정도가 아니라 구토는…… 잊으려 했던 추억들이 아련하게 떠올랐다.

"여보세요. 검사님들! 제가 그렇게 늙었다는 거예요? 뭐가 버거운데요? 저 날씬해요!"

"아, 아니요! 그런 말이 아니라……."

가만히 듣고 있던 은서가 한마디 하자 모두 말꼬리를 내리며 슬그머니 일어섰다.

"그러지 말고 우리 카드 게임이나 하죠."

방에 들어갔던 현희가 카드를 가져왔다. 은서의 눈치를 보던 그들은 모두 기다렸다는 듯 후다닥 자리를 잡고 앉았다.

그날 밤, 펜션 안은 그야말로 시끌벅적했다. 은서는 카드 게임을 하다 령과 눈이 마주칠 때면 못 본 척 피할 수밖에 없었다. 예전처럼 편안한 표정으로 자신을 바라보는 그의 눈빛에 바보처럼 마음이 살랑거렸다.

령은 정 검사를 보는 척하며 그녀를 슬쩍 보았다. 그런데 또 눈이 마주쳤다. 우연일까?

심장이 멈춘 것처럼 묘한 설렘이 느껴졌다. 훔쳐볼수록 더 보고 싶은 마음이 드는 건 뭔지.

"아하하하하. 이번에도 제가 이겼어요!"

은서는 령이 들어주길 바라며 일부러 큰 소리로 웃었다.

부탁이니까 이 웃는 모습을 마지막 모습으로 기억해주세요.

령은 오랜만에 보는 은서의 웃음이 참 예뻐 보였다. 말로 표현할 수 없을 정도로 웃는 모습이 예뻤다.

"유 선생님은 환자들이랑 매일 카드 게임만 하시나 봅니다. 자, 한 판 더!"

"아하하하. 한 판 더? 좋아요. 콜!"

"후……."

장 수사관이 물귀신 작전으로 물고 늘어지자, 은서는 콜을 외쳤다. 하지만 강 검사가 카드를 치웠다.

"콜은 무슨. 이제 그만하시죠?"

이게 벌써 몇십 번째 돌아가는 판인지. 돈을 떠나 이제는 슬슬 지쳤는지 여기저기서 한숨 소리가 들려왔다.

"그래요? 그럼 그만할까요? 사실은 저도 피곤했거든요."

은서는 이때다 싶었다. 령의 시선이 싫지 않으면서도 그 시선을 피하고 싶은 그녀는 제 앞에 있는 지폐를 집어 들었다. 그가 자신을 쳐다보며 무슨 생각을 하고 있을지 두려웠다. 혹시 우빈과 있었던 그날 밤의 모습을 떠올린다면…… 그건 싫었다.

"이러고 그만하신다니요?"

장 수사관은 돈을 챙기는 은서를 보며 꿈쩍도 안 했다. 은서가 자리를 털고 일어서자 끝내 장 수사관이 그녀의 팔을 잡았다.

"유 선생님, 그만하시는 건 안 됩니다."

"끝내요. 이 돈은 제가 사온 고깃값의 삼분의 일밖에 안 되는데 꼭 가져가야겠어요?"

"삼만 원이나 따시고 안 하신다고 하면 안 되죠."

"왜 이래요. 고깃값은 십만 원이 훨씬 넘었어요."

"풋!"

이거야 참, 뭐라고 해야 할지. 참다못한 령이 피식 웃었다. 밥값은 절대로 안 내던 저 짠순이가 그런 거금을 썼다니.

"피곤해 보이는데 이제 쉬게 해드리죠?"

령의 말에 모두 장 수사관을 쳐다보며 그렇게 하라고 고개를 끄덕였다. 그러자 그는 마지못해 손을 놓았다.

"다른 분들은 계속하는 겁니다."

박 검사가 카드를 집어 들었다.

"하! 알았어. 딱 세 판만 더 하자!"

"안 돼! 다섯 판!"

장 수사관의 고집에 모두 혀를 내둘렀다. 어느 정도 분위기를 맞춰주던 은서는 이런 핑계를 대고 방으로 들어왔다. 그녀는 손에 쥐어진 돈을 보며 웃었다. 오랜만에 실컷 웃은 것 같아 기분이 좋았다.

하지만 그것도 잠시, 령의 목소리와 기분 좋게 웃는 현희의 목소리가 들리자 갑자기 외롭다는 생각이 들었다.

"후…… 유은서. 아직도 너는 미련이 남아 있니?"

한심스러운 생각이 들자 이부자리에 몸을 뉘인 그녀는 눈을 감았다.

검사들과 같이 카드 게임을 하는 중에도 령은 은서가 잠들어 있을 방을 이따금 쳐다보았다.

잘 자고 있겠지. 그렇겠지. 잘 자라.

"아까 유 선생님이 저기 밖에 혼자 앉아 있는데, 뒷모습이 힘들어 보여서 다가갔거든요."

카드를 섞던 정 검사가 조그만 목소리로 말을 하자 모두 귀를 기울였다.

"그런데 뒤돌아보시는데 표정이 왜 그리 슬퍼 보이는지."

"어떻게?"

모두 궁금했는지 동시에 물었지만 령의 표정은 굳어졌다.

"뭐랄까? 금방이라도 눈물이 떨어질 것 같았어요. 그래서 아까는 제가 좀 과장되게 행동한 거예요."

"그렇게 말하면 우리가 믿을 줄 알지? 너 아까 거절당한 게 부끄러우니까 지금 구차하게 변명하는 거잖아."

듣고 있던 강 검사가 말하며 팔짱을 꼈다.

"아! 진짜예요! 왜들 안 믿어요?"

정 검사가 억울한지 씩씩거렸다. 그 표정에 남자들은 모두 비웃었지만, 령의 얼굴에선 웃음기마저 사라졌다.

"진짠데!"

"전이랑 분위기가 많이 달라진 건 사실이야. 무슨 안 좋은 일이 있으셨나?"

박 검사의 말에 령은 우빈을 떠올렸다. 혹시 은서가 자신과의 일로 그에게 괴롭힘을 당하는 것은 아닌지 걱정됐다.

혹시 구박당하거나 맞지는 않았을까. 왜 그 생각을 못 했을까. 그렇다면 어떻게 해야 하나.

령은 처음으로 은서의 입장이 되어 생각해보았다.

은서가 방으로 들어간 후부터 령의 표정은 굳어 있었다. 그걸 알고 있는 현희는 이 자리가 숨 막히게 힘들어 일어섰다.

"저도 그만 잘게요. 졸리네요."

잘 자라는 검사들의 말을 들으며 현희가 방으로 들어오자, 어두운 창밖을 바라보던 은서는 그대로 눈을 감았다.

현희는 이미 자신의 눈으로 두 사람의 감정을 확인했다. 이렇듯 령과 은서의 관계는 자연스럽게 엮여갔다. 이들은 정말 운명인가. 그럼 억지로 막는다고 해도 둘은 서로를 향해 자연스럽게 흘러갈 것이다.

지쳤다. 무엇보다 진실이 밝혀질까 봐 두려웠다.

현희가 이부자리를 챙기느라 부스럭거리는 사이, 밖의 사람들도 자리를 정리하는지 조금 소란스러웠다.

잠시 후, 방문 닫히는 소리가 들리더니 펜션 안은 고요해졌다.

그리고 또 얼마의 시간이 지났을까. 잠이 들었는지 현희의 고른 숨소리가 들리자 은서는 끝내 수면제를 찾기 위해 어둠 속에서 배낭을 뒤졌다.

모두가 잠자리에 든 밤, 령 역시 잠들지 못했다. 그저 거실에 앉아 은서가 잠들어 있을 방문을 바라보고 있었다.

그때 문을 열고 나오던 은서는 거실에 혼자 앉아 있는 령을 발견했고, 그도 방문을 나서는 그녀를 보았다. 서로의 눈빛이 마주치자 둘은 피하지 않았다.

'어서 자.'

'왜 안 자고 그러고 있어요?'

'네가 자야 내가 잘 수 있지.'

둘은 서로에게 이런 말을 마음속으로 전하고 있었다. 은서가 묵고 있는 방과 가까이 있으면 그녀가 편히 잘 수 있을까 싶어 령은 자리를 지키고 있었다.

잠 못 드는 은서로 인해 령의 마음은 아팠고, 아직 안 자고 있는 령을 보자 그녀는 걱정스러운 마음이 생겼다. 아주 짧은 시간이었지만 온전히 서로만 봐주던 예전 그대로의 모습이었다.

내일을 위해서 어서 자라고…… 서로가 서로에게 말하듯 쳐다보았다. 한 공간에 있다는 떨림에 두 심장은 빠르게 달음질했다.

　슬픔으로 이미 오래전에 죽었던 심장인데, 어째서 이렇게 다시 뛰는 것일까. 마치 아픈 마음이 전해지길 바라는 듯 쿵쿵거릴 정도로 뛰었다.

　벽에 기댄 채 언뜻 잠이 들었던 령은 눈을 뜨자마자 은서가 있는 방문을 바라보았다. 앉은 자세로 오랜 시간 동안 있어서인지 온몸이 뻐근해 서서히 일어섰다.

　'으'

　스트레칭을 하듯 이리저리 몸을 움직이며 화장실로 들어갔다.

　어렴풋이 들리는 물소리에 눈을 뜬 은서는 창밖을 내다보았다. 아직 해가 뜨지 않은 어두운 새벽이었다.

　얼마 후, 조심스레 화장실 문 여는 소리가 들리자 그녀는 일어나 앉았다. 잠을 못 자서인지 머리가 무겁게 느껴졌다. 다시 창밖을 바라보던 은서는 무슨 생각인지 세면도구를 들고 나갔다.

　씻고 들어온 령은 방문이 열리는 소리에 문 쪽을 바라보았다.

　은서다.

　직감적으로 그녀가 조심스레 돌아다니고 있는 것을 느꼈다. 그는 눈을 감은 채 은서의 발소리를 쫓아다녔다.

　욕실로 들어가는 소리. 씻는 소리. 나오는 소리. 방으로 들어가는 소리. 생각만으로도 그의 입가에 옅은 미소가 감돌았다.

　조용해졌다 싶었는데 다시 방문 열리는 소리가 들렸다.

　덜컹. 저건 분명 현관문이 열리는 소리였다. 령은 혹시나 하는 생각에 서둘러 거실로 나갔다. 설마 했는데 은서의 등산화가 없었다.

　그는 작은 창문에 쳐져 있는 커튼을 젖혔다. 등산복을 입은 그녀가 모자를 쓰며 산 쪽으로 걸어가고 있는 모습이 보였다. 령은 옷을 갈아입으려 빠른 걸음으로 방으로 향했다.

아직은 어두운 새벽. 은서는 조심스레 한 발짝씩 앞으로 걸었다. 찬바람이 얼굴을 스치고 지나갈 때마다 시원함이 느껴졌다. 답답한 마음이 뻥 뚫리는 기분이었다.

반면 령은 정신없이 뛰었다. 몇 번인가 미끄러질 뻔한 그는 저만치 앞장서서 가는 은서를 발견하고는 걷는 속도를 늦췄다. 설경을 보며 등산로를 따라 천천히 산을 오르던 은서는 걸음을 멈췄다.

이제야 해가 떠오르는지 산의 한쪽 산등성이가 붉게 물들기 시작했다. 일정한 거리를 두고 뒤따라가던 령은 조금씩 밝아오는 아침에 그나마 안심했다. 하지만 그녀가 혹시라도 길을 이탈할까 봐 그는 긴장을 늦추지 않았다. 더는 안 되겠다 싶은 령이 거리를 좁혀 나가기 시작했고, 은서는 산을 오를수록 옛 생각에 잠겨 눈앞이 뿌옇게 변했다. 눈물을 닦으며 비탈길을 올라가던 그녀는 눈길에 발을 잘못 디뎌 순간 미끄러졌다.

"아아악-!"

은서의 모습이…… 령의 눈 안에서 순식간에 사라져버렸다.

"구토!"

그녀의 애칭을 부르며 뛰어간 령은 은서가 사라진 자리에서 밑을 내려다보았다. 이럴 수가!

그녀는 나뭇가지를 잡고 간신히 멈춰 선 상태였다. 은서를 발견한 령은 장갑을 벗어 던지며 바닥에 엎드렸다. 그러고는 그녀를 향해 두 팔을 뻗어 손을 내밀었다.

"손 줘."

최령? 그가 자신의 눈앞에 있자 보면서도 믿을 수가 없었다.

"못해요."

은서는 나뭇가지를 잡은 손에 힘을 주며 고개를 저었다.

"할 수 있어. 내가 잡아줄게."

"안 돼요. 놓으면 미끄러져요."

령은 불안해하는 은서의 눈을 보며 다시 말했다.

"어서. 응?"

간절한 령의 눈빛을 본 그녀는 그제야 용기를 내 손을 뻗기로 했다. 가장 위급한 순간에 그 사람의 진실이 보인다. 그녀는 이 말을 믿어보기로 했다. 은서는 자신의 몸을 지탱해줄 만한 무언가가를 찾기 위해 이리저리 발을 움직였다. 그러나 눈이 덮여 있어 쉽지가 않았다.

"아악!"

잡고 있던 나무가 순간 꺾였다. 그러자 다급한 령은 은서에게 소리치듯 애원했다.

"은서야, 빨리 손 줘! 제발, 부탁이야!"

사태의 심각성을 인지한 그녀는 자신을 부르는 령을 향해 한 손을 뻗었고, 그는 낚아채듯 그 손을 잡았다.

"됐어!"

다행이라는 생각에 령의 입에서 탄성이 나왔다. 눈물을 글썽이는 은서를 보던 그는 나무뿌리를 잡은 손에 힘을 주며 그녀를 끌어 올렸다.

팔이 끊어질 것 같은 엄청난 고통이 따랐지만, 령은 그런 것에 신경 쓸 여유가 없었다. 오르지 그녀를 구해야만 했다.

조금씩 몸을 움직거리며 뒤로 물러난 령은 어느 정도 안전한 상태로 접어들자 나머지 손도 그녀를 향해 내밀었다.

은서의 두 손을 모두 잡은 령은 있는 힘껏 그녀를 끌어당겼다. 마지막 힘을 다해 다시 한 번 잡아당기자 그녀는 그대로 딸려와 령의 품에 안겨버렸다. 그 충격에 그는 은서를 안고 뒤로 넘어갔다.

"이젠 안전해."

"흐흐흑."

모든 두려움이 사라지자 그녀는 끝내 울음을 터트렸다. 미끄러지는 그 순간 얼마나 두려웠는지. 파노라마처럼 머릿속을 스쳐 지나간 사람들 중에 당연히 령도 있었다. 이 사람이 있었다. 부모님과 함께 그리도 미워했던 이 남자가 떠올랐다.

"괜찮아…… 울지 마."

"으흐흐흑."

령은 흐느끼듯 우는 은서를 조심스레 토닥였다.

괜찮다고. 이젠 정말 괜찮다고.

그러나 은서는 울고 또 울었다. 령의 모습에 반가워서 울었다. 구해준 게 고마워서 울었다. 사랑받지 못해 서러워서 울었다. 잃은 사랑에 마음이 아파 울었다. 그래서 은서는 울었다.

은서의 눈물은 령의 가슴을 흠뻑 적셨다. 그녀의 눈물은 그의 마음을 온통 슬픔으로 변하게 했다. 그녀의 울음소리에 그의 눈도 젖어들었다.

등을 두드려주는 그의 손에서 시작된 사랑은 령의 심장까지 두드렸다. 그렇게 얼마나 울었을까…….

은서가 몸을 일으켜 앉자 하늘만 쳐다보고 누워 있던 령도 일어났다.

"뭐 하시는 거예요?"

갑자기 뒤에서 자신의 어깨를 안아오는 령의 손길에 깜짝 놀란 그녀는 뒤를 돌아보았다.

"잠깐만 이대로 있어줘."

은서를 영영 잃는 줄 알았던 령은 그녀의 등에 머리를 기댔고, 은서는 그런 그의 마음을 읽었는지 눈을 감았다. 눈으로 온통 범벅된 두 사람은 한동안 말도 없이 그렇게 있었다.

"……고, 고마워요."

은서는 지금의 마음을 표현하고 싶었다.

"고마운 거 보상받고 싶은데."

"얼마 주면 돼요?"

"전 재산."

"요즘 놀아서 빈털터리인데……."

"어제 삼만 원 벌었잖아."

"킥!"

령은 웃는 은서를 돌려 앉혔다. 그러고는 은서의 옷에 묻은 눈을 털어내
주었다. 그녀는 가만히 그를 쳐다보았다.

'다정한 사람.'

지금 은서에게 보이는 령의 모습은 그 누구보다도 다정했다. 자신을 바라
보던 차가운 눈빛은 이제 그 어디에서도 찾아볼 수가 없었다. 한없이 다정
한 사람으로 보였다.

자신을 바라봐주던 따뜻한 눈빛. 잊으려 해도 잊히지 않았던 서글서글했
던 그 눈빛. 이 순간만큼은 아무것도 의심하지 않고, 보이는 모습 그대로 받
아들이고 싶었다.

눈을 털어내주던 령은 그녀와 눈이 마주치자 손의 움직임을 멈췄다. 아직
도 눈물이 고여 있는 은서의 눈을 가만히 바라보았다.

이내 조심스레 은서의 눈물을 닦아주던 령은 그녀의 차가운 볼을 어루만
졌다. 그는 눈물이 흘러내려 자국이 된 것을 조심스레 닦아줬다.

령의 차가운 손을 은서의 손이 감싸자 그 상태로 서로를 바라보았다. 이
미 은서에게 향해 통제가 안 되는 령의 마음을 대변이라도 하듯 그의 다른
손이 그녀의 얼굴을 감쌌다.

은서의 양 볼을 감싼 령의 차가운 손이 그녀의 피부로 고스란히 전해졌
다. 그리고 제발 피하지 말라고 간절한 마음을 담아 령은 아주 천천히 은서

의 입술을 향해 갔다. 하지만 그녀는 고개를 돌려버렸다.

"예전처럼 한 번만."

령은 입을 맞추고 싶었다. 그녀의 입술을 다시금 갖고 싶었다.

그의 말에 은서가 고개를 돌리자 기다렸다는 듯 입술이 포개졌다. 차마 거부할 수 없던 은서는 그대로 눈을 감아버렸다. 어쩌면 그녀 역시 령의 입술을 간절히 기다리고 있었는지도 모른다.

찬바람에 차갑고 메마른 두 입술이 맞닿자 따뜻함을 찾으려는 듯 서로의 입안으로 들어갔다.

맞닿은 입술은 예전의 입맞춤을 기억하며 본능에 따라 서로의 입안을 맛보았다. 참으로 따뜻했다. 그리고 달콤했다.

그동안 하지 못했던 입맞춤을 다 하려는 듯 령은 은서의 얼굴을 양손으로 감싸 쥐며 그녀의 입술을 탐하고 또 탐했다.

아쉬움에 떨어지지 못하는 입맞춤. 그런데 행복하지 않고 왜 이리 슬픈 것일까. 왜 이리 가슴이 미어지도록 아픈 것일까. 왜 이리 숨도 쉬지 못할 정도로 괴로운 것일까.

그건 가질 수 없는 사랑이니까…….

겨우 입술을 뗀 령이 은서의 모자를 톡톡 치자 그녀는 작게 웃었다. 그 웃음이 예쁘다는 생각이 들기도 전에 령은 다시 그녀의 눈물을 보았다.

툭! 은서의 눈에서 눈물이 떨어졌다.

구토. 거친 말과 행동으로 힘들게 해서 미안해. 이젠 사랑하는 사람과 행복해져라. 진심으로 빌어줄게.

그러니까…… 웃어.

그녀가 웃을 수만 있다면, 행복해질 수만 있다면, 그거면 충분했다. 그러니 끝내자.

"지금 이건 키스가 아니고…… 이별의 인사입니다."

5장. 밝혀진 진실

두 사람은 아프게 헤어진 후, 이제야 이별의 매듭을 지었다. 비로소 둘의 입가에 편안함을 담은 옅은 미소가 생겼다.

부디 지금 이 모습을 령이 기억해주길 바라는 은서의 마음과 그녀가 평생 웃게 해달라는 령의 마음이 합쳐져 그들은 진심을 담아 웃을 수 있었다.

어느새 날이 훤히 밝았다. 령은 두세 명씩 무리를 지어 오는 등산객들을 보며 은서에게 손을 내밀었고, 그녀는 그의 손을 잡고 일어섰다.

"어서 내려갑시다."

령은 혹시라도 미련이 생길까 봐 그녀의 손을 놓았다. 어서 내려가자는 말에 은서는 옷에 묻은 눈을 툭툭 털며 앞을 보았다.

"내가 여길 겁도 없이 혼자서 올라오다니. 미쳤구나."

길은 온통 하얀데 내려갈 일은 깜깜했다.

"그걸 이제야 아셨습니까?"

"네."

"하여튼 누가 말려……."

"그러게요. 어서 가요."

은서가 걸음을 옮기려 하자 이제 정말 마지막이란 생각에 령의 손이 그녀의 팔을 잡으며 뒤에서 안아왔다. 그사이 바보처럼 미련이 생겼나 보다. 그렇다면 미련 따위도 버려버리자.

"구토, 행복해라."

미련을 끊어낸 령은 아주 잠깐 은서를 안은 두 팔에 힘을 주어 그녀를 품에 가뒀다.

행복? 은서는 그가 떨리는 목소리로 귓가에 속삭이자 알았다고 고개를 끄덕였다.

나의 마지막 부탁을 들어준 당신. 이제 제가 당신의 마지막 부탁을 들어드리겠습니다. 그러니 최선을 다해 저 유은서는 행복해지겠습니다.

아침에 일어난 현희는 옆자리에 은서가 없자 거실로 뛰쳐나왔다. 바삐 움직이는 일행 사이로 령의 모습도 보이지 않자 그녀는 그가 묵었던 방을 들여다보았다.

"최 부장님은 어디 갔어요?"

"일어나 보니 없던데요. 유 선생 등산화도 없는 게, 두 분이 먼저 산에 올라갔나 봐요."

"네? 설마⋯⋯."

순간 두려움이 엄습했다. 부지런히 준비하고 일행을 따르던 현희는 조급해지기 시작했다. 그럴 리는 없겠지만, 은서가 모든 정황을 령에게 말한다면 그 후에 일어날 일을 감당할 자신이 없었다. 한번 쳐낸 사람은 절대 다시 보지 않는 령의 성격을 알기에 더더욱 그랬다. 혹시 령의 모습을 찾을까 싶어 일행의 뒤를 따라 올라가던 현희는 시간이 지날수록 더욱더 불안감을 감출 수가 없었다.

"정상까지 얼마나 남았어요?"

"아직도 1시간 정도 더 올라가야 합니다."

혼자 내려갈 엄두도 안 났지만, 그렇다고 계속 올라갈 수도 없었다. 이내 현희는 걸음을 멈췄다.

"그렇게 오래 걸려요? 아무래도 최 부장은 내려간 거 같은데 저 먼저 돌아갈게요."

"혼자는 위험해서 안 됩니다."

박 검사가 단호하게 말했다.

"후……."

"눈이 쌓여서 조심하지 않으면 바로 사고로 이어집니다. 그런데 혼자 내려가신다고 하면."

"알았어요!"

말을 가로막힌 현희는 거의 신경질적으로 변했다. 평상시의 모습은 온데간데없었다. 거의 히스테리 수준을 보이는 그녀를 모두 걱정스런 눈으로 바라보았다.

'내가 왜 이러지. 이럴수록 나만 힘든 건데…….'

일행이 자신을 바라보자 그녀는 깊은 한숨을 내쉬었다.

"미안해요. 어서 가요."

"그럼 다시 출발합시다. 최대한 안전을 생각해서 움직여주시기 바랍니다."

"네!"

박 검사의 말을 들은 현희의 표정은 울 것처럼 변했다. 이렇듯 불안한 현실 자체가 자신이 한 일에 벌을 받는 것 같았다. 아니면 앞으로 더 받을 벌이 남아 있는 걸까.

진실을 숨기고 숨 막히게 사는 인생은 고통 그 자체였다. 범죄자들의 삶이 이런 느낌일까?

한편, 이들이 정상을 향해 올라갈 때 지름길로 내려온 령과 은서는 이미 펜션에 도착해 있었다.. 은서는 등산화를 벗자마자 안으로 들어갔다. 그녀는 주방으로 가서 밥통 먼저 열어보았다.

"밥이 없어."

은서는 갑자기 배고픔을 느꼈다. 그동안 안 먹어도 그만이었던 그 밥이 너무도 먹고 싶어졌다.

"금방 해줄 테니까 가서 옷 갈아입고 와요. 그 얼굴도……."

령이 겉옷을 벗으며 말을 건네자 은서는 자신의 얼굴을 만졌다. 울고불고 그 난리를 쳤으니 안 봐도 엉망일 거란 생각이 들었다. 아…… 창피해라. 이런 모습을 보여줬다니.

"좀 씻을게요."

마지막 모습이 꼬질꼬질한 건 절대로 원치 않았다. 령은 후다닥 방으로 뛰어가는 은서를 보며 작게 웃었다.

"하여튼 여전히 엉뚱해."

은서가 들어가자 차분히 가라앉는 자신의 마음을 추스르며 그는 밥 지을 준비를 했다. 욕실에 들어간 은서는 거울을 보며 작게 웃었다. 항상 가슴 명치끝에 뭔가가 없힌 것처럼 답답했다.

그런데 지금은 한결 편안해졌다.

"음…… 정말 맛있어요."

씻고 나온 그녀는 령이 가지고 온 매실 장아찌를 맛보며 말했다. 그리웠던 맛. 입맛이 없어 밥에 물을 말아 먹을 때면 어김없이 생각났던 그 맛이었다.

"자, 다 됐습니다."

"밥 먹자!"

그렇게 둘은 단출한 밥상으로 최후의 만찬을 즐겼다. 이 시간만큼은 진정 행복하길 바라며……

서로가 같은 마음이라 그런지 식사 후에도 주로 정치나 사회 쪽으로 이야기를 이어 나갔다.

두 사람은 편한 자세로 거실 벽에 기대앉아 차를 마셨다. 벽과 벽 사이의 거리. 딱 이만큼의 거리가 좁혀질 수 없는 마음의 거리와도 같았다.

"하- 함."

배가 불러서인가, 아니면 마음이 놓여서 그런가. 말을 하던 은서가 살며시 입을 가리며 하품을 했다.

"많이 피곤해 보이는데 좀 자요."

"괜찮아요."

밤잠을 설친 그녀였다. 거기다 등산까지 했다. 은서는 아침 겸 점심을 먹고 나니 급격한 피로감이 몰려왔다. 모든 긴장이 풀린 상태라 그런지 또다시 하품을 할 때 둘의 눈빛이 마주쳤다.

한순간이라도 그와 같이 있고 싶은 은서는 고개를 흔들었고, 령은 그녀의 그런 모습이 더 안쓰럽게 보였다.

"부탁이니까 조금만 자요."

은서는 더 이상 거부할 수가 없어 자리에서 일어섰다. 그러고는 자신이 묵고 있는 방으로 들어가 이부자리를 펴고 누웠다.

열려 있는 방문 너머로 령의 모습을 보며 목까지 이불을 끌어당겼다. 솔직히 혼자만 누워 있으려니 어색한 정도가 이만저만한 게 아니었다.

아예 자신이 묵고 있는 방으로 들어갔으면 좋으련만 령은 그 자리에서 움직이지 않았다. 그렇다고 방문을 닫자니 그건 또 이상할 것 같았다.

"4가지는…… 안 피곤해요?"

은서는 어색함이 몰려오자 그를 방으로 들여보내고 싶었다.

"제 이름 한 번 정도는 불러주시면 안 됩니까?"

령은 오랜만에 듣는 애칭에 반가운 듯 웃었지만, 한 번쯤은 그녀가 자신의 이름을 불러주길 바랐다. 모두가 불러주는 이름이었지만 은서가 불러주는 이름을 들어보고 싶었다. 왠지 색다를 것 같았다.

"4가지는 나쁜 뜻이 아닌데."

"나쁜 뜻이 아니면 뭡니까?"

"숫자 4, 4가지."

숫자 4…… 라니…….

"다정한 남자. 차가운 남자. 뜨거운 남자. 까칠한 남자…… 당신 최령."

자신의 성격을 나타낸 말이었다.

"그런…… 뜻이었군요."

령의 입가에 옅은 미소가 번졌다. 4가지란 자체가 나였구나. 이럴 줄 알았으면 많이 불러달라고 할 것을. 은서는 다시 입을 가리며 하품을 했고, 둘은 서로의 모습을 쳐다만 볼 뿐 더는 말이 없었다.

빨려들어 갈 것 같은 령의 눈빛이 왠지 슬퍼 보였다. 그래서일까, 아니면 더 많이 봐두기 위해서일까. 은서 역시 그런 령의 눈에서 시선을 거둘 수가 없었다.

이윽고 그녀는 령의 모습을 보며 스르르 눈을 감았다. 헤어진 후 잠과의 전쟁을 벌였던 은서는 이제야 마음의 짐을 내려놓고, 그의 앞에서 안식을 찾았다. 편안히 잠든 모습이었다.

자는 그녀를 한동안 바라보던 령은 자리에서 일어났다. 그러고는 은서가 잠들어 있는 방으로 조심스레 향했다. 그때 징- 하는 휴대폰 진동 소리에 방문을 넘어가려던 그의 발이 멈췄다.

"겨울 산에 올라간다는 게 쉽지만은 않은데, 하고 나니까 왠지 뿌듯하네요. 기분이 날아갈 듯 좋습니다.

밖에서 들리는 정 검사의 말에 령은 은서가 잠들어 있는 방문을 잽싸게 닫고 자신이 묵고 있는 방으로 뛰어 들어갔다.

덜컹! 그와 동시에 현관문이 열렸다.

"그럼. 아무나 하는 것이 아니니 자부심 가져도 돼."

"최령!"

령과 은서의 등산화가 나란히 놓여 있는 걸 발견한 현희는 이 수사관의 말이 끝나기가 무섭게 그를 불렀다.

"어. 왔어?"

그가 점퍼를 입으며 거실로 나오자 현희는 령의 안색부터 살폈다. 이내 그녀는 아무 일도 없었다고 스스로 판단한 후 안심했다. 령의 표정은 그만큼 편안해 보였다.

"언제 내려왔어?"

"좀 됐어. 다들 어떠셨습니까? 표정들을 보니 나쁘진 않았던 것 같으신데."

령은 현희의 물음에 간단히 대답하고, 상기되어 있는 일행의 얼굴을 보며 말했다.

"그야말로 최고였습니다. 자연이 만들어낸 경치는 정말 경이로웠습니다."

"네! 정말 볼수록 아름다워서 할 말을 잃었다니까요?"

강 검사의 말에 정 검사가 한층 밝은 목소리로 대답했다.

"할 말을 잃은 사람이 그리도 말이 많았냐? 너만 떠들었어. 우와! 이야! 대박! 저것 봐! 이것 봐! 도대체가 한시도 가만히 안 있고 어찌나 조잘거리던지 시끄러워서 혼났네."

"그거야 아름다운 걸 보니 저절로 나온 감탄사였죠."

정 검사의 말을 들으며 마지막으로 박 검사가 등산화를 벗고 안으로 들어왔다.

"부장님, 어디 가시게요?"

"저는 급한 일이 생겨서 먼저 올라가 봐야 할 것 같습니다."

령은 박 검사의 꼼꼼함을 알기에 당부의 말은 달리 필요 없을 것 같았다.

"최령, 무슨 일인데 그리 서둘러. 안 좋은 일이야?"

"아니. 누굴 좀 만나야 할 일이 생겼을 뿐이야. 그럼 저 먼저 갑니다."

"네! 조심해서 올라가세요."

령은 모두의 인사를 받으며 펜션을 나섰다. 현희는 오히려 그가 간 것을 다행이라 여기며 자신이 묵고 있는 방으로 향했다.

"어! 문은 왜 잠그고 있대?"

령은 혹시라도 다른 사람들에게 오해를 받을까 봐 문을 닫을 때 안에 있는 문고리의 잠금장치를 눌러버렸다. 그 또한 결혼을 앞둔 은서를 먼저 배려한 행동이었다.

"네~ 신부님 표정 좋고요. 고개를 살짝 신랑님 옆으로."

촬영 기사의 말에 민아는 우빈에게 고개를 기울였다.

"네~ 네~ 아주 좋습니다. 다시 한 번요."

소희는 방실방실 웃는 두 사람의 모습을 보며 인상을 썼다. 자기가 왜 가냐고 투덜거리더니 한참 촬영이 이뤄지고 있을 때쯤 스튜디오 문을 열고 들어왔었다.

"아주 좋아 죽는구나."

"이것 좀 드세요."

소희의 뾰로통한 모습에 민아 친구가 음료수 캔을 테이블에 올려놓았다.

"아, 네. 감사합니다."

"둘 다 너무 보기 좋죠?"

"네, 샘이 날 정도로 보기 좋네요. 우리 셋 중에서 저 녀석이 제일 먼저 갈 거라고 짐작은 했지만, 막상 그렇게 되니 부럽기도 하고."

"저도요. 의사 선생님 와이프라니……."

한껏 부러워하는 민아 친구를 보며 소희는 우빈을 바라보았다. 하긴, 조건이야 엄청나게 좋지. 열쇠 세 개는 거뜬한 건데. 아깝다. 아까워.

"자~ 신랑님, 신부님과의 입술 거리가 머네요. 조금만 더 가까이. 네~ 하시는 김에 조금 더 가까이~"

"그냥 키스해!"

샘난 소희가 버럭 소리 질렀다. 우빈이 민아의 입술에 입을 맞추는 그 시각, 은서는 잠에서 깼다. 잠겨 있던 방문은 장 수사관이 철사 하나로 단숨에 열었지만, 은서는 아무 소리도 못 듣고 깊은 잠에 빠져 있었다. 점심을 먹고 한참이 지났는데도 은서가 일어나지 않자 현희는 일부러 시끄러운 소리를 내며 짐을 정리했다. 그리고 은서는 그 소리에 눈을 떴다.

'몇 시나 됐을까……. 세상에나!'

휴대폰으로 시간을 확인한 그녀는 깜짝 놀랄 수밖에 없었다. 4시간이 넘게 죽은 듯 잤기 때문이었다.

"유 선생님, 일어나셨으면 서두릅시다."

"네!"

밖에서 들리는 박 검사의 말에 은서는 몸을 일으켰다. 다시 하품하며 밖으로 나가자 모두 은서를 쳐다보았다.

"무슨 잠을 그리 주무셨어요? 식사하시라고 깨워도 안 일어나셔서 저희끼리 먹을 수밖에 없었습니다."

"저 깨웠어요?"

"네, 부장님 가시고 나서 점심 드시라고."

령이 갔다는 말에 은서는 그가 묵었던 방을 쳐다보았다.

"급한 일이 생겼다고 먼저 출발하셨습니다."

"아…… 네."

먼저 갔다는 말이 왜 이리 서운한 건지. 박 검사의 말에 은서는 령이 묵었던 방을 다시 쳐다보았다.

식당 문을 열고 들어간 그는 혼자 밥을 먹고 있는 시루의 모습을 보며 다가갔다.

"무슨 일이야?"

령은 시루한테 온 SOS 문자를 보고 한달음에 왔다.

"왔어? 밥이나 같이 먹자."

"지금이 몇 시인데?"

점심이라 하기엔 너무 늦은 시간이었고, 저녁이라 하기엔 조금 이른 시간이었다.

"이모! 령이 녀석 밥 좀 주세요."

"나 지금 김치 담그느라 바쁘니까 알아서 꺼내 가!"

식당 주인의 말에 시루가 밥을 꺼내러 가자 령은 그 모습을 보며 수저를 꺼내 들었다. 이내 밥공기를 갖다 준 시루는 한숨을 푹 내쉬며 자리에 앉았다.

"하…… 살고 싶지 않다."

땅이 꺼질 것 같은 시루의 한숨 소리에 령은 걱정 어린 눈으로 쳐다보았다.

"새어머니가 또 뭐래?"

"새어머니? 새어머니가 왜?"

령의 물음에 오히려 시루가 되물었다.

"아니, 네가 하도 심란해하니까 또 무슨 일이 있나 해서."

"설마 달랑 하나 남아 있는 오피스텔까지 달라고 하겠냐."

"그럼 무슨 일인데? 말하기 곤란하면 안 묻고."

"하……."

다시 한숨을 내쉰 시루는 벌컥벌컥 물을 마셨다.

"사실은 어젯밤에……."

"어젯밤에 왜?"

"나이트에 갔는데 내가 목욕비도 없는 거지라고 소문이 나서."

그래서 SOS를 쳤다고? 아무 때나 SOS를 치지 말라고!

"후……."

령의 한숨 소리에 시루는 말을 하다 멈췄다. 어쩨 느낌이 안 좋았다.

"그래서 어떻게 됐는데?"

이를 갈며 묻는 령의 말에 시루는 침을 꿀꺽 삼켰다.

"다시는 나이트에 못 갈 거 같아. 그래서…… 나 죽고 싶어."

"죽어!"

숟가락을 든 령의 손이 부들부들 떨렸다. 불안한 눈으로 바라보던 시루의 표정은 탁! 소리와 함께 울상으로 변했다.

"나, 갈래."

"가! 누가 말려."

은서를 놓고 왔는데……. 그곳에 그녀를 두고 왔기에 령은 화가 났다.

"너 변했다. 다 이를 거야."

삐친 시루는 밖으로 나갔다. 그리고 곧장 령의 본가로 차를 몰았다.

"어마마마, 저는 령이 때문에 미치겠습니다."

진경이 현관문을 열어주자마자 아픈 표정을 지은 시루는 정수리 부분을 만졌다.

"무슨 일이야?"

놀란 것도 잠시, 모든 사연을 들은 진경은 시루의 머리 위에 얼음팩을 올려주었다.

"그러게 왜 그런 말을 해서 숟가락으로 얻어터지고 난리야."

"사실을 말했을 뿐인데 저 무지막지한 놈이 숟가락을 무기로 휘두를 줄 제가 어찌 알았겠습니까."

시루는 역성을 들어달라는 아이처럼 진경에게 매달렸다.

"하여튼 너희 둘은……. 이참에 시루 너는 나이트도 끊고 잘됐네."

"그렇게 말씀하지 마옵소서. 저한테는 스트레스를 풀 수 있는 유일한 즐거움입니다."

한심스럽다는 듯 시루를 보던 령은 초인종 소리가 나자 현관으로 향했다.

"아버지, 다녀오셨어요."

"그래, 신발을 보니 시루가 왔나 보구나?"

"아바마마, 다녀오셨습니까?"

시루가 정중히 인사하자 기분이 좋은 현진이 맞장구를 쳐줬다.

"오냐. 근데 그 얼음팩은 뭐냐? 또 령한테 맞았니?"

"네."

시루는 간략하게 대답한 후 시무룩한 표정으로 주방으로 갔다. 현진이 겉옷을 벗어주자 진경이 받아 들었다.

"식사는 하셨어요?"

"유 선생이랑 간단히 먹었는데 어찌나 예비 사위 자랑을 하는지 배가 다 아프더군."

"예비 사위요?"

진경은 놀라서 물었고 령의 표정은 어두워졌다.

"어. 조건이 말도 못하게 좋아. 나도 딸이 있었다면 그런 녀석을 사위로 맞고 싶었을 거야."

"어머! 그 정도예요? 잘됐네요."

령은 현진의 말을 들으며 자신의 방이 있는 이층으로 향했다. 이미 알고
있던 일인데 가슴에 바윗덩어리를 얹어놓은 것처럼 답답했다.

그놈의 자존심이 뭐기에. 다시 그날로 되돌아갈 수만 있다면…….

미워한 게 아니었다고, 잃고 나니 사랑인 줄 알았다고, 너무 사랑하니 그
마음을 숨기고자 미움이라며 우겼다고. 그러니 다시 한 번 생각해보라고.

이럴 줄 알았으면 한 번쯤은 매달려 볼걸…….

'그랬다면 나를 봐줬을까?'

령은 책상에 앉아 멍하니 벽을 쳐다보았다. 그가 자신의 입술을 만졌다.
아직도 은서의 감촉이 그대로 남아 있는 기분이었다. 령의 마음이 온통 슬
픔으로 가득 찼다.

이렇게 사랑하고 있었다니. 미워한 줄 알았는데 이렇게 사랑하고 있었다
니. 그는 이제야 깨달았다. 자신이 얼마나 그녀를 사랑하는 줄 바보처럼 이
제야 알았다. 결코 마음에서 놓을 수 없는 여인이란 걸 이제야 눈치를 챘다.

"그 표정은 뭐야? 나 때린 거 후회해?"

어느새 따라 들어온 시루는 침대에 걸터앉으며 물었다.

"응, 후회해."

후회…… 차 선배를 잃었을 때 했던 말을 은서를 잃고 다시 했다.

"근데 령아, 너 이상해졌다."

"뭐가?"

령이 의자를 돌려 시루를 보았다.

"방이 예전처럼 깔끔하지 않아. 어딘지 어수선해."

"뭐, 대충 사는 거지. 자로 잰 듯 줄 맞출 필요가 있냐. 그럼 주변 사람만
피곤하지."

은서가 했던 말이었다. 마음속에서 내보낸다던 그녀를 언제부터인가 그는 닮아가고 있었다.

"……."

시루는 자신의 머리에 올려져 있던 얼음팩을 령의 머리 위에 올렸다.

"너 많이 아프구나."

"응. 아파."

마음이 아프다. 사랑을 잃은 마음의 상처가 다시 도졌는지 령의 마음이 아팠다.

"시루야, 노력하지 않고 후회하는 것보단 후회 없도록 노력해보는 게 낫겠지?"

"너는 그걸 지금 질문이라고 하냐?"

한심한 표정으로 령을 쳐다보던 시루의 표정이 진지하게 바뀌었다.

"잡아, 유 선생님 딸."

"……."

"다녀왔습니다."

은서의 인사에 주방에 있던 선영이 앞치마에 손을 닦으며 나왔다.

"볼일이란 게 등산이었거야?"

"응, 어쩔 수 없는 상황이라 따라갔었어. 아빠는?"

은서는 영민이 보이지 않자 방문을 열었다.

"령이 아빠 만나러 갔어. 아주 주거니 받거니 술 사고 밥 사고 요즘 재미있게 지내."

"그렇구나. 잘됐네."

"그러게. 못 만났으면 어쩔 뻔했을지. 어서 손 씻고 와. 밥 먹자."

이런 말을 듣고 나니 령과의 일을 비밀로 한 게 다행이다 싶었다.

잘했어, 유은서. 손을 씻기 위해 욕실로 들어간 그녀는 거울 속에 있는 자신의 모습을 보며 이렇게 칭찬해줬다.

"엄마는 아빠의 어디가 좋아서 결혼했어?"

손을 씻고 온 은서가 식탁에 앉으며 묻자 선영은 빙긋이 웃었다.

"음. 어디가 좋아서라기보다는 믿음직스러웠어. 보호해줄 것 같은 그런 느낌?"

"많이 사랑했어?"

"사랑? 사랑했지. 그러니까 결혼하겠다는 결심도 한 거고. 근데 그건 왜 물어?"

"그냥 궁금해서."

"……너 동우 사랑하니?"

"동우 선배?"

"응. 약혼을 생각해보겠단 건 어느 정도 마음에 있으니 결정한 거잖아."

"두 분이 좋아하시니까. 앞으로 좋아…… 아니, 사랑하도록 노력해보려고."

행복해지기 위해 은서는 노력이란 말을 선택했다. 의사가 되기 위해 노력한 것처럼 열심히 한다면 분명 잘될 것이라고 자신에게 말했다.

동우를 사랑하도록 노력하겠다고. 노력해야 한다고. 그래야 령의 마지막 부탁을 들어줄 수가 있다고.

선영은 울 것 같은 표정으로 숟가락을 잡으려는 은서의 손을 잡았다.

"은서야, 사랑은 노력한다고 되는 것이 아니야."

"그럼 어떻게 해야 해?"

"누군가를 사랑한다는 감정은 나도 모르는 사이 그 사람이 자연스럽게 내 마음속에 와서 사는 거야."

선영의 말에 은서의 눈에 눈물이 고였다.

"그런데 엄마, 그 사람은 나를 사랑하지 않아."

"그럼 너는? 너는 동우를 사랑해?"

자신이 사랑하는 사람이 령이라고 말조차 할 수 없는 현실에 그녀의 입술이 파르르 떨렸다.

"……엄마…… 난, 동우 선배가 아닌 다른 사람을 사랑하고 있어."

"뭐? 다른…… 사람?"

뜻밖의 말에 선영이 놀라는 표정을 보며 은서는 고개를 끄덕였다.

"응, 다른 사람……."

그 사람이 령이라고. 그를 사랑한다고. 미워하는 줄 알았는데 아니었다고. 다시 만나고 나니 미워했던 마음까지도 사랑으로 변해서 그 사랑이 더 커져버렸다고. 그래서 그 사람과의 입맞춤을 거부할 수가 없었다고…….

끝내 은서의 두 눈에선 닭똥 같은 눈물이 떨어졌다.

"가여운 것……."

"흐흑."

아무리 울음을 참으려 해도 참을 수가 없었다. 은서의 두 볼로 눈물이 흘러내리자 선영은 조심스레 닦아주었다.

"내 새끼……."

그래서 이렇게 가여워 보였구나. 외로워서 많이 울었구나. 힘들어서 도망갔었구나. 엄마가 돼서 그리 중요한 변화도 알아봐주지 못하고. 은서야, 미안하구나.

"네 말대로 노력했으니 나중에 후회는 없겠지. 결혼이란 건 남자가 여자를 사랑해서 하는 것도 좋겠지만, 내가 사랑하는 사람과 한다는 게 더 중요해."

"……."

"너 사랑하지도 않는 동우랑 맨살 맞대고 살 자신 있어?"

동우의 입술을 피했던 그 순간이 떠오르자 은서는 고개를 가로저었다.

"아니."

"내가 누군가를 사랑했다고 해서 그 사랑을 받아야 한다고 생각한다면 그건 이미 사랑이 아니야. 사랑은 받는 게 아니고 주는 거라고 하잖아."

"주는 거?"

은서는 흘러내리는 눈물을 손등으로 닦았다.

"응. 그 어떤 대가도 바라지 않고 그 사람이 잘되길 바라는 거. 그게 진짜 사랑인 거야. 그러니까 은서야, 짝사랑이라고 마음 아파하지 말고 알아주지 않는다고 화내지도 말고, 진심으로 그 사람의 행복을 빌어줘."

"행복?"

선영은 은서의 두 손을 다시 꼭 잡았다.

"응. 너한테 사랑이라는 감정을 알게 해준 소중한 사람이니까 미워하지 말고, 이제 그만하고 싶다는 생각이 들 때 네 마음에서 보내줘. 그럼 또 다른 사랑이 찾아올 거야."

"또 다른 사랑……."

선영이 고개를 끄덕였다.

"아무리 어려운 상황도 바닥을 치면 다시 올라오듯이 사랑도 끝을 맺어야 다시 시작할 수 있는 거야."

박 검사에게 오늘 있을 공판에 대한 보고를 들은 령은 그가 나가자 휴대폰을 만지작거렸다.

-구토 9시.

-4가지 9시.

-그건 저만이 할 수 있는 특권입니다.

-1분에 100병 추가.

-미쳤어요! 소주 안주로 로브스타를 먹게!

끊어냈다고 했으면서도 은서와 주고받았던 메시지를 삭제하지 못했다.

"응답하라, 유은서."

무슨 생각인지 령이 이 말을 하며 자리에서 벌떡 일어날 때, 은서는 선영과 나누었던 대화를 떠올렸다.

"네 사랑이 진실하다면 분명히 그 사람 마음에도 전해질 거야. 그러니까 기다려봐."

"응답하라, 최령."

똑똑. 노크 소리에 은서는 문을 쳐다보았고, 령이 안으로 들어오자 그녀는 자리에서 벌떡 일어섰다. 마치 자신의 부름에 응답하기 위해 들어온 것 같았다.

"구토, 내가 어떤 결정을 하던 날 믿고 따라와줄 수 있습니까?"

"무슨 결정이요?"

"Yes, No 하나만."

"Y…… es."

은서는 달라진 령의 눈빛을 보며 얼이 나간 듯 대답했다. 그의 눈빛에서 진심이 보였다.

"그거면 됐어."

은서는 알 수 없는 말을 하고 나가는 령을 바라보았다. 무엇을 결정을 했다는 것일까.

은서에게 궁금증만 남겨놓은 령은 차를 몰아 우빈에게 향했다. 자신의 물음에 그녀가 이유도 묻지 않고 긍정적인 대답을 해줬다는 것은 희망이 있다는 것으로 판단했다. 선택이 무모할지도 모르겠지만, 다시 한 번 제대로 부딪쳐보자는 결론을 내렸다. 어쩌면 기회는 이번밖에 없을지도 모른다.

그래서 령은 은서를 다시 놓치고 싶지 않아 우빈을 만나 담판을 짓기로 했다. 아무것도 해보지 않고 후회하느니 최선을 다해 노력하는 걸 선택했다.

잃어버린 차 선배는 후회해도 찾을 수가 없다. 그때의 선택이 옳았냐고 지금도 자신에게 되물으며 답을 찾고자 했지만, 그 답은 이미 차 선배가 정해주고 떠났다.

"넌 검사야. 내가 지금 죽는다 해도…… 범인을 검거해야 하는 검사……. 명령이다! 빨리 가서 범인을 잡아……."

하지만 은서와의 일은 아직 답이 정해지지 않았다. 령은 지금 그 답을 찾기 위해 우빈 앞에 섰다.

"무슨 일입니까?"

우빈은 의외의 인물이 찾아오자 몹시 못마땅한 표정으로 령을 보았다.

"연락도 없이 갑자기 찾아와서 죄송합니다."

"죄송할 짓을 왜 합니까?"

우빈은 불쾌한 기색이 역력한 표정을 지었다.

"유은서 씨에 관해 묻고 싶은 게 있어서 왔습니다."

"묻고 싶은 게 뭔지는 모르겠지만, 저는 할 말 없습니다."

"결혼하신다고 들었는데."

삐삐삐삐삐. 우빈은 응급 호출 소리에 자리에서 급히 일어섰다.

"죄송합니다. 응급 환자입니다."

"연락처 남기겠습니다. 전화 부탁합니다."

우빈은 대답조차 하지 않고 그대로 응급실 쪽으로 뛰어갔다. 령의 말을 더 이상 듣고 싶지 않을뿐더러 들을 필요성도 느끼지 못했다. 끝까지 깍듯하게 존대해준 건 은서가 처음으로 마음에 품었던 사람이기에 그에게 베푼 마지막 배려였을 뿐이다.

멀어져 가는 우빈의 모습을 허탈한 표정으로 바라보던 령은 의자에 털썩 주저앉았다. 멍하니 우빈이 사라진 곳을 바라보다 명함을 한 장 꺼내 들고 잠시 고민을 했다.

"어머! 검사님 아니세요?"

"아…… 안녕하십니까?"

양 간호사가 알아보자 령은 손에 들고 있던 명함을 그녀에게 내밀었다. 이렇게라도 연결되기를 바랐다.

"이 명함 강우빈 선생님께 전해주시겠어요?"

"그냥 전해주면 되나요?"

"네, 부탁합니다."

병원에서 나온 령은 차에 오르기 전 다시 한 번 병원 건물을 올려다보았다. 착잡한 마음을 떨쳐버릴 수는 없었지만 일단 기다려야 한다는 생각에 차에 올랐다. 기다리는 시간이 부디 길지 않기를 바랄 뿐이었다.

그의 차가 천천히 주차장을 빠져나갔다. 그는 대로로 접어들기 전 신호가 바뀌자 브레이크를 밟았다. 그런데 순간 밟는 느낌이 이상했다.

"어, 왜 이러지?"

당황한 그는 앞차와의 거리를 보며 다시 한 번 브레이크를 밟았다. 간발의 차이로 아슬아슬하게 멈춰 서자 안도의 한숨이 나왔다. 혹시나 하는 불안한 생각에 그는 비상등을 켜고 휴대폰을 들었다.

무료한 시간이 흘러간 후 서비스 직원이 오자 령은 자동차의 보닛을 열어주었다.

"브레이크가 이상한 것 같아서요."

"점검해보겠습니다."

서비스 직원이 이상 여부를 살펴보는 동안 령은 박 검사와 간단히 통화하며 상황을 알려줬다.

"이거 브레이크 쪽을 누가 만진 것 같은데요?"

통화를 끝낸 령이 다가가자 서비스 직원은 고개를 갸웃거렸다.

"그럴 리가요. 만질 사람이 없을 텐데요."

"이런 상황은 절대 자연적으로 생긴 건 아닙니다. 이 상태로 속도를 내서 달리셨다면 얼마 못 가서 큰 사고로 이어졌을 겁니다. 전화하시길 잘하셨네요."

뭘까? 기분 나쁜 이 느낌은…….

은서는 몇 번인가 의무실 문을 열고, 그의 사무실을 보며 령을 기다렸다. 도대체 난 뭘 기대하고 있는 것일까?

믿음…… 믿어달라고 했으니 믿어야 하겠지만, 여전히 자신은 없었다. 그건 현희 때문이었다.

"온몸이 쑤시고 아파서 죽겠습니다."

"저도 그래요."

은서는 회의실에서 나오는 정 검사와 현희의 모습에 의무실 문을 닫았다. 한순간이라도 령에게 기대했던 마음이 허탈해졌다.

노크 소리에 은서는 큰 소리로 대답하며 일어섰지만, 문을 열고 들어온 사람은 총무과 직원이었다.

"수고 많으세요. 다름이 아니라 다음 주엔 미스 황이 출근할 수 있다고 연락이 왔어요. 그래서 알려드리려고요."

"그래요. 잘됐네요."

"비워놔도 어쩔 수 없는 상황이었는데 이렇게 도와주시고 너무 감사드려요. 다른 특별한 일 없으면 그때까지 봐주시면 될 것 같아요."

은서는 알았다고 고개를 끄덕이긴 했지만, 서운한 마음을 감출 수가 없었다.

한편, 자동차를 점검한 령은 우빈의 전화를 받고 그리로 향하는 중이었다. 자신감이 없는 탓에 가슴이 떨렸다. 모든 일에 자신감 하나로 밀고 나갔던 그였지만, 사랑 앞에서는 두려움이 먼저 앞섰다.

카페 문을 열고 들어서자 우빈의 모습이 보였다. 그리고 그 옆에 앉아 있는 또 한 사람의 모습에 령의 표정이 일그러졌다.

서로 손을 잡고 장난을 치는 둘의 모습에 그는 어금니를 깨물었다. 상황이 이렇게 된다면 경쟁은 필요 없다.

장난을 치며 행복한 미소를 짓던 민아는 낯선 느낌을 받는지 고개를 들었다. 그리고 표정이 좋지 않은 령을 발견했다. 그녀는 우빈의 옆구리를 손으로 슬쩍 찔렀다.

"오빠, 저기."

민아의 말에 우빈은 고개를 돌렸다.

"아직도 양다리였어?"

령은 한 대 칠 것 같은 차가운 목소리로 말했다.

"누가 할 소리를 누가 하고 있는 건지. 적반하장도 유분수라고 뻔뻔함이 하늘을 찌르네."

우빈은 이제 배려라는 말을 령한테 쓰고 싶지 않았다. 그리고 그건 령도 마찬가지였다.

"하나만 묻지. 결혼한다고 들었는데 그게 사실인가?"

"그게 왜 궁금한데?"

"정확한 답을 알아야만 풀 수 있는 문제가 있거든."

"무슨 문제인데 풀기도 전에 답부터 바래. 원한다면 그리 어려운 것도 아니니까 알려주지."

"누구랑 결혼해?"

비아냥거리는 우빈의 말에 령은 다시 어금니를 깨물었고, 그의 입에서 나오는 말은 분노를 참아내는 말투였다. 령은 또박또박 물었다.

"여기 있는 김민아 씨. 이제 궁금한 게 풀렸나?"

"어. 풀렸어."

대답과 동시에 령은 우빈의 안경을 벗겼다. 그리고 그의 주먹은 우빈의 얼굴을 퍽! 소리가 나도록 강타했다. 뒤이어 우당탕거리는 요란한 소리가 들려왔다.

"아악! 오빠!"

민아는 깜짝 놀라며 비명을 질렀다. 입술을 닦은 우빈의 손에 피가 묻어났다. 우빈은 입안에 고이는 피를 침과 함께 뱉어냈다.

"흐윽. 오빠 괜찮아요? 이 피 어떡해?"

"괜찮아, 민아야. 걱정하지 마."

카페 안에 있던 사람들은 이들에게 시선을 집중했다. 웅성거리는 소리와 함께 점원은 경찰을 부르는지 '여보세요!'를 외쳤다.

"하! 이런 미친놈! 이젠 주먹까지 휘둘러?"

우빈이 일어나자 령은 다시 주먹을 움켜쥐었다.

"누구랑 결혼한다고? 그럼 은서는? 너를 사랑한 불쌍한 그 여자는 어떻게 되는 거야?"

"불쌍해? 누가? 은서가? 누가 그렇게 만들었는데!"

령의 눈빛이 심하게 흔들렸다. 생각해보니 은서의 행복을 망쳐놓은 것은 자신인데 그녀한테 행복해지라고 말하며 잘난 척을 했기 때문이다.

'계약 연애…… 미친놈! 불쌍하게 만든 건 나였어!'

화가 난 우빈이 령의 멱살을 잡자 그의 몸이 흔들렸다. 자신이 그렇게 만들어놨기에 우빈에게 대항할 마음이 생기지 않았다.

"그 애 눈물을 네가 봤어? 너란 녀석 때문에 소리도 못 내고 우는 은서의 눈물을 네가 봤어! 정작 양다리 걸친 너란 녀석은 끝까지 두 얼굴이지."

"내가 양다리? 그게 무슨 소리야?"

알 수 없는 말에 령이 혼란스러워할 때, 밖에서 경찰차가 도착했는지 사이렌 소리가 울렸다.

"정말 몰라서 묻는 거야, 아니면 모른 척하는 거야?"

"무슨 말인지 몰라서 묻는 거니까 빙빙 돌리지 말고 똑바로 말해!"

경찰관 두 명이 카페 안으로 들어오자 령의 멱살을 잡았던 우빈이 손을 풀었다.

"실례합니다. 신고가 들어와서 왔습니다. 무슨 일이시죠?"

"저기 저 두 사람이 싸워서요."

카페 점원의 말에 령은 뒤를 돌아보았고, 경찰관 한 명이 그를 알아보고는 거수경례를 했다.

"수고하십니다. 혹시 검사님, 이 사람이 사건 용의자라도 됩니까?"

"아니거든요!"

경찰관 중 한 명이 우빈을 가리키자, 옆에서 불안한 눈으로 쳐다보던 민아가 소리쳤다. 그녀는 우빈의 앞으로 와서 그를 보호하듯 가로막더니 령을 가리키며 다시 소리쳤다.

"저 남자가 내 남자를 때린 거예요! 잡아가세요!"

"저기…… 검사님, 그게 사실입니까?"

확인하기 위해 경찰관은 령을 보았다.

"사실입니다. 문제가 있으면 제가 자진출두 할 테니 잠시 자리 좀 비켜주시겠습니까? 지금 중요한 대화를 나누던 중이었습니다."

령의 말에 경찰관은 카페 점원과 몇 마디 나누고는 밖으로 나갔다. 그때까지도 령과 우빈은 여전히 서로를 노려보며 기 싸움을 하고 있었다.

"제가 어째서 은서를 울렸는지. 제가 왜 양다리인지. 알고 있는 대로 정확하게 말씀해주시기 바랍니다."

우빈에게 대하는 령의 말투가 정중하게 변했다.

한편, 령과 우빈이 어떤 상황에 있는지 전혀 모르는 은서는 퇴근을 했다. 의무실을 나와 복도를 걷던 그녀는 동우의 전화를 받았다.

"어, 동우 선배."

[유은서, 보고 싶어 미치겠다.]

첫마디가 이러니 그녀는 빙긋이 웃었다.

"바쁜 일은 다 처리했어?"

[코피노 아이들 때문에 그런 거지?]

"아니 꼭 그렇기보다는…… 여러 가지로 걱정되다 보니."

은서는 마음을 들켜버린 것 같아 미안함에 얼버무렸다.

[여러 가지? 그럼 나도 들어 있다는 거네. 이거 기분 좋은데?]

"……."

[최대한 빨리 처리하고 갈게. 그러니 너는 이제부터 나하고의 일만 생각해. 알았지?]

동우의 말을 듣던 은서는 저만치 앞에서 걸어오는 현희의 모습에 걸음을 멈췄다.

"선배, 미안한데 나는……."

[잠깐! 아직은 아무 말도 하지 마.]

동우는 불안한지 은서의 말을 가로막았다.

"알았어. 오면 얘기해. 나도 생각 좀 정리해볼게."

이미 그녀는 동우에 대한 마음을 결정한 상태였다. 온종일 령을 기다리던 은서는 그가 돌아오지 않자 다시금 실망하는 마음을 맛보았다. 그녀는 현희를 보자 이곳을 떠나기 전에 령에 대한 마음도 정리하자는 결론을 내렸다.

나를 사랑해주지 않는 사람에게 미련 따위 두지 말자.

같이 행복해질 수 없는 운명이라면…….

그래, 내 마음이 가여워도 엄마의 말처럼 대가를 바라지는 말자.

은서는 선영의 말처럼 사랑의 감정을 알게 해준 령에게 감사의 마음을 갖기로 했다. 그래서 이런 말을 해주고 싶었다.

당신만이라도 사랑하는 사람과 행복해지라고.

짝사랑의 장점 중 하나는 내가 끝내고 싶을 때 끝낼 수 있다는 것.

선영의 말처럼 보낼 때가 오고 있는 것인지 은서는 이 말을 생각해냈다. 그녀는 시점을 바꿔 생각해보았다.

현희는 지금 자신이 하지 못했던 모든 걸 감내하며 있는 그대로의 그를 사랑하고 있었다. 염연히 말하면 그녀의 사랑을 뛰어넘지 못한 자신은 이미 패배자였다. 그런데 마치 사랑을 빼앗긴 것처럼 그녀를 미워했다. 원래 령의 주인은 현희였다. 바보처럼 이제야 이걸 깨달았을까.

'난 벌 받은 거였어.'

모든 걸 내려놓으려 하니 처음으로 이런 생각이 들었다. 남의 것을 빼앗으려 했으니 벌 받은 것이라고…….

미안합니다. 언젠가 용기가 생기면 정식으로 사과하겠습니다.

아직은 그럴 용기가 없어 은서의 입은 떨어지지 않았다.

현희와의 거리가 가까워지자 은서는 미안함을 담아 그녀를 향해 가볍게 목례로 인사를 했다. 한편으론 모든 감정을 버리고 새로운 시작을 할 수 있을지 시험도 해보고 싶었다. 그런데 하고 보니 우스울 정도로 별거 아니었다.

"뭐야, 갑자기 인사는?"

하지만 현희는 한동안 그녀의 뒷모습을 쳐다봐야만 했다.

"그게…… 무슨 말입니까?"

우빈은 그날 현희와 은서 사이에서 있었던 모든 일을 령에게 말해줬다. 그러나 그의 눈은 믿지 못하겠다는 눈치였다. 지금 무슨 말을 들은 것인지 령은 혼란스러웠다.

은서에게 현희가 뭐라고 말했다고? 갖고 놀다 싫증이 나면 결국엔 항상 자기한테 돌아갔다고, 임자 있는 남자한테 꼬리 치지 말랬다고, 여자 문제를 알면서도 묵인해줬다고, 누가 누구랑 결혼한다고.

김현희! 그런 이유였어? 쇼핑백 하나 건네주고 부친의 생신날 불참했던 게 이런 일을 꾸미기 위해서였어? 그리고 아무 일도 없었던 것처럼 그렇게 웃고 있었던 거야!

여전히 믿지 못하겠다는 령의 표정에 우빈은 그날 일이 잘못됐다는 걸 확신했다.

"못 믿는 것 같은데 모두 사실입니다. 증인이 필요하다면 민아가 증인입니다."

령이 민아를 보자 그녀는 모두 맞는다는 뜻으로 고개를 끄덕였다.

"저도 그날 은서 샘 집에 있었어요. 검사님이 약속도 지킬 줄 모르는 그 정도밖에 안 되는 여자냐고 샘한테 소리칠 때 방에서 다 듣고 있었어요."

은서와의 이별은 모두 조작된 시나리오였다. 이내 령의 표정은 분노로 일그러졌고, 감정을 억누르기 위해 주먹을 움켜쥐었다.

"그리고 뭐가 추한 건데요? 은서 샘은 두 집안 부모님들이 잘 아시는 사이라서 모든 걸 혼자 감당한 건데, 왜 그런 말을 들어야 해요?"

"부모님들……."

"추한 건 검사님이세요!"

"……!"

맞다. 령은 해머로 머리를 얻어맞은 기분이었다. 은서가 감당해야 할 고통은 자신이 생각했던 것보다 훨씬 힘들고 아팠다. 부모님을 사랑하는 그녀의 깊은 마음은 자신보다 그분들을 먼저 생각했다. 그리고 혼자서 그 고통을 견뎌내기 힘들어 이곳을 떠난 것이다.

"어떻게 이런 일이……."

령은 떨리는 목소리로 말했다.

"최 검사, 한 가지만 물읍시다. 은서한테 진심입니까?"

"진심입니다."

"그럼 여기서 이러고 있으면 안 되는 거 아닙니까?"

우빈의 말에 령은 그제야 정신을 차린 듯 자리에서 일어섰다. 그러고는 크게 헛기침을 했다.

"흠! 강 선생, 한 대 치시죠."

령이 두 눈을 감고 때리기 편한 각도로 얼굴을 내밀자 우빈은 자신의 주먹을 꾹꾹 누르며 인상을 썼다.

"잠깐만, 오빠!"

말리는 민아의 말에 령은 눈을 떴고 우빈은 그녀를 보았다.

"왜 그러는데?"

"오늘 때리지 말고 보험 들어뒀다가 저분이 은서 샘 또 울리면 그때 때려주세요."

"오호~ 내 마눌 똑똑한데."

우빈의 말에 령은 피식 웃었다.

"혹시 그 보험 소멸성입니까?"

"아닙니다. 양도가 가능한 고이율 저축성 보험입니다. 제가 지켜보겠습니다."

"그리 말씀하시니 좀 무섭군요."

우빈은 명함 한 장 꺼내 령에게 건넸다. 그는 그것을 받아 들고 고맙다는 말과 함께 손을 내밀어 악수를 청했다.

"그런데 은서가 결혼 문제로 들어왔다고 한 과장님이 말씀하셨는데, 그건 무슨 말입니까?"

"아마 제 결혼 때문에 들어온 걸 그리 말씀하셨나 봅니다."

"하! 그런 거였습니까?"

이렇게 안심될 수가 없었다.

"근데…… 은서가 곧 약혼합니다. 조건이 아주 좋은 은서 아버님의 제자하고. 그러니 분발하셔야 할 겁니다."

"정말…… 입니까?"

령은 부친인 현진이 한 말이 떠올랐다. 그 대상이 우빈인 줄 알고 있었는데 아니라는 사실에 솔직히 충격을 받았다.

"그렇군요. 오늘 고마웠습니다."

령이 나가자 민아가 우빈을 보았다.

"약혼이라니. 아직 정해진 것도 아닌데 오빠 왜 그런 말을 했어요?"

"그럼 이렇게 얼어터지고 그냥 보내라고? 그럼 내가 너무 억울하지."

"그나저나 이 입술 어쩔 거예요?"

"아…… 아파."

우빈이 민아를 향해 엄살을 부릴 때, 그곳을 나와 차에 오른 령은 휴대폰을 꺼내 들었다. 은서를 만나기 전 먼저 처리해야 할 일이 남아 있기 때문이다.

"김현희, 너 어디야?"

"새로운 시작. 새로운 시작이라……."

은서는 버스에서 내려 집으로 걸어가며 이 말을 계속해서 웅얼거렸다. 모든 걸 정리하고 새로 시작하자고 다짐했지만, 뭔가 꺼림칙한 생각에 멈춰섰다.

"뭐가 새로운 시작이야? 이렇게 찝찝하게 끝내놓고. 너 유은서 맞아? 어울리지 않는 이 우울모드는 뭐고, 그까짓 첫사랑 한 번 실패했다고 인생 다 끝난 것처럼 징징징. 세상에 남자가 싸가지 그놈 하나야? 웃기지 마. 널렸어!"

그녀는 사람들의 시선도 괘념치 않고 혼잣말을 계속했다.

"어차피 검찰청 떠나면 두 번 다시 안 올 건데, 하고 싶은 말은 하고 가야겠어. 감사의 말은 직접 전해줘야 하는 거야."

꺼림칙한 생각은 바로 이것이었다. 아직 가슴 한구석에 응어리로 남아 있던 말. 그 말을 령에게 전하고자 은서는 휴대폰을 꺼냈다. 선영의 위로가 이별의 방식을 깨우쳐준 것 같았다.

은서는 빠른 속도로 문구를 작성하기 시작했다. 그러고는 머릿속에서 지워지지 않았던 11개의 숫자를 누르고 미련 없이 전송 버튼을 눌렀다. 후…… 응어리가 풀리는 기분이었다. 살 것 같았다.

"네가 한 이별 인사가 키스면 내가 한 이별 인사는 이거다. 에이씨! 이제야 속이 다 시원하네."

선영의 말로 모든 건 끝이 있다는 걸 알았다. 안 되는 걸 붙잡는다고 해서 되는 게 아니란 걸 그녀는 깨달았다. 그러니 령도 쿨하게 보내주자. 그래야…… 내가 산다.

은서가 자기만의 방식으로 이별을 고할 때, 령은 현희의 집으로 향하고 있었다. 퇴근 후 집에서 휴식을 취하다 전화를 받은 현희는 령이 도착할 즈음 밖으로 나갔지만, 그의 목소리가 심상치 않음에 불안감이 앞섰다.

저만치 자동차의 불빛이 보이자 현희는 숨을 크게 들이마셨다. 찬 공기가 폐 속 깊은 곳까지 얼리는 것 같았다. 령의 차가 그녀 앞에서 멈춰 섰다. 그리고 령은 현희의 모습을 보며 운전석의 문을 열었다.

"무슨 일 있어?"

현희가 령에게 다가왔다.

"무슨 일이 있었는지 그건 이제부터 네가 말해주면 돼."

"그게 무슨 말이야?"

"은서와 너의 이야기."

현희는 새파랗게 질린 표정이 되었고, 령은 거짓말은 용납하지 않는다는 듯 단호하게 말했다.

"말해. 하나도 빠뜨리지 말고, 그날 네가 은서에게 했던 모든 말 나한테 그대로 말해."

"최…… 령."

"말해!"

령이 소리를 지르자 현희는 뒷걸음질을 치며 물러났다. 그는 한발 한발 그녀를 몰아세우듯 앞으로 걸어갔다.

"어서 말해! 못 하겠어? 그럼 내가 해줄까?"

"최령, 그게 나는……."

뒷걸음질을 치던 현희는 담벼락에 몸이 닿자 하던 말을 멈췄다. 더 이상 도망갈 곳도 없이 갇혀버린 이 상황에 그녀는 겁에 질릴 수밖에 없었다. 그만큼 령의 표정은 무서웠다.

"김현희, 내가 누굴 갖고 놀았냐? 어떤 여자 문제? 네가 묵인해준 여자들이 누군지 말해봐!"

"최령, 그건 내가 너를 좋아하다 보니."

퍽!

령은 그대로 그녀를 향해 자신의 주먹을 날렸다. 하지만 차마 때릴 수 없었기에 그의 주먹은 담벼락을 치며 멈췄다.

악 소리도 못 할 정도로 놀란 현희는 눈동자만 돌려 자신의 얼굴을 비켜 간 령의 주먹을 보았다.

"최려…… 령."

"네가 남자가 아닌 여자인 걸 감사하게 생각해. 안 그랬으면 이 주먹은 강 선생한테 했던 것처럼 너한테도 날아갔을 거야."

"……."

"넌 이제부터 내 친구 아니다."

빠아- 앙!

그때였다. 자동차 클랙슨 소리가 들리더니, 한 대의 승용차가 령의 차 뒤에 섰다.

"아빠……."

현희가 부친의 차를 알아보고 울먹이는 목소리로 부르자 령은 주먹을 거뒀다.

"최군, 내 딸한테 이게 무슨 짓인가?"

령은 정중히 현희 부친인 성혁에게 인사를 했고, 현희는 그대로 땅바닥에 주저앉아 울음을 터트렸다. 그녀의 울음소리는 이제 모든 게 끝났다는 절망감이 담겨 있었다.

"현희야, 무슨 일이야? 왜 그러는 거야?"

성혁이 다가가자 현희는 입을 열었다.

"아빠, 내가 거짓말을 했어. 최령을 잃을까 봐 쟤가 좋아하는 여자한테…… 흐흐흑."

더는 말을 이을 수 없는지 현희는 다시 울음을 터트렸다. 그리고 성혁은 그 말만으로도 무슨 일이 일어났었는지 짐작하는 눈치였다. 우려했던 일이 일어났지만 그는 아버지의 입장에서 현희를 안아줄 수밖에 없었다.

"미안하네, 최 군. 내 체면을 봐서라도 우리 딸을 용서해주면 안 되겠나? 내가 이렇게 머리 숙임세."

딸을 대신해 전직 판사였던 성혁이 허리를 숙여 사죄하자, 령도 같이 인사를 할 수밖에 없었다. 그 모습에 현희는 소리 내서 울었다. 자신의 잘못으로 판사까지 지낸 아버지가 고개를 숙였다.

"죄송합니다."

"이미 이렇게 벌어진 일이니, 자네가 어떤 말을 해도 현희는 할 말이 없을 걸세. 그래도 여기서 마무리 지으면 안 되겠는가? 부탁함세."

"뜻에 따르겠습니다."

"내 청을 들어줘서 고맙네."

령은 목례로 인사를 하고 자신의 차로 향했다.

"최령……."

울먹이는 현희의 부름을 듣고도 그는 미련 없이 그 자리를 떠났다. 그러나 오랜 시간을 함께해온 친구를 잃었다는 것은 그에게도 아픔이었다.

이제 은서에게 가기 위해 령은 휴대폰을 들었다. 그리고 그는 그녀에게서 온 문자를 확인했다.

"풋!"

한편, 씻고 나온 은서는 오랜만에 영민과 알까기를 하고 있었다.

"아빠~ 으응~"

은서의 애교가 시작되었다.

"이젠 그런 거 안 통해."

"한 번만 물려주면 아빠가 하라는 대로 다 할게요."

"그럼 동우 오면 바로 약혼해."

바둑판에 바둑알을 놓던 은서의 손이 그대로 멈췄다. 그리고 그녀는 영민과 선영을 번갈아 보았다. 한쪽에 앉아 셔츠의 단추를 달던 선영과 눈이 마주치자 은서는 예쁜 미소를 지었다. 부모님을 위해서라면.

"……할게요."

"허허허. 알까기 한 수에 약혼이라. 이거 괜찮은데."

좋아하는 영민과는 달리 선영의 표정에선 안쓰러움이 묻어났다. 하지만 은서는 걱정하지 말라는 듯 고개를 끄덕여줬다.

살 붙이고 살다 보면 사랑이란 감정도 생겨나겠지. 그렇지, 엄마?

이런 은서의 결정은 령을 마음에서 완전히 내보내기 위한 첫걸음이었다. 그리고 영민과의 약속도 지키기 위한 노력이었다. 하지만 울적해지긴 했다. 제 마음을 감추기 위해 슬며시 일어서며 그녀는 두리번거렸다.

"심심한데 소희랑 통화나 할까? 휴대폰이…… 어디 있었더라."

은서는 선영의 시선을 피하고자 휴대폰을 가지러 자신의 방으로 들어갔다. 이내 침대에 벌러덩 누운 그녀는 휴대폰을 들어 단축번호를 눌렀다.

[어우~ 자랑하려고 전화하셨어요?]

"얘가 무슨 소리야?"

[시치미 떼기는. 우빈이한테 모두 들었어. 사랑하는 님과 다시 만나서 정신없을 텐데 그 와중에 자랑까지.]

"무슨 소리야? 뭘 우빈이한테 들어?"

영문을 몰라 하는 은서로 소희가 잠시 말을 잇지 못했다.

[너 아직 최 검사 안 만났어? 오늘 그 여우 같은 년이 너한테 거짓말한 거 다 밝혀졌는데.]

누워 있던 은서가 벌떡 일어났다. 이게 무슨 소리지? 거짓말이라니? 그녀는 숨소리조차 내지 못하고 소희가 하는 말에 귀를 기울였다.

6장. 서로를 갖다

령은 은서가 이별의 인사로 보낸 문자를 확인하고 있었다. 이렇게 써놓은 의미를 파악하고자 한 글자씩 마음에 새기며 읽자니 그의 가슴이 먹먹해졌다. 하지만 마지막 구절에서는 피식, 웃음이 나왔다.

"아주 마음껏 써놨네."

여전히 믿기 어려운지 그는 그녀가 보낸 글을 다시 읽어 내려갔다.

-지금 이건 키스가 아니고 이별의 인사입니다. 흥! 왕 4가지! 열라 재수탱이! 여전히 웃기고 있어. 그렇게 말하면 겁나 멋있을 줄 알았어? 재수 똥이다. 싸가지 없는 놈! 내 가슴에 피멍 들여놓고 네 가슴은 멀쩡하냐? 잘났다, 이 나쁜 놈아! 마지막으로 축복의 말을 남기겠다. 잘 살아라. 꼭! 잘 살아라! 만약에 행복하게 못 살다가 저승 가서 만나면 아주 죽을 줄 알아라.

다시 읽어봐도 이건 축복이 아니라 마지막 발악이었다. 그 성격에 참느라고 얼마나 힘들었을까. 부모님들을 생각해서 상황을 덮고 가느라 참으로 애썼을 그녀가 떠올랐다.

"흠…… 어디 무서워서 저승 가겠어?"

령은 이렇게 중얼거리며 드디어 답을 보냈다. 소희에게 모든 정황을 듣던 은서는 징- 하며 울리는 문자 알림음을 들었다.

-은서야, 나는 너를 저승이 아닌 이승에서 보고 싶다.

그녀는 령이 보낸 문자를 확인했다.

"소희야, 그 사람한테서 연락 왔어."

[어, 어서 통화해. 끊는다.]

은서는 령에게 자신의 모습을 보여주기 위해 떨리는 손으로 화상 통화 버튼을 눌렀다.

"……."

[…….]

하지만 둘은 서로의 얼굴만 쳐다볼 뿐 선뜻 말을 하지 못했다. 북받쳐 오르는 감정이 둘의 입을 다물게 했다.

[미안해.]

나직이 속삭이는 령의 말에 은서의 눈에서 눈물이 왈칵 쏟아졌고, 령은 조용히 흐느끼는 그녀의 얼굴을 눈에 담았다. 은서는 울음소리를 감추기 위해 손으로 입을 가렸다.

[울게 해서…… 혼자 감당하게 해서…… 믿어주지 못해서 미안합니다.]

"저야…… 말로…… 미안……."

령의 사과에 은서는 아니라고, 자신도 믿어주지 못해서 미안하다고 사과하려고 했지만, 쏟아지는 눈물로 더는 아무 말도 할 수가 없었다. 저야말로 믿어주지 못해서 미안해요.

[우리 지금 만나야 할 것 같은데.]

은서는 대답 대신 고개를 끄덕였다.

[어디로 가면 될까?]

잠시 진정한 은서가 입을 열었다.

“제가…… 지금 아파트로 갈게요.”

[그래.]

령이 통화를 끊고 자가용의 시동을 걸 때, 은서는 옷장을 열어 손에 잡히는 외투 하나를 꺼내 입었다. 그리고 령을 만나러 가기 위해 거울을 보며 눈물로 엉망이 된 얼굴을 만졌다. 들뜬 마음은 감출 수가 없는지 어느새 그녀의 입은 웃고 있었다.

은서는 후다닥 현관으로 뛰었고, 방으로 들어가려던 선영은 무슨 일인가 싶어 그녀의 뒷모습을 눈으로 좇았다.

“이 밤에 어디 가?”

“어. 엄마 걱정하지 말고 주무셔. 많이 늦으면 아파트에서 잘게.”

늦은 시간 도로는 한산했다. 그런데도 은서는 달리는 택시가 더디게 느껴졌다.

드디어 아파트 정문 앞에서 택시가 멈춰 섰다. 그녀의 심장이 떨렸다.

“거스름돈은 됐어요.”

기다릴 여유가 없었다. 그녀는 긴 머리카락을 날리며 엘리베이터가 있는 방향으로 달렸다.

빠- 앙!

아주 짧게 들리는 클랙슨 소리에 뛰어가던 은서는 뒤를 돌아보았다. 주차를 해놓고 그녀를 기다리던 령은 운전석 문을 열고 나왔다. 그리고 은서를 향해 어서 안기라며 두 팔을 벌렸다. 그녀는 주저 없이 그에게 달려갔다.

와락!

으스러지도록 서로를 감싸 안으며 재회의 순간을 즐겼다. 령은 지금 이 상황이 믿어지지 않아 다시 은서의 얼굴을 확인했다. 그녀의 볼을 손으로 만지며 눈을 맞추고는 자신의 품으로 다시 당겨왔다.

맞다. 그리 미워했으면서도 그리움에 떠나보낼 수 없었던 여인, 유은서다. 그녀 역시 령의 품에서 그의 존재를 확인하려는 듯 허리에 두른 팔을 더 조였다.

"어우. 추워라."

어디선가 들리는 경비의 목소리에 령은 은서를 품에서 놓은 뒤, 그녀의 손을 잡고 엘리베이터 쪽으로 달렸다. 때마침 기다리고 있는 엘리베이터 안으로 둘은 숨듯이 들어가 닫힘 버튼을 눌렀다. 아무도 없는 폐쇄된 공간에서 령은 은서의 입술을 갖고자 그녀의 턱을 잡았다.

"안 돼요. CCTV."

은서가 엘리베이터 천장을 손가락으로 가리켰다.

"상관없어."

"조금만 참아요."

"후……."

마주 잡은 손에 힘이 들어갔다. 멈춰 있던 심장도 반응을 보였다. 오르지 서로를 위해서만 뛰는 두 개의 심장.

띵! 도착했다. 엘리베이터의 문이 열리자 빠르게 뛰는 심장만큼이나 둘의 발걸음도 빨라졌다. 그리고 둘만의 공간을 찾아 들어가기 위해 그들은 복도를 내달렸다.

띠. 띠. 띠. 띠. 띠그락! 둘은 빨려 들어가듯 령의 집 현관문 안으로 사라졌다. 문이 닫히기가 무섭게 서로의 입술을 찾아갔고, 령은 무섭게 은서에게 달려들었다. 지금이 아니면 안 될 것 같은 몸짓이었다.

오랜 목마름의 갈증을 해소하려는 입맞춤이었다. 그 목마름은 점점 애틋함으로 변해갔다. 은서의 입술을 쓰다듬던 령의 혀는 그녀를 달래듯 입안을 헤엄쳐 들어갔고, 입안 구석구석 빈틈없이 사랑이라는 이름을 새겨 넣었다.

은서 또한 그에게 받은 사랑을 되돌려주려는 듯 입안 끝까지 달콤함을 나눠줬다.

농밀한 입맞춤이 계속 이어졌다. 서로를 안고 있는 팔은 조금이라도 틈을 내주기 싫은지 서로를 안고 더 안으며 밀착시켰다.

그런데 갑자기 은서가 입술을 떼더니 령을 살짝 밀어내며 그의 품에서 빠져나왔다.

"미워."

그동안 힘들었던 모든 일이 생각났는지 은서는 령을 피해 안으로 뛰어 들어갔다. 그런 은서를 보며 령은 피식 웃었다.

"이리 와."

"싫어요."

은서가 도망치기 위해 뒷걸음질을 치자 령은 여유 있는 웃음을 보이며 안으로 들어왔다.

꼼짝 마라, 유은서. 너는 뛰어봤자 벼룩. 독 안에 든 쥐. 부처님 손바닥 안에 있으니 도망가봤자 갈 데도 없다.

이런 령의 생각을 모르는 은서는 약 올리듯 도망갔고, 그는 천천히 그녀의 모습을 즐겼다. 온몸으로 느껴졌던 열기가 은서의 행동으로 더 달아오르는 걸 느꼈다.

"이리 오라니까 자꾸 도망가네."

령은 요리조리 피하는 은서를 싱글싱글 웃으며 따라다녔다. 서로에게 향하는 몸과 마음으로 둘의 심장은 고장 난 듯 뛰었다.

"흥! 내가 잡힐 줄 알고."

"알아서 와. 잡히면 그땐 나도 어떻게 변할지 몰라."

은서는 소파를 방패 삼아 령을 피하기 위해 빙글빙글 돌았고, 그는 그녀를 따라 천천히 걸었다.

"잡아보시지. 절대로 안 잡혀요."

그녀는 웃었다. 그동안 그리도 애타게 했으니 당신도 어디 당해봐.

"그래? 그럼 절대로 잡히지 마라. 잡히는 그 순간 나는 너를 가질 거다."

은서는 자신의 이러한 행동이 령을 얼마나 자극하는지 전혀 눈치채지 못했다. 소파를 사이에 두고 빙글빙글 돌던 령은 소파 등받이를 슬그머니 잡았다. 그러고는 그 긴 다리로 순식간에 훌쩍 뛰어넘었다.

령의 행동을 전혀 예측하지 못했던 은서는 놀라움에 소리조차 지르지 못했다. 순간 이동을 하듯 바로 앞에 턱! 하고 서자 그럴 수밖에 없었다. 깜짝 놀라던 그녀가 갑자기 령의 손을 잡았다.

"이거 왜 이래요?"

소파를 짚을 때 령의 손등을 본 은서는 그의 손등에 묻어 있는 피를 보았다.

"아, 그게."

현희를 피해 담벼락을 힘껏 쳤던 령의 손등은 온전할 수가 없었다. 하지만 그 고통조차 즐길 정도로 은서를 다시 찾았다는 기쁨에 들떠 있었다.

"잡았다!"

대수롭지 않게 생각한 령은 은서의 허리를 잡아 번쩍 안아 올렸다. 그러자 그녀는 떨어질까 봐 그의 목에 팔을 두르며 다리로 허리를 감았다.

"잡긴 뭘 잡아요!"

"잡히면 어떻게 한다고 한 줄 기억해?"

"……그건."

"너를 가질 거야."

마른침을 삼킨 령은 은서를 보며 소파에 털썩 앉았다.

"이런 손으로 갖기는 뭘 가져요!"

하지만 화를 내는 은서의 손에 이끌려 얌전히 치료를 받았다. 상처 부위의 피가 엉겨 붙어 있어 조심스레 닦아내는 은서는 마음이 아팠다.

그 성격에 얼마나 참아내기 힘들었으면 자신의 손을 이렇게 만들어놨을까? 또 상대방에게 얼마나 독한 말들을 뱉어냈을까? 그리고 이 남자는 자신이 던진 말로 얼마나 많은 후회를 하며 살아갈까? 자신을 괴롭히는 바보…….

"아!"

"아프다고 아! 소리가 나와요? 왜 자신의 몸을 소중히 여길 줄을 몰라요! 더러운 성질머리는 여전해."

"사람은 변하면 죽습니다."

그는 그녀의 볼을 살며시 어루만졌다. 살결의 보드라움이 손끝에 전해지자 당장에라도 안고 싶다는 욕망이 들끓었다.

그러니 치료가 어서 끝나기를 바랐다. 설렘이란 사람을 즐겁게 하는 엄청난 힘을 가지고 있는 게 분명했다.

이렇게 가까이서 다시 보고 만질 수가 있다니. 볼을 어루만지던 령의 손끝이 은서의 입술로 옮겨졌다. 손끝으로 전해지는 그녀의 입술 감촉에 령의 심장은 타들어가듯 요동치기 시작했다.

은서는 잠깐 눈을 돌려 그를 보았다. 그의 눈빛을 감지하고는 살짝 웃어 보이며 고개를 숙였다. 그의 손끝이 머무는 곳마다 은서의 신경은 온통 그곳으로 집중되었다.

입술에 머물러 있던 령의 손길이 볼을 지나 은서의 귓불을 어루만졌다. 그리고 그 손은 천천히 목덜미를 타고 내려와 그녀의 쇄골에 머물렀다.

이렇듯 서로를 원하는 마음이 손끝에서 시작되자 숨 막히는 기다림은 둘을 더욱 달뜨게 했다. 은서의 모습을 바라보는 령의 입가에는 여전히 흐뭇한 미소가 걸려 있었다.

내 집에 은서가 다시 들어와 있다니…….

령은 지금 꿈을 꾸고 있는 것처럼 믿어지지가 않았다. 그만큼 서로를 항상 생각하고 있었다는 것이겠지. 붕대를 고정하기 위해 마지막 반창고를 붙이는 은서의 손가락이 떨렸다.

눈빛만큼이나 뜨거운 령의 손. 여전히 자신을 만지며 그윽한 눈으로 보는 그의 눈빛에 은서의 심장 역시 만만치 않게 두근거리고 있었다. 무언의 시간이 흐를수록 서로를 원하는 마음은 점점 더 커져만 갔다.

어엿한 성인들이 그토록 서로를 갈망하다 만났으니 서로에게 마음이 향하는 게 어쩌면 당연한 거지만, 은서는 쑥스러움에 일부러 태연한 척 행동했다.

"흠! 다 됐어요."

은서는 치료를 마친 손을 들어 보여줬다. 그러자 령은 마치 먹이를 기다리고 있던 들짐승과도 같은 강렬한 눈빛으로 은서를 바라보았다.

한층 가까워진 령의 숨소리는 은서의 귓가를 간질이며 깊은 곳에 감춰두었던 그녀의 본능을 깨우기 시작했다.

잠시 후 령의 숨소리는 은서의 입안에서 사라졌고, 그녀의 숨소리는 오랫동안 그의 입안을 헤맸다. 자연스레 서로의 입술을 맛보게 되자 은서는 기다렸다는 듯 령의 품에 안겼다.

원했던 것을 이제야 품에 안았으니 령은 주저하지 않았다. 서로의 타액이 섞이고 숨소리가 섞이면서 둘의 심장은 달음질쳤다. 미치도록 서로를 갖고 싶었다. 시간도 공간도 모두 사라진 듯 그와 그녀만이 존재했다.

가녀린 은서의 몸이 파르르 떨렸다. 얼마나 그의 품이 그리웠는지 지금 안겨 있으면서도 믿을 수가 없었다. 꿈을 꾸듯 그녀의 몸이 두둥실 떠올랐다. 은서를 안아 들고 침실로 향하던 령은 그녀의 눈빛을 바라보았다.

"아직도 망설여져?"

령의 물음에 그녀는 고개를 저었다. 이제 망설임은 은서의 마음에 존재하지 않았다.

"망설여도 나는 너를 가질 거야."

은서가 령의 목을 끌어안자 그는 침실로 걸어갔다.

"왜 이리 가벼워졌어?"

"다이어트했거든요."

방문을 닫는 령은 마음이 아렸다. 솜털처럼 가볍다는 말을 실감하며 조심스럽게 그녀를 침대에 눕혔다. 은서의 떨리는 심장 소리를 들어서일까.

그의 입술이 그 소리를 느끼고 싶었는지 그녀의 입술을 머금었다. 령은 서두르지 않았다. 둘만의 밤은 아직도 한참이나 남아 있었다.

입맞춤이 짙어질수록 은서의 입에서는 옅은 신음 소리가 흘러나왔고, 그의 손은 그녀의 단추를 하나 끌렀다.

부끄러운 듯 은서는 그의 목을 끌어안았다. 달콤한 입술을 머금었던 령의 입술은 그녀의 볼을 지나 귓불을 건드렸다.

"간지러워."

은서가 움찔하자 그가 그녀의 귓불을 손으로 만졌다.

"어라. 여기가 성감대가 아닌가?"

"성감대? 푸하하하하."

"손으로 만져도 간지러워?"

"아니, 그게 아니고 당신이 그런 말 하니까 너무 웃겨서."

"나 속물이야. 왜 이래."

단추 사이로 그녀의 가슴골이 보였다. 령은 단추를 더 끌렀다. 그리고 조심스럽게 그녀의 브래지어 위에 입을 맞췄다.

한 번, 두 번 그는 은서의 맨살이 아닌 속옷에 입을 맞췄다. 이내 등 뒤로 간 그의 손이 그녀의 속옷을 벗기기 위해 꼼지락거리자 살짝 등을 들어주었다.

"왜 이렇게 벗기기 힘든 거야?"

"안 벗겨봤어요?"

몇 번을 더 움쩍거리자 가슴이 느슨해지는 느낌을 받았다. 그는 나머지 단추를 빠르게 끌러 나갔다.

"내가 능숙했으면 좋겠어?"

"그건 아니지만……."

절대 싫었다. 그녀는 상체를 들어 그의 입술에 입을 맞췄다. 부드러운 입술이 열리는가 싶더니 탐스럽게 부푼 그녀의 입술을 단번에 점령해버렸다. 다급한 입맞춤. 그가 지금 얼마나 흥분해 있는지 알 것 같았다.

입을 맞출수록 감미로움에 취해 정신이 아득해졌다. 령의 손이 브래지어를 손등으로 올리며 그녀의 맨가슴을 움켜쥐었다.

옅은 신음이 그의 입에서 흘러나왔고, 은서는 깊게 숨을 들이켰다. 그는 어르고 달래듯 그녀의 가슴을 어루만졌다.

"더는 안 되겠다."

천천히 입술을 뗀 그의 손길은 한없이 부드러웠다.

사랑하는 사람에게 안기는 은서는 부끄럽지 않았다. 자신을 사랑해주는 그가 좋았다. 아름다운 몸짓으로 서로에게 녹아들었다. 오로지 그를 위해 그녀를 위해 둘은 사랑을 나눴다.

생경한 이 느낌을 즐겼다. 온몸으로 그를 느끼며 은서는 자신의 첫정을 주었다. 그리고 령의 것을 가졌다.

그리고 은서의 놀란 눈이 커지는 걸 느끼기도 전에 그는 허리를 다시 움직였다. 첫 관계만 끝났을 뿐이었다. 여전히 잔류해 있던 절정의 감각은 다시금 그녀의 몸을 휘감으며 그 순간에 도달하게 했다.

뜨거웠다. 몸이 타는 것처럼 열기로 감싸였다. 사랑하는 사람의 여자가 되어 나누는 사랑은 행복했다.

그가 그녀의 얼굴에 자잘한 키스를 퍼붓자 은서는 령의 등을 어루만졌다. 맺혀 있는 땀방울로 그가 얼마나 열정적인 사랑을 했는지 가늠할 수 있었다. 서로의 것이 되어준 고마움에 둘의 입술이 맞닿았다.

그리고 령의 손이 은서의 가슴을 어루만졌다. 그토록 원했던 그녀의 가슴을 마음껏 눌렀다. 어르고 주무르며 입술로 빨아 애무했다.

사랑스러움에 그의 입가에는 미소가 지어졌지만, 은서는 부끄러움에 그의 손을 떼려 했다.

"왜?"

"그게…… 쭉쭉빵빵이 아니라서."

"그러게. 2%로 부족하네."

령은 은서의 말에 아무 의미 없이 말했다. 하지만 그녀는 좀 전의 황홀함은 어느 순간 모두 잊고 자신의 몸 위에 있는 그를 밀쳐냈다.

"뭐라고, 이 나쁜 놈아! 지금 날 다 가져놓고 2%로 부족해? 내 가슴이 왜 2%로 부족한데!"

"아니, 나는 그런 뜻이 아니라……."

심상치 않은 소리가 오랜 정적을 깨고 고요했던 집 안에 울렸다. 그건 은서의 카랑카랑한 목소리였다. 잘못 말했구나, 깨닫기도 전에 그는 한 대 얻어터졌다.

"구토, 아파!"

은서는 인정사정 안 보고 베개를 들어 령을 향해 날려버렸고, 피할 새가 없었던 그는 그대로 맞았다. 오랜만에 령의 주둥이가 또다시 사고를 쳤다.

"그럼 아프라고 때리지! 이 속물 같은 나쁜 놈아!"

"내 말은 그런 뜻이 아니라고 했잖아."

"아니긴! 뭐가 아니야? 여전히 쭉쭉빵빵만 원하고! 4가지가 아니라 싸가지야!"

은서는 씩씩거리며 화를 냈지만 그는 크게 괘념치 않았다.

"똑같은 말 아닌가?"

"들리는 건 똑같을지 몰라도 뜻은 전혀 다르거든요!"

화를 못 이겨 바르르 떠는 그녀의 모습에 누워 있던 령은 풋! 하고 웃었다. 혹시나 해서 은서의 자존심을 한번 찔러봤더니 역시나 바로 반응이 왔다.

그런 그의 마음을 알 길 없는 은서는 호흡을 정리하며 침을 꼴깍 삼켰다. 오히려 그가 얻어맞은 상황을 즐기는 것 같다는 생각이 들었다.

"왜, 왜 그러고 봐요?"

령이 다시 피식 웃자 은서는 애꿎은 이불만 끌어당겼다.

'아하! 쑥스러워하는 모습 좀 보게나.'

이불을 만지작거리던 은서는 령의 시선에 어찌해야 좋을지 몰라 눈도 마주치지 못하고 허공을 바라보았다.

'어- 쭈! 당황하는 모습까지……'

그러니 이번에는 은서의 두 볼이 발그레해졌다.

'큭! 이젠 부끄러워하는 모습도.'

그녀의 행동 하나하나가 모두 그립고 애타게 원했던 것이었기에 령의 콧등이 찡해졌다. 얼마나 그리웠던지…….

그녀는 이곳을 떠난 후에도 환영으로 남아 매일 자신의 집에서 이런 모습으로 령을 괴롭혔다. 하지만 지금 이 순간, 그런 은서가 그의 곁으로 돌아왔다.

"그리움……."

령이 나지막이 속삭이자 같은 마음이었던 은서가 그의 곁으로 다가왔다. 그가 팔을 내어주자 그녀는 령의 품으로 파고들었다.

맞닿는 살결이 뜨거웠다. 령은 흘러내린 몇 가닥의 머리카락을 그녀의 귀 뒤로 넘겨주었다. 그리고는 더 바짝 당겨 안았다. 마치 자신의 심장 소리를 들려주려는 듯.

은서는 령을 기억 속에서 지워내고 미워하기 위해 잠시도 틈을 내주지 않았다. 그에게 자꾸만 향하는 자신을 스스로 괴롭혔다.

하지만 그런 그녀의 노력은 물거품이 되어 사라지듯, 하루를 마감하는 시간이면 어김없이 령에 대한 그리움이 파도처럼 밀려왔다.

그래도 사랑했었기에 그리움으로 시달려야만 했던 많은 밤. 그에 대한 마음을 떨쳐내고자 그를 증오하며 몸부림치다 보니 밤새우기를 반복했고, 어느새 불면증이라는 녀석은 친구가 되어 그녀를 괴롭히고 있었다.

잠들고 싶어도 잠들 수 없는 밤들. 그런 밤에 은서는 령이 있는 하늘을 쳐다보며 이렇게 중얼거렸었다. 응답하라, 최령…….

그런 시간들을 보내고 난 지금, 이젠 힘들어하지 않았다. 앞으로 이 품 안에서 안식을 찾을 테니까.

지나간 시간들이 가슴 시리도록 애달파 다시금 서로의 입술을 찾았다. 서로의 품이 그리웠다는 마음을 담아서, 곁으로 돌아왔다는 것을 확인하고 싶어서…… 령은 은서를 다시 안았다.

령은 자신의 품에 안겨 있는 은서의 머리카락을 조심스레 쓸어 올리며 잃어버렸던 아까운 시간을 떠올렸다.

"현희에 대해서 나한테 한 번만이라도 물어보지 그랬어?"

안타까웠다. 령은 그녀의 볼을 어루만지며 체온을 느꼈다.

"그러는 당신은 왜 우빈에 대해서 나한테 묻지 않았어요?"

"그거야……."

"남자 있는 여자라고 생각해서 자존심 상했죠?"

"자존심?"

그녀가 생각한 것처럼 결코 자존심 따위 때문이 아니었다. 은서를 마음에 담기 시작한 순간부터 자존심 같은 것은 생각하지도 않았다. 하지만 믿어주지 못한 부끄러움에 미안해서 맞춰주기로 했다.

"흠!"

은서의 말에 정곡을 찔린 것처럼 그는 헛기침을 했다.

"내가 그럴 줄 알았어. 그놈의 자존심 누가 말려."

말은 이렇게 했지만, 왜 진실을 묻지 않았는지 그녀는 자책하는 마음이 생겼다. 만약 한마디만 물어보았다면, 왜 그랬냐고 한마디만 물어보았다면 이렇게 돌아올 필요가 없었다. 은서 역시 그를 믿어주지 못해 미안했다.

"둘 다 바보였어."

"그러게요."

어느덧 시간은 새벽을 향해 가고 있었다. 팔베개를 해준 령은 은서를 재워야겠단 생각에 그녀의 머리카락을 부드럽게 쓰다듬었다.

"출근해야 하니 어서 잡시다. 이러다가 날 새우겠네. 양 세줄까?"

"갑자기 양은? 그러지 말고 제가 자장가 불러서 재워줄까요?"

"자장가?"

은서는 엄마가 아기를 재우듯 자신을 품에 안고 있는 령을 향해 자장가를 불러줬다.

"잘 자라~ 4가지야~ 구토 품에 안기어서~"

"하하하하하."

이럴 수가! 여전히 엉뚱한 은서의 자장가에 령은 오랜만에 호탕하게 웃었다. 이렇듯 자신을 웃게 해주는 여자는 이 세상천지에 이 여자 말고는 또 없을 것이다.

"어허! 웃지 마요. 그럼 다른 거로 해줄게요. 음…… 자장자장, 4가지야~ 잘도 자네, 4가지야."

"큭큭. 우리 이렇게 얼굴 보고 있다가는 못 자겠네."

령은 돌아누운 은서의 정수리 부분에 쪽 소리가 나도록 굿나잇 인사를 했다. 그가 나지막이 세어주는 양 소리를 들으며 은서는 스르르 눈을 감았다. 그녀를 뒤에서 안아 잠을 재우는 령도 눈을 감았다. 눈은 감았어도 여전히 맞닿은 살결로 둘의 마음은 설레었다.

"눈은 감았는데 잠이…… 안 와요."

"큭큭큭. 나도."

이게 문제였다. 눈을 감고 있었지만, 여전히 설레는 마음으로 잠들 수 없는 밤. 령의 손이 슬며시 은서의 가슴으로 향했다.

"만지지 마요!"

"날 죽여라."

삐쳐 있는 은서를 안고 있던 그의 손이 그녀의 귓불을 만지작거렸다. 간지러운지 어깨를 움찔거리는 은서를 보며 령은 심각한 표정을 지었다.

"진짜 만지지 않기를 바라는 거야?"

"네. 안 돼요."

"과연 안 될까……."

은서의 귓불을 만지던 그의 손길이 서서히 목덜미를 타고 내려오더니 순식간에 은서의 가슴으로 향했다. 그녀가 몸을 휙 돌렸다.

"이런 4가지! 어디서 얕은 수를!"

이미 눈치챈 은서의 손에 령의 손은 보기 좋게 잡혔다.

"들켰네. 그럼 다른 방법으로 해볼까."

그가 팔베개하고 있는 은서를 더 당겨 안았다. 맞닿은 살결이 서로의 몸을 간질이자 령은 은서의 입술을 찾았다. 깊은 입맞춤을 하며 자신의 몸을 어루만지는 령의 손길에 은서의 정신은 어느새 아득해졌다.

거부할 수 없는 관계가 다시 시작되었다. 이 밤, 둘에게는 사랑만이 존재했다.

아침에 눈을 뜬 령의 옆에는 아주 편안한 자세로 만세를 부르며 자고 있는 은서가 있었다.

후…… 꿈이 아니었다. 은서를 손으로 어루만지니 이젠 정말 그녀가 자신의 품으로 돌아왔다는 게 실감 났다.

여전히 안겨 자는 건 불편했는지 밤새 몇 번을 안아도 그녀는 령의 품에서 도망갔다.

몸을 살며시 일으켜 팔로 머리를 괸 채 아기처럼 자는 은서의 모습을 보았다. 어느새 령의 입가에 저절로 미소가 지어졌다.

이내 야릇한 미소를 짓던 령은 커튼이 쳐져 있는 창문 쪽을 얼핏 보았다. 그런데 뭔가 이상했다. 그는 황급히 휴대폰을 들어 시간을 확인하곤 벌떡 일어나 앉았다.

"구토! 지각이야!"

은서는 그 소리에 눈을 번쩍 떴다.

"아홉…… 시!"

전쟁이 나면 이런 느낌일까. 정신없이 출근 준비를 하고 령은 은서의 배웅을 받으며 밖으로 뛰어나갔다. 그리고 몇십 분 후, 헐떡이며 회의실 문을 열고 들어오는 그의 모습에 모두 놀란 얼굴이 됐다.

"부장님, 그 손…….."

"사고가 있으셨습니까?"

정 검사의 말에 오늘 오전에 있을 공판회의를 진행하고 있던 박 검사가 붕대가 감겨 있는 령의 손을 보았다.

"크게 걱정할 일은 아닙니다. 늦어서 죄송합니다."

자리에 앉으려던 령은 부재중인 현희의 자리를 보았다.

"김현희 검사가 아픈가 봅니다. 아침에 퇴임하신 전 김성혁 판사님이 저한테 연락하셔서 며칠 쉬게 해달라고 하셨습니다."

"알겠습니다."

어느 정도 예상은 했었기에 령은 더 이상 묻지 않고 진행된 회의 내용을 검토했다.

한편, 은서는 복도에 아무도 없는 걸 확인하고는 다다다 소리가 날 정도로 뛰어 의무실로 들어갔다. 이내 의무실 문을 닫고서야 안도의 한숨을 내쉰 그녀는 일과의 시작을 위해 겉옷을 벗었다.

"출근 시간도 아닌데 택시 잡기가 이렇게 힘들어서야."

아침에 눈을 떠 9시란 시간을 확인한 둘은 한바탕 법석을 떨었다. 손을 다친 령을 겨우 씻겨 우유 한 잔 먹여 보내고 나서야 은서는 출근 준비를 할 수가 있었다.

그녀는 아무것도 먹지 못하고 출근한 탓에 속이 쓰렸다. 령을 출근시키고 난 뒤 요기라도 할까 해서 그의 집 냉장고를 뒤졌지만, 한동안 집에서 밥을 해 먹지 않은 탓에 찬바람만 휑하니 불고 있었다.

텅텅 비어 있는 냉장고에는 우유 한 통만 달랑 놓여 있었다. 그것도 마지막 방울까지 컵에 따르니 딱 한 잔이 나왔다.

안 되겠다 싶었는지 그녀는 지갑에서 동전을 꺼내 밖으로 나왔다. 우선 급한 대로 커피라도 한 잔 마시기 위해 자판기가 있는 쪽으로 갔다.

"안녕하세요, 유 선생님."

공판 시간이 다가오자 회의를 마친 강 검사가 회의실을 나오며 인사를 했다. 그 뒤로 우르르 사람들이 나왔다. 순간 그녀의 얼굴이 화끈해졌다.

"아. 안녕들 하세요."

"커피 드시게요?"

정 검사가 은서의 손에 들려 있는 동전을 보았다.

"네, 아침을 못 먹었더니 속이 아파서."

은서는 황급히 몸을 돌려 다시 의무실로 걸어갔다.

오 마이 갓! 부끄러워라. 도둑이 제 발 저렸다!

갑작스러운 은서의 모습에 모두 령을 쳐다보자 그도 흠! 하며 헛기침을 했다. 사람들은 심상치 않은 기운을 감지했고, 박 검사만 피식 웃더니 령의 뒤를 따라 그의 사무실로 들어갔다. 이러니 모든 게 자신의 잘못인 양 정 검사의 표정은 울상이 됐다.

"저 둘 사이가 더 안 좋아진 것 같아."

졸지에 죄인이 된 듯 울상을 한 정 검사를 이 수사관이 안타까운 눈빛으로 바라보았다.

"오히려 같이 여행 간 게 잘못됐나 보네……."

"후……."

"그래도 어쩌겠어."

"다 내 잘못이야. 내가 데려가자고 해서. 하……."

한숨을 내쉬는 정 검사를 보며 이 수사관도 그의 말에 공감이라도 한 듯 어깨를 툭툭 쳤다.

"하긴, 하룻밤을 묵었는데도 둘이 말 한마디 안 하더라고. 완전히 원수지간이야."

이 수사관의 말에 정 검사는 다시 한숨을 내쉬었지만, 그의 얼굴은 언제 그랬냐는 듯 금방 밝아졌다.

"그나저나 오늘 점심에는 안심스테이크나 먹으러 갈까……."

"정 검사님! 누구 신용불량자 되는 꼴 보고 싶습니까!"

계속 반말을 하며 친분을 과시하던 이 수사관의 입에서 존댓말이 튀어나왔다.

"약속은 약속이니까. 제가 좀 노래를 해요. 내일은 뭘 먹을까? 이거 아주 행복한 고민이야. 껄껄껄."

비아냥거리듯 정 검사가 웃었다.

한편, 령과 함께 사무실로 들어온 박 검사가 어제 있었던 자동차 정비에 관해서 묻자, 그는 대수롭지 않게 말했다.

"제가 점검을 소홀히 한 탓이겠죠."

"그게 말이 됩니까. 듣는 순간 저는 뭔가 있다고 느껴졌는데요."

령은 자신과 같은 생각을 한 박 검사를 보며 빙긋이 웃었다.

"별일 없으니 그냥 넘어가죠."

말은 이렇게 했지만 심란한 표정을 지으며 붕대에 감겨 있는 자신의 손을 만졌다.

"그 손 치료는 제대로 하신 겁니까?"

"아……."

그제야 생각이 났다. 아침에 은서가 제 머리를 감겨주며 시간 내서 치료하러 오란 소리를 했었다.

"우선 부장님은 의무실부터 다녀오세요. 그리고 혹시라도 이상한 낌새가 느껴지면 바로 말씀하시고요."

"감사합니다."

같이 사무실에서 나온 령은 박 검사가 자신의 사무실로 들어가는 걸 보고 곧바로 의무실로 향했다. 하지만 의무실 문을 노크하고 들어간 령은 눈앞에 펼쳐져 있는 모습에 눈동자가 커졌다.

'……!'

정 검사다. 정 검사가 어느새 은서에게 김밥이 담긴 도시락을 펴주고 있었다.

"부장님, 오셨어요?"

"공판 없습니까?"

해맑게 웃는 정 검사를 향해 령은 '여기서 지금 뭐 하십니까?'의 뜻이 담긴 말을 던졌다.

"전 오늘은 없습니다. 이것만 드리고 나가보려고요."

령의 표정을 보고 대충 감을 잡은 은서는 상냥한 목소리로 정 검사를 향해 입을 열었다.

"정 검사님은 다정다감하셔서 여자들한테 인기가 많으실 것 같아요."

"헤헤. 없지는 않습니다."

"정 검사님~ 김밥 잘 먹을게요."

"네, 유 선생님. 그럼 저는 외근 좀 갔다 올게요. 부장님은 그 손 치료받으세요."

만족스러운 표정을 짓는 정 검사와는 달리 령은 불만족스러운 표정이었다. 책상 앞에 있는 의자를 탁! 소리가 나도록 은서 가까이에 놓고 대뜸 다친 손을 치료하라며 내밀었다.

"질투쟁이."

은서의 말이 끝나기가 무섭게 령이 그녀의 턱을 잡았다.

"누가?"

"누가 하는 사람이요."

"그럼 질투한다는 걸 키스로 표현해볼까?"

령의 입술이 그녀의 입술로 향했다. 놀란 은서가 몸을 뒤로 뺐다.

"누가 들어오면 어쩌려고요?"

"가만히 안 있어?"

령은 반항하지 말고 하는 대로 가만히 있으라며 힘주어 말했다.

"아니, 그래도."

은서가 말하는 사이 령의 입술이 그녀의 부드러운 입술을 머금었다. 기분 좋은 느낌과 스릴감을 동반하는 농밀한 입맞춤이었다. 하지만 불안한 은서의 귀는 온통 밖으로 향해 있었다.

그것도 잠시, 그녀는 온몸이 나른해져 아무것도 생각할 수가 없었다. 다시 만난 후로 확연하게 달라진 그의 입맞춤은 예전의 것과는 달라도 사뭇 달랐다. 스스로 억눌러놓았던 자제력을 버리고 은서를 안고 싶어 하는 남자의 욕망이 담겨 있어서 그런지 더욱 열렬했다.

그 마음을 알 것 같기에 은서는 령의 팔을 잡으며 매달리듯 그의 입술을 받아들였다. 그러자 령의 손이 그녀의 허리로 파고들었다.

숨 막히는 입맞춤 속에서 은서의 귀로 두런거리며 복도를 걷는 사람들의 말소리가 들렸다. 자신이 먼저 멈추지 않으면 안 되겠다는 생각이 들자 그녀는 입술을 떼려고 했다.

그런데 이 남자, 끈질겼다. 결국 은서는 억지로 입술을 뗐다. 이대로 뒀다가는 장소 불문하고 무슨 일 나게 생겼다.

"이제 그만. 그만요. 이러다가 누가 봐요."

"보면 어때."

"그래도 근무 시간에 이러면 안 돼요."

"네, 네, 알겠습니다."

은서의 말에 바로 이성을 찾고 수긍했다.

"치료부터 해요."

"치료한 후에는?"

"여기서 나가시면 돼요."

"풋!"

은서가 치료를 위해 령의 다친 손을 잡자, 그는 다른 손으로 김밥을 찍어 은서의 입으로 가져다줬다.

"별일이네요? 아~"

"아~ 는 무슨."

은서가 아~ 소리를 내며 입을 벌리자 령은 기다렸다는 듯 자신의 입으로 가져가 냉큼 먹었다.

"뭐예요? 나는 아침에 우유도 못 마시고 왔는데."

"정말?"

"어떻게 집에 먹을 것도 없어요?"

"그럼 키스 한 번에 김밥 한 개 줄게."

령은 은서 앞으로 김밥을 내밀었다.

"하여튼 못 말려. 왜 밥알 하나에 한 번이라고 하지."

"그것도 괜찮은데? 한번 해볼까?"

두 사람은 피식 웃으며 농담을 주고받았다. 그러다 령의 표정이 일그러졌다.

"구토 아프다고!"

"어머! 죄송해요. 제 치료 솜씨가 다른 분들에 비해 2%로 부족하죠?"

"하!"

"제가 몸매뿐만 아니라 모든 게 2%로 부족해요. 그러니 너그럽게 이해해주세요."

2%…… 앞으로 이 말로 두고두고 당할 생각을 하니 그는 잘못 말했다는 걸 새삼 느꼈다. 그녀는 자신 못지않은 뒤끝 작렬의 소유자였다.

그리운 반응을 보고 싶어 선택한다는 것이 왜 하필이면 몸매를 선택했는지. 뒤늦은 후회를 해도 소용없다는 걸 알면서도 령은 지금 후회하고 있었다.

"그건 그냥 농담으로……."

"됐거든요!"

은서가 치료를 끝낸 령의 손을 책상에 턱 하니 내려놓자, 그는 그 울림이 상처로 전해졌는지 인상을 썼다.

"환자를 너무 막 다루는 것 아닙니까?"

"환자는 무슨. 그리고 아침에 우유 마신 거 빈 팩 버리려다 우연히 봤는데, 그 우유 날짜가 3일이나 지났더라고요."

"뭐!"

"내가 안 먹길 정말 잘했지 뭐야."

"에그! 에그!"

모든 걸 귀여운 애교로 넘어가 줘야지. 령이 은서의 코를 잡고 살짝 흔들자 그녀는 예쁘게 웃어 보였다.

그는 의무실에서 나온 뒤, 오전에 있었던 공판에 대한 보고를 강 검사에게 받았다. 령은 그가 나가는 모습을 보곤 자기가 맡은 사건 파일을 열었다.

"어디 다녀오세요?"

강 검사가 누군가에게 인사하는 소리를 듣고 령은 고개를 들었다.

"무슨 일이신데 그러십니까?"

외근하고 돌아온 박 검사가 급히 문을 열고 들어와 령 앞에 마주 앉았다.

"김현희 검사를 만났는데 지금 휴직 신청을 하고 가는 길이라고……. 혹시 부장님은 왜 그런지 이유를 아십니까?"

"잘……."

차마 그는 모르겠다는 말을 할 수가 없었다.

"여기엔 들리지도 않고 그냥 간 겁니까? 도대체 무슨 일이 있었기에……."

령의 표정에 박 검사는 하던 말을 멈췄다. 일이 이렇게 되길 원치 않았던 령도 듣고 나니 심적으로 혼란스러웠다.

어쩌면 이것이 서로를 위한 좋은 방법 중 하나가 될 수도 있겠지만, 아침에 부재중인 현희의 자리를 보며 혹시나 했었다. 원치 않았던 방법이라 그런지 령의 마음이 불편해졌다.

"우선 김 검사가 맡았던 사건을 강 검사와 나눠서 처리해주셔야 할 것 같습니다."

"네, 알겠습니다. 이렇게 된 거 식사나 하시러 가죠?"

더는 이유를 묻지 않는 박 검사의 말에 령은 시계를 보더니 일어섰다. 그리고 둘은 구내식당 쪽으로 걸어갔다.

"박 검사님 아내는 연애할 때랑 지금이랑 어떻게 달라졌습니까?"

시시각각 변하는 은서가 살짝 무서웠다.

"한마디로 이렇다고 말할 수는 없습니다. 연애할 때가 천사였다면 지금은 마녀입니다."

뜬금없는 령의 질문이었지만 박 검사는 자신이 겪었던 상황을 솔직하게 말해줬다.

"마녀요?"

"결혼하고 나니까 변하더라고요. 애들 키우는 게 힘들어서 그런지. 빗자루 타고 다니는 못된 마녀 있잖습니까. 그 빗자루가 때로는 무기가 될 때도 있습니다."

령은 아주 조금이지만 이해할 수 있을 것 같았다.

"그래서 요즘 와이프가 조금 나태해진 것 같아 제가 튕기는 중입니다."

"튕기다니요?"

"가끔은 여자들도 긴장하도록 냉정하게 대하는 것이 그리 나쁘진 않다고 봅니다. 기선제압이라고 할까요? 잡혀 살지 않기 위해서 말입니다. 한번 잡히면 골치 아파집니다. 무서워요."

령은 피식 웃었다. 그때였다. 식당으로 들어온 그는 온통 남자들에게 둘러싸여 있는 은서를 발견했다. 식판을 식탁에 내려놓은 령은 박 검사와 마주 앉았다.

저걸 어찌해야 하나. 이대로 두고 봐야 하나. 저 남자들은 다 뭐야. 아주 좋아죽는구나.

이런 생각을 할 때 박 검사 역시 은서를 봤는지 령의 가슴에 염장 지르는 말로 매듭지었다.

"역시 유 선생님은 성격이 밝고 예쁘시니 인기가 많네요."

"성격이 밝긴."

못마땅하게 말하며 국을 뜨려던 령은 은서의 자리에서 들리는 소리에 그쪽을 쳐다보았다.

"어떤 스타일의 남자를 좋아하세요?"

"글쎄요. 저는 다정하면서도 차갑고 뜨거우면서도 까칠한 남자가 좋더라고요."

"네? 어떤 남자요?"

밥을 먹으려던 령은 자신을 뜻하는 말이 은서의 입에서 자연스럽게 나오자 내심 기분이 좋아졌다.

이 사람들아, 당신들이 아무리 그래도 절대로 나를 이길 수는 없어. 당신들이 호감을 느끼는 그 여자는 애석하게도 이미 내 여자야.

이런 말을 크게 해주고 싶었다.

오후 내내 은서는 의무실에 콕 박혀 책만 들여다보았다. 그런 그녀가 머리카락을 만지다 자신의 가슴에 손이 닿자 얼굴이 화끈 달아올랐다.

"어머! 어머! 미쳤나 봐. 어젯밤 일이 왜 떠오르는데."

은서는 부끄러움에 자신의 얼굴을 두 손으로 감쌌다. 그 후 얌전히 자리에 앉아 나머지 시간을 보낸 그녀는 퇴근을 했다. 령의 사무실에 불이 켜져 있자 주변을 둘러보았다.

복도에 사람이 없는 걸 확인하고 노크를 하려던 은서는 갑자기 문이 벌컥 열리자 깜짝 놀라는 표정이 됐다.

"뭐예요? 놀라게……."

령은 문을 열고 나오다 자신의 사무실 앞에 서 있는 은서를 바라보았다. 그때 점심시간에 박 검사와 나누던 대화와 남자들에게 둘러싸여 있던 그녀의 모습이 떠올랐다.

"왜요. 무슨 볼일이라도 있으십니까?"

"……."

은서는 냉랭한 령의 표정에 고개를 흔들었다. 소심하게 삐친 령은 살짝 긴장감을 주기 위해 박 검사 말을 실험해보는 중이었다.

굳어 있는 은서의 표정을 보니 살짝 반응이 나타나는 것 같아 그는 무표정하게 그녀를 쳐다보았다. 그러나 속으로는 우스웠다.

"퇴근?"

은서는 대답 대신 고개를 끄떡였다.

"어디로 갈 겁니까?"

'이게 후유증이구나. 가슴이…… 답답해.'

은서는 령의 냉랭한 표정에 아픈 기억이 떠올랐다.

"엄마 집이요!"

강한 척 자신의 속마음을 숨긴 그녀는 머리카락을 뒤로 넘기기 위해 손으로 날리듯 쳐줬다. 흥! 그러고는 령의 나머지 말은 듣지도 않고 쌩하니 그 자리를 떴다. 그러나 아픔이 밀려오는 가슴을 진정시키기 위해 몇 번인가 깊은숨을 들이마셔야만 했다.

"아니. 긴장감은 그렇다 치더라도 어디로 갈 거냐고 물어본 것뿐인데. 이거야 어디 겁나서. 저러다가 진짜 마녀로 변하는 거 아니야?"

작게 중얼거리며 사무실로 들어가던 령은 정 검사가 문을 열고 외치는 소리를 들었다.

"어여쁜 유 선생님~ 조심해서 들어가시고 내일 다시 만나요~"

"네~ 정 검사님~"

령은 정 검사와 은서의 대화를 듣고는 그가 오길 기다렸다. 인사를 마친 정 검사는 여전히 밝은 모습으로 걸어오고 있었다. 그런 그는 자신을 쳐다보는 령의 모습에 움찔하더니 멈춰 섰다.

"부장님 아직 퇴근 전이시네요?"

"네. 오늘은 퇴근 전에 정 검사님께 몇 가지 가르쳐드리고 싶은 게 있습니다."

"뭔데요? 오늘은 어떤 유형의 사건에 대해서 조언해주실 건가요?"

바짝 긴장해 있던 정 검사는 다시 해맑게 웃으며 물었다.

"실전에 필요한 겁니다."

그리고 얼마 후…… 정 검사의 비명은 수련실을 가득 메웠다. 보는 이가 안타까울 정도로 정 검사는 령의 대련 상대가 되어 태권도와 격투기를 배워야만 했다.

"악! 아악! 아아악! 아아아악-!"

정 검사의 비명만 들었을 땐, 이건 배우는 게 아니라 당하는 게 맞을 것이다. 거친 숨을 내쉬며 축 널브러져 있는 정 검사를 향해 령이 일어서라는 신호를 보내자, 그는 죽어가는 소리를 내며 자신의 몸을 추슬렀다.

"으으으."

"이번엔 태권의 기본동작 중 앞차기입니다. 앞 축으로 상대의 명치나 낭심, 그리고 턱을 치는 발차기로서 언젠가 저는 가슴 높이로 총을 들고 있는 범인의 손목을 공격한 적이 있습니다."

령이 자세를 잡자 정 검사는 잔뜩 겁에 질린 표정이 됐다.

"아…… 네."

"그럼 시작합니다."

령의 말이 떨어지기가 무섭게 그의 발이 자신을 향해 뻗어오자, 정 검사는 하체의 중요 부위를 손으로 가리며 그대로 앉아버렸다.

"아악! 부장님! 제가 뭘 잘못한 게 있나요? 그렇다면 말로 해주세요!"

"없습니다."

7장. 2% + 행복 = 뒤끝

퇴근 후 집으로 돌아온 은서는 어정쩡한 태도로 인사를 했다.

"안녕하세요."

"어서 와라. 지금 퇴근하는 길이니?"

"네. 다녀…… 왔습니다."

예상치도 못했던 령의 부친인 현진이 문을 열어주자 그녀는 당황할 수밖에 없었다. 거실에 앉아 선영과 이야기를 나누는 진경의 모습에 은서는 앞머리카락을 쓸어 넘기며 소리 없는 인사를 했다. 인사를 받는 진경의 표정이 환해졌다.

"은서야, 축하해. 약혼한다며?"

"네? 아…… 그게."

진경의 말에 은서는 영민을 보았다. 항상 모든 일에 신중한 부친이 자신의 이야기를 두 분한테 했다는 건 그만큼 확신이 섰단 뜻이었다. 지금 령과의 일을 말할까? 하지만 가벼운 일이 아니기에 일단 찬찬히 상의해보자는 쪽으로 생각했다.

"요즘 검찰청에 있다며?"

"네, 잠시 봐주고 있어요."

"우리 령이랑 부딪칠 일은 없겠지만, 그래도 보게 되면 오빠처럼 대하고 맛있는 것도 사달라고 해."

"네, 그럴게요."

현진의 다정한 말에 은서는 고개를 끄덕이며 대답했다.

"우리 딸 배고프겠네."

영민이 다가오더니 은서의 가방을 받아 들었다.

"응, 엄청나게 배고파."

은서가 저녁을 먹기 위해 부모님들과 주방으로 향하는 그 시각, 령은 정 검사와 함께 자신의 사무실로 향하고 있었다. 뒤따라오는 정 검사의 표정은 그야말로 울상이었다.

"부장님, 좀 천천히 가요. 온몸이 아파서 못 걷겠어요."

자신은 아무렇지도 않다는 걸 보여주기 위해 목운동을 하며 걸어가던 령은 휴대폰 진동에 걸음을 멈췄다.

"먼저 가시겠습니까?"

"네, 내일 뵙겠습니다."

인사를 하고 가는 정 검사를 보며 령은 통화 버튼을 눌렀다.

[잡았어?]

"어, 잡았어."

간단한 시루의 물음에 령은 답을 하며 피식 웃었다. 이내 시루가 만나자는 약속 장소를 말해주며 전화를 끊자 그는 흐뭇한 미소를 지으며 걸어갔다.

"자식, 무슨 축하주는."

하지만 만나자마자 축하주부터 받은 령은 시루의 잔을 채워주곤 재킷을 벗기 위해 잠시 일어섰다. 그러자 시루가 야릇한 미소를 지으며 웃었다.

"어째 너한테서 전과 다른 낯섦이 느껴진다?"

"뭔 소리야?"

옷을 옆의 의자에 걸쳐놓고 앉던 령이 시루를 보았다.

"그 뭐랄까? 말로 표현할 수 없는 뭔가 달라진 느낌이랄까. 진짜 남자가 된 그런 오묘한 느낌 말이야."

"실없는 소리는."

멋쩍어진 령은 시루의 입을 돼지 껍데기로 틀어막았다.

"앗! 뜨거워!"

재빨리 냅킨에다 뱉어내는 시루를 보며 령은 술잔을 들었다.

"그러니까 실없는 소리 하지 마."

"실없는 소리라니? 입천장 홀딱 벗겨지는 줄 알았네."

"그런데 또 돼지껍데기가 뭐냐?"

령이 시끄러운 가게 안을 둘러보며 인상을 썼다.

"혹시 그분도 돼지 껍데기 좋아하시니?"

"그건 모르겠고, 그분은 매운 닭발을 아주 좋아하신다."

"와~ 만나보고 싶다. 지금 나오라고 전화해봐."

시루는 제발 하는 표정으로 바라보았지만, 령의 표정은 진지하게 변했다.

"나중에 정식으로 소개할게. 그럼 오늘 만나자고 한 본론으로 들어가 볼까? 현희 이야기라면 빼고."

"어…… 그게."

말을 하려던 시루는 령이 선수 치며 선을 그어버리자 대화를 이어가지 못했다.

"네가 무슨 말을 하려는지 알고 있어. 그러니까 그 일로 시간낭비 하지 말자."

"하지만 현희는……."

령은 그만하라며 손을 들어 올렸다.

"이미 내 마음에서 끊어냈어."

"후……."

지독한 놈. 령의 성격을 누구보다 잘 아는 시루는 그의 손을 보곤 술병을 들었다. 어젯밤에 전화한 현희는 울며불며 도와달라고 애원했지만, 시루는 자신의 귀로 듣고도 그 상황을 믿을 수가 없었다.

왜 그랬냐고, 그런 방법밖에 없었느냐고 물었지만, 령을 향한 현희의 마음을 어느 정도 눈치채고 있었기에 더는 다그치지 못했다.

자신도 믿기 어려워 화가 났는데, 당사자인 령은 어땠을까 생각해보니 설득해도 소용없을 것이란 결론이 나왔다.

안타깝지만 현희는 우정도 사랑도 모두 잃은 것 같아 시루는 목구멍으로 넘어가는 술맛이 쓰디쓰게 느껴졌다.

"하지만 네가 현희를 만나는 건 상관 안 해. 걘 네 친구이기도 하니까."

"어쩌다 이렇게 됐냐?"

둘이 서로 술잔을 부딪치며 안타까움을 나누고 있을 무렵, 은서는 갑작스러운 식사 자리를 정리한 뒤 령의 부모님을 배웅하고 돌아왔다. 주방을 정리하는 선영을 본 그녀는 뒤로 다가가 모친을 살포시 안았다.

"얘가 갑자기 왜 이래?"

"그냥 엄마가 좋아서."

아파하던 자신을 위로해주고 희망을 심어줬던 선영의 말이 떠올라 은서는 다시 한 번 모친을 꼭 끌어안았다.

'엄마, 고마워.'

"우리 딸, 아빠도 안아줘야지?"

물을 마시러 주방으로 들어오던 영민이 둘을 보고 다가오자 은서는 환하게 웃으며 두 팔을 벌려 부모님을 안았다. 행복했다. 행복이란 단어가 온통 그녀의 가슴을 가득 메울 정도로 행복했다.

　오랜만에 부모님께 한껏 어리광을 부린 그녀는 씻고 들어와 휴대폰을 들여다보았다. 령한테 아무런 연락도 없자 침대로 올라와 양반다리를 하고 앉아 팔짱을 꼈다.

　"뭐야. 전화도 안 해주고. 살짝 기분 나빠지려 하네."

　휴대폰을 째려보던 그녀는 갑자기 무릎을 꿇고 앉더니 씩 웃었다.

　"안 하면 내가 하면 되지."

　이렇게 쉬운 방법이 있는데. 그녀는 쿨하게 통화 버튼을 눌렀지만 령은 전화를 받지 않았다. 지금 그는 시루 때문에 곤욕을 치르느라 받지 않은 게 아니라 사실은 못 받는 것이다.

　"야! 가만히 안 있어!"

　"으…… 으음."

　"미쳐! 술은 왜 자기가 다 먹고 난리야!"

　한 잔 두 잔 오고 가는가 싶더니 기어코 시루가 뻗어버리고 말았다. 인사불성이 된 그를 데리고 오피스텔로 향한 령은 차에서 내려 시루를 업어 들었다. 그러던 와중에 벗어놓은 겉옷 속에 넣어둔 전화는 주인을 찾으며 울어댔다.

　애타는 은서의 마음을 알지도 못한 채 령은 시루를 챙기느라 정신이 없었다. 편의점에 다녀오던 정란은 두 사람을 스쳐 지나가며 한심한 눈으로 보았다.

　"술주정하는 아비 때문에 멀쩡한 자식이 고생이구먼."

　정란의 말에 령은 자신의 등에 업혀 있는 시루를 보았다. 오해할 수밖에 없는 것이 그녀는 지금 시루의 얼굴이 아닌 허옇게 염색한 그의 뒤통수를 본 것이다.

"내가 이놈의 자식 머리를 다 밀어버리든지 새까맣게 염색을 하든지 둘 중 하나는 하고야 만다."

황당함에 중얼거리는 령의 말에 정란이 듣고 뒤를 돌아보았다.

"쯧쯧쯧. 아비가 아니고 사고뭉치 새끼였어?"

"……."

령이 이러고 있는 줄 전혀 모르는 은서는 그가 전화를 받지 않자 침대에 벌렁 누웠다. 왠지 모를 야속함이랄까, 서운함이랄까. 옆으로 누워 보조베개를 품에 안고 이리저리 휴대폰을 터치하던 은서는 벌떡 일어나더니 책상 서랍을 뒤졌다.

"여기 있다."

령의 인터뷰 동영상이 저장되어 있는 휴대폰. 전에 자신이 쓰던 휴대폰을 찾은 은서는 전원 스위치를 눌렀다. 그리고 켜지기를 기다리며 엉금엉금 기다시피 해 침대로 올라와 베개를 베고 누웠다.

"음…… 다시 가입해서 이 핸드폰으로 쓸까?"

추억이 새록새록 피어오르는지 은서는 한동안 손에 들려 있는 핸드폰을 들여다보았다.

"응답하라……."

그녀가 빙긋이 웃었다.

시루를 오피스텔에 던져놓고 차에 오른 령은 그제야 은서에게서 온 부재중 전화를 확인했다. 통화 버튼을 누르려던 그는 시간을 확인하곤 은서를 위해 내일을 기약했지만, 보고 싶은 마음이 밀려왔다.

'보고 싶네. 그래도 자라고 둬야겠지.'

그래서 참아보기로 했다. 내일이 있으니까. 내일 또다시 볼 수 있으니까. 이제는 보고 싶으면 언제든지 볼 수 있으니까.

그 생각만으로도 령은 행복했다. 자신의 심장을 가득 채운 은서를 생각하며 령이 눈을 감을 때 은서도 잠자리에 들었다.

다음 날 아침, 은서는 눈을 뜨자마자 휴대폰부터 확인했다.

"나쁜 4가지. 잘 자라는 문자도 없었어! 으드득!"

그리고, 출근을 위해 넥타이를 매던 령은 등골이 오싹해지는 걸 느꼈다. 대충 뭔지 알 것 같다는 표정을 지으며 피식 웃었다.

하루를 시작할 때 사랑하는 사람이 떠오르는 건 참으로 기분 좋은 출발이었다. 령은 보고 싶었던 그녀를 만나러 가기 위해 현관문을 열었다.

은서 역시 그를 만나러 가기 위해 출근을 서둘렀다. 택시에서 내린 그녀는 자신의 앞에 우뚝 서 있는 검찰청을 올려다보았다.

이제 남은 시간이 그리 많지 않기에 이곳에서 보내는 단 일 초라도 소중히 하고 싶었다.

빠끔히 열려 있는 회의실 문으로 안을 들여다보자 말소리는 들리지도 않고 모두 인상만 쓰고 있었다. 특히 저 사람, 최령.

표정이 안 좋아도 많이 안 좋았다. 안 되겠다 싶은 은서는 조심스레 발걸음을 돌려 의무실로 향했고, 령은 어렴풋이 그녀의 모습을 보았다.

"오전에 있을 공판회의는 이것으로 마치고, 잠깐 쉬었다 합시다."

령이 나가며 문이 닫히자 모두의 자세가 흐트러졌다.

"아악! 아아악!"

모두 이상한 소리를 내며 일어서는 정 검사를 쳐다보았다. 느릿느릿, 결코 빨리 일어설 수 없는 똥 싼 자세처럼 그는 어기적거렸다.

"너 왜 그래?"

"어제 부장님이 실전에 필요한 몇 가지 기술 가르쳐준다고 하시더니 날을 잡았어요. 온몸이 아파."

이 수사관의 물음에 커피를 뽑아 오겠다고 쟁반을 들고 나가는 그는 여전히 어기적거리며 걸었다.

"부장님 유단자 아냐? 어떻게 가르쳤기에 애가 저렇게 됐어?"

"혹시 뭐, 잘못한 거 있나?"

모두 의아한 눈으로 회의실을 나가는 정 검사를 쳐다볼 때, 령은 자신의 손을 치료하는 은서의 얼굴을 보고 있었다. 밤새 어떻게 참았는지 의문이 들 정도여서 그는 넋 놓고 보고 있었다. 하지만 은서는 부재중 전화에 문자조차 주지 않은 령으로 살짝 삐쳤다.

"밤새 술 좀 하셨나 봐요?"

"개코네."

"그러니까 전화해도 못 받지."

은서가 뽀로통하게 말하자 령은 피식 웃으며 그녀의 코를 살짝 잡고 흔들었다.

그래서 이렇게 찬바람 일으키며 삐쳐 있었구나. 그럼 어떻게 달래줘야 할까.

이런 모습조차 사랑스러워 그는 그녀의 입술을 손가락으로 톡 쳤다.

벌컥! 노크도 없이 의무실 문이 열리자 령은 기겁해서 문 쪽을 봤고, 그녀는 치료를 위해 잡고 있었던 손을 책상에 던지듯 놓았다. 특별히 뭔가 한 것도 아닌데 도둑이 제 발 저렸다는 표현이 딱 맞을 정도로 둘은 놀랐다.

"읔! 아파!"

"유 선생님~ 커피 드세요."

"어머~ 정 검사님은 다정도 하셔라. 누구는 치료받으러 오면서 손만 들고 오는데."

반색하는 은서의 말에 좋아하던 정 검사는 령을 쳐다보다 뭔가 잘못됐다는 걸 느꼈다. 으르렁! 이런 소리가 들리는 것 같았다.

"그, 그거야 손을 다, 다치셨으니까 그렇겠죠. 부장님은 치, 치료 마저 받으세요. 상처 보니 무척 아프시겠네요."

보이지 않는 두려움에 말까지 더듬었다. 책상에 커피 잔을 내려놓고 정검사가 후다닥 사라지자 억지로 웃음을 참아내는 은서의 입이 씰룩거렸다.

"음…… 커피 향 좋다."

은서가 령을 향해 약을 올리며 커피 잔을 들려 하자 그의 입술이 은서의 입술을 덮쳤다. 하지만 바로 밀쳐졌다.

"음! 술 냄새!"

그녀는 입을 꼭 다물었다. 그러더니 술 냄새가 난다며 제 입을 손으로 막았다.

"손 내린다. 실시."

"안 된다. 실시."

"어쭈, 그러겠다는 거지."

령이 손을 떼려고 하자 그녀는 고개를 마구 저으며 이번에는 두 손으로 가렸다.

"새끼 마녀."

벌써 자신을 꼼짝 못 하게 쥐고 흔드는 은서를 보니 이미 령한테 그녀는 마녀였다. 하루하루 자라고 있는 새끼 마녀였지만 절대로 무시할 수 없는 존재.

"뭐요? 새끼 마녀?"

"아무 말도 안 했습니다."

은서의 눈이 동그래져서 쳐다보자 시침을 뚝 뗀 령은 그녀의 커피를 마셨다. 그러고는 입술을 쭉 내밀고 계속 치료를 하라며 손을 내밀었다.

안 된다고 하면 이렇게라도 애교를 부리는 수밖에.

"어떤 걸 먼저 해달라고 하는 거예요? 뽀뽀예요, 치료예요?"

"구토가 먼저 하고 싶은 거."

은서는 뭐부터 먼저 해줄까 고민하는 척했다. 그러고는 그의 입술로 다가가 살포시 입을 맞췄다.

어느새 애교도 부릴 줄 아는 귀여운 남자. 그러니 뽀뽀 먼저 해드리지요.

주어진 기회를 놓치지 않은 령은 거침없이 그녀의 입술을 가졌다. 달콤하면서도 쓴 커피 맛이 은서의 입안으로 전해졌다.

농밀한 입맞춤도 입맞춤이지만 갑자기 누가 들어올까 봐 불안했다. 멈추려고 입술을 떼려 해도 놔주지 않는 령으로 진땀을 뺐다.

달콤한 입맞춤을 나눈 그들은 한 장의 사진으로 행복한 순간을 기억하기 위해 포즈를 잡았다.

"치즈!"

찰칵! 너무도 자연스러운 둘의 모습에선 헤어짐의 그늘은 눈곱만큼도 찾아볼 수가 없었다.

이렇게 애정행각을 한 후 령이 치료를 받고 의무실을 나가자 은서는 너무 좋아서 소리 내서 웃었다.

아무 일도 없었던 것처럼 령이 회의실을 지나쳐 가자 열려 있는 문으로 정 검사가 그를 불러 세웠다.

"부장님, 커피 드세요."

그의 행동에 애교로 봐주자고 생각한 령이 자리로 돌아오자 박 검사와 강 검사는 이미 자리를 비우고 없었다. 이내 커피를 마시던 령은 휴대폰 문자 알림음이 울리자 아무 생각 없이 터치했다.

"푸홋!"

그는 입안에 들어 있던 커피를 그대로 뿜고 말았다.

"콜록! 콜록!"

"부장님, 왜 그러세요?"

옆자리에 앉아 있던 이 수사관이 놀라 티슈 통을 밀어줬다. 령은 뽑은 티슈로 대강 입 주변을 닦더니 휴대폰을 집어 들고 밖으로 나갔다. 정 검사가 왜 저러냐는 눈으로 이 수사관을 보자, 그는 령이 마셨던 커피 잔을 만졌다.

"이렇게 식은 걸 줬으니 뿜어버리지. 식은 커피만큼 맛없는 것도 없다. 넌 이제 죽었어."

정 검사가 놀라서 입을 다물지 못할 때, 화장실로 들어간 령은 볼일 보는 사람이 있어도 신경 쓰지 않고 웃어버렸다.

"하하하하. 하여튼 구토. 하하하하."

그러다 보니 볼일 보던 사람은 연신 헛기침을 해대며 빠른 마무리를 하고 도망치듯 나가버렸다. 웃음을 참아내던 령은 휴대폰의 문자를 다시 확인했다.

-2% 부족한 걸 빵빵하게 채우기 위해 당신 취향에 맞춰 가슴 성형수술할게요. 원하는 사이즈?

"하여튼 엉뚱한 새끼 마녀 귀여워 죽겠어. 큭큭큭."

입가에 흐뭇한 미소를 띠고 있던 령은 좀 전에 의무실에서 찍은 은서의 사진을 찾았다. 자신을 웃게 한 은서의 환한 미소.

"구토, 나는 지금 이대로의 네가 제일 좋다."

아침부터 령을 웃게 한 엉뚱한 은서는 그 후 한가로운 오전을 보낸 뒤 점심시간을 이용해 병원을 찾았다. 슬슬 자신의 자리로 돌아갈 준비를 해야 했다.

이제는 내가 할 수 있는 나만의 일을 하자. 지금 처한 진짜 중요한 문제를 고민하자. 이렇게 하나씩 일을 처리해 나간 후 동우와의 문제도 매듭짓자. 그리고, 령과 함께 행복해지자.

령의 집에 들른 진경은 냉장고를 청소한 후 반찬이 담겨 있는 용기들을 차곡차곡 정리했다. 텅텅 비어 있던 냉장고 안을 채우고 나니 마음조차 꽉

찬 듯 뿌듯했다.

아내가 주방을 정리하는 걸 지켜보던 현진이 어쩐 일인지 다용도실에서 청소기를 꺼내 왔다.

별일일세! 하고 보던 진경은 어쩌는지 두고 보았다. 현진이 령의 침실로 들어가고 잠시 후, 청소기 돌아가는 소리가 들렸다.

"사람이 저렇게도 변하는구나."

나름 기분이 좋아져 주방을 치우는 진경의 표정은 한결 밝아졌다.

"여보! 이것 좀 봐."

현진이 진경을 부르며 방문 밖으로 고개를 빠끔히 내밀었다. 그녀는 무슨 일인가 해서 다가갔다.

"왜 그러는데요? 청소기가 안 돼요?"

"아니, 그게 아니라. 이게 뭐야?"

진경은 현진이 들고 있는 기다란 머리카락을 보았다.

"웬 머리카락이에요?"

"저기 베개에 있던데. 침대 옆을 밀다가 뭔가 해서 보니 여자 머리카락이야."

"여자?"

"그럼 이게 남자 머리카락이겠어? 이렇게 긴데."

의문의 머리카락은 은서의 것이었지만, 그걸 전혀 모르고 있는 부부는 궁금증만 커졌다.

"그럼 우리 아들한테 여자가……."

"있나 보지. 허허허."

진경이 못 믿겠다는 눈으로 머리카락을 보자 현진은 껄껄 웃었다.

"그럼 나도 이제 며늘아기가 생기는 것인가?"

"어머! 어쩌면 좋아요! 전화해서 물어봐야지."

기쁨에 들떠 진경이 휴대폰을 가지러 가려 하자 현진이 아내의 팔을 잡았다.

"말할 때까지 모른 척해. 우리가 아는 척해봐. 그 녀석 성격에 부담스러워서 바로 끝내버릴 수도 있어."

"그럴 수도 있겠네요. 기다리다 보니 이런 날도 다 오고. 호호호."

령의 부친처럼 호탕하게 웃는 이가 있었으니, 그건 바로 한 과장이었다.

"하하하하."

기분 좋은 한 과장의 웃음소리가 외과장실을 가득 메웠다. 은서 역시 반갑게 맞아주는 사람이 있어 기분이 우쭐해졌다.

"역시 유은서야. 기다린 보람이 있구먼."

"기다려주셔서 감사합니다."

그녀는 앉은 상태에서 한 과장께 감사의 인사를 했다.

"그 대신 너는 두 번 다시 이곳을 벗어날 수 없는 노예 계약 체제로 들어가는 거다."

"네, 마구 부려주세요."

"좋았어!"

한 과장과 면담을 끝낸 은서는 자신이 있었던 곳으로 걸음을 옮겼다. 점심시간이라 그런지 한가한 모습을 보자, 바쁘게 종종걸음을 치던 그때가 떠올랐다. 오히려 지금의 풍경이 낯설게 느껴졌다.

이 병원에는 나 없는 동안 무슨 일이 있었나. 하하, 내가 없으니 환자들이 끊겼구나. 그럼 나의 실력은…… 한 과장님 따라가려면 백 년은 걸리겠지.

엉뚱한 회상에 젖었던 은서는 데스크가 가까워지자 자세를 낮추고는 살금살금 걸어갔다. 들리는 목소리로 봐서 양 간호사와 친구들이 모여 수다를 떨고 있는 듯했다. 그럼 깜짝 놀라게 해줘야지. 그녀가 속으로 하나, 둘, 셋! 을 세고 벌떡 일어섰다.

"악-!"

하지만 은서는 소리 한 번 질러보지 못하고 모두가 자신을 향해 지르는 소리에 기함했다.

"허억! 깜짝이야! 뭐야? 놀라게."

"하여튼 너는 여전히 엉뚱해. 다 숨겨지지도 않는 그 덩치로 그러고 싶냐?"

"어."

소희의 말에 은서는 가볍게 고개를 끄덕였다.

"유 쌤~ 오실 거죠?"

"넵! 저 여기로 옵니다!"

양 간호사의 말에 반갑다는 표시로 하이파이브를 했다. 모두와 기쁨을 나눈 은서는 링거를 들고 병실로 돌아가는 양 간호사를 배웅했다. 그녀는 저 멀리 차트를 보고 있는 우빈에게 다가갔다.

"키스 좀 작작 하지."

은서는 우빈의 입술을 가만히 보며 말했다.

"애가 지금 뭐라는 거야!"

우빈은 황당하다는 표정을 지으며 그녀의 이마를 콩 쥐어박았다.

"너는 그랬는지 몰라도 나는 아니거든. 이거 왜 이리됐는지 최 검사한테 직접 물어보면 자세하게 알려줄 거다."

"무슨 소리야? 네 입술이 그 사람이랑 무슨 상관이 있다고. 둘이…… 키스했어?"

"야!"

우빈이 꽥 지르는 소리를 듣고 민아가 은서 앞으로 쪼르르 다가왔다.

"검사님이 우리 오빠 이렇게 두들겨 팼어요."

"진짜?"

민아가 새침한 표정을 짓자 은서는 놀라서 저절로 벌어지는 입을 손으로 가렸다.

뭐가 어떻게 된 거지. 여기저기 돌아다니며 싸움만 하고 다니나. 안 본 사이 이 남자가 왜 이리 과격해졌을까.

"내가 너랑 결혼하는 줄 알고 나를 찾아왔다가 민아를 보고 아직도 양다린 줄 알았나 봐."

"그랬구나."

아무리 가능성이 있는 상황일지라도 이리 패놓다니. 아니지, 얼마나 속을 긁어놨으면 이리 팼을까? 암! 그냥 주먹을 휘두르는 그런 사람은 아니지.

은서가 처음에는 놀라는 반응을 보이더니 나중에는 별 반응이 없자 우빈은 울컥했다.

"이거 어쩔 거야!"

"그거야 의사인 네가 더 잘 알지."

은서는 빙긋이 웃으며 약 올렸다.

"뭐라고!"

"그럼 미안하니까 오늘 저녁에 술…… 살까?"

"그러든지. 최 검사도 같이 만나자고 해봐. 정식으로 인사도 해야 하니."

"알았어. 검찰청 들어가서 보게 되면 물어볼게."

"네가 검찰청엔 뭐하러 들어가?"

아! 말하지 않았구나. 이런 중요한 사실을 이제야 깨닫다니 어쩌지? 그렇다고 계속 숨길 수도 없고 이따 만나면 다 밝혀질 텐데. 큰일 났다!

"어…… 그게 지금 검찰청에서 일…… 봐주고 있거든."

은서는 어쩔 수 없이 기어들어 가는 목소리로 모든 걸 실토했다.

"뭐!"

아니나 다를까, 우빈에게 욕을 배 터질 정도로 들은 은서는 소희에겐 뒤

로 호박씨 깠느냐는 소리까지 들었다. 그러다가 더는 듣기 싫어 끝내 '한 과
장님한테 물어봐!' 이러고 도망치듯 검찰청으로 왔다. 우빈을 그렇게 만들
어놓은 당사자 령한테 한 소리 하려다가 분위기가 심상치 않음을 파악하고
그녀는 의무실로 조용히 발걸음을 옮겼다.

"유 선생님~ 지금 들어오세요."

자판기 앞에 서 있던 정 검사가 은서의 모습을 보고 다정하게 불렀다.

"네. 아, 근데 무슨 일인데 이렇게 심각해요?"

"심각한 건 아니고 1년 전 사건의 용의자를 체포했거든요. 그래서 조사결
과를 기다리는 중이에요."

"아……."

"용의자가 보험금 때문에 내연녀와 짜고 부인을 살해했어요. 그리고 둘
은 그 돈으로 버젓이 살림을 차렸고요."

"이런!"

우라질! 연놈들을 봤나! 하고 소리치고 싶었으나 이미지 관리를 위해 참
았다. 이제는 령을 생각해서 그러면 안 될 것 같았다. 고상해져야지.

결국, 그녀는 고상하게 의무실에 콕 박혀 책을 읽었다.

부산스럽게 복도를 지나가는 사람들의 발소리와 말소리를 들으며 퇴근
시간만 기다린 은서는 정각 6시가 되자 벌떡 일어섰다.

"청소하자!"

약속 장소로 가기엔 아직 이른 시간이라 대걸레로 바닥을 닦은 후 화장
실 쪽으로 걸어갔다.

"뭐 하십니까?"

령이 화장실에서 나오다 대걸레를 들고 있는 은서를 보았다.

"퇴근하려고 청소했어요. 참! 우빈이 얼굴은 왜 그렇게 만들어놨어요? 한
주먹하십니다."

피식 웃은 령이 은서의 손을 잡았다.

"왜요?"

이내 의무실로 들어온 령은 문을 닫고 그 문에 기대서며 막았다.

"점심시간에 어디 갔다 왔습니까?"

보고 싶었는지 빙긋이 웃은 그가 양팔을 벌리자, 은서는 들고 있던 대걸레를 놓고 그의 품 안으로 안겼다.

"애인 만나러 갔다 왔어요. 혹시 찾았어요?"

"그렇다면……."

령의 손이 그녀의 볼을 어루만지자 은서가 그의 목에 팔을 둘렀다.

"키스해줄래요?"

"어쩐 일일까? 이런 소리를 다 하고."

그의 손이 은서의 허리를 안으며 가까이 당겨 왔다. 은서는 밀착된 몸을 령에게 기대듯 의지했고, 그는 편안한 자세로 문에 몸을 기댔다.

"우빈이 패서 입술 터트려 놓은 상 주려고요."

입술이 터진 모습이 안쓰럽긴 했지만, 그 순간 얼마나 화가 났으면 그리했을까 생각하니 도리어 사랑스러웠다.

"그런 상이라면 키스만으론 부족한데."

"그럼 뭘 원하는데요?"

"원한다 해도 신성한 이곳에선 참아야 하는 것."

"아하! 신성한 이곳에서 그건 절대로 안 되지요."

뭔지 알겠다는 은서의 표정에 그가 빙긋이 웃었다.

"뭘 상상했기에 이런 야릇한 표정을 지으실까?"

"그러는 당신은 뭘 상상했어요?"

"구토랑 같은 거?"

그때, 의무실 문고리가 돌아갔다. 누군가 문을 열려고 미는 게 령의 등 뒤로 느껴졌다. 은서도 그 소리를 들었기에 둘은 정지된 채 숨을 죽였다. 령이 몸에 힘을 실어 버티자 은서도 합세하며 그에게 힘을 보탰다.

"나 잘하고 있죠?"

그녀가 속삭이듯 묻자 령이 그녀의 허리를 더 안아왔다.

"같이 저녁이나 먹을까 했는데 퇴근하셨나 보네."

박 검사였다.

"부장님도 안 계시는데요."

여러 명의 발소리가 들리더니 이번엔 강 검사의 목소리가 들렸다.

"그럼 우리끼리 가야겠는데."

"모처럼 일찍 퇴근하니까 기분이 아주 좋은데요."

멀어지는 목소리를 듣던 령은 그녀의 입술을 머금었다. 진정 이렇게 행복해도 되는 것일까. 다시 품으로 날아 들어온 그녀의 입술은 아이스크림처럼 달콤했다.

은서는 헐레벌떡 약속 장소의 문을 열고 들어갔다. 벌써 소희가 와서 있었다.

"왜 너 혼자야?"

"너야말로 정시 퇴근 아냐? 왜 이리 늦었어?"

"어쩌다 보니 그렇게 됐네. 우빈이는?"

"둘 다 오늘 당직이야. 그 바보들이 요즘 정신을 어디다 놓고 다니는지 퇴근 전에 알고 으악! 하더라."

"바보 커플이라고 공지해야겠군. 어떻게 당직을 잊어?"

"내 말이. 저기 네 남친 들어온다."

"벌써?"

소희의 말에 은서는 뒤를 돌아다봤다. 그가 낯선 남자와 들어오는 모습에 자리에서 일어섰다.

"어?"

소희는 깜짝 놀란 표정을 지었다. 령과 동행한 사람은 다름 아닌 시루였다.

"좀 늦었습니다."

령이 그녀들이 앉아 있는 자리로 왔다.

"안녕하세요. 처음 뵙겠습니다. 안시루입니다."

"안녕하세요. 유은서입니다."

시루의 인사에 은서는 령의 친구임을 알고 목례로 인사를 했다.

"실례하겠습니다."

시루가 고개를 있는 대로 처박고 있는 소희 옆으로 앉으며 양해를 구하자, 그녀는 얼굴을 가린 채 몸을 살짝 비틀어 앉았다. 그러다 보니 시루는 잘못 앉았나 싶어 무안해졌다.

"저의 가장 친한 친구입니다. 소개해드리고 싶어서 실례인 줄 알면서도 동행했습니다."

령의 소개에도 소희가 여전히 고개를 숙이고 있자, 은서가 테이블 밑으로 소희의 다리를 툭 건드렸다. 소희는 어쩔 수 없이 바로 앉으며 미치겠다는 표정을 지었다.

"왜 그러고 날 봐? 인사해야지."

"너랑 예전에 클럽에 갔었잖아. 그때 이분이랑 함께 경찰서에 갔었어."

"뭐! 진짜야?"

믿기 어려웠는지 은서는 둘을 번갈아 쳐다보았다. 하지만 령은 작게 한숨을 내쉬었다. 그때 비록 마약 사건을 해결하긴 했지만, 시시콜콜한 사연까지 시루가 알고 번개모임에 가서 말한다면 좋게 넘어가지는 않을 것 같았다. 그러니 그는 영원히 함구하기로 결심했다.

"혹시 같이 경찰차 탔던 분?"

시루는 소희의 말에 긴가민가해서 물었다.

"모르셨어요?"

"그 여자분은 머리카락이 길었었는데…… 안경도 끼고."

소희의 인상이 구겨졌다. 이런 멍청이!

"아, 변장…… 했었지."

가만히 있었으면 몰랐을 것을 소희 스스로 자백한 셈이 되었다. 후회의 한숨을 내쉬면 뭐 하나, 이미 쏟아진 물인데.

"그날 생각하면 기가 막혀서……."

"저도거든요."

시루가 몹시 불쾌한 표정을 짓자 소희는 기가 막혔다. 하지만 령과 은서는 어찌해야 할 바를 몰랐다. 인사시켜주기가 무안할 정도로 둘의 표정은 냉랭했다. 은서가 어색한 웃음을 흘리자 시루가 그녀를 보았다.

"이 녀석 눈이 상당히 높은 편이라 제짝을 찾을 수나 있을까 싶었는데, 은서 씨를 이렇게 만나뵈니 생각보다 더 미인이시네요."

"눈이 높죠. 쭉쭉빵빵. 그래서 제가 속물이라고 불러요."

"속물? 하하하. 맞아요. 저 녀석 은근 속물이에요. 아닌 척하면서 여자 엄청나게 밝혀요. 야동도 잘 봐요."

둘의 대화에 령은 흐뭇한 미소로 지켜만 볼 뿐이었다.

"어머! 알고 계시는군요. 저한테 한번 들켰어요. 그래도 제가 구제해주는 셈치고 너그럽게 넘어가줘야지 어쩌겠어요."

왜 령이 은서를 마음에 담았는지 더 듣지 않아도 시루는 알 것 같았다. 령의 옆에서 조금도 주눅 들지 않는 당당함. 거기다 내숭도 없고, 무엇보다 가식적이지 않은 표정은 진솔하며 밝았다.

령의 마음을 움직인 여자, 유은서. 시루는 그녀를 령이 사랑하는 유일한 여자로 인정할 수밖에 없었다.

"그런데 이 녀석이랑 어떻게 만나셨어요?"

"에……."

"술 먹고 뻗어서 우리 집에서 잤어."

은서가 잠시 망설이자 그가 짧고 굵게 한마디로 정의를 내렸다.

"허, 대박. 볼만했겠는데요."

"진짜야? 너 진짜 술 먹고 뻗어서 최 검사님 집에서 잤어?"

재미있어하는 시루의 표정과 소희의 놀란 눈을 보며 은서는 다시 한 번 쥐구멍을 찾고 싶었다.

"어쩌다 보니……. 호호호."

그녀는 어색하게 웃으며 말했다.

"어쩌다 보니? 너 제정신이야?"

"호호호. 제정신이 아니니까 그렇게 했겠지."

"웃음이 나오니? 제정신 돌아왔을 때 정말 볼만했겠다."

그걸 말이라고 하니…….

그날도 그날이었지만, 지금 심정은 정말 접시 물에 코 박고 죽고 싶었다. 소희의 말에 더는 답하기 곤란해 은서가 물잔을 들자 시루가 그 상황을 모면해주려고 입을 열었다.

"술 먹고 잘 수도 있죠. 저도 가끔 이상한 곳에서 눈떠요."

"이상한 곳?"

"음…… 누가 깨워서 눈을 떠보면 겉옷은 나뭇가지에 걸려 있고 벤치 밑에 신발까지 벗어놓은 상태로 자고 있더라고요."

"하하하하."

"미친놈."

은서는 손뼉까지 치면서 웃었지만, 령은 한심한 눈으로 바라보았다. 소희도 황당했는지 작게 웃었다.

"변호사 일을 하다 보면 그런 위장은 필수예요."

"위장? 변호사예요?"

"네, 국선변호사입니다."

"멋지당~"

은서의 눈은 반짝거리며 빛을 냈지만, 소희는 시큰둥한 표정으로 메뉴판을 들었다.

"뭐 먹을래?"

"알아서 시켜."

은서는 지금 먹는 게 중요한 게 아니고 령의 베스트 프렌드인 시루가 궁금했다.

"그럼 잠복근무 그런 거 많이 하시겠네요?"

"일상입니다."

"재미있겠다. 나도 그런 거 해보고 싶은데."

"네가 형사냐, 시도 때도 없이 잠복근무 하게?"

은서가 격 없이 시루를 대하자 령은 말은 이렇게 했어도 흐뭇한 표정을 지었다. 팔을 뻗은 그의 손이 그녀의 뒤로 가서는 살며시 어깨를 어루만졌다.

"둘이 사귀어보는 것 어때?"

시루와 나란히 앉아 있는 소희를 보고 은서는 불현듯 이런 생각이 들었다.

"미쳤니!"

"저도 사양입니다. 딴 여자가 클럽 드나드는 것은 봐줄 수 있는데 제 여자가 드나드는 것은 영……."

"뭐예요!"

"말이 그렇다고요."

"기가 막혀. 뭐, 이런 남자가 다 있어?"

탁자 위로 주문한 음식들이 놓여졌다. 하지만 둘의 냉랭한 반응에 은서는 음식이 눈에 들어오질 않았다. 은서가 탁자 밑으로 소희의 다리를 툭 찼다. 한마디로 령을 볼 면목이 없었다.

"아!"

"죄송해요."

소희가 아닌 시루의 다리를 찼다.

"큭큭큭."

은서의 행동이 귀여워 령은 웃고 말았다. 서로 눈길조차 주질 않은 둘을 보면서 령은 음료수 병을 들었다. 소희의 잔부터 채운 령은 시루를 잔도 채워주었다.

"운전해야 하니 술은 피하자."

"좋지."

"우리 건배해요."

"좋습니다, 제수씨."

"제수씨? 아우 부끄러워라."

은서의 두 볼이 발그레해졌다.

"친구는 친구를 닮는다고 했는데 아닌가 봅니다."

음료수 잔을 부딪친 시루가 소희를 보며 한마디 했다.

"제가 하고 싶은 말이네요. 이렇듯 반듯한 최령 검사님과 어떻게 친구가 될 수 있었는지 진짜 오묘하네요."

"제가 친구 안 해주면 그냥 안 둔다고 협박했거든요."

가시 돋친 듯 비비 꼬는 둘의 말에 령과 은서는 서로의 얼굴만 바라보았다.

이러니 오래 앉아 있을 수도 없었다. 겨우 저녁을 먹고 일어설 수밖에……

"제수씨, 만나서 반가웠어요."

"네, 조심해서 가세요. 소희야, 데려다줄게."

시루를 향해 방긋 웃어준 은서는 소희를 부를 때는 눈을 부라렸다. 저건 친구도 아니었다. 어째서 오늘따라 저렇듯 이상한 짓을 하는지 이해가 안 되었다.

"택시 타고 가면 돼. 최 검사님, 저녁 잘 먹었어요."

"모셔다 드리겠습니다."

"택시 타고 간다잖아. 어서 가."

시루는 떠밀다시피 령을 그의 자가용이 있는 곳으로 보냈다. 마지못해 그는 조수석의 문을 열어 은서를 태웠다. 이윽고 차가 출발하자 소희는 택시를 잡기 위해 도로가로 향했다.

"같은 방향이면 태워다 줄게요."

"사양합니다."

때마침 제 앞으로 택시가 멈춰 서자 소희는 뒷문을 열었다. 그러자 시루는 자신의 차가 있는 곳으로 향했다.

한편, 먼저 출발한 은서는 그곳을 벗어나자 서운했던 마음을 읊어댔다.

"4가지 님, 제 체면 생각해서 넘어갈 건 적당히 넘어가 주세요. 그 입은 너무 정직해서 때론 얄밉다고요."

"제가 뭘 어쨌다고 그럽니까?"

"거기서 술 먹고 잤다는 말을 꼭 했어야 해요?"

"진실을 말했을 뿐입니다."

"그냥 병원에서 만났다고 해도 됐잖아요!"

"토해서 옷 갈아입혔다는 말까지는 안 했습니다."

"……혹시 그날 제 옷을 갈아…… 입혔어요?"

"그럼 누가 했겠습니까?"

"아아악!"

그 후 삐죽 나온 은서의 입은 아파트에 도착하도록 들어가지 않았다.

세상에나! 미쳤어, 미쳤어. 미치지 않고서는 있을 수도 없는 일이야. 나! 유은서는 그날 미쳤다!

만난 지 얼마나 됐다고 이 남자에게 난 뭘 보여준 거야? 은서는 손에 잡히는 머리카락을 돌돌 말았다. 그날 속옷을…… 어떻게 입었더라?

"에휴……."

아파트에 도착한 은서는 엘리베이터에 오르며 한숨을 내쉬었다.

그녀 못지않게 령도 나름대로 미칠 지경이었다. 도대체 뭘 잘못했다고 이러는 건지. 말도 안 해. 뭐라고 하면 째려봐. 혼자 중얼거리다 다시 째려봐. 토해서 옷 갈아입힌 게 그렇게 큰죄인가. 갑자기 죄인이 된 것 같은 령은 은서의 뒤를 따라가며 뒷모습만 쳐다보았다.

더는 다가가면 안 될 것 같은 검은 아우라가 그녀의 주변을 감싸고 있는 것 같았다. 그녀가 집 앞에서 걸음을 멈추자 령도 일정한 거리를 두고 멈춰섰다.

"접근 금지!"

갑자기 이런 뜬금없는 말을 날린 은서는 자신의 집으로 쏙 들어가 버렸다. 령은 굳게 닫힌 현관문을 바라보며 황당한 표정을 지었다.

"허! 뭐라니? 접근 금지?"

오늘 일진이 왜 이리 사나운지. 집에 들어온 령도 기분이 썩 좋지만은 않았다. 겉옷을 벗어 대충 소파에 던져놓고 주방으로 향했다.

아침과 달라진 느낌에 냉장고를 열어 본 그는 모친의 사랑을 확인하곤 빙긋이 웃었다. 그리고 냉장고 문을 닫다 그 옆에 나란히 놓여 있는 술병들을 보았다.

령이 추억을 더듬으며 하염없이 술병을 쳐다보고 있을 때, 소희로 인해 서운했던 은서는 옷도 벗지 않은 채 침대에 벌렁 누워 있었다. 아무리 싫다고 해도 그리 대놓고 내색할 줄은 몰랐다.

물론 모르는 사람이라면 상관없겠지만, 다른 사람도 아닌 자신이 사랑하는 남자의 친구였다. 그것도 절친!

"누가 내 친구 아니랄까 봐 이럴 때 보면 엄청 냉정해."

물론 자신이 봐도 시루의 행색이 남다르긴 했다. 전혀 다른 두 사람이 친구라니. 자신도 믿기 어려울 정도니 소희의 심정도 나름대로 이해가 됐다.

"하긴 만남부터 예사롭지 않았으니 그럴 수도 있겠지만."

저도 처음 령과 만났을 때 그랬기에 나름 소희의 심정이 이해가 갔다. 이런저런 생각에 한숨을 내쉬던 은서는 벌떡 일어났다.

"어! 분명히 들린 것 같은데."

그녀는 거실 소파에 던져놨던 핸드백을 가지러 침실을 나갔다. 허둥대며 핸드백을 열어 휴대폰을 꺼낸 은서는 울컥하는 감정을 감추기 위해 큰 숨을 들이 마셨다.

-구토, 지금!

그리움이 메시지로 전해져 왔다. 타국 땅에서 얼마나 기다렸던 문구였는지…… 다시는 받아볼 수 없으리라 생각했던 그 말이 지금 은서의 눈앞에 있었다.

어느 정도 시간이 흐른 후, 잠자리에 들어 뒤척이던 령의 입가에 옅은 미소가 걸렸다. 은서가 들어오는 소리를 들어서였다. 조용한 밤에 문이 열리는 소리는 숨기고 싶어도 숨길 수가 없었다. 자는 척하려고 스탠드의 불을 끄고 눈을 감은 령은 그녀의 발소리에 귀를 기울였다.

도둑고양이처럼 살금살금 걸어 침실로 오고 있으리라. 행복한 생각에 령은 흐뭇한 미소를 지었다.

"뭐야? 왜 안 들어와."

미소를 계속 짓고 있었다. 문이 열릴 때까지. 그런데 한참이 지나도 침실문이 열리지 않자 불길한 생각이 들었다. 도둑놈이 오셨나? 령은 조심스레 침대에서 몸을 일으켰다.

최대한 소리를 죽여 침대에서 내려간 그는 방문을 향해 걸어갔다. 밖에 소리를 듣고자 문 가까이 다가간 그는 아무 소리도 들리지 않자 살며시 문고리를 잡아 돌렸다. 한발 한발 상황을 살피며 걷던 령은 소파 앞에서 멈춰섰다.

"구토."

이런 능청꾸러기! 은서가 소파에 누워 자신의 행동을 빤히 쳐다보고 있었다.

"그냥 잠이 안 와서 소파 좀 빌리려고요. 괘념치 마시고 어서 주무세요."

아주 요염한 자세로 누워서 저런 말을 하고 있었다. 이 여자는 분명……

'새끼 마녀 같으니라고.'

"어. 어. 어. 어. 접근 금지!"

령이 은서를 안기 위해 목과 다리 쪽으로 팔을 집어넣었다.

"됐네요! 접근 금지 같은 소리 하고 있네. 오늘은 무효!"

여기까지 와서 접근 금지는 무슨 접근 금지? 다 필요 없어! 령이 은서를 번쩍 안아 들고 침실로 향하며 한마디 했다.

"4가지, 이러면 안 되죠?"

"안 되긴 뭐가 안 돼? 난 돼! 무효라고 했잖아."

"어머! 어머! 무효는? 이러시면 아니 된다고요~ 읍!"

은서를 안고 침실로 들어간 령은 조잘거리는 그녀의 입을 자신의 입술로 막았다. 그리고 발을 이용해 방문을 세차게 닫았다. 방으로 들어온 그는 은서를 침대에 던지듯 내려놓았다.

"아직도 무효라고 외칠 거야?"

은서가 그를 유혹하듯 아주 요염한 자세를 취했다.

"당신 하는 거 봐서."

잠옷의 단추를 풀던 그가 다시 잠그더니 은서 옆으로 얌전히 누웠다.

"갑자기 아무것도 하고 싶지가 않네."

"이런, 4가지!"

벌떡 일어난 그녀는 령의 허리로 올라타며 그의 목을 조르는 시늉을 했다.

"하하하하. 살려줘. 해달라는 대로 다 해줄게."

"필요 없어요!"

8장. 그녀를 포기하다

잠결에 어렴풋이 들리는 은서의 말소리에 령은 눈을 떴다. 여지없이 령의 품에서 벗어나 잠들어 있는 그녀는 자신의 옷을 움켜쥐고 울먹이는 목소리로 잠꼬대하고 있었다.

령은 숨조차 멈추고 은서를 쳐다보았다. 지금 내가 무슨 소리를 들은 거지. 분명히 그 말을 들은 것 같은데.

"추하지…… 않아. 흐흑, 나는…… 흐흐흑, 추하지 않아."

이 말을 되풀이하며 그녀는 괴로워했다. 무엇인가 감추려는 듯 옷을 잡은 손은 더 힘을 주며 움켜쥐었다. 아…… 그녀는 추하게 비친 자신의 몸을 감추고 싶었나 보다.

"은…… 서야."

자신을 행복하게 해주던 은서는 무의식중에 아직도 고통스러워하고 있었다. 미안하다는 말로 치료되기엔 부족했다. 그것도 모르고 있었다니…….

령은 은서의 목 밑으로 손을 넣어 그녀를 품에 안았다. 미안한 마음을 담아 조심스레 그녀의 얼굴을 어루만졌다.

"넌 추하지 않아. 내가 잘못했으니까 용서해줘."

"으응?"

령의 말에 잠이 깬 은서는 무슨 일인가 해서 그를 보았다. 그는 그녀의 손을 꼭 잡았다.

"추하다고 실언한 거 용서해줘."

령의 사죄에 은서는 자신이 잠꼬대한 것을 알아차렸다. 이곳을 떠나 낯선 하늘 아래 잠들어 있을 때 같은 방에 묵었던 봉사자가 그런 말을 했었다.

어려운 사람에게 애처로운 마음을 품은 사람은 절대로 추할 수가 없다고…….

"용서해줄게요."

은서는 자신의 손등에 입을 맞추는 령에게 몇 번이나 이 말을 했다.

용서해줄게요. 용서해줄게요.

그러자 그녀의 말에 령의 입술은 은서의 입술을 찾아갔다. 그녀의 아랫입술을 살며시 깨물자 자연스레 열리는 은서의 입안으로 령의 혀는 미끄러지듯 들어갔다.

헤어져 있던 내내 용서를 구하고 싶었던 그는 이제야 용서받았고, 그 칼로 상처를 받았던 은서의 아픈 마음은 비로소 완치되었다. 사랑이라는 말로는 모두 표현할 수 없을 정도로 둘은 서로를 사랑했다.

"아하하하. 간지러워. 간지러워."

"왜 간지러운데? 분위기 깨지게 웃지 마!"

"웃지 않으려고 해도 거긴…… 아하하하."

달그락달그락.

그렇게 또 하루의 밤이 지나고 어렴풋이 들리는 달그락거리는 소리에 그녀는 눈을 떴다. 잠이 덜 깬 눈으로 옆의 자리를 보고 령이 없자 부스스한 머리카락을 매만지며 일어나 앉았다.

아침 식사를 준비하는구나! 아내를 위해 남편이 차려주는 아침상? 이 세상 모든 여자의 꿈이랄까.

"······남편? 우히히히."

좋아서, 그리고 무척 행복해서 밤새 웃은 것도 부족해 아침부터 바보처럼 웃고 있었다. 아니나 다를까, 씻고 나가니 아침 밥상이 떡하니 차려져 있었다.

"우렁각시가 다녀갔나 봐요?"

은서는 능청스럽게 말했다. 말이나 못하면······. 그녀는 살며시 그를 뒤에서 안았다. 항상 령의 품에 안기기만 했던 은서는 사랑하는 사람을 안아주려면 그만큼 넓은 품이 필요하다는 것을 처음 알았다. 이 남자는 이렇게 나를 안아줬구나.

"잘 잤어?"

은서의 마음을 알아서일까, 령의 마음이 뭉클해졌다.

"더 자고 싶은데."

"그럼 더 주무시든지."

"그럼 출근은 어쩌라고요? 저를 기다리는 많은 남자가 있어요."

"좋겠다."

어느새 삐돌이가 된 령은 밥부터 먹자며 그녀를 식탁에 앉혔다.

함께 잠들고 같은 공간에서 아침을 먹으며 서로를 보고 웃어주는 일. 진정 행복했다. 시계를 본 은서는 국에다 밥을 말았다.

"천천히 먹어도 되는데."

"빨리 먹고 집에 가서 할 일이 있어요."

"할 일? 무슨 일이기에······."

어찌나 급히 먹는지 걱정스러울 정도였다.

"저 가요."

잠깐 사이 다 먹은 은서가 일어나자 그는 밥그릇부터 확인했다.

"체하면 어쩌려고?"

"습관이 돼서 괜찮아요. 이따 봐요."

서둘러 식사를 마친 은서는 자신의 집으로 돌아갔다.

띵- 동.

얼마 후, 방에서 나온 그녀는 때마침 울리는 초인종 소리에 현관으로 향했다. 은서가 문을 열자 령은 그녀의 모습에 입을 다물지 못했다. 설마 이러려고 서두른 거였어.

"누굴 홀리려고."

"홀리다니요? 말을 해도 참. 그냥 예쁘다고 해주면 안 돼요?"

한껏 꾸민 제 모습을 그녀가 바라보았다. 이거 너무 파격적인 패션을 보여줬나. 은서는 짧은 미니스커트를 내려다보긴 했지만, 대수롭지 않게 여기며 머리카락을 뒤로 넘겼다.

"가서 갈아입고 와요."

"시간 없어요."

역시나! 은서가 못 들은 척 나가려 하자 령이 그녀의 팔을 잡았다.

"이 스커트는 만들다 원단이 부족했답니까?"

령이 이 말을 하며 은서의 스커트를 밑으로 잡아당기자 그녀는 오히려 봐달라며 그의 앞으로 다리를 쭉 내밀었다.

"요즘 유행하는 건데, 내 다리 예뻐요?"

"하! 미치겠네. 아예 다 벗지!"

"그럴까요?"

말로는 당해낼 수가 없는 은서였다. 령은 은서의 아슬아슬한 옷차림을 보자 그녀를 바라볼 늑대들의 음흉한 눈빛이 떠올랐다. 눈앞이 아찔해졌다.

"그 옷차림으로 계단을 올라가면……. 아! 빨리 벗어!"

생각하고 말 것도 없었다.

"오호~ 짧은 치마 입고 계단 올라가는 여자 뒤만 따라다녔나 보네. 속물."

은서는 일부러 엉덩이를 살랑살랑 흔들며 걸어 나갔다. 4가지, 오늘 열받아 죽어봐라.

"속물~ 속물~ 속물~ 4가지는 속물이라네."

"얼씨구."

령의 속을 아는지 모르는지 은서는 아랑곳하지 않고 노래까지 흥얼거리며 엘리베이터로 향했다. 뒤따라가는 령의 눈에 아슬아슬한 그녀의 스커트가 보이자 울렁증이 생기는 것 같았다.

차에 오른 은서가 다리를 길게 뻗어 비스듬히 꼬듯 앉자 미끈한 그녀의 다리는 더 섹시해 보였다. 령은 아침 먹은 게 체했는지 울렁거리다 못해 이젠 어지럽기까지 했다.

"아우! 미치겠다. 저러고 검찰청에 가면?"

보고 싶지 않은 많은 장면이 그의 눈에 어른거렸다.

"이것보다 더 짧은 스커트를 입고 오는 건데. 오늘따라 내 다리가 이렇게 예쁜 줄 몰랐네. 남자들의 시선을 한 몸에 받는다는 것은 정말 짜릿! 하단 말이야."

"아휴…… 머리야."

그는 은서를 꺾을 수 없다는 걸 알기에 이미 포기 상태였다.

"오늘 실컷 만끽해야지."

이윽고 검찰청 로비에 들어선 령은 은서의 옷이 신경 쓰여 자꾸 가려주려 했지만, 그녀는 강 검사와 이 수사관을 보고는 반갑게 뛰어갔다.

"안녕하세요!"

은서의 인사에 두 사람은 고개를 돌려 그녀를 쳐다보았다. 그들은 순간 얼이 나간 표정을 지었다. 본능에 충실한 둘은 약속이라도 한 듯 은서의 다리로 시선이 움직였다. 그것은 그야말로 늑대들의 눈빛이었다.

그 모습을 멀리서 지켜보는 령의 얼굴은 붉으락푸르락해졌다. 엘리베이터 앞에선 다른 남자들까지 힐끔거리며 쳐다보자 령은 이가 갈리는 소리로 말했다.

"빨리 내려요."

그 말에 강 검사가 령을 쳐다보았다.

"부장님, 아직 타지도 않았는데 어떻게 내립니까?"

"안녕하세요!"

정 검사가 문이 열리는 엘리베이터를 보고 뛰어오고 있었다. 그리고 은서의 모습을 보고 멈춰 선 그의 코에서 코피가 주르륵 흘러내렸다.

"어머! 정 검사님! 코피요!"

엘리베이터에 오르려던 세 남자는 은서의 말에 정 검사를 보았다. 저런 얼빠진 녀석 같으니라고! 정도껏 티를 내라!

"네? 저요?"

령은 놀라는 정 검사를 보며 주머니에서 손수건을 꺼냈다.

'후…… 참 본능에 충실한 늑대일세.'

"많이 피곤하신가 보네요."

"조금."

이 수사관의 말에 흐르는 코피를 닦아낸 정 검사의 얼굴은 피만큼이나 빨갰다. 아침부터 피 튀기는 출근을 했으니 나름 만족스러운 은서는 가운의 단추를 잠그며 거울을 보았다.

똑똑.

그렇게 오전이 흘러갈 무렵, 령이 의무실 문을 노크하고 들어왔다. 그러고는 그녀를 향해 슬쩍 쇼핑백을 건네주었다.

"갈아입어요."

이 남자 이렇게 귀여울 수가. 행복한 미소를 지으며 은서는 쇼핑백에서 스커트를 하나 꺼냈다. 하지만 길어도 너무 길었다.

"아니, 무슨 월남치마를 사왔어요?"

"시끄럽고 지금 당장!"

단호한 그의 표정에 은서는 미소로 답했다. 뭐든 적당히 해야지 더 건드렸다간 안 될 것 같았다.

은서는 의무실 안의 공기를 환기시키고자 창문을 열어놓았다. 복도로 나와 슬렁슬렁 걸어 가다가 령의 사무실 문이 열려 있자 그리로 향했다. 령의 모습에 노크를 한 그녀는 안으로 들어섰다. 안에 있던 사람들은 무슨 일인가 해서 일제히 은서를 쳐다보았다.

"유 선생님, 어쩐 일로……."

강 검사가 걱정스러운 표정으로 령을 보았다. 모두 긴장한 표정을 보이자 은근히 재미있어진 은서는 그를 보며 살며시 웃었다. 딱, 장난치고 싶어 하는 표정이었다.

"4가지, 점심 같이 먹을까요?"

저분이 지금 뭐라는 거야?

은서를 보고 있는 모두의 생각이었다. 이런 자리에서 저렇듯 부르니 엉뚱한 그녀로 령은 피식 웃었지만, 검사들은 아니었다.

은서의 말에 사람들은 부지런히 서류를 챙기며 일어설 준비들을 했다. 폭탄은 빨리 치워야 한다는 생각에 강 검사가 은서 곁으로 갔다.

"싸가지…… 라뇨? 최 부장님입니다. 그러지 말고 유 선생님, 저희랑 같이 점심 드시죠?"

박 검사의 부재가 아쉬웠다. 강 검사가 제발 그러지 말라는 표정을 지으며 말하자 은서는 령을 가리켰다.

"전 4가지랑 가고 싶은데요?"

"제발! 제가 맛있는 거 사드리겠습니다."

당황하는 강 검사의 말에 령이 자리에서 일어나 은서 곁으로 걸어가자 모두 마른침을 삼킬 수밖에 없었다. 곧 터지겠구나. 폭탄! 하지만 봄바람 불 듯 포근한 령의 목소리가 들렸다.

"그럴까요?"

령과 은서는 이들에게 궁금증만 잔뜩 심어놓고 다정하게 걸어 나갔다.

"저 두 분, 갑자기 왜 저래요?"

"나도 알고 싶네요."

은서는 령과 다정히 걸어가다 스커트를 자랑하고 싶단 생각에 한 바퀴 빙 돌았다. 그 모습에 령은 빙긋이 웃었고 뒤따라 나온 사람들은 재미있는 구경거리를 보듯 일정한 거리를 두고 뒤따라갔다.

"이 스커트 아주 예뻐요."

"그러네요."

"짧은 거 입고 오면 매일 사줄 거예요?"

은서는 령의 앞에 서며 애교를 부리듯 말했다.

"한겨울에 얼어 죽고 싶습니까?"

"하하하하."

얼씨구. 저렇듯 해맑게 웃고 있으니 이걸 어떻게 받아들여야 할지. 뒤따라가는 이들은 혼란스러웠다.

그녀는 식사 도중 병원으로 돌아간다는 뜻을 밝혔다. 그러자 모두 잘됐다는 반응을 보였다. 그런데 예상외의 이야기로 정 검사와 이 수사관은 숟가락질을 멈췄다.

"의사는 제 길이니까 이제 돌아가야죠. 4가랑 여기서 더 싸우고 싶었는데 그럼 업무 방해될까 봐 떠나는 거예요."

"그러게 말입니다. 구토랑 피 터지게 싸워야 하는데."

은서의 말에 화기애애하게 령이 답을 했다. 다만 정 검사와 이 수사관의 표정은 굳어져 갔다. 그들은 눈빛으로 무언의 대화들을 나눴다.

'구토래?'

'그러니까. 싸가지? 구토?'

정 검사도 이 수사관을 보았다.

'뭘 잘못 먹었나? 왜들 저런데?'

'외계인이야.'

놀란 둘의 표정에 재미를 붙인 령과 은서는 밥을 먹으며 계속 4차원적인 얘기를 했다. 더는 참지 못하겠는지 두 사람은 식판을 들고 일어섰다.

"왜 일어나십니까?"

"같이 먹으면 체할 것 같아서요."

"우리가 어때서 저러실까? 4가지, 다 드셨어요?"

은서가 살짝 놀려주는 뜻으로 윙크하자 령이 피식 웃었다.

"커피는 구토가."

"네~"

"그럼 왕 4가지 열라 재수탱이가 구토 커피를 얻어먹는 겁니까?"

아무렇지도 않게 한술 더 뜨는 령이었다.

"그건 가문의 영광인데요. 길이길이 기억해두세요."

"그럼 오늘 구토 커피 토하도록 마셔보겠습니다."

"좋아요."

그녀는 행복해서 생글거리고 웃었다.

"뭐가 좋다는 겁니까? 제가 좋다는 겁니까?"

"그건 여기서 말하기 곤란한 비밀인데요."

령과 은서가 나란히 걸어 나가자 정 검사와 이 수사관은 둘의 모습이 사라질 때까지 쳐다보았다. 왜 저런 이상한 말을 하며 웃는 건지 두 사람은 도통 이해할 수가 없었다.

"둘 다 엽기야, 엽기. 부장님 원래 저런 분이셨어?"

"음……."

정 검사의 물음에 선뜻 답을 못 하는 이 수사관이었다.

"왜? 나는 보기 좋은데."

뒤늦게 온 박 검사가 식탁에 앉으며 말했다.

재미있다고 실컷 웃으며 의무실로 돌아와 차를 마신 령은 그녀를 남겨두고 외근을 나갔다. 그리고 얼마 후, 은서는 손님이 방문했다는 연락을 받고 로비로 나갔다.

저 뒷모습은? 동우다.

은서는 걸음을 멈출 수밖에 없었다. 지금 자신이 매듭지어야 할 가장 큰 난제였다.

"은서야."

로비를 구경하고 있던 동우가 은서를 발견했다.

"선배, 어쩐 일이야?"

"네가 보고 싶어서 왔지. 입국하자마자 곧장 달려온 거야."

"내가 여기 있는 건 어떻게 알고……."

"집으로 전화했더니 교수님이 알려주셨어."

……아빠. 더 이상 미루면 안 될 것 같았다.

"너 일하는 곳에서 커피 한 잔 줄래?"

그냥 가라고 거절할 수도 없는 상황이라 절차를 마친 후 동우는 은서와 함께 의무실로 향했다.

"유 선생님, 손님 오셨나 봐요?"

외근을 갔다 온 장 수사관의 말에 은서는 가볍게 목례를 했다.

"지금 들어오시는 길이세요?"

"다시 나가봐야 합니다. 여러 가지로 바쁘네요."

빠른 걸음으로 걸어가는 장 수사관을 보며 은서는 동우를 데리고 의무실로 갔다. 동전을 꺼내 자판기 앞에 서 있는 그녀는 마음이 착잡했다.

커피를 뽑아 자신의 앞에 놓는 은서를 보며 동우는 연신 신이 난 아이처럼 떠들어댔다.

"나 보고 싶었어?"

"……."

뭐라고 말을 해야 할지.

"저 표정 봐라. 빈말이라도 보고 싶었다고 해주면 될걸. 하여간 절대로 거짓말은 안 해."

"……."

그녀는 동우가 무슨 답을 원하는지 알고 있었지만 모른 척했다. 그러나 동우는 여전히 웃음을 머금은 표정으로 그녀를 보았다.

"여기서 있었구나. 나쁘지 않은데?"

안을 둘러본 동우는 한시름 놓는 표정이었다.

"응, 나름 괜찮아. 정시 퇴근에 휴일은 다 쉬고. 공무원의 생활을 실감해 보는 중이랄까."

"밝은 모습 보니 다행이다. 많이 걱정했는데."

확실히 이 남자는 보이는 이미지만큼이나 부드러운 남자였다. 사랑이란 감정을 담아 호감도를 표현했다면 은서는 주저 없이 만점을 줬을 것이다.

만약…… 사랑이라는 감정만 있었다면.

령을 사랑하는 은서에게 동우는 그냥 부친의 제자일 뿐이었다. 그 어떤 감정도 없으니 그에게 거절이란 단어를 쉽게 말할 수 있었다. 하지만 문제는 부친인 영민이었다.

동우는 영민이 마음에 두고 있는 사람이었고, 은서는 영민의 뜻에 따르겠다고 말했다. 하지만 그녀는 크게 걱정 안 했다. 분명 부친도 령을 좋아할 거라 믿기 때문이었다.

"선배…… 나 할 말 있어."

그녀는 모든 걸 말하기 위해 어렵게 입을 열었다.

"말해."

"선배랑은 그냥 이렇게 편하게 지냈으면 좋겠어."

"……."

똑똑!

은서가 동우에게 자신의 확고한 마음을 말하고자 할 때, 노크 소리가 났다. 그녀는 자리에서 일어섰다.

"약 좀 주시겠어요?"

"어디가 아프세요?"

의무실로 환자가 방문하자 이번엔 동우가 자리에서 일어섰다.

"은서야, 급한 일부터 처리하고 나중에 연락할게."

"이렇게 그냥 가게? 이야기 마무리 짓게 잠시만 기다려줘."

"얘기는 나중에 하자. 잠깐 얼굴 보러 온 거야. 어서 할 일 해."

동우는 은서가 일할 수 있게 서둘러 그곳을 나왔다.

"조심해서 가."

"수고해."

복도를 따라 천천히 걸어가던 동우는 맞은편에서 문을 밀고 들어오는 사람을 보았다. 령이었다. 하지만 서로는 서로의 존재를 모르기에 스쳐 지나갔다.

문득, 몇 발짝 걷던 령이 걸음을 멈췄다. 그리고 뒤를 돌아보았다. 동우의 모습을 보던 령은 마음에 찬바람이 지나가듯 서늘해지는 걸 느꼈다.

그런데 이번엔 문을 밀던 동우가 뒤를 돌아보았다.

"……"

"……"

뭔가 알 수 없는 기류가 흐르자 둘은 눈을 피하지 않았다.

시루는 지금 한창 변호 중이었다.

"변호인, 지금 제대로 변호한 것 맞습니까?"

판사가 못마땅한 표정으로 시루를 보자 그는 귀고리를 만지작거리며 자리에서 일어섰다.

"존경하는 재판장님."

"말씀하세요."

"바람을 피운 남편이 아내를 때린 것에 대해 제가 뭘 변호를 해야 합니까? 아내를 두고 바람피운 게 정당하다고 아내를 때려서 아주 잘했다고, 그러니 선처해달라고 해야 합니까?"

"저, 저."

재판을 지켜보던 방청객들이 웅성거리자 판사는 말까지 더듬었다. 그러다 보니 폭행을 당한 피해자 여성은 피고인인 남자의 시선에 놀라 고개를 숙였다.

탕탕!

"자! 조용! 조용!"

판사가 두드리는 판결봉 소리에 법정 안이 다시 숙연해지자, 시루가 피고인인 남편을 보았다.

"왜 결혼하셨습니까?"

오히려 변호인이 묻자 피고인은 당황했다.

"그거야……"

"사랑해서 하셨다고요? 사랑해서 바람피웠고, 사랑해서 사랑한 만큼 죽기 직전까지 두들겨 팼고, 사랑해서 위자료도 안 주고, 다 사랑하는 마음으로 그리했으니 용서해달라고? 이 개자식!"

웅성웅성.

"안시루 변호인, 지금 뭐 하는 겁니까?"

판사의 말에 시루가 앞으로 나왔다.

"저는 피고인의 변호를 맡은 국선변호사입니다. 그 어떤 상황에서도 저는 피고인을 보호해야 할 의무가 있습니다. 한마디로 나라의 녹을 먹고 있으니 까라면 까야 합니다."

웅성웅성.

"그런데 저 피해자의 얼굴을 보십시오."

모두 시루가 가리키는 피해자를 보았다. 웅성웅성거리는 소리는 작아지는 게 아니라 점점 커졌다.

"그래도 저는 변호인이니까 제 피고인에게 조금이라도 도움을 주기 위해 위자료를 줄여달라고 피해자 변호인께 청해보겠습니다. 사천만 원에서 딱! 만 원만 줄여주십시오."

"하하하하."

신성해야 할 법정 안에서 끝내 웃음이 터지고 말았다. 판사는 이미 포기했는지 한숨을 내쉬었고, 화가 난 피고인은 자리에서 벌떡 일어섰다.

"뭐, 저런 미친 변호사가 다 있어!"

시루는 피고인에게 다가가 두 손으로 책상을 짚고 그를 쳐다보았다. 그러자 피고인은 그의 표정을 보며 의자에 털썩 앉았다.

"천 원만 하려다 열 배인 만 원으로 늘려줬더니 기분 나쁘십니까?"

"아, 아니, 그게."

장난처럼 변호하던 시루가 안색을 싹 바꾸고 노려보자 피고인은 움찔했다.

"아니꼬우면 수임료 많이 주고 일반 변호사 고용해. 국선변호사 쓴 건 수임료 아끼려고 한 거잖아. 그거 아껴서 또 바람피울 거잖아. 안 그래?"

"……."

작게 속삭이는 시루의 말에 피고인의 표정은 굳어졌다.

"그리고 나는 지금 당신 인권 보호하려고 최대한 자제하는 중이니까 한 푼도 깎지 말고 그냥 다 줘. 사랑했다며?"

시루는 별명이 꼴통답게 이러고 있었다.

령에게 스커트를 받은 보답으로 은서는 퇴근길에 백화점으로 향했다. 주로 입는 옷이 블랙 아니면 화이트니 좀 변화를 주고 싶었다. 매장들을 돌아보던 그녀는 마네킹이 입고 있는 옷에 눈이 갔다.

그래도 다른 것도 볼 겸 점원의 인사를 받으며 매장 안으로 들어갔다. 둘러보겠다는 말을 남기고 차근차근 령에게 어울릴 만한 것을 찾아보았다. 몇 가지를 선택한 후 최종 선택을 하려고 고심했다.

"그 카디건이 어울릴 것 같네요."

그때 익숙한 목소리가 들렸다. 옆을 보니 현희가 서 있었다. 그녀는 와이셔츠를 고르느라 여념이 없는 것처럼 은서에게는 시선도 주지 않았다. 은서는 대꾸하기 싫었기에 옆으로 휙 던지듯 카디건을 젖혀놨다.

현희로 인해 고생한 걸 생각하니 상대도 하고 싶지 않았다. 그리고 저 여자가 괜찮다고 한 옷을 령에게 입히고 싶은 마음은 더더욱 없었다.

뻔뻔하다. 은서가 이런 생각을 하고 있을 때, 현희는 자신이 고른 옷을 펼쳐 들었다.

"이거 포장해주세요."

은서는 령에 어울릴 만한 브이넥 니트를 점원에게 건네주었다.

"령인 밝은 색보다는 블랙 쪽인데."

"제가 내 남자한테 어떤 색을 입히든 그쪽은 신경 꺼주세요."

갑자기 현희가 깔깔거리고 웃었다.

"내 남자? 령이 당신이랑 결혼이라도 하자고 했나요?"

"……."

"평생 가도 그 소리는 못 들을걸요. 왜냐하면 령은 연애는 해도 결혼은 안할 거니까."

현희가 그것도 몰랐느냐는 표정을 지으며 쳐다보았다.

"무슨 소리예요?"

"안 알려줄 건데?"

"이봐요!"

약 올리듯 이런 말만 남기고 나가려는 현희를 은서가 불러 세웠다.

"저한테 할 말 있지 않아요?"

"무슨?"

"최소한 미안하다고 사과는 하고 가야죠. 사과하세요."

은서가 똑바로 바라보며 종용하자 현희가 피식 웃었다.

"……별로 미안하지 않은데요. 저는 그 대가로 령한테 절교당했어요. 그러니 퉁 치죠."

현희의 표정이 슬퍼 보였다. 하지만 은서는 신경 쓰고 싶지 않았다.

"퉁? 웃기고 있네. 친구한테 그런 짓을 했으면 절교당하는 건 당연한 거 아닌가요. 사과하세요. 어서!"

은서의 목소리가 커지자 점원은 불안한 표정을 지었다. 그녀는 고통 속에서 보내야 했던 날들과 령을 미워했던 날들에 대한 사과만큼은 꼭 받고 싶었다. 은서의 단호한 의지를 눈치챘는지 현희는 주춤거렸다. 그러자 은서가 현희의 앞으로 한 발짝 다가갔다.

슬픈 눈을 한 현희는 여전히 입을 다물고 있었다. 현희의 의중을 파악한 은서는 그녀의 얼굴을 빤히 쳐다보았다.

"뭐야?"

그 모습에 현희는 불안했다.

"뭐긴, 한 대 후려치고 싶은데 참고 있는 거지."

"……."

순간 현희의 눈빛이 흔들렸다.

"김현희 씨, 잘못한 걸 잘못했다고 사과할 줄 아는 용기 있는 사람이 되세요."

이 말을 하고 은서는 계산대에 있는 점원에게 갔다. 자신의 뒤통수가 뜨거워지는 걸 느끼면서도 돌아보지 않았다. 감사하다는 점원의 정중한 인사를 받고 은서는 돌처럼 서 있는 현희를 지나쳐 갔다.

은서가 매장을 나가자 현희는 눈에서 떨어지는 눈물을 손등으로 닦았다. 마지막 자존심의 발악이니 이해해달라며 그녀는 들고 있는 옷을 보았다.

그가 부담스러워할까 봐 자신의 마음을 내비칠 수 없었던 현희는 은서가 부러웠다. 령의 사랑을 받고 있는 그녀가 몹시도 부러웠다. 그를 위해 뭐든 해줄 수 있는 은서가 부러웠다.

"이 옷은 최령한테…… 어울리려나?"

자신을 미워한다는 걸 알면서도 현희는 령이 보고 싶었다. 한 남자를 사랑한 두 여자…… 한 명은 그의 마음을 차지했지만, 한 명은 모든 걸 잃었다.

한편,

"후……."

은서는 작게 한숨을 내쉬었다.

잃어버린 시간에 대한 보상은 받을 수 없었다. 그래도 진심은 아니더라도 적어도 이 말 한마디는 듣고 싶었다. 두 사람 힘들게 해서 미안했다고.

그런데 이 마음은 또 뭘까? 택시 안에서 밖의 경치를 보니 좀 전과는 다른 마음이 그녀를 힘들게 했다. 그건 현희의 슬픈 눈이 생각났기 때문이었다.

바보처럼 참을 걸 왜 그랬어. 너도 그 마음 알잖아. 누군가를 사랑한다면 어떤 형태로든 그 사람 옆에 존재하고 싶은 거. 그러니 그녀의 행동을 이해할걸.

사랑마저 잃어버린 상실감으로 지금 현희는 힘든 시간을 보내고 있을 것이다. 령을 잃어버린 그 마음을 자신도 겪어봤기에 은서는 현희의 마음을 알 것 같았다. 마지막까지 밀어붙인 걸 그녀는 후회하고 있었다.

택시가 아파트 단지에 도착하자 은서의 휴대폰이 울렸다. 서둘러 요금을 계산한 그녀는 통화 버튼을 눌렀다.

"아빠."

[은서야, 오늘 안 올 거니? 지금 동우가 와 있는데.]

자신과 낮에 만났던 동우가 이 시간에 본가에 가 있다고 하니 의외였다.

"어…… 아빠 못 갈 거 같은데. 주말에는 갈게요."

[그래? 알았다. 추우니까 이불 차내지 말고 꼭 덮고 자라.]

"알았어요."

은서의 답답한 마음을 아는지 모르는지 령의 집엔 환하게 불이 켜져 있었다. 만약 이곳에 돌아오지 않았다면 자신은 여전히 힘든 시간을 보내며 현희와 같은 마음으로 살고 있었을 것이다. 그의 집을 올려다보는 은서는 모든 게 새롭게 느껴졌다.

'나 때문에 절대로 힘들어하지 않게 잘해줄게…… 최령.'

하지만 현실은 가끔 내가 생각하는 것과 다르게 흘러갈 때도 있었다. 그것이 나로든 타인으로든 거부할 수 없는 일은 일어나기 마련이었다.

"허허허허. 그럼 은서랑 결혼해서 아예 세부로 들어가려고?"

"네. 괜찮으시다면 두 분도 모시고 가고 싶습니다."

"그것도 좋은 생각이군. 은서를 도와 우리도 죽기 전에 좋은 일도 해보고. 허허허."

"그럼 교수님, 은서와의 결혼을 서둘러도 될까요?"

"결혼 얘기 했을 때 은서는 싫어하지 하던가?"

시종일관 온화한 표정으로 웃어주던 영민의 얼굴에서 웃음기가 가셨다.

"아직 별 반응은 없습니다만, 교수님이 밀어주시면 될 것 같은데요."

"내가라……."

바둑알을 든 영민은 조용히 읊조렸다.

"혹시 그거 아는가, 궁지로 몰면 쥐는 고양이를 문다네."

"네?"

"사람도 역시 마찬가지야. 마지막까지 몰아붙이면 본심을 보여주지."

혼잣말처럼 중얼거리는 영민의 말에 동우는 들고 있는 바둑알을 만지작거렸다. 불안한 이 마음이 사그라지려면 그녀를 이곳에서 데리고 나가야 할 것 같았다. 그런데 영민이 찬성하는 것처럼 말하더니 끝에선 이해하기 힘든 말을 하자 동우는 의아한 표정으로 그를 바라보았다.

"동우 학생은 우리 딸의 어디가 좋은가?"

"일단 똑똑하고 예쁩니다."

"그렇긴 하지. 허허허."

호탕하게 웃는 것 같았지만, 영민의 표정은 그렇지를 못했다.

"하나만 확실하게 말해줌세."

"네, 말씀하십시오."

"은서가 행복해지는 일이라면 난 그 어떤 것도 할 수가 있다네."

자신을 바라보며 영민은 인자한 미소를 지었다. 그런데 어쩐지 동우는 차갑다고 느껴졌다.

"음~ 아주 잘 어울리는데요."

그녀는 환하게 웃었다. 반면 령은 자신에게 옷을 입혀주고 옷매무새를 만지는 은서를 보며 피식 웃기만 할 뿐이었다.

"매일 그렇게 썩소만 날리지 말고 마음에 들면 말을 좀 해봐요. 아우, 답답해."

"접근 금지라고 그러더니 허락도 없이 제 몸은 왜 조몰락거리고 만지십니까?"

설마 삐친 거야? 소매의 길이를 확인하던 은서가 눈을 동그랗게 뜨며 령을 보았다.

"어머! 무효라며 접근 금지 깬 게 누군데 이제 와서 능청을 떨어요?"

"난 아닌데."

령은 언제 그랬냐며 묻듯 빙긋이 웃었다.

"오호~ 그런 식으로 말하면 앞으로 쭉 접근 금지할지도 몰라요."

"아쉬운 사람이 누구일지 한번 해봅시다."

새끼 마녀 같으니라고. 저렇게 말하는 은서의 입술을 확 깨물어버리고 싶었다.

"살짝 기분이 나빠지려 하네. 그렇게 나온다, 이거죠?"

샐쭉한 은서의 표정을 보며 령은 그녀의 양 볼을 꼬집었다. 그리고 확 깨물지는 못하고 쪽! 소리가 나도록 은서의 입술에 뽀뽀했다.

"기분 나빠지면 어쩔 건데?"

그는 놀리듯 말하며 은서가 입혀준 옷의 밑단을 잡았다. 그러더니 순식간에 허물을 벗듯 위로 올려 벗어버렸다.

"아하하하. 진짜 접근 금지 내릴까 봐 삐친 거죠?"

"삐치긴 누가 삐쳤다고."

령이 주방으로 가자 은서는 손에 들려 있는 그의 옷을 소파에 던져놓았다. 어쭈! 그런 식으로 나온다면 애달아 죽게 해볼 테다.

"우리 접근 금지 내기해볼까요? 지는 사람이 이기는 사람 소원 다 들어주기."

"싫어. 갑자기 내기에 무슨 소원까지?"

싫다고? 은서는 이미 승리를 확신했다. 그녀는 령의 팔을 잡고 애원하는 눈빛으로 바라보았다.

"자기야, 뭐든 들어주기 해봐요. 응? 재미있을 것 같은데."

"자기야?"

그가 무슨 꿍꿍일까 생각하며 쳐다보자 은서는 간절한 눈빛을 보냈다.

"그렇게 하고 싶습니까?"

"응! 하고 싶어요!"

"좋습니다. 기간은 얼마나?"

"음…… 애매하네. 무슨 특별한 날로 정하면 좋을 것 같은데."

그의 모습을 상상하니 재미있겠다는 생각에 그녀는 속으로 쾌재를 불렀다. 밤마다 얼마나 많은 양을 셀까? 아니지. 양이 문제가 아니었다.

만약 자신이 야한 속옷이라도 입고 유혹한다면…… 코피 터질 것이다. 한 번만 안게 해달라고 무릎 꿇고 애원하는 모습을 보고야 말 테야.

심각한 척 고민하는 표정을 짓던 은서는 커피 머신을 만지는 령의 뒷모습을 보았다. 순간 우빈이 떠올랐다.

"우빈이 결혼식 날까지요. 어때요?"

"결혼식? 그 골치 아픈 결혼을 왜들 하는 건지."

혼잣말처럼 중얼거리는 그의 말을 은서는 놓치지 않고 들었다. 문득 현희가 한 말이 생각났다.

무슨 말일까…… 혹시 오늘 들은 현희의 말이 진실인가? 그럼 우리의 관계는? 은서는 갑자기 혼란스러웠다.

"그럽시다. 무슨 소원을 들어달라고 할까? 별이 갖고 싶다, 달이 갖고 싶다, 이런 것도 됩니까?"

령은 이길 거라는 자신감을 가지고 뒤돌아서며 물었다. 그러나 은서는 아무 말도 할 수가 없었다. 그녀의 눈에선 눈물이 주르륵 흘러내리고 있었다.

"구…… 토."

갑자기 울어버린 탓에 놀란 그가 다가오자 은서는 재빨리 눈물을 닦았다.

"그게…… 주책없죠? 히히, 우빈이가 결혼을 한다고 하니까…… 이젠 예전처럼 지낼 수 없을 거라 생각하니 갑자기…… 눈물이."

현희의 말처럼 령과 결혼할 수 없을지도 모른다는 생각을 하자 서운하다 못해 서러웠다. 그래서 현희가 그렇게 비웃었나. 얼마나 한심해 보였으면 그러고 웃었을까. 현희의 말이 사실일지도 모른다고 생각하자 자신도 모르게 눈물이 흘러내렸다.

"결혼한다고 친구 관계가 사라지는 것은 아닙니다."

"그렇겠죠?"

위로해주고 싶은 마음에 령은 조심스레 은서를 안았다. 순간 그의 뇌리를 스치는 생각이 있었다.

'혹시 좀 전에 내가 한 말 때문에……'

혼잣말로 중얼거린 결혼에 대한 부정적인 생각을 듣고 이러나 싶어 그는 불안했다.

그리고 또 다른 불안한 생각이 들었다. 혹시 이 눈물의 의미가…… 은서는 나와의 결혼을 생각하는 것일까? 왜 거기까지 생각을 못 했을까?

결혼에 대한 부정적인 생각을 가질 수밖에 없는 원인, 그는 차영철이 떠올랐다.

'차…… 선배, 나 어떻게 해야 해. 이 여자와 행복해져도 될까? 답을 줘.'

은서를 알게 되면서 그도 그녀와 함께 행복해지고 싶다는 욕심이 생겼다. 그래서 마음속으로 차영철에게 물었다. 그러나 차영철만 생각하면 기억하고 싶지 않은 추억 하나가 불쑥불쑥 나타나 그를 괴롭혔다.

"최령! 그게 어째서 네 잘못이야!"

"내 잘못이야! 그때 내가 그 사건을 넘겨줘서 차 선배가 죽은 거야!"

불현듯 차 선배 사건과 관련해서 시루와 나누었던 대화가 떠올랐다. 령은 눈살을 찌푸리며 흐느껴 우는 은서를 더욱 끌어안았다. 머릿속에서 그날의 기억을 지우고 싶은 것은 령의 바람일 뿐, 그날의 기억은 그가 아무리 몸부림쳐도 떨쳐낼 수가 없었다.

다른 사건을 수사하던 중 우연히 알게 된 검찰청 고위 관직의 뇌물수수 사건. 검사 생활에 어느 정도 익숙해질 무렵의 령에겐 자신의 입지를 단단히 할 수 있는 엄청난 기회였다.

하지만 의욕만 앞설 뿐 아직 자신한테 무리한 사건이라고 판단한 그는 차영철에게 이 사건의 자초지종을 말했다. 그 말을 전해 들은 차영철은 사건의 심각성을 알고 자신에게 넘기라고 했다.

그 후 차영철은 철저한 보안을 유지하며 수사에 착수했었다. 그런데 사건 수사 중 차영철은 불의의 사고로 죽음을 당했고, 령은 자신이 그 사건을 넘겨줘서 차 선배가 죽게 되었다고 자책했다.

뇌물수수의 또 다른 제보자를 만나러 간다는 차영철의 전화를 받고 뒤늦게 약속 장소로 가보니 그는 이미 총에 맞은 상태였다. 그 후 령은 차영철이 맡았던 사건을 가져와 모든 정황을 낱낱이 밝혀냈다. 하지만……

"영철 씨! 나도 데려가 줘! 나 혼자 어떻게 살라고!"

형수의 울부짖음은 시간이 흐른 뒤에도 령의 곁을 떠날 줄 몰랐다. 그 소리가 들릴 때마다 그는 습관처럼 입술을 깨물었다. 할 수만 있다면 이제는 이 고통에서 벗어나고 싶었다.

"나만 두고 가지 마!"

화장터에서 울부짖던 형수의 외침은 령의 가슴에 비수가 되어 꽂혔고 끝내 그녀는 혼절했다. 한 줌의 재가 되어가는 남편의 마지막을 지켜보지 못한 아내는 유골함을 받아 들고 다시 정신을 놓을 수밖에 없었다.

그리고 그녀는 병원과 납골당을 오가며 몸과 마음이 병들었고, 어느 날영원히 깨지 않는 잠을 선택하며 차영철을 따라갔다. 부검 결과 그녀의 배속에는 새 생명이 자라고 있었다.

그 누구에게도 자신의 존재를 알리지 못하고 어린 생명은 엄마를 따라아빠를 만나러 갔다.

최령! 이건 다 너 때문이야! 네가 이렇게 만들어놨어! 이 말이 그의 귓가에 울렸다.

이런 일을 잊고 있었다니…… 차 선배를 잊을 만큼 은서로 인해 행복했었나 보다.

어떻게 잊을 수 있었을까? 그리고 행복해지길 원했다니.

애석하게도 답을 줄 수 있는 차 선배는 그의 곁에 없었다. 그저 스스로 그질문을 되뇌며 한 가정을 파멸시킨 자기 자신은 행복해져서는 안 된다는 결론을 내렸다.

"중요한 약속이 있는 걸 제가 깜박했습니다."

그의 목소리는 힘겨운지 잔뜩 가라앉았다. 령이 은서를 품에서 놓자 겨우진정된 그녀가 걱정스러운 눈으로 그를 바라보았다.

"많이 늦었어요?"

"지금 나가면 됩니다."

그녀와 눈을 마주칠 수 없던 령은 급히 몸을 빼며 방으로 향했다. 은서가뒤쫓아 다니는 걸 알면서도 손에 잡히는 외투 하나를 집어 들고 서둘러 현관으로 걸어갔다.

"오늘 못 들어올지 모르니까 문단속 잘하고 자요."

"알았어요."

냉정해지기로 한 령은 현관문을 열고 나갈 때까지 은서를 쳐다보지도 않았다.

"아무리 급해도 그렇지…… 하지만 어쩌겠어. 나랏일을 하는 사람인데. 내가 이해해야지."

말은 이렇게 했어도 여자라서 그런지 은서는 살짝 서운해지긴 했다.

밤새 한숨 안 잔 령은 자신의 사무실에서 사건 서류를 확인했다. 그리고 그는 아침이 밝아오자 화장실에서 씻고 여유분으로 가져다 놓은 옷으로 갈아입었다. 와이셔츠의 깃을 올리고 넥타이를 매는 령의 얼굴엔 그 어떤 표정도 없었다.

"부장님."

노크 소리와 함께 사무실 문을 열고 박 검사가 들어왔다.

"무슨 일이십니까?"

평소 같지 않고 허둥대는 박 검사의 모습에 그는 서둘러 넥타이를 정리했다.

"일이 이상하게 돌아갑니다. 불법도박 기계 절도범 중 한 명이 선처해달라며 자백을 했습니다. 배후의 인물이 우리가 놓친 폭력배의 두목이었습니다."

"사실입니까?"

은서를 만나게 해준 조직 폭력배 사건, 그때 그 사건을 마무리하며 꺼림칙했던 것이 바로 이것이었다. 감쪽같이 숨어버린 일인자.

"평택항을 통해 입국한다고 자백해서 갔습니다."

"들어왔나요?"

"이제 잠잠해진 걸 파악했는지 감쪽같이 신분 세탁을 해서 어젯밤에 입국했습니다. 어떻게 하면 좋겠습니까?"

"확실하다면 시간을 지체하지 말고 급습을 해야겠지요."

"그럼 체포영장 발부부터 하겠습니다."

령의 말뜻을 이해한 박 검사가 절차준비를 위해 사무실 문을 열었다.

"잠깐만요, 박 검사님!"

령이 부르자 박 검사는 다시 사무실 문을 닫고 돌아보았다.

"몇 명이나 입국한 겁니까?"

"인원은 그리 많지 않습니다. 여자 하나에 남자 둘입니다."

일인자가 들어왔다는 것은 그 조직이 다시 형태를 갖춰간다는 의미였다.

"긴급체포로 갑시다."

"선수를 치자는 말씀이신가요?"

"그쪽에서 조용히 움직이니 우리도 조용히 움직여주는 게 이치에 맞지 않을까요?"

폭력배 검거 작전 당시 누군가 지켜보고 있었다. 그리고 모든 걸 그들에게 알려주고 있었다. 그러기에 일인자는 이미 몸을 피한 상태였다. 시간을 끌수록 불리하기에 령은 속전속결을 선택했다.

그 시각, 아무것도 모르고 출근한 은서는 복도를 왔다 갔다 하며 상황을 살폈다. 령이 어젯밤에 나가서 들어오지 않았으니 솔직히 걱정됐다.

그래서 누구에게라도 묻고 싶은데 오늘따라 정 검사조차도 눈에 띄지 않았다. 점심시간이 다 되도록 령의 얼굴 한 번 못 본 탓에 그녀는 슬슬 불안감마저 생겼다.

그때 문이 열리는 소리에 은서는 뒤를 돌아보았다.

"은서야."

그런데 기다리는 사람은 오지를 않고 엉뚱한 동우가 왔다.

"동우 선배……."

"표정이 왜 그래? 같이 점심 먹으려고 도시락 사왔는데."

"어, 그래."

"전화해도 받지를 않아서 면회 신청할 수밖에 없었어. 괜찮지?"

"어…… 그랬구나. 휴대폰이 의무실에 있어서."

은서는 동우와 의무실로 향하며 다시 뒤를 돌아다보았다. 이제는 혹시라도 령이 돌아올까 봐 불안했다.

"장어 덮밥인데 맛있겠지?"

포장을 풀며 웃어 보이는 동우를 향해 그녀는 고개를 끄덕였다. 의자를 당겨 앉자 동우는 은서가 먹을 수 있게 그녀 앞으로 도시락을 밀어줬다.

"어서 먹어."

"흠!"

먹으라고 권하는 동우를 보며 은서는 크게 헛기침을 했다. 더 이상 이러면 안 될 것 같아 이번엔 크게 심호흡을 했다. 결심한 그녀가 이윽고 입을 열었다.

"선배, 나 이거 먹기 전에 할 말이 있는데."

"나 지금 배가 많이 고픈데 먹고 나서 하자. 그래도 되겠지?"

은서는 대답 대신 고개를 끄덕였다.

"입국 전에 아이들 보러 갔었는데, 루아가 네 안부 묻더라."

"정말? 어떻게 지내고 있어? 아프진 않고? 밥은 잘 먹고?"

은서는 자신을 유난히 잘 따랐던 예쁘게 생긴 여자아이가 생각났다.

"하나씩만 물어라. 잘 지내고 아프지도 않고 밥도 잘 먹어."

"다행이다. 가끔 생각났는데."

그녀는 코피노 아이들 이야기가 나오자 궁금했던 것을 물었고, 동우는 차

근차근 모든 상황을 말해줬다. 은서는 이야기를 들으며 순식간에 도시락을
비웠다.

"은서야, 커피 마실까?"

"어."

그녀는 도시락 용기를 비닐봉지에 담아 밖으로 나왔다. 자판기 옆에 있는
커다란 쓰레기통에 버리고는 동전을 찾기 위해 주머니를 뒤졌다.

"내가 해줄게."

동우가 자판기로 가자 도시락을 얻어먹은 미안한 마음에 그녀가 말렸다.
하지만 동우는 벌써 주머니에서 동전을 꺼냈다.

"자, 공주님은 가만히 기다리고 계시면 제가 다 해드리겠습니다."

"어우, 공주님은 무슨. 느끼하게."

"연애는 느끼해야 하는 거라고 했잖아."

"……."

은서의 표정은 굳어졌고 커피를 꺼낸 동우는 그녀에게 건네주었다. 그러
고는 그녀의 양쪽 어깨를 조심스레 잡았다. 막상 은서의 얼굴을 보니 그는
어서 그녀를 자신의 것으로 만들고 싶다는 남자로서의 욕망이 들끓었다. 맑
은 눈동자도 오똑한 콧날도 앵두 같은 입술도 점점 그를 힘들게 했다.

"은서야, 우리 빨리 결혼해서 부모님 모시고 세부로 돌아가자."

"엄마 아빠?"

이게 다 무슨 말인지 그녀는 어리둥절했다.

"응. 교수님이 그러자고 승낙했어."

뜨르르. 뜨르르. 은서는 놀랄 사이도 없이 휴대폰 벨 소리에 고개를 돌렸
다. 소리가 나는 쪽을 보니 령이 서 있었다. 몸이 서늘해졌다. 자신을 바라보
는 무표정한 그의 모습에 은서는 심장의 피가 식는 것 같았다.

"최령입니다."

아무 소리도 듣지 못한 것처럼, 전혀 상관없는 사람을 대하듯 령은 은서를 보았다. 그녀의 양쪽 어깨를 잡고 있던 동우는 은서의 놀란 표정에 령이 있는 쪽을 보았다. 령은 자신을 쳐다보는 두 사람을 본 뒤 사무실 문을 열었다.

"저도 지금 바로 출발하겠습니다. 웬만한 건 박 검사님이 처리해주세요."

직감이라고 해야 할까. 동우 역시 령이 은서와 관련된 사람이란 걸 느꼈다.

'혹시 우빈이 말한 그…… 남자.'

"선배, 나 이제 점심시간 끝나가는데."

"어, 나도 그만 가봐야 해. 전화할게."

은서는 동우의 배웅을 위해 령의 사무실을 지나쳐 갔고, 박 검사와 통화를 끝낸 그는 단축 버튼을 눌렀다.

"어머니."

[령아, 잘 지냈어?]

"네. 점심은 드셨어요?"

변함없이 반겨주는 진경의 목소리에도 그는 웃지를 않았다. 웃을 수 없었다.

[그럼. 너는 먹었니?]

"네, 좀 전에 먹었어요. 아버지는요?"

[은서 아빠 만나서 점심 드신다고 나가셨어.]

령은 지금 위험한 작전을 앞두고 진경에게 안부 전화를 하는 중이었다. 차 선배를 잃고 난 후부터 그는 위험이 따르는 사건 앞에서는 이렇게 마지막 인사를 하듯 안부 전화를 넣었다.

"바쁜 거 처리되면 주말에 찾아뵐게요. 감기 조심하세요."

[그래, 너도 조심해.]

령은 울 것 같은 표정으로 통화를 끝냈다.

똑똑.

노크 소리가 들렸다. 그녀가 왔다. 비겁하더라도 한 번에 끊어내고 작별 인사를 하자.

"네."

령이 차분한 목소리로 대답하자 사무실 문이 열렸다.

"어디 나가요?"

겉옷을 입는 령을 보고 은서가 조심스럽게 다가왔다.

"무슨 볼일이라도 있으십니까?"

"그게…… 아까 그 얘기 혹시 들었으면 아무것도 진행 안 된 일이니까 신경 쓰지 말라고요. 별거 아니에요."

은서는 령을 믿었기에 대수롭지 않게 말했다.

"신경 안 씁니다. 그러니 하고 싶은 대로 처신하셔도 됩니다."

여전히 어제 저녁과 같이 눈길 한 번 맞추지 않고 령은 책상을 정리하며 말했다.

"나 좀 봐봐요."

말하는 뉘앙스가 이상했는지 은서가 눈치를 챘다. 하지만 령은 그녀를 볼 수가 없었다. 눈이 마주치면 밤새 다잡았던 마음이 흐트러질 것 같았다.

"나 보라고요!"

은서가 참지 못하고 소리치자 령이 그녀를 보았다.

"……."

"그…… 게."

은서는 더 이상 아무 말도 할 수 없었다. 령의 눈빛이 그날 밤처럼 돌아왔기 때문이었다. 차갑다 못해 무서울 정도로 그의 표정은 굳어 있었다.

"결혼 말이 오가는데 별거 아니라고? 훗! 솔직히 아까 그 남자랑 타국 땅에서 무슨 일이 있었는지 말 안 하면 나야 모르지."

그는 비아냥거리듯 쏘아붙였다.

"그게 무슨…… 말이에요?"

령이 은서에게 다가가며 말하자 그녀는 금방이라도 울 것 같은 표정으로 변했다.

"알면서 모른 척하네. 매일 밤 그 남자랑 침대 속에서 무슨 짓을 했을지 나야 모르는 거 아냐."

비열하고 지독한 놈…… 령은 자신에게 이렇게 말했다.

"지금…… 나 의심해요?"

생각지도 않은 말에 놀랐는지 은서의 목소리가 떨렸다.

"내 눈에는 그렇게 보이네."

"그런 거 아니에요."

"아니란 걸 어떻게 믿어. 아까 두 사람 행동 보니 나랑 했던 것처럼…… 아니, 더하면 더했지 덜하진 않았을 거 같은데."

짝!

어떻게 이런 말을 표정 하나 바꾸지 않고……. 은서의 손이 령의 볼을 세차게 치고 지나갔다.

"그런 적 없어요!"

"그럼 앞으로 해. 나한테 접근 금지를 내린 이유를 알았으니 더 이상 만나지 말자. 설마 순결이 어쩌고…… 아! 순결하지 않은."

차마 더는 말할 수 없다는 생각에 잠시 말을 멈췄다. 하지만 령은 움켜진 주먹에 힘을 주며 계속 이어가려 했다.

짝!

령이 말을 잇기도 전에 은서의 손은 그의 볼을 다시 후려쳤다. 마지막 말을 안 해서 다행스럽단 생각에 그는 뺨의 아픔도 느끼지 못했다.

'은서야, 또다시 너한테 상처 주는 나를 용서하지 마라.'

입안의 혀를 굴리며 기분 나쁜 표정을 짓던 령은 맞은 곳을 만졌다.

"아니라고 하는데 좀 믿어주지…… 그때처럼 당신은 여전히 날 안 믿는 군요. 나는 이제 당신이 하는 말이라면…… 뭐든 다 믿는데."

울먹이는 은서의 목소리에 령의 마음은 찢어질 듯 아팠다. 그러나 어차피 끝내야 하기에 멈출 수 없었다.

"난 안 믿어. 알다시피 내가 좀 까칠해서 다른 남자 손 탄 여자한테는 매력을 못 느끼거든."

짝!

은서의 손이 다시 그의 볼을 쳤다. 하지만 손의 힘이 빠졌는지 처음보다 아프지 않았다.

"저질."

"……."

눈 안에 가득 고인 눈물이 금방이라도 떨어질 것 같았지만, 은서는 울지 않았다.

그녀는 그를 똑바로 바라보았다. 이번엔 어디서부터 무엇이 잘못된 것일까? 동우의 일을 빨리 매듭짓지 못한 잘못…… 의심 살 만한 여지를 남겼으니, 그렇다면 내 탓이구나.

은서는 자신을 믿지 않는 그에게 더는 변명 따위 하고 싶지 않았다. 치욕스러웠다.

"이 정도밖에 안 되는 남자를 좋아했다니. 미친년."

은서는 파르르 떨리는 입으로 이 말을 중얼거렸다. 그녀는 주저 없이 뒤돌아섰다.

'잠깐만…….'

그때 은서를 잡기 위해 령은 손을 뻗었지만, 거기까지였다. 사무실 문을 열고 나가는 그녀를 보며 그는 뻗었던 손을 거뒀다.

"거짓말이야. 믿어……."

령은 진정 이런 방법밖에 없었느냐고 자신에게 묻고 싶었다. 가슴속 깊은 곳에서 슬픔이 밀려왔다. 나쁜 놈은 아무것도 아니었다. 치졸한 놈. 비열한 놈. 자신의 여자를 수치스럽게 만든 더러운 놈. 넌 사람도 아니다. 미친놈.

"미안……. 훗!"

치욕스럽게 상처 줄대로 주고 사과라……. 웃겼다. 령은 마음을 다잡고자 깊은 숨을 내쉬었지만, 이미 눈에서는 눈물이 흘러내렸다. 그는 울고 있었다. 책상을 짚고 서 있는 그의 손등으로 눈물이 떨어졌다.

성인이 된 후, 단 한 번도 눈물을 흘린 적 없었던 령은 억지로 은서를 보내고 울었다.

"차 선배…… 형수…… 그리고 아기…… 내 행복을 포기했으니 저 여자는 행복하게 해줘."

그는 간절한 마음으로 빌었다. 비겁하게 억지로 보낼 수밖에 없었지만, 자신 때문에 은서가 불행해질까 봐 령은 그게 무서웠다. 고통 속에서 형수가 울었던 것처럼 혹시라도 그녀도 울까 봐 그게 두려웠다.

은서만 행복해질 수 있다면…… 얼마든지 저질 소리를 들어도 그는 즐거울 것 같았다.

"저질…… 이런 말 아무렇지도 않아. 너만 행복해진다면……."

9장. 무거운 짐을 벗다

령은 마음을 다잡고 사무실을 나갔다. 그녀가 있는 의무실 쪽을 바라볼 수도 없을 만큼 자신이 부끄러웠다. 이 상태로 운전이나 제대로 할 수 있을 까……. 허튼 생각을 버려야 했다. 앞만 보고 운전한 그는 동료들이 기다리는 곳에 도착했다.

"올라가시죠."

박 검사를 만난 령이 앞장섰다.

"잠깐만요, 부장님."

박 검사가 그를 불러 세우더니 차에서 방탄조끼를 꺼냈다.

"설마 총을 쏘겠습니까?"

"혹시 모르니 입으시는 게 좋을 것 같습니다."

진지한 박 검사의 표정에 령은 마지못해 받아 들었다.

엘리베이터에 오르자 침묵이 흘렀다. 띵! 소리가 들리자 이 수사관이 앞 장서려는지 문 앞으로 다가갔다.

"이 수사관님, 저는 처자식이 없는 사람입니다."

문이 열렸다. 작게 속삭이는 령의 말을 이해했을 때 그는 이미 엘리베이터 밖에 서 있었다. 그리고 령은 먼저 객실 쪽으로 걸어갔다. 령이 벨을 누르자 뒤따라온 이 수사관과 박 검사는 문의 양옆으로 섰다. 이내 객실 문이 열렸다.

　"누구세요?"

　"실례하겠습니다."

　령의 말이 채 끝나기도 전에 문을 열어준 남자가 총을 겨눴고, 그가 눈치를 챘을 땐 이미 늦었다.

　탕! 한 발의 총소리가 고요한 호텔 건물 안을 울렸다.

　'은서야……'

　령이 부르는 소리를 그녀는 들었을까.

　어둡다. 불을 켜야 하는데 다리에 힘이 풀려 일어설 엄두를 못 내고 있었다. 그렇게 몇 시간째 은서는 어두운 의무실 벽만 응시하고 있었다.

　울지도 않았다. 그런 남자 때문에 울고 싶지도 않았지만 어쩐 일인지 눈물이 나오질 않았다. 슬픔이 너무 크면 울 수도 없나 보다.

　사랑이란 거 너무 어려웠다. 잃었다가 다시 찾은 사랑을 또다시 잃고 나니 지칠 정도로 어려웠다. 애초에 우리는 왜 만났을까. 나는 저 남자를 왜 사랑했을까.

　혹시…… 벌써 싫증이 났나? 그런 건가? 그 정도밖에 안 되는 사람이라면 오히려 잘된 거겠지. 다 모르겠다.

　령을 때렸던 은서의 손바닥은 지금도 화끈거렸다. 그녀는 그 손바닥을 자신의 볼에 갖다 대었다. 손바닥의 열기가 전해지자 따뜻했다.

　그런데 이상하리만치 너무도 고요했다. 모든 소리를 누군가 다 잡아 가둔 것처럼…….

시끄럽다면 좋겠다. 그럼 덜 외로울 것 같았다.

"뭐라고요? 부장님이 총에 맞다니요! 그게 무슨 소리예요?"

놀라서 소리치는 정 검사의 말에 은서는 벌떡 일어섰다. 너무 오래 앉아 있었는지 휘청하는 다리로 책상을 잡았다. 총? 총에 맞다니?

정 검사의 목소리가 점점 멀어지자 은서는 휘청거리며 의무실의 문을 열었다.

"아…… 그런 거예요. 어디 병원인가요? 네, 네, 알아요. 응급실로 지금 바로 갈게요."

병원? 응급실? 하느님…… 살려달라고 신에게 매달리고 싶었다. 그 사람이 나를 싫어한다고 해서 미워하지 않을 테니 제발 살려주세요.

"정 검사님!"

은서의 목소리에 정 검사는 빠르게 의무실로 뛰어갔고, 그녀는 문틀을 잡고 서 있었다. 하얗게 질린 은서의 모습을 발견한 정 검사는 놀라서 그녀의 팔을 잡았다.

"유 선생님?"

"최 부장님이 왜요? 다쳤대요?"

정 검사는 은서의 이마를 짚었다. 그녀의 상태가 몹시도 나빠 보였기 때문이다.

"그보다 어디 아프세요? 일단 이리로 앉아보세요."

은서의 이마는 사람의 온기가 사라져 버린 매우 차가운 상태였다. 의자에라도 앉혀보려고 그는 그녀를 의무실 안으로 데리고 들어가려 했다.

"다쳤대요?"

은서가 정 검사의 팔을 잡으며 저지시켰다.

"아니요. 다행히 방탄조끼를 입으셔서 위험을 넘기셨대요. 심장 근처에 맞는 바람에 그 충격으로 잠깐 기절하셨나 봐요."

다그치는 은서의 말에 정 검사는 안도하라며 웃어 보였다.

"그럼 아까 병원 이야기는 뭐예요? 솔직하게 말해줘요."

"검거하려고 했던 범인이 부장님께 총을 발사해서 이 수사관이 그 팔을 꺾었나 봐요. 그 충격으로 어깨가 탈골돼서 병원으로 후송 중이라고."

"그럼…… 부장님은?"

그 사람은 괜찮다는 건가. 은서는 정 검사의 말을 이해하지 못할 정도로 정신이 혼란스러웠다.

"위험한 상황이긴 했는데 지금은 괜찮대요."

풀썩! 그녀는 그대로 바닥에 주저앉아 버렸다. 괜찮은 거구나. 괜찮은 거야. 감사합니다.

"흑…… 어흑……."

령의 마음을 알아차린 은서는 그제야 소리 내서 울 수 있었다. 이래서 그리도 매몰차게 떼어냈구나. 자신에게 나쁜 일이 생기면 내가 슬퍼할까 봐 그리도 지독스런 말들을 뱉어냈구나.

나쁜 놈. 여전히 너는 나쁜 놈이야. 그런 너를 사랑하는 나는 미친년이고.

그녀가 갑자기 대성통곡하며 울어버리자 정 검사는 놀랄 수밖에 없었다.

"유 선생님 왜 우세요? 범인도 안 죽고 다들 무사하데요."

"엉, 엉, 엉, 엉."

그녀는 더 큰 소리로 울었다.

"유 선생님……."

울리는 벨 소리에 박 검사가 이어폰을 터치했다. 한참 동안 무슨 이야기를 듣는 것 같더니 운전을 하던 그가 령을 힐끗 보았다.

"그게 무슨 소리야? 이 늦은 시간에 유 선생님이 의무실에서 왜 우셔?"

일부러 큰 소리로 말하는 박 검사의 말에 조수석에 앉아 있던 령이 그를 쳐다보았다.

"그래서? 어, 어, 어, 알았어."

은서 생각에 심장이 터질 듯 아파지자 령은 자신의 손에 들려 있는 총알을 만지작거렸다.

울고 있었구나. 또 울렸구나. 그리 모진 말을 들었는데 울지 않았다면 그게 더 이상한 거지. 최령, 너는 참말로 나쁜 놈이다.

령의 마음을 읽었는지 직진을 해야 할 박 검사가 유턴했다.

"나머지는 제가 처리할 테니 부장님은 유 선생님께 가보시죠."

"……."

박 검사의 말에 령이 그를 쳐다보았다.

"많이 우신다고 정 검사가 절절매고 있습니다. 울린 사람이 멈추게 해야하는 거 아닙니까?"

"……."

보는 순간 치를 떨 텐데. 어떻게 울려놨는지 알기에 그는 은서를 보기가 두려웠다.

"어째서 부장님은 처자식이 없다고 생각하십니까? 사랑하는 여인은 이미 '처'에 속하는 거 아닙니까?"

"어떻게…… 아셨습니까?"

"유 선생님이 초밥을 좋아하시나 보죠?"

그날 박 검사는 은서 때문에 기분 상한 령이 식사를 대충 한 줄 알았다. 그러다 보니 식사를 안 한 은서가 마음에 걸려 그녀에게 줄 음식을 포장해달라고 직원에게 말했다.

아무 생각 없이 포장된 설렁탕을 들고 문을 밀고 들어가려다가 령이 주변을 두리번거리며 뭔가를 들고 가는 걸 보았다. 혹시나 해서 살며시 문을닫고 훔쳐보니 역시나 그는 의무실 문에 들고 있던 쇼핑백을 슬쩍 걸어놓았다. 그러더니 법원으로 가는 복도로 바람같이 사라졌다.

살금살금 가서 열어보니 초밥이었다. 가만히 지켜보니 여러 가지로 이상했다.

그리고 결정적인 건 여행을 가서였다. 서로를 슬쩍슬쩍 바라보는 눈빛이 예사롭지 않다는 걸 느꼈다. 그래서 현희가 내려가자고 했을 때도 그녀를 붙잡아두었다. 무슨 일인지는 모르겠지만 꼬여 있는 둘에게 시간을 주기 위해서였다.

"초밥……."

들켰구나. 령의 입가에 옅은 미소가 지나갔다.

"총에 맞았을 때…… 부모님이 아닌 사랑하는 여인이 떠올랐습니다. 전 행복해지면 안 된다는 제 결심 때문에 헤어지자고 했는데, 사실 제 마음에서 보낼 생각은 없습니다."

어렵게 말을 꺼낸 령은 손에 있는 총알을 들여다보았다. 죽을지도 모른다는 그 찰나, 그 누구도 아닌 은서가 떠올랐다. 환하게 웃는 그녀의 얼굴이.

"부장님, 사랑하는 사람과 살아봐야 훗날 자신의 삶이 행복했는지 불행했는지 알 수 있는 거 아닌가요? 사랑이란 걸 하게 되면 때론 비겁해지기도 하고 나약해지기도 하고 강해지기도 합니다."

"……."

령은 박 검사의 말을 경청했다.

"해보지도 않고 비겁한 선택을 했다면 부장님을 사랑해준 유 선생님이 가엽다는 생각이 듭니다."

"……."

그래. 박 검사의 말이 모두 옳았다.

"차영철 검사는…… 그리 친하진 않았지만, 제 동기였습니다."

"……!"

령은 놀라서 쳐다봤지만, 박 검사는 그가 자신의 상사로 발령 왔을 때 묘한 인연이라고 생각했었다. 차영철에게 있어 이 녀석은 어떤 녀석일까.

그래서 지켜보자고 생각했는데 역시나 괜찮은 녀석이라는 결론을 내렸다. 그리고 박 검사의 가슴속엔 잊을 수 없는 령의 과거 모습이 있었다.

"장례식장에서 모두 서럽게 우는데 딱 한 명 울지 않는 사람이 있었습니다. 다른 사람이 볼 땐 눈물이 나오지 않아서 울지 않는 줄 알았겠지만, 제 눈엔 그 누구보다도 슬퍼하는 모습으로 보였습니다."

박 검사의 말처럼 령은 슬퍼도 울 수가 없었다. 자신 때문에 죽은 차 선배 앞에서 울면 용서받는 것이 될까 봐 울 수가 없었다.

모두 너의 잘못이 아니라고 했지만, 령은 그렇게 생각하지 않았다. 그는 이 모든 게 자신의 잘못이라 여겼다. 그리고 지금도 그렇게 생각하고 있다.

"박…… 검사님."

박 검사가 자신을 알고 있다는 것에 령은 놀랐다.

"누굴 대신해서 죽는 운명은 없습니다. 그만큼의 삶이 그들의 운명이었던 거지요."

'운…… 명.'

그럼 오늘 내가 산 것도 운명이었나. 박 검사를 만난 것도 운명이었나. 방탄복을 뚫지 못한 총알을 보며 령은 운명이란 말뜻을 속으로 읊조렸다.

"영철이가 죽고 뒤늦게 제수씨까지 그 녀석 뒤를 따라갔다고 들었을 때, 저도 결혼에 대해서 망설였던 적이 있습니다."

"……"

령은 깊은 한숨을 내쉬었다.

"사고나 병으로 제 와이프가 저보다 먼저 갈 수도 있는데, 그게 두려워서 망설였습니다. 그런데 저는 하루를 살더라도 제가 사랑하는 사람과 살고 싶었습니다."

"……"

"그래서 결혼했습니다. 그러니 아무것도 생각하지 마시고 마음이 움직이는 대로 하세요."

령은 박 검사의 말에 뭐라고 변명할 수도 없었다. 그리고 은서를 또다시 울게 했다는 죄책감에 고개조차 들 수 없었다.

"유 선생은 성격이 남달라서 부장님이 당해내려면 힘드실 겁니다."

박 검사의 말에 령의 입가에 미소가 생겼다.

"네, 힘듭니다."

"그래도 사랑하시죠?"

"아주 많이 사랑합니다."

박 검사가 서서히 차를 멈춰 세웠다.

"다 왔네요. 가셔서 손이 발이 되도록 비세요. 혹시 용서해주실지 압니까? 아니면 몇…… 대 더 맞든지."

머뭇거리며 말을 마친 박 검사는 아직도 발그스름한 기운이 남아 있는 령의 볼을 가리켰다.

"아…… 어떻게 용서를 바랍니까? 그렇게 모진 말들을 했는데."

무안해서 볼을 만지던 령은 은서가 있는 검찰청 쪽을 쳐다보았다. 아직도 맞은 곳이 얼얼했지만, 더 아프기를 바랄 정도로 은서에게 죄스러웠다.

"어서 내리세요! 저는 지금 부장님 대신해서 해야 할 일이 아주 많습니다!"

"아……"

박 검사가 소리치자 령은 착용한 안전벨트를 풀었다.

"그럼 뒷일 좀 부탁합니다. 바로 쫓아가겠습니다."

"많이 놀라셨을 유 선생님이나 잘 다독이세요. 오긴 어딜 오십니까?"

"하지만……"

이행해야 할 직무가 있기에 령은 머뭇거렸다.

"한 번쯤은 저를 믿고 맡겨주시면 안 될까요?"

"박 검사님……."

령은 여전히 머뭇거리며 내리질 못했다. 어쩌다가 은서에겐 이리도 겁쟁이가 되었을까.

"박 검사님 덕에 제가 살았습니다. 오늘 여러 가지로 고마웠습니다."

"서로의 목숨을 지켜주라고 아무래도 영철이가 저 위에서 농간을 부린 것 같습니다."

이런 농을 하며 박 검사가 하늘을 가리키자 령이 피식 웃었다.

"뒷일 좀 부탁합니다."

"다 짊어지려 하지 마시고 한두 개 정도는 저한테 내려놓으세요."

"감사합니다."

그 후, 박 검사를 보내고 검찰청에 들어온 령은 문을 밀려다 멈췄다. 이 문을 열고 들어가서 은서를 보며 뭐라고 변명해야 할지 암담해졌다. 령이 문 앞에서 이런 고민을 할 때, 정 검사는 안절부절못했다.

"흐흑."

"유 선생님 그만 우세요. 계속 우시니까 저도 울고 싶어지잖아요."

정 검사는 지은 죄도 없이 두 무릎을 꿇고 은서의 모습만 지켜보고 있었다.

용기를 내서 령이 문을 밀고 들어서자 은서의 울음소리가 간헐적으로 그의 귀에 들렸다. 얼마나 울었으면 제대로 소리도 못 내고 저리 흐느끼고 있을까. 그녀에게로 향하는 발걸음이 무겁게 느껴졌다.

눈물로 몸속의 물이 모두 빠져나가서 그런가. 축 늘어져 바닥에 앉아 있는 은서를 보자 령은 저절로 걸음이 멈춰졌다.

"정 검사님."

령의 목소리에 은서와 정 검사는 동시에 그를 보았다.

"부장님! 괜찮으세요?"

"……!"

은서의 심장이 쿵 했다. 그 사람이다. 정 검사가 령에게 가자 은서도 벽을 잡으며 일어섰다. 그녀는 령의 모습에서 뭘 찾기라도 하듯 쉴 새 없이 눈동자를 움직였다. 아마도 다친 곳이 있나 보는 것이리라.

"정말 괜찮으시네요."

"잠시 자리 좀 비켜주시겠습니까? 유 선생님과 할 이야기가 있어서요."

령의 몸을 만지던 정 검사는 은서와 그를 번갈아 쳐다보았다. 심상치 않은 기운을 느껴서일까. 정 검사는 슬금슬금 뒤로 물러서며 뒷걸음질을 쳤다.

그리고 자리를 피해주기 위해 자신의 사무실로 들어갔다.

하지만 궁금했다. 그러다 보니 문을 닫는 척하며 틈을 남겨놓는 센스를 발휘했다. 령이 은서에게 걸어가자 문틈으로 보는 정 검사의 눈도 또르르 따라갔다.

"유은서 씨."

"……."

령이 바지 주머니에서 뭔가를 꺼내려는지 손을 집어넣었다.

"이건 오늘 제 가슴에 박혔던 총알입니다."

령이 꺼낸 것을 은서를 향해 보여주자 그녀는 불안한 눈빛을 보였다. 몰래 지켜보던 정 검사 역시 놀라는 표정을 지었다.

만약 방탄조끼를 안 입었다면? 무서움에 그는 고개를 절레절레 흔들었다. 총알을 보며 잠시 머뭇거리던 령이 다시 입을 열었다.

"이 총알이 제 심장에 맞는 순간 충격으로 잠시 쓰러졌고, 정신이 아득해지는 걸 느꼈습니다."

“……."

“그 와중에도 떠오르는 한 사람이 있었습니다. 유은서, 당신."

은서가 다시 울먹일 때, 정 검사는 자신의 입을 두 손으로 틀어막았다. 철천지원수였는데 이게 다 무슨 소리야.

계속 지켜보기 위해 정 검사가 숨을 죽일 때, 령이 은서에게 한 발짝 다가갔다.

“제가 당신의 마음속에서 영원히 살고 싶습니다."

령의 고백에 은서가 그의 곁으로 걸어왔다. 가까이 다가오지도 못하고 눈도 제대로 마주치지 못하는 령을 향해 그녀가 다가가고 있었다.

령의 앞에 다가온 은서는 붉은 기운이 남아 있는 그의 볼에 자신의 손을 가져갔다.

“많이 아팠어요?"

“아니요. 하나도 아프지 않습니다."

은서는 자신이 때린 령의 볼을 어루만졌다. 그는 고개를 저으며 그녀의 손위에 제 손을 얹었다. 손바닥으로 차가운 감촉이 느껴졌다.

은서는 령의 마음을 알아주지 못한 미안함을 담았고, 령은 그녀에게 상처준 미안한 마음을 담아 서로를 바라보았다. 그리고 정 검사는 훔쳐보는 미안함을 담아 휴대폰을 꺼냈다.

'날 잡은 이유가 이거였어? 부장님! 그냥 말로 하시지 진짜 억울합니다.'

정 검사가 동영상 찍기 위해 휴대폰을 만질 때, 은서는 까치발을 들었다. 그러고는 그의 입술에 자신의 입술을 맞대었다.

살아와줘서 고맙다고, 무사해줘서 고맙다고.

살며시 열리는 은서의 입술을 느끼자 령은 그녀의 허리를 안으며 한 손으로 뒷목을 받쳤다.

“대박……."

이런 방향으로 전개될지 전혀 예상치 못했던 정 검사는 휴대폰을 툭 떨어트렸다. 다시 이어서 찍기 위해 휴대폰을 집으려다 그는 문을 건드렸다. 그러자 문은 스르르 닫혀버리며 매정할 정도로 철컥! 소리를 냈다.

'아악! 안 돼!'

정 검사는 망연자실했지만, 입술을 맞댄 령의 입가에는 미소가 지나갔다. 그는 거침없이 은서의 입안을 가져갔다. 뜨거운 입맞춤이 시작되었다.

오로지 서로를 위해서만 열리는 입은 따뜻했다. 상대방을 안고 있는 품도, 입술도 따뜻했다. 은서는 기쁨의 눈물을 흘렸다. 진정 자신만을 생각해주는 그의 마음을 알았기에 행복해서 울었다.

한동안 아무런 말소리도 들리지 않자 정 검사는 조심스럽게 사무실 문을 열었다. 그러고는 영화 같은 두 사람의 모습을 계속해서 바라보았다.

"쩝! 나도…… 키스하고 싶다."

령은 자신의 품에 안겨 생글생글 웃는 은서를 보며 불안해졌다.

"왜 그렇게 웃습니까?"

"내기에서 당신이 졌으니까 소원 들어줘야 해요."

"무슨 소원?"

령은 다 알면서도 이불 위로 드러난 그녀의 어깨에 살며시 입을 맞추며 모른 척했다.

"접근 금지 내기했잖아요! 당신이 졌으니까 소원 들어줘야죠!"

"키스하면서 누가 먼저 접근했는데."

"……접근 금지에 키스는 제외였거든요."

"하여튼 뭐든지 자기 마음대로야. 소원이 뭔지 말이나 해봐요."

지은 죄가 크다 보니 그는 슬그머니 져주었다.

"별을 따달라고 할까요? 달을 따달라고 할까요?"

그녀는 약 올리듯 품 안에서 꼼지락거리며 말했다.

"그건 딸 수가 없잖아."

"누가 따달래요? 그리고 따줘도 갖다 놓을 데도 없어요."

"그럼 무슨 소원인데요?"

"음…… 왕방울만 한 다이아몬드 반지를 사달라고 할까, 아니면 10킬로그램짜리 금괴를 사달라고 할까. 그것도 아니면 타워 팰리스나 최고급 외제차……. 읍!"

령의 손이 은서의 입을 막아버렸다.

"제가 잘못했습니다, 용서해주세요."

이렇게 된다면 아예 달을 따다 주는 게 나을 것 같았다. 살며시 자신의 손을 내리는 은서를 보며 령은 다시 입을 열었다.

"용서해주시겠습니까?"

용서를 바랄 수도 없겠지만, 그래도 그는 정중하게 청했다.

"뭘 잘못하셨는데요?"

"……지독한 말로 당신의 마음에 상처를 주었고, 당신의 존엄성을 더럽혔습니다."

이 사람은 또 이렇게 힘들어했구나. 내가 들으며 아파했던 것보다 스스로 가슴을 찢겨 내릴 말을 내뱉으며 더 많이 아파했구나.

"용서해줄게요. 그 대신 조건이 있어요."

은서가 그의 볼을 어루만졌다. 이내 무슨 생각을 했는지 야릇한 미소를 지었다.

반면 령은 그녀가 내세우는 조건은 무조건 들어줄 생각이었다. 그렇게 해서라도 미안한 마음을 갚고 싶었다.

"뭡니까?"

"이제 저한테 평생 잡혀 사셔야 해요."

무슨 말인가 했다.

"언제는 안 잡혔나."

령이 투덜거렸다.

"조금 덜 잡혔죠, 이제는 완전히 잡힌 거예요."

위기는 기회다. 은서는 자신에게 주어진 기회를 잡을 줄 아는 현명한 여자였다.

"그러겠습니다."

흔쾌히 허락하는 령의 모습에 그녀가 생글거렸다. 령의 입장에서는 이런 거라면 얼마든지 들어줄 수 있어 좋았고, 은서의 입장에서는 소원 카드는 그대로 남아 있으니 더 좋았다.

"그리고 소원은 천천히 생각해볼게요. 히힛!"

"그 웃음은 뭐야?"

은서는 대답 대신 령의 입술에 쪽! 소리를 내며 뽀뽀했다.

"지금 이건 뽀뽀가 아니고, 4가지가 구토에게 평생 잡혀 살겠다는 언약입니다."

령의 흉내를 내며 말하자 그는 은서의 머리카락을 마구 헝클어놓았다.

"언약은 뽀뽀가 아닌 말로 하는 겁니다."

"말은 입으로 합니다. 그러니까 같은 겁니다."

령은 은서의 입술을 손으로 꼬집었다.

"말이나 못해야지. 계속 제 흉내 내실 겁니까?"

"꼬집혔으니 낼 겁니다. 이거 아주 재밌습니다."

이렇게 사랑스러운 새끼 마녀를 어찌 이길 수 있으랴. 령의 입술이 은서의 입술을 삼킬 듯 다가왔다. 둘은 자연스럽게 서로의 입안을 맛보았다. 부정적이었던 령의 결혼관이 은서로 인해 서서히 변하고 있었다.

"지금 이건 제가 당신에게 평생 잡혀 살겠다는 맹세의 키스입니다."

그의 입술이 다시금 그녀의 입술을 머금었다. 그리고 둘은 아주 자연스럽게 몸을 겹쳤다. 맞닿은 살결을 어루만지며 서로를 품고자 했다.

격렬한 사랑을 나눈 뒤였지만 다시금 서로의 몸을 갖고자 뜨거운 입맞춤을 나눴다. 령이 은서의 한쪽 다리를 자신의 팔에 걸었다.

다리를 벌린 상태에서 서서히 그녀와 하나가 되었다. 깊숙이 안까지 채우기 위해 몸을 밀어 넣었다. 한 번 두 번 그가 허리를 움직이자 그녀는 포개진 입술 사이로 옅은 신음을 내뱉었다.

여지없이 그는 격렬했다. 잠깐의 틈도 주지 않고 단단한 몸으로 밀어붙이고 또 밀어붙였다.

한편, 다음 날 아침 뉴스를 본 진경은 제정신이 아니었다. 어제 령이 전화를 한 건 그냥 한 안부 전화가 아니었다. 이런 위험을 예감했기에 목소리가 듣고 싶어서 한 것이었다. 뜻하지 않은 사실을 알고 나니 엄마로서 그냥 있을 수가 없었다.

"세상에, 방탄복이라니? 만약 뉴스에서 나온 것처럼 령이 입은 방탄복이 불량이었다면 우리 아들은?"

운전하는 현진을 보며 진경이 치를 떨 때 문자 알림이 울렸다. 선영 역시 걱정되었는지 이른 시간이라 전화는 못하고 문자로 물어왔다. 진경은 통화 버튼을 눌렀다.

"선영아, 걱정돼서 문자 보냈구나."

[그래, 뉴스에 나온 최 모라는 사람이 령이지?]

"그런 것 같아서 지금 확인하러 령이 집으로 가는 길이야."

그때 수화기 너머로 영민의 목소리가 들렸다.

[제수씨, 걱정되니까 가서 보시고 상태가 어떤지 문자라도 해줘요.]

"선영아, 은서 아빠한테 고맙다고 전해줘."

[그래, 조심해서 가.]

말이라도 얼마나 고마운지. 전화를 끊은 진경은 눈물이 핑 돌았다.

"어서 가요. 우리 아들 괜찮은지 걱정돼서 죽겠어요."

"전화해보면 될 것을."

"그 아이 성격에 다치고도 숨길지 모르니 직접 가서 봐야겠어요."

새벽부터 고속도로를 달리는 현진도 내심 걱정되었기에 액셀러레이터를 밟았고, 병원에서 당직을 했던 소희도 걱정스러운 눈으로 뉴스를 보고 있었다.

"우빈아, 저 최 모 검사가 그 사람은 아니겠지?"

"글쎄? 근데 왜 이리 관심이야?"

사실 소희 못지않게 우빈도 걱정이 되었다.

"관심이 아니라 은서가 걱정돼서 그렇지."

"그럼 오늘 저녁에 만나자고 연락 좀 해봐. 지난번에 못 봐서 서운하네."

"그럴까?"

이렇게 모두 걱정을 하고 있을 때, 령과 은서는 행복한 잠에 빠져 있었다. 아파트 단지로 들어온 현진은 경비의 인사를 받으며 주차했다. 먼저 내려 엘리베이터로 뛰는 아내를 보니 그녀가 얼마나 초조해했는지 알 것 같았다. 문이 열리자 어서 오라고 손짓하는 진경을 보고 현진도 뛰었다. 복도를 빠르게 걸어 현관문을 열고 들어서던 현진이 갑자기 멈춰 섰다. 뒤따라 들어오던 진경은 남편의 몸에 부딪혀 기우뚱했다.

"왜 그래요?"

"나가. 어서 나가."

무슨 일인지 묻는 진경의 말에 현진은 돌아서서 어서 나가라고 손짓했다. 그러자 그녀는 안을 빠끔히 들여다보았다.

"어머!"

은서의 구두를 본 둘은 후다닥 밖으로 나와 서로 얼굴을 쳐다보며 안도의 숨을 내쉬었다. 현진이 살며시 현관문을 닫자 진경은 도어록 소리에 움찔했다.

"그 여자가 왔나 봐요?"

"가자."

진경이 궁금한 표정으로 묻자 현진은 앞질러 엘리베이터로 향했다.

"그냥 가게요?"

"그럼 들어갈까?"

그건 아니기에 진경은 고개를 저었다. 지금 저 안의 상황이 어떤 상황인지 모르기에 부딪치면 서로가 민망할 것 같았다. 아쉬움을 뒤로하고 그들이 엘리베이터 앞에 서 있을 때, 령은 잠결에 도어록 소리가 들린 것 같아 눈을 떴다.

'잘못 들었나.'

그가 은서를 보았다. 그녀는 웬일인지 자신의 품에 안겨 얌전히 자고 있었다. 이런 일도 있구나 싶어 감격스러웠다. 그러나 그것도 잠시, 은서의 머리 무게에 령의 팔은 감각이 없는 것 같았다.

'으으, 팔 저려. 이 돌머리.'

"으음……."

은서가 잠결에 뒤척였다.

'으으, 내 팔…… 움직이지 마.'

팔이 저린 탓에 전기가 오듯 찌르르했다. 기분 나쁜 느낌이 온몸을 관통해도 령은 그녀가 깰까 봐 말도 못 했다. 그렇다고 은서 머리를 내려놓을 수도 없고 령이 저릿한 팔로 끙끙거릴 때 은서가 그의 품으로 더 파고들었다.

'구토 제발.'

"음……."

은서가 베고 있는 령의 팔을 만지자 그는 치를 떨었다.

"구토, 팔 저려."

더 이상 참을 수가 없어 끝내 말을 하고야 말았다.

"아잉, 참아요."

"뭐야? 안 자고 있었어?"

이런 새끼 마녀 같으니라고.

"자고 있었어요. 이건 잠꼬대예요."

"간질간질. 이래도 잠꼬대야?"

"간지러워. 우하하하하."

령의 간지러움에 그녀는 아침부터 자지러지게 웃었다.

검찰청에 도착해 주차한 후, 조수석 문을 열어주는 령에게 은서가 방긋 웃어주었다.

둘의 모습에 힐끔거리며 쳐다보던 사람들은 엘리베이터의 문이 열리자 우르르 들어갔다. 은서와 같이 안으로 들어간 령은 그녀를 보호하듯 뒤에 섰다. 그리고 문이 닫히며 은서는 누군가와 눈이 마주쳤다. 이내 그녀는 인상을 찡그렸다.

'이강석, 그자 아냐?'

자신을 보던 이강석의 눈빛에 등골이 오싹해지는 기분이 들자, 그녀는 뒤에 서 있는 령의 손을 살며시 잡았다. 그런데 이 남자가 흠칫 놀라며 손을 빼는 것이다.

'뭐야! 창피한 거야!'

은서가 욱해서 뒤를 돌아다보니 모르는 남자가 얼굴이 벌게져서는 그녀를 보고 있었다. 자신의 왼쪽에 서 있는 령의 손을 잡은 것이 아니라 그녀는 오른쪽에 있는 낯선 남정네의 손을 잡았다. 에라, 모르겠다. 철판 깔자!

"어머! 죄송해요. 손의 번지수를 잘못 찾았네요."

"풋!"

그 남정네에게 멋쩍은 웃음을 보내자 령이 웃었다. 마침 엘리베이터 문이 열리자 얼른 내린 은서는 창피함에 황급히 걸어갔고, 뒤따라간 령은 문을 밀어줬다. 문으로 들어선 그녀는 복도에서 소곤소곤거리는 한 무리를 보았다.

"안녕하세요."

은서의 인사에 모두의 시선은 둘에게 향했고, 그녀가 무슨 일이냐며 다가가자 정 검사가 다정스레 다가왔다.

"오셨어요."

"네, 왔어요. 왜 그래요? 무슨 일 있어요?"

무슨 일은 바로 유 선생이죠. 모두의 표정은 은서를 향해 이렇게 말하는 것 같았다.

"그게…… 어제 여기서 어떤 남녀가 영화를 찍었다고 하네요?"

이 수사관의 말을 들으며 은서는 옆에 서 있는 정 검사를 보았다.

"아! 키스신요? 네! 찍었어요. 정 검사님, 관람료로 오늘 모두의 점심 부탁해요."

"왜요? 문이 닫혀서 제대로 보지도 못했는데."

울상이 되는 정 검사의 얼굴을 보며 령은 자신의 사무실로 들어갔다.

"왜긴. 잘못 걸렸지."

령이 중얼거렸다. 누구보다 은서를 잘 아는 그로선 이미 나와 있는 답이었다.

"잘 먹겠습니다, 정 검사님."

"우리도!"

정 검사에게 미리 인사하는 은서를 따라 모두 즐거운 표정을 지었다. 나만 아니면 된다는 듯 각자의 사무실로 들어가며 위로의 뜻으로나마 정 검사의 어깨를 두드려줬다.

"내가 왜 봤을까!"

정 검사가 뒷목을 잡았다.

그 후, 령은 바쁜 시간을 보냈으나 은서는 가는 시간이 헛헛했다. 하루의 반이 흘렀다. 이제 이곳에서의 남은 시간은 얼마 남지 않았다. 그녀는 마지막이라는 생각에 허전해져 각자의 사무실 문을 하나씩 바라보며 복도를 왔다 갔다 했다.

혹시 누구라도 나오길 살폈으나 뭐가 그리 바쁜지 코빼기도 안 보였다. 안 되겠다 싶은 그녀가 의무실로 후다닥 들어가더니 어딘가로 전화했다. 그리고 얼마나 시간이 지났을까?

"짜장면 드세요!"

은서의 목소리가 복도에 울렸다. 모두 사무실 문을 열고 머리만 내밀자 은서는 회의실을 가리켰다. 배달통을 든 중국집 배달원이 그곳으로 들어가고 있었다.

"식사하시고 일하시라고요."

"자장면입니까?"

정 검사가 다행이다 싶었는지 활짝 웃었다. 이 정도 점심이면 얼마든지는 아니어도 가끔은 살 수 있었다.

"네! 바쁘신 것 같아서 제가 대신해서 시켰어요."

모두 점심을 먹자며 회의실로 향하자 령도 사무실 문을 열었다.

"아아악!"

"하하하하."

회의실 안에서 즐거운 비명과도 같은 웃음소리가 들렸다. 엉뚱한 이 여자가 또 무슨 짓을 했기에. 령의 눈빛에 불안감이 감돌았다.

"왜들 저럽니까?"

"글쎄요."

모르겠다며 어깨를 으쓱하는 그녀였지만, 령은 믿을 수가 없었다.

"또 무슨 일을 벌였기에."

"아무 일도."

령이 서둘러 회의실로 가자 은서는 배달원을 보며 카드를 꺼냈다. 그리고 회의실 안으로 들어간 그는 테이블 위에 펼쳐져 있는 요리를 보고 난감해서 머리를 긁적였다.

"이게 다…… 뭡니까?"

"그걸 제가 어떻게 알아요. 부장님 애인이 이렇게 주문을 했는데."

완전히 삐딱해진 정 검사의 말을 들으며 이 수사관이 포장된 비닐을 벗겨 나갔다.

"이야…… 탕수육, 고추 잡채, 양장피. 다 먹고 싶었던 건데 유 선생은 어찌 이리도 내 마음을 잘 알까?"

"정 검사, 잘 먹을게."

이 수사관과 강 검사는 흐뭇한 표정을 지으며 포장을 벗겼다. 얼이 빠져 있는 정 검사를 보며 박 검사는 령의 표정을 보았다. 그는 어느 정도 예상했던 탓에 별다른 반응을 보이지 않았다.

"맛있겠죠? 어서들 드세요."

은서는 자리에 앉아 나무젓가락의 종이를 벗겨냈다. 그러고는 젓가락을 옆자리에 앉은 령에게 줬다. 이미 다 들켰기에 더 이상 숨길 필요성을 못 느꼈다. 그러니 마음껏 표현하리라.

"4가지, 맛있게 드세요."

"이게 다 얼마 정도 합니까?"

"음…… 비밀."

령의 물음에 은서는 싱긋 웃기만 했다. 모두 자장면을 비비기 시작하자 정 검사는 한숨을 푹 내쉬었다. 대충 계산해도 이건 만만치 않은 금액이 나오기 때문이다.

"두 분 키스한 거 봤다고 이거 너무하시네요?"

"그러게 왜 봅니까?"

자장면을 먹으려던 령이 정색을 하자 궁지에 몰린 정 검사가 반항했다.

"그럼 누가 복도에서 대놓고 하래요! 보라고 하신 거잖아요!"

"정 검사님, 오늘 실전에 대비할 몇 가지 기술을 더 가르쳐드릴까요?"

"아니요."

령의 말에 정 검사가 바로 고개를 젓자 은서가 비벼놓은 자장면을 정 검사에게 줬다.

"어서 드세요. 제가 오늘까지만 검찰청에서 근무하거든요. 그래서 한턱내고 가는 거예요."

"가신다고요?"

정 검사의 눈이 커졌다.

"그동안 많이 고마웠어요, 정석우 검사님."

일제히 자장면을 먹다 은서를 쳐다보았고, 정 검사는 그녀의 말에 눈물까지 글썽였다.

"제 이름 아세요?"

"그럼요. 여기 계시는 분들 다 아는데요. 박정수 검사님, 강대수 검사님, 장동현 수사관님, 이경호 수사관님. 모두 다정하게 대해주셔서 감사했습니다."

은서가 그들의 이름을 하나씩 부르며 쳐다보자 령의 입가에 옅은 미소가 지나갔다. 이런 여자라서 사랑하나 보다. 아니, 이렇듯 사랑스러우니 사랑할 수밖에 없었다.

"어서들 드시죠. 면이 다 불겠습니다."

"잘 먹겠습니다, 유은서 선생님!"

그들이 맛있게 점심을 먹는 그 시각, 의무실에 낯선 남자가 숨어들었다.

그 남자는 책상 위에 놓여 있는 은서의 휴대폰을 만지며 기분 나쁜 미소를 지었다.

"녹음했다고 하더니 다 거짓말이었어. 앙큼한 계집애 같으니라고."

그 남자는 바로 이강석이었다. 의무실 문을 조심스럽게 열며 밖의 동태를 확인하고 나온 이강석은 회의실에서 들리는 은서의 웃음소리를 들었다. 그의 표정이 일그러졌다.

"시건방진 년. 운 좋은 줄 알아. 정말로 녹음했다면 가만 안 두려고 했는데 너그럽게 넘어가 주지."

이강석은 회심의 미소를 지으며 법원 쪽으로 걸음을 옮겼다. 아무것도 모르는 은서는 모두 궁금해하는 령과의 추억을 풀어놓았다.

"그럼 땅콩 몇 알 얻어드시고 로브스터를 사주셨단 말이에요?"

강 검사가 묻자 그녀는 몹시 힘들었다는 표정을 지었다.

"저는 그 로브스터 얻어먹고 그 대가로 갯벌에서 직접 산낙지 잡아줬어요."

"데이트도 예상을 뒤엎네요."

"다시 생각해봐도 평범하진 않았던 것 같아요."

마치 문초당하는 분위기였지만, 부러운 눈으로 보고 있으니 오히려 즐거웠다.

"저는 언제쯤 유 선생님 같은 여인을 만날 수 있을까요?"

정 검사가 부러워서하는 말에 령이 일어서며 한마디 했다.

"4가지가 있으면 됩니다."

"전 싸가지 있는데요."

"그 싸가지 가지고는 힘들 것 같은데."

그가 나가자 정 검사가 부지런히 쫓아 나갔다.

"부장님, 그럼 싸가지가 얼마나 더 있어야 하는데요! 알려주시고 가야지 그냥 가시면 어떡해요!"

"알려달라고 하지 마시고 진정한 4가지를 찾고자 스스로 노력해보세요."

"도망가지 마시고 말을 해줘요!"

이곳에서의 남은 시간을 은서는 이렇게 평범하게 보냈다. 아쉬워도 마지막 시간은 흘러갔다. 잠깐의 시간이었지만 검찰청에서 령과의 재회는 그녀에게 있어 가장 소중한 순간이 되어버렸다.

검찰청으로 시루가 찾아왔다. 령의 이야기를 전해 들은 시루는 내심 걱정이 되어 퇴근길에 들렀다. 마주 앉아 찻잔을 든 시루는 령의 안색을 살폈다.

"괜찮아?"

"아니. 총알 닿았던 부분이 아릿하게 아파."

"가까운 거리니 충격은 어느 정도 있었겠지. 근데 결혼은 언제 할 거야?"

"누구? 나?"

커피를 한 모금 마시던 령이 놀란 눈으로 시루를 보았다.

"그럼 여기 너 말고 누가 또 있는데. 아직도 행복해지면 안 된다는 생각을 하는 거야?"

"잘 모르겠어. 어떻게 해야 할지."

"언젠가 차 선배가 이런 말을 한 적이 있었어."

먼 과거를 떠올리는 시루의 표정은 숙연해졌지만, 령은 차 선배라는 단어에 아픔부터 앞섰다.

"나는 너희 둘을 보고 있으면 이런 생각이 든다. 시루 너는 소리 내서 웃는 웃음이 진실이길 바라고, 최 령은 진심으로 소리 내서 웃기를."

"차 선배, 그게 무슨 말이에요?"

"행복해지란 말이다. 진정 사랑하는 사람을 만나 행복해지면 그 행복이 웃음으로 묻어 나와."

과거를 더듬는 시루의 말을 듣던 령은 은서를 생각했다. 웃음이라…… 그는 자신이 그녀 앞에서만큼은 거짓 없이 웃는다는 걸 떠올렸다.

"이게 차 선배의 염원이었으니 넌 행복해질 의무가 있어. 은서 씨와 함께 행복해져라, 최령."

"……."

그리도 답을 얻고자 했건만, 이미 차 선배는 오래전에 그 답을 남겨주었다. 사랑하는 사람을 만나 행복해지라고.

"차 선배의 마지막 명령이라 생각하고 의무에 충실해. 너는 그들을 대신해서 행복해질 책임이 있어."

"책임?"

"차 선배가 너를 얼마나 위했는지 너도 알 잖아. 그런 사람이 네가 불행해지길 바랄까."

"하지만 나는……."

"그날 차 선배가 살 목숨이었다면 어떡해서든지 살았을 거야. 네 책임 아니야."

시루의 말처럼, 차 선배의 염원처럼 령은 사랑하는 은서를 평생 책임지고 싶었고, 차 선배의 죽음을 떠올렸을 때엔 그 책임을 회피하고 싶었다.

"최령, 그러니 이젠 죄책감 같은 거 가지지 마. 차 선배 가족도 하늘나라에서 행복할 거야."

"네 말처럼 그들이 행복하다면……."

"분명히 행복할 거야. 난 그렇게 믿고 있어. 그러니 너도 그렇게 믿어."

령도 시루처럼 믿고 싶었다.

"그래도…… 될까?"

"그럼 되고말고."

"……."

차 선배는 행복할 거라고. 분명 행복할 거라고 믿고 싶었다. 아니, 믿자. 그리고 이 굴레에서 벗어나 은서와 행복해지자.

"친구, 행복해져라."

시루의 말에 령의 눈 안에 생긴 물은 눈물이 되어 떨어졌고, 시루는 조용히 찻잔을 들었다.

실컷 울어라, 친구야. 차 선배가 죽던 그 순간부터 흘리고 싶어도 흘리지 못했던 그 슬픔, 이제는 모두 흘려보내고 행복해져라.

죄책감으로 살아온 날들…… 박 검사의 말대로라면 차 선배의 죽음은 그의 운명이었고, 시루의 말대로라면 나는 행복해질 책임이 있다.

고개를 숙인 령의 어깨가 아주 가늘게 떨렸다. 그는 모든 짐을 내려놓은 홀가분함에 뜨거운 눈물을 흘렸다. 늦은 눈물을 흘리며 이제야 그의 마음속에서 차영철을 보내주고 있었다. 죽음에 대한 원인을 제공했고, 많은 시간을 아픔으로 묻어뒀기에 다른 사람들보다 더 많은 눈물을 흘릴 수밖에 없었다. 그렇기에 이 남자의 눈물은 진하고도 뜨거웠다.

10장. 그녀, 그를 놓아버리다

은서는 모두와 아쉬운 작별을 하고 그곳에서의 마지막 퇴근을 했다. 다시는 이곳에서 근무할 수 없기에 고마운 마음 한 자락은 남겨놓고 떠났다. 은서가 령을 바라보았다.

결혼이란 건 사랑하는 이 사람과 한다면 더 바랄 것 없이 좋을 것이다. 령을 잃을지도 모른다는 절박한 상황에서 은서는 그저 그가 살아만 있어달라고 애원했다.

그리고 그가 무사히 살아와 손을 잡고 옆을 지켜주는 지금, 미래까지 생각하지 말자. 지금 이 순간이 행복하다면 더는 욕심내지 말자. 그렇게 스스로 다독인 은서는 마음 한구석에 있는 결혼이란 말은 접어놓기로 했다.

"우리도 부모님들께 인사했으면 하는데……."

"응?"

무슨 말인가 해서 그녀가 그를 보았다.

"결혼…… 하고 싶다고. 당신이랑."

은서는 령의 말을 믿을 수가 없었다. 결혼하고 싶다고? 나랑? 혹시 잘못 들었나? 막상 결혼이란 걸 포기하고 나니 그의 입에서 생각지도 않은 말이 흘러나왔다.

"지금 뭐라고 했어요?"

"전 결혼에 대해서 무척 부정적인 생각을 하고 있던 사람입니다. 그런데 당신이랑은 하고 싶습니다."

은서는 현희의 말이 떠올랐다. 이유가 뭔지는 몰라도 그는 연애는 해도 결혼은 안 한다고 했다. 그런데 지금은 그 이유가 중요한 게 아니었다.

"정말 저랑?"

여전히 믿을 수 없기에 다시 물었다. 은서의 말에 운전하던 령이 그녀를 잠깐 보았다.

"못 들었으면 말고."

"에이~ 결혼하자고 했으면서."

이런 심술쟁이 같으니라고. 얼마나 믿을 수 없었으면 다시 물었을까.

은서의 행복해하는 표정에 령도 행복했다.

연애와 결혼의 다른 점이 이런 거구나.

막상 말하고 나니 절대로 무를 수 없다는, 반드시 책임져야 한다는 마음이 생겼다.

"결혼합시다, 우리."

"네!"

하지만 행복도 잠시, 경쾌한 대답 후에 허전함이 느껴졌다. 뭔가 빠졌다.

"설마…… 이게 프러포즈?"

"네."

아무리 그래도 이건 아니지. 이 멋대가리 없는 남자야. 달리는 차 안에서 이렇게 얼렁뚱땅 하는 건!

"무효! 무효! 반지도 없고 무릎도 안 꿇고, 무슨 프러포즈를 이렇게 해요!

다시 해주세요. 나 오늘 프러포즈 안 받은 걸로 할게요."

결혼을 결심한 령의 마음을 알았으니 그녀는 자신만만했다. 설마 말해놓고 무르진 않겠지.

"그럼 결혼하지 말자고? 알겠습니다."

무슨 생각을 했는지 피식 웃던 령이 정색하자 은서는 다시 생각했다. 이게 아닌데.

"저한테 왜 자꾸 그러세요? 해드릴게요. 걱정하지 마세요."

사랑하는 사람에게 자존심 따위는 필요 없었다. 그건 한번 겪은 걸로 충분했다. 령이 은서와 살고 싶어 하는 것처럼 그녀도 그와 살고 싶었다. 령이 결혼에 대한 생각마저 바꿀 정도라면 이보다 더 아름다운 프러포즈는 없을 것이다.

"너그러운 마음으로 해주신다니 영광입니다."

이제 됐다는 생각이 들어서일까. 마음이 편안했다.

"그런데 여전히 저한테 미안해하고 있죠?"

"……"

마음을 들키기라도 한 건지 령의 눈빛이 흔들렸다.

"지난번에 그렇게 모진 말 한 거. 제가 용서해줬는데도 여전히 마음에 담아두고 있죠?"

"……"

그렇기에 그는 대답조차 할 수 없었다.

"하나만 물을게요. 저한테 한 말 중에 단 한마디라도 진심이었던 말이 있었어요?"

"없습니다. 말뿐만 아니라 마음까지도."

"그래서 제가 쉽게 용서해준 거예요. 진심이 아니란 걸 알고 있기에……. 그럼 프러포즈 해줬으니까 다시 한 번 용서해줄게요. 됐죠?"

276

은서는 이런 여자였다. 모든 걸 포용해주는 쿨한 여자. 그는 앞으로 나아가기 위해 제 마음에서 이 일을 내려놓기로 했다. 너그러운 그녀의 마음에 감사했다.

"고맙다는 말 대신 평생 머슴으로 살아드리겠습니다, 마님."

그러니 이렇게 말할 수밖에.

"평생 잡혀 살고, 머슴으로 살고 아주 복 터졌어요. 하하하."

은서의 웃음소리를 듣자 령은 행복했다. 이제 은서와의 행복한 시간만을 생각하기로 했다. 그러다 보니 차일피일 시간을 미룰 이유가 없었다.

박 검사의 말처럼 하루를 살더라도 은서와 살고 싶었다. 사랑이란 감정은 동기들 말처럼 정말 달콤하고 행복했다. 그래서 그 사랑을 이제는 망설이지 않고 가질 것이다.

'동우 선배부터 매듭짓자.'

웃고 있던 은서의 뇌리 속으로 동우에 대한 생각이 스쳐 지나갔다. 그녀는 오해의 소지가 있었던 동우와의 모든 일을 빨리 처리하고 싶어졌다. 령의 마음이 확실한 만큼 자신의 마음도 확실하기에 이제는 완전히 끝내기로 했다.

영민과 약속한 것에 집착하다 보니 어느 순간 자신도 모르는 사이 동우와의 결혼 이야기가 오갔다. 은서는 마음이 급해졌다.

"그럼 저는 부모님께 말씀드리고 동우 선배 문제도 매듭짓고 할게요. 다음 사거리에서 우회전~"

"그러겠습니다. 그럼 저도 본가로 가서 두 분께 말씀드려볼게요."

"네."

그리도 원하셨는데 부모님들이 알면 얼마나 좋아할까?

"우리 부모님들 깜짝 놀라게 해드릴까요?"

"어떻게?"

엉뚱한 생각을 한 은서는 아주 신 나 보였다.

"당분간 우리 관계는 비밀로 해요. 그러다가 어느 날 짠! 하고 만나는 거예요. 그럼 무척 좋아하실 것 같은데요."

"하고 싶습니까?"

"네. 서프라이즈 선물 해드리고 싶어요."

은서는 환하게 웃어주는 선영의 모습이 눈에 선하자 가슴이 콩닥거렸다. 얼마나 좋아하실까. 이 사실을 알면 얼마나 기뻐하실까.

"그럼 그렇게 합시다."

"아우! 신 나라!"

"다녀왔습니다."

은서의 인사가 경쾌해도 이렇게 경쾌할 수가 없었다. 기분 좋은 마음에 슈퍼에 들러 몇 가지 과일을 사서 들어오며 큰 소리로 인사했다.

거실에 앉아 차를 마시던 부부는 은서의 목소리에 무슨 일인가 해서 돌아보았다. 그녀는 손에 들린 과일을 주방 식탁에 내려놓고는 쪼르르 달려와 선영부터 끌어안았다.

"엄마 말처럼 됐어."

"뭐가?"

"기다리니까 그 사랑이 다시 왔어."

"정말?"

"응, 진짜 왔어."

오붓하게 껴안고 있는 모녀를 바라보는 영민의 눈에는 놀라는 선영의 표정도 그렇고 활짝 웃는 은서도 이상했다. 그는 조용조용 속삭이는 모녀의 모습에 궁금증이 생겼다.

"둘이 뭐야? 우리 딸, 아빠만 빼놓고 엄마한테 무슨 말 하는 거야?"

"아빠."

선영이 아빠에게도 말해주라는 신호를 주자 이번엔 은서가 영민을 향해 무릎으로 기어갔다.

"아빠, 나…… 좋아하는 사람이 있었는데, 그 사람한테 오늘 프러포즈 받았어요."

"……."

선영는 은서가 얼마나 힘들어했는지 다 보았다. 그러니 조심스레 입을 여는 딸의 모습에 흐뭇한 미소를 지었지만, 영민의 표정은 굳어졌다.

"그래서 그 사람 아빠가 만나줬으면 해요."

"동우는?"

쌩하니 찬바람이 이는 느낌이었다. 이 정도까지는 예상치 못했던 반응이라 은서는 불안한 마음마저 생겼다. 영민은 지금 자신과의 약속을 묻고 있는 것 같았다.

"그건……."

"동우랑 해. 약속했잖아. 그만한 녀석도 없어."

"여보!"

"아빠."

기분 좋았던 은서의 표정은 어느새 울 것 같이 슬퍼 보였다. 갑자기 찬물을 끼얹는 것도 유분수지. 외고집인 영민의 성격을 누구보다 잘 아는 선영의 표정도 은서 못지않게 변해갔다.

"여보, 결혼은 은서가 좋아하는 사람과 해야지, 그게 무슨 말이에요?"

"이게 다 은서를 위해서야. 당신도 좋다고 했잖아."

그때와 지금은 전혀 달랐다. 은서가 만나는 사람이 없을 때의 동우는 그야말로 좋은 조건이었다. 하지만 조건보다 더 중요한 것은 사랑이었다. 은서에게 사랑하는 사람이 생겼다.

"지금은 상황이 변했잖아요."

"그럼 상황이 변했다고 그동안 사위처럼 대했던 자식을 한순간에 내쳐!"

영민이 화가 났는지 느닷없이 소리쳤다.

"그래도 아닌 건 아닌 거죠!"

"난 이미 동우로 정했어! 설사 은서가 우빈이처럼 내가 아는 녀석을 데려온다고 해도 난 동우야."

그럼 령은…… 은서는 가족여행에서 영민이 령을 보았던 눈빛을 떠올렸다. 자신을 싫다고 했을 때 영민의 눈빛은 예사롭지 않았었다. 그럼 지금 말하면 오히려 역효과가 날 수도 있었다.

은서는 두 분의 말다툼으로 멍해지는 기분이었지만, 령을 위해 정신 차려야 했다.

"아니, 그게 도대체 무슨 말이에요?"

선영은 기가 찰 노릇이었다.

"빗대어 말하자면 그렇다는 거지. 세상에 믿을 만한 놈이 있어야지."

영민은 은서가 이 나라를 갑작스럽게 떠나야 했던 이유를 다시 떠올렸다. 한 남자에게 상처 받고 떠났다가 돌아와서 그 남자를 만나 결국 프러포즈까지 받았다? 한없이 딸을 아끼는 아버지로서 그렇듯 가볍게 변덕을 부려대는 남자는 용납이 안 되었다.

"아빠, 그럼 그 사람 한번 만나보고 결정해주세요. 아빠가 싫다고 하시면 그땐 아빠 뜻대로 할게요."

은서는 자신 있었다. 분명히 령을 허락할 수밖에 없을 것이라고.

"정말이지?"

"네."

"그럼 내일 토요일에 약속 잡거라."

"내일요?"

아무리 그래도 너무 갑작스러웠다.

"왜. 내일 만나면 안 되는 이유라도 있어?"

은서가 어떻게 해야 할지 몰라 선영을 보자, 그녀가 곱지 않은 눈으로 영민을 보았다. 못마땅한 눈빛이었으나 은서를 위해 애써 참아내는 눈치였다.

"은서야, 내일 괜찮은지 한번 전화해봐."

"어, 엄마."

령도 본가에 도착해서 자초지종을 이야기했다. 그런데 이 집은 은서의 집과는 정반대의 반응을 보였다. 부부의 얼굴이 한가위 대보름달처럼 밝아졌다.

"정말이야?"

"허허허허."

좋아하시는 부모님의 모습에 령은 오히려 쑥스러울 정도였지만, 내심 말해주길 바라고 있었던 부부는 그게 아니었다. 이제나저제나 말해주길 기다리며 얼마나 초조해했는지 이루 말할 수가 없었다.

"령아, 다시 한 번 말해봐. 엄마는 도저히 못 믿겠다."

"믿으세요. 저 결혼하고 싶은 여자가 생겼어요. 곧 소개해드릴게요."

"정말이구나! 이리도 좋을 수가!"

그때 령의 휴대폰이 울렸다. 은서였다. 그는 2층 계단으로 발걸음을 옮기며 통화 버튼을 눌렀다.

"접니다."

[내일 시간 돼요?]

"무슨 일 있으십니까?"

[아빠가 보자고 하세요.]

이렇게 빨리? 하지만 어차피 볼 거라면 나쁘지 않을 것 같았다. 사실 결혼을 결정하고 나니 하루라도 빨리 데려오고 싶었다. 매일 같이 있고 싶은 마음을 가눌 길이 없었다.

그동안 어떻게 혼자 살아왔는지. 한순간이라도 같이 있고 싶은 마음. 완전한 내 사람으로 만들고 싶은 마음. 령은 결혼하는 사람들의 마음을 이제는 조금 이해할 수 있을 것 같았다.

"저만요? 아니면 부모님들도?"

잠시 은서의 말이 끊겼다.

[같이요.]

"그렇다면 약속 장소 예약부터 해야겠네요."

부부는 령의 모습을 조용히 지켜보고 있었다. 들리는 말이 심상치 않았기 때문이었다. 이내 통화를 끝낸 령이 뒤를 돌아보았다.

"내일 부모님들 만나뵀으면 한다는데 괜찮으세요?"

령의 말이 끝나자마자 진경이 두 팔을 번쩍 올렸다.

"만세!"

"만세? 허허허허. 그래, 만세다."

이렇듯 좋아하시는데 상대가 은서인 걸 알면 얼마나 더 좋아하실까. 령은 심장이 떨릴 정도였다. 이렇게나마 효도할 수 있어서 다행이다 싶었지만, 반면 전화를 끊은 은서는 방에서 나오지 못하고 있었다.

다음 날, 아침을 먹은 후 은서는 주방에 있는 선영에게 다가갔다.

"엄마, 김치 담그시게?"

두 포기씩 묶여 있는 배추가 식탁에 올려 있었다. 칼과 도마를 가져오는 선영을 보며 은서는 묶여 있는 끈을 풀었다.

"왜? 무슨 할 말 있어?"

머뭇거린다는 것을 알았는지 선영이 묻자 은서는 영민이 있는 거실 쪽을 보았다.

"어제 아빠가 그 사람 만나자고 해서 전화했잖아?"

"그랬지. 그런데 무슨 문제라도 생긴 거야?"

"부모님들도 만나는 거냐고 묻기에 그렇다고 대답했거든."

"뭐?"

선영은 자신도 모르게 소리를 질렀다.

"그래야 아빠가 반대를 안 하실 것 같아서……."

"그럼 상견례 같은 자리란 말이야?"

칼로 통배추를 가르려던 선영의 손이 멈췄다.

"어쩌다 보니 그렇게 됐어. 어떡해, 엄마?"

"뭘 어떡해? 약속을 잡았으니 일단 부딪쳐봐야지. 지금에 와서 취소하면 그쪽 부모님이 기분 나빠할 거 아냐."

"아빠는 어떡해?"

"설마 죽이기야 하겠니? 걱정하지 말고 어서 나갈 준비나 해."

지금은 배추가 문제가 아니라고 파악한 선영은 하던 걸 그대로 놔두고 욕실로 들어갔다. 사실 은서는 어제 령이 물어봤을 때 이렇게 말할 수밖에 없었다. 길게 시간을 끌어 서로 마음고생 하느니 빨리 끝내고 싶었다. 령을 만나고 나면 영민도 마음이 바뀔 거라 믿었기 때문이다.

"아빠, 옷 입으셔야죠?"

"그래. 시간이 벌써 이렇게 됐네."

영민은 보던 신문을 접으며 은서를 보았다. 밤새 잠을 못 잤는지 휑한 딸의 얼굴에 잠시 눈길이 머물렀다. 영민의 짐작대로 은서는 간밤에 도통 잠을 잘 수가 없었다. 만약 계속해서 반대한다면 자신과 했던 약속을 지켜야 했기 때문이었다.

언젠가 영민과 약속하기를 아빠만 좋다면 누구라도 상관없다고 했었다.

그때는 이런 일이 생길 줄 전혀 몰랐었다. 령과의 사랑이냐, 부친과의 약속이냐. 사실 부친보다 령에게 더 치우쳤다.

뒤를 돌아본 그녀가 영민과 눈이 마주치자 작게 웃었다. 하지만 다시 뒤돌아선 깊은 한숨을 내쉬었다. 옷을 갈아입기 위해 자신의 방으로 들어가는 딸의 뒷모습을 영민은 애처롭게 바라보았다.

"당신 그 옷 입고 가게요?"

영민은 넥타이를 매지 않은 셔츠 차림이었다. 외투를 걸치던 그가 선영을 보았다.

"이게 어때서?"

"안 돼요. 그래도 예비 사위 보는 날인데 이렇게 입고 갈 수는 없어요. 이리 들어와 봐요."

"예비 사위는 무슨?"

영민은 몹시 못마땅한 말투로 중얼거렸다. 뒤따라오는 그를 향해 선영이 고개만 돌려 보았다.

"그리고 저도 갈 거예요."

"당신이 왜?"

"저도 가서 제 눈으로 예비 사위 보고 싶어서요."

만약 상견례 같은 자리라고 하면 출발하기도 전에 안 좋은 소리가 나올 것 같았다. 도착한 후 얘기하자며 선영은 일단 미뤘다. 은서의 됨됨이를 믿기에 상대를 보기도 전에 이런 식으로 밀어붙였다.

한편, 외출 준비를 마친 은서는 애써 밝은 척을 하며 령과 통화했다.

"이따가 잘해요."

[알았으니 걱정하지 말고 와요.]

그가 걱정하지 말라고 하니 이제 가자. 전화를 끊은 은서는 외투를 입기 위해 일어섰다. 설레는 령의 마음과는 다르게 은서의 모습에서는 비장함까지 보였다. 그만큼 그녀는 절박했다.

은서가 부모님과 약속 장소에 도착할 즈음, 선영의 말을 들은 영민은 당혹감을 감출 수가 없었다.

"상견례? 그래서 정장으로 입으라고 한 거야?"

"……."

선영이 아무 소리를 못 하자 은서가 입을 열었다.

"아빠, 제가 한 거예요. 엄마도 모르시다가 오늘 아침에야 아신 거예요."

"이건 예법이 아니지. 안 그래?"

"알아요. 하지만 저는 아빠가 그 사람을 편견 없이 봐주길 원해요."

"편견?"

은서는 형식을 뛰어넘더라도 이 방법밖에 없다고 생각했다. 우물거리다 간 진짜 동우와 결혼하는 사태가 벌어질지도 모른다. 그런 일은 결코 원치 않았다. 그녀는 모친들과 현진의 힘을 빌려서라도 영민의 마음을 잡고 싶었다.

동우가 영민의 제자였으니 부친의 마음에 드는 것은 피할 수 없는 현실이었다. 그러니 령도 그만한 조건이 붙어야 억울하지 않다고 생각했다. 그 조건은 부모들 간의 친분이었다. 그래서 그녀는 가슴 한쪽에 희망을 품고 왔다.

"아빤 이미 동우 선배를 마음에 두고 있어서 만나보지도 않은 이 사람은 싫어하시잖아요. 그러니 저도 어쩔 수가 없었어요."

"이렇게 부모까지 만나고 결혼이 성사 안 되면 그땐 어쩌려고?"

그런 일은 단연코 없을 것이다. 모친들을 믿기에 은서는 그렇게 생각했다.

"그럴 일은 없을 거예요. 그러니 만나보시고 결정해주세요."

호텔 로비에 들어서며 나누는 부녀의 말에 선영은 걱정부터 앞섰다. 은서

일이라면 껌뻑 죽던 사람이 왜 저렇게 억지를 부리는지 솔직히 이해가 안 됐다. 도대체 무슨 생각을 하고 있는 것일까?

선영은 모든 걸 떠나 부디 이 모임이 무탈하게 성사되기만을 간절히 바랐다.

안내를 받아 약속한 룸 앞에 서자 은서가 먼저 문을 열고 들어갔다. 그리고 룸 안에 있던 령이 일어서자 진경과 현진은 별안간 등장하는 그녀의 모습에 벌떡 일어났다. 뒤이어 들어오는 선영과 영민 역시 어안이 벙벙해졌다. 일단 상황을 정리하고자 령이 은서 부모에게 정중히 인사했다.

"안녕하세요."

"뭐야?"

"어머!"

놀라는 여자들의 반응과 상황을 이해한 현진이 빙긋이 웃었다. 은서의 인사를 받은 현진이 그녀 곁으로 다가왔다.

"령의 짝이 은서였어?"

"네, 아버님."

"이게 웬일이니!"

"정말 웬일이야!"

은서가 쑥스러운 듯 대답하자 모친들은 감격한 나머지 서로의 손을 맞잡았고 부친들은 악수로 인사했다. 은서는 자신이 사랑하는 령과의 행복을 지키기 위해 이 힘이 필요했다. 그녀가 방긋 웃으며 그를 보았다.

"하……."

일단은 성공했다는 느낌에 은서는 소리 없는 안도의 한숨을 내쉬었다. 그 소리가 령의 귓가에 닿자 은서를 보았다.

"유 선생, 우리 사돈 되는 겁니까?"

현진은 기쁨을 감추지 않았다.

"……."

하지만 영민은 대답하지 않은 채 우선 현진에게 자리를 권했다. 그녀 옆에 앉은 령은 은서의 부친을 바라보았다. 영민의 표정엔 못마땅한 내색이 역력했다. 그녀의 모습이 어쩐지 불안해 보였던 이유를 알 것 같았다.

령은 은서의 손을 살며시 잡았다. 따스하게 다가온 그의 손길에 그녀는 위안을 얻었다. 힘들었던 마음이 이리도 편안해지다니. 든든했다.

"은서야, 내가 있잖아."

"응. 알아요."

"그럼 웃어. 예쁘게."

"그럴게요."

귓가에 속삭이는 령의 말에 그녀는 웃으며 대답했다. 잠시 후, 서빙된 음식을 먹으며 즐거운 시간이 흘러갔다.

"너희 이런 사이였으면 진작 말을 하지."

이곳에 오면서 얼마나 마음 졸였는지. 선영은 걱정했던 마음이 가라앉자 얼굴색부터 변했다.

"그러게 말이야. 너무 좋으니까 밥도 안 넘어간다."

진경 역시 기쁨을 감추지 않았다.

"둘이 결혼하면 얼마나 예쁠까. 언제가 좋을까?"

"빠를수록 좋지. 그걸 질문이라고 하니?"

그 후 모친들의 대화는 결혼 준비를 하는 상황이 되어버렸다.

한복을 어떻게 하니까 예쁘더라. 우리는 어떻게 하자. 어디 예식장은 인테리어가 멋지더라. 음식은 어디가 맛있더라. 한식으로 할까, 뷔페로 할까 등등.

령과 은서는 듣는 것만으로도 이미 결혼식을 치른 것 같았다.

"유 선생, 한잔하시죠?"

"낮이니 조금만 마시겠습니다."

영민의 잔에 술을 채운 현진이 령을 보았다.

"유 선생, 우리 아들 잘 부탁합니다."

"부탁은? 제가 무슨 힘이 있다고."

이런 말을 하는 걸 보니 현진도 영민의 표정을 읽은 모양이었다. 영민은 조용히 식사하며 령과 은서를 지켜보았다. 령이 은서에게 뭐라고 말을 하면 은서는 그의 말에 활짝 웃으며 답했다. 그렇게 영민은 은서의 모습을 지켜보았다. 딸을 사랑하는 아비의 눈으로…….

"저 두 사람, 저렇게 있으니 예쁘지 않습니까?"

현진도 둘의 모습을 지켜보고 있었는지 흐뭇한 표정을 지었다.

"한잔하시죠."

영민은 대답 대신 현진의 잔을 채웠다. 은서가 령의 귓가에 대고 뭐라고 속삭이자 령이 빙긋이 웃었다. 영민이 보기에도 나쁘지 않은 건 사실이었다. 다만…….

"령이 방에 있느냐?"

은서 부모님을 배웅하고 본가에 온 령은 부친인 현진의 목소리에 의자에서 일어났다.

"네, 아버지."

문을 열고 들어온 현진은 책상 앞에 서 있는 령을 보더니 한쪽 벽에 세워져 있는 책장 앞으로 갔다.

"유 선생은 내가 만나서 잘 얘기할 테니 너무 마음 쓰지 말라고."

령의 마음이 무거웠던 건 사실이었다. 함께한 그 시간 동안 영민은 한 번도 웃지 않았다. 그것은 자신을 마음에 들어 하지 않는다는 뜻이었다. 부친도 그것을 느꼈기에 걱정된 마음에 령을 찾아온 것이었다.

"감사합니다, 아버지."

"감사는? 옷부터 갈아입어."

현진은 이 말을 남기고 나갔다. 심란한 탓에 령은 외출에서 돌아온 후 아직 겉옷도 벗지 않고 있었다. 어렵게 생각한 것은 뜻밖에 쉽게 풀리고, 쉽게 생각한 것엔 뜻하지 않은 복병이 있었다. 그보다 자신의 마음이 이렇게나 복잡한데 직접 영민의 얼굴을 맞대야 하는 은서는 어떨지 걱정되었다.

그 시각, 령의 걱정처럼 은서는 울 것 같은 표정이 되어 있었다.

"아빠, 그렇게도 마음에 안 드세요?"

"……."

은서의 물음에 영민은 대꾸하지 않았다.

"하나만 묻자."

"말씀하세요."

"네가 갑자기 세부로 떠난 게 최 군 때문이었니?"

"……."

영민은 그동안 미심쩍게 생각해뒀던 것을 물었다. 그의 물음에 주방에서 배추를 만지던 선영이 하던 걸 멈추고 나왔다. 세부랑 령이랑 무슨 상관이라고. 모든 게 순조롭게 풀린다고 여겼다가 들리는 소리에 걱정부터 앞섰다.

"역시 그랬군."

은서가 선뜻 대답하지 못하자 영민은 자신의 짐작이 맞았다고 느꼈는지 자답했다.

"아빠, 그건 말씀드리기 곤란하지만 어쩔 수 없는 이유가 있어서 그리된 거예요."

"여자 문제니?"

말을 할 수도, 안 할 수도 없는 상황이었다. 현희의 이야기를 하는 게 옳은 것인지 은서는 판단이 안 섰다.

"무슨 소리야. 여자 문제라니?"

듣고만 있던 선영 역시 궁금했는지 앞으로 나섰다.

"물론 그 나이에 여자가 없다는 것도 이상하겠지만, 네가 이곳을 떠날 정
도였다면 결코 작은 일은 아닌 듯싶구나."

"여자 문제가 맞아요. 하지만 그건 오해일 뿐이에요. 그 사람은 그 여자를
사랑하지 않았어요."

은서는 어쩔 수 없이 사연을 말해야 했다. 그가 부당한 대우를 받는 걸 원
치 않았다.

"엄마 아빠께 이 말씀을 드리는 건 오해받는 게 싫어서 그래요. 그러니 절
대 그 사람 부모님께는 말씀드리지 않겠다고 약속해주세요. 두 집안의 친분
이 저희와 비슷해요."

말하기 전 먼저 양해를 구했다.

"우리와 령의 집처럼 그 집안끼리도 잘 안다는 거야?"

"네, 그러니 엄마 부탁할게요. 절대 말씀하시면 안 돼요."

알았다고 선영이 고개를 끄덕였다. 은서는 령과의 만남을 생략하고 현희
와 있었던 오해의 일을 간략하게 말하기 시작했다. 말하며 다시 생각하니
역시 좋은 기억이 아니기에 가끔 한숨이 나왔다.

"세상에, 무슨 그리 나쁜 여자가 다 있다니!"

모든 이야기를 듣고 화가 나서 파르르 떠는 선영을 보며 영민이 일어섰
다.

"그런 이유라면 이 아빠는 더 반대다. 도대체 어떻게 처신했기에 여자가
그리 나와?"

"당신, 왜 그래요? 그건 그 여자 혼자서 꾸민 일이니 령하곤 상관없죠!"

다 듣고도 저리 나오자 선영은 화가 났다.

"상관이 있든 없든 나는 반대니 그런 줄 알아, 네가 최 군을 만나든 말든 그건 뭐라 못 하겠지만, 결혼은 안 돼."

완고한 뜻을 내보이는 영민의 태도에 은서는 망연자실했다. 믿고 기댔던 거라곤 친분의 힘밖에 없었는데 그조차 소용없다니. 이럴 때는 어떻게 해야 하나.

"아빠?"

"내 허락 없이도 최 군과 결혼하고 싶으면 해."

이렇게 말씀하신다는 것은 하지 말라는 말과 같았다.

"그럼 아빠 제가 동우 선배랑 결혼하길 원하세요?"

"그럼 좋겠다마는."

선영이 다시 발끈했다.

"당신, 왜 그래요? 난 도대체 이해를 못 하겠어요. 고집을 피울 데서 피워야지, 이게 말이 돼요?"

"조용히 좀 있어!"

영민이 소리쳤다.

"그렇게는 못 해요! 여태 당신이 하자는 대로 다 했지만, 이번만은 안 돼요!"

"안 되면 어쩔 건데?"

"저 혼자서라도 둘이 결혼시킬 거예요!"

"시켜. 누가 말려! 아까 해도 된다고 말했잖아!"

은서는 다투는 부모님의 모습을 보자니 견디기 힘들었다.

"아빠, 제가 동우 선배를 사랑하지 않아도…… 그래도 원하시면 할게요."

"……"

그건 아니라고 말해주길 바랐으나 아무 말도 없었다. 은서의 눈에 눈물이 고였다.

"은서야! 얘가 뭐라는 거야?"

놀란 선영이 은서의 팔을 잡았다.

"아빠가 원하는 사람이라면 그 누구라도 괜찮으니 결혼하겠다고 약속했어요."

"미쳤어! 미쳤어! 얘가 미쳤어!"

등을 때리는 선영의 손을 그대로 맞으며 은서는 영민을 보았다.

"그러니까 아빠, 더는 그 사람 미워하지 마세요."

약속을 지키라는 영민의 뜻이라면 그녀는 그리할 수밖에 없다고 느꼈다. 은서는 이렇게 말하고 자신의 방으로 들어왔다.

"누가 그 아비에 그 자식 아니랄까 봐 결혼이 무슨 장난이야? 똥고집들만 있어서."

거실에서 혼잣말을 하는 선영의 말을 들으며 은서는 휴대폰에 저장된 령의 사진을 한 장씩 넘겨 보았다. 이렇듯 부당한 대우를 받는 그에게 미안한 마음이 들었다.

령를 탐탁지 않아 하는 영민을 보고 있자니 은서는 부친이 미워졌다. 부친과의 일이 파노라마처럼 스쳐 지나갔다. 자신에게 한없는 사랑을 준 영민이 미워질 수 있다니…… 남자 때문에 그럴 수 있다니. 이건 있을 수도 없는 일이었다.

"4가지, 나 나쁜 딸인가 봐. 아빠가 당신 싫어하니까 견디기 힘들 정도로 미웠어. 그래서 내가 당신 버릴 거야. 왜냐하면…… 자식이 부모를 버릴 수는 없으니까……."

그래서 이런 결론을 내렸다. 그녀는 언젠가 저장해두었던 령의 동영상을 플레이시켰다.

영상 속에 나타난 그의 모습을 보며 은서는 빙긋이 웃었다. 헤어진다고 해서 울고 싶지는 않았다. 마음에서 보내는 것이 아니니 이것은 진정한 헤어짐이 아니라고 생각했다.

영원히 이 마음속에 품고 살리라.

"아빠를 미워하고 싶지 않아. 그리고 아빠의 축복 없는 결혼은 하고 싶지도 않아. 그러니까 당신이 이해해줘. 이해해줄 거지?"

뒤엉킨 실타래를 풀 수 없다면 잘라내는 수밖에 없었다. 그래서 령과 헤어지기로 결심하게 됐다.

"이렇게 집안을 들쑤셔놓고 나가면 다야? 나이가 들면 고집도 수그러들어야지 어떻게 점점 더 해!"

선영은 여전히 못마땅해서 불만을 토로했다. 모친의 목소리를 들으며 은서는 눈을 감았다. 어떻게 해야 령이 조금이라도 덜 상처 받을까.

뭐라고 이 상황을 설명해야 할까. 이해시킬 수나 있을까. 그리고 그는 과연 이 이별을 이해하고 받아줄까?

아무리 고민해봐도 마땅한 해답을 얻을 수 없어 괴로웠다. 은서는 푹 쓰러지듯 침대에 누웠다. 손안에 있는 휴대폰이 징징거리고 울리자 그녀는 화면을 응시했다. 동우였다. 은서는 울리는 폰을 그저 들여다보았다.

왜 빨리 매듭짓지 못했을까. 후회스러웠다. 차일피일 미루며 미적거렸던 자신이 미웠다. 후회로 가득 찬 가슴이 미어지도록 아팠다.

이제 가질 수 있다고 생각했던 행복을 또다시 손에 넣을 수 없게 되어버렸다. 그녀는 모든 것에 지쳤는지 눈을 감아버렸다.

간절히 원하는 일은 어째서 내 뜻대로 안 되는 것인지. 한없이 자상했던 딸 바보인 아빠…… 마음 같아선 영민을 버리고 령을 선택하고 싶었다. 그런데 그렇게 할 수 없기에 은서는 슬펐다.

"저예요."

얼마나 많은 고민을 했던가. 결론을 내린 은서가 령에게 전화했다.

끝장. 사랑해

"다녀오겠습니다."

힘든 밤을 보내고 날이 밝자, 은서는 령이 올 시간쯤 현관문을 열고 나갔다. 밤사이 얼마나 많은 고민을 했으면 핏기도 없는 은서의 얼굴에 선영의 속은 까맣게 타는 것 같았다.

"세상에 좋아하는 사람과 생으로 찢어놓는 게 아비라는 사람이 할 짓이야?"

선영은 방에 있는 영민에게 들으라고 일부러 큰 소리로 말했다. 그녀는 주방으로 가며 발에 걸리는 걸레를 힘껏 차버렸다.

"어휴! 속 터져!"

무슨 생각을 하는지 영민은 입을 다물고 있었다. 항상 냉철하게 모든 걸 판단했던 남편이었다. 그런데 이번만큼은 이상하리만치 납득할 수가 없었다. 도통 그 속내를 알 수 없는 영민이었기에 선영은 더 미칠 노릇이었다.

엘리베이터를 기다리는 은서는 천당과 지옥을 오간 이틀의 시간을 회상했다. 프러포즈를 받고 한없이 들떠 있었던 그날 밤과 이별을 결심해야 했던 어젯밤, 이젠 그걸 통보하러 가는 오늘. 오히려 모든 걸 결정하고 나니 마음이 편안했다.

밖으로 나와 바람이 차갑다는 걸 느끼기도 전에 따스함이 은서의 몸을 감쌌다.

"안녕."

령이 왔다. 그녀의 이별 인사를 받으러…….

조심스레 안아주는 이 남자의 품을 기억하려 은서는 그의 허리에 팔을 둘렀다.

"굿모닝."

이보다 더 아름다운 미소를 지을 수 있을까. 은서의 예쁜 미소를 보며 령은 흐뭇한 표정을 지었다. 하지만 그는 생각지도 못했던 일이 생긴 걸 알았다. 령은 간밤에 현진과 있었던 일을 떠올렸다.

"너는 도대체 은서한테 어떻게 했기에 그 아이가 이 나라까지 떠나게 한거야! 에잇!"

령을 위해 영민을 만나고 들어온 현진은 불편한 감정을 숨기지 않았다. 령과 진경은 놀랄 수밖에 없었다.

"당신, 그게 무슨 소리예요?"

"유 선생이 은서를 못 주겠대. 우리 령이 마음에 안 든대!"

현진의 말에 령의 가슴은 무너져 내렸다.

"뭐예요! 우리 아들이 어때서!"

화가 난 현진과 진경의 말을 들으며 령은 머릿속이 하얗게 비는 걸 느꼈다. 잠깐의 행복은 앞으로의 슬픔을 위한 서곡이었나. 그녀를 힘들게 한 걸 이렇게 벌 받는구나. 그녀를 울게 한 걸 이렇게 벌 받는구나.

그런데 은서는 어떻게 하고 있을까. 또 울고 있지는 않을까. 다리에 힘이 풀린 령은 이층 계단에 주저앉아버렸다.

분함을 참지 못한 진경이 선영에게 전화하려고 했다. 령의 침통한 표정을 지켜보던 현진이 진경의 손에 있는 휴대폰을 빼앗았다.

"며칠만 참아봐. 지금 은서 엄마도 제정신이 아닌가 보더라고."

"그럼 은서 아빠 혼자서 반대하는 거예요?"

"그런가 봐."

"그 양반 왜 그런대요!"

며칠만 참아보라는 현진의 말을 듣고 방으로 들어온 령은 은서로부터 온 전화를 받았다.

그녀는 무슨 말을 하려고 만나자 했을까?

령은 은서를 기다리는 동안, 그리고 그녀를 품에 안을 때까지 이 생각을 떨쳐버릴 수가 없었다.

"어디 얼굴 좀 봐요."

은서를 품에서 놓은 령이 그녀의 얼굴을 두 손으로 감싸 쥐었다.

"안 되는데……."

"구토, 어젯밤에 라면 먹고 잤지?"

울었구나. 얼마나 울었으면 이렇게 퉁퉁 부었을까? 그는 이런 말로 얼버무리며 모른 척했다.

"어떻게 알았어요?"

"다음엔 혼자 먹지 말고 같이 먹읍시다."

은서가 고개를 끄덕였다. 그 후로도 은서는 평소와 다르지 않았다. 그녀는 쉴 새 없이 떠들었고, 먹고 마시며 령을 향해 웃어주었다.

"겨울 바다가 원래 이렇게 추운 거예요?"

"그럼 따뜻할 줄 알았습니까?"

"난 산낙지 잡아서 당신 주려고 했는데, 추워서 엄두가 안 나네."

"그렇게 추우면 이렇게 해줄까?"

령이 입고 있는 점퍼의 지퍼를 내리더니 은서의 뒤로 가서 그녀를 안았다. 그리고 점퍼 안으로 그녀를 집어넣을 것처럼 옷을 여몄다.

"따뜻해?"

령의 물음에 고개를 끄덕인 은서는 앞에 펼쳐져 있는 갯벌을 보았다. 그곳에는 언젠가 흙투성이가 되어 웃고 있는 두 사람의 모습이 보였다.

"4가지 그날…… 나 여기에 왜 데려왔어요? 그냥 온 거 아니었죠?"

"그냥 온 건 아니었지. 산낙지 먹으러 왔으니까."

"산낙지 말고 나를 이곳에 가둬야 할 무슨 이유가 있었을 거 아니에요."

"들켰나?"

령의 말에 은서가 뒤돌아섰다.

"우빈이랑 통화하는 거 들었죠?"

은서의 입술에 그의 입술이 내려와 쪽! 소리를 내고는 떨어졌다.

"질투쟁이, 심술쟁이, 애교쟁이, 4가지답지 않게 논다니까."

"구토한테만 그래."

"나?"

"당신 때문에 질투라는 감정을 알았고, 당신 때문에 심술이 생겼고, 당신한테만 애교 부렸지."

"그리고 또?"

령의 입술이 다시 은서의 입술을 찍고 갔다.

"이렇게 당신하고만 키스하고 싶고, 당신하고만 사랑을 나누고 싶어. 오직 나만의 여자 구토 유은서하고만 모든 걸 하고 싶어."

령의 고백을 듣고 있던 은서는 그의 품에서 나와 그의 두 볼을 감쌌다. 이 남자의 모든 걸 사랑하기에 그녀는 우는 것이 아니라 웃었다. 그리고 은서의 두 손이 령의 두 귀를 막았다.

"사랑해요."

은서가 입술을 움직이자 그의 눈이 그녀의 입술에 멈췄다.

들려주고 싶어도 이제는 들려줄 수 없는 말, 은서는 령의 귀를 막고 처음으로 사랑이란 말을 고백했다.

"유은서, 당신을 사랑합니다."

은서의 입술을 읽은 령이 그녀를 향해 이렇게 고백했다. 그러고는 자신의 귀를 막고 있던 그녀의 두 손을 잡아 심장이 있는 제 가슴으로 가져갔다.

내 심장이 멈춰도 너를 사랑해. 너를 사랑한다는 내 마음을 말로 다 전할 수는 없겠지만, 은서야, 나는 너를 사랑해.

"오직 당신만을 사랑합니다."

그리고 령은 다시 한 번 고백했다. 사랑이 서툴러서, 사랑이 두려워서 이 남자는 한발 늦었었다. 그러나 잊지 않았다. 서툴렀지만 항상 기억해뒀고, 두려워했지만 가슴에 담았다. 그렇게 은서를 사랑했다. 말이 아닌 가슴으로 그는 그녀를 사랑했다.

이별을 준비하는 은서와 그녀를 보낼 수 없는 령. 서로를 사랑하고 있다면 사랑한다는 말은 안 해도 되는 줄 알았다. 바보같이. 이럴 줄 알았으면 많이 해줄걸. 당신을 사랑한다고…… 그러면 솜사탕처럼 달콤한 이 말을 나도 많이 들었을 텐데.

사랑해…… 말해보니 참으로 아름다운 말이었다. 듣고 보니 진정 행복한 말이었다.

민박집 대문을 열고 들어간 령은 주인에게 인사했다.

"할머니, 안녕하세요."

"총각, 어서 오시구려."

"평안하셨습니까?"

주인이 령을 알아보고 반갑게 맞아주자 은서는 의아했다. 아무리 기억력이 좋다고 해도 하루 본 사람을 몇 개월이 지나서도 기억하다니.

"이 아가씨는 누군가?"

은서는 같이 왔었던 자신은 기억 못 하자 살짝 서운해졌다.

"저랑 결혼할 사람입니다."

령이 자신을 소개하자 은서는 고개 숙여 인사했다.

"늘 혼자서 오더니만 잘됐구려."

주인장의 말에 은서는 령을 보았다. 그러자 그는 자연스럽게 전에 같이 묵었던 방으로 그녀를 데리고 갔다.

"할머니, 칼국수 해주세요."

"끓일 수 있게 이미 준비해놨으니 후딱 방으로 들어가게나."

주인장은 바다 바람에 발그레해진 은서의 양 볼을 보았다.

"감사합니다."

"내 오늘은 특별히 바지락뿐만 아니라 산낙지도 넉넉히 넣어줌세."

고맙다고 고개를 숙이는 령을 보고 주인은 부엌으로 향했다. 신발을 벗고 방으로 들어오니 빈방치고는 방바닥이 쩔쩔 끓었다. 손을 내미는 그를 향해 은서는 외투를 벗어줬다. 바다 바람으로 추웠던 탓에 그녀는 방바닥에 깔린 이불 속으로 몸을 넣었다.

"따뜻하다……. 혹시 예약하고 온 거예요?"

"다른 데는 두려워하잖아."

"음…… 그랬었죠."

베개를 베고 눕는 그녀를 보고 령은 이불을 올려줬다.

"여기 또 왔었어요?"

늘 혼자서 왔었다는 주인장의 말을 그냥 넘겨버릴 수 없었다. 령은 그녀

옆으로 누웠다.

"가끔 칼국수가 먹고 싶으면."

"칼국수?"

혼자서 칼국수 먹으러 이곳까지…… 령은 무슨 생각을 하며 이곳에 왔을까. 자신처럼 미움과 함께 존재했던 그리움 때문일까. 마주 보고 누워 있는 령을 보며 은서는 빙긋이 웃었다.

"왜 그러고 웃으실까?"

"혼자서 칼국수 먹는 모습을 생각하니 청승맞아 보여서요."

울 수 없으니 웃어줄 수밖에 없었다. 외로웠을 그 모습을 상상해서일까. 감정을 보이고 싶지 않아 천장을 바라보며 반듯이 누웠다. 등으로 전해지는 따뜻한 열기에 몸이 나른해졌다.

"혼자 안 먹고 여자랑 먹었는데."

"여자? 누구?"

고개만 돌려 령을 쳐다보자 이번에는 그가 반듯이 누웠다.

"비밀."

"말하기 싫으면 관둬요. 궁금하지도 않아."

이렇게 나란히 누워 있자 그때는 그리도 좁아 보였던 방이 신기할 정도로 넓어 보였다. 나란히 누워 천장을 바라보던 령의 손이 이불 속에 있는 은서의 손을 꼭 잡았다.

마지막 하루. 그와 함께 보내는 오늘이 행복해서 그녀는 눈을 감았다. 그리고 령도 눈을 감았다. 은서와의 이별 후 누구한테도 내보일 수 없었던 감정을 그는 이곳에 와서 하루를 묵으며 삭혔다. 바닷물이 들어와 갇혀 있는 동안은 잠시라도 일에서 손을 놓을 수 있었다.

"궁금하면서."

"누가? 제가요? 틀렸어요."

은서가 령을 보려고 몸을 돌리자 그도 그녀를 보았다.

"질투 좀 해주면 안 되나?"

"질투해줬으면 좋겠어요?"

"음…… 안 하는 게 낫겠다. 솔직히 무서워."

그가 팔을 벌리자 은서가 령의 품으로 들어갔다.

"제가 또 뭘 하면 목숨 걸고 하죠. 히히."

애교를 부리듯 웃어버리자 그의 입술이 그녀의 입술을 머금었다. 이렇듯 웃는 은서의 입술을 차마 볼 수가 없었다. 입안으로 감기는 따뜻한 느낌이 애처로왔다. 그래서 여느 때보다 부드럽게 그녀의 입안을 훑어 내렸다. 엉켜든 혀가 감미롭게 만났다가 떨어졌다. 그 후, 달콤하면서도 진한 입맞춤이 이어졌다. 그녀의 부푼 입술에 마무리를 하듯 몇 번인가 쪽쪽 소리를 내더니 이내 두 입술이 떨어졌다.

"자장가 불러줄까?"

입술을 뗀 그가 이렇게 말하자 그녀는 거수경례를 했다.

"예!"

"흠…….""

그는 목을 풀기 위해 헛기침을 했다. 그리고 은서를 보며 '섬집 아기' 동요를 불러주었다. 이 노랫말 속에는 은서를 떠나보낸 후 혼자 남게 된 그의 마음이 담겨 있었다.

"이 노래는 옳지 않아요."

기껏 한 곡 불러주려 했더니 노래가 끝나기도 전에 은서가 멈추게 했다.

"어째서?"

"세상이 얼마나 무서운데. 절대 아이 혼자 두면 안 돼요."

"뭐라고? 하하하하."

맞는 말이긴 하지만 생각조차 할 수 없었던 어이없는 말이었다. 령이 데굴데굴 뒹굴며 웃어버리자 은서가 일어나 앉았다.

"칼국수 왔어요."

은서의 말에 령이 문 쪽을 보니 할머니의 그림자가 보였다. 아니나 다를까, 문을 두드리는 소리가 들렸다.

"네!"

경쾌하게 대답하고 그녀가 방문을 열자 김치 한 접시에 칼국수가 다인 소박한 밥상이 툇마루 위에 있었다.

"어서 드시구려. 결혼할 사람이랑 왔으니 저 총각은 이제 이 노인네가 양보하리다."

"그래요? 잘 먹겠습니다."

그동안 같이 먹었던 사람이 주인 할머니였군요. 여자 맞네. 다 알았다는 은서의 표정에 령은 상을 들기 위해 일어났다.

"진짜 맛있겠다."

상을 가운데에 놓고 마주 앉았다.

"오~ 산낙지가 세 마리나."

"죽었어요."

"어! 그러네. 하하하하."

령은 집게로 잘 익은 낙지를 들었다. 그는 가위를 이용해 은서의 앞접시에 먹기 좋은 크기로 자르기 시작했다.

"잘 먹겠습니다."

"많이 먹어."

은서는 잘 먹겠다는 말에 걸맞게 후루룩 소리를 내며 게 눈 감추듯 칼국수 그릇을 비웠다.

꿈같은 시간이 흘러갔다.

점심을 먹고 낮잠까지 잘 정도로 둘은 평범한 하루를 보냈다. 행복한 표정으로 령의 품에 안겨 자는 은서도, 그녀를 안고 자는 령도 이보다 더 편안해 보일 수 없었다.

사랑해…… 은서야.

행복한 순간을 뒤로하고 바닷길이 열리자 둘은 그곳을 떠났다. 은서는 집으로 돌아오는 길에 운전하는 령의 손을 잠시 잡았다. 여전히 따뜻한 이 남자의 손. 그러니 놓지 못하고 조몰락거렸다.

"간지럽게."

"간지럽긴?"

령의 말에 손을 만지던 그녀는 운전에 방해될까 봐 멈췄다. 이번엔 그의 어깨에 살며시 고개를 기댔다.

"TV에서 보면 편안해 보였는데, 이 자세 엄청 불편하네요."

"하하. 역시나."

항상 예상을 뒤엎는 은서로 령은 잠시 웃었다. 불편하다고 하면서도 그녀는 여전히 령의 어깨에 머리를 기대고 있었다.

"전에 제가 당신을 꼬신 다음에 하고 싶었던 게 있었어요."

"꼬셔?"

령이 되묻자 그녀가 고개를 번쩍 들었다.

"하도 박박 긁어대니 열 받아서 확! 꼬셔버리겠다고 했거든요."

"그래서 꼬신 다음에 뭐가 하고 싶었습니까?"

은서가 선뜻 입을 열지 못하자 령은 기다려줬다. 아마도 그녀는 헤어지자는 말을 할 것이다. 어쩌면 영원히 듣고 싶지 않은 말을 들을지도 모른다는 생각에 령은 앞만 보았다.

이 말을 하기 위해 그녀는 오늘 더 많이 웃고 더 많이 조잘거렸을 것이다. 마음의 준비를 하고 왔는데도 그는 두려웠다. 잠시 앞을 응시하던 은서가 령을 보았다.

"4가지! 너도 내 취향 아니야! 이러면서 차버린다고 했거든요."

"……."

예상했기에 령의 표정은 변함이 없었다.

"그래서 제가 당신 버릴 거예요."

헤어질 수밖에 없다는, 그러니 이해해달라는 의향이 아니었다. 버린다는 건 일방적인 통보였다.

"내가 원치 않는다면?"

"원치 않아도 해야 하는 게 있어요."

그 후 둘은 더 이상 어떤 말도 하지 않았다. 마음이 미어지도록 아파서 할 수가 없었다. 은서 부모님이 사시는 아파트에 가까워질수록 령의 마음은 타 들어갔다. 은서는 항상 자신으로 인해 벌어진 일 때문에 울었다.

그녀의 효심은 이미 현희와 일이 생겼을 때 알아보았다. 그러기에 은서는 또다시 부모님을 위해 자신을 희생할 것이다. 아파트 정문을 들어서며 령의 손이 은서의 볼을 살며시 건들고 지나갔다. 이별의 시간이 다가오자 그녀의 표정이 울 것처럼 변했기 때문이다.

그의 손길만으로도 온몸에서 전율이 일자 은서가 살며시 눈을 감았다. 여전히 이 사람의 손길이 닿으면 몸이 먼저 반응하며 알아보았다.

"정말 나를 버릴 수 있겠어?"

령이 은서를 바라보자 그녀는 고개를 끄덕였다.

그렇게 할 수 있다고…….

령의 손이 은서의 두 볼을 감쌌다. 정말 할 수 있는지 하나하나 물어볼 것이다. 그래서 조금이라도 그녀가 흔들리는 모습을 보인다면 주저하지 않을 것이다.

"그럼 날 버리고 다른 남자가 너를 이렇게 만져준다면 좋겠어?"

"……."

그는 이번엔 그녀를 안았다.

"그럼 날 버리고 다른 남자가 너를 이렇게 안아준다면 좋겠어?"

"……."

은서는 여전히 아무런 반응을 보이지 않았다. 이번엔 령의 입술이 은서의 입술에 맞닿으며 그녀의 입술을 열었다. 부드러운 입맞춤이 자연스럽게 이어졌다. 이렇듯 열정적이고 달콤한 입맞춤을 하면서 나한테서 벗어나겠다고? 넌 못 벗어나. 그러니 유은서 나는 너에게 묻겠다.

"그럼 나를 버리고 다른 남자가 이렇게 키스하자고 하면 할 수 있겠어?"

은서가 고개를 저었다. 못 한다고. 얼굴을 만지고 안는 건 참을 수 있겠지만, 이런 건 절대로 못 하겠다고.

"그래도 나는 당신을 버려야 해요. 남겨두었던 소원 카드 지금 쓸게요."

"소원? 들어줄게. 그러니 나를 버려."

힘들게 하지 않고 자신의 마음을 헤아려줘서 다행이란 생각에 그녀가 고개를 끄덕였다.

"이해해줘서 고마워요."

"착각하지 마. 고마워하지도 마."

그가 은서의 양어깨를 잡고 있는 손에 힘을 줬다.

"무슨 말……?"

"버려진 후에 열 번이고 스무 번이고, 나를 버린 내 심장 주인 찾아서 내가 다시 갈 거야."

은서의 눈썹이 움찔했다.

"스토커야? 무서워."

"큭큭큭."

이런 심각한 상황에 웃다니.

"나쁜 놈. 여전히 당신은 나를 꼼짝 못 하게 하는 나쁜 놈이야."

"그럼 오늘은 최령이 아닌 나쁜 놈을 버려, 내가 찾아갈 때까지 절대로 울지 말고 기다려."

"……."

감동해서 울컥했지만, 그녀는 웃었다.

"나한테 여자는 평생 유은서 하나입니다."

끝도 없이 자신의 마음을 표현하는 령. 이 남자는 말이 아닌 온 마음으로 은서를 사랑한다고 고백했다. 그녀를 만지며 사랑한다고, 그녀를 안으며 사랑한다고, 그녀와 입을 맞추며 사랑한다고 표현했다.

이 순간 령이 사랑한다는 말을 안 해도 은서는 알 수가 있었다. 자신보다 더 자신을 사랑하고 있다는 것을. 그러니 나도 이 남자를 사랑했다.

그래서 완강히 버리려던 그녀의 마음이 아주 조금 흔들렸다. 실낱같은 희망이라도 품고 싶었다. 은서는 령에게 틈을 보여주었다.

"꼭 찾아와요. 저기 3층으로."

"풋!"

여전히 자신을 웃게 하는 은서로 인해 령의 손이 그녀의 볼을 살며시 잡아당겼다.

"기다려. 찾으러 갈게."

"응."

마지막으로 뜨거운 두 입술이 맞닿았다.

차에서 내린 후 자신을 보고 있는 그의 시선을 느끼며 은서는 부모님이 계신 집으로 향했다. 그리고 현관문을 열고 들어서려던 그녀는 안에서 들리는 동우의 목소리에 멈칫했다.

"교수님, 너무하십니다. 한 수만 물려주세요."

"어디서 한 수를, 어림도 없지."

그녀는 구두를 벗고 안으로 들어갔다.

"은서 왔니?"

"다녀왔습니다."

주방에서 들리는 선영의 목소리에 은서는 밝게 대답했다. 그리고 그녀는 곧바로 거실로 갔다.

"은서 왔구나."

"아빠, 다녀왔습니다. 선배 왔네."

"응. 교수님이 저녁 먹으러 오라 하셔서. 너랑 결혼에 대해서 의논도 해야하고."

이렇듯 말하며 부친과 함께 있는 동우를 보자 그녀는 궁지에 몰린 느낌이었다. 외투를 벗어 소파 한쪽으로 내려놓은 은서가 영민의 맞은편으로 앉았다.

"아빠, 저 오늘 그 사람이랑 헤어졌어요."

"……."

직접적인 은서의 말에 주방에 있던 선영이 나왔다. 영민과 동우도 바둑을 두던 손을 멈추고 은서를 보았다. 이미 오래전에 헤어진 줄 알았는데 그게 아니라는 말에 동우의 표정은 완전히 굳어졌다. 별다른 말이 없기에 모든 것이 술술 풀려 나가는 줄 알고 있었다.

"아빠가 원하시니까 그렇게 했어요. 하지만 선배."

"듣고 있으니 말해."

은서의 말에 잠시 정적이 흐르는 느낌이었다.

"내가 선배랑 결혼한다고 해도 나한테 사랑을 강요하진 마. 그 사람한테 여자는 나 하나이듯 나한테도 남자는 그 사람 하나야."

"무슨 소리야?"

동우의 목소리가 날카로워졌다.

"아빠가 원하니까 하라고 하면 결혼만은 해준다고, 하지만 선배와 함께 행복해진다고 약속은 못 해."

"지금 그걸 말이라고 하는 거야? 이미 결정된 거 아니었어?"

은서의 말에 동우는 생각할수록 기가 찰 노릇이었다.

"그냥 편하게 지냈으면 좋겠다고 말한 적은 있어."

"그건……."

검찰청에 찾아갔을 때 들었던 말이 기억났다.

"난 선배한테 결혼을 승낙한 적 없어. 생각해보겠다고 했지. 그리고 생각 했어. 그런데 아무리 생각해도 선배는 그냥 선배야."

은서는 조금도 미화시키지 않고 있는 그대로 자기 생각을 말했다. 진작 이랬어야 했다는 걸 후회했다. 령을 다시 만나고 나니 자신의 마음은 여전 히 그에게 있었다는 걸 알았다. 검찰청에서 그의 모습을 보자 배신감에 외 면하려 했지만 그러지 못했다. 그래서 더 자극적인 말로 그를 괴롭혔는지도 모른다.

"유은서."

"진작 말했어야 했는데 그건 미안해. 나 나름대로 아빠와의 약속이 있어 서 머뭇거렸더니 이런 일이 벌어졌어. 진짜 미안해."

크나큰 실수를 했다는 걸 안다.

"그래서?"

"후회돼. 하지만 그 사람을 선택하기 위해 아빠를 버릴 수는 없어. 그 사 람 역시 그건 원치 않을 거야."

"……"

느닷없이 당한 일로 화가 났는지 동우의 얼굴은 점점 벌게졌고, 조용히 듣고 있던 영민은 바둑알을 정리했다.

"처음 우리 집에 왔을 때도, 과외 선생님일 때도, 세부에서 만났을 때도, 결혼 이야기가 나왔을 때도, 아무런 감정이 생기지 않았어. 그냥 아빠의 제자이자 선배일 뿐."

"유은서."

불쾌했는지 자신의 이름만 부르는 동우를 보며 은서는 계속해서 말했다.

"난 아빠를 사랑해. 그런데 솔직히 지금은 이해하기가 힘들어."

은서가 잠시 영민을 보았다.

"그래도 나는 아빠 말을 들을 거야. 왜냐하면 아빠는 못난 나를 위해 고개를 숙이셨으니까."

남의 이야기 듣듯 바둑알만 정리하던 영민의 손이 멈췄다. 그리고 초인종 소리가 들렸다.

"누구지?"

은서의 말에 눈물을 닦던 선영이 현관으로 향했다. 그리고 문을 열어준 선영은 깜짝 놀랐다.

"령아?"

놀라는 선영의 모습을 보며 령은 정중히 고개를 숙였고, 거실에 있던 사람들은 모두 현관 쪽을 쳐다보았다.

"어머니, 안녕하세요."

"그래, 여긴 어쩐 일이야?"

"저를 버린 은서 찾아왔습니다."

령의 목소리에 벌떡 일어난 동우가 현관으로 향했다.

"어서 들어와."

선영의 말에 구두를 벗던 령은 동우의 모습에 잠시 멈칫했으나, 자연스럽게 벗고 안으로 들어왔다. 걱정된 눈으로 은서가 자신을 바라보자 령은 영민을 향해 인사부터 했다.

"아버님, 안녕하세요."

"최 군 아닌가? 이 시간에 우리 집엔 무슨 볼일인가?"

"은서 때문에 드릴 말씀이 있어서 왔습니다."

"안게나."

영민이 허락하자 동우는 긴장된 표정을 지었다. 마실 거라도 준비하려는지 선영이 주방으로 가자 은서는 애처로운 눈으로 령을 보았다.

"감사합니다."

그가 앉자 사각으로 된 원목 탁자에 령과 동우는 마주 보는 상황이 되었다. 그리고 은서와 영민이 마주 앉자 잠시 침묵이 흘렀다.

"따뜻하게 마셔."

선영이 차를 준비해서 내왔다.

"감사합니다, 어머니."

찻잔을 앞에 놓고도 모두 말이 없었다. 이 상황을 받아들이기 힘들었는지 동우는 찻잔만 보고 있었다. 하지만 령의 모습은 아니었다. 느긋하게 향까지 음미하며 마셨다.

"둘이 헤어졌다고 들었는데 이곳에 오신 이유가 뭡니까?"

다급한 동우가 먼저 입을 열었다. 이렇게 된다면 령의 입장에서는 말하기가 훨씬 수월했다.

"헤어진 게 아니라 일방적으로 은서가 저를 버린 겁니다."

"같은 말 아닌가요?"

"엄연히 다릅니다."

찻잔을 들어 입으로 가져간 영민은 둘의 대화를 듣기만 했다.

"헤어졌든 버려졌든 이미 교수님은 저희의 결혼을 허락한 상태입니다."

"압니다."

아주 쉽게 수긍하자 동우는 오히려 그게 더 신경 쓰였다.

"안다고 하니 지금에 와서 이런다고 달라지는 것도 없다는 것을 아시겠네요?"

"달라지든 달라지지 않든 그건 크게 상관하지 않습니다."

동우는 령이 찾아왔을 때 서로 사랑하고 있으니 은서를 달라고 무작정 애원할 줄 알았다. 그런데 이런 말만 하고 있으니 그의 의도를 이해하기 힘들었다.

"그게 무슨 말인가요?"

"저는 은서의 효심을 알기에 그녀가 어떤 결정을 하든 따를 겁니다."

령의 말에 영민은 은서를 바라보았다.

"잘 알고 계시네요. 교수님이 원하시니까 은서는 저와 결혼할 겁니다."

"그럼 하나만 묻겠습니다. 은서와 결혼해서 그녀를 행복하게 해줄 수 있다고 장담할 수 있습니까?"

"그건……."

은서로부터 좀 전에 들은 말이 있기에 동우는 선뜻 대답하지 못 했다.

"저는 장담합니다. 그녀를 웃게도 할 수 있고, 화나게도 할 수 있고, 울게도 할 수 있습니다. 그런 제가 못 할 게 뭐가 있겠습니까?"

"……."

무슨 뜻이냐며 동우가 령을 보았다.

"은서가 입천장이 다 보이도록 웃는 거 보셨습니까? 화가 난 그녀가 발길질로 패는 거 맞아보셨습니까? 슬픔에 겨워 말로는 못 하고 대답 대신 고개를 끄덕이며 우는 거 보셨습니까?"

령이 자신을 보며 이런 말들을 하자 은서가 빙긋이 웃었다.

"그건……."

솔직히 동우는 한 번도 본 적이 없었다. 세부에서 만났을 때부터 지금까지 그녀는 그저 평범하게 웃었으며, 화가 나도 인상 쓰는 정도였으며, 슬퍼도 글썽이는 정도였다.

"은서는 제 겁니다."

쐐기를 박는 령의 한마디에 속이 시원한지 지켜보고 있던 선영이 주먹을 불끈 쥐었다. 잘한다, 최 서방!

"최 군."

듣고만 있던 영민이 드디어 입을 열었다.

"은서가 외국으로 떠났던 이유를 말해보게나."

동우와 마주 보고 있던 령이 영민을 향해 자세를 바꿔 앉았다.

"죄송합니다, 아버님. 은서가 이곳을 떠나면서 아무 소리도 안 하고 간 것은 두 가정의 친분을 가장 먼저 생각해서입니다."

두 가정의 친분이라……. 영민은 은서가 말할 수 없었던 마음을 조금은 알 것 같았다.

"저 또한 저와 얽힌 친구와 두 집안 부모님 간의 친분을 생각해야만 합니다."

그 말이라면 은서로부터 이미 들었기에 영민은 알았다는 뜻으로 고개를 끄덕였다.

"그렇군. 그럼 그건 말 안 해도 이해하겠네. 말이란 것은 듣고 나면 전해지기 마련이니."

영민의 이해에 감사의 마음을 담아 령은 정중히 고개를 숙였다. 현희와의 일을 제 부모가 알고 그로 인해 두 집안에 불쾌한 감정이 생기는 것을 령은 원치 않았다.

"감사합니다. 하지만 그때의 모든 것은 저의 잘못이란 걸 잘 알고 있습니다. 심려를 끼쳐드려서 죄송했습니다."

"은서는 그 일에 대해서 뭐라고 하던가?"

령은 잠시 은서를 보았다. 그러자 그녀는 괜찮으니 다 말하라며 그를 향해 웃어 보였다.

"저는 용서를 구했고, 은서는 용서해줬습니다."

"알겠네. 내가 연락할 때까지 기다리게나."

영민의 질의에 듣고만 있던 동우가 입을 열었다.

"교수님."

"동우 학생도 그만 가보고, 최 군도 그만 가보게나. 좀 쉬고 싶네."

확답을 얻을 줄 알았는데 아무런 결과도 없는 상태가 되어버렸다. 그러니 일어서기도 그렇고 그냥 앉아 있기도 그렇고, 모두 서로의 얼굴만 쳐다보았다.

"어서들 가라니까! 그리고 둘 다 내가 부를 때까지 은서와의 연락도 만남도 자제해주게나. 알았나!"

영민이 단호하게 둘을 향해 경고했다.

"네, 교수님."

"그러겠습니다, 아버님."

령과 동우는 쫓겨나다시피 밖으로 나왔다. 은서가 따라 나가려 하자 선영은 그녀를 붙잡았다. 분명 둘만의 또 다른 대화가 필요할 거라고 봤기 때문이었다.

이 상황을 매듭짓게 할 대화를 했으면 좋겠다는 선영의 말에 은서는 굳게 닫힌 현관문을 한동안 바라보았다.

한편, 밖으로 나온 동우가 자신의 차 문을 열며 령을 향해 말했다.

"그래도 교수님의 마음은 바뀌지 않을 겁니다. 그분은 한번 생각한 것은 반드시 밀고 나가시는 분이거든요."

그를 스쳐 지나가던 령이 걸음을 멈췄다.

"그렇습니까? 그런데 어느 부모가 자식을 이길 수 있답니까? 더군다나 결혼 문제를."

"무슨 말이 하고 싶으신 건가요?"

"아까 못 느끼셨습니까? 은서를 바라보는 애틋한 부정을."

령은 분명히 보았다. 은서를 바라보던 그윽한 눈빛도, 그녀를 향해서 보여주던 편안한 표정도, 보일 듯 말 듯 애써 감췄던 자상한 미소도 모두 은서를 위한 것이었다.

"……."

령의 물음에 동우는 답할 수 없었다. 사실 그런 기색까지 살필 정도로 심적인 여유가 없었다.

"그러신 분이 과연 딸이 사랑하지도 않는 남자에게 억지로 보내실까요? 지금이 무슨 조선시대도 아니고."

동우는 어느 순간부터 너무도 당당한 령의 태도에 자신이 밀린다는 것을 알았다. 그 당당함은 은서의 사랑을 받고 있다는 것에서 나왔을 것이다. 영민을 믿고는 있었지만, 령의 말을 들으면서 동우는 자신감을 잃었다.

"참, 그리고 또 하나, 동우 씨는 교수님이라고 부르지만, 저는 아버님이라고 부릅니다."

이런 유치한 말로 끝을 맺고 령은 자신의 차로 향했다.

12장. 결혼을 허락하다

　간절한 소망의 기다림에는 때론 자신이 원하는 답이 돌아오지 않을까, 하는 근심이 따르기도 한다. 그러한 근심을 잊기 위해 령과 은서는 자신의 일에 몰두하기로 했다. 몸은 떨어져 있어도 마음은 하나라는 걸 알기에 둘은 외롭지도, 두렵지도 않았다. 그런데 둘과 전혀 상관없는 외로운 한 사람이 있었다.

　"유 선생님이 없어서 그런가. 왜 이리 허전하대요?"

　정 검사는 은서의 모습을 검찰청에서 볼 수 없자 입이 잔뜩 나왔다. 정 검사의 말에 이 수사관이 다정히 어깨동무를 했다.

　"어떻게 해야 이 허전함이 없어지겠느냐고 가서 부장님한테 여쭤봐."

　"그래볼까?"

　"그리고 실전 교육 일주일만 배워. 아주 유씨라면 이가 갈릴 테니까."

　갑자기 정 검사가 이 수사관의 멱살을 잡았다.

　"이 수사관님! 유 선생님은 저에게 그런 존재가 아니고 의지하고 싶은 누나 같으신 분입니다."

　"누난 내 여자니까. 안 그렇습니까, 정대수 검사님!"

"아닙니다!"

둘은 멱살을 잡고 옥신각신했다. 령이 법원을 갔다 오다 그 모습을 보고 사무실로 들어왔다.

"두 분, 무슨 일 있으십니까?"

"그게 정 검사님이……. 우읍! 우읍!"

"아무 일도 없습니다."

정 검사가 이 수사관의 입을 손으로 틀어막고는 능청스럽게 말했다.

"있는 거 같으신데요?"

"없다니까요!"

요즘 툭하면 정 검사가 눈을 희번덕거리자 령의 눈빛 역시 번뜩했다.

"정 검사님, 오늘 실전 교육하겠습니다."

"사양하겠습니다!"

그뿐만 아니라 거절도 했다. 하지만 령은 그 어떤 상황에서도 제 뜻을 표하는 그 모습이 보기 좋았다. 사무실을 나가는 령의 입가에 미소가 걸렸다.

그가 나가고 얼마 지나지 않았을 때, 박 검사가 느닷없이 CCTV를 가져와 둘에게 안겨주었다. 한눈팔지 말고 확인하라는 박 검사의 말에 정 검사는 책상에 늘어져서 구시렁거렸지만, 눈은 화면에 정지된 채 있었다.

"벌써 이게 몇 시간째야? 나 이러다가 눈 돌아갈 것 같아."

"나도 이젠 슬슬 지치네. 혹시 우리가 넘겨버린 거 아닐까?"

이 수사관이 기지개를 켰다.

"넘기다니요?"

"잠깐 한눈판 사이에 휘리릭."

옆자리에 앉아 있는 이 수사관을 보며 정 검사의 눈이 휘둥그레졌다.

"빈말이라도 그런 무서운 소리는 하지도 맙시다. 혹시라도 박 검사님이 처음부터 다시 보라고 하면 저 죽습니다."

절대로 그런 일은 원하지 않기에 정 검사는 여전히 그 자세로 화면을 보고 있었다.

"배고프다……!"

배고프다며 책상에 늘어져 있던 정 검사가 갑자기 벌떡 일어났다. 서둘러 다른 CCTV의 테이프를 찾더니 플레이시킨 후 정자세로 앉아 눈도 깜빡이지 않고 보았다.

한참을 그런 자세로 보고 있던 정 검사가 책상을 잡고 의자를 뒤로 쭉 밀고 일어났다. 그러더니 부리나케 문을 열고 밖으로 나갔다.

"찾았습니다─"

정 검사의 말에 이 수사관이 의자에서 일어나 옆 책상의 모니터를 보았다. 잠시 후 령을 끌다시피 해서 정 검사가 들어오자 이 수사관은 다시 자신이 보던 모니터의 화면을 응시했다.

"부장님, 이거 보세요."

정 검사가 리플레이시킨 화면을 보는 령의 눈에 이강석이 보였다. 로비를 걸어서 밖으로 나가자 이강석의 모습이 사라졌다.

그리고 그는 테이프를 꺼냈다. 신이 난 정 검사는 한쪽에 잘 모셔두었던 테이프를 넣더니 작동시켰다.

"뭐야. 저 자식이 부장님 차의 브레이크를 만진 거였어?"

이 수사관의 말에 령은 주먹을 불끈 쥐었다.

한편, 수술실에서 나오던 은서의 눈썹이 움찔했다. 한 과장을 도와 위암 환자의 수술을 끝내고 나온 그녀는 현희의 모습을 확인했다.

은서는 수술 전 우빈에게 현희의 부친에 관해서 이야기를 전해 들었다. 현희 부친은 정기적으로 종합 검진을 받았는데 위에서 종양이 발견되었는데 조직검사 결과 악성 종양으로 밝혀졌다고 했다.

은서의 모습에 현희가 의자에서 몸을 일으켰다. 모든 감정을 떠나 환자의 가족이라고 생각하니 초조해 보이는 그녀의 모습이 안쓰러워 보였다.

"한 과장님께 듣기는 했는데 지금 제 아버지는…… 어떠신가요?"

부친을 걱정하는 평범한 딸이었다. 그러니 저렇게 초조한 표정으로 자존심을 내려놓고 물어보는 것이리라. 은서는 의사이기에 여느 환자에게 했던 것처럼 최선을 다했다. 그리고 모든 수술 환자에게 염원했듯이 가족을 위해서 버텨달라고 소원했고, 마지막으로 수술실을 나서며 힘을 내줘서 고맙다고 감사도 표했다.

"다행스럽게도 주변의 림프샘이나 근육층까지 전이되지 않은 상태라서 수술만으로도 완치를 볼 수 있으니 너무 걱정 안 하셔도 될 것 같습니다."

은서가 현희 부친의 상태를 간략하게 말하고 가볍게 목례를 했다.

"저기요. 은서 씨?"

몇 발짝 걸어가던 은서는 현희가 부르자 뒤돌아보았다.

"아버지…… 수술해주셔서 고마워요."

"저는 의사니까 당연히 한 과장님을 도와 해야 할 일을 한 겁니다. 그리고 현희 씨도 해야 할 일이 있지 않나요?"

"무슨?"

은서는 현희가 어렵게 마음을 내비치자 하고 싶은 말이 생각났다. 자신이 령과 재회한 후 검찰청에 있는 동안 현희의 모습은 한 번도 보지 못했다. 그건 그날 밤 령의 손에 난 상처가 그 이유일 것이다.

"현희 씨는 검사입니다. 그러니 그 능력을 헛되이 버리지 말고 도움이 필요한 분들을 위해 봉사해주세요."

현희의 눈빛이 흔들리는 모습을 보며 은서는 뒤돌아섰다. 그녀의 뒷모습을 보는 현희는 저 때문에 부친의 병고가 생긴 것 같아 견딜 수 없이 힘들었다. 자신이 받을 벌을 부친이 받는 것 같아 죄책감까지 밀려왔다.

"미안합니다."

걸음을 옮기려던 은서는 현희의 사과에 다시 뒤돌아보았다.

"저 때문에 힘든 일을 겪게 해드려서 죄송했습니다."

현희가 자신을 향해 허리를 숙이자 은서는 그녀가 진심을 담아 용서를 구한다는 것을 느꼈다.

"그 사과 받아줄게요. 고마워요."

돌아서서 가는 은서의 입가에 미소가 그려졌다. 누군가에게 사과한다는 것은 엄청난 용기가 있어야 가능하다. 지금 현희는 부친을 통해 그 용기를 낸 것이다. 그러니 기꺼운 마음으로 그 사과를 받아들여 주었다.

그녀의 마음이 조금이라도 편안해진다면 힘들어하는 부친에게 더 많은 힘이 되어주리라.

걸음을 옮기던 은서는 잠시 이 상황을 생각해보았다. 병원으로 첫 출근한 오늘, 현희 부친을 수술한 것은 우연이 아닌 이런 결과를 만들기 위한 필연이었으리라. 자리로 돌아온 은서는 현희 부친의 수술 상태를 모니터했다. 이렇듯 은서는 지극히 평범한 날들을 보냈다.

우빈의 결혼식을 두어 시간가량 앞둔 아침, 은서네 집은 부산스러웠다. 특히 은서가 더 부산스럽게 움직였다. 일주일간 령의 얼굴은 물론 목소리조차 듣지 못한 은서는 결혼식장에 가면 그를 볼 수 있다는 희망에 한껏 부풀어 있었다.

"은서야, 다 됐니?"

하도 안 나오니 선영이 끝내 불렀다. 은서가 안 나온 이유는 뻔했다. 벌써 몇 번째 옷을 갈아입는 건지 모를 정도로 그녀는 예쁜 모습을 만들고자 노력했다. 그러다 보니 시간 가는 줄 모르고 허둥거렸고, 어느새 약속 시간이 가까워져 가고 있었다.

"네, 나가요."

선영의 물음에 대답하며 은서는 휴대폰을 꺼내 들었다. 령에게 자신의 출발 상황을 알리고 싶어서였다. 하지만 방문을 보고는 휴대폰을 그냥 핸드백에 넣었다. 연락을 삼가 하라는 영민의 말을 실천하기 위해서였다. 서둘러 집 밖으로 나온 가족은 주차장으로 갔다.

"그런데 우빈인 많고 많은 날 중에 삼일절 날 결혼을 한다니?"

은서는 선영이 차에 오를 수 있도록 뒷문을 열어주었다.

"그래야 기념일을 기억하기 쉬우니까 그랬겠지. 대한 독립 만세!"

들떠 있는 은서의 모습을 보던 선영은 시선을 돌려 차를 출발시키는 영민의 뒤통수를 보았다. 일주일 내내 영민은 그 누구도 만나지 않았다.

무슨 생각을 하는 건지 묻고 싶을 정도로 조용히 바둑을 두거나 난을 손질하거나, 그것도 아니면 책을 읽으며 시간을 보냈다.

은서 역시 자신의 아파트가 아닌 집에서 출퇴근 했다. 약속을 잘 지키고 있다는 걸 직접 확인시켜주고 싶었다.

결혼식장에 도착한 은서는 우빈과 민아에게 축하의 인사를 듬뿍 해줬다. 그리고 소희가 오자 사진도 마음껏 찍고는 예식을 보기 위해 자리로 가서 앉았다. 하지만 그녀는 시간이 지날수록 초조해졌다. 예식 시간이 다 되도록 령의 모습이 보이지 않았다.

"올 거야. 걱정하지 마."

소희가 은서의 마음을 읽었는지 조용히 귓가에 속삭였다. 그러자 그녀가 고개를 끄덕였다.

"지금부터 강우빈 군과 김민아 양의 결혼식을 거행하겠습니다."

사회자가 예식 선언을 했다. 식순에 따라 식이 시작되었고, 신랑 입장에 이어 신부 입장, 이렇게 하나씩 식순이 진행되어갈 때 소희가 은서의 손등을 살며시 만졌다. 그 신호로 은서가 뒤를 돌아보자 그곳에는 그녀를 보고 환하게 웃어주는 은서의 남자가 있었다.

최령…… 그가 왔다.

'은서야, 잘 지냈어?'

'당신은?'

'잘 지냈지.'

'나도 잘 지냈어요.'

가만히 뒤를 보고 있는 은서를 보고 영민이 뒤돌아보았다.

어떻게 식이 끝났는지 모를 정도로 은서의 입은 비죽거리며 웃음이 나왔다. 병원 동료들은 그런 령과 은서의 모습에서 고개를 갸우뚱할 수밖에 없었다. 일정한 거리를 유지한 채 서로 마주 보고 있는 둘은 다른 사람의 시선은 아랑곳하지 않고 생글생글 웃으며 쳐다보고 있었다.

말도 안 하고 그저 서로의 얼굴만 바라보고 있었다. 더 놀라운 일은 령의 모습이었다. 무뚝뚝하게 표정도 없었던 사람이 웃고 있으니 이게 무슨 조화인지. 그런 둘의 모습을 멀리서 보고 있는 또 한 사람이 있었으니, 그는 바로 동우였다.

"자, 이제 친구분들이랑 동료분들 나오세요!"

촬영 기사가 외치는 소리에 신랑과 신부를 가운데에 놓고 하나둘씩 자리를 잡아 섰다. 맨 뒷줄에 은서를 가운데에 놓고 령과 동우가 섰다.

"자, 신부님 뒤의 여자분은 고개를 조금만 왼쪽으로 하시고, 안경 쓰신 분들은 알아서 올려주세요!"

촬영 기사의 말에 모두 웃음이 터질 때 령의 손이 은서의 손을 잡으러 살며시 다가왔다. 그의 손가락이 그녀의 손끝에 닿는 순간 은서는 숨을 흡! 하고 들이마셨다. 손끝만 닿았을 뿐인데도 온몸의 세포가 환호하는 느낌이었다.

일주일 만에 만져보는 서로의 살결만으로도 가슴이 설레었다. 이렇게 빠르게 심장이 뛸 수 있다는 게 신기했다.

입을 맞추며 서로의 살결을 느끼는 것처럼 온몸이 달아올랐다. 사랑하니까. 사랑하는 사람이라서 이렇게 몸이 반응을 하나 보다.

감정을 숨기며 자연스레 행동하려 해도 사랑이란 놈은 숨길 수가 없나 보다. 잠시라도 좋으니 조금만 더 이 시간이…….

"자, 찍습니다. 하나, 둘, 셋!"

"엣취!"

셋! 하는 촬영 기사의 말이 떨어짐과 동시에 령이 고개를 숙이며 재채기를 했다. 물론 시간을 끌기 위한 눈속임이었다.

"재채기하셔서 다시 한 번 가겠습니다."

기사의 말에 은서가 킥킥거리고 웃었다. 동우는 그런 그녀의 모습을 쳐다보았고, 령은 태연한 척 앞을 보며 잡고 있는 은서의 손에 힘을 줬다.

"자, 다시 갑니다. 하나, 둘, 셋!"

"잠깐만요."

우빈이 웨딩도우미를 부르더니 민아를 다시 한 번 봐달라고 했다.

시간을 끌기 위한 우빈의 노력으로 손을 꼭 잡은 령과 은서는 행복한 미소를 지으며 사진 촬영을 했다.

여전히 병원 동료들의 시선을 받으며 그들은 식당으로 내려갔다. 먼저 식사를 하고 있던 정란의 테이블로 소희가 가자 령도 그녀의 뒤를 따라갔다. 은서가 옆 테이블의 영민이 있는 곳으로 가자 동우가 그녀의 옆으로 앉았다.

은서는 다른 자리에 앉아 있는 령을 보았다. 자신 때문에 여전히 부당한 대접을 받는 것 같아 미안한 마음을 주체하기 힘들었다. 이런 대접을 받으면 안 되는 사람인데. 미안했다. 앞자리에 앉아 식사하는 영민을 보다 은서는 선영과 눈이 마주쳤다.

"은서야, 어서 먹어."

눈 안에 가득 고인 눈물 탓에 은서는 대답 대신 고개를 끄덕였다. 그리고 그녀는 어렴풋하게 보이는 눈으로 포크를 잡았다. 그러나 옆의 숟가락이 손가락에 걸리면서 바닥으로 떨어졌다.

"아버님 약속을 지켰어야 했는데 죄송합니다."

떨어진 숟가락을 보던 은서는 령의 목소리에 고개를 들었다. 그는 이미 은서가 자신으로 인해 슬퍼한다는 것을 알고 옆 테이블로 건너왔다.

령은 글썽이는 은서의 눈물을 보며 자세를 낮춰 앉았다. 그리고 손수건을 꺼내 건네주었다.

"힘들면 나 따라갈래?"

령은 그녀가 힘들어하는 걸 더는 볼 수가 없어 영민의 허락을 받지 못한다 해도 데려가자는 결심을 했다. 령의 물음에 은서가 영민을 보았다. 사랑도 중요하지만, 그보다 더 중요한 것…… 부친. 그녀는 고개를 저었다. 이미 예상했던 답이기에 령은 은서를 향해 웃었다.

"그럼 울지 말고 기다려달라던 내 부탁을 들어주셔야죠?"

웃어달라는 령의 말에 은서는 알았다고 고개를 끄덕였다.

"우리 이혼해요!"

그때였다. 선영이 큰 소리로 말하며 벌떡 일어섰다. 그러자 주변의 테이블에서 식사하던 하객들이 모두 이들이 있는 테이블로 시선을 집중했다. 영민은 놀라서 아내를 쳐다보았다.

이 사람이 지금 무슨 소리를 하는 거야!

눈빛에는 이런 의미가 담겨 있었으나 쏟아지는 시선을 의식해서인지 헛기침만 해댔다.

"저렇게 둘이 좋아서 죽고 못 사는데 아빠라는 사람이 어쩌면 그렇게 매정할 수가 있어요. 지금 당신은 태평하게 밥이 넘어가요!"

모두 들으라는 듯이 다시 소리치자 영민이 당황했다.

"이, 이 사람이!"

"이 사람이고 저 사람이고, 나는 은서 데리고 살 테니 당신은……."

선영은 동우를 보았다.

"동우 학생 미안한데 나 우리 딸 령이한테 주기로 했어. 그러니 동우 학생은 동우 학생 좋아하는 내 남편이랑 살아."

웅성거리는 소리를 들으며 선영이 은서 옆으로 가자 령이 일어섰다.

"뭐 해! 빨리 데려가지 않고. 은서 아빠랑 이혼하면 되니까 어서 데려가!"

"엄마……."

선영의 이런 모습을 처음 본 은서는 눈물이 쏙 들어가 버렸다. 령 역시 남의 결혼식장에 와서 이런 일이 생기다 보니 당황스러웠다. 한편 맛있게 식사를 하던 병원 동료들은 모두 멘탈 붕괴가 왔고, 양 간호사는 어떻게 이런 일이 가능하냐고 울먹였다.

"안 가고 뭐 해?"

"엄마……."

웅성거리는 소리가 더 커지자 은서는 영민의 안색부터 살폈다. 저 때문에 아비의 체면이 서지 않는 것 같아 마음이 무거워졌다. 그 모습을 선영은 놓치지 않고 보았다.

"은서야, 아빠와의 약속도 중요하고 그걸 지키려는 네 효심도 중요해. 하지만 가장 중요한 건 네 인생이야."

"……."

"부모가 자식에게 주는 사랑은 당연한 거야. 그걸 갚아야 한다는 생각을 하기보다는 네가 행복하게 사는 모습을 보여줘. 그러면 충분히 갚는 거니까."

여전히 망설이는 은서의 모습을 보자 선영이 그녀의 손을 잡았다.

"아무것도 생각하지 말고 너만 생각해. 앞으로의 네 인생이 걸려 있는 가장 중요한 문제니까 부모랑 연결도 짓지 마. 어차피 부모자식 간은 천륜으로 이어져 있어. 허락 없는 결혼을 한다 해서 그 인연이 끊기는 건 아니야. 다만, 속은 상하겠지. 하지만 모든 건 시간이 해결해줄 거야. 너도 아빠도 서로를 사랑하니까 나중에는 모든 게 제자리로 돌아올 거야."

"……."

"만약 네가 사랑하지 않는 사람과 결혼했다가 불행해지면 그땐 아빠의 심정이 어떨까? 지금도 중요하지만 다가올 미래도 생각해야 해."

자신이 불행해져 훗날 영민이 죄책감에 힘들어하는 모습을 상상하자 은서의 눈에서 또다시 눈물이 흘러내렸다.

선영의 말에 기가 막힌다는 표정으로 바라보던 영민이 드디어 입을 열었다.

"어서들 먹고…… 은서 아파트로 모여."

이 모습을 지켜보던 정란이 놀라서 소희를 보자, 소희 역시 안쓰러운 눈으로 은서를 보고 있었다.

"이게 도대체 무슨 일이라니?"

"그게, 아저씨가 반대하셔."

"뭐? 왜?"

"저기 은서 옆에 동우 선배랑 결혼하라고."

"동우?"

다시 한 번 놀란 정란이 애틋한 눈으로 은서를 보았다.

"동우도 괜찮지. 네 짝으로 동우라면 나 역시도 환영이다."

"엄마도 참……."

"큰 회사의 사장 아들이니 저만하면 빠지는 구석도 없고 사위로는 그만이지. 그보다, 은서도 저렇게 연애하는데 넌 만나는 놈도 없니?"

한심한 눈으로 소희를 바라보았다.

"어서 식사나 하세요."

이런 일이 있다 보니 령도, 은서도 자신들 앞에 있는 음식을 먹을 수 없었다. 영민의 입에서 어떤 말이 나올지 알 수 없는 상황인지라 둘은 숨을 쉬고 있으면서도 가슴이 답답했다. 하지만 령은 이제 더는 물러서고 싶지 않았다. 정말 은서가 원한다면 데려갈 생각이었다.

며칠간의 고민······ 그럴 리는 없겠지만, 만약 그녀가 동우와 결혼을 한다면? 생각만으로도 힘들어 죽을 것처럼 아팠다.

느긋하게 식사를 마친 후 일어서는 영민과 함께 모두 일어섰다.

은서 아파트로 간 선영의 표정엔 비장함 마저 보였다. 선영이 이제는 끝장을 보겠다는 표정을 짓자 정적이 흐를 정도로 집 안은 고요했다. 은서는 영민의 눈치를 보며 찻잔을 들었다.

"제가 은서 선 자리를 알아보면 당신은 싫어했어요."

이윽고 선영이 입을 열었다.

"하지만 저는 제 딸이 누군가와 만나서 사랑이란 걸 하고 잘 살기를 원해서 주선을 한 거지, 억지로 보내려고 했던 건 아니에요."

선영은 마치 그동안 하고 싶었던 말을 다 하겠다는 생각인지 거침없었다.

"그런데 당신은 어떻게 은서한테 사랑하지도 않는 동우와 결혼을 하라고 하세요?"

모두 선영의 말을 듣기만 했다.

"그래서 은서가 불행해졌으면 좋겠어요? 동우 학생 진짜 미안해. 그런데 이건 사실이야."

할 말을 하면서도 선영은 동우에게 미안함을 밝혔다. 하지만 미안한 건 미안한 거고, 아닌 건 아니라는 생각에 선영의 말은 계속됐다.

"남자들은 사랑하지도 않는 여자를 안을 수 있겠지만, 여자들은 안 그래요! 그런 치욕을 은서가 당해야겠어요?"

결국 동우는 깊은 한숨을 내쉬었고, 드디어 영민이 입을 열었다.

"동우 학생."

"네, 교수님."

"아직도 은서와 결혼하겠다는 생각은 변함이 없는가?"

"……."

영민을 보는 동우의 표정이 침울해 보였다. 예식장에서 봤던 은서의 표
정…… 령을 바라보던 그녀의 표정이 잊히지 않았다. 동우는 은서가 그렇듯
사랑스럽게 웃는 얼굴을 본 적이 없었다. 그녀는 단 한 번도 자신을 향해 그
렇게 웃어준 적이 없었다.

영민의 물음에 동우는 선뜻 대답할 수가 없었다. 그녀 바로 옆자리에 앉
아 식사하면서도 은서가 울고 있다는 것을 몰랐다. 만약 자신의 마음이 온
통 그녀한테 있었다면 그런 일은 절대 있을 수도 없었을 것이다.

대답을 미루는 은서의 머뭇거림은 밀어붙이면 될 줄 알았다. 그저 영민의
뜻에 따르면 모든 게 잘될 줄 알았다.

그런데 령은 아니었다. 그는 다른 테이블에 있었으면서도 한눈에 그녀의
상태를 알아보았다.

그리고 영민의 뜻을 어기면서까지 다가왔다. 더 놀라운 것은 은서만 원한다
면 서슴없이 그녀를 데려가고자 했다. 이것이 진정 사랑하는 사람과 그렇지 않
은 사람과의 차이인가. 지금 생각해보니 자신이 그녀를 진심으로 사랑하는지도
분간하지 못하겠다. 그저 아름다운 그녀를 갖고 싶다는 욕심만 있었을 뿐.

"그럼 최 군은 아직도 은서와의 결혼을 원하는가?"

동우가 아무 말도 없자 영민은 령에게도 같은 질문을 했다.

"저는 저희 부모님께 불효란 걸 알면서도 누군가와 결혼한다는 것은 생
각해보지도 않았습니다."

"그럼 은서와 안 하겠다고?"

령의 말이 끝나기도 전에 선영이 놀라서 물었다.

"저는 은서를 만나고 처음으로 결혼이란 걸 생각해봤습니다. 그녀와 살
아보고 싶습니다. 은서니까 하고 싶고, 그 누구도 아닌 은서라서 그녀와 살
고 싶습니다."

영민은 령의 말을 들으며 그의 부친 현진과 나눴던 이야기를 떠올렸다.

"유 선생, 한 잔 더 받으시죠?"

"취하셨습니다."

"좀 취하면 어떻습니까. 벗이 있는데."

술잔을 드는 현진의 표정이 쓸쓸해 보이자 영민은 걱정되어 물었다.

"무슨 고민이라도 있으십니까?"

"제가 아무래도…… 며느리를 못 볼 듯합니다."

령과 은서가 교제한다는 사실을 알기 전, 영민은 현진으로부터 차영철에 대한 이야기를 전해 들었다. 그때만 해도 상처를 간직하고 있는 령이 안쓰럽다는 생각을 했다.

그런데 상견례의 형태로 만난 날, 영민은 은서가 좋아한다는 사람이 령인 걸 알게 되었다. 놀란 건 둘째 치고 불안한 마음이 생겼다. 결혼에 대해서 불완전한 생각을 하고 있는 령이기에 은서의 행복에 의문이 앞섰다.

영민은 령이 언젠가 변할 마음이라면 그 전에 손을 쓰자고 생각했다. 그런데 시간이 지날수록 령은 한결같은 마음을 넘어 확고함까지 보여줬다.

그리고 또 한 명, 자신의 딸 은서…… 부모보다는 자신의 행복을 먼저 생각하길 바랐는데 은서는 그렇지 않았다.

"아빠만 좋다면 누구라도 상관없어요."

이렇듯 말하는 은서를 원치 않았기에 그녀를 궁지로 밀어보았다. 간절한 그녀의 마음을 보고 싶었다.

평생을 함께할 사랑 앞에서 모든 걸 뛰어넘어 행복한 미래를 쟁취하길 원했다. 은서의 확고한 마음을 알고 싶어 조금만 더 지켜보자고 생각했다. 하지만 오늘 이혼 이야기를 꺼내며 선영이 사고를 쳤다. 물론 어미의 입장에서 딸의 모습이 안타까워 그리했다는 걸 모르진 않았다.

"은서 너는 누구랑 하고 싶으냐?"

은서는 영민과의 약속이 떠올랐다. 말은 씩씩하게 아빠를 위해 동우와 결혼만은 해준다고 했다. 할 수 있을 줄 알았다.

그런데 생각할수록 잘못된 말이란 걸 깨달았다. 선영의 말까지 듣고 나자 은서는 제 인생을 위해 영민과의 약속을 깨고 싶었다. 이번이 잘못된 것을 바로잡을 수 있는 마지막 기회라면 대답은 오직 하나!

"아빠 약속 못 지켜서 정말 미안해! 난 저 사람 최령, 저 사람이랑 평생 살고 싶어요!"

그녀는 혹시라도 영민이 못 들을까 봐 악을 쓰듯 큰 소리로 말했다. 그런 그녀를 바라보는 령의 눈빛에는 사랑이 가득했다. 은서가 이제야 자신의 속내를 보이자 안경테를 만지는 영민의 눈이 웃었다.

그가 원하는 것은 바로 이런 대답이었다. 아무리 약속을 했다고는 해도 자신의 행복을 위해 이렇게 확고한 대답을 해주길 바랐다.

잠깐의 고뇌가 평생을 행복으로 채워준다면 이 정도의 시련은 충분히 보람된 선택이라고 영민은 생각했다. 하지만 식당에서의 일을 다시 생각하니 그 많은 사람 앞에서 못된 아비로 만든 선영으로 기분이 나빴다.

시선을 의식한 선영은 쌀쌀맞은 표정으로 쳐다보았다. 이혼까지 말한 그녀는 이판사판이었다.

"왜 결론은 안 내리고 저를 쳐다봐요?"

선영의 말에 영민이 동우를 슬쩍 보니 그의 표정에선 이미 모든 걸 포기한 눈치였다.

"내리고 말고 할 게 뭐가 있어! 이미 둘의 마음이 저렇게 확고한데."

그렇다는 것은? 령과의 결혼을 허락한다?

"아빠!"

은서는 영민의 허락에 기쁜 나머지 부친을 끌어안았고, 동우는 영민을 보았다. 깨끗이 패배를 인정한 동우가 먼저 손을 내밀자 령은 그의 손을 잡았다.

"지금 와서 하는 말이지만, 검찰청에서 만난 후로 제 마음에선 이미 자신감이 사라졌을지도 모릅니다. 이유야 어떻든 축하합니다."

"감사합니다."

동우가 애써 미소를 지었다. 이런 상황에 가슴이 절절하게 아픈 것이 아니라면 진정한 사랑이 아니란 것이다. 다시 깨닫고 나자 기분이 씁쓸했다.

"은서야, 축하한다. 그리고 힘들게 해서 미안하다."

"아니야. 고마웠어."

동우로 인해 또 한 번의 시련을 겪었지만, 결코 헛된 것은 아니라고 여겼다. 서로가 사랑하는 마음을 떠나 얼마나 확고한 믿음을 가졌는지 새삼 알았다. 그러니 그걸 알게 해준 동우한테 고마웠다.

영민을 안고 있던 은서가 무릎으로 살금살금 기어 령에게 갔다. 그 모습에 그의 얼굴에도 환한 미소가 생겼다. 통통 부었던 은서의 눈으로 얼마나 마음이 아팠었는지.

"축하하기는 아직 일러."

령의 근처까지 왔던 은서가 소스라치게 놀라 뒤를 돌아보았다.

"일단 사귀어보고 결혼은 나중에 다시 얘기하자."

"여보!"

잘 나가다가 왜 이런 말이 나오는 거냐고 따지고 싶었다.

"여보고 남보고 어서 일어나. 나 많이 양보했어. 여기서 더 다그치면 어찌되는지 알지?"

"엄마, 어서 아빠 모시고 가."

허락해준 것만 해도 그게 어딘데! 누구보다 영민의 성격을 잘 아는 은서는 벌떡 일어나 선영의 외투를 가져왔다.

"그래, 우리가 빨리 가야지……. 둘이 얼마나 애달았을까."

선영 역시 상황을 파악했는지 부지런히 갈 준비를 했다.

엘리베이터에 오르는 동우는 영민의 의도를 알 수가 없었다. 어째서 은서가 저를 좋아하면 어떻게 하겠느냐고 먼저 자극했을까? 그 말을 듣는 순간 동우는 은서를 갖고 싶다는 생각을 했었다.

동우가 영민을 보니 안경 속에 감춰진 그의 눈이 은서를 보며 웃고 있었다. 동우는 영민이 한 말이 떠올랐다.

"궁지로 몰면 쥐는 고양이를 문다네."

"네?"

"사람도 역시 마찬가지야. 마지막까지 몰아붙이면 본심을 보여주지."

혹시 자신을 이용해 은서의 본심을 알고 싶어 한 전략이었나.

'역시 딸 바보 교수님…….'

그런데 영민의 의도에 서운한 생각은 들지 않았다. 영민은 은서를 위해 자신한테도 동등한 기회를 줬지만 자신이 잡지 못했다. 그건 욕심만 있었지 진심이 없었기 때문이다. 결혼이란, 진정 사랑하는 사람과 해야 하는 것.

저렇듯 행복한 표정으로 웃는 은서의 모습이라면……. 이 또한 괜찮을 것 같았다.

"우리 간다. 좋은 시간 보내라."

흐뭇한 선영은 닫히는 문을 향해 말했다. 세 사람을 배웅한 령은 엘리베이터의 문이 완전히 닫히자 이내 고개를 숙였다.

"하아……."

가고 나니 저절로 한숨이 나올 수밖에 없었다.

"아하하하. 이 사람 완전히 쫄았어."

은서가 놀리는 걸 알면서도 령은 대꾸할 기운조차 없었다. 이제야 됐다는 안도감에 긴장했던 마음이 사라졌다. 그러니 그의 걸음은 흐느적거릴 정도로 힘이 없었다. 아무 데나 앉고 싶을 정도로 맥이 풀려버렸다. 도저히 걸을 수 없자 그는 난간에 등을 기대고 양팔을 걸쳐 의지했다. 허수아비 같은 자세로 서서 자신을 보는 령의 모습에 그가 얼마나 힘들어했는지 은서는 알 것 같았다. 그러면서도 전혀 내색을 안 했다니 미안했다.

"괜찮아요?"

령이 고개를 저었다.

"죽을 것 같습니다."

"많이 힘들어서?"

"아니, 아주 좋아서."

이제 힘든 고비를 다 넘겼다는 생각에 그는 보일 듯 말 듯 웃었다. 령의 말에 은서가 그의 허리를 잡았다. 그의 품에 살며시 머리를 기댔다. 그리고 바짝 끌어안았다. 얼마나 이 품이 그리웠는지.

이 남자 이제는 내 거다. 누가 뭐라고 해도 부모님이 허락한 내 남자다. 그러니 나는 내 마음대로 만지고 사랑한다고 표현하리라. 받은 만큼 돌려주리라.

은서의 마음이 령에게 전해졌다. 그의 손이 은서의 등을 감쌌다. 토닥이듯 어루만지며 그녀를 꼭 끌어안았다. 구토, 은서야…….

은서의 입술이 그의 입술에 맞닿았다. 갈급함…… 얼마나 애가 타도록 그리웠던 입술이었는지.

그 갈급함에 둘은 갈증을 채우기 위한 열망을 담아 서로의 입술을 탐했다. 마치 이 공간에 둘만이 존재하는 듯 서로의 입안을 가졌다. 령의 손이 은서의 양 볼을 감싸며 떨어지려던 입술이 다시금 하나가 되었다.

은서의 온몸이 후끈하게 달아오를 정도로 빨고 핥으며 그녀를 자극했다. 다리의 힘이 풀려버렸다. 그래도 은서는 령의 앞섶을 잡고 매달리듯 입을 맞췄다. 하지만 입맞춤만으로는 갈급함을 채우고 또 채우려 해도 갈증이 났다.

령은 은서의 다리를 베고 누웠다.

"궁금한 거 있는데 알려주시겠습니까?"

꼭 준비해놨던 질문을 말하는 것처럼 령이 쳐다보았다. 은서는 그의 머리카락을 만지작거리다가 멈췄다.

"뭐요?"

"병마개로 질문한 거 답이 뭡니까?"

여전히 궁금했던 은서의 질문. 4가지 ○○ 했어?

"알고…… 싶어요?"

"계속 궁금했는데 물어볼 기회를 잡지 못해서."

"당신은 뭐라고 생각해요?"

그는 뭐라고 생각했을까? 령이 궁금해하자 은서도 그의 마음이 궁금해졌다.

"당신이 물어봐줘야 제가 답을 하는 거잖아요."

잠시 생각을 하는 듯 은서가 말을 멈췄다. 그리고 그녀는 령의 볼을 사랑스러운 손길로 쓰다듬었다. 그때의 그 감정을 손길로 표현하듯 은서는 그의 얼굴을 어루만졌다.

"4가지…… 아…… 파했어?"

"……아파했어?"

"응. 내가 미워서 아파했어? 내가 혹시 보고 싶어서 아파했어? 내가 잊힐까 아파했어?"

떠나면서도 은서는 령을 걱정했다. 부디 자신처럼 그가 힘들어하지 않길…….

령은 자신의 얼굴을 어루만지는 은서의 손을 잡았다.

이 여자는 자신이 받은 상처보다 나를 더 많이 걱정했구나. 끝까지 내 걱정만 했구나. 이기적인 나는 나만 생각했었는데.

"많이 아파했습니다, 배신감에 아파하고, 잊기 위해 아파하고, 더 이상…… 볼 수가 없어 아파했습니다."

시간이 지날수록 볼 수 없다는 현실은 어느 순간 그리움이란 것을 동반했다. 은서와 같이했던 어떤 상황을 만나면 불현듯 그녀의 모습이 떠올랐다. 하지만 보고 싶다는 생각도 잠시, 우빈과 있었던 마지막 모습을 생각하면 끝내 미움으로 마무리했다.

그녀의 입술이 그의 이마 위에 살며시 내려앉았다가 떨어졌다.

"어머!"

순식간에 몸을 일으킨 령이 그녀를 안고 누웠다. 은서는 그 어떤 상황에서도 거부할 수 없는 령의 입맞춤을 받으며 자신의 몸 위로 전해지는 그의 무게감을 온몸으로 느꼈다. 그의 입술이 귓불로 옮겨져 입을 맞췄다.

육감에 자극을 주려는 듯 깨물자 은서의 얼굴이 달아오르며 심장의 두근거림이 빨라졌다. 견디기 힘들 정도로 서로를 갖고 싶은 욕망에 둘의 몸은 다급한 몸짓을 했다.

령의 손이 그녀의 윗옷을 끌어 올렸다. 그리고 탐스러운 가슴을 베어 물었다. 달아오르는 몸으로 그녀의 입에서 신음이 흘러나올 때 은서의 휴대폰이 울렸다. 가슴을 애무하던 그의 입술이 다시 은서의 입술을 찾았다. 마치 휴대폰에 신경 쓰지 말라는 듯 그는 깊은 입맞춤을 했다.

정신이 아찔해질 정도로 혀끼리 엉켰다. 령의 부드러운 머리카락을 만지던 그녀는 징- 징- 울리는 휴대폰 소리에 살며시 눈을 떴다. 어쩐지 무시하면 안 될 것 같은 느낌에 신경이 쓰였다.

그녀가 손을 뻗어 휴대폰을 잡으려 하자 령의 입술이 은서의 입술을 머금었다. 농밀한 입맞춤은 계속됐지만, 여전히 울려대자 령도 신경 쓰였는지 끝내 입술이 떨어졌다. 그러자 은서가 숨을 가다듬으며 휴대폰을 확인했다.

"헉! 아빠예요!"

그녀의 눈이 튀어나올 뻔했다. 다 잡혔던 분위기고 뭐고 은서는 령을 밀쳐냈으며 그 역시 놀라서 벌떡 일어났다.

"어떡해! 어떡해! 어떡해!"

은서는 놀랐는지 옷을 끌어 내리며 연신 이 말을 외쳤다. 침대에서 뛰어내려간 그녀가 방문을 세차게 열어젖혔다.

"전화 안 받고 어디 가는 겁니까?"

"화상 통화예요!"

"뭐! 화상 통화?"

여기는 은서 집이 아니었기에 령도 깜짝 놀라 침대에서 내려왔다. 그녀는 휴대폰을 보며 다른 손으론 옷매무새를 만졌다. 현관 쪽으로 뛰어가서는 신발도 신지 않고 문을 열더니 그대로 밖으로 나갔다.

"내가 아빠 때문에 못 살아!"

복도를 내달려 자신의 집의 도어록을 순식간에 누르고 안으로 들어갔다. 마지막으로 머리카락을 쓰다듬으며 통화 버튼을 눌렀다.

"아! 헉. 빠! 헉."

은서는 영민의 모습을 보며 숨 고르기를 했다.

[왜 이리 숨이 차?]

뭐라고 하지. 아무것도 생각나질 않았다. 그때 령이 현관문을 열고 들어오는 모습이 보였다.

"어…… 운동했어. 복도. 복도. 달리기."

[이 밤에?]

거짓말 아니다. 멀지도 않은 거리를 죽기 살기로 뛰었다.

"응. 근데 왜?"

[그냥 전화해봤어. 지금 집이냐?]

"집이지. 그럼 어디겠어. 자, 보세요."

숨을 가다듬은 은서는 능청스럽게 휴대폰으로 거실의 모습을 보여줬다. 뒤늦게 그녀의 신발을 들고 온 령은 너무 황당해 기가 찰 노릇이었다. 물어보는 아빠나 보여주는 딸이나 어쩜 저리도 똑같은지.

"맞지? 우리 집이지?"

[당신 그만 좀 해요! 질투도 어느 정도껏 해야지.]

옆에 있던 선영이 끝내 한 소리 하는 것 같았다.

[흠! 은서야, 도둑놈 들어올지 모르니 문단속 잘하고 자. 꼭! 문단속해.]

"응, 아빠도 잘 자. 사랑해."

령은 전화를 끊는 은서를 보며 안으로 들어왔다.

"아예 이곳에서 자는 게 마음 편할 것 같습니다."

"안 돼요. 그러다가 아빠가 갑자기 오시면 어쩌라고요?"

"기우라 했습니다. 구더기 무서워서 장 못 담급니까?"

하나의 난제를 해결하니 장인의 질투라는 더 어려운 난제가 령을 기다리고 있었다. 그러나 그는 크게 신경 쓰지 않았다. 왜냐하면 장인을 이기는 장모가 있었기 때문이다. 새끼 마녀가 그냥 나오는 게 아니었다.

"하지만……."

"그럼 내가 그냥 갔으면 좋겠어?"

은서가 세차게 고개를 저었다. 얼마나 애태우다 만났는데 말도 안 되는 소리를. 그가 빙긋이 웃었다.

"그럼 아까 하던 거 계속해볼까?"

"응!"

13장. 프러포즈

령은 은서를 데리고 차영철과 그의 가족이 잠들어 있는 곳을 방문했다. 그곳으로 가는 동안 그는 차 선배와의 관계를 조심스럽게 말해주었다. 그의 표정은 상당히 침울해 보였지만 돌아오는 길엔 버거웠던 짐을 벗어버린 듯 한결 편안한 표정을 지었다.

결혼할 여자라고. 그래서 보여주고 싶어서 데려왔다는 령의 말에 은서의 콧날은 시큰해졌다. 처음 령을 만났을 때가 떠오른 그녀는 그때 그가 행했던 행동을 이해할 것 같았다. 다가갔다 싶으면 멀어졌던 이 남자. 이런 상처가 있어서 그랬구나. 그래서 애처로웠다.

집으로 돌아오는 길에 령은 박 검사의 연락을 받고 검찰청으로 왔다. 그는 곧바로 회의실로 걸음을 옮겼다. 그들이 모두 모여 있는 이유를 알 것도 같았다. 그리고 부른 이유도 알 것 같았다.

은서가 령의 뒤를 따라 들어가자 정 검사가 반겼다.

"유 선생님."

"안녕하세요."

은서도 오랜만에 이들을 보니 매우 반가웠다. 그런데 분위기가 좋지 않음을 느낀 그녀는 테이블 위에 음료수를 내려놓고 슬그머니 나가려 했다.

"부장님을 죽이려고 하다니. 그 쥐새끼 같은 이강석을 어떻게 잡죠?"

이강석이 누굴 죽여? 강 검사의 말에 회의실 문을 열려던 은서가 뒤를 돌아다보았다.

"그게 무슨 말이에요? 저 사람을 죽이려 하다니요?"

은서의 눈이 동그래졌다. 그러자 박 검사가 자초지종을 털어놓았다. 령은 덮어버리자고 했으나 내심 그의 안전이 걱정되었던 박 검사는 주차장 근처의 모든 CCTV 테이프를 가져와 정 검사에게 확인해달라고 했다. 그리고 그가 범행을 저지르는 장면을 찾았다. 모든 상황을 들은 은서의 표정이 굳어졌다.

"그럼 잡아야지 왜 이러고 있어요?"

화가 났는지 그녀의 얼굴이 붉어졌다.

"하도 주도면밀한 놈이라 증거가 있다 해도 분명히 빠져나갈 겁니다. 그리고 아직 부장님이 허락을 안 해서……."

그녀는 생각이 많은 령을 대신해 나서기로 했다.

"직접 나서기 뭐하면 네티즌을 이용해 올가미로 잡는 건 어때요?"

"네티즌?"

모두 은서를 보았다. 그녀가 핸드백에서 휴대폰을 꺼내자 은서의 행동을 지켜보았다. 뭔가를 한 그녀가 테이블 가운데에 휴대폰을 놓았다.

[싹싹하기까지. 이렇게 나온다면 내가 마음껏 예뻐해줄 수 있지.]

[결혼은 하셨어요?]

[하긴 했지만 사이가 별로 안 좋아서. 내가 다른 여자한테 한눈을 팔아도 관심조차 없어.]

이강석의 목소리에 모두 령을 쳐다보았고, 그는 은서의 다리를 만지던 이강석의 모습이 생각났는지 주먹을 움켜쥐었다.

"목소리뿐이지만, 미끼든 올가미든 충분할 것 같긴 한데."

박 검사는 조심스럽게 입을 열 수밖에 없었다. 인터넷에 유포되면 은서의 신상까지 밝혀질 위험도 따르기 때문이었다. 하지만 은서는 달랐다.

"저는 괜찮으니 이거랑 CCTV 자료랑 빼도 박도 못하게 함께 올려요. 그날의 치욕을 씻을 수만 있다면 뉴스에 나오는 것도 얼마든지 환영이에요. 저 방송 타보고 싶어요."

"정말 괜찮겠습니까?"

걱정되어 묻는 령의 말에 은서가 벌떡 일어났다.

"만약 여기서 안 한다고 하면 제가 올려요."

"좋습니다. 해보죠."

이미 모든 걸 각오했다는 은서의 말에 령이 허락하자 박 검사가 재빨리 일어섰다.

"권 기자님, 안녕하십니까? 박정수 검사입니다. 혹시 검찰청 안에 계십니까?"

기자와 통화하는 박 검사의 목소리는 경쾌했지만, 령은 내심 걱정이 앞섰다. 그런 분위기를 전혀 파악하지 못한 정 검사가 휴대폰 화면을 보며 갑자기 웃어대자 그는 인상 썼다.

"우하하하. 휴대폰에 있는 부장님 사진들 봐요!"

'뭐? 내 사진?'

정 검사가 이것저것 눌렀다가 령의 사진을 본 것이다. 령이 전화를 받지 않은 어느 날 밤, 은서는 전에 쓰던 휴대폰을 다시 개통하자고 생각했다.

그리고 개통 후. 가끔 심심하면 휴대폰에 담겨 있는 령의 사진에 포토샵으로 수염도 그려놓고 가발도 씌어놓고 점도 찍어놓았다.

이강석의 목소리도 예전에 쓰던 휴대폰으로 옮겼다. 그리고 기분 나빠 삭

제했다. 그걸 까맣게 모르는 이강석은 지금 사용하고 있는 은서의 휴대폰만
을 확인하고 안심한 것이다.

"어머! 보시면 저야 좋죠. 이 대머리 진짜 귀엽죠?"

"푸하하하하."

이런 은서로 인해 령은 이마를 짚을 수밖에 없었다. 골칫덩어리! 그러면
서도 궁금했는지 슬그머니 휴대폰 화면 속에 있는 자신의 모습을 보았다.
헉! 못 살아.

한편, 영민이 허락했다는 선영의 말에 진경은 누구보다 좋아했고, 현진
또한 기쁨을 감추지 않았다.

일요일이니 아이들을 불러 밥이라도 먹자는 현진의 말에 진경은 슈퍼를
간다고 나갔고, 현진은 휴대폰을 들고 마당으로 향했다. 마당 한쪽에 있는
호미를 들고 그는 이제 곧 피어날 꽃들을 위해서 땅을 만져주고자 했다.

"사돈, 애들 얘기 들었습니다."

현진이 호미질을 하며 영민과 통화할 때, 진경은 내려가던 계단을 다시
올라오고 있었다.

"정신머리하고는. 장바구니를 놓고 갔네."

혼잣말을 중얼거리며 대문을 밀려던 진경은 안에서 들리는 현진의 말에
동작을 멈췄다.

"허허허. 사돈 너무하십니다. 우리 령이 생각도 좀 해주시지. 아무리 령이
은서를 울렸다고 그런 시험을 주십니까?"

'이게 무슨 소리래?'

진경이 무슨 말인가 해서 귀를 기울였다.

"저는 조금 더 걸릴 줄 알았는데 한 달 후에 결혼을 허락하실 거면서 그
러셨단 말입니까? 심술부리신 거 다 표 납니다."

'한 달?'

연애만 허락했다는 선영의 말에 내심 서운했었다. 그런데 그게 아니라니. 조금 더 걸려? 둘만의 거래가 있었나. 그럼 그날 밤 령한테 소리를 지른 것도 다 거짓인가. 진경은 귀를 기울였다.

"네, 네, 압니다. 지난번에 제가 일부러 말을 흘린 것도 비밀로 하겠습니다. 걱정하지 마십시오, 사돈."

'이런 못된 영감들을 봤나! 둘이 짜고 애들을 괴롭힌 거였어?'

맞다. 현진과 영민이 짜고 친 고스톱에 나머지 가족들은 애태웠던 것이다. 그날 령을 위해 영민을 만나 술잔을 기울였던 현진은 그에게 령을 잘 부탁한다는 말을 했다. 하지만 영민은 은서를 울린 령이 괘씸하다는 말을 하며 서운한 속내를 털어놓았다.

"그럼 유 선생이 우리 령일 한번 혼내시는 걸로 용서해주시면 안 될까요?"

"혼내다니요?"

"장인으로서 반대를 한다면 령이 심정이 어떨까요?"

"그거 좋은데요, 최 선생."

현진이 술잔을 들었다.

"그럼 건배하고 우리 사돈 하는 겁니다."

"좋습니다."

이런 거래가 오간 후, 령이 찾아와서 자신의 의지를 보이자 영민은 좀 더 지켜보자고 생각했다. 하지만 애쓰는 은서의 모습이 안쓰러워 더는 볼 수가 없었다. 우빈의 결혼식을 계기로 허락할 참이었는데 선영으로 모든 게 꼬였다. 얼떨결에 못된 아비가 되었지만, 행복해하는 은서의 모습에 영민도 내심 기분이 좋았다.

모든 상황을 알고 난 진경이 다시 뒤돌아섰다. 그 이유를 전혀 모르는 현진은 영민과 통화를 끝내고 호미질을 했다. 현진의 말을 훔쳐 들은 진경은 그 후 슈퍼로 간 것이 아닌 선영과 통화를 하고 밖에서 만났다. 그리고 모든 자초지종을 이야기했다.

선영 역시 진경처럼 파르르 떨었다. 은서가 겪은 마음고생을 옆에서 다 보았기 때문이다. 더군다나 령이 자신을 사랑하지 않는다고 말하며 펑펑 울던 모습이 떠오르자 눈물까지 핑 돌았다. 그런데 아버지라는 사람이 그런 일들을 꾸몄다니! 용서 못 할 일이었다.

"이 양반을 내가!"

"어떻게 했으면 좋겠어? 우리 령이 힘들어하던 모습을 생각하면 남편이고 뭐고 내쫓아버리고 싶어."

"어떻게 해야 속이 확 풀릴까?"

선영은 갈증이 나는지 물을 벌컥벌컥 마셨다.

"선영아, 한 달 뒤엔 결혼 허락한다고 했으니 이런 건 어떨까? 허락하면 바로 결혼식을 할 수 있게 준비하는 거야."

"결혼식?"

진경의 말에 선영의 눈이 커졌다.

"응, 영감들 모르게 해보자. 한 방 크게 먹여서 놀라는 모습을 똑똑히 보고 싶어."

"그거 괜찮겠다. 근데 4월이면 결혼철이라 예식장 잡기가 힘들 텐데 어쩌지?"

"알아볼 수 있는 데까진 알아봐야지. 예약 취소된 것도 있을지 모르니, 일단 예식장은 내가 알아볼게. 너는 네가 할 걸 준비해."

선영의 표정이 밝아졌다.

"응. 그 대신 애들한테도 비밀로 하자. 우리 둘만 아는 거야."

"알았어. 얼마나 좋아할까. 호호호."

은서는 권 기자가 올린 영상 파일이 인터넷에 뜨자 그 반응을 보느라 정신없었다. 그녀의 목소리는 헬륨가스를 먹은 듯 앵앵거렸고, 달리는 댓글들은 이강석에 대한 비난으로 넘쳐났다.

"데려다 줄 테니 갑시다."

령은 아직 할 일이 남아 있자 은서를 먼저 보내고자 했다.

"그럴까요."

검찰청을 나온 두 사람은 택시 승차장으로 가기 위해 나란히 걸어갔다.

부르르릉! 그때 급진하는 자동차 소리에 령은 뒤를 돌아다보았고, 은서는 인터넷 검색을 하느라 휴대폰을 들여다보았다.

"은서야!"

둘을 향해 돌진하는 자가용을 보고 령은 은서를 끌어안았다. 그리고 그는 그녀를 안은 채 뒹굴었다.

끼이이익! 쿵! 급브레이크 밟는 소리가 들리더니 심하게 부딪치는 소리도 들렸다.

"괜…… 찮아요?"

자신을 안고 옆에 쓰러져 있는 령을 보자 은서는 덜컥 겁이 났다.

"음…… 아…… 난 괜찮아. 당신은?"

"나도 괜찮아요."

큰 사고가 아니길 바라며 둘은 가로등을 박고 멈춰 선 자가용을 보고 일어났다. 그리고 외근을 나가려고 차를 몰고 나오던 박 검사는 령과 은서의 모습을 보고 급히 차를 세웠다.

"부장님!"

일어서려던 령이 다리를 잡으며 다시 주저앉았다.

"저는 괜찮으니 저 차 좀……."

운전자가 걱정된 은서는 이미 자가용 쪽으로 향하고 있었다. 그런데 운전석의 문이 열리며 이강석의 모습이 보였다. 그는 작정하고 그들에게 달려든 것이다. 이강석은 아내로부터 인터넷 소식을 전해 듣고 곧바로 도망치려 했다. 하지만 나란히 걸어가는 둘의 모습에 한마디로 눈이 뒤집혔다. 어차피 자신의 공생활은 이미 끝났기에 둘 다 그냥 둘 수 없다는 생각을 했다.

"계집애 하나가 내 인생을 망쳐놔!"

"내 여자 건들면 죽어!"

은서가 이강석을 발견하고 뒷걸음질 치자, 령이 소리치며 그녀에게 뛰었다. 하지만 은서는 이강석에게 붙잡혔다.

"어머, 어떡해."

저만치서 상황을 지켜보던 사람들의 입에서 안타까운 탄성이 터져 나왔다.

"아아악!"

그런데 이강석의 비명이 도로에 울렸다.

"진짜 아프겠다. 하하하."

"그러게. 저사람 표정 봐. 호호호."

보고 있던 사람들은 웃음을 터트렸다. 붙잡힌 은서가 팔을 뿌리치다 안되니까 있는 대로 힘을 실어 하이힐 굽으로 이강석의 발등을 찍어버렸다.

"범죄자 주제에 어디서 까불고 있어!"

발을 찍힌 이강석이 고통스러워할 때, 팔을 뿌리치고 빠져나온 은서가 외쳤다. 그리고 령은 그대로 이강석을 향해 발길질을 날려버렸다.

"당신은 검사들의 수치야!"

"으윽!"

령의 말과 함께 이강석이 뒤로 나가떨어졌다.

"당신은 변호사를 선임할 수 있고 필요 시 묵비권을 행사할 수 있습니다."

박 검사는 이강석의 앞으로 다가가 그를 가로막고 섰다. 그는 그 자리에서 미란다 원칙을 읊었다.

"아우! 신경질 나! 구두 굽 부러졌어!"

사태의 심각성은 어느새 잊고 은서가 구두를 벗어 보더니 짜증을 냈다.

"큭!"

"아끼는 구두인데……."

덜렁거리는 굽을 보고 은서는 울 것 같은 표정을 지었다.

"그럼 안고 가볼까?"

령이 은서를 안으려 하자 그녀가 두리번거렸다. 주변에서 보고 있는 눈이 셀 수 없을 정도로 많았다.

"미쳤어요. 여기가 어딘지 몰라요?"

"검찰청 앞. 그게 어때서?"

"환장해. 저 사람들 안 보여요?"

그녀는 망가진 구두를 신더니 절뚝거리며 도망갔다.

"구토!"

"5분간 접근 금지!"

은서는 주차해 있는 택시를 잡아타고 도망치듯 그 자리를 떴다.

아무리 이강석의 배경이 좋다고 해도 같이 시궁창으로 뛰어들 정도로 어리석은 사람은 없기 마련. 그는 철저하게 외톨이가 됐으며 그날 저녁 메인 뉴스를 장식했다. 그리고 령은 발목에 깁스를 해야만 했다.

"인대가 늘어났다고 하니 불편해도 조금만 참아요."

"어쩔 수 없지."

대수롭지 않게 생각했던 통증이 시간이 지날수록 아파지자 령은 병원을 찾았다.

"일주일 동안 이러고 있어야 하니 꼼짝 마요."

"알겠습니다. 하…… 부모님께는 뭐라고 하지……."

"조금 있으면 오실 거예요."

"벌써 말했어?"

"어차피 아실 거……."

잠시 후, 은서 말처럼 현진과 진경이 집으로 들이닥쳤다. 이제 좋은 일만 있을 줄 알았던 진경은 때아닌 사고에 놀란 가슴을 쓸어내려야 했다.

"은서가 고생이 많겠구나."

현진은 은서의 어깨를 토닥이며 말했다.

"아니에요, 아버님."

현진의 표정이 보름달같이 밝아졌다.

"아버님? 다시 불러보아라."

"네, 아버님."

"허허허. 이거 아주 좋구나. 다시 불러보아라."

"감사합니다, 아버님."

이렇게 은서의 애교를 받은 현진이 진경의 손에 끌려가고 난 후, 령에게 어려워하는 영민의 전화가 왔다.

[최 군, 고맙네.]

은서가 자신 때문에 위험에 노출된 것 같아 그는 영민을 대하기가 더 어려웠다.

"죄송합니다."

[죄송은 무슨. 만약 불의를 보고 은서가 그냥 있었다면 오히려 내가 화냈을 걸세.]

"……."

[몸조리 잘하고. 그럼 끊네.]

뚜뚜뚜…… 대답도 안 했는데 전화가 끊겼다.

"아빠가 뭐래요?"

통화가 바로 끝나니 은서가 불안했는지 물었다.

"이렇게 하래."

그가 은서를 품에 안고 다리로 옥죄며 가둬버렸다.

"다리 아파서 안 되는데."

"내가 뭘 할 줄 알고?"

"치. 자꾸 그딴 식으로 얄밉게 말하면 또 접근 금지 내려요."

"마님, 잘못했습니다. 용서의 의미로 키스 타임."

령의 입술이 그녀의 입술을 가르며 맞닿았다. 가지런한 치열 사이로 서로
는 더 가까워졌다.

이렇듯 행복한 날의 연속이었다.

며칠이 지난 어느 날, 령이 사무실에 돌아오니 진경이 박 검사와 이야기
를 나누고 있었다. 말동무가 되어준 박 검사는 령을 보고는 제 일을 보겠다
며 사무실을 나갔다.

"어머니, 여기까진 어쩐 일이세요?"

"네 다리가 걱정돼서 들러봤지."

"보기에만 이렇지 아프지도 않아요."

깁스에 목발을 짚은 령을 보니 진경은 저절로 한숨이 나왔다.

"많이 불편하면 엄마가 집에 가서 있을까?"

"은서가 와서 있으니 걱정하지 마세요."

"그럼 안심하고."

진경은 령에게 명함을 건넸다.

"이게 뭐예요?"

"시간 될 때 웨딩 촬영 해."

아직 결혼식 날도 잡지 않았는데 웨딩 촬영이라니.

"웨딩 촬영이요?"

"어쨌든 은서랑 결혼 할 거잖아. 그러니 시간 있을 때 미리미리 해둬."

"어머니, 아직 날도 잡지 않았는데 너무 이른 거 아닌가요?"

"하라고 하면 해. 갑자기 바빠지면 꼼짝 못 하잖아. 꼭 해!"

"아, 네……."

완강한 진경의 말에 령은 마지못해 대답하면서도 해도 되는지 고민스러웠다.

그리고, 그날 저녁 퇴근한 령은 은서네 집으로 갔다. 주방에서 달그락거리는 소리에 그는 목발을 짚으며 그리로 향했다.

"뭐 하십니까?"

은서가 령의 목소리에 돌아보았다. 그러고는 환하게 웃었다.

"왔어요? 그냥 내일 아침에 쓸 국거리 준비하고 있어요."

"나 해주려고?"

"아니요."

장난스러운 은서의 말에 령이 한쪽으로 목발을 세워놓고는 그녀를 살며시 안았다. 뒤에서 자신을 안고 있는 령이 그녀의 볼에 입을 맞추려 하자 은서가 빙긋이 웃었다,

"이러고 있으면 안 될 것 같은데요?"

"어째서?"

은서의 말에 령이 다시 그녀의 볼에 입을 맞췄다.

"아하하하하."

은서가 간지럽다고 웃자 령이 장난을 치듯 그녀의 볼에 다시 입을 맞췄다.

"이러면 안 된다니까요?"

은서가 고개를 돌려 여전히 자신을 안고 있는 령을 보며 웃었다. 그리고 뒤에서 들리는 이 말.

"최 군, 왔나?"

은서를 뒤에서 안고 장난을 치던 령은 들리는 말소리에 화들짝 놀랐다. 하지만 그녀를 품에서 놓고 뒤돌아보고는 더 놀랄 수밖에 없었다. 한쪽 다리로 비틀거린 그는 싱크대를 잡았다. 꿈에서라도 보일까 걱정이었던 예비 장인이 떡하니 버티고 서 있었다.

"아, 아버님, 오셨어요."

은서는 웃음이 나왔다. 그리도 당당하던 이 남자가 무서워하는 존재가 다 있다니.

"당신 그만 좀 해요. 누가 보면 은서가 당신 애인인 줄 알겠어요."

작은방에서 나온 선영이 못마땅한 표정을 지었다.

"어머니, 안녕하세요."

"그래. 그나저나 이 다리로 불편해서 어쩌니?"

령의 인사에 선영이 다가왔다.

"보기만 이렇지, 지낼 만합니다."

띵- 동.

그때 초인종 소리가 들렸다.

"왔나?"

현관으로 향하는 선영을 보고 은서는 의아한 표정을 지었다. 그것도 잠시, 그녀는 다 씻은 콩나물을 소쿠리에 담으며 말했다.

"아빠, 내일 아침에 이 사람이 콩나물국 끓여준대요."

"제가 왜?"

령이 은서를 보자 그녀가 눈을 찡긋했다.

"아! 네, 아버님, 제가 내일 아침에 콩나물국 끓여드리겠습니다."

"자네가……."

"맛은 보장 못 하지만 흉내는 낼 줄 압니다."

영민은 나란히 서 있는 령과 은서를 번갈아 쳐다보았다.

"애들아, 이리 와봐."

선영이 거실로 들어오며 그들을 불렀고, 낯선 사람이 인사를 하자 둘은 얼떨결에 고개를 숙였다.

"너희 한복 맞추려고. 시간이 안 될 것 같아서 이리로 방문해달라고 했어."

"엄마, 한복이라니?"

"한복이요?"

선영의 말에 둘은 서로를 보았고, 소파 쪽으로 걸어가던 영민이 돌아다보았다.

"무슨 한복?"

"한복이 한복이지 무슨 한복도 있어요?"

영민의 물음에 이렇게 말하고는 선영이 목발을 들어 령에게 건네주었다. 그리고 그를 데리고 방으로 갔다. 은서가 뒤따라 들어가는 걸 보고 영민은 안경테를 올렸다.

잠시 후…….

"아하하하."

'내 딸을 저렇게 웃게 하다니. 그 녀석 별일일세.'

방에서 들리는 은서의 웃음소리에 영민은 그리로 향했다. 열린 문으로 방 안을 보니 은서는 양팔을 벌리고 서 있었다. 허수아비처럼 서 있는 은서가 고개를 갸우뚱거리며 웃자 령은 그 모습을 동영상으로 남겼다.

"아빠."

은서가 문 앞에 서 있는 영민을 보고 예쁘게 웃었다. 행복해하는 그녀의 모습에 영민의 입가에는 인자한 미소가 생겼다.

저녁나절쯤 느닷없이 은서한테 가자는 선영의 말에 영민은 운전대를 잡았다. 그리고 베란다로 가서 화초들을 돌보다 현관문 열리는 소리에 돌아보았다. 령이 들어오자 그런가 보다 하고 안으로 들어오려던 영민은 멈출 수밖에 없었다. 은서를 뒤에서 안고 쪽쪽 빨아대며 애정행각을 하고 있으니 난감했다.

"흠!"

여기 사람 있다는 뜻으로 헛기침을 했어도 못 알아들었는지 여전히 은서를 안고 그러고 있었다. 그러니 거실로 들어올 수밖에.

그런데 참으로 이상했다. 은서를 예뻐해주는 그 모습이 싫지가 않았다.

'그 녀석 참……'

영민은 한동안 령을 지켜보았다. 선영까지 치수를 재자 자고 가려고 폼 잡았던 영민은 빨리 가자고 재촉하는 아내로 마지못해 일어섰다. 령이 배웅하려 하자 선영이 말렸지만, 그래도 예의가 아니라며 그는 목발을 짚고 천천히 뒤따라갔다.

"쉬어라."

영민의 말과 함께 엘리베이터 문이 닫히자 령은 목례로 배웅을 했다. 여전히 가까이하기엔 어려운 대상이었다.

"참, 현희 씨 아버님 위암 수술하셨는데 들으셨어요?"

두 사람을 보낸 뒤, 복도를 나란히 걷던 은서가 건네는 말에 령은 걸음을 멈췄다.

"그게 무슨 말이야?"

"모르셨어요? 지금 우리 병원에 계시니까 퇴원하기 전에 한번 들리세요."

"……."

은서가 령을 부축하려 하자 그는 목발을 짚었다.

"그리고 나 당신한테 부탁이 있는데요."

"뭡니까?"

"현희 씨…… 용서해주면 안 돼요?"

"그건."

"용서해주면 당신 마음이 편안해질 거 같아서요. 그럼 제 마음도 편안할 것 같은데."

"생각해보겠습니다."

현희의 목소리에 모니터를 보던 은서는 고개를 들었다.

"은서 씨! 우리 아빠! 아빠 좀 봐주세요!"

현희의 목소리가 너무 다급해 은서는 자리에서 벌떡 일어났다. 그리고 곧장 현희 부친인 성혁이 입원해 있는 병실로 달려갔다. 병실 안으로 들어가니 성혁을 흔들며 우는 부인의 발밑으로 붉은 피가 흥건했다.

"무슨 일이에요?"

"엄마랑 아침을 먹고 오니까 링거가 바닥에 깨져 있었어요."

혹시 자살기도? 은서는 성혁의 손목을 잡았다.

"유 선생! 어때?"

연락을 받은 한 과장이 병실 안으로 급히 들어왔다.

"맥박이 아주 약합니다."

"중환자실로 빨리 옮겨!"

조용히 흐느끼는 현희의 울음소리를 들으며 은서는 침상을 밀었다.

"저희 아버지는 어떠세요?"

응급처치가 이뤄지는 동안 중환자실 밖에서 기다리던 현희가 은서를 보자 다가왔다. 현희의 목소리에는 힘이 하나도 없었고, 그녀의 모친은 의자에서 일어나지도 못했다.

"안정되고 있으니 너무 걱정 안 하셔도 돼요. 그런데 무슨 일 있었어요?"

"아침 뉴스에서 이강석 사건을 보시고 인생 헛사셨다고 한탄을 하셨어요."

"이강석이 왜요?"

은서는 그가 누군지 누구보다 잘 알고 있었다.

"수사 중 불법자금이 아빠 퇴임식 비용으로 쓰였다고……."

"어머!"

현희의 말에 은서도 놀랐다. 더군다나 그 퇴임식에는 한 과장 대리로 우빈과 같이 참석했었다. 그날 자신이 즐겼던 모든 것이 검은돈으로 준비된 거라니 기분이 떨떠름해졌다.

청렴결백으로 살아온 성혁의 삶이 마지막 순간에 얼룩져 버렸으니 본인의 마음은 어떠했을까. 수술로 움직임이 자유롭지 못한 성혁은 깨진 링거를 이용해 과다출혈 사망을 원했던 것이다. 빨리 발견됐으니 망정이지 안 그랬다면……. 가슴이 답답했다.

"아빠도 저도 후배 판, 검사님들이 십시일반 모금해서 해드린 걸로 알고 있었거든요. 처음엔 안 하신다고 엄청 반대하셨는데…… 그런데 일이 이렇게 밝혀지니까…… 아침에 자꾸만 나가서 밥 먹고 오라 하시더니 잠깐 사이에."

얼마나 그 상황이 힘들었으면 가족을 두고 목숨을 버리려 했을까.

"아버님은 전혀 모르셨던 일이니 별일 없을 거예요."

은서의 위로에 현희는 애써 웃었다.

"고마워요, 은서 씨."

현희의 인사에 그녀는 웃음으로 답을 했다. 진실이 느껴지는 감사의 인사. 하지만 안타까운 마음이 들자 돌아서는 은서의 입가에선 이내 미소가 사라졌다.

"마음이 안 좋다."

은서의 걸음이 빨라졌다. 서둘러 자리로 돌아온 그녀는 모니터 앞으로 앉았다. 은서가 현희 부친의 상황을 지켜볼 때 양 간호사가 슬금슬금 다가왔다.

"유 쌤, 두 분이 정말 연애해요?"

벌써 몇 번째 묻는 건지. 믿을 수가 없어서 그런 거겠지만, 자신도 가끔 믿기지 않을 때가 있으니 이분들은 오죽하랴.

"네, 우리 연애합니다. 그리고 우리 아빠 허락만 떨어지면 결혼도 할 거고요. 됐죠?"

령을 오징어 씹듯 씹으며 항상 못마땅한 눈으로 봤었다. 그런데 모두가 보는 앞에서 신파극의 주인공이 되었으니. 더군다나 친구 결혼식 피로연의 피날레를 멋지게 장식했다. 이제 와서 생각해보니 낯 뜨거웠다.

"후우…… 좋겠다. 그렇게 잘난 남자하고 결혼도 하고."

이제는 받아들였다. 양 간호사는 부러운 표정을 짓더니 슬금슬금 자신의 자리로 갔다.

문득 그녀는 자신이 령을 마음에 담기 시작했던 그때가 떠올랐다. 은서는 두려웠다. 그래서 령이 다가올 때는 그의 몸짓 하나 말 하나에 반응을 보이며 긴장했다. 두려움에서 오는 떨림이었는지 기다림에서 오는 설렘이었는지 분간을 못 할 정도로 그의 손길 하나에 은서의 심장은 반응했다.

사랑해서 그랬던 거라고, 사랑받고 싶어서 그랬던 거라고, 그의 손길이 따뜻했다는 걸, 입술이 달콤했다는 걸, 품이 넓었다는 걸 잃고 나서야 확실히 깨달았다. 힘들게 얻은 사랑이니 이제는 최선을 다해 지키자고 다짐했다.

은서는 현희 부친의 차트를 들었다. 오늘이나 내일쯤이면 령이 병원을 방문할 것이다. 그는 현희를 용서해주자는 말에 생각해보겠다고 했다. 그런데 아직도 아무런 말이 없었다. 일단 오늘 아침에 있었던 성혁의 일을 전화로 말해주자 령의 목소리에서는 당황하는 빛이 역력했다.

이건 그렇다 치고…… 아무리 생각해도 이해가 안 가는 것! 요 며칠 사이 퇴근해서 집에 가보면 작은 방에 뭔가 하나씩 상자가 늘어나 있는 기분이었다. 처음에는 작은 상자 한두 개였던 게 요즘은 백화점을 털어 온다는 기분이 들 정도였다.

이게 뭐냐고 선영에게 전화해서 물어보면 별거 아니니 신경 쓰지 말라하고. 웬걸, 어제는 가보니 이불 세트가 들어와 있었다. 이건 또 뭐냐고 물으니 나중에 보면 안다고 만지지 말라고 해서 만지다 말았다.

그리고 령도 웨딩 촬영을 해야 한다고 시간을 비워달라고 했다. 왜 그러냐고 물으니 시어머니 되실 분이 그리하랬다고 했다. 갑자기 한복을 맞춘 것도 이상하고, 치수를 재면서 웨딩드레스는 어떤 스타일을 원하느냐고 물어보는 것도 의심스러웠다. 분명 무슨 일이 벌어지고 있기는 한데 알 수가 없으니 은서는 고개를 갸우뚱했다.

오후쯤 은서의 예상대로 령이 병원을 방문했다. 절뚝거리며 중환자실로 향하는 령의 모습에 양 간호사의 눈동자 굴러가는 소리가 들리는 것 같았다. 은서는 킥킥거리고 웃었다.

"뭐가 그리 재미있어서 웃어?"

한 과장이 지나가다가 그녀를 보고 다가왔다.

"어, 그게…… 요."

"유 쌤이요, 최 검사님이랑 연애해요!"

은서가 머뭇거리자 양 간호사가 바로 고자질해버렸다.

"뭐!"

어느 정도는 예상한 반응이었지만 이 정도일 줄이야. 과장님, 그리 소리를 지르시면 누워 있는 환자들 다 일어납니다.

"언제는 사귀라면서요?"

"싫다며?"

"싫었었죠. 그런데 그 사람이 하도 들이대서 넘어가 줬어요."

한 과장이 만연한 미소를 지으며 은서의 머리를 콕 쥐어박았다.

"뻥치지 마. 령이 그렇게 쉬운 남자 아냐."

"저도 쉬운 여자 아니거든요. 저 상당히 어려워요."

갑자기 한 과장이 주머니를 더듬거리더니 휴대폰을 꺼내 들었다.

"현진이한테 전화해서 알려줘야지. 아주 좋아할 것 같은데."

"하지 마세요. 아버님도 아세요."

"아…… 버님? 너희 뭐냐?"

한 과장이 이해가 안 간다는 표정으로 쳐다볼 때, 령은 중환자실 앞에 서 있는 현희 곁으로 갔다.

"최…… 령."

목발을 짚은 령의 모습에 조금 놀란 듯 현희가 그를 보았다.

"판사님은 좀 어떠신 거야?"

"괜찮으셔. 많이 안정됐다고 은서 씨가 말해줬어. 그런데 네 다리는?"

"좀 다쳤어."

"그랬구나."

"면회시간 아직 안 됐으면 잠깐 얘기 좀 하자."

종이컵을 빙글빙글 돌리는 현희를 보고 령은 창밖을 잠시 쳐다보았다. 컵

안의 커피를 다 마시도록 둘은 말이 없었다.

"검찰청으론 언제 돌아올 거야?"

령의 물음에 종이컵을 돌리던 현희의 손이 멈췄다.

"거짓말을 한 내가 어떻게 얼굴 들고 돌아가."

"돌아와. 그리고 네가 해야 할 일을 해야지."

"너도 은서 씨랑 똑같은 소리 한다."

현희가 피식 웃었다.

"은서?"

"응. 나한테 할 일을 하라고 하더라. 내 능력을 헛되이 버리지 말고 도움이 필요한 사람들을 위해서 봉사하라고. 그렇게 해서라도 잘못을 용서받으란 말이겠지."

"다시 검찰청으로 돌아온다면 나도 용서하고, 네가 원한다면 이기적일지는 몰라도 친구로 남아줄게."

"……."

현희의 눈 안에 눈물이 고였다.

"돌아와, 김현희. 그리고 아저씨 일은 걱정 안 해도 돼. 이미 목숨으로 무죄를 입증하신 거니까."

"고마워. 너도, 그리고 은서 씨도."

면회 시간에 성혁을 들여다본 령은 은서와 같이 퇴근했다. 현희와의 대화가 괜찮았는지 그의 표정이 한결 편안해 보였다.

"오늘 어머니가 신혼여행을 어디로 가고 싶으냐고 물어보시는데, 혹시 생각해둔 곳 있습니까?"

뜬금없는 령의 말에 운전대를 잡은 은서가 되물었다.

"신혼여행이요? 우리 결혼해요?"

낮에 진경의 전화를 받고 령은 뭐라고 답을 해줄 수가 없었다. 일단 은서와 상의를 해보겠다고만 했다. 영민이 아직 아무런 말이 없자 그의 속도 은근히 타들어갔다. 이렇다 보니 진경의 말에 내심 뭔가 있나 해서 궁금하기도 했다. 그래서 은서는 무슨 언질을 들은 게 있나 싶어 물어봤더니, 오히려 눈을 반짝이며 되묻고 있었다.

"언젠간 하겠죠?"

그게 언제가 될지 모르니 답답했다.

"아직 아빠가 허락도 안 했는데 무슨 신혼여행을 벌써……."

"가고 싶은 곳은 있어요?"

"한 군데 있기는 한데."

그런데 지금은 신혼여행이 문제가 아니었다.

"내일 깁스 풀죠?"

령은 매일 저녁 아무것도 안 하고 깁스한 발을 내밀며 모든 시중을 받고자 했다. 잘 걷다가도 그는 은서만 보면 아픈 척했다.

"안 풀 건데."

"뭐라고요?"

"이거 아주 좋아."

평생 머슴으로 잡혀 살아야 하는데 이때가 아니면 영원히 기회가 없을 것 같았다.

"얄미워."

집에 온 그가 소파에 떡하니 누워 깁스한 발을 까닥까닥 흔들자 은서가 목 조르기를 시도했다. 키득거리고 웃던 령이 은서의 팔을 잡더니 자신 앞으로 끌어당겼다.

"이러고 너랑 있는 시간이 제일 행복해."

하루의 일과를 끝내고 집에 오면 은서가 기다리고 있었다. 그녀는 서툴지만 저녁이란 것도 해놓았다. 맛으로 먹는 것이 아닌 사랑으로 먹으니 그 음식은 맛있었다.

"앞으로 더 행복하게 해줄게요."

"기대되는데."

"그리고 저도 행복하게 해주세요."

은서가 령의 상체를 끌어안으며 그의 가슴에 자신의 얼굴을 묻었다. 그러자 령이 그녀의 머리카락을 조심스레 어루만졌다.

"내가 어떻게 해주면 더 행복할 것 같아?"

"월급이 들어오는 통장을 주시면 돼요."

"하하하하."

참으로 현실적인 행복이었다. 그가 웃자 은서가 고개를 들더니 그의 입술에 쪽 소리가 나도록 입을 맞췄다.

"이 뽀뽀는 무슨 뜻일까?"

"제 통장은 손대기 없기예요. 내 것도 내 것, 남편 것도 내 것. 이것은 불변의 법칙!"

"하하하하. 사랑스러워라."

령이 은서를 안고 그녀의 얼굴에 뽀뽀세례를 퍼부었다.

"뽀뽀하지 말고 키스해줘요."

"싫어. 뽀뽀할 거야."

"그럼 내가 하면 되지."

은서의 말이 끝나기가 무섭게 령이 은서의 입술을 머금었다. 령이 아랫입술을 깨물자 자연스레 열리는 그녀의 입술…… 뜨거운 숨결이 하나로 엉켰다.

령이 깁스를 풀자 모든 것은 제자리를 찾아갔고, 신혼여행에서 돌아온 우빈은 집들이까지 했다. 진경의 독촉으로 령과 은서는 어쩔 수 없이 웨딩 촬영을 해야만 했다. 그날 스튜디오 안은 웃음바다가 됐다.

시루는 령의 포즈와 표정이 마음에 안 든다고 은서와 온갖 폼을 다 취하며 자신이 대신 찍어주겠다고 억지를 부렸다. 그 모습에 소희는 짜증 난 표정을 지었다. 시끌벅적한 웨딩 촬영이었지만, 축하받는다고 생각하니 나름 행복했다. 실내 촬영을 마치자 이번엔 야외 촬영을 나갔다.

"이런 곳도 있었네. 우리도 여기서 찍을걸."

"그랬다가 저는 얼어 죽었을 거예요."

우빈은 앞에 펼쳐진 멋진 벽화를 보며 자신들의 웨딩 촬영을 아쉬워했다. 하지만 민아는 추운 날씨에 이뤄진 촬영으로 고생한 게 생각났는지 고개를 저었다.

"진짜 예쁘다. 여기는 어떻게 알았을까요?"

앞에 펼쳐진 광장의 날개를 보고 소희 역시 감탄했다. 검은색 턱시도를 차려입은 령과 순백색의 웨딩드레스를 입은 둘의 모습에 왕십리 광장에 놀러 왔던 사람들은 그들의 웨딩촬영을 감상했다.

"음…… 나름 괜찮네요."

시루 또한 공감한 표정이었다.

"엄마, 저기 사탄이 천사를 안고 있어."

지나가는 꼬마의 말에 그 아이의 엄마가 벽화 쪽을 보았다. 아름다운 흰 날개를 펼친 령이 자신의 무릎에 앉힌 은서와 서로 바라보는 장면이었다.

"아니야. 천사 신랑이 천사 신부를 안고 있는 거야."

이렇듯 모친들이 시키는 대로 령과 은서는 결혼을 위한 절차들을 하나씩 밟아갔다. 하지만 부친들은 내심 꺼림칙했다. 분명 무슨 일이 진행되고 있는 것 같은데 도통 알 수가 없으니 아내들 눈치만 보았다.

그러다 어느 날 궁금증을 견디다 못한 영민은 선영이 씻는 동안 휴대폰을 들여다보았다. 뭔가를 하며 킥킥거리고 웃기에 언뜻 보니 문자를 하는 것 같았다. 그래서 그는 선영의 휴대폰을 들고 문자를 확인했다.

그런데 별다른 게 없었다. 없을 수밖에 없는 게 그녀들은 완전 범죄가 필요했다. 모친들은 문자로 결혼 진행을 의논한 뒤 대화 내용을 말끔히 삭제해버리는 치밀함을 보였다. 중간에 들켜버리면 지금까지의 노력이 모두 헛되기 때문이었다.

"이상하네. 틀림없이 뭔가 있는데……"

잦은 외출도 이상했지만 령과 은서에게 뭔가를 하라고 시키는 게 더 이상했다. 아직 결혼 날짜도 잡지 않았는데 오늘 웨딩 촬영을 하는 것도 이상했고, 한복을 맞춘 것도 의심스럽고, 의중을 모르니 더 답답했다. 욕실 문이 열리자 영민은 들고 있던 휴대폰을 얼른 내려놓고는 태연하게 신문을 집어들었다.

"어디 가나?"

"아니요. 왜요?"

"씻고 나오기에 어디 가나 해서."

매일 나가기에 뒤라도 밟아볼까 했더니만…….

그야말로 전쟁을 치르듯 웨딩 촬영을 마친 둘은 파김치가 되어 아파트로 돌아왔다. 은서는 손에 들려 있는 짐을 거실 한쪽에 내려놓았다. 만사가 귀찮은 듯 다리를 쭉 뻗고는 소파에 기대앉았다.

"완전 힘들어."

그녀는 온종일 신고 있었던 하이힐로 발가락이 아팠는지 주물렀다.

"그러게. 남이 하는 건 그런가 보다 했는데 막상 내가 하려니 보통 일이 아니네."

짐을 정리하려던 령도 피곤했는지 은서 앞으로 왔다. 그가 그녀의 다리를 베고 누우려 하자 은서는 령이 편안하게 누울 수 있도록 책상다리를 했다.

"그런데 엄마는 언제 이런 걸 다 준비했을까요?"

속전속결로 이뤄진 촬영도 그렇고 완벽하게 준비된 의상들도 그렇고, 은서도 슬슬 의심이 생겼다.

"오늘 무척 예쁘더라."

령은 오늘 있었던 촬영을 생각하는지 은서의 말에는 크게 신경 쓰지 않았다. 그가 눈을 감은 채 말하자 은서의 입술이 령의 입술에 닿았다. 은서 역시 령의 모습에 가슴이 뭉클했다. 연애 같지 않은 연애로 시작해서 지금은 부부가 되기 위해 기쁜 마음으로 그 시간을 기다리고 있었다.

행복했다. 말이 필요 없을 정도로 행복했다. 하지만 어김없이 오늘도 영민은 둘만의 달콤한 시간을 방해했다.

"혹시 우리 아빠가 몰래 카메라 설치해놓았나?"

"설마?"

발신자를 확인하고 그녀가 이런 말을 하자 령의 눈은 거실을 두리번거렸다.

"네, 아빠."

[웨딩 촬영인가 하는 건 잘했어?]

"그럼요. 나중에 사진 보여드릴게요."

[그럼 최 군이랑 저녁 먹으러 오너라.]

영민의 말에 은서는 자신의 다리를 베고 누워 있는 령을 보고 어서 일어나라고 손짓했다.

"왜요?"

그녀는 얼른 스피커 버튼을 눌렀다. 그러자 령이 벌떡 일어나서는 은서의 휴대폰을 바라보았다.

[오면 말해줄게.]

뚝…… 그냥 끊으셨다.

은서가 현관문을 열자 시끌벅적한 소리가 들렸다. 신발을 벗고 들어서니 령의 부모님이 와 계셨다.

"저희 왔어요."

"안녕하십니까?"

둘의 인사에 이야기를 나누던 부모들이 돌아보았다.

"어서들 와라."

'이렇게 모두 모였다는 건?'

'혹시 결혼식 이야기?'

내심 기대에 부푼 둘은 자리로 가서 앉았다. 역시나 뭔가 있는 것 같았다. 담소를 나누던 분들이 둘의 모습에 싱글싱글 웃었다. 뭘까. 여전히 궁금해서 은서가 영민을 보니 그는 담담한 표정으로 찻잔을 들었다.

"그럼 다 모였으니 말씀하시지요, 사돈."

사돈? 은서와 령은 현진의 말에 한껏 부풀었다. 드디어 허락하시는구나.

여전히 찻잔을 든 채 조금씩 맛을 음미하던 영민이 조용히 찻잔을 내려놓았다.

"오늘 애들 결혼에 대해서 상의하고자 모인 걸 다들 아실 겁니다."

"애들 급해요. 결론만 말해주세요."

결론 났구나. 차마 말은 못하고 은서가 령을 쳐다보았다.

"언제쯤 괜찮을지 상의를 했지만, 일륜지 대사라 그래도 준비할 게 있으니 날을 잡는다 해도 삼사 개월 후나 가능하지 않을까 싶구나."

영민의 말에 둘의 입꼬리가 슬며시 올라갔다. 드디어 날을 잡았구나. 삼사 개월? 감지덕지했다. 은서는 령한테 미안했고, 령은 자신이 부족해서 은서를 힘들게 한 것 같아 미안했다. 삼사 개월 쯤이야 연애하는 기분으로 지내다 보면 후딱 갈 테니 전혀 문제 될 게 아니었다.

"그런데 사실은 아빠가 너희한테 잠시 시간을 주자며 엄마한테는 결혼 준비를 하라고 하셨어. 깜짝 선물해주고 싶다고."

이건 또 무슨 소리일까.

"깜짝 선물?"

"그게 무슨 말씀인가요?"

선영의 말에 둘이 놀라자 진경이 입을 열었다.

"다음 달 첫 번째 토요일이야. 좋지?"

진경의 말에 은서는 벽에 걸려 있는 달력을 보았다.

"다음 달 첫 번째 토요일요?"

"그럼 2주도 안 남았는데 그게 가능합니까?"

령도 은서와 같이 달력을 보았다. 2주 후라니, 날아갈 것처럼 좋기는 한데…….

설마? 그렇다는 것은 아파트 작은 방에 있는 것은 신혼살림을 준비한 것이고, 그날에 맞춰 웨딩 촬영을 하라고 독촉한 것이고, 미리 예약하려고 신혼 여행지를 물어보았다? 이렇게 생각해보니 말이 되었다.

이게 꿈이야 생시야…….

"가능하지. 내일 청첩장만 발송하면 돼."

둘은 기쁜 마음을 감출 수 없었다. 그 감정이 표정으로 고스란히 나타나자 선영과 진경은 흐뭇한 미소를 지었다. 은서는 고마운 마음에 영민 옆으로 가서 부친을 꼭 끌어안았다.

"아빠, 고마워요."

"감사합니다, 아버님."

감격스러워하는 은서의 표정에 영민이 멋쩍어 다시 찻잔을 들자, 령이 큰 소리로 감사 인사를 했다.

"령아, 은서가 많이 힘들어했으니 앞으로 잘해줘."

"네, 그러겠습니다, 어머니."

진경 역시 기쁨을 감추지 않고 둘을 축하해주었다.

"웨딩 촬영 하느라 피곤했을 텐데 은서 방에 가서 좀 쉬어라."

사실 령과 은서가 깜짝 선물을 받고 감격스러워하기 세 시간 전, 현진이 진경과 함께 은서네 집에 왔다. 아무래도 웨딩 촬영까지 하다 보니 영민이 결혼에 대해서 상의를 하자며 연락했다.

하지만…… 모친들의 말에 부친들은 입을 다물지 못했다.

"다음 달 토요일에 할 거예요. 앞으로 2주 후네요."

"2주 후라니 그게 가능해?"

언제가 좋을지 상의해보자는 영민의 말에 선영이 이렇게 말했다. 그러니 놀랄 수밖에.

무서운 아줌마의 힘. 상황이 어떻게 진행됐는지 전혀 모르는 현진은 말도 안 된다는 표정으로 쳐다보았다. 그러자 이번엔 진경이 말을 이었다.

"예식에 필요한 건 이미 다 준비됐고요, 청첩장만 돌리면 되니까 두 분은 내일 우체국 마감 시간 전까지 처리해주세요."

진경의 말이 끝나기가 무섭게 선영이 소파 옆에 놓아두었던 상자를 집어 왔다. 날짜까지 박혀 있는 청첩장을 보자 부친들은 어안이 벙벙해졌다.

"최 선생, 이게 어떻게 된 거죠?"

"그러게 말입니다."

부친들의 입장에서는 도통 알 수 없는 상황이었다.

"그리고 지금부터 아주 서운했던 일을 두 분께 말하겠어요."

서운한 일이라는 선영의 말에 부친들은 서로의 얼굴을 쳐다보았다. 하지만 절대로 들킬 일이 없기에 잠시 눈빛만 마주쳤을 뿐 안심하는 눈치였다.

"은서가 얼마나 힘들어했는지 알아요? 애들이 그렇게 좋아하는데 아버지들이 돼서 그런 심술을 부리고 싶으셨어요?"

심술이라니. 선영의 말이 예사롭지 않게 들렸다.

"무슨…… 소리를…… 하는…… 건지."

"그러게…… 말입니다."

그러다 보니 부친들은 뜨끔해졌다.

"제가 두 분이 통화하는 내용 다 들었거든요. 어떻게 서로 짜고 그럴 수가 있으세요?"

진경의 말에 부친들의 표정은 굳어졌다.

"흠!"

"어흠!"

낮말은 새가 듣고 밤말은 쥐가 듣는다더니. 큰일 났다는 생각에 부친들은 괜한 헛기침만 해댔다.

"세상에, 그 말을 듣는데 남편이고 아빠고 어찌나 밉던지. 오죽했으면 제가 선영이와 이런 일을 꾸몄겠어요."

"진짜 너무하신 것 아니에요?"

모친들의 말에 부친들은 계속해서 흠! 흠! 하며 헛기침을 해댔다.

"결혼식은 서초 법원에서 할 거예요. 이미 예약도 끝내놨어요."

"당신, 법원이라고 했어?"

"제수씨, 법원이요?"

이날을 위해 얼마나 동동거렸는데. 두 남자의 놀라는 표정을 연이어 보니 통쾌함에 진경이 보란 듯이 다시 말했다.

"네, 법원이요!"

어느 날 진경이 령을 보러 검찰청에 갔었던 건 그냥 간 것이 아니었다. 될 수 있으면 빠른 날로 가능한 예식장을 물색했지만, 사실상 한 달 안에 할 수 있는 식장은 없었다.

모두 예약이 끝난 상태였고, 취소되는 것을 기다린다고 해도 언제 될지 모르니 그것만 바라보고 있을 수도 없는 상황이었다. 그때 떠오른 생각이 있었으니 바로 법원이었다.

령의 동기들이 보내온 청첩장에는 법원에서 한다는 내용이 제법 있었다. 바로 그거다! 생각한 진경은 곧바로 검찰청으로 갔고, 때마침 자리에 있었던 박 검사에게 도움을 청했다.

박 검사는 흔쾌히 진경의 청을 들어줬고 가장 빠른 날짜가 그날이라고 했다. 진경은 밀어붙었다. 예약을 끝낸 박 검사가 모든 보고를 올리고 나니 령이 자신의 사무실로 들어왔다.

진경은 척척 맞아 들어가는 일 처리에 짜릿한 쾌감까지 느꼈다. 그리고 태연하게 령의 발목으로 걱정돼서 들렀다며 너스레를 떤 것이다. 자식을 생각한 무서운 모친들의 반란에 부친들은 어느 순간부터 묵비권을 행사했다.

"당신은 시아버지 되실 분이 왜 그러셨어요? 물론 은서 아빠 마음도 이해 못 하는 건 아니에요. 은서를 울린 우리 령이 미웠겠죠. 하지만 그렇게 된 것엔 나름대로 이유가 있었겠죠."

진경이 처음엔 현진을 나무라는 듯 말하더니 은근슬쩍 영민도 같이 나무랐다.

"누가 밉다고 했나요?"

"그럼, 이제 사돈은 우리 령이 미워하지 않아."

둘 다 체면이 땅바닥을 쳤다.

"저도 최 군이 마음에 듭니다. 다만, 결혼에 대해 절실한지 그걸 알고 싶었을 뿐입니다."

"그래서 답은 얻으셨어요?"

진경의 물음에 영민은 흐뭇한 미소를 지었다. 현희로 인해서 령과 헤어졌단 이야기를 은서로부터 어느 정도 전해 들은 상태였다. 하지만 령은 부모를 생각해 입을 다물었다. 여전히 친구의 인격을 존중해주며 의리도 지켰다. 또한 은서에 대한 변함없는 사랑도 보았다.

"아주 훌륭한 답을 얻었습니다. 그래서 이런 일을 꾸민 것에 대해 크게 미안하지는 않습니다. 우리 애들이 행복하게만 살 수 있다면 저는 언제든지 악역을 할 마음이 있습니다."

자식을 사랑하는 부친의 마음……

은서를 사랑하는 영민의 마음이 전해졌는지 옆에 앉아 있는 선영이 남편의 손을 잡았다. 미소 짓고 있는 그녀의 입술이 파르르 떨렸다.

"행복하게 살 거예요. 두 아이를 사랑하는 우리가 있잖아요."

"그럼 오늘 결혼 발표는 바깥사돈이 아이들에게 주는 깜짝 선물로 해요."

진경이 영민의 체면을 세워주기 위해 이 말을 하자 남편인 현진이 흐뭇한 표정을 지었다.

"유 선생, 그거 아주 좋은데요."

세 시간 전, 이런 대화가 오간 줄 전혀 모르는 령은 은서의 방을 둘러보았다. 별거 없었다. 책장에 책이 많다는 것 외엔 여느 방과 비슷했지만, 이곳에서 그녀가 성장했다는 생각을 하자 특별하게 여겨졌다.

령의 옆으로 은서가 다가갔다. 그는 그녀가 힘들어했다는 선영의 말이 귓가에 맴돌자 자연스럽게 은서의 어깨를 감쌌다.

"미안."

령은 은서의 방에 들어온 후 기뻐하기보단 아무 말도 없이 책장의 책만 보았다. 그런 사람이 사과를 하니 은서는 그가 무슨 생각을 했는지 대충 알 것 같았다.

"새삼스럽게 미안은 무슨. 우리 앨범 볼래요?"

은서는 책장 한쪽에 꽂아두었던 앨범을 꺼냈다. 그걸 가지고 방바닥에 앉아 침대에 몸을 기댔다. 령이 옆으로 앉자 그녀는 앨범의 첫장을 넘겼다.

"지난번에 가족 여행 가서 어머님이 잃어버리셨다는 그 앨범이래요. 저도 아직은 못 보고 아빠가 보시고 테이블에 올려놓으신 것을 나중에 보려고 가져다놨어요."

"그럼 어떤 사진들인지 한번 볼까?"

말로만 들었던 아기 시절이 궁금해졌다.

은서가 다음 장을 넘기자 아기 은서가 있었다. 지금 이렇게 컸다는 것이 신기할 정도로 아기 은서는 작았다. 한 장씩 뒤로 넘길수록 아기 은서는 조금씩이지만 성장했고, 드디어 아기 령의 사진도 나왔다.

하지만 반가워할 새도 없이 령은 은서로부터 팡! 소리가 나도록 앨범으로 맞아야만 했다. 영문도 모르고 맞으니 그는 황당했다.

"아니, 잠깐! 잠깐! 왜 때리는 건데?"

"그 나쁜 손버릇은 아기 때도 여전했군. 속물이 그냥 되는 게 아니었어."

"무슨 말입니까?"

령이 앨범을 보았다. 그가 얻어맞게 된 문제의 사진은 아기 령이 자는 아기 은서의 가슴 위에 떠억하니 손을 올려놓은 것이다.

아하! 이거 때문에 그랬구나. 별거 아닌 걸 가지고 때리긴.

"그때 대피소에선 잠결에 실수로 그런 거지. 설마 일부러 그랬겠어?"

이 남자! 아주 나쁜 사람일세! 거기다가 엉큼하기까지. 쭉쭉빵빵 외칠 때 알아봤어야 했는데.

"뭐야? 그럼 알고 있었던 거예요?"

"그게…… 미안, 진짜 미안. 무의식중에 한 실수였으니 이해해주면 안 될까?"

"어우, 창피해."

은서가 무릎에 얼굴을 묻어버리자 령은 슬그머니 그녀의 손에 있는 앨범을 집어 왔다. 그리고 그는 무릎을 세우더니 그 위에 앨범을 올려놓았다. 여전히 얼굴을 못 들고 있는 은서를 보며 그는 아기 때의 은서 모습을 보았다. 사랑스러운 아기 은서에 령은 그녀의 머리카락을 조심스럽게 쓰다듬었다.

건강하고 예쁘게 커줘서, 그리고 만나줘서, 하나뿐인 내 여인이 되어줘서 고맙다고…….

"사랑해, 은서야."

제 무릎에 얼굴을 파묻고 있던 은서가 고개를 들었다.

이 사람이 웬일이래? 이런 말을 다 하고?

은서가 자세를 틀어 령의 허리에 팔을 둘렀다. 그리고 세우고 있는 그의 무릎에 머리를 기댔다. 생글생글 웃으며 그와 눈도 맞췄다.

"그런데 이건 뭐야?"

"뭐요?"

고개를 든 은서는 령이 가리키는 것을 보았다. 허거덕! 초등학교 때 성적 표가 왜 여기에…….

"꼴등?"

"호호호! 이게 왜 여기에 있지?"

놀라는 령의 표정을 보며 그녀는 슬그머니 앨범을 덮었다.

"공부는 공부, 노는 건 노는 거라며?"

"이땐 놀기만 해서 공부는 몰랐어요. 호호호."

"속았어. 완전히 속았다고."

"초등학교 저학년일 땐 좀 놀아줘야 해요. 안 그러면 놀 시간이 없다고 요."

"말이나 못해야지."

"호호호. 뽀뽀해줄까요?"

그녀는 애교를 부리듯 방실방실 웃었다.

"뽀뽀 같은 소리 하고 있네. 우리가 초등학생이야?"

"그럼 키스는?"

"몰래 하는 키스가 스릴 있으려나?"

빙긋이 웃으며 하는 령의 말에 은서가 고개를 끄덕였다. 하지만 맞닿은 입술이 열리기도 전에 밖에서 들리는 말…….

"너희, 뭐 하냐?"

영민의 말에 둘은 화들짝 놀라서 떨어졌다.

"네! 아버님, 아무것도 안 하려고 했습니다."

"푸하하하하."

환하게 웃는 은서의 모습처럼 하루하루 꿈같은 시간이 흘러가고 있었다. 법원을 다녀오던 령은 비스듬히 열려 있는 회의실 안으로 현희의 모습을 보았다. 걸음을 멈춘 그의 입가에 작은 웃음이 걸렸다.

"부장님, 지금 오세요?"

여전히 커피 심부름을 도맡아 하는 정 검사가 종이컵이 놓여 있는 쟁반을 조심스레 들고 왔다.

"휴직 신청한 것 때문에 김 검사님이 오셨어요."

"네, 그렇군요."

돌아와서 다행이라는 생각에 령은 정 검사가 들어갈 수 있게 문을 활짝 열어주었다.

"어서 와, 김현희 검사."

"잘 지내셨어요, 최 부장님."

깍듯이 존칭하는 현희를 보며 령은 자신의 자리로 가서 앉았다.

"김 검사님이 지방 쪽으로 발령 신청을 하셨대요."

"그게 무슨 소리야? 지방이라니?"

령은 정 검사의 말에 그가 놓아준 커피 잔을 들려다 멈칫했다. 놀랐는지 그의 표정은 어두워졌다.

"다른 뜻은 없고 아빠가 조용한 곳에 가서 휴양하고 싶어 하셔서. 그래서 엄마와 상의 끝에 결정한 거야."

"아저씨는 좀 어떠셔?"

커피 심부름을 한 정 검사는 둘이 대화할 수 있게 회의실을 나갔다.

"은서 씨 덕분에 수술경과가 아주 좋아. 감사하다고 전해줘."

"그럴게."

"결혼식 날짜 잡았다며. 시루한테 들었어. 축하해. 은서 씨랑 행복하게 살아."

"고마워. 그리고…… 미안하다."

령은 사랑이라는 감정을 알기에 현희의 고통 또한 조금은 알 것 같았다. 그래서 사랑해줘서 고맙다고, 받아줄 수 없어서 미안하다는 뜻을 담아 말했다.

"나도 고마워."

첫사랑으로 존재해줘서 고맙다고, 용서해줘서 고맙다고, 염치없지만 친구로 남게 해줘서 고맙다고…….

누군가의 첫사랑이 이뤄지면 누군가의 첫사랑은 추억으로 남겨야 했다. 현희는 그 추억을 가슴에 담고 사랑했었던 사람 곁을 떠났다.

당직을 서던 은서는 자신의 귀를 만졌다. 이상하리만치 가려워서 차트를 넘기면서 연신 귀를 만졌다.

"누가 내 말을 하나?"

"내가 했다."

간지러운 귀를 만지던 은서는 들리는 말에 돌아보았다.

"동우 선배……."

휴게실에서 찻잔을 마주하고 앉은 은서는 동우의 심정이 어떨지 생각을 못 했었다.

"선배, 미안했어."

그녀는 사과하고 싶었다. 자기의 마음을 처음부터 확실히 밝혔다면 이런 불편한 관계는 되지 않았을 것이다.

"편안해 보인다."

은서의 얼굴을 가만히 지켜보던 동우가 입을 열었다. 어떻게 지내느냐고 묻지 않아도 알 수 있을 만큼 그녀의 표정은 그 어느 때보다 편안해 보였다.

"그런가?"

그 정도로 티가 났나 싶어서 은서는 자신의 얼굴을 만졌다.

"나한테 미안해하지 마. 인연은 다 따로 있다고 하잖아."

"……."

"네 말처럼 너와 나의 인연은 딱 이 정도였던 거야."

은서는 그날 자신이 퍼부었던 말들이 떠올랐다.

"미안. 그렇게 말해서 많이 기분 상했을 텐데."

"아니, 오히려 고마웠어. 안 그럼 마음도 없는 너를 데리고 살 뻔했잖아. 그건 생각해보니 내가 외로울 것 같더라."

모든 걸 내려놓은 듯 동우는 편안한 어투로 말했다. 잠시 뭔가를 생각한 그가 다시 입을 열었다.

"처음 검찰청에 갔을 때 최령, 그 사람을 봤었어."

처음 령과 만난 그날, 동우는 문을 밀려다가 뒤에서 느껴졌던 시선에 돌아다보았다. 지금도 그 눈빛이 잊히지 않을 정도로 령의 인상은 그만큼 강렬했다.

"그랬어?"

"그리고 두 번째 만났을 때, 네 마음을 흔드는 사람이란 걸 확신했지."

"……."

"세 번째 만났을 때는 대화를 하면서 사실상 이길 수 없다는 걸 느꼈어."

"……."

동우의 말을 들으며 은서는 찻잔을 들어 조심스레 입으로 가져갔다. 차마 동우의 얼굴을 볼 수 없어 테이블을 응시했다.

"그날 쫓겨나다시피 밖에 나와서 그러더라. 동우 학생은 교수님이라고 부르지만 자기는 아버님이라고 부른다고."

홀짝이던 찻잔에서 입을 뗀 그녀가 천천히 고개를 들었다.

"그 사람이 그런 유치한 말을 했어?"

"유치한 게 아니야. 애석하게도 나는 아버님이라고 부를 용기가 생기지 않았어. 그만큼 너에 대한 사랑이 깊지 않았다는 뜻일 거야."

힘없이 웃는 동우의 모습에 은서의 마음도 편하지 않았다.

"그래도 나는 미안하다는 말을 하고 싶어. 세부에서 여러 가지로 신경 써 줬는데 이런 일을 겪게 해서 미안해."

"그 사과 받아줄게. 그리고 나 역시 미안해. 진실한 마음으로 다가간 게 아니라 욕심으로 다가갔었거든."

"욕심?"

"예쁘고 능력 있는 여자를 아내로 맞고 싶은 남자의 욕심 같은 거."

"아……."

"만약 진심으로 너에게 다가갔는데도 그 마음이 받아들여지지 않았다면 속상했을지도 몰라. 그런데 내 마음을 다하지 않았다는 걸 알고 나니까 오히려 너한테 미안했어. 둘을 힘들게 한 것 같아서."

"선배 탓이 아니라고 내가 확고하게 말하지 않아서 모두가 힘들었던 것 같아. 나 원래 이런 성격 아닌데……."

"그러게, 유은서 사랑이란 걸 하더니 많이 변했다."

374

"히히히. 쑥스럽게."

"만나서 반가웠다."

은서가 얼굴까지 붉히자 이내 찻잔을 내려놓은 동우는 자리에서 일어섰다.

"바쁘신 의사 선생님을 오래 붙들고 있으면 안 되겠지? 결혼식 날 보자."

"올…… 거야?"

"그럼 가야지. 이유야 어떻든 교수님의 딸이고 내 제자인데 행복을 빌어줘야지. 안 그래?"

"고마워."

"너희 결혼식 보고, 나도 오후에 출국할 거야."

"세부로 가게?"

"응. 이제 나도 내 일에 충실해야지."

더 이상 다가갈 수 없는 인연을 뒤로하고 둘은 이별의 악수를 했다. 사랑이란 것은 자기희생과 진실한 마음이 있어야지만 전해질 수 있는 감정인지도 모른다. 령과 은서를 본 동우는 처음으로 사랑이란 것에 관해 진지하게 생각해보았다.

하나씩 매듭지어지는 일이 있는가 하면, 새로 시작하는 일도 있기 마련이다. 결혼식을 며칠 남겨놓지 않은 어느 날, 령은 한 과장을 찾았다. 흐뭇한 표정으로 바라보는 한 과장을 향해 그는 조심스럽게 청첩장을 내밀었다.

"미리 말씀을 드렸어야 했는데, 늦어서 죄송합니다."

"죄송하긴? 허허. 이런 날도 다 있구나."

청첩장을 열어 본 한 과장은 확실한 사실에 기쁨을 감추지 않았다.

"아저씨께 주례를 부탁해도 되겠습니까?"

"나? 내가 자격이 있나?"

"저희를 이어주신 분이시니 부탁하겠습니다."

"허허허. 그럼 해야지."

누구보다 축하해주는 한 과장을 보며 령은 감사의 인사를 했다.

"저 잠깐 탈의실 좀 빌려도 될까요?"

"탈의실?"

한 과장의 축하를 받은 령은 외과장실을 나와 은서가 있는 곳으로 향했다. 이제 자신의 아내가 되는 그녀에게 프러포즈를 하기 위해서였다. 은서를 만난 곳이며 그녀가 온 마음을 다해서 일하는 이곳에서 말이다.

저만치 앞에 은서가 보였다. 그녀는 여느 때처럼 의사로서의 모습을 하고 있었다. 한 발짝 한 발짝 그녀에게 다가갈수록 알아보는 사람이 많아졌지만, 은서는 령을 보지 못했다.

"어머! 뭐야?"

간호사들의 웅성거리는 소리에 고개를 든 양 간호사가 령을 발견했다.

"유 쌤!"

양 간호사의 외침에 은서와 함께 모니터를 보던 소희가 령을 보고는 빙긋이 웃었다.

"우빈아! 오늘 뭔가 하나 터지려나 보다."

소희의 말에 은서와 같이 모니터를 보던 우빈이 고개를 들었고, 그녀도 무슨 말인가 해서 우빈이 보는 쪽을 보았다.

"4…… 가지."

놀란 은서는 이 말만 입속으로 중얼거렸다. 은서와 눈이 마주치자 령은 그녀를 향해 환하게 웃어주었다.

"법복이 저렇게 멋있는 거구나."

양 간호사의 말처럼 법복을 입은 령은 그 어느 때보다 멋졌다. 령이 무언가를 주머니에서 꺼내자 은서가 서서히 몸을 일으켰다. 그런데 그는 더 이상 그녀에게 다가가지 않고 그 자리에 서서 기다리는 듯했다.

령이 반지 케이스를 보이자 소희가 잽싸게 휴대폰을 꺼내 들었다.

"어머! 프러포즈하려나 봐."

"유 쌤, 좋겠다."

간호사들의 말을 들으며 우빈이 은서를 밀어냈다.

"넓은 데로 나가라. 최 검사 기다리잖아."

은서가 우빈의 말에 중앙 통로 쪽으로 걸어갔다.

이럴 줄 알았으면 좀 더 예쁘게 하고 있을걸. 미리 말이라도 좀 해주지.

머리카락을 만지는 은서를 보고 령이 들고 있는 케이스에서 반지를 꺼냈다. 그리고 은서의 행동도 정지된 듯 멈췄다.

"유은서, 이 반지를 당신에게 드리고 싶습니다. 저와 결혼해주시겠습니까?"

조용하면서도 공간을 압도하는 목소리가 울리자 웅성거리던 소리가 한순간에 사라졌다. 특별한 이벤트도 없는 평범한 프러포즈. 저 남자는 법복을 입고 병원을 활보할 때 어떤 느낌이었을까. 부끄러웠을까. 자랑스러웠을까. 아니면 행복했을까.

"제가 결혼을 허락할 수 있게 저를 설득해보세요."

웅성거리는 소리에 령이 피식 웃었다. 역시 유은서. 그리 호락호락한 상대가 아닌 건 여전했다. 그는 그게 더 마음에 들었다.

"당장 손가락 내밀어 마음 변하기 전에 껴달라고 해도 모자랄 판에 튕기기는. 어디서 저런 자신감이 나오는 거래요?"

믿기지 않는 장면에 양 간호사가 우빈을 향해 물었다.

"똥배짱이죠."

령이 자신의 손에 있는 반지를 보더니 은서를 향해 오른손을 들었다. 그는 맹세하듯 자세를 잡더니 입을 열었다.

"저와 결혼을 해주신다면 평생 아침을 준비해드리겠습니다."

"하하하하."

보는 이들의 입에서 웃음이 터져 나왔다. 그러자 은서는 령을 향해 한 발짝 다가갔다.

"그리고요?"

더 설득해보라는 은서의 말에 령이 다시 입을 열었다.

"평생 때리면 맞고 욕하면 듣고 화내면 죽은 듯이 지내겠습니다."

"하하하하."

지켜보는 이들은 박장대소하며 웃었다. 그 웃음소리를 들으며 은서는 령의 앞으로 또 한 발짝 다가갔다.

"그리고요?"

아직도 부족한지 은서는 또 다른 답을 듣기를 원했다.

"평생 당신만을 사랑하며 당신과 행복해지도록 노력하겠습니다."

령의 말에 웅성거리던 소리는 모두 조용해졌고, 은서가 다시 한 발짝 그의 앞으로 다가갔다.

"그리고요?"

"4가지 최령은 구토 유은서만을 평생의 반려자로 원합니다."

모두 령의 말에 재미있다고 웃었고, 은서가 다시 한 발짝 다가갔다. 그의 모든 말이 진심이란 걸 그녀는 알고 있었다. 그래서 오늘 저 사람은 법복을 입고 왔을 것이다. 말뿐이 아닌 진심을 보여주기 위해 손을 올려 지금 맹세를 하고 있는 것이다.

"그리고요?"

"그러니 부디 저와 결혼해주셔서 저를 행복하게 해주십시오."

흔히 프러포즈에서 남자가 여자를 행복하게 해주겠다고 한다. 하지만 령은 그 반대로 말했다. 이기적인 욕심일지 모르겠지만, 은서와 살면 자신이 그녀보다 더 행복해질 것 같았다.

허세를 부리지 않는 령의 말. 그러니 자신에게 행복을 원하는 이 남자에게 은서는 그 행복을 줄 것이다.

"그럴게요. 제가 당신을 행복하게 해드릴게요. 그런데 꽃은?"

은서의 말에 무슨 생각을 했는지 그가 큭! 하고 웃었다. 령은 자신의 두 손으로 얼굴을 받치며 꽃처럼 활짝 웃어 보였다.

"여기."

"뭐…… 대충."

아주 마음에 들었지만, 내색하지 않으련다. 하지만 보는 이들은 그렇지 못하니 웃었다. 소희는 앞에서 펼쳐지고 있는 둘의 모습을 동영상으로 남기면서도 믿기지가 않았다.

"원래 최 검사, 저런 스타일이었니?"

"아닌 거 같은데, 은서가 저렇게 만들어놨겠지."

"유은서, 대단하다."

고개를 끄덕인 은서가 다시 한 발짝 다가가 령의 앞에 섰다. 망설이듯 눈앞에서 손을 움직이자 순간 그의 손이 그녀의 손을 낚아챘다. 드디어 반지를 끼워줄 수 있게 되었다. 하지만 그녀가 손을 쏙 빼며 한 발짝 뒤로 물러섰다. 어째서?

령도 놀랐고 보는 이들도 놀랐다.

"그런데 2%가 부족해요."

14장. 행복을 잡다

"2%?"

2%라니! 한동안 안 나왔던 저 말이 지금 여기서 왜 나오는 것인지. 령은 당황하고 말았다.

그리고 그때, 은서는 일생에 단 한 번뿐인 프러포즈의 완벽함을 채우기 위해 령에게 이걸 요구했다.

"청혼가."

"청혼…… 가?"

그는 더욱더 당황했다.

"2% 부족하다는 말은 이럴 때 쓰는 거예요."

인생에 있어 중요한 순간 령은 자신이 한 일을 고스란히 당하고 있었다. 역시나 은서는 만만치 않은 상대였다. 어떻게 해야 하나 고민하는 령을 보고 은서가 뒤로 한 발짝 물러섰다.

"한발 무효!"

이런! 새끼 마녀. 이렇듯 중요한 상황에서 무효를 외칠 줄이야! 연타로 당했다.

"구토, 제발 그러지 마."

그녀는 서슴지 않고 다시 한 발짝 뒤로 물러섰다.

"또 한발 무효!"

"할게, Stop!"

점점 멀어지려는 은서로 령은 조급해졌다. 숨을 죽이고 둘을 지켜보던 사람들도 애가 탔는지 모두 초조한 눈빛을 했다.

"아무거나 빨리 불러요!"

누군가의 말에 모두 그러라고 고개를 끄덕이자, 다시 은서가 뒤로 한발 물러서려 했다. 하지만 그녀 뒤에 서 있던 환자가 손으로 떠억하니 은서의 등을 밀었다. 그가 몹시 안쓰러워 보였는지 더 이상 물러서지 못하게 했다.

"최 검사, 산토끼라도 불러요!"

령의 심정을 아는지 모르는지 그녀는 얄미울 정도로 해맑은 표정으로 바라보았다. 하지만 아무거나 부를 수는 없는 노릇이었다. 지금도 느꼈겠지만 은서의 뒤끝 대단했다.

"흠!"

결정했는지 그는 헛기침으로 목을 풀었다. 그리고 그녀를 향해 청혼가를 불렀다.

'이 노래는……'

노래가 시작되자 은서는 숨을 멈춘 듯 움직임도 멈췄다. 언젠가 산에 가서 자신이 그에게 선물한 바로 그 노래 '매일 그대와'였다.

노래가 끝날 때까지 은서는 령과 눈을 맞췄고, 감동한 나머지 끝내 눈에선 눈물이 주르륵 흘렀다.

자신과의 일을 하나도 잊지 않고 기억해주는 령의 마음, 그거면 부족하다고 생각한 2%를 채우기엔 충분하고도 남았다.

령은 이 노래를 들을 때마다 은서가 생각났다. 이 가사처럼 령은 그녀와 살고 싶었다.

매일 은서와…….

헤어진 후 차마 듣지를 못하고 가슴에 묻어두었던 그 가사들이 령의 입을 통해 은서의 마음으로 전해졌다.

이렇게 당신과 함께 살 수 있도록 허락해달라고…….

청혼가가 끝나자 령이 은서에게 한 발짝 다가갔다. 그녀의 눈물을 닦아주자 은서가 손을 내밀었다. 기다렸다는 듯이 은서의 손가락으로 빨려 들어가는 반지. 그녀의 손을 잡은 령이 은서의 입에 살며시 입을 맞췄다.

"많이 약해."

은서의 말에 령은 그녀를 안아 옆으로 확 눕혔다. 만족스러운 표정을 짓는 은서에게 그는 다시 입을 맞췄다.

"와! 아아아!"

지켜보던 이들은 모두 환호성을 지르며 두 사람의 결혼을 축하해줬다.

"우빈아, 저 둘은 연애도 요란하게 하더니 프러포즈도 요란하게 한다."

"그러게."

말은 이렇게 했지만 동영상을 찍고 있는 소희는 한편으론 부럽기도 했다. 그렇게 령은 은서에게 영원히 잊지 못할 프러포즈를 했다.

그리고 그 소문은 순식간에 병원 동료들에게 퍼졌다. 은서를 아는 사람들은 그녀를 만나면 한마디씩 했다.

"유 선생, 영화 찍었다며?"

"네, 화끈하게 찍었습니다."

"결혼 축하해."

"감사합니다."

인사하며 걸어가던 은서는 자신의 손가락에 끼워져 있는 반지를 보며 빙

굿이 웃었다.

"4가지, 내가 평생 행복하게 해줄게."

결혼 전날 영민의 전화를 받은 령은 은서의 본가를 찾았다. 저녁을 먹은 그는 영민과 바둑을 두었으며 은서는 선영과 여행용 가방을 꾸렸다.

"엄마, 밖이 왜 저렇게 조용해? 이상하지 않아?"

두 남자가 말도 없이 바둑만 두고 있으니 불안할 정도였다.

"바둑 두고 있어서 그런 거지. 이상할 게 뭐가 있어."

여전히 말이 없자 가방을 꾸리던 은서는 열려 있는 방문으로 거실을 슬쩍 보았다. 두 남자는 말도 없이 주거니 받거니 하며 바둑알을 들어 바둑판에 올려놓았다.

얼마의 시간이 지나자 침묵을 깨고 영민이 입을 열었다.

"자네는 은서가 왜 좋은가?"

"……잘 모르겠습니다. 그냥 은서와 있으면 제가 웃을 수 있어서 좋습니다. 저를 웃게 합니다."

"그렇군."

"처음에는 하는 짓이 어찌나 엉뚱하던지 이해하기 힘들 정도였습니다. 솔직히 말씀드리면 살면서 저렇게 엉뚱한 여자는 처음 봤습니다."

"허! 엉뚱하기는 하지."

영민이 맞장구를 쳤다. 방에서 듣고 있던 은서는 선영을 향해 입을 삐쭉거렸다.

"그래서 더 눈에 담겼나 봅니다."

"그랬군."

영민이 흐뭇한 표정을 지으며 고개를 끄덕였다.

"가만히 지켜보면 무슨 생각을 하는지 이해가 안 될 때도 가끔 있습니다."

"허허허, 그런가?"

영민이 소리 내서 웃자 방에서 듣고 있던 선영도 령의 말에 이해가 가는지 빙긋이 웃었다. 하지만 은서는 두 남자가 자기 흉을 보고 있자 입이 쑥 나왔다.

"하지만 앞으로 같이 살게 되면 때론 이해하기 힘든 부분이 더 많이 있을 걸세. 그럼 자네가 너그럽게 넘어가 주게나."

"명심하겠습니다."

"어렵게 손안에 넣은 것은 더 귀한 법이지. 그러니 부디 그 마음 평생 변하지 말고 소중히 간직해주게나."

"이 또한 명심하겠습니다."

영민이 은서를 부탁하는 말을 했다.

"내 사위가 되어줘서 고맙네. 우리 딸 은서, 잘 부탁하네."

여행용 가방을 꾸려놓고 뽀로통한 표정을 짓던 은서는 영민의 말에 울컥하고 눈물이 나와버렸다.

'아빠…….'

갑자기 왜 쏟아지는 건지. 표현할 수 없을 정도로 가슴속 깊은 곳에서 뜨거운 감정이 북받쳐 올라왔다.

"엄마……."

바보처럼 결혼한다는 생각만으로 들떠서 하나밖에 없는 딸을 떠나보내는 두 분의 마음은 생각지도 못했다.

말할 수 없이 허전하실 텐데, 그래서 침묵하셨을 텐데 그걸 몰랐어.

딸을 걱정하는 부친의 마음이 감사해서 은서의 눈에서 끊임없이 눈물이 흘렀다.

"아빠는 엄마보다 더 많이 너를 사랑해. 그러니까 아빠 걱정 안 하게 행복하게 살아."

"응. 그럴게."

선영이 은서의 눈물을 닦아주었다.

"울면 쓰나. 내일 신부 화장해야 하는데 얼굴이라도 부으면 어쩌려고?"

"안 울어."

"행복하게 살아라, 엄마 딸."

"응. 꼭 행복하게 살게."

드디어 가족의 염원을 담은 행복이 시작되는 날이 밝았다. 아침부터 양가의 부모들은 바빴고, 모든 준비를 마친 은서의 머리 위에 크라운이 올려졌다. 잠자리 날개 같은 아름다운 면사포가 그녀의 뒤로 우아하게 펼쳐졌다. 여느 결혼식처럼 친구들과 사진 촬영도 하며 운명의 시간을 기다렸다.

그리고 식이 거행되었다.

신랑 입장에 이어 신부 입장하라는 사회자 우빈의 말이 식장 안을 울렸다. 웨딩마치에 맞춰 은서는 영민의 손을 잡고 한 발씩 령을 향해 걸어갔다. 령을 만나 그의 아내가 되기까지 1년의 세월……

같이 있었던 시간보다 떨어져 있었던 시간이 더 많았다 해도 한 번도 잊을 수 없었던 사람, 최령.

유은서, 그녀가 지금 나를 향해 오고 있습니다. 오직 나만의 여자가 되기 위해서. 나에게 행복을 주기 위해서, 그녀가 나를 향해 옵니다. 그러니 그녀를 위해 평생 살겠습니다. 제가 받은 행복보다 더 많은 행복을 그녀에게 돌려주도록 평생 노력하겠습니다.

신부를 맞으러 신랑이 걸어 나갔다. 그리고 은서의 손을 잡고 있던 영민이 령을 향해 그녀의 손을 건네주었다.

"잘 부탁하네."

"감사합니다."

령이 은서의 손을 잡았다.

이제 영원히 놓지 않으리…….

혼인서약 이후 한 과장의 주례가 이어졌다. 만만치 않게 긴 주례사는 유능한 외과 전문의가 빠져나가서 일주일간 자신이 죽게 생겼다는 말로 끝이 맺어졌다.

사진 촬영 후 은서가 던진 부케는 소희가 가져갔다. 양쪽 부모님께 모두 폐백을 드린 후 겨우 밥 한술 뜨고 둘은 비행기에 몸을 실었다.

그리고 하늘을 가로질러 세부에 도착했다. 은서가 슬픔을 가득 안고 왔던 세부를 신혼 여행지로 정한 것은 이곳에서 모든 추억을 다시 새기고 싶어서였다.

호텔에 도착하니 이미 어두워진 시각, 강행군으로 치러진 결혼식은 역시나 힘들었다. 령이 씻고 나오자 은서는 가져온 옷들을 옷장에 정리하고 있었다.

"머리카락이나 말리고 하지."

"옷이 구겨질까 봐요."

령은 그녀의 머리카락에 맺힌 물기를 조심스럽게 닦아냈다. 그의 조심스러운 손길에 옷 정리를 하던 은서는 잠시 움직임을 멈췄다.

기분 좋은 이 느낌을 즐기고 싶어 눈을 감았다. 이내 은서의 뒷목에 령의 입술이 닿았다. 간지러움이 느껴지자 눈을 뜬 은서가 살며시 웃었다.

다시 령의 입술이 그녀의 목에 닿더니 이번엔 뒤에서 안아왔다. 은서는 자신을 감싸고 있는 령의 팔을 잡았다.

"신혼여행을 이곳으로 와서 서운하죠?"

령은 은서를 돌려세웠다.

"왜 그렇게 생각 하십니까?"

"그게…… 제 마음대로 정해서."

령의 입술이 은서의 이마에 머물렀다.

"신혼 여행을 어디로 가느냐는 중요하지 않아. 누구랑 가느냐가 중요한 거지."

"나랑 와서 좋아요?"

"당연한 거 아닙니까."

령이 그녀의 턱을 잡더니 이번엔 그의 입술이 은서의 볼에 머물렀다. 살짝살짝 도장을 찍듯 여러 번 스치고 지나가자 은서가 령의 허리를 잡았다.

"그럼 지금부터 신혼을 즐겨볼까."

빙긋이 웃던 령이 은서를 번쩍 안아 들고 침대로 향했다.

"어머! 신부 안기 이런 거 나 아주 좋아하는데."

"그래? 이 정도야 뭐, 얼마든지 해주지."

령이 여유 있는 웃음을 보였다.

"그렇게 자신 있으면 저를 안고 1층까지 내려갔다 와요."

"여기가 몇 층인지 알기는 해?"

그녀가 고개를 끄덕였다.

"부실해, 부실해."

"뭐? 부실해?"

"맞잖아요."

은서의 말에 아연한 표정을 지은 령이 그녀를 살포시 침대로 던져버렸다.

"그럼 오늘 국어사전에 있는 부실함의 뜻을 한번 바꿔볼까."

은서를 침대에 눕힌 령은 그녀의 입술을 거침없이 가졌다. 이내 령의 손길은 서서히 그녀의 목욕 가운 끈을 잡아당겼다. 이제 완전히 자신의 여인이 된 은서. 신혼 첫날밤 그녀를 대하는 령은 열정적일 수밖에 없었다.

"어허! 머슴이 마님을 이러면 안 되는데."

"영화 안 봤어? 뭘 모르나 본데, 마님이 머슴을 더 좋아해."

"하하하하. 읍!"

"애무는 잠시 후에⋯⋯."

그녀의 웃음소리는 령의 입안으로 아스라이 사라졌다. 그는 다급했다. 그건 은서 역시 마찬가지였는지 둘은 어느새 서로를 품었다. 그의 몸이 움직일 때마다 그녀의 입에선 달뜬 숨소리가 흘러나왔다. 황홀한 순간을 아로새기려는 듯 령은 서서히 속도를 내기 시작했다.

"사랑해."

령이 고백하자 은서는 깊은 입맞춤으로 답을 했다. 보드라운 혀가 령의 입안에서 노닐자 그는 가녀린 은서의 다리를 자신의 팔에 걸었다. 점점 더 세게 더 빨리 움직이면서 쉴 새 없이 달음질쳤다. 강하게 움직일수록 은서는 매달릴 수밖에 없었다.

"4가지, 좀 천천히⋯⋯."

령의 목에 팔을 두르고 있던 그녀가 몰아치는 힘으로 몸이 밀리자 그의 양어깨를 잡고 버텼다.

"부실하다며?"

"안 부실해. 역시 마님 잡는 머슴이야."

그는 멈추지 않고 밀어붙였다. 더 깊게 더 빠르게 달리며 그녀를 혼미하도록 만들었다.

"아직 멀었어. 내가 부실하다는 뜻을 바꾼다고 했지."

"4⋯⋯ 가."

마저 말을 끝맺지 못하고 은서는 온몸의 털이 서는 느낌을 받았다. 점점 절정을 향해 가는 령의 몸짓에 은서 역시 맞물린 부분에서 시작되는 희열이 몸으로 서서히 번지며 자잘한 신경까지 자극하는 느낌을 받았다.

몸이 후끈하게 달아올랐다. 땀으로 젖어갔다.

그리고 말로는 표현하기 힘들 정도로 기분이 좋았다. 색정적인 신음을 흘릴 정도로 자극적이었다.

이렇듯 은서가 령의 몸짓으로 황홀한 그 순간을 만끽할 때 그의 혀가 은서의 입술 사이를 가르고 들어왔다.

뜨겁고 말캉함이 엉켜 들어가며 포개진 입술 사이로 신음이 흘렀다.

은서의 몸은 날아오르는 느낌을 받았다.

몸으로 전하는 사랑의 고백……. 숨을 가다듬을 새도 없이 은서는 그의 키스세례를 받았다.

잠시 움직임을 멈춘 그가 그녀의 얼굴에 자잘한 입맞춤을 했다. 뜨거운 숨결이 목덜미에 머물면서 그의 손은 은서의 가슴을 어루만졌다. 형태가 일그러지도록 만지는 그의 손길에 은서의 몸은 여전히 뜨거웠다.

"오늘 밤에 잘 생각은 하지도 마."

령의 혀끝이 그녀의 가슴 끝을 쓸고 지나갔다.

"피곤한데."

자신을 이토록 사랑해주는 그가 사랑스러운지 은서의 손이 령의 두 볼을 감쌌다.

"신혼 첫날밤이잖아. 마음껏 즐겨야지."

"누가 들으면 오늘이 첫 경험 하는 날인 줄 알겠어요. 매일 밤 날 잡아놓고."

지금 그녀의 몸은 사랑의 여운이 채 가시지도 않았다.

"그래서 싫다는 거야?"

"아니…… 싫다기보다는 자기 힘들까 봐 그러지."

은서가 령의 가슴팍을 쓰다듬었다. 자잘한 근육이 그녀의 손으로 만져지자 은서는 순간 숨을 들이켰다. 이 몸으로 자신을 안고 밀어를 속삭이며 사랑을 나눈다? 생각만으로도 달아올랐는지 얼굴이 발그레해졌다.

"부실하다며?"

이리 집요하게 말하는걸 보니 또 삐쳤나? 그리고…… 그 삐침이 그날 밤 자신을 잡을 줄 그녀는 전혀 예상하지 못했다.

품에서 꼼지락거리자 령이 살며시 눈을 떴다. 시간이 얼마나 지났는지 가늠이 안 되었지만, 그렇다고 확인하고 싶지도 않았다. 이 시간이 멈추기를 바라듯 그는 다시 눈을 감으며 은서를 당겨 안았다. 답답함에서 벗어나고 싶은지 그녀가 눈을 떴다.

"으응, 답답해."

"그랬어?"

잠을 깨워 미안했는지 은서의 머리카락을 만져주던 령은 그녀의 입술에 쪽 소리가 나도록 아침 인사를 했다.

"그런데 오늘따라 내 마누라가 왜 이리 예뻐 보일까나."

"마누라? 무슨 오십 대도 아니고. 킥!"

그녀의 웃음이 들리는 듯하더니 령의 입안으로 사라져버렸고, 아주 자연스럽게 그는 은서의 몸을 안았다.

살짝 벌어진 커튼 사이로 화사한 햇살이 비치는 아침, 저돌적인 령의 행동에 그녀의 목소리는 그의 입안으로 아스라이 사라졌다. 열정적인 입맞춤도 서로를 향한 몸짓도 모두 사랑을 품고 있기에 둘은 행복했다.

"사랑해, 은서야."

상기된 그녀의 볼을 령의 손길이 어루만졌다.

"다시 말해봐요."

"알다시피 내가 나쁜 놈이라서 리바이벌 그런 거 안 해."

어찌나 얄미웠는지 은서가 령의 입술을 깨물어버렸다.

"악! 아파!"

"그럼 새끼 마녀는 밥이나 먹으러 가야지."

침대에서 내려가려던 은서는 령의 억센 팔에 붙잡혔다.

"그 말뜻 들킨 거야?"

"당신은 제 손바닥 안에 있어요."

"그럼 어디 새끼 마녀 손바닥 안에서 놀아볼까."

그는 은서를 놓아주지 않았다.

"밤새 괴롭히고 아침엔 밥도 안 주고……."

"아침은 잠시 미루고 이번에는 구토가 나를 괴롭혀줘."

"진짜?"

"제발 부탁해."

령의 말에 은서가 벌떡 일어나더니 옷장에서 넥타이를 꺼내 왔다. 오! 하는 그의 표정을 보며 그녀는 예쁘게 웃었다.

"설레는데."

"손 줘봐요."

령이 두 손을 내밀자 은서는 그의 손목에 넥타이를 묶고 침대 기둥에 단단하게 고정했다. 그녀가 령이 덮고 있는 시트를 슬쩍 내리자 그의 알몸이 고스란히 보였다.

그런데 그뿐, 은서가 갑자기 휴대폰을 들었다. 번뜩 스치는 생각에 그는 불안했다.

"뭐…… 하게?"

"찍으려고요."

화들짝 놀랐다.

"미쳤어!"

령은 당했다는 생각에 일어나려고 했지만 묶여 있는 손목 탓에 어쩌지 못했다.

"누드사진 찍어야지~"

"구토! 내가 잘못했어. 제발 풀어줘."

"뭘 잘못하셨어요?"

은서가 휴대폰을 그의 얼굴 가까이 대었다.

"밤새 괴롭혀서…… 아니, 아침밥 못 먹게 해서 미안해."

"하하하하. 아~ 재밌어라. 마음껏 내가 하고 싶은 대로 괴롭혀주겠어."

절절매는 령을 보고 은서가 그의 허리로 슬쩍 걸터앉았다. 그리고 령의 입술에 진한 입맞춤을 했다.

그녀가 그를 한껏 달궈놓더니 슬그머니 령의 몸에서 내려왔다.

"난 이제 밥 먹으러 가야지."

"농담해? 이래놓고 그냥 가겠다고?"

"네~ 조금 힘드시겠네요."

얄밉게 대답하곤 옷을 입으려 하자 령은 묶인 자신의 손을 움쩍거렸다.

그가 씨익, 웃었다. 묶인 손목이 느슨해지자 령은 은서가 눈치채지 못하게 제 손을 뺐다. 그리고 순식간에 그녀를 낚아채듯 안아왔다.

"어머!"

"시작했으면 책임져야지."

침대에 눕혀진 그녀의 몸 위로 그가 제 몸을 겹쳤다.

화장하는 은서를 보며 씻고 나온 령이 옷장을 열었다. 어제는 늦게 도착한 탓도 있었지만, 결혼식을 치른 피곤함에 어디를 다닌다는 건 생각조차 싫었다. 하지만 오늘부터는 모든 일상에서 벗어난 첫날이니 은서를 데리고 발길 닿는 대로 움직일 생각이었다.

"오늘부터 신 나게 놀아보자."

"우리 놀러 온 거 아닌데요."

령의 말에 은서가 이렇게 대답을 하자 그가 그녀를 보았다. 신혼여행 와서 놀지 않으면 뭘 하겠다고?

"제가 확실하게 스케줄 잡아놨으니 걱정하지 마세요."

"왠지 불안해지는데……."

"늦었으니 빨리 서둘러요."

엉뚱한 그녀가 스케줄을 잡아놨다고 하자 령의 표정이 심각해졌다. 택시 안에서 어디로 가느냐고 물어도 은서는 대답 대신 웃기만 했다.

예쁘게만 보였던 저 웃음이 두렵게 느껴지는 건 왜일까?

령은 은서를 보며 뭔가 잘못 굴러가고 있다는 느낌을 버릴 수가 없었다.

하지만 잘못 굴러가지 않았다. 서둘러 간 곳은 코피노 아이들이 있는 곳이었다. 은서는 그때부터 그곳의 사람들을 상대로 진료를 펼쳤고, 령도 코피노 아이들을 맡은 가정을 방문했다.

그는 자신이 할 수 있는 한도 내에서 도움이 필요하다면 뭐든지 도왔다.

몸으로 움직이는 일이라면 더 열심히 했다. 부끄럽다는 생각이 들었기 때문이다. 령은 같은 남자로서 인간 같지도 않은 짓을 저지른 자국민으로 인해 화가 치밀어 올랐다.

"짐승만도 못한 새끼들."

바닥에 있는 나무판자를 들려던 그의 입에서 끝내 욕이 나왔다. 그 정도로 도저히 용납이 안 됐다.

"어떻게 자기 아이들을 이렇게 버릴 수가 있어."

"인간이길 포기했으니 버렸겠죠. 자기 아이들이 이렇게 사는데 밥 잘 먹고 두 다리 뻗고 잠을 잔다면 그건 인간이 아닌 거죠."

화가 나서 씩씩거렸던 령은 동우의 목소리에 고개를 들었다.

"안녕하십니까?"

령의 인사에 동우가 피식 웃었다.

"안녕하지 못합니다. 저 열 받게 하시려고 이곳으로 신혼여행 오신 거죠?"

"그건 아닌데…… 어쩌다 보니 이런 상황이 되어버렸네요."

동우가 령의 곁으로 다가오자 그는 손을 내밀어 악수를 청했다. 내미는 손을 맞잡으며 동우는 령이 들고 있는 나무판자를 보았다.

"최 검사, 농담입니다."

어찌나 미안해하며 심각한 표정을 짓는지 말을 한 동우가 다 무안할 지경이었다.

"그렇다면 다행이지만……."

여기서 만날 거라곤 예상도 못 했기에 동우가 자신을 보고 어떤 심정일지 마음에 걸렸다.

"저는 아무렇지도 않으니 이거나 얼른 마무리 짓고 같이 점심이나 하시죠?"

"제가 대접해도 되겠습니까?"

령은 이렇게 해서라도 미안한 마음을 표현하고 싶었다.

"기대해보죠."

도와주려는지 령의 손에 들려 있는 판자를 동우가 가져가자 그는 망치와 못을 들었다. 그리고 둘은 판자를 벽에 대고 뚝딱거리며 못을 박아 고정했다. 백지장도 맞들면 낫다고 둘이 하다 보니 일이 빨리 진행됐다.

어느 정도 마무리가 되자 령과 동우는 은서가 있는 곳으로 갔다. 바쁘게 움직이던 그녀 역시 동우의 출현에 짐짓 놀랐는지 일손을 멈추고 쳐다보았다.

"뭘 그리 놀라서 쳐다봐."

"어떻게 두 사람이 같이 와?"

"왜, 같이 오면 안 돼? 아하! 내가 네 험담할까 봐 긴장돼서 그런 거지?"

"나같이 완벽한 여자가 어디 있다고 험담은."

그녀는 전혀 굴하지 않았다.

자원봉사를 하던 사람들은 점심시간이 다가오자 하나둘씩 자리를 떴다. 령이 의자를 끌어와 앉자 은서가 시원한 냉차를 가져왔다.

"더웠죠?"

그녀가 내민 냉차를 받아 든 동우는 단번에 마셨다.

"동우 선배도 뭐 했어?"

"아무것도 안 했다. 판자 좀 나르고 못질 좀 하고 네 신랑 하는 거 조금 도와줬다. 떫으냐?"

"아하! 같이했구나. 힘들었겠네."

은서는 동우의 잔을 다시 채워줬다.

"점심 먹고 뭐 할 거야? 신혼여행 왔는데 계속 이러고 있을 수만은 없잖아."

"다 계획이 있지."

"계획? 은서 계획은 조금 무서운데."

동우의 반응에 령은 그저 빙긋이 웃으며 냉차를 입으로 가져갔다. 동우와 함께 점심을 먹고 은서가 령을 데려간 곳은 바다 한가운데였다.

스킨스쿠버 다이빙을 하기 위해 둘은 장비를 착용한 후 스노쿨링 안경도 착용했다. 령은 이미 해본 경험이 있다 했고, 은서도 유경험자라 몇 가지 수신호를 다시 인지한 후 그가 먼저 입수했다.

그가 물속에서 은서를 기다리자 그녀 역시 령을 따라 바닷물로 뛰어들었다.

"이번엔 안 가고 기다릴 테니 천천히 놀고 와."

동우의 말을 들은 령은 알았다는 수신호를 보내고는 은서를 데리고 바닷속으로 들어갔다. 투명할 정도로 맑은 물 속은 그야말로 신세계였다.

처음 입수했을 때는 두려움에 아무것도 보지 못했던 은서였지만, 지금 령의 손을 잡고 바닷속을 헤엄치는 그녀는 자신이 인어공주가 된 듯 여유롭게 구경했다.

령이 은서를 보더니 앞을 가리켰다. 물고기 떼를 발견한 그녀는 령의 손을 놓고 헤엄쳐 나갔다. 아름다운 은서의 몸짓에 키스하고 싶은 욕구를 느낀 그는 마우스피스를 빼더니 은서의 마우스피스도 빼려고 했다.

그러자 그녀가 슬금슬금 뒤로 물러나서는 자신의 목을 잡으며 숨 막혀 죽는다는 흉내를 냈다.

어이가 없어서…… 아무려면 죽이겠어!

이리 와! 도리도리.

어서 와! 도리도리.

빨리 와! 도리도리.

말이 아닌 몸짓만인 둘의 대화였다.

그래도 령은 미련이 남아 다시 오라고 손짓했으나 은서는 안 된다고 고개를 저으며 도망가 버렸다. 더는 숨을 참을 수 없는 령은 어쩔 수 없이 마우스피스를 물고 쳐다보았다.

그런데 저만치 도망갔던 은서가 뒤를 돌아보더니 무슨 생각을 했는지 그에게 헤엄쳐 왔다.

끄덕끄덕.

은서가 마우스피스를 빼는 것을 보고 령의 손도 입으로 갔다. 그리고 둘은 물고기에 둘러싸여 입을 맞췄다.

딱 1초! 눈 깜짝할 사이의 입맞춤이었다. 하지만 바닷물의 차가움을 사이에 두고 맞닿은 두 입술의 느낌은 묘했다.

은서가 마우스피스를 입에 물고 산소를 들이마시자 령은 자신의 손에 들려 있는 마우스피스를 슬그머니 놓았다. 그리고 그는 두 손으로 목을 잡으며 숨 막힌다는 표현을 했다.

꼬르륵…… 마지막 공기 방울이 령의 입에서 나왔다. 놀란 은서는 깊게 숨을 들이마신 후 령을 향해 헤엄쳐 갔다. 그리고 주저하지 않고 자신의 숨을 그에게 나눠줬다.

잠깐 동안 둘은 숨 막히는 키스를 나눴다. 아쉬워도 떨어질 수밖에 없는 입술이었지만, 이것 역시 잊지 못할 둘만의 추억이 되었다.

"4가지, 죽고 싶어서 환장했어요!"

하지만 물 밖으로 나온 은서의 목소리는 하늘에 닿았다.

"내가 뭘……."

"거기서 그러고 꼬르륵거리면 내 심장이 어떻겠어요!"

"안 죽었잖아."

"안 죽었잖아? 한번 죽어볼래요!"

마우스피스를 뺀 령은 물 위에 동동 떠서는 꼬박꼬박 말대꾸하며 은서 주변을 헤엄쳐 다녔다. 뭐, 이 정도쯤이야. 그 모습을 배 위에서 가만히 지켜보고 있던 동우가 한마디 했다.

"쟤랑 결혼 안 하길 잘했네. 무서워."

동우가 혀를 내둘렀다. 그러니 은서는 더 발끈했다.

"뭐라는 거야! 이 남자가 죽을 뻔했다고 했잖아……."

은서가 령을 가리켰는데 그가 사라지고 없었다.

"4가지!"

놀란 은서는 령을 찾기 위해 마우스피스를 입에 물었다. 은서의 잔소리가 계속되자 그는 물 속으로 들어갔고, 령의 수신호를 봤던 동우는 그대로 배 위에 누웠다.

"한숨 자볼까."

동우는 평화로운 하늘을 올려다봤고 바닷속에서 령과 은서는 옥신각시했다.

"잘못했다고요. 그러니 제발 그만."

밖으로 나온 령은 이러고 거듭 사과했다. 은서는 그가 다리에 쥐가 나서 물 속으로 가라앉은 줄 알았다. 그러다 보니 놀라서 허겁지겁 물 속으로 들어갔다. 놀란 마음에 령을 찾아 내려가 보니 그는 여유를 부리며 물고기들과 놀고 있었다. 어우! 신경질 나!

"말로 하는 건 필요 없어요."

얼마나 놀랐는지 다시 생각해도 화가 나자 은서의 입은 또다시 오리 주둥이가 되었다.

"그럼 어떻게 해야 화가 풀리겠습니까?"

"생각해볼게요."

그리고……

생각을 아주 많이 한 은서로 령은 그녀를 안은 채 한숨을 내쉬었다.

"자, 걸어서 올라가 주세요!"

"아니…… 맨 꼭대기 층인데 진짜로 걸어서 올라가라고?"

은서는 둘이 묵고 있는 리조트의 맨 위층까지 령이 자신을 안고 올라가주길 원했다.

"원래 신랑이 신부를 이렇게 안고 올라가야 하는 거래요. 빨리 올라가요."

"미쳐. 내가 왜 잠수를 해가지고……."

이제 와서 후회해도 소용없는 일이었다. 령은 은서를 안고 계단을 올라가기 시작했다. 그런데 한 층을 올라가니 그녀가 그의 볼에 입을 맞췄다.

"상이에요. 자, 2층으로 고고."

"병 주고 약 주고네. 미치게 감사합니다."

"어허! 머슴이 말이 많다."

"예, 마님 올라가다 고꾸라져 죽는 한이 있어도 가보겠습니다."

한 층씩 올라갈 때마다 령은 은서로부터 상을 받았다.

"여기에 CCTV 있나?"

"CCTV는 왜?"

"좀 진한 상을 주려고요."

은서는 볼이 아닌 그의 입술을 찾았다. 그리고 둘은 깊은 입맞춤을 했다. 하지만 입맞춤만으론 끝낼 수 없었는지 령의 품에 안겨 있던 은서가 비상구 문을 열려던 손을 멈췄다.

"머슴이 힘들어서 여기서 마님을 안기에는 벅찰까요?"

"비상계단에서?"

생각지도 못했는지 그는 놀란 표정이 되었다.

"음…… 신혼이니까 새로운 것을 시도해보는 것도 괜찮을 것 같은데."

령의 표정이 골똘해졌다. 그는 과연 풍기문란을 할 수 있을까. 은서는 궁금했다.

"CCTV가……."

그가 천장을 올려다보더니 두리번거렸다.

"푸하하하하."

은서의 웃음소리에 령이 그녀를 내려놓았다.

"구토가 도발했으니 책임져야겠지."

"진짜 할 수 있어요?"

"미쳤어. 그러다가 들키면 망신인데. 넓은 침대 놔두고 뭐하러 계단에서……."

말은 이렇게 했어도 아쉬운지 그는 말끝을 흐렸다. 신혼여행은 특별한 경우니까. 남한테 피해만 주지 않는다면 잠시 이탈한다고 해서 나쁘진 않을 것 같았다.

"여기는 맨 꼭대기 층이라 올라오는 사람도 없을 것 같은데."

"그럴까?"

"침대도 좋지만 스릴감을 느끼는 것도……. 읍!"

령이 은서의 입을 자신의 입술로 막았다. 순식간에 서로의 타액이 섞이며 둘은 뜨거운 입맞춤을 나눴다. 그가 은서의 몸을 슬며시 밀며 문 쪽으로 자리 잡게 했다.

어! 그녀는 솔직히 놀랐다. 령이 이런 상황을 즐길 줄이야.

입맞춤만으로 이미 기분 좋은 전율을 느꼈다. 그런데 입술이 떨어지기 무섭게 그가 은서를 다시 안아 들었다.

"왜요?"

"아무리 철판 깐 머슴이라도 여기서는 도저히 안 되겠다."

"역시 범생이."

은서가 실망스러운지 쌜쭉한 표정을 지었다.

"그럼 오늘 밤은 범생이의 몸 사랑 한번 받아볼 테야?"

"아니요. 난 채찍이 좋아요."

"하하하하! 채찍이라……."

이렇듯 둘은 신혼을 즐겼다.

정말 정신없이 시간이 지나갔다. 신혼 여행에서 돌아와서는 뭐가 그리 할 일이 많은지. 그런 와중에도 예뻐서 어쩌지 못하는 시아버지인 현진으로 인해 은서는 매일 행복한 비명을 질렀다.

틈만 나면 문자로 '새아가, 밥은 먹었니?', '새아가, 먹고 싶은 것은 없니?', '새아가, 피곤하진 않니?' 이러고 오면 '네, 아버님, 먹었습니다.', '네, 아버님, 없습니다.', '네, 아버님, 괜찮습니다.' 이렇게 답을 했다.

"소희는 간 것 같은데, 너는 퇴근 안 해?"

휴대폰을 만지작거리는 은서 옆으로 우빈이 다가왔다.

"어, 나도 이제 가야지."

"또 시아버지한테 문자 보냈어?"

우빈이 휴대폰을 보며 묻자 그녀가 빙긋이 웃었다.

"어쩌다 보니 넘치도록 과분한 사랑을 주시네."

"좋겠어요. 저의 시부님은 너무 무뚝뚝해서 어렵던데."

퇴근 준비를 하던 양 간호사가 부러운 눈으로 은서를 보았다.

"그럼 자주 찾아뵙고 살갑게 다가가세요. 예뻐해주실 거예요."

"성격상 그게 잘 안 돼요. 그나저나 오늘 저녁은 뭘 해서 먹는대요. 유 쌤도 가셔서 저녁 하셔야죠?"

"저는 안 하는데."

"왜요? 저녁도 최 검사님이 해주세요?"

"아니요. 해주시는 분들이 있으세요."

한껏 부러운 눈으로 보던 양 간호사가 겉옷을 입었다.

"좋겠다. 저 먼저 갈게요. 주말 잘 보내세요."

"네, 가세요."

양 간호사가 가는 걸 보고 은서도 퇴근을 서둘렀다. 아파트 단지에 들어와서 자신이 살던 집을 올려다보니 역시나 오늘도 불이 환하게 켜져 있었다.

언제부터인가 집안일을 조금씩 돌봐주러 왔던 모친들과 함께 부친들도 오더니 요즘은 하루 걸러 오다시피 했다. 결혼 전날 무안하게 왜 울었을까 싶을 정도로 딸을 시집보낸 친정 부모의 서운함은 하나도 없는 듯했다.

오히려 더 즐거워 보였다. 저녁까지 드시고 어떨 때는 집에 가기 귀찮다고 자고 가는 경우도 있었다.

은서가 현관문을 열고 들어가자 거실에서 바둑을 두고 있던 현진이 쳐다보았다.

"다녀왔습니다."

"어서 와라, 새아가."

다정하게 부르는 현진의 부름에 은서가 옆에 앉으며 영민을 보았다. 살짝 질투하는지 표정이 애매해 보였다. 그러니 은서가 싱긋 웃으며 여우 짓을 할 수밖에.

"아빠."

"어서 와, 우리 딸."

이제야 알은척하는 걸 보니 현진이 은서를 다정하게 불러 샘났나 보다.

"은서야, 나한테도 아빠라고 해봐. 아버님 말고."

"그런 게 어디 있습니까?"

역시나…… 두 분은 은서로 인해 질투심이 생기는 것 같았다.

"사돈, 저도 한 번쯤은 들어보고 싶어서 그러니 이해해주세요."

"흠!"

영민이 헛기침으로 한번 해주라고 인심 썼다.

"아빠."

"오, 새아가. 너무 좋구나. 지금이라도 너 같은 딸을 얻을 수만 있다면 늦둥이라도 낳겠다."

"어머! 저이 좀 봐."

주방에서 듣고 있던 진경이 황당해서 남편을 쳐다보자 현진은 외투에서 지갑을 꺼내 들었다.

"우리 새아가가 아빠라고 불렀으니 용돈 좀 줄까?"

은서의 눈이 반짝했다.

"자, 여기 있다."

현진이 은서에게 오만 원권 한 장을 주자 그녀가 두 손으로 넙죽 받았다.

"아빠! 감사합니다."

또다시 들리는 아빠 소리에 현진이 다시 오만 원권을 꺼내서 건네주려

하자 영민이 현진의 손을 잡았다.

"사돈, 은서가 아빠라고 부를 때마다 오만 원씩 주실 겁니까?"

"그건……."

현진이 망설일 때 자신의 눈앞에서 오만 원권이 팔랑거리자 은서가 쏙 빼갔다.

"아빠."

"그만! 은서야, 아빠는 이제 그만해도 돼."

영민의 표정이 심상치 않았기에 현진이 서둘러 마무리를 지었다.

"이번에는 친정 아빠를 부른 건데요."

"오, 그래."

"아빠, 시아버님께 시아빠라고 불러도 될까요?"

영민에게 묻는 은서의 말에 현진이 반색을 했다.

"시아빠! 그거 아주 좋다. 그렇게 불러. 나는 찬성이다."

은서는 이렇듯 자상한 부모님들과 저녁을 먹고 배웅까지 한 후 신혼집으로 왔다. 이제는 놀러 오는 것이 아닌 자신의 집이라고 생각하니 현관문을 열고 들어올 때마다 기분이 묘해졌다.

간혹 결혼한 것이 맞나 싶을 정도로 믿기지 않을 때도 있었지만, 이것을 보면 확실히 했다는 생각이 들었다.

그녀는 지금 령과 함께 찍은 웨딩사진을 보고 있었다. 그가 웃고 있었다. 웃는다는 것이 어색할 정도로 어설펐던 그 사람이 웃고 있었다.

"뭘 그리 보십니까?"

현관문 열리는 소리에 은서가 쳐다보자 퇴근한 령이 들어왔다.

"어머! 누구세요?"

"누구긴, 구토 남편이지."

"신혼여행 다녀온 후로 얼굴 보기가 너무 힘들어서 제가 결혼을 안 한 줄 알았어요."

박 검사가 어느 정도 일을 처리했다고 해도 해야 할 일이 너무 많아 요 며칠 못 들어온 날도 있었고, 은서가 잠든 후에 오는 날도 허다했다.

어쩌다가 일찍 오는 날에는 은서가 당직으로 엇갈릴 때도 있어서 제대로 얼굴을 안 보여줬더니 저리 비꼬며 말하고 있었다. 그러니 달래줘야지.

"어디 한번 안아볼까나."

"부끄럽게."

령이 안으려 하자 은서가 몸을 배배 꼬았다.

"부끄러우면 말고."

그가 침실로 방향을 틀자 은서가 쌩하니 먼저 침실 쪽으로 뛰어갔다.

"안아줘."

"풋!"

그녀가 방 문틀에 몸을 기댔다. 령이 쳐다보니 섹시한 몸짓으로 유혹하듯 은서가 자세를 잡았다. 혼자 보기 참으로 아깝기에 그는 웃고 말았다.

"부끄럽다며?"

"아직 새색시라."

"부끄러운 새색시, 새신랑한테 한번 안겨볼 테야?"

"내 님이 원하신다면 기꺼이."

령이 팔을 벌리고 다가가자 그녀가 그의 품에 안겼다.

"부끄러운 새색시가 키스나 할 수 있으려나 모르겠네."

"그럼 우리 한번 해볼까요?"

쪽! 소리를 내며 맞닿았다 떨어진 입술이 다시 서로의 입술을 찾았다. 목에 팔을 두르고 매달리는 은서의 몸을 그가 어루만졌다. 서로의 입안을 오가며 상대의 혀를 마음껏 가지고 놀 때 은서의 한쪽 다리가 슬쩍 들려졌다.

"오늘은 풍기문란으로 시작해볼까?"

"집 안에서 무슨 풍기문란?"

"그래서 싫다는 거야?"

그의 손이 은서의 가슴을 어루만지며 그녀를 꼼짝 못하게 문틀로 밀어붙였다.

"여기는 좀 불편한데."

문틀이 좁아서인지 등이 아팠다.

"아픔은 사랑으로 견뎌내야지."

"이런 4가지!"

욱하는 은서의 표정에 그가 그녀를 침대로 안고 갔다. 서둘러 옷을 벗는 령을 보고 은서는 눈을 감았다. 그리고 그의 손에 의해 벗겨진 그녀의 옷은 침대 밑으로 던져졌다.

짙은 애무가 끝나자 단단한 그의 몸과 달뜬 은서의 몸이 하나가 되었다. 숨결이 하나가 되고 몸이 하나가 되어 사랑을 나눴다.

다음 날, 둘은 령의 본가에 들렀다.

"저희 왔어요."

령이 비스듬히 열려 있는 대문을 밀고 들어서자 화단에 꽃모종을 심던 현진이 돌아보았다.

"새아가, 어쩐 일이냐?"

"두 분 뵙고 싶어서 왔어요. 어머님, 안녕하세요."

열무를 다듬으려고 소쿠리를 들고 나오는 진경을 보고 은서가 인사를 했다.

"어쩐 일이야, 연락도 없이."

"은서가 전에 받은 용돈으로 샤브샤브 먹자고 해서 들렀어요."

령이 사온 것을 들고 집 안으로 들어가자 진경이 따라서 들어갔다. 그러자 은서는 꽃모종을 심는 현진에게 갔다. 모종삽으로 흙을 파내던 현진은 은서가 앉자 봉선화 씨앗이 담겨 있는 봉투를 보여줬다.

"새아가 손톱에 예쁘게 물들여주려고."

"아빠……."

은서의 가슴이 뭉클해졌다.

"시아빠는 말이다, 딸이 있는 집이 그렇게 부러울 수가 없었단다. 그래서 며느리가 들어오면 이런 것도 해주자고 생각했었지. 혹시 부담스럽니?"

눈물이 글썽한 눈으로 은서가 고개를 저었다.

"아니요. 아주 많이 감사해요."

"그럼 같이하자꾸나."

"네."

현진이 봉선화 씨앗 봉투를 뜯을 때 령과 진경이 나왔다.

"엄마야!"

은서가 느닷없이 소리를 지르더니 기겁을 하고 일어섰다. 그런 은서를 보고 현진이 놀라서 쳐다보자 령과 진경도 서둘러 걸어왔다.

"무슨 일이냐?"

놀란 현진이 물었다.

"지, 지렁이!"

모두 은서가 손가락으로 가리키는 것을 보았다.

"흙인데 당연히 있지. 그만큼 이 흙이 건강하다는 뜻이야."

"그래도 저는 다리 없이 기어 다니는 게 세상에서 제일 무서워요. 시아빠 혼자 심으세요."

손을 탁탁 털고 물러서는 은서를 보며 진경은 마당 한쪽에 앉아 열무 다듬을 준비를 했다.

"어머니, 제가 도와드릴게요."

"안 해도 되니까 령이랑 나가서 밀가루 좀 사와. 이따 샤브샤브 국물에 칼국수 넣어서 먹게."

"알겠습니다."

령이 진경의 말에 자전거를 끌고 나왔다. 골목길로 나온 은서는 령이 잡고 있는 자전거의 핸들 바를 잡았다.

"제가 앞에 탈게요, 4가지가 뒤에 타요."

"정말?"

"나 자전거 잘 타요."

은서의 말에 령이 핸들에서 손을 놓자 그녀가 먼저 올라탔다. 그리고 령이 뒤에 타자 출발했다. 처음에는 페달을 밟자 그런대로 잘 굴러가던 자전거가 오르막길도 아닌데 점차 힘들게 느껴졌다. 그녀는 이상한 생각에 뒤를 보았다.

"4가지! 발 올려요!"

"얼레, 들켰네."

키가 큰 령의 두 발이 바닥에 닿자 끌다시피 하며 갔었다.

"어째 너무 안 나가더라니."

"이제 내가 할 테니 자리 바꿔."

령이 멈추게 하려고 발에 힘을 주니 아예 자전거가 나가질 않았다.

"힘들어, 힘들어."

투덜거리는 은서를 뒤에 태우고 출발하자 그녀가 령의 허리를 꼭 끌어안았다. 은서는 행복함에 흥얼거리며 콧노래를 불렀다.

"내 마누라 뒤에 탔나? 왜 이리 가볍지."

"나 지금 행복해서 날아가는 기분이에요. 그러니 가볍겠죠."

"내 마음도 그런데."

햇볕이 따뜻하게 내리쬐는 어느 봄날, 령과 은서를 태운 자전거는 행복을 향해 달려갔다.

그날 령의 본가에서 하루를 보내며 은서는 처음으로 이층에 있는 그의 방에 들어왔다. 자신의 방과 크게 다를 게 없는 지극히 평범한 방이었다.

령이 씻는 동안 천천히 방을 둘러보던 그녀는 책꽂이에 꽂혀 있는 노트 하나를 꺼내 들었다. 제법 오래된 듯 볼펜으로 쓴 글씨는 색이 변해 있었다.

"보면 글씨체도 까칠하다니까. 성격답게 까칠의 진수를 보여주네."

까칠한 성격만큼이나 정리해놓은 노트는 빈틈이 없어 보였다.

"뭐 하십니까?"

령의 목소리에 은서가 돌아보았다.

"일기장 훔쳐보고 있었어요."

"내 일기장? 나도 보고 싶네."

빙긋이 웃으며 은서 곁으로 다가온 그는 그녀가 들고 있는 노트를 보았다.

"이 노트는 대학 1학년 때 사용한 거네."

"그런데 아직도 가지고 있어요?"

신기한 눈으로 바라보는 은서를 령이 살며시 안아왔다.

"처음이었으니까…… 설레는 마음으로 처음 강의실에 들어갔을 때를 기억하고 싶어서 버리지 않았어."

"두근두근했어요?"

은서가 자신의 손을 령의 심장이 있는 가슴에 대었다. 그러자 그가 그녀의 손을 잡았다.

"두근두근? 당신을 처음 만난 날, 열 받아서 두근거린 거와는 조금 다르지만 아무튼 떨렸지."

은서를 만난 그때 색다른 충격을 받은 령은 처음으로 자신의 심장이 두근거리는 것을 느꼈다.

"하긴 나의 카리스마는 무시할 수 없지요."

그건 은서 역시 마찬가지였다. 그녀 역시 그의 눈빛에 사로잡힐 것 같은 두려움을 느꼈었다.

"그때 당신 모습은 다시 생각해봐도 참 당찼는데. 특히 검사 새끼라고 말하던 이 입술."

령의 손이 은서의 입술을 건드렸다. 자신의 아내가 된 은서를 만난 날이 생각났는지 령은 그녀의 입술을 찾았다. 그녀 역시 마찬가지였는지 령의 목에 팔을 둘렀다.

이런 사이로 발전할 줄 누가 알았을까. 하늘이 두 쪽 나도 책임질 일은 없을 줄 알았다. 뒤꿈치를 드는 은서의 허리를 감싸 안으며 령의 입술은 달콤한 꿀을 먹는 나비처럼 은서의 입술을 머금었다.

"사랑해, 은서야."

"말로만?"

령의 목에 팔을 두른 은서는 싱글싱글 웃는 그의 눈을 보며 이렇듯 부부가 되었다는 현실에 설레었다.

"그럼 말이 아닌 다른 걸로 표현해볼까?"

령의 입술이 다시 은서의 입술에 살포시 포개졌다. 추억을 더듬으며 사랑을 확인하는 밤이 흘러가고 있었다.

반면, 민아는 사랑의 결실로 힘들어하고 있었다. 밤새 변기를 붙잡고 헛구역질을 하는 민아 때문에 우빈의 속은 새까맣게 타들어갔다.

"지금이라도 응급실에 가보자."

"입덧으로 무슨 응급실은……. 아기 때문에 그런 거니 참을 수 있어요."

"이럴 줄 알았으면 산부인과를 전공할걸."

"우웩!"

우빈은 다시 헛구역질하는 민아를 보며 그녀의 등을 토닥여줬다. 몇 번인가 뱃속까지 보일 정도로 힘겹게 토해낸 민아는 이미 기진맥진할 정도였다.

"휴직해보는 건 어때?"

우빈이 그녀를 쫓아 거실로 나오며 말했다.

"임신 중에는 적당히 움직여줘야 해요. 입덧은 금방 지나가니까 걱정하지 말아요."

"그래도 한번은 생각해봐."

"우웩!"

우빈의 말이 끝나기도 전에 손으로 입을 막은 민아는 다시 욕실로 뛰어갔다. 밤새 자기는 틀린 듯했다.

이른 아침, 눈을 뜬 령은 옆자리가 비어 있자 벌떡 일어났다. 시간을 확인한 그는 침대 모서리에 가지런히 개어져 있는 은서의 잠옷을 발견하고 서둘러 욕실로 들어갔다.

"어? 맛이 왜 이러지?"

종지에 국물을 떠서 입으로 가져간 은서는 고개를 갸우뚱했다. 그녀는 소금 통을 집어 들었다. 그때 허리 사이로 살며시 파고드는 령의 손으로 은서는 놀라서 쳐다보았다.

"놀랐잖아요."

"놀라긴. 이 세상에서 당신한테 이렇게 할 사람은 나밖에 없어."

"그보다 이거 간 좀 봐줘요."

뒤에서 자신을 안고 있는 령을 향해 은서는 국물을 떠서 입으로 전해줬다.

"음…… 맛있는데."

"정말요?"

"소금을 좀 더 넣고 마늘을 넣으면 더 맛있을 것 같아."

"아! 마늘을 안 넣었구나."

령의 입술이 그녀의 볼에 머물렀다.

"이러고 있으니까 움직이기가 불편하잖아요."

은서가 몸을 빼려 하자 그는 더 안아왔다.

"너희, 뭐 하니?"

진경은 덜거덕거리는 소리에 나와보았다가 둘의 모습에 어쩔 수 없이 한 소리 해야만 했다. 령은 슬그머니 은서를 품에서 놓았다. 멋쩍었는지 뒷머리만 긁적이자 은서 역시 부끄러운 생각에 두 볼이 붉어졌다.

"어머님, 안녕히 주무셨어요?"

은서의 아침 인사에 진경은 령을 보았다.

"지금부터 안녕히 주무실 테니까 너희도 어서 올라가. 쉬는 날 누가 이렇게 일찍 아침을 먹는다고 서둘러."

"그래도……."

진경이 올라가라고 말해도 은서는 머뭇거렸다.

"령아, 어서 데리고 올라가. 9시 전에는 내려올 생각도 하지 마. 알았지?"

"네, 그러겠습니다."

은서가 두른 앞치마를 그가 풀어내자 진경은 방으로 향했다.

"저건 어떻게 해요?"

은서가 국 냄비를 보자 령이 국자로 국물을 떠서 맛보았다.

"맛있어. 맛있어. 그러니 어서 올라가자고."

"진짜 맛있어요?"

여전히 믿지 못하겠다는 은서의 표정에 령은 그녀의 손을 잡아끌었다. 거실로 나와 그의 손에 이끌려 계단을 올라가는 은서는 못내 아쉬운지 주방

쪽을 보았다.

방으로 들어와 침대 위에 올라앉는 은서를 보며 령이 그녀 옆으로 앉았다.

"본가에 와서 자는 게 많이 불편하면 다음부터는 저녁 먹고 집으로 가는 걸로 해."

령의 말에 은서가 고개를 저었다.

"두 분 다 편하게 대해주셔서 불편한 거 없어요. 그러니 걱정하지 마세요."

"아침이 힘든 잠팅이를……."

며느리가 뭐기에…… 안쓰러움에 령이 은서를 안아왔다.

"9시 되려면 아직 멀었는데 좀 더 자볼까."

그녀와 몸을 겹친 령은 은서의 입술을 찾았다. 입을 맞추고 또 맞추며 사랑을 나누기 전 전희를 즐겼다. 깊은 애무가 시작되자 발끝에서부터 시작된 전율이 온몸으로 전해졌다. 은서는 그의 머리카락을 살며시 움켜쥐었다. 그의 혀끝이 부끄러운 곳을 어루만질 때마다 그녀의 허리가 저절로 들썩였다.

사랑을 나누면서 새어 나오는 신음으로 은서의 입술은 령의 입술에 막혔다. 허리를 움직이자 침대의 움직임 소리가 들렸다. 침대 소리를 숨기기 위한 그의 몸짓은 평소보다 부드러웠으며, 그로 인해 사랑을 나누는 시간은 더 길어졌다.

제법 시간이 흘러갔다. 임신한 민아의 배가 불룩하게 모양을 잡아가자 소희와 은서는 한껏 부러운 눈으로 둘의 모습을 바라보았다. 이거 어디 눈꼴 시어서 볼 수가 있나. 아주 신줏단지 모시듯 하는 우빈으로 인해 뭐라고 할 말이 없을 정도였다.

"은서야, 임신하면 어떤 느낌일까?"

"안 해봐서 모르지."

질문이나 답이나 서로가 생각해도 한심했는지 웃고 말았다.

"최 검사, 아이 기다리지 않아?"

"그 사람보다 부모님들이 더 난리야."

"사랑받고 있다는 증거니 그것도 복이다."

"그런 것 같아."

소희가 자리를 뜨자 은서는 손목시계를 보았다. 벌써 퇴근할 시간이 다가오고 있었다.

전화나 해볼까. 이런 생각이 들자 은서는 휴대폰을 들고 슬그머니 일어섰다. 그리고 사람들의 발걸음이 뜸한 구석 쪽으로 갔다. 주변을 슬쩍 보고는 단축 번호를 꾹 눌렀다.

꾹! 누르면 뭐 하나. 바쁜지 받지를 않는데…….

서운해도 어쩔 수 없는 상황이라 아쉬운 표정을 지으며 휴대폰을 주머니에 넣었다. 하지만 곧바로 징징 울려대는 휴대폰 진동이 온몸으로 전해지자 급히 꺼내 들었다.

"여보~ 자기야~"

[유은서 씨 휴대폰 아닙니까?]

"저예요~ 달링~"

[풋! 허니~]

은서의 애교에 령이 맞춰주기로 했다.

"나 보고 싶어요?"

[당연하지. 당신은 나 안 보고 싶어?]

"글쎄…… 보고 싶을까 말까?"

보고 싶은 것도 밀당을 원하는 은서였다.

[사랑해. 은서야.]

"지금 보고 싶다는 말 듣고 싶어서 이렇게 입막음하는 거죠?"

[사랑합니다.]

"공짜라고 너무 남발하시네."

[당신을 사랑합니다.]

"보고 싶게 자꾸 그러지 마세요."

[보고 싶다, 은서야.]

그 후, 령은 일을 마무리하고 퇴근을 서둘렀다. 운전석 문을 열려던 중 문자가 도착했다. 언제 퇴근하는지 묻는 그녀의 문자에 집에서 기다리고 있을 은서가 상상되자 어느새 입가에 미소가 번졌다.

"놀려줘 볼까?"

그가 통화 버튼을 누르고 차에 오르자 주차장 근처의 벤치에 앉아 있던 은서가 령을 발견했다.

[문자를 했으면 문자로 답을 해야 정석이죠.]

"그게…… 일이 바빠서 많이 늦을 것 같은데."

통화하며 투덜거리던 은서는 '어? 지금 퇴근하는 거 아니었나?' 하는 생각에 령의 차 쪽으로 걸어갔다.

"지금 어디예요?"

잽싸게 몸을 숨기며 혹시 몰라 슬며시 떠보았다.

[음…… 사무실.]

저런 거짓말쟁이! 그렇다면 그냥 넘어가 주면 안 되지. 나무 뒤에 숨어 령을 보고 있던 은서는 손에 잡히는 머리카락을 돌돌 말았다.

"그럼 저는 친구들 만나고 천천히 들어갈 테니 일 보고 오세요."

은서의 말에 시동을 걸던 령이 멈칫했다. 이러면 안 되는데. 나 혼자 집에 가서 심심하게 뭐 하라고. 일찍 퇴근하려고 얼마나 미친 듯이 일했는데. 그는 바로 정색하며 말을 정정했다. 그리고 정중히 말했다.

[그럼 일찍 가보도록 하겠습니다.]

"됐어요. 안 그러셔도 돼요. 저는 벌써 친구들이 있는 곳으로 향했거든요. 바이."

[구토!]

자신을 부르는 소리를 들으며 은서는 통화를 끊었다. 그리고 여전히 나무 뒤에 모습을 감추고 령의 행동을 지켜보았다. 이러지도 저러지도 못하는 그의 모습에 그녀는 자동차가 있는 곳으로 걸어갔다. 그리고 운전석 앞으로 가서 짠! 소리를 내며 양팔을 벌리고 섰다.

"저 새끼 마녀!"

갑자기 나타난 은서의 모습을 보고는 령의 입에선 이 말이 저절로 나왔다. 차에 올라타 안전벨트를 착용한 은서는 령을 향해 윙크를 날려줬다.

"출발!"

"친구들은 어디다 버리고 여기로 오셨습니까?"

액셀러레이터를 밟은 그는 천천히 핸들을 돌려 검찰청을 빠져나왔다.

"어서 집에 가라고 병원에 버리고 왔어요."

"강 선생 부인은 예정일이 얼마 남지 않았다고 하던데……."

"그래도 한 달 넘게 남은 걸로 알고 있어요."

"2세가 태어나면 얼마나 예쁠까?"

생각만으로도 행복한지 령은 흐뭇한 미소를 지었다. 그러다 보니 은서 입장에서는 미안한 마음이 생겼다.

"우리는 왜 아기가 안 생길까요?"

결혼하고 벌써 몇 개월이 지났건만 여전히 소식이 없으니 살짝 걱정이 앞섰다. 양가 부모님들은 지금 눈 빠지라고 기다리는 상황이니 조급해지는 감도 없지 않았다.

"아기 타령은……. 어련히 생기겠지."

은서의 마음을 알고 있기에 령은 대수롭지 않게 대답해줬다.

"그래도 첫날밤부터 따지면 벌써 몇 개월인데…… 짧은 시간은 아니죠."

"첫날밤?"

말을 하고 나니 그때 생각이 났는지 둘 다 온몸이 근질근질해졌다. 령이 뒤차의 상황을 보더니 차선을 바꾸기 위해 깜빡이등을 켰다. 그러고는 적당한 곳에 자리를 잡고 주차했다.

"왜요?"

은서의 물음이 끝나기도 전에 령이 안전벨트를 풀었다.

"왜긴. 키스하려고 그러지."

"지금? 여기서?"

사방이 뻥 뚫린 길에서? 이 남자 왜 이래? 은서의 생각이 정리되기도 전에 령의 몸이 그녀에게 다가왔다. 그리고 아주 자연스럽게 자신의 입술인 양 은서의 입술을 찾았다.

령의 입맞춤에 은서는 기분이 묘해졌다. 이래서 흔들 차가 존재하는 것인가. 은서가 불편했는지 안전벨트를 풀려고 할 때 자가용의 지붕을 두드리는 소리가 들렸다.

하지만 지금 둘한테는 그런 게 문제가 아니었다. 참으로 기분 좋은 순간이라 둘은 열심히 서로의 입술을 맛보았다. 그때 다시 차 지붕을 두드리는 소리가 들렸다.

"이런……."

령은 운전석 창문으로 밖을 보고는 입술을 지그시 깨물었다. 그리고 은서는 반대 방향으로 잽싸게 고개를 돌렸다. 한마디로 말하자면 걸렸다.

"수고하십니다."

붉은색 경광봉을 보며 령이 창문을 내렸다.

"여기다 주차하시면 곤란하죠."

순찰을 나왔던 경찰관이 거수경례를 하며 한심한 눈으로 쳐다보았다.

"죄송합니다."

"다음부터 이러시면 진짜 안 됩니다."

선심 쓰듯 던지는 경고에 령이 살짝 고개를 숙여 인사했다. 서둘러 출발하려고 하자 경찰관이 뚫어지게 그의 얼굴을 보았다.

"혹시 검…… 사님 아니신가요?"

"수고하십시오."

그는 자신의 얼굴을 알아본 경찰관으로 재빨리 그 자리를 떠났다.

"푸하하하하."

"지금 이게 웃깁니까! 망신살 뻗쳤는데."

이렇듯 둘의 결혼 생활은 예측하기 어려운 행복으로 웃음이 가득했다.

"난 너무 재밌는데. 하하하하."

당황한 령은 엉뚱한 데로 차를 몰았고 은서는 깔깔거리며 웃었다. 그러니 령은 무안해서 웃었다.

"우리…… 오늘 외박할까?"

눈물까지 흘리고 웃던 은서는 느닷없는 령의 말에 웃음이 쏙 들어갔다. 외박? 집 놔두고 부부가 외박? 그런데 이 말이 왜 이리 야하게 들릴까? 불륜도 아니고 엄연한 부부인데.

"좋아요. 근데 어디서?"

"우리 옆집에서."

"푸하하하하."

은서는 다시 손뼉까지 치며 웃었다.

"문제는 둘만의 외박이 아니라 합숙이 된다는 것이지."

"하하하하."

부모님들이 요즘은 상주하다시피 하니 단연코 합숙이 맞는 말이었다.

"그럼 근처 가까운 곳으로 가볼까?"

이정표를 본 령은 고속도로로 접어들었다.

"어디 가게요?"

"잠깐이라도 겨울 바다나 보고 올까 해서."

"와우! 신 나라."

결혼하고 나니 언제부터인가 자연스럽게 집에만 있었다. 딱히 은서를 데리고 간 곳이 없다는 생각이 들었다. 어쩜 그것이 지극히 평범한 것인지도 모르겠지만, 령은 가급적 그녀를 데리고 가까운 곳이라도 가야겠다는 생각을 했다. 굳이 먼 곳이 아니어도 둘이 함께할 수 있는 공간이라면 어디든 괜찮을 것 같았다.

"그러고 보니 우리 요즘은 산에 간 적이 없네요."

"그러네."

"오호! 뭔가 냄새가 나요."

"무슨 냄새?"

령이 차 안을 살폈다.

"그거 말고요. 귀찮아하면서도 저 데리고 산에 갔던 게 냄새난다고요. 지금은 배낭이 어디 있는지도 모르죠?"

"그거야······."

"이상해. 수상해. 뭔가 있어."

"수상하긴. 요즘은 마음이 편하다 보니 사건이 술술 풀려서 안 가는 것뿐인데."

"술술 풀리긴. 매일 머리 싸매면서."

령이 피식 웃었다.

"인정! 같이 다니니까 재미있어서 데리고 다닌 거 인정! 됐습니까?"

이러고 넘어가야지 안 그러면 끝까지 물고 늘어지는 은서란 걸 안다.

"저도 뭐…… 그런 이유이긴 했지만."

령이 바로 인정해버리자 은서도 슬그머니 인정했다.

"그럼 다시 산으로 가볼까?"

"겨울 산…… 추워서 패스!"

"혹한기 하면 재밌을 것 같은데."

"혼자 해요. 전 따뜻한 방에서 뒹굴 거예요."

"뭐…… 그렇다면 나도 같이 뒹굴어야지."

"어우, 이 남자 이상하게 변했어. 까칠하던 건 다 어디 갔어요?"

"구토를 위해 다 뽑아버렸어."

"푸하하하하."

둘은 가까운 아산만 방조제에 들렀다. 간단히 저녁을 먹고 끝도 보이지 않는 방조제를 천천히 걸었다. 바다를 막아 이 길이 생겼다는 게 믿어지지 않을 만큼 신기했다.

"밤에 오니까 분위기 진짜 좋아요."

"그러게."

도로보다 높은 둑 위를 걷고 있자니 바다 냄새가 물씬 풍겼다. 간간이 보이는 연인들과 함께 령과 은서도 데이트를 즐겼다. 지극히 일상적인 이야기가 다였지만 은서는 여전히 령의 귀를 즐겁게 해줬다.

"여긴 낙조가 아름다워요."

"언제 와봤는데?"

"대학 졸업하고 친구들이랑 놀러 갔다가 일몰 때 이곳으로 지나간 적이 있어요."

"그럼 다음에는 일몰에 맞춰서 와보자."

방조제 중간쯤 갔을 때 령은 은서와 함께 자리를 잡고 앉았다. 고요한 바다…… 둘의 숨결이 하나가 된 게 다였지만 더 바랄 것도 없었다. 깊지도 않은 짧은 입맞춤과 사랑한다는 말 한마디. 이게 바로 행복이었다. 둘이 함께한다는 것, 이게 행복이라고 생각했다.

"근데 너무 춥지 않아요?"

"가자. 나도 얼어 죽을 것 같아."

행복도 추위 앞에서는 잠시 보류였다. 잠깐의 이탈을 맛보고 조금은 늦은 시각 둘은 다시 집으로 향했다. 이보다 더 좋을 수 없었다.

"차 선배!"

점심을 먹고 깜박 졸았는지 령은 차영철을 부르며 눈을 번쩍 떴다. 차 선배를 잃고 처음으로 그의 꿈을 꿨다. 한 번쯤은 꿈속에서라도 보기를 소원했기에 선배를 본 령은 울컥해졌다. 이내 의자에서 일어선 그는 창밖을 보았다.

"눈이 내리네."

그가 하얀 눈이 내리는 창밖을 보고 있을 때, 우빈과 수술실로 향하던 은서도 회색빛 하늘에서 내려오는 하얀 눈송이를 보았다. 어느새 겨울이 시작되려는지 하늘에서는 첫눈이 내리고 있었다.

"우빈아, 첫눈 온다."

"그러네. 이렇게 첫눈 오는 날 좋은 소식도 왔으면 좋겠다."

둘은 걸음을 멈추고 아주 잠시 첫눈이 내리고 있는 창밖을 감상했다.

"민아 씨도 제법 배가 불렀던데?"

"그래도 예정일까지는 아직 시간이 남았어. 근데 너는 아직 소식 없는 거야?"

수술실로 향하며 임신 여부를 묻는 우빈의 말에 은서는 잠시 머뭇거렸다.

"음…… 아직."

"혹시 최 검사 시원찮은 거 아니야?"

은서는 눈을 흘기며 우빈의 등을 때렸다. 시원찮긴! 무슨 그런 섭섭한 소리를! 아주 넘치는 사랑으로 밤마다 행복해 죽겠구먼! 과분한 사랑을 받고 있기에 은서의 입은 자연스레 웃었다.

그리고 몇 시간의 수술을 마친 뒤 은서는 우빈과 함께 한 과장 뒤를 따라 나왔다.

"수고했어."

"수고하셨습니다."

먼저 가는 한 과장을 보고 은서는 어깨를 주물렀다. 요 며칠 몸이 찌뿌듯한 게 몸 상태가 별로라는 생각이 들었다.

순간 그녀는 현기증이 일었다. 휘청하는 은서를 우빈이 보고 그녀의 팔을 잡았다.

"왜 그래?"

"모르겠……."

은서가 쓰러졌다.

첫눈이 탐스럽게 내린 날, 우빈의 말처럼 은서에게 좋은 소식이 왔다. 그녀가 쓰러졌다는 소식을 받고 부랴부랴 병원으로 온 령은 소희에게 이런 말을 전해 들었다.

"아빠 되신 거 축하해요."

걱정된 마음에 어떻게 왔는지 기억도 없는 령은 소희의 말을 믿을 수가 없어 되물었다.

"제가 아빠가 되었다고요?"

"네. 이제 4주째라고는 하지만 엄연한 생명이니 아빠가 맞겠죠."

너무 좋다 보니 웃음이 아닌 눈물이 핑 돌았다. 은서가 힘들어할까 봐 내색도 못 하고 얼마나 기다려왔던 소식인지.

어서 가보라는 소희의 말에 그는 산부인과 쪽으로 걸음을 옮겼다.

"어머니……."

부모가 된다는 생각 때문일까. 령은 순간 울컥했다. 왜 그러느냐고 걱정되어 묻는 진경에게 그는 겨우 소식을 전할 수 있을 정도로 감정이 격해졌다. 얼마나 기다렸던 소식이었는지. 자신보다 더 좋아하는 진경과의 통화를 끊고 그는 시루에게 전화를 했다.

"꼴통! 나 아빠 됐다!"

그는 세상을 다 얻은 기분이었다.

[오~ 드디어 4가지 주니어가 생겼군, 축하해. 진짜 축하해.]

"고맙다. 고마워."

[제수씨한테도 축하한다고 전해줘.]

령은 병실 문을 살며시 열었다. 침상에서 잠들어 있는 은서의 모습이 보이자 조심스럽게 문을 닫은 그가 그녀 곁으로 걸어갔다.

평온해 보이는 모습…….

무슨 꿈을 꾸는지 은서의 입가에는 옅은 미소가 걸려 있었다. 아직 아무것도 모른 채 편안히 잠들어 있는 모습에 령은 침대에 걸터앉아 그녀의 손을 잡았다.

혹시라도 깰까 싶어 조심스럽게 흐트러진 머리카락을 정리해줬다. 사랑스러운 모습에 가볍게 이마에 입도 맞췄다. 그 숨결을 느꼈는지 그녀가 눈을 떴다.

"깼어?"

"어떻게 된 거예요? 당신이 왜 여기 있어요?"

은서는 병실 안을 둘러보더니 몸을 일으키려고 했다.

"그냥 누워 있어. 아기 때문에 힘들어서 쓰러졌대."

"아기?"

은서의 눈이 동그래지며 일으켜 달라고 손을 내밀었다.

"응. 우리한테 아이가 왔대."

"정말? 정말로 우리한테 아이가 생겼어요?"

그녀가 믿을 수 없다는 표정으로 바라보자 령은 조심스레 일으켜 안았다.

"고마워."

그는 사랑하는 여인을 안으며 이렇게 말했다.

"히히. 흐윽……."

그동안 표현하지 못한 마음고생으로 은서는 다 웃지도 못하고 눈물을 떨어뜨렸다. 령은 그런 그녀를 안으며 생각했다.

행복이라고 하는 것은 저절로 오는 것이 아닌 서로가 노력해야 한다는 것.

사랑하는 사람과 행복해지고 싶어 둘은 최선을 다해 서로를 사랑했다. 그래서 그 결실을 얻고 지금 또 다른 행복을 누리고 있었다. 그 행복을 그 누구도 아닌 은서가 만들어줘서 령은 행복했다.

소식을 듣고 한걸음에 달려온 부모님들로부터 한껏 축하를 받은 은서는 링거를 모두 맞고 집으로 왔다. 여전히 믿기 어려운 현실에 그녀는 아직 점으로밖에 보이지 않는 아기의 초음파 사진을 보고 있었다.

"누워 있으라니까 왜 서 있어?"

그녀는 침대에 올라가지도 않고 서서 사진을 보고 있었다. 우유를 데워온 령도 아이의 모습이 보고 싶었는지 협탁에 우유 잔을 내려놓은 후 침대 위로 올라왔다.

"이리 와."

침대 헤더에 등을 기대고 앉아 은서를 향해 두 팔을 벌렸다. 그러자 그녀는 그의 넓은 가슴을 등받이 삼아 편하게 기대앉았다.

"예쁘죠?"

뒤에서 안아 온 령의 한 손이 은서의 배 위에 조심스레 얹어졌다. 마치 아이의 볼을 쓰다듬듯 령의 손은 은서의 배를 쓰다듬어줬다.

"아직 점이라서 나는 잘 모르겠어."

"사실은 저도 그래요."

초음파 사진을 보며 둘의 눈은 웃음이 가득했다.

"좀 전에 사진 보면서 우리 아이 태명 지었어요."

"태명?"

"음…… 까칠이 어때요?"

은서가 뒤에 있는 령의 얼굴을 보기 위해 몸을 조금 돌렸다.

"까칠이? 왜 그렇게 지었어?"

"당신처럼 까칠까칠하게 자라라고."

사랑이 가득 담긴 령의 눈빛에 은서는 행복했다.

"그럼 피곤할 텐데."

"피곤하긴? 당신처럼 어느 정도는 까칠해줘야 매력 있어요."

그는 그녀가 사랑스러워서 견딜 수가 없었다.

"내가 지금도 까칠하다고 느껴져?"

"나한테는 아니지만, 다른 사람한테 하는 거 보면 연애할 때가 생각난다고 할까요."

은서한테만 예외일 뿐 그는 여전히 까칠했다.

"그럼 좀 변해볼까?"

"안 돼요. 4가지 중 하나인데 변하면 싫어요."

그의 입술이 그녀의 입술을 감쌌다. 은서는 예쁜 미소를 지으며 그의 입술을 받아들였다. 언제부터인가 은서는 만세를 부르지 않고 령의 품에서 잤다. 그게 신기한 그는 자는 그녀를 한동안 바라보았다.

아빠가 된다는 그 말을 아직도 실감하지 못할 정도로 모든 게 믿기지 않았다.

'차 선배, 형수, 이 아이 잘 키울게. 고마워.'

령은 자신의 아이를 그들이 보내줬다고 생각했다. 왜냐하면 첫눈이 내린 그날, 임신 소식을 듣기 전 그는 꿈을 꿨기 때문이다. 차 선배와 형수가 품에 안겨 웃고 있던 아기를 그에게 안겨줬던 것이다.

얼떨결에 아기를 품에 안아 들고 그들을 보자 어느새 사라지고 없었다. 놀란 령이 선배를 부르며 찾았지만, 그들의 모습은 그 어디에도 없었다. 령이 은서의 배 위에 자신의 손을 조심스럽게 올려놨다.

"왜 안 자고 있어요?"

잠팅이 은서가 이제는 잠귀도 밝아졌다.

"잠이 안 오네."

잠들고 나면 모든 게 꿈이 되어 사라질 것 같아서 그는 잠들 수 없었다.

"꿈일까 봐 불안해요?"

"응. 불안해."

"아무것도 불안해하지 말고 걱정도 하지 말아요. 지금처럼 나와 우리 아기를 지켜줘요."

"그럴게, 은서야."

그가 그녀를 있는 힘껏 끌어안았다. 사랑해…….

"넌 입덧도 안 하니?"

소희는 고기를 상추쌈에 싸서 입을 벌리고 먹는 은서를 보며 한마디 했
다.

"없어서 못 먹어."

다시 상추 한 장을 집은 그녀는 고기를 올려놓고 쌈장을 발랐다.

"하여튼 이상하다니까."

"솔직히 나도 입덧 그런 거 하고 싶거든. 그 사람 앞에서 욱! 이렇게 말이
야."

임신이라고 안 순간부터 그녀는 온갖 것이 먹고 싶었다. 등산의 목적이
체력을 기르는 것이었다면 지금은 먹기 위한 것으로 바뀌었다. 임신 중인
이유로 사실상 등산은 어려웠지만 어디에 뭐가 맛있다는 식당만 있으면 바
람 쐬는 정도로 찾아갔다.

"많이 먹어라. 그래야 튼실한 조카가 나오지."

소희는 이제 부담스러울 정도로 많이 부른 그녀의 배를 보며 말했다.

"시루 씨 소식 모르지? 그 사람이 가끔 만나고 오면 소식을 전해주긴 하는데……."

"그 사람이랑 나랑 무슨 상관이야?"

뜬금없는 시루의 이야기에 소희는 의아한 눈빛을 했다.

"내가 봤을 땐 둘이 잘 어울린다고 생각했는데."

"네 눈이 잘못된 거야. 전혀 내 스타일 아니야."

다시 상추쌈을 입에 집어넣은 은서는 대답 대신 고개를 끄덕였다. 스타일이 아니라는데 억지로 연애할 수는 없는 것이니까. 이렇듯 비슷한 상황을 자신도 동우로 겪어본 경험이 있기에 소희의 말을 이해했다.

괜찮은 인연이라 생각했지만 그건 생각일 뿐 현실은 그렇지 못했다. 언젠가 시루도 소희도 좋은 인연을 만나길 바라며 은서는 마음속으로나마 빌어주었다.

"얘 또 시작했네. 자기 아들 사진을 왜 자꾸 나한테 보내는 거야?"

식탁 위에 올려놓았던 휴대폰이 반짝하고 문자 알림을 알려주자 소희가 확인하고 한마디 했다. 그녀는 은서를 향해 휴대폰을 보여주었다. 우빈의 아들인 민우 사진이었다.

"너 샘나서 빨리 결혼하라고."

"그런다고 결혼이 내 마음대로 되니?"

된장찌개를 떠서 먹던 은서가 청양고추를 씹었는지 인상을 썼다.

"요즘은 아이가 성장하는 과정을 동영상으로 담잖아. 매일 휴대폰 들이대서 보여주는 것도 모자라 이러고 보내니……."

"나한테도 그래. 아들 낳았다고 자랑 많이 하더라. 결혼하면 며느리한테 빼앗기는 게 아들인데 말이야."

맞는 말이라고 생각했는지 소희가 작게 웃었다.

"그럼 넌 딸 낳아야겠다."

"나랑 그 사람도 딸을 원해. 낳아봐야 알겠지만."

"딸 바라면 아들 낳는다던데."

"어쩔 수 없지. 내 마음대로 할 수 없는 게 성별이니까."

"너 전화 온 거 같은데?"

소희의 말에 그녀는 핸드백을 열었다. 진동이 울리는 휴대폰을 꺼내 들고는 이내 흐뭇한 표정을 지었다. 령이다.

"네, 저예요."

[어디야?]

"퇴근했어요? 지금 소희랑 밥 먹는 중인데."

[그래? 그럼 난 내가 알아서 먹을 테니까 걱정 말고 천천히 와.]

"미안해요. 빨리 먹고 갈게요."

[천천히 먹고 와. 체하면 큰일이니까.]

"히히히."

고맙고 미안해서 이렇게 웃고 말았다.

"어서 먹고 신랑 품으로 날아가세요."

고기를 자르던 소희가 샘났는지 살짝 비꼬았다. 우빈은 이미 아빠가 되었고 은서는 이제 예비 엄마였다. 아직 짝조차 찾지 못한 소희는 외톨이가 된 기분도 들었지만, 둘의 행복한 모습으로 대리만족 중이었다.

은서와 통화를 끝낸 령은 옷을 갈아입기 위해 넥타이를 풀었다.

그녀가 없는 탓일까. 허전한 생각마저 들었다. 결혼한 지 어느덧 일 년의 시간이 지났건만, 여전히 신혼 같았다.

"어머님이 다녀가셨나?"

옷장을 연 그는 가지런히 걸려 있는 와이셔츠를 보고 중얼거렸다. 은서의 임신으로 인해 모친들은 현재 이 집안의 모든 살림을 도맡아 하고 있었다.

야근에 당직까지 해야 하는 그녀가 혹시라도 힘들어할까 봐 부모들은 항상 노심초사였다. 틈나는 대로 자신이 하겠다고 말했지만 결코 그 말을 귀담아들을 분들이 아니었다.

그래서 이제는 그냥 맡겨버렸다. 령이 은서를 위해서 봉사하는 것이라면 모친들이 해놓은 것으로 아침을 준비해주는 정도였다.

머슴처럼 살고자 맹세했건만, 사실 할 게 없었다.

"그럼 하던 걸 계속해볼까?

그는 서재로 쓰고 있던 방으로 들어갔다. 그 방은 이제 태어날 아기를 위해 쓰일 물건들이 있었다. 하나씩 눈에 띄는 것을 사다 보니 제법 많아졌다.

어제 택배로 받아놓았던 박스를 그는 오늘에야 열었다. 그 안에는 조립용 아기 침대가 들어 있었다.

"드라이버가 어디 있더라."

공구함에서 연장을 꺼낸 그는 수납장 바닥 부분을 조립하기 위해 판자를 집어 들었다. 그리고 꼼꼼히 나사를 조이기 시작했다. 하나씩 나사를 조일 때마다 조금씩 수납 침대의 틀이 잡혀가는 것 같았다.

이곳에서 4가지와 구토의 아이가 잠자고, 놀고, 먹겠지. 아! 싸기도 하겠구나.

그것마저도 좋아서 저절로 입이 벌어졌다. 처음으로 아이의 태동을 느꼈을 때 너무 감격스러워 그는 은서를 와락 안아주었다.

갑자기 안아서 놀랐다고 타박까지 들었지만 령은 그저 그녀를 품에 안고 행복을 만끽했다. 은서를 닮은 딸이면 더 좋겠지만 자신을 닮은 사내아이도 괜찮을 것 같았다.

이름은 무어라고 지을까. 딸이면 은서의 '은' 자를 넣어줄까. 그게 좋겠네. 그럼 은희, 은아, 은경, 은지. 은지?

은지…… 예쁜데.

"뭐 해요?"

아이 이름을 생각하느라 골몰하고 있던 령은 그녀의 목소리에 고개를 들었다.

"4가지…… 무섭게 왜 혼자 웃고 있어요?"

방으로 들어오려던 은서가 슬그머니 뒤로 물러섰다.

"웃으면 안 돼?"

"이상하잖아요. 당신 이름이 뭐예요?"

엉뚱하게 테스트하는 그녀의 말에 령이 작게 웃었다.

"최은지."

"잉? 최은지?"

"우리 딸 이름이야. 어때, 예쁘지?"

잠시 장난 좀 치려던 은서가 방 안으로 들어왔다. 그리고 나사를 잡아 드라이버를 돌리고 있던 령의 팔을 벌리더니 힘겹게 그의 넓적다리 위로 걸터앉았다. 그리고 다녀왔다는 인사를 하듯 볼에 살짝 입을 맞췄다.

"이름 지었어요? 만약에 아들이면 어쩌려고?"

"딸인 거 같아. 그냥 느낌이 그래."

어느새 그는 나사와 드라이버를 내려놓고 그녀의 허리와 배를 두 팔로 감쌌다. 그리고 태아와 인사를 하듯 그녀의 불룩한 배를 쓰다듬어 주었다.

"까칠아, 안녕. 아빠 목소리 들려?"

"아마 과식해서 잘 거예요."

그러고 보니 그녀의 몸에서 고기 냄새가 풀풀 풍겼다. 남편은 아직 밥도 못 먹고 이러고 있는데 너무하네. 령이 손가락으로 은서의 얼굴을 가렸다.

"어, 이거 혹시 김이야?"

"엥? 기미요?"

임신하면 피부에 변화가 올 수 있다더니만. 그건 절대 싫은데. 놀란 은서가 거울을 보기 위해 일어서려 하자 령이 그녀를 다시 눌러 앉혔다.

"김이냐고?"

"그러니까 기미요? 제 얼굴에 기미 있어요?"

아침까지만 해도 전혀 없었는데 하루 사이에 기미라니. 령이 은서의 입술 끝에 붙어 있는 김 조각을 떼어서 보여주었다.

"김! 기미가 아니라 먹는 김!"

"헐. 먹자마자 정신없이 오느라고 그만."

제대로 닦는다고 닦았는데도 이런 흔적을 붙이고 왔을 줄이야. 망신스러워라. 창피했는지 은서의 얼굴은 벌게졌고 령의 입가에는 악마의 미소가 살짝 지나갔다.

"키스할까?"

"키스?"

순간 그녀가 자신의 입을 두 손으로 틀어막았다.

절대로 안 돼! 고기는 둘째 치고 마늘에 고추까지 먹었는데. 그런데 키스를 하자고? 죽어도 못 해. 아니, 안 해.

눈이 동그래진 은서는 고개를 절레절레 흔들었다. 령이 은서의 손을 떼려고 하자 그녀는 몸까지 흔들며 싫다고 했다.

"까칠이 놀라서 깨겠다."

"그럼 키스는 조금 이따가."

"고기 냄새 맡으니까 배고프다."

"저녁 안 먹었어요?"

당연히 부모님들과 먹었을 줄 알았다.

"이걸 먼저 하고 싶어서."

"얼른 차려줄게요. 부르면 나와요."

하지 못하게 령이 그녀의 손을 잡았다.

"내가 할게. 그 몸으로 뭘 한다고."

"그래도 출산을 위해선 움직여야 해요."

뒤뚱거리며 나가는 모습을 보고 그는 침대 조립을 마저 하려 연장을 들었다. 은서가 왔으니 아마도 오늘은 여기서 끝내야 할 것 같았다. 침대도 중요했지만 그녀와 놀아줘야 했다.

주방에서 달그락거리는 소리가 들렸다. 이제는 제법 살림에도 익숙한 모습이 보였다. 여전히 어설프기는 했지만 된장찌개도 끓일 줄 알고 몇 가지의 나물도 무쳤다.

"여보, 식사해요."

그새 그녀가 불렀다. 있는 것을 차리다 보니 벌써 식사 준비를 마친 모양이었다. 그는 연장을 내려놓고 일어섰다. 남아 있는 재료를 보니 이제 반 정도 한 것 같았다. 늦어도 모레까지는 끝내야 어수선한 방이 정리될 것 같았다.

그는 서재 방을 나와 욕실로 들어가더니 손을 씻고 나왔다. 밥통을 연 은서는 고슬고슬하게 된 밥을 밥그릇에 수북이 펐다.

"무슨 머슴밥을 주는 것도 아니고."

고봉밥을 주는 것도 정도껏 줘야지. 식탁에 앉은 그가 앞에 놓인 밥그릇을 보고 한마디 했다.

"머슴 맞잖아요."

"같이 먹을래?"

은서가 고개를 가로 저었다. 아무리 밥을 좋아한다고는 해도 지금은 아니었다. 그녀가 그의 옆자리로 앉았다.

"내일은 실컷 자야지."

"출산 휴가는 언제부터 할 거야?"

"다음 달부터는 해야겠죠? 곧 나올 것 같다고 환자들이 더 불안하게 봐요."

"크크크."

그녀는 출산을 한 달가량을 남겨 놓고 이제야 휴직을 신청했다. 그래도 낳을 때까지 다닌다는 말을 안 해서 고마웠다.

"한 과장님이 수술실 근처엔 오지도 못하게 해서 나름 편했는데."

"그 대신 그분이 당신 때문에 고생하잖아."

"알죠."

령이 숟가락으로 밥을 뜨자 옆에 앉아 있던 은서가 반찬을 집어 그 위에 올려주었다. 그리고 그는 아주 익숙하게 그 밥을 먹었다.

"이러고 있으니 제가 머슴 같네요?"

"누가 하라고 했나? 본인이 하겠다고 하고선."

신혼이란 이름으로 불리던 시간들. 정말 미친 듯이 서로가 좋다 보니 모든 걸 다 해주고 싶었다. 물론 받기도 했지만 베푸는 것이 더 행복하다는 걸 깨달았다. 그래서 그가 늦게 귀가 하는 날에는 수고했다는 뜻으로 이렇게 반찬을 올려주었다.

그렇게 한 번 두 번 하다 보니 습관이 되어 이제는 안 하면 오히려 더 이상했다. 그도 처음엔 괜찮다고 하더니 이제는 그런 말도 없이 당연히 받아먹었다.

"따뜻한 물에 목욕하고 싶어요."

"하고 싶으면 해야지"

은서가 령을 빤히 쳐다보았다.

"시켜줄 거죠?"

"마님이 원하신다면."

령은 다시 반찬을 올려준 은서를 보며 숟가락을 그녀 앞으로 내밀었다.

안 먹을 것처럼 했던 은서가 입을 벌리자 그가 그녀의 입에 넣어주었다.

"맛있어?"

"고기 얹어줄 때 주지 김치 주니까 주고 있어."

먹으면서도 뭐라고 불평했다.

"고기는 실컷 먹고 왔을 거 아니야."

"그래도……."

"자, 아."

은서가 입을 벌리자 생선을 한 조각 떼어낸 그가 그녀의 입안으로 넣어주었다. 임산부들이 입덧으로 아무것도 먹지 못한다는 그 말을 령은 이해할 수 없었다. 은서는 고기가 먹고 싶으면 지나가는 소도 잡아먹을 것이다.

그렇게 그와 그녀는 주거니 받거니 하며 한 공기의 밥을 다 먹었다.

령이 저녁 설거지를 하는 동안 은서는 욕조에 물을 받았다. 칫솔에 치약을 짜서 이를 닦으며 그녀는 받아지는 물을 보았다.

"온도 맞췄어?"

령이 들어오는 모습에 고개를 돌렸다.

"그냥 온수만 받는 중이에요."

그 역시 이를 닦으며 욕조의 물에 손을 넣었다. 그러고는 뜨겁다고 느꼈는지 냉수 쪽으로 수도꼭지를 돌렸다. 입안을 헹군 은서는 그를 향해 두 팔을 벌렸다. 칫솔을 입에 문 령은 아주 자연스럽게 그녀의 옷을 벗겨 나가기 시작했다.

임신으로 인해 더욱 탐스러워진 은서의 가슴과 이제는 불룩하게 나온 그녀의 배를 보고 그는 야릇한 웃음을 지었다. 그는 그녀의 손을 잡아 욕조로 들어갈 수 있게 해주었다.

"아…… 따뜻해."

적당한 온도의 물에 은서는 흐뭇한 표정을 지었다. 반신욕을 즐기는 모습을 보고 그도 자신이 입고 있던 옷가지들을 벗어 한쪽에 개어놓았다. 떡 벌어진 어깨뿐만 아니라 저절로 눈이 멈추게 하는 초콜릿 복근이 드러났다.

유혹해볼까?

임산부인 자신이 이런 생각을 할 정도로 그의 몸은 여전히 멋졌다. 령은 은서의 앞으로 앉기 위해 욕조 속으로 들어갔다. 따뜻한 물 속으로 몸을 가라앉히자 찰랑거리며 욕조 밖으로 물 넘치는 소리가 들렸다.

그는 은서의 두 다리를 자신의 다리 위로 올려놓고 그녀와 눈을 맞췄다. 그리고 그녀의 발바닥을 살살 눌러주며 마사지하기 시작했다.

시원함에 피로가 풀리는지 은서는 살며시 웃으며 눈을 감았다. 작은 발을 주무르던 그의 손길이 조금씩 종아리로 올라오면서 여전히 지압을 해주었다.

"너무 시원해……."

"발을 더 해줄까?"

"다."

종아리를 살살 주물러주던 그의 손이 다시 발바닥으로 가서 눌러주기 시작했다. 하지만 결코 아플 정도로 힘을 가하지는 않았다.

"간지러워."

장난치고 싶었는지 그가 손끝으로 그녀의 발바닥을 슬슬 긁어주었다. 은서의 반응에 피식 웃고는 발가락을 하나씩 눌러주며 마사지를 계속했다.

까칠이를 임신한 후 그는 한 번도 그녀를 안은 적이 없었다. 깊은 키스를 나누며 애닳은 그의 몸은 은서의 가슴을 어루만지며 애태우기 일쑤였다.

자신의 몸이 한껏 달아오른 상태에서 멈추고자 하는 그의 의지는 눈물겹도록 숭고했다. 그는 자신의 욕정보다 태아를 제일 우선시했다.

"왜 그렇게 봐?"

빤히 쳐다보고 있자 그가 물었다.

"안아줄래요?"

"만삭인 그 배로?"

까칠이 침대를 만드는 모습에 상을 줘야겠다는 생각이 들었다. 령의 눈빛이 정념에 휩싸이듯 빛이 났다. 하지만 머뭇거린다는 것이 그녀의 눈에 보였다.

"이리 와봐."

그런데 그가 그녀를 향해 손을 내밀었다. 은서는 령의 손을 잡고 그의 앞으로 조심스럽게 다가갔다. 그는 은서를 자신의 앞에 앉히고 그녀의 어깨에 손을 얹었다. 오라고 한 것은 아마도 뭉쳐 있을지 모르는 어깨와 등을 마사지해주기 위해서인 것 같았다.

은서가 령의 가슴에 손을 대었다. 마치 유혹하듯 돌출된 부분을 만지작거렸다. 은서의 어깨를 조심스럽게 주물러주던 그의 손이 잠시 멈췄다. 그리고 그는 그녀를 응시했다.

"고문하는 새끼 마녀."

"그러니 응해줘요. 응?"

그가 사랑을 나누고 싶어 힘들어한다는 것을 느낄 수 있었다.

"안 돼. 까칠이 위험하면 어떻게 해."

"부드럽게 천천히 하면 되죠."

"널 안는 순간 그게 안 된다는 걸 알면서 그런 소리를…… 더군다나 만삭인 아내를 안는 미친놈이 어디 있어?"

충분히 알고 있었다. 그의 거센 몸짓이 얼마나 힘 있게 부딪쳐 오는지. 밀어붙일 때 정신까지 아득해지는 기분이 어떤지. 은서는 자신의 두 팔을 령의 어깨에 얹었다.

"그렇긴 하죠?"

그런데 어쩌나. 유혹해보고 싶었다.

잡고 있던 어깨를 살며시 당겨 자신의 앞으로 끌고 왔다. 은서는 그의 입술을 살며시 깨물어 벌어지게 했다. 기다렸다는 듯 순식간에 서로의 혀가 엉켰다.

치약의 같은 향과 맛이 서로의 입안으로 고스란히 전해졌다. 농밀하고도 깊은 키스였다.

서로의 혀를 간질이듯 가지고 놀다가고 서로의 입안을 오갔다. 빨고 핥을수록 욕정은 들끓었다. 견딜 수 없는 욕망으로 숨소리가 거칠어졌다.

그녀의 엉덩이를 정신없이 주무르던 그가 손을 떼었다.

"새끼 마녀님, 여기까지만. 하지만 출산 후에는 각오해."

입술을 뗀 그가 은서의 코를 살짝 비틀며 말했다. 제발 시험하지 말라는 엄포를 담아서.

그의 입술이 은서의 입술에 살짝 닿았다가 떨어졌다. 여전히 미련이 남아 있다는 뜻으로, 안고 싶어 미치겠으니 도발하지 말라는 의미로.

"도발당하기 전에 오늘부터 옆집 가서 자야겠네."

"이런 얄미운 남자 같으니라고."

은서가 그를 향해 손으로 물을 튕겼다. 그러자 슬쩍 피하는 척하면서 한껏 부풀어 오른 그녀의 입술을 엄지로 쓸고 지났다.

그가 얼마나 그녀를 갖고 싶어 하는지 그의 손길만으로도 알 수 있었다. 그 역시 그녀를 안고 싶기에 조심스럽게 은서의 양쪽 가슴을 자신의 손에 각각 가두고는 어루만졌다. 어루만질수록 탐스러움에 견딜 수 없어서 한쪽 가슴에 입술을 대었다. 하지만 그뿐, 애무하기 위해 입에 넣지는 않았다.

"여보, 까칠이 모유 먹이고 싶은데 나올까?"

"그럼 이렇게 탐스러운데."

말을 마친 그가 다시 그녀의 가슴에 입을 맞추었다.

"새끼 마녀는 내가 아니라 당신이야."

"어째서?"

령이 고개를 들었다. 그러자 그녀가 그의 입술을 살며시 만졌다.

"날 이렇게 애무하면 어쩌라고?"

"자, 그럼 이제 그만 씻겨서 재워볼까. 이 배로 머슴을 유혹하면 골치 아파지거든"

"유혹할 거야. 자기야~ 넘어가 줘. 응?"

그냥 웃기만 할 뿐이었다. 무슨 도를 닦는 도인도 아니고 말이야. 절대로 넘어가는 법이 없었다.

"얼굴 들고."

은서가 천장을 올려다보자 그는 두 손으로 물을 떠서 은서의 어깨에 뿌려주었다. 그녀를 씻기기 시작하자 은서는 령을 가만히 바라보았다. 그는 정말 머슴처럼 해달라고 하는 모든 것을 해주었다.

아주 익숙한 손길로 은서를 말끔히 씻긴 그는 그녀를 내보낸 뒤 뒷정리를 했다.

그 후, 마스크 팩을 한 장 들고 침실로 들어가 흐뭇한 표정을 지었다.

"누우시죠, 마님."

령이 누울 수 있도록 도와주자 은서는 그가 시키는 대로 조심스럽게 움직였다.

"차가워."

얼굴에 팩이 붙여지자 투정도 살짝 부려보았다. 하지만 골고루 붙도록 만져준 그는 그녀의 곁으로 누웠다. 동화책을 집어 들더니 은서의 배에 조심스럽게 손을 얹었다.

"까칠아, 오늘은 아빠가 신데렐라를 읽어줄게."

이렇듯 그와 함께 있는 밤에는 령이 읽어주는 동화를 들으며 자장가 삼아 잠들었다. 따뜻한 물에 몸을 담든 탓일까. 그새 졸렸는지 그녀가 그의 품으로 파고들었다.

"팩 떨어져."

"잘 거예요."

"하긴, 까칠이도 자는지 얌전히 있네."

배에 올리고 있는 손바닥으로 아이의 움직임이 느껴지지 않았다. 그도 잘 생각인지 동화책을 덮고는 그녀에게 팔베개를 해주었다.

"병원 사람들이 아이는 배 속에 있을 때가 제일 편한 거래요."

"어째서?"

"자고 싶을 때 마음껏 잘 수 있고, 먹고 싶을 때 편히 먹을 수 있다고요. 나오는 순간 그 행복은 안녕이래요."

무슨 말인지 이해할 것 같았다.

"울면 그렇겠다."

"하지만 우리한테는 부모님들이 계시다는."

"큭큭큭. 그렇지."

믿고 있는 든든한 백이 있었다. 어쩌면 아이 한 번 안고 싶다고 애원해야 할지도 모를 일. 지금도 얼마나 오매불망 기다리는데.

"누구를 닮았을까요?"

"구토를 닮는다면 난 좋겠는데."

"제가 또…… 한 미모 하죠."

"인정해줄까? 교만해질까 봐 하기 싫은데."

"여전히 싸가지야."

"아무리 그렇다고 4가지가 아니고 싸가지라고 하네."

령이 은서의 볼을 살며시 꼬집었다. 그러자 그녀는 놀랐는지 눈이 커졌다.

"어? 이제 구분할 줄 알아요?"

"그냥 찍어봤어."

"그렇구나. 하 암."

은서가 하품을 하자 그가 그녀의 입술에 굿나잇 인사를 했다.

"졸리면 어서 자."

아늑하게 자리를 잡았는지 은서는 이내 잠에 빠져들었다. 그녀와 다시 만난 후부터 양 셀 일은 전혀 없었는데 배 속에 까칠이가 있다는 걸 안 순간부터는 다시 세어야만 했다.

그 속을 알면서도 이렇듯 안아달라고 도발을 하니.

물론 그렇게 하는 은서의 행동을 그가 모르는 것도 아니었다. 금욕하는 자신을 걱정해서 그렇다는 것 정도는 얼마든지 알 수 있었다.

령이 은서의 얼굴에 붙어 있는 팩을 조심스럽게 떼어냈다. 그리고 살살 만져주며 스며들게 했다.

"쪽."

깰지도 모르는데 어찌나 예쁜지, 참지 못하고 그녀의 입술에 뽀뽀를 했다.

그렇게 유혹하며 날 고문하면 어쩌라고 새끼 마녀야. 지금도 너를 안고 싶어 주체할 수 없는 이 힘이 안 느껴져?

부른 배로 가까이 안지 못하는 것이 다행이라 여겼다. 그런데 유혹할 때는 언제고 이리 태평하게 잠을 자고 있으니, 그는 정말이지 죽을 맛이었다.

'앞으로 출산까지 한 달…… 기다려.'

잠결에 허전했는지 은서는 령을 찾기 위해 옆자리를 더듬거렸다. 있는 대로 손을 뻗어 찾아도 침대 시트만 만져지자 끝내 눈을 떴다. 그런데 그가 안 보였다. 낑낑거리며 힘겹게 일어난 은서는 조심스럽게 침대에서 내려왔다. 그리고 뒤뚱거리며 거실로 나갔다.

"4가지, 어디 있어?"

"여기."

그의 목소리가 들리는 곳을 보니 서재 방이었다. 설마 까칠이 침대를 만드나. 은서가 방문을 열어보니 완성된 아기 침대가 그녀의 눈에 보였다.

"다 만들었네."

"어때, 내 실력?"

"최고……."

침대를 만지는 그녀의 눈이 초롱초롱 빛났다. 아이 소품을 넣을 수 있는 수납장을 겸비한 침대. 어제 봤을 때는 며칠 걸릴 줄 알았다. 사방이 안전 바로 막혀 있는 침대를 만지며 혹시라도 떨어질 염려는 없겠다며 안심했다.

그가 그녀 곁으로 다가왔다. 그리고 은서의 목덜미에 입을 맞추며 뒤에서 안았다. 령의 손은 아주 자연스럽게 은서의 배로 향했다.

그녀에게서 나는 체향이 좋은지 한 번으로 끝내지 못하고 몇 번인가 더 입술로 누르고서야 떨어졌다.

"마음에 들어?"

"응, 너무 좋아요."

"다행이네."

짹짹거리는 새소리가 들리는 아침, 모든 것은 다 행복으로 가득 차 눈이 부실 정도로 아름답고 평온했다. 이런 행복은 정말이지 상상조차 못 했다.

사랑하고 사랑받았다면 이제는 그 사랑을 이 아이에게도 쏟아부으리라. 그러니 까칠아, 건강하게 쑥쑥 자라거라.

살며시 어루만지자 은서의 손이 그의 손을 잡았다. 령의 품에 안겨 있는 그녀도 은서를 품에 안고 있던 그도 까칠이가 쓸 침대를 한동안 바라보았다.

"어, 까칠이 깼네."

아주 미세한 움직임이었지만 령은 단번에 알아보았다.

"잘 잤어, 까칠아."

"그럼 아빠는 까칠이 방을 꾸며볼까."

쉬는 날 아침이건만 이렇듯 말한 그는 가구를 옮기려는지 아기 침대를 잡았다. 그 후, 이리저리 가구를 옮기는 그를 보면서 은서는 남의 집 구경하듯 뒷짐 지고 있었다. 그래도 궁금한지 가끔 와서 보고는 다시 침실 침대로 가서 누웠다.

누운 상태로 까칠이에게 동화책을 읽어주는 것 같더니 그것도 잠깐이었다. 하품 몇 번하더니 책이 툭 떨어졌다. 모든 긴장감을 내려놓은 휴일. 은서는 오전부터 단잠에 빠져들었다.

이상하리만치 조용하자 서재 방을 정리하던 그가 침실로 와보았다.

하지만 그녀가 잠든 것을 확인하고 다시 뒷걸음질 쳐서 방을 나갔다. 청소기를 돌릴 수 없자 물걸레를 들고 마무리 청소를 했다. 그리고 그는 늦은 아침을 먹기 위해 주방으로 갔다.

"구토 밥 먹어야 하는데."

밥도 좋지만 조금만 더 재우기로 했다. 그는 살금살금 움직여 식탁을 차렸다. 냄비에서 끓고 있는 찌개를 보고 있던 그가 갑자기 가스 불을 껐다. 혼자 먹으려니 내키지 않았다.

"심심하네."

놀아줄 상대가 자고 있으니 이 말이 나왔다. 그는 침실 쪽으로 향했다.

간밤에 은서가 잠들자 그도 잠깐 잠들었었다. 그리고 서너 시쯤 되었을 때 잠에서 깼다. 아무래도 다시 잠들기는 힘들 것 같아 조심스럽게 일어나 서재 방으로 갔다. 아기 침대를 마저 조립하기 위해서였다.

그러니 령도 슬며시 잠이 쏟아졌다. 방으로 들어간 그는 그녀의 옆에 누웠다. 그리고 이내 잠이 들었다.

작은 소음조차 들리지 않은 고요한 휴일…….

몸을 뒤척이려던 은서는 령의 팔이 허리에 걸쳐져 있자 눈을 떴다.

언제 와서 잤을까.

그녀가 벽시계를 보았다. 오전을 잠으로 보냈다. 깨지 않게 그의 팔을 내려놓은 은서는 힘겹게 일어나 앉았다. 그리고 거북이처럼 엉금엉금 기어 침대 밑으로 내려왔다.

방을 나온 그녀는 서재 방으로 향했다.

"까칠한 성격은 그대로라니까."

말끔히 정리된 방을 보고 이렇게 말했다. 배 속의 태아도 알아들었는지 움직이자 그녀는 조심스럽게 어루만졌다.

"넌 아빠 성격 닮아야 해."

주방으로 향한 은서는 찌개 냄비를 열어보았다. 들고 있는 뚜껑에서 따뜻한 기운이 느껴졌다. 그런데 찌개는 어제 그대로 남아 있었다.

나 때문에 안 먹었구나. 어쩌지.

곤히 자는 그의 모습을 보았기에 차마 깨울 수가 없었다. 그런데 배가 고팠다. 기다려줬는데 배신 때리고 혼자 먹을 수도 없자 난처했다.

"삼십 분만 기다리자."

그녀는 씻기 위해 욕실로 들어갔다. 천천히 씻고 나왔건만 그는 일어날 생각을 안했다. 하는 수 없이 그를 깨우기로 했다.

"4가지, 일어나요. 점심 먹어야지."

방으로 들어가면서 부르자 그가 뒤척였다.

"졸린데……."

목소리까지 가라앉은 게 아마도 숙면을 했나 보다.

"먹고 실컷 자요. 응?"

걱정하는 마음을 알기에 그가 고개를 끄덕였지만, 이내 은서도 아침을 안 먹었다는 것이 생각났다.

"당신, 배고프겠구나?"

"밥 먹고 산책 가고 싶어요."

"알았어. 같이 가자."

령은 자신을 보고 있는 그녀의 볼을 쓰다듬었다.

"백화점으로 가도 될까요?"

뭐가 사고 싶은 것일까. 물으나 마나인 것을 어째서 묻고 있는 것인지.

"마님, 머슴은 용돈 타서 씁니다."

"혹시 비상금이 있나 해서."

역시나 만만치 않은 그녀였다.

하루하루 염원을 담아 태어날 아이를 기다리는 것은 참으로 행복한 일이었다. 예정된 날짜가 다가오자 령은 하루에도 몇 번씩 은서에게 문자를 보내왔다.

혹시 자신이 출근한 후에 진통이 온다 해도 바로 옆집에 부모님들이 있기에 크게 염려할 일은 아니었다. 그런데도 불안하거나 혹시나 하는 생각이 들면 여지없이 휴대폰을 들었다.

"출산 예정일이 언제야?"

"이제 열흘가량 남았나."

오랜만에 시루를 만난 그는 그녀에게 늦는다는 문자를 보내고 휴대폰을 식탁 위에 올려놓았다. 행여 식당 안의 시끄러운 소리로 벨소리를 듣지 못할까 봐 걱정스러워서였다.

-아무 일 없으니 천천히 와요.

바로 그녀한테서 문자가 왔다. 비로소 마음이 놓였는지 그는 술잔을 들었다. 그러자 시루가 찰랑거릴 정도로 술을 채웠다.

"너도 이제는 결혼 생각해야 하지 않을까?"

령이 조심스럽게 물었다. 혼자 있는 그가 안쓰러웠다.

"해야지. 너 보니 무척 부럽다는 생각이 든다."

"만나는 여자 있어?"

"아직은 없지만 언젠가는 만나겠지."

"그렇긴 하지. 뭐든 때가 있는 법이니."

"그렇지! 나한테는 아직 그때가 안 왔을 뿐이고."

"검찰청 사람으로 내가 한번 알아봐?"

"훗! 나쁘지 않네. 이왕이면 제수씨처럼 예쁜 여자로 부탁한다."

"내 아내 같은 여자를 만나기란 쉽지 않을 텐데."

"그렇다면 오늘 밤엔 나이트에나 가볼까. 원나잇 하러."

령이 숟가락을 들자 시루가 작게 웃었다.

"꼴통."

"가끔 밤이 외로워. 여자를 품고 싶어서 말이야."

시루가 개구쟁이 같은 표정을 지었다. 하지만 거짓은 아니었다. 혈기왕성한 남자인데 그것은 당연한 이치였다.

"난 옆에 있어도 못 품는다. 그건 정말 고문이야."

"하하하하."

시루의 웃음소리에 그가 술병을 들었다. 따라지는 술을 보면서 시루는 안주를 집어 먹었다.

"그런데 아이를 생각하면 그런 욕정이 사라지더라고."

그의 말이 진심이란 걸 알기에 시루는 고개를 끄덕였다. 사랑이라는 이름에 어울리는 아내와 아이. 그들을 지키기 위해선 뭐든 할 수 있는 게 남자니까.

"음…… 나도 이제 가정을 꾸리도록 노력해봐야겠다. 괜찮은 신입 변호사들 많아."

"그렇겠지. 잘 해봐라."

"알았어. 분발해보겠어."

싱겁다고 생각했는지 둘은 그냥 웃고 말았다. 한 잔씩 술잔이 또 돌아가고 그 잔이 비워졌을 때 시루는 겉옷을 들었다.

"그만 일어서자. 나도 제수씨가 걱정된다."

"그래."

계산하는 령을 보고 시루는 가게 안을 둘러보았다. 그토록 더웠던 여름의 끝을 향해 가고 있는 이 계절을 어쩐지 그냥 보내고 싶지 않았다. 시루는 령과 함께 밖으로 나왔다. 그리고 그는 자신의 차가 있는 쪽으로 걸어갔다.

"나 대리 불렀어야 하는데……."

이제야 생각났다.

"그러게 차를 뭐하러 가지고 와."

"지금 부르면 되지. 넌 어서 택시 타고 가."

"알았어. 조심해서 들어가라."

손을 드는 령을 보고 잠시 앞을 바라보았다.

'올해는 외로움을…… 심하게 타네.'

무수한 차들과 사람들을 한동안 구경하던 그가 자신의 차로 향했다. 그리고 주차 후 차에서 내리는 소희를 보았다.

"어?"

"아!"

그녀를 본 시루의 시선은 그대로 멈췄고, 소희도 그를 알아보고는 주춤했다.

"오랜만이네요?"

"네. 잘 지내셨어요?"

"저는 뭐……. 그런데 혼자 오셨어요?"

그녀가 일행도 없이 혼자 온 것 같았다.

"엄마가 여기 파전이 먹고 싶다고 해서 퇴근길에 들렀어요."

그때 안에 있던 손님이 문을 밀고 나오자 그녀는 한쪽으로 물러섰다. 잠시 말이 끊겼다고 느꼈을 때 시루가 그녀를 뚫어져라 바라보았다.

몇 명의 남자들이 가게에서 나와 자신의 앞을 지나가며 흘깃거리자 소희는 슬며시 고개를 돌렸다. 도로가를 바라보던 그녀는 그 남자들이 다 지나가자 가게 안으로 들어가기 위해 시선을 돌렸다. 그리고 시루와 눈이 마주쳤다.

"그럼 저는 이만……."

"네, 안녕히 가세요."

무미건조한 인사를 나눴다.

도어록 열리는 소리에 은서가 현관 쪽을 바라보았다. 한잔했는지 그의 눈가가 불그스름하게 보였다.

"다녀왔습니다."

"어서 와요."

뒤뚱거리고 다가오는 은서를 본 그가 다가가서는 살며시 안았다.

"까칠아, 아빠 왔다. 오늘은 우리 마님이랑 아이랑 무얼 하고 지내셨을까?"

"까칠이 순풍 나오려고 체조도 하고 출산용 가방도 꾸려놓고, 여러 가지를 했네요."

"일찍 와서 도와줬어야 하는데 말이야."

"그게 무슨 일이라고. 어서 씻어요."

부른 제 배를 쓰다듬는 령을 보며 은서는 그의 넥타이를 풀었다.

"음……."

"왜 그래?"

아주 미세했지만 그녀가 인상을 썼다.

"배가 살짝 아픈 것 같아서요."

"혹시 진통 아니야?"

"예정일이 아직도 열흘이나 남았는데요. 나 지금 화장실 가고 싶은가?"

"못 말려."

령이 씻으러 들어가는 걸 보고 그녀는 침실로 들어갔다. 은서 역시 피곤했는지 일찍 잠자리에 들고 싶었다. 침대 헤더에 기댄 그녀는 습관적으로 동화책을 들었다. 그리고 한 권을 거의 읽어갈 무렵 샤워를 마친 그가 침실로 들어왔다.

"와우~"

은서의 반응에 령은 웃고 말았다. 잠옷으로 갈아입은 그가 침대 속으로 파고들었다.

"어디까지 읽어줬어?"

"오늘은 일찍 주무시어요. 취중에 읽어주면 태교에 안 좋아요."

"몇 잔 마시지도 않았어."

"전 말이에요, 술 냄새를 맡아본 지가 언제인지 모르겠어요."

"자, 그럼 맡아봐."

그가 그녀를 향해 입술을 죽 밀었다. 하지만 여지없이 은서는 동화책으로 자신의 입을 가렸다.

"접근 금지."

"이제는 키스도 마음대로 못 하게 하고 너무 외롭다."

구시렁거리며 그가 눕자 은서도 그의 옆으로 누웠다.

"키스하고 싶어요?"

"하고 싶다면?"

"나 명품백 하나 갖고 싶은데."

"하- 암, 졸리다."

"싫으면 말고."

못 들은 척 그가 눈을 감자 그녀는 낭랑한 목소리로 동화책을 읽어 내려갔다. 은서의 배에 손을 얹은 령은 그 소리를 자장가 삼아 잠을 청했다.

"까칠이가 자는지 조용하네."

"벌써 잠들었나? 그럼 나도 자야지."

동화책을 덮은 그녀가 그의 팔 위로 제 머리를 옮기고는 눈을 감았다.

"잘 자, 은서야."

"당신도."

쪽! 은서의 입술이 령의 입술을 찍고 갔다.

"찐하게 한 번만 하고 자자."

"명품백, 읍!"

알싸한 맛이 술의 맛인지 치약 맛인지 구분하기 어려운 맛이 은서의 혀로 전해졌다.

"사주는, 읍!"

그가 다시 그녀의 입술을 막았다. 쪽쪽거리던 입술이 떨어졌지만 은서는 제 의지를 굽히지 않았다.

"……거예요?"

"명품백이 더 좋아 내 키스가 더 좋아?"

은서의 표정이 골똘해졌다.

"음…… 당신이 하는 명품…… 키스요."

그녀의 볼을 쓰다듬던 령의 얼굴에 흐뭇한 미소가 지나갔다.

"사랑해."

"맨날 말로만 때워. 가끔은 돈으로도 때워줘요."

"국산이 좋다며?"

"술은 먹어서 없애는 거고 이건 들고 다니는 거잖아요. 달라."

투덜거리는 은서의 말에 그는 못 들은 척했다. 토닥토닥 두드려주는 령의 손길에 은서도 눈을 감았다.

"여보, 자?"

은서의 부름에 그는 바로 눈을 떴다.

"왜? 화장실 가고 싶어?"

"아니, 배가 아픈 것 같아요."

"뭐?"

놀랐는지 스탠드를 켠 그가 일어나 앉았다.

"언제부터 아팠어?"

"아까 그게 화장실 배가 아니고 진통의 시작이었나 봐요."

하루 종일 아무런 기미도 보이지 않다가 그때 처음 아팠던 거다. 그리고 그와 여느 때처럼 잠자리에 들었다.

술을 몇 잔 마신 탓일까.

령이 그녀보다 일찍 잠들자 은서도 자기 위해 눈을 감았다. 그런데 사르 륵 배가 아팠다. 혹시나 해서 기다렸지만 같은 반응은 다시 오지 않았다. 그 래서 잘못 알았나 싶어 그녀도 잠이 들었다.

두어 시간 정도 잤을 것이다. 그녀는 눈을 떴고 진통이 시작되었음을 알 았다. 처음보다 많이는 아니었지만 분명히 배가 아팠다.

그 후 지켜보니 일정한 간격을 두고 진통이 온다는 것을 알았다. 그래서 날이 밝아오는 걸 보고 령을 깨웠다.

"그걸 왜 지금 말해."

그런 줄도 모르고 자고 있었다니.

"이제 시작했어요."

"아무리 그래도 그렇지. 까칠아, 미안."

그의 손이 은서의 배를 어루만졌다. 그것도 잠시, 령은 서둘러 욕실로 들어갔다. 그리고 대충 씻고 나와서는 병원에 가기 위해 준비했다. 그녀가 옷을 갈아입는 걸 보고 휴대폰을 들었다.

"뭐 하게요?"

"부모님들께 알려야지."

"뭐하러 벌써 해요. 나오려면 아직 멀었는데. 나중에 해도 되지 않을까요?"

"그럴까?"

그는 은서의 말을 따르기로 했다. 그녀가 씻고자 욕실로 들어가자 령은 방안을 오락가락거리며 좌불안석이었다. 그토록 기다렸던 날인데 왜 이리 초조한지.

씻고 나온 은서가 끈으로 머리카락을 묶자 그는 준비해뒀던 출산 가방을 들었다. 순간 다시 진통이 왔는지 그녀가 이맛살을 살짝 찌푸렸다.

"걷기 힘들면 안아줄까?"

"아니, 그 정도는 아니에요."

"어서 가자."

은서를 향해 손을 내밀자 그녀는 그의 큰 손을 잡았다. 이제 새 식구를 맞으러 가는 이 길이 부디 평탄하길 기원하며 그들은 집을 나섰다. 현관문을 닫고 옆집을 지나쳐 가며 은서는 선영을 떠올렸다.

'엄마……'

엄마가 되려니 이제야 선영의 모성애가 생각났다. 딸은 자식을 나아봐야 철이 든다고 하더니 정말 맞는가 보다.

엘리베이터에 올라타서 내리도록 그는 그녀의 표정을 살폈다. 하지만 은서는 령을 보고 생글생글 웃었다. 아무렇지도 않으니 마음 놓으라고.

승용차의 뒷좌석에 앉은 그녀가 안전벨트를 착용할 수 있게 도와주고 그는 병원으로 출발했다.

"그러고 웃지 마. 더 미안해지잖아."

"미안하긴? 바보."

"까칠이 듣는데 바보가 뭐야? 아빠는 멋쟁이 해야지."

"지금 까칠이는 태어날 준비로 바빠서 아무 소리도 안 들릴 거예요."

"둘 다 힘들어서…… 어쩐다니."

령이 룸미러를 통해 은서의 모습을 다시 보았다.

오늘 산모도 태아도 힘든 시간을 보내겠지. 난 둘을 위해 뭘 해줄 수 있나. 없는 건가.

병원에 도착하자 은서는 큰 숨을 들이마셨다.

이제 시작이구나.

"은서야, 최 검사."

당직을 한 우빈이 잠깐 바람을 쐬러 나왔다가 응급실로 들어오는 둘을 보았다.

"나 엄마 되려고."

"진통?"

우빈의 표정이 나름 굳어갔다. 그건 민아를 통해 출산의 고통이 어떤 건지 이미 보았기 때문이다.

"먼저 가보겠습니다."

"둘 다 힘내."

출산이 임박하자 우빈의 말처럼 은서는 힘을 낼 수밖에 없었다. 아니, 저절로 힘이 들어갔다. 출산을 위한 처절한 고통. 세상에서 아플 수 있는 고통

중 가장 아픈 고통이 바로 출산 때 이뤄지는 고통이라고 했다.

은서는 까칠이를 위해서 지금 그 고통을 느끼고 있었다. 온몸으로 느끼면서 그녀가 바라는 것은 이거 하나였다.

엄마는 이런 고통 얼마든지 견딜 수 있으니 부디 건강하게 태어나 달라고……

"으으으."

"은서야……"

산통이 심해지자 은서는 고통스러워했다. 그가 해줄 수 있는 것은 아무것도 없었다. 고작 이렇게 이름을 불러주며 안타까운 마음을 표현하는 게 다였다. 그래서 마음이 아팠다.

"참을 만…… 해요. 으으으."

"아프면 아예 소리를 질러."

"유 선생, 괜찮아요?"

"선생님, 저 좀 살려주세요."

이런 기분이구나. 의사를 보면 이런 기분이 드는구나. 은서는 담당의를 보니 저절로 이 말이 나왔다. 의사가 왔으니 이제는 괜찮아지겠지. 조금만 더 참으면 되겠지.

"진통 힘들지?"

"지금 저 놀리세요?"

안타까워하는 것이 아니라 웃는 얼굴로 이러니 기가 막혔다.

"아이를 만들 때는 천국이지만 낳을 때는 지옥이야."

"명언이십니다."

"자! 그럼 유 선생, 이제 까칠이를 만나볼까?"

출산을 위한 마지막 고통, 그리고 마지막 힘…….

조금만 더! 조금만 더!

의사의 요구에 맞춰 그녀는 까칠이와 만나기 위해 힘을 냈다. 령이 할 수 있는 것은 은서의 손을 꼭 잡고 자신의 마음을 보태주는 것뿐. 그래서 미안했다.

"한 번만 더!"

"으으윽!"

이게 제발 마지막 힘이길…….

"으아앙!"

드디어 한 생명이 세상에 나왔다. 아기는 자신의 존재를 알리기 위해 힘차게 울었다.

"아따. 울음소리 보소. 밖에서 들으면 사내아인 줄 알겠네."

딸이구나. 딸이야. 은서를 닮은 예쁜 딸이구나. 령이 그녀의 이마에 짧은 입맞춤을 했다. 고마워.

"까칠이 건강해요?"

"아주 좋아. 모태 미인일세. 여러 남자 울리게 생겼어. 최 검사님, 그만 정신 차리고 이리로 오시죠?"

령의 눈은 의사 손에 있는 까칠이한테 온통 향했다. 담당의가 부르자 은서의 손을 잡고 있는 그의 손이 바르르 떨렸다.

"가서 아빠가 할 수 있는 것을 해야죠."

"응."

아빠로서 처음 그가 할 수 있는 것.

"예쁘게 잘라요. 안 그러면 배꼽티 못 입어요."

"최선을 다하겠습니다."

"으으으앙!"

밤마다 동화책을 읽어주던 아빠의 목소리를 기억했나. 그의 목소리가 들리자 까칠이가 울었다.

"까칠아…… 아빠……."

싹둑! 손에 들려 있던 가위가 은서와 연결되어 있던 탯줄을 잘랐다. 뭉클함과 함께 전해지는 기쁨. 가슴속 깊은 곳에서 감동이 일렁였다.

"감사합니다."

"축하합니다, 까칠이 아버님."

"으아앙!"

모든 처리를 끝낸 까칠이는 은서의 품에 안겼다. 그녀 역시 감동스럽기에 눈물이 핑 돌았다. 령이 은서의 이마에 다시 입술을 대었다. 아까보다 조금 더 오래.

고마워. 나에게 이런 행복을 안겨줘서. 사랑해. 또 다른 나인 너. 유은서.

"예쁘다."

품에 안겨 있는 까칠이를 보던 은서는 감격스러워서 눈물이 흘렀다. 눈꼬리를 타고 흐르는 눈물. 그건 기쁨이었다. 열 달…… 이렇게 만나길 소망하며 고이고이 품었다. 은서의 말에 그가 제 입술을 떼었다.

"정말 예쁘네."

까칠아, 반가워. 우리 딸이 되어줘서 고마워. 널 많이 사랑해.

"은지야, 엄마 아빠는 너를 사랑해."

"은서가 어째 조용하네."

여느 때 같았으면 벌써 몇 번을 건너왔을 텐데 해가 넘어가도록 감감무소식이자 선영은 걱정되어 말했다. 옆집에서 거의 살다시피 지내고 있지만, 출산일이 이제 코앞으로 다가오자 혹시나 해서 잠시도 마음을 놓지 못했다.

"전화를 넣어보면 될 것을."

"낮잠 잘까 봐요. 깨우면 또 그래서."

영민도 바둑 두던 손길을 잠시 멈췄다.

"살짝 가볼까. 왜 이리 마음이 불안하지."

엄마라서 이미 몸으로 느끼고 있는지도 모르겠다. 더는 안 되겠는지 선영은 은서한테 가기 위해 현관으로 향했다.

띠리링. 띠리링. 거실에서 전화벨이 울리자 선영은 다시 안으로 들어갔다.

"은서인가?"

서둘러 수화기를 들었다.

"여보세요?"

[어머님, 접니다.]

무슨 일이 있구나. 령의 목소리에 순간 선영의 심장은 쿵 내려앉는 기분이었다.

"최 서방……."

[어머님, 외할머니가 되셨습니다. 예쁜 공주님이에요.]

"뭐? 낳았어!"

선영의 외침에 영민이 벌떡 일어났다. 그렇잖아도 선영이 령을 부르는 목소리에 긴장했던 그였다.

"뭐래? 낳았대?"

"공주님이래요."

선영이 수화기를 손으로 가리고 작게 말했다. 그러자 영민의 얼굴은 이내 밝아졌다. 급한 마음에 답답했는지 그는 선영의 손에 있는 수화기를 가져갔다.

"축하하네. 최 서방!"

[감사합니다, 아버님.]

"우리 은서는? 우리 딸은 괜찮아?"

[네, 모두 건강합니다.]

"어, 그래. 이러고 있을 때가 아니지. 내 곧 감세."

옷을 갈아입기 위해 영민이 방으로 들어가자 진경과 저녁 시장을 봐온 현진이 현관문을 열고 들어왔다.

"최 선생, 민어 매운탕 해 먹읍시다."

"남자들이 해줄 거예요?"

"해주지, 뭐. 우리 새아가가 좋아하려나 모르겠네."

신발을 벗고 들어오던 령의 부모는 눈물을 닦는 선영을 보고 멈칫했다.

"무슨 일 있어?"

진경이 놀라서 다가왔다.

"너 할머니 됐다. 우리 딸이 공주님을 낳았대."

"뭐?"

툭! 진경만큼 놀랐기에 현진의 손에 있던 비닐봉지가 거실 바닥으로 떨어졌다.

"우리 새아가가 아기를 낳았다고요?"

에필로그 2

"예쁘기도 하지."

예상은 했었지만, 한번 만져보려 해도 기회가 오지 않았다. 부모들 틈에 끼어서 은지를 보려 해도 좀처럼 틈을 보여주지 않았다.

령과 은서는 은지를 가운데에 눕혀놓고 빙 둘러앉아 있는 제 부모를 보았다. 하루 종일 네 분이 저러고 계셨다. 은서가 아이를 안을 수 있는 시간은 모유수유 할 때였다.

그런데 무슨 조화 속인지 두어 달 나오고 스스로 말라버렸다. 아…… 얄궂은 운명이여.

령과 은서는 밤이 되기만 기다리고 있었다. 서로 아이를 가지고 싸우는 통에 낮에는 부모들, 밤에는 령과 은서 이렇게 정했다.

"아버지, 이제 저희 건너가야 하는데요?"

더는 참지 못하고 령이 말했다. 하루 종일 눈에 밟혔던 딸인데 퇴근 후 씻고 와서는 눈 한 번 맞췄다. 그리고 이제야 안아보는 것이다. 얼마나 안고 싶었으면. 자는 아이를 안아 들자 모두 시계를 보았다.

"벌써? 이제 여덟 시밖에 안 되었다. 피곤하면 먼저 가서 쉬어."

이제는 밤에도 주지 않으려 했다. 저리 말하는데 이대로 뺏어갈 수도 없고. 일단 품에 안았으니 조금 더 있어보기로 했다.

은지야, 아빠 왔어. 그만 자고 일어나.

깨우기 위해 볼을 톡톡 건드렸다. 그러면 뭐하나, 은서를 닮아서 잠팅이였는데. 은서는 하염없이 딸아이를 바라보는 령을 보았다. 안 되겠는지 그녀가 나서기로 했다.

"시아빠, 저희 갈게요."

은서의 말이 끝나기가 무섭게 아이를 안은 령이 일어섰다. 그리고 혹시라도 붙잡을까 봐 서둘러 현관으로 걸어갔다.

"가려고?"

"응, 엄마 내일 올게요."

설거지를 끝낸 선영이 주방에서 나왔다.

"그래, 가서 쉬어. 은지가 안 자고 놀아달라고 하면 전화해."

뒤따라 나온 진경이 어서 가라며 재촉했다.

"네, 어머님. 안녕히 주무세요."

"안녕히 주무세요."

둘은 부모들을 향해 인사하고 도망치듯 밖으로 나갔다.

"은지도 가고 이제 심심해서 어쩌지?"

"내일은 토요일이라 일요일까지는 쟤들이 돌볼 텐데."

"오늘 밤엔 우리가 데리고 자도 되지 않나?"

은서는 부친들의 마음을 알면서도 못 들은 척 현관문을 닫았다.

살며시 문을 닫는 은서를 보고 령은 그제야 안도의 한숨을 내쉬었다.

"이제야 우리 차지가 됐네."

복도를 걸어가던 령은 은서에게 손을 내밀었다. 그 손을 잡기 위해 가까이

다가오자 감질나도록 살짝 입을 맞춰주었다. 령의 입술이 제 입술에서 떨어지려 하자 은서가 다시 입을 맞췄다. 그 입맞춤에는 분명한 욕망이 있었다.

"나 보고 싶었어요?"

"둘 다 보고 싶어서 일이 손에 잡히지 않더라."

령이 작게 웃으며 대답했다. 집 안으로 들어간 둘은 은지를 아기 침대에 눕혔다. 바퀴가 달린 탓에 소파 가까이 끌고 온 령은 편안한 자세로 은지의 얼굴을 들여다보았다.

"왜 내려놓았어요?"

"당신을 안고 싶어서."

팔을 뻗은 령의 손이 그녀의 뒤로 가서는 살갑게 안아왔다. 은서는 그의 품에 안기며 제 입술을 령의 입술에 대었다. 그는 집어 삼킬 듯 입술을 포개며 혀를 밀어 넣었다. 복도에서 감질 맛나던 입맞춤을 해서 그런가.

뜨겁고 말캉한 혀가 하나처럼 엉켜 서로의 입안을 드나들었다. 숨을 쉬는 것조차 잊을 정도로 농밀한 입맞춤이었다.

은지가 신생아일 땐 입술마저도 거부했던 지독스런 은서. 그런 은서가 욕망을 보이자 그는 참을 수 없었다. 은지도 자고 있으니 더 이상 기다릴 수 없었다.

임신부터 지금까지 일 년을 넘게 금욕을 했다. 그의 아랫도리가 한껏 부풀어 올랐다.

"각오하라고 했던 말 기억해?"

"기억해요."

령이 은서를 소파 위에 눕혔다. 그리고 그녀 위로 올라타며 입술을 찾았다. 뜨겁고도 농밀한 입맞춤. 모든 욕정을 담은 몸짓.

입을 맞출수록 거칠어지는 숨소리가 들렸다. 그런데 령이 갑자기 입술을 떼었다. 뜨겁게 달아오르던 순간이 사라지는 느낌이 들었다.

"침실로 가자. 까칠이가 신경 쓰여."

곤히 자는 아이를 보고 그녀 역시 그랬는지 고개를 끄덕였다. 은서의 몸 위에 있던 령이 제 몸을 일으켰다. 그리고 그는 윗옷의 자장자리를 잡고 홀러덩 벗었다.

침실로 먼저 들어가는 은서를 보며 바지의 지퍼를 내렸다. 침실로 들어와 문을 닫는 그. 눈빛에는 이미 욕망이 드러나 있었다. 령은 스커트를 벗는 그녀를 안고 침대로 쓰러졌다.

"옷을……."

은서의 목소리는 령의 입안으로 사라졌다.

투두둑. 은서의 단추를 풀던 그가 다급함에 두 손으로 옷을 벌리자 매달려 있던 단추가 그대로 튕겨져 나갔다.

"단추 당신이 달아줘야 해."

"새로 사줄게."

"저거 시장 패션인데 백화점에서……. 흐읍!"

지금은 그게 문제가 아니라고. 틈타서 흥정하지 마.

령의 뜨거운 혀가 그녀의 입안으로 들어왔다. 어르고 달래듯 입을 맞추며 그녀의 정신이 혼미해지도록 만들었다.

이윽고 속옷까지 벗겨지자 둘은 실오라기조차 걸치지 않은 알몸이 되었다.

하나가 되고 싶은 이 순간을 그동안 얼마나 기다렸던지. 그의 눈빛이 정념에 불탔다.

"은서야."

이제 시작되는 사랑의 시간…… 둘은 조급해지기 시작했다. 은서가 령의 목을 끌어안으며 입을 맞췄다. 애무보다는 어서 하나가 되고 싶다는 생각뿐이었다.

령이 그녀를 안고 싶어 하는 것처럼 그녀도 그를 느끼고 싶었다.

실로 오랜만에 그녀의 속살을 느꼈다. 따뜻했다.

"감질나서 미치겠어."

얼마 만에 그녀의 속살을 가르고 자신의 몸을 넣었다. 그 뜨거움에 그는 몽롱해지는 기분을 느꼈다.

들어가듯 싶다가 후퇴하고 다시 들어가길 반복하며 움직였다.

아…… 이 느낌을 얼마나 원했던가.

그의 몸이 주는 쾌락은 애무와는 비교가 안 되었다. 그가 한 번씩 움직일 때마다 그녀의 몸도 그 힘에 밀려 춤을 추듯 흔들렸고, 깊은 삽입은 아니더라도 충분히 뜨거웠다.

욕정을 버리고 은서를 먼저 생각한 령의 배려. 그가 지켜온 인고의 시간. 그건 오직 사랑이었다.

그러니 당신을 사랑한다고. 진정 그대를 사랑한다고.

은서의 두 손이 령의 볼을 감쌌다. 서로의 눈빛을 보며 사랑을 나누던 둘의 입술이 겹쳐졌다.

부드러우면서도 농밀한 입맞춤을 나누던 그는 조심스럽게 자신의 뿌리 끝을 끝까지 밀어 넣었다.

이대로 영원할 수 있다면. 조금만 더. 조금만 더 세게. 그래, 그렇게.

무언가 간질이는 느낌이 맞물린 부분에서 시작되었다. 그러더니 그녀의 온 몸으로 퍼져 나가며 희열로 빠져들었다.

은서의 거친 숨소리와 넘어갈듯 터져 나오는 신음이 령의 귓가에 들렸다. 그녀가 느끼고 있구나.

은서에게 맞추기 위해 지금까지와는 다르게 빠르게 움직였다. 쉬지 않고 속살로 파고들며 마지막을 향해 갔다. 그리고 그의 몸이 멈췄다. 실로 오랜만에 느껴보는 숨 가쁜 움직임이었다.

여전히 남아 있는 사랑의 여운으로 둘은 거친 숨을 헐떡였다. 귓불로 전해지는 뜨거운 숨결이 찌릿해서 은서는 몸을 떨었다.

이런 사랑이 진정 만족스러웠다. 령은 자잘한 키스를 은서의 얼굴에 퍼부으며 행복한 표정을 지었다.

사랑받고 있구나. 나는 이 사람한테 이토록 사랑받고 있구나. 여전히 그는 나를 사랑하는구나.

"으으앙."

이런!

은지의 울음소리가 들렸다. 마치 지켜보고 있었던 것처럼 둘의 사랑이 끝나자 아이가 울었다. 아직은 더 여운을 느끼고 싶었고 한 번으론 만족스럽지 못했다.

그래도 아이가 우선이기에 그는 서둘러 몸을 일으켰다.

"그러고 가려고요?"

서둘러 침대를 내려가는 그를 그녀가 붙잡았다.

"우리 딸 울잖아."

"알몸은 안 돼요. 미성년자 관람 불가."

아이의 울음소리가 점점 커지자 은서는 벗어놓았던 겉옷을 집어 들었다. 그리고 입으면서 방을 나갔다.

"미성년자 관람 불가?"

그가 벗은 제 몸을 보았다. 그리고 맞는다고 여겼는지 작게 웃었다.

까꿍. 열린 문으로 은서의 목소리가 들리자 그는 작게 웃었다.

"까칠이가 아빠 찾나 봐요."

"씻고 나간다고 전해줘."

"들었어? 아빠 씻고 나온대. 그사이 맘마 먹을까."

모빌을 보며 노는 아이를 두고 은서는 주방으로 갔다.

어느새 씻고 나온 그가 은서의 품에서 분유를 먹는 아이를 안아갔다. 은지를 안는 령의 표정은 그 어느 때보다 포근해 보였다.

"우리 내일 산에 갈까?"

"산? 등산이요?"

말끔하게 씻고 나온 그녀를 보며 말하자 은서는 뜬금없다는 생각이 들었다.

"왜, 싫어?"

"까칠이는 어쩌고?"

아이의 통통한 볼을 그녀가 어루만졌다.

"하룻밤 부모님께 맡긴다고 하면 얼씨구나 하실걸."

"가고 싶어요?"

"응. 당신도 이제 다시 출근하면 바빠질 것 같고, 그러니 한 번쯤 여유를 부려보는 것은 어떨까 해서. 출산 후에 제대로 가본 곳이 없잖아."

"좋아요."

그가 또다시 제 걱정을 하자 은서는 기꺼운 마음으로 응해주었다.

"산의 정기를 받아 까칠이 동생이나 낳아줄까?"

은서의 말에 령이 뚱한 표정을 지었다.

"이제 한 번 안았는데 아직은 안 돼. 내가 됐다고 했을 때."

"히히히. 그런데 당신 아까 피임 안 했잖아."

"오 마이 갓……"

그때는 아득해진 정신 탓에 신경도 못 썼다. 은서가 빙긋이 웃더니 까칠이를 보았다.

"그나저나 왜 이리 눈이 말똥하지?"

"여태 잤는데 당연한 거 아니야."

"나 졸린데……"

령이 은지를 머리 위에까지 안아 올렸다.

"내가 돌볼 테니 걱정하지 말고 가서 자."

그의 말에 은서는 미안한 표정을 지으면서도 이미 다리는 침실로 슬금슬금 걸어가고 있었다. 시계를 슬쩍 보니 벌써 오밤중이었다. 방문을 열고 안으로 들어가려던 그녀가 아이를 보며 웃는 령의 표정에 다시 소파로 왔다.

"왜?"

"당신 없으면 잠이 안 와."

은서가 령의 다리를 베고 눕자 그가 그녀의 코를 잡아 흔들었다. 아이와 놀아주는 령의 목소리를 자장가 삼아 그녀는 잠으로 빠져들었다.

"깍꿍. 까칠아."

은서가 잠든 모습을 보고 이름이 아닌 태명을 부르며 령은 아이와 눈을 맞췄다. 씽긋 웃어주는 은지의 모습에 하루의 피로가 모두 풀리는 기분이었다.

"잠팅이 구토는 자고 있어요."

이렇듯 혼잣말로 중얼거리며 그는 자신의 아이를 얼렀다.

하- 암. 그도 하품을 했다. 그런데 아이의 눈은 너무도 또랑또랑했다. 오늘 밤은 조금 힘들게 넘어갈 것 같아 미리 각오를 했다.

그 후, 은지는 남들 자는 시간에 먹고 싸고 놀았다.

얼마나 놀았을까. 분유를 먹은 은지가 드디어 하품을 했다. 잠시 후 아이는 령의 품에서 잠들었다.

은지와 이렇듯 난리를 치던 와중에도 그는 자는 은서를 가끔 보았다. 어떻게 이런 상황에서 잘 수 있는지 신기할 정도였다.

령은 조심스럽게 아이를 침대에 눕혔다. 그리고 침실로 끌고 들어가서는 제자리에 세워놓았다.

"은서야……."

다시 거실로 나온 령은 소파 위에서 자고 있는 은서의 몸 위로 제 몸을 겹쳤다. 그녀가 눈을 떴다.

"깼어?"

"응. 까칠이는?"

"우유 먹고 좀 전에 잠들었어."

령이 은서의 윗옷을 말아 올리더니 속옷도 가슴 위로 올려버렸다. 그가 지금 무엇을 원하는지 그녀는 알 것 같았다. 아니나 다를까, 그가 혀끝으로 쓸며 그녀의 몸을 애무하기 시작했다.

"몇 시예요?"

은서가 령의 머리카락을 움켜쥐며 몸을 비틀었다.

"다섯 시."

그가 아이 때문에 날 새운 것을 알았다. 애무를 받으며 살며시 옆을 보니 아이의 침대는 방으로 옮겨져 보이지 않았다.

그녀 역시 그의 몸이 그새 그리워졌다.

옅은 신음을 흘리며 몸으로 전해지는 쾌락에 그녀는 제 몸을 떨었다.

이윽고 하나가 되는 순간이 왔다. 그는 이제 망설이지도 불안해하지도 않았다. 처음부터 쉴 새 없이 그녀를 몰아붙였다.

살과 살이 부딪치는 소리. 둘의 입에서 흘러나오는 신음. 그리고 움직일 때마다 나는 소파의 소리. 고요함을 깨는 소리였다.

이 남자, 이러고 싶어서 그동안 어찌 참았을까.

"아…… 아."

세게 부딪쳐 들어올수록 자극적인 그의 몸짓에 은서는 바르르 떨었다. 황홀했다.

"더 사랑해줘요. 많이."

서로의 눈빛을 바라보며 나누는 몸 사랑. 그녀의 손에 그의 엉덩이로 향했다.

"각오해."

한 번씩 안으로 파고들 때마다 그의 엉덩이는 힘이 들어갔다. 단단했다. 그녀가 어루만지는 감촉이 좋았는지 령의 입술이 은서의 입술을 머금었다.

그가 제 몸을 움직였다. 조금 더 강하게 그리고 빨리…….

까칠이에게 옷을 입히는 은서를 보니 한껏 들떠 있는 모습이었다.

"어, 양말을 안 가져왔네."

은지를 거실 카펫에 눕혀놓은 그녀는 아이의 양말을 가지러 일어섰다.

"은서야?"

배낭 정리를 하던 령이 부르자 그녀는 뒤돌아보았다. 뒤집으려고 바동거리는 아이를 보고 놀란 그녀가 가까이 다가가자 령은 휴대폰을 들었다.

"힘내. 조금만 더 힘내."

엄마의 응원을 들어서일까. 몇 번인가 낑낑거리고 용을 쓰던 은지가 제 스스로 뒤집었다.

"우리 아기."

눈물이 핑 돌았다. 우아앙! 큰일을 해내고 힘들었는지 얼굴이 뻘게진 은지는 대번에 울어버렸다. 동영상으로 찍은 모습을 확인하는 령을 보며 은서는 아이를 안아 일으켰다.

"이거 봐, 이거."

은서는 령이 찍어놓은 동영상을 보며 다시 웃었다. 그리고 아이의 볼에 몇 번인가 입을 맞췄다.

"가기…… 싫어."

또 이렇듯 신통할 정도로 예쁜 짓을 할 텐데.

"가지 말까?"

"음…… 그런데 가고도 싶고."

령은 또다시 그녀를 배려해줬지만, 은서는 오랜만에 마음먹은 일이니 실천하고 싶었다.

"그럼 갔다 오자. 부모님께 찍어달라고 하면 되지."

"응, 그래요."

하룻밤 떼어놓고 잘 수 있을까. 이런 걱정을 하며 둘은 집을 나섰다.

그리고 옆집으로 들어가자 점심을 먹던 부모들은 무슨 일인가 해서 나와 보았다.

"이 시간에 어디 가?"

둘의 행색에 선영이 다가왔다.

"바람도 쐬일 겸 등산 좀 가려고요. 오늘 밤 까칠이 봐주실 수 있으시죠?"

"당연하지."

선영이 아이를 덥석 받아 안았다.

"다녀와. 아이 걱정 말고 실컷 놀고 와. 이제 출근하면 가고 싶어도 못 갈 거 아냐?"

"그래, 잘 생각했어. 은지는 우리가 있으니 걱정하지 마."

"나 좀 안아봄세. 밤새 어찌나 눈에 밟히는지."

한마디씩 하는 부모들을 보고 령은 빙긋이 웃었다. 선영의 품에 있던 은지를 영민이 안아가자 현진이 득달같이 다가왔다.

"은지야, 할아버지."

어르는 모습을 보고 은서가 현관으로 향했다.

"까칠이 오늘 아침에 뒤집었어요."

"뭐?"

저렇듯 놀랄 줄 알았다.

"잘 지켜보셨다가 동영상 남겨서 톡으로 보내주세요. 다녀오겠습니다."

"갔다 올게요."

부모들은 은지를 쳐다보느라 제 자식 나가는 모습은 쳐다보지도 않았다.

"그렇게 큰일을 했어. 허허허."

"신통해라. 사람이라고 할 건 다 하네."

현관문을 닫던 그녀가 다시 한 번 안을 향해 다녀오겠다고 소리치자 그 제야 은서를 보았다.

"그래, 잘 갔다 와."

은서는 이제야 양이 찼는지 문을 닫으며 미소를 지었다.

"가자."

"네."

그녀가 그의 손을 잡았다. 복도를 걸어 엘리베이터 앞에 서자 그 옛날 이 렇게 그와 함께 산을 찾던 자신의 모습이 겹쳐 보였다. 그래서일까, 심장이 두근두근거렸다.

둘은 열린 엘리베이터 안으로 들어갔다. 스르르 문이 닫히자 어쩜 그의 마음도 같았었나 보다. 그의 입술이 그녀의 입술을 찾았다.

부드러운 입술을 느끼기도 전에 뜨거운 숨결이 입안으로 전해졌다. 마치 첫 키스를 하던 그때처럼 둘은 서로를 안으며 진한 키스를 나눴다.

한 번의 아픈 이별 후 서로를 애타게 그리워하던 마음처럼 지금 둘은 다시 연 애하는 기분이 되었다. 눈빛이 부딪치고 살결이 닿으면 안고 싶어 애가 탔다.

"벌써 도착했네."

엘리베이터 문이 열리자 그의 혀가 그녀의 입안에서 스르르 빠져나갔다. 그리고 은서의 귓가에 이렇게 속삭였다.

사랑한다고…….

"히히히!"

행복했다. 그녀는 진정 행복했다.

"당신 휴게소에서 점심 겸 저녁 먹으려고 집에서 안 먹은 거죠?"

"차려주기 귀찮을 것 같아서."

"어떻게 알았데요?"

"다 보여."

속보이는 짓을 했기에 조수석 문을 열어주는 그를 보고 은서는 미안한 마음을 담아 예쁘게 웃어주었다.

이제 여행을 떠나 볼까. 이제 막 사랑을 시작하는 연인들의 마음으로.

달리는 차 안, 흥얼거리는 은서를 보고 그는 작게 웃었다. 오랜만에 둘만의 시간을 가져보는 것 같았다. 그녀처럼 그 역시 마음이 들떴다.

"안 가자고 했으면 울 뻔했네."

은서의 표정은 그만큼 들떠 있었다. 꼭 처음 만났을 그때처럼.

"응. 그렇긴 한데, 벌써 까칠이가 보고 싶어요."

"나도 그렇긴 한데, 1박 2일 동안 너와 나 이렇게 우리 둘만 생각해보자."

"될진 모르겠지만, 노력해볼게요."

"나도."

"오랜만에 높은 산을 정복해볼까."

하지만 의욕만 앞섰다. 목적지에 도착해 산을 오르는 은서는 처음 등산했을 때처럼 체력고갈을 보였다. 그러니 세월아 네월아 걸어갈 수밖에 없었다.

"음…… 그런데 까칠이는 뭘 할까?"

노력한다고는 했지만 머릿속에서 떠나지 않은 아이를 어쩌진 못했다.

"뭘 하겠어. 놀겠지. 그보다 우리 어서 올라가야지 안 그럼……."

무슨 생각인지 말을 멈춘 그가 두리번거렸다.

"왜 그래요?"

"이리 와봐."

그는 개울과 가까운 곳으로 자리를 잡으려는 것 같았다.

"여기다 텐트 치게요?"

"한적하고 좋잖아. 이따 씻을 수 있고."

"추운데 여기서 홀딱 벗고?"

아담과 이브도 아니고 말이야, 단풍이 든 계절에 물놀이라니. 놀란 눈이 된 은서는 주변을 살폈다.

"엉뚱하긴. 어디서 벗어. 발 담그게."

"나의 아름다운 자태를 보여주고 싶었는데."

한껏 몸매 자랑 좀 하려고 했더니만 환상을 바로 깨주었다. 먼저 온 야영객들이 개울을 점령하고 놀자 령은 한쪽으로 자리를 잡았다. 은서가 텐트 치는 걸 도와주자 생각보다 훨씬 수월하게 끝났다.

물 속으로 들어가자는 령의 말에 반바지로 갈아입은 은서는 그대로 입수했다. 얼음보다 차가운 물. 어찌나 차가운지 발에 물이 닿는 순간 치를 떨었다.

"대박 시원해!"

바위에 걸터앉은 그가 흐르는 물에 발을 담그자 은서가 다가왔다.

"냉수마찰 그런 거 안 해요?"

"추워."

냉정한 판단이었다. 령의 옆으로 올라앉은 은서는 마치 신선이 된 듯 오색 단풍의 아름다운 경치를 구경했다.

"커피 마실래?"

"좋지요."

발이 시릴 정도라 더는 앉아 있기 힘들었다. 그가 물 끓일 준비를 하자 은서는 텐트 안으로 들어가 밖을 내다보았다. 부모와 함께 물놀이를 하는 아이를 보아서 인가 자신의 아이가 보고 싶었다. 어스름한 저녁이 찾아오니 더했다.

"자, 여기."

그도 텐트 안으로 들어왔다.

"잘 마시겠습니다."

하지만 보고 싶은 마음은 잠시 접고 그녀는 따뜻한 차를 마셨다. 잠시 지나온 순간을 돌아볼 수 있는 시간이 주어진 것 같았다.

"맛있다."

"집에 있는 커피가 더 좋은 건데 어째서 이 커피가 더 맛있을까?"

"그러게요. 이건 그냥 인스턴트커피인데."

제 옆에 앉아 있던 은서가 그의 어깨에 머리를 기대자 그가 팔 안으로 가
뒀다. 따뜻한 차보다 더 따뜻한 그의 품이 기분 좋았다.

"참 좋다."

"기분이 묘해요."

절대 떨어질 수 없기에 꼭 붙어 앉아 텐트 밖을 바라보았다. 둘의 시선이
서로에게 향했다.

"어떻게 묘한데?"

은서를 바라보는 그의 눈길은 한없이 다정했다.

"부부가 되어서 같이 등산 온 건데 꼭 연애할 때 왔었던 그 기분이 들어
서요."

은서의 몸을 감싸고 있던 그의 손이 그녀의 볼을 어루만졌다.

"부부가 되어서도 연애하는 기분이라면 좋은 거겠지."

"응. 좋은 거겠죠."

그의 입술이 은서의 이마에 가볍게 닿았다가 떨어졌다. 열려 있는 텐트.
누가 보든 상관없다는 그의 행동이었다.

사랑하니까. 진정 내 아내를 사랑하니까.

"구토, 우린 평생 연애하는 것처럼 살자."

"응. 꼭 그렇게 해요."

"그럼 다시 연애를 시작해볼까?"

그가 빙긋이 웃더니 텐트의 지퍼를 내렸다. 밀폐된 공간. 은서의 입술을
찾아 머금자 그녀는 스르르 무너지듯 쓰러졌다. 입안의 커피 향을 느낄 새
도 없이 농밀한 입맞춤을 나누었다. 연애하듯 설레는 마음을 품자 콩콩거리

고 심장이 뛰기 시작했다.

지금은 부부가 아닌 연인…… 신선한 자극이었다.

쪽, 쪽, 쪽, 쪽. 농밀한 입맞춤 후 입술이 떨어지고도 그는 몇 번이나 그녀의 얼굴에 자잘한 키스를 퍼부었다.

"예전에 관리인이 온 것처럼 누가 오면 어떻게 해요?"

령의 손이 옷의 지퍼를 내리자 은서는 가슴이 들썩이도록 숨을 내쉬었다. 몸이 달떴다.

"농담이라도 그런 말 하지 마. 무서워."

그의 표정이 너무 진지해 보였다. 그럼 어디 유혹해볼까.

"자기야~"

은서가 옆으로 몸을 틀며 요염한 자세를 취했다. 한껏 농염함을 뽐내는 그녀의 자태에 령은 키스만으로도 이미 이성을 잃은 듯 갈급함이 보였다.

그대가 유혹한다면 키스보다 더 농밀한 애무를 해줘야지.

"뜨겁게 안아줄 테야."

달뜬 그의 숨결이 그녀의 귓가에 전해졌다. 그러니 은서는 더 애달았다. 령에게 빨리 안기고 싶어 다급했다. 목덜미를 타고 내려가는 그의 입술을 그녀가 붙잡았다. 어서 안아달라고 애원하듯 쪽쪽 소리가 나도록 그와 입을 맞췄다. 그와의 밤을 알기에 입안 가득 그의 혀를 받아들이며 그녀는 몸부림쳤다.

"으음……."

그의 손이 그녀의 허벅지 사이로 들어오자 은서는 짙은 신음소리를 흘렸다.

카톡. 순간 둘 다 은서의 휴대폰을 쳐다보았다.

"까칠인가?"

잠시 열띤 감정이 가라앉는 느낌이었다.

은서의 위로 묵직하게 전해졌던 령의 몸이 휴대폰을 잡기 위해 잠시 내려갔다 다시 겹쳐졌다. 그리고 둘은 톡을 확인했다. 바둥거리며 힘을 내는 아이의 모습을 보곤 이내 함박웃음을 지었다.

"그럼 아빠도 엄마를 위해 힘을 내볼까."

이윽고 그와 그녀가 한몸이 되는 순간, 그녀의 입에서 터져 나오는 신음을 령은 자신의 입으로 막았다.

행여 밖으로 소리가 나갈세라 그는 그녀의 입술을 막고 또 막으며 몸을 움직였다. 둘만의 시간은 아직 많았기에 결코 서두르지 않았다.

거친 숨소리와 뜨거운 숨결이 하나가 되어 황홀한 순간을 만들었다. 사랑한다고 이렇게 그대를 사랑한다고 몸으로 보여주듯 그는 격정적인 사랑을 했다.

아…… 기분 좋다.

은서를 품에 안은 령은 달뜬 숨을 내쉬는 그녀의 입술에 다시 키스를 했다. 초콜릿보다도 더 달콤하고 솜사탕보다 더 부드러운 입맞춤을.

저녁 설거지를 마친 령은 은서가 타준 커피를 마셨다. 운치가 넘칠 정도로 조용하고 고요한 산속. 밤이 되자 단풍놀이를 왔던 사람들은 하나둘 사라졌다. 바로 앞에서 흐르는 물소리를 들으며 둘은 따뜻한 차를 마셨다.

"까칠이 데리고 왔으면 추울 뻔했어요."

11월의 산속이라 그런지 으스스 춥게 느껴졌다. 다 마신 커피 잔을 내려놓은 그가 텐트 안으로 들어가더니 침낭을 들고 나왔다.

그리고 은서의 뒤로 앉아서는 그것을 뒤집어쓰자 그녀가 령의 품으로 안겼다. 침낭의 끝이 바짝 여며지자 그 안으로 몸을 감춘 둘은 이내 추위가 사그라졌다.

"아직도 추워?"

그의 뜨거운 숨결과 함께 은은한 령의 목소리가 그녀의 귓가로 파고들었다.

"기분 좋을 정도로 따뜻해요."

"물소리도 좋고 내 아내의 목소리도 좋고."

"내 낭군 목소리는 더욱 좋고."

그의 입술이 그녀의 볼에 닿았다 떨어졌다.

"이렇게 산속에서 사는 것도 좋을 것 같은데……."

은서가 살짝 몸을 틀어 그를 보았다. 그러자 령은 그녀가 앉을 수 있게 제 다리를 내어주었다. 아이를 안아 허벅지에 앉힌 것처럼 그는 그녀를 안았다.

"작은 건물 하나 세내서 나는 개원하고 당신은 어려운 사람들 법적 자문해주고."

"좋은데."

만족스러운지 그가 빙긋이 웃었다.

"우리 딸은 흙 밟으면서 뛰어놀고."

"더 좋은데."

은서의 작은 손이 그의 볼을 어루만졌다.

"한번 생각해볼게요."

그녀의 손을 그의 손이 감쌌다.

"하지만 우리 생각만 할 건 아니지. 더 많은 사람을 도와야 하니 이다음에 나이가 들면 그렇게 살자."

은서가 고개를 끄덕였다.

"그렇게 여유 부리며 살려면 일단 젊었을 때 돈을 모아야 해요."

"킥킥킥."

"키스하고 싶어요."

장난스럽게 웃는 그의 입술에 은서는 제 입술을 대었다. 따뜻하고 부드러운 그의 혀를 받아들이며 그녀는 령의 목을 끌어안았다. 그가 욕정을 느낄 만큼 은서는 열정적인 입맞춤을 했다.

"여전히 도발시키는 아내일세."

"우리 아기는 뭐 하려나?"

그사이 은서는 은지 생각을 했다.

"전화 한번 해볼까?"

령이 단축번호를 누르자 그녀는 그의 품으로 더 파고들었다.

"까칠이 왜 이리 울어요?"

모친을 부르려던 령은 은지의 울음소리를 듣게 되자 아이의 상태부터 물었다. 은서의 귀에까지 아이의 울음소리가 들리자 그녀의 얼굴빛이 어두워졌다.

[낮에는 잘 놀더니 너희 찾는지 계속 저러고 우네.]

"좀 달래보세요."

자지러지게 울었다.

[우리가 안 달랜 게 아니야. 나가도 보고 엎어도 주고 별짓 다 해도 안 돼.]

"어디 아픈 거 아니에요?"

[열도 없어. 잘 놀다가 밖이 어두워지니까 제 어미를 찾는지 두리번거리며 울어. 아니면 너 올 시간 된 걸 알고 찾나?]

은서의 심장이 쿵 내려앉는 기분이었다. 출산 후 한 번도 떼어놓은 적이 없었다. 그러니 찾겠지.

"어머니 전화기 좀 까칠이 귀에 대주세요."

[까칠아, 아빠 전화 왔어.]

진경의 말소리를 들었는지 아이가 잠시 울음을 그쳤다.

"까칠아, 아빠야."

"우리 딸 엄마야."

[응아.]

울던 아이가 마치 대답하는 것 같았다.

[그새 발버둥 치면서 좋다고 웃는다. 까칠이 거짓말로 울었나 봐.]

진경의 목소리가 들렸다. 은서는 가슴 한쪽이 뭉클해지면서 눈물이 핑 돌았다.

"은지야, 할머니랑 잘 놀고 있어."

[응아.]

또다시 대답하자 신기했는지 령이 작게 웃었다.

[령아, 이제 된 것 같아. 웃고 난리 났다.]

"죄송해요."

웃는다고 하니 이제야 마음이 놓였다.

[죄송은. 또 울면 전화할 테니 걱정하지 말고 놀아.]

"네, 들어가세요."

통화를 마친 령의 표정이 울적해 보였는지 은서가 그의 손을 잡았다.

"내가 너무 내 욕심만 부렸나?"

아이를 떼어놓고 놀러 올 생각을 하다니. 령은 자신이 한심하게 느껴졌다. 반면, 은서는 괜찮다는 의미로 빙긋이 웃었다.

"까칠이가 아빠 퇴근 시간도 알고 너무 똑똑해."

"그런 거 같지?"

그도 그렇게 느꼈는지 묻자 은서가 고개를 끄덕였다.

"이다음에 당신 은지 때문에 피곤하겠어요?"

"그런 거라면 얼마든지 환영해."

"이렇게 떨어져 봐야 까칠이도 우리의 소중함을 알 거예요."

"미쳐."

좀 전엔 울 것 같은 표정을 짓더니만, 이런 식으로 말하니 여전히 엉뚱했다.

"아이는 자고로 방목해서 키워야 해요."

"당신은 방목해. 난 어떤 놈도 근처에 못 오게 가둬둘 거야."

"우리 딸 큰일 났다. 연애는 이미 물 건너갔군."

침낭 안에 있던 령의 손이 그녀의 윗옷을 들어 올렸다. 조심스럽게 은서의 가슴을 어루만지던 그가 그녀의 입술을 찾았다. 점점 농밀한 입맞춤으로 변하자 이 밤 마음껏 사랑하고 또 해도 부족할 것 같았다.

"아! 다리 저려!"

너무 오랫동안 그녀를 안고 있었나 보다.

카톡! 둘의 시선이 휴대폰으로 향했다.

-까칠이 잔다.

"훗!"

웃을 수밖에 없는 것이 잠팅이 엄마를 닮았기에 아침에나 일어날 것이다. 비로소 마음이 놓이며 안심이 되었다.

"전에 옆 텐트에 있었던 에로커플 기억해?"

령은 방음도 안 되는 텐트 안에서 요란하게 사랑을 나눴던 닭살 커플을 떠올렸다.

"갑자기 왜?"

"그냥 생각이 나네."

"속물, 그런 건 빨리빨리 잊어요."

"안 잊혀져."

자신도 이곳에 오니 옛 생각이 나서 그런지 그의 말을 이해할 것 같기도 했다.

"하긴, 어찌 잊겠어요."

그 밤 놀란 걸 생각하니 은서도 웃음이 나왔다.

"나 그때 당신 안고 싶어서 혼났어."

령의 말에 은서가 작게 웃었다. 이 남자 그걸 어찌 참았을까. 신기해.

"정말요?"

"억수같이 비가 오던 밤에도, 당신이 내 침대에서 잠들었던 밤에도, 널 보면 갖고 싶어서 미치는 줄 알았어."

"그런데 왜 참았어요?"

그건 그녀도 알고 있었다. 입을 맞추며 그가 자신의 감정을 얼마나 억누르고 있는지 뚫고 들어올 듯한 그의 몸이 그녀의 몸으로 고스란히 전해졌었다.

"나를 향한 당신 마음에 자신이 없어서."

그건 은서도 마찬가지였다. 령의 마음에 확고함이 없어서 그녀는 그의 손길이 두려웠다.

"나도 그랬는데 헤어지고 나서야 내가 당신을 얼마나 사랑했는지 알았어요."

"만약 그때 우리가 현희 때문에 이별을 경험하지 못했다면 지금처럼 이렇게 사랑하고 있을까?"

잠시 생각에 잠겼던 은서가 고개를 저었다. 겪어보지 않은 일이라 단정 지을 수는 없지만, 어쩐지 이별을 뜻하는 고개가 저어졌다.

"아닐 것 같아요."

"나도 그렇게 생각해. 난 결혼을 생각하지 않은 사람이라 헤어졌을지도 모른다고."

그때 당시 현희가 무척 미웠던 건 사실이었다. 시간이 지나 돌이켜 생각해보니 그 시련은 둘한테 확고한 믿음을 주었던 계기가 되었다. 사랑의 감정이 단단해지기 위한 하나의 과정. 사랑하는 사이일수록 더 필요한 것.

믿음…….

그걸 현희가 알게 해주었다.

"할 짓 안 할 짓 다 하고 당신이 손해 본 다음에 헤어졌겠죠."

"킥킥킥."

이제 와서 생각하니 자신도 웃겼다.

"그 말 듣는 순간 '뭐, 이런 남자가 다 있어!' 했다니까."

"그때 나는 순결남이었어."

"저는? 저도에……."

그녀의 목소리가 커지가 령이 은서의 입술을 살며시 깨물었다. 쪽쪽. 그
리고 몇 번인가 뽀뽀로 그녀를 진정시켰다. 다시 입술이 포개졌고 간질이듯
그녀의 혀를 가지고 놀다 휘감았다. 깊은 입맞춤을 했다.

너의 순결을 허락해줘서 고마웠다고. 너를 가질 수 있어서 행복했다고.

"사랑해."

"응."

그의 마음이 온전히 전해졌기에 은서는 고개를 끄덕였다.

"그럼…… 우리 오늘 밤에 에로 커플 돼볼까?"

"응?"

무슨 뜻이냐고 그녀가 되물었다.

"마음껏 사랑나누기. 이 자연과 어우러져서."

은서가 령의 가슴을 제 주먹으로 툭 쳤다.

"당신, 타락했어?"

"하하하하."

그가 크게 웃었다.

"쉿! 누가 들어요."

"이 근처에는 우리밖에 없어."

령의 손이 그녀의 가슴을 어루만지자 은서는 침낭 끝을 더 꼭 움켜쥐며 몸을 그 안에 숨겼다. 그의 혀가 그녀의 귓불을 간질였다. 잘근 깨무는가 싶더니 입을 맞췄고, 그의 다른 손은 은서의 허벅지 안을 어루만졌다. 바지 위로 전해지는 손길이라 할지라도 견딜 수 없이 짜릿했다.

"으음……."

그의 예민한 손가락 놀림에 저절로 신음이 새어 나왔다. 령의 입술이 그녀의 목덜미에 자국을 남기기 시작했다. 은서는 제 목을 뒤로 젖히며 그의 손길에 몸을 맡겼다. 그의 말처럼 자연과 어우러져 이대로 타락하고 싶었다.

"안아줄까?"

"이런 나쁜 사람."

실컷 애달게 해놓고 이렇듯 얄미운 말을 하니.

"싫어?"

짜릿한 느낌에 침낭을 얼마나 꼭 움켜쥐고 있었던지. 그 손을 풀은 은서가 령의 목을 조르는 시늉을 했다.

"오늘 밤 나 재웠다간 당신 죽을 줄 알아. 내가 지켜보겠어."

"킥킥킥."

그녀의 말처럼 그는 은서를 재우지 않았다. 실오라기 하나 걸치지 않은 둘. 텐트 안으로 들어온 그는 이미 그를 기다리고 있는 그녀 안으로 기꺼이 자신을 넣어주었다. 은서는 떨리는 감정을 감추지 않고 그와 사랑을 나눴다. 나오는 신음을 억지로 숨기려 하지도 않았다.

다만 주체할 수 없는 지경에 이르렀을 땐 그녀가 스스로 그의 입술을 찾아 제 소리를 감췄다. 사랑을 나누며 짙은 키스로 서로를 더욱 자극했다.

싸늘한 가을밤, 둘의 몸은 열기로 가득했다.

더, 더 조금만 더, 빨리…… 끝내 그녀는 순간의 기쁨을 맞이했다.

은서는 자신의 몸을 감쌌던 열기가 사지로 빠져나가는 느낌을 받았지만 령은 아니었다. 뛰는 심장을 진정시킬 새도 없이 그는 그녀를 밀어붙였다.

"하아. 하아……."

은서는 다시 열기를 품을 수밖에 없었다. 절정이라는 끝에 다다라야만 헤어 나올 수 있는 사랑의 열기…….

"사랑해요."

행복해서 땀으로 젖은 그의 몸을 끌어안으며 그녀가 령의 입술을 찾았다. 은서와 사랑을 나누는 그는 이 밤의 끝을 향해 달려가고 있었다.

추억과 행복으로 가득했던 짧은 여행을 끝내고 돌아왔다. 부모님이 계시는 아파트의 현관문을 열고 들어서자 아이의 웃음소리가 집 안에 울렸다.

부모님과 힘께 하룻밤을 보낸 은지는 까르륵 소리를 내며 웃고 있었다.

"다녀왔습니다."

"어서 오너라."

진경이 반갑게 맞아주었다. 인사를 하는 둥 마는 둥 배낭을 내려놓자마자 둘은 아이한테 달려갔다. 누워서 제 발을 잡고 놀던 은지가 고개를 돌렸다. 그리고 둘을 보고 방긋 웃더니 폴딱 엎어졌다.

"아이고 신기해라."

"은지야~ 아빠."

여전히 아이는 낑낑거리고 힘들어했지만, 지켜보는 모두는 행복했다.

"새아가, 재미있었느냐?"

"네, 아버님."

현진의 물음에 은서는 밝은 목소리로 대답했다.

"우리 은서도 이렇게 컸었는데……."

외손녀를 보며 아기 은서를 생각한 영민이 빙긋이 웃었다. 령은 영민의 말에서 그 사랑이 느껴지는 것 같았다. 왜냐하면 그도 자신의 아이를 사랑하기 때문이었다.

"아버님, 감사합니다."

령은 딸자식 고이고이 키워 자신에게 준 영민에게 다시 이 말을 하고 싶었다. 아비가 되고 보니 자식 사랑을 아주 조금은 알 수 있을 것 같았다.

"갑자기 감사는……. 우리 까칠이 힘들겠네."

여전히 내색하지 않는 영민의 깊은 사랑. 은지를 안아 일으키는 영민은 살가운 미소를 지었다.

"최 서방, 배고픈가?"

"네, 어머님."

이들을 지켜보던 선영이 묻자 령은 넙죽 말했다.

달그락거리며 차려지는 밥상. 사랑이 차려지고 있었다.

가족이라는 이름으로 서로를 사랑하고, 사랑받으며 이들은 언제까지고 이렇게 행복하게 살 것이다.

태어난 순간부터 이미 정해져 있던 운명적인 사랑. 서로가 사랑해야 할 그 시기가 다가오자 령과 은서는 다시 만났다.

거부할 수 없을 정도로 서로에게 끌렸던 사랑. 살면서 처음으로 자신의 심장을 뛰게 한 사랑. 그 심장이 아파서 눈물 흘리게 했던 사랑. 사랑하는 사람과 행복해지고 싶어서 마음 아팠던 사랑.

그래도 령과 은서는 포기하지 않고 노력해서 그 사랑을 잡았다.

사랑하는 사람과 함께 행복해지고 싶어서…….

그러니 내 한 평생 오직 그대만을 사랑하겠습니다.

에필로그 3

"4가지~"

자전거 페달을 밟던 령이 멈췄다. 그리고 뒤를 보았다.

"너, 자꾸 아빠한테 4가지라고 할래?"

"구토도 그렇게 부르잖아."

"내가 못 살아."

자전거 보조의자에 앉아 있는 은지를 보던 령이 땅이 꺼지라고 한숨을 내쉬었다. 하지만 등 뒤에서 그 짧은 팔을 뻗어 조그마한 손으로 자신의 허리를 잡자 령은 빙긋이 웃었다. 세상 밖으로 나온 그날 령은 은지를 안고 기쁨의 인사를 나눴었다.

'반가워. 고마워. 사랑해.'라고.

아이를 만나서 반가웠고 건강하게 태어나줘서 고마웠다. 그리고 그 아이를 선물해준 은서에게 사랑한다고 말했다.

그런데 은지가 요즘은⋯⋯.

"은지 아빠, 자꾸 은지가 우리 아이를 때려서 죽겠어요."

단지 앞에서 같은 동에 사는 아주머니를 만났다.

"아…… 또 맞았나 보군요."

그는 건성건성 대답했다.

"또 맞은 게 아니라……! 아이 단속 좀 시키세요!"

"은지야, 왜 그랬어? 친구를 때리면 안 되지."

자전거에 열쇠를 채운 령은 은지를 안아 들며 빙긋이 웃었다. 맞고 다니는 게 아니고 때리고 다니는 싸움대장이긴 하지만 건강하게 자라줘서 더 바랄 게 없었다.

"1, 2, 3, 4."

은지가 승강기가 올라가며 가리키는 숫자를 따라서 읽기 시작했다.

"일 더하기 일은 뭐야?"

"일!"

"일 더하기 이는?"

"일!"

"너는 일밖에 모르니?"

"에비씨도 알아. 그건 욕이야."

"풋!"

심각한 게 아니고 하도 엉뚱해서 웃고야 말았다. 어쩜 피는 못 속인다고 은서를 닮아도 어찌 이리도 닮았는지 령은 신기했다. 승강기에서 나와 복도를 걷자 은지는 내려달라고 몸을 틀었다. 바닥에 발이 닿기 무섭게 아이는 집으로 뛰듯이 걸어갔다.

까치발을 든 은지가 도어록의 번호를 누르려고 낑낑거리자 령이 아이를 번쩍 안아 들었다.

"0502."

아이는 혹시라도 누가 들을까 봐 속삭이듯 번호를 읊었다.

"까칠이는 누굴 닮아 이렇게 똑똑할까."

"그거야 엄마, 아빠를 닮았으니까 그렇지."

현관에 들어온 은지가 신발을 벗으며 하는 말에 령은 혀를 내둘렀다.

"누가 널 당하리오."

"은지, 왔어?"

"응, 엄마."

도어록 소리에 나와본 은서가 아이의 머리를 쓰다듬어 주자, 안으로 들어온 그가 그녀를 살며시 안았다. 그 모습을 은지는 놓치지 않고 보았다.

"또, 또 시작했어."

못마땅한 말투로 말하자 령은 빙긋이 웃었다.

"우리 딸이 질투를 하네."

"성격이 당신 닮아서 그래요."

은서의 말에 령이 보란 듯이 그녀의 입술에 쪽! 소리가 나도록 입을 맞췄다.

"아주 쪽쪽 빨고 있어."

소파로 기어오르던 은지가 쪽! 소리를 듣고 한마디 하자 령이 은서의 허리를 두 팔로 감싸곤 피식 웃었다.

"이거야 까칠이 눈치 보여서 이젠 애정행각도 제대로 못 하겠는데."

령이 은서의 귓가에 속삭이자 그녀는 은지를 보았다. 아이는 은서와 눈이 딱 마주치자 새치름한 표정을 지었다.

"아빠, 동화책 읽어줘."

은지는 방해하고 싶었는지 소파에 있는 동화책을 들어 그에게 보여주었다.

"전 딸한테 남편을 빼앗긴 기분이에요. 어찌나 샘을 내는지……."

령의 성격과 은서의 외모를 꼭 닮은 은지, 은서 못지않은 새끼 마녀였다.

령이 은지 곁으로 가서 앉자 아이는 그의 다리를 베고 누웠다.

"옛날 착한 나무꾼이 병든 부모님을 모시고 살았어요."

"아프면 병원에 가야지. 그냥 있으면 안 돼."

"옛날에는 요즘처럼 병원이 없었거든."

"그럼 옛날에 살지 말아야지 왜 옛날에 살아? 안 그래, 아빠?"

"환장해."

이럴 때는 뭐라고 설명을 해줘야 할지 참, 난감했다. 딱 한 줄 읽었을 뿐이었다. 그다음을 계속 읽어야 할지 고민스러울 정도로 은지는 항상 이런 식이었다.

"아빠 그만 환장하게 만들고 은지야, 가서 양파 좀 사와."

"양파?"

령의 다리를 베고 누워 있던 은지가 벌떡 일어나 앉았다. 그러고는 기어 내려오듯 소파에서 내려와 주방으로 갔다.

"돈 주세요."

은서는 주머니에서 만 원을 꺼내 아이의 손에 쥐여 주었다. 쪼르르 나가는 은지를 따라 령이 소파에서 일어섰다.

"양파 말고 또 필요한 거 있어?"

"없는 거 같아요."

은서의 말을 들으며 그는 현관문을 열었다. 아직 은지는 문을 열 수 없는지라 그를 기다리고 있었다. 령이 문을 열어주자마자 복도를 나와 발뒤꿈치가 닿기도 전에 아이는 뛰듯 걸었다.

"양파, 양파, 양파."

혹시라도 잊을까 봐 아이는 같은 말을 반복적으로 외우면서 걸어갔다. 앞서 걸어가던 아이가 걸음을 멈췄다.

"할머니, 양파 있어요?"

령이 은지의 뒤를 따라가면서 보자, 아이는 슈퍼로 가기 전에 길거리에서 팔고 있는 노점상 노인에게 물었다

"그럼 양파 있지. 양파 사려고?"

"네, 엄마가 사오래요."

"똑똑하기도 하지."

은서 말처럼 방목하듯 령은 지켜만 볼 뿐이었다. 아이의 행동에 만족스러웠는지 이내 흐뭇한 표정을 지었다. 은지는 할머니가 건네주는 양파랑 거스름돈을 받아 들고는 그가 있는 곳으로 걸어왔다.

"잘 샀어?"

"응, 이만큼 줬어."

"그럼 가자."

은지가 두 손으로 들어 보여주는 것을 령은 받아 들지 않았다. 본인이 맡은 일이니 스스로 알아서 하라는 의미다.

"아빠, 우리 붕어빵 먹고 가면 안 돼?"

아파트 단지 앞에서 붕어빵을 팔고 있었다.

"붕어빵? 아빠가 지갑을 안 가져왔는데."

"이건 구토 거라 쓰면 안 되는데……. 머슴은 원래 돈이 없는 거야?"

"환장해."

말이나 못하면. 말들을 다 알아듣고 절대 잊지 않는 은지였다. 아이는 못내 아쉬운 표정을 지었지만, 령의 주머니에서 나오는 지폐를 보고는 환하게 웃었다.

봉지에 담아주는 붕어빵을 보자 은지의 눈이 초롱초롱 빛났다.

"아저씨, 붕어빵 물 속에 넣으면 다시 살아나요?"

"살아날지 모르니까 꼭 머리부터 먹어라."

령은 피식, 웃었고 아이의 질문이 맹랑하다고 느꼈는지 장사꾼은 농을 했

다. 그러자 은지는 제 손에 있는 양파를 령에게 주더니 붕어빵이 들어 있는 봉지를 받아 들었다. 봉투 안을 들여다본 은지는 한 마리를 꺼내더니 주둥이 부분을 한 입 베어 물었다. 그리고 다른 것들도 모두 주둥이만 베어 먹고 봉지에 담았다.

"다 죽었어."

"큭큭큭."

보고 있던 령이 차마 큰 소리로 웃지는 못하고 큭큭거리자 은지가 그를 보았다.

"아빠도 해볼 테야?"

"다 죽었다며?"

"혹시 살아날지 모르니까."

"이리 와."

은서 판박이답게 엉뚱한 것을 똑 닮은 은지가 귀여웠는지 령은 아이를 안아 들었다. 그의 팔뚝에 걸터앉은 은지는 떨어질세라 령의 목을 한 손으로 끌어안았다.

쪽.

보고 자란 것이 있기에 여지없이 아이는 은서처럼 행동을 했다.

"왜 슈퍼에 안 가고 길거리에서 샀어?"

"할머니들이 생각나서."

"그랬어?"

"그런데 할머니들이 없어서 하나만 샀어."

뭐는 두 개씩 사서 옆집까지 챙겼던 은지가 저를 떼어놓고 여행 간 조부모들로 속상한 것 같았다.

"삐쳤구나. 그러니 하나만 샀겠지?"

"아니, 할머니가 뭐든 오래 두면 안 된다고 했어."

모친들이 교육을 잘 시킨 탓일까, 이런 아이라면 걱정하지 않아도 잘 클 거라고 여겼다.

"아빠 딸은 커서 어떤 사람이 되고 싶어?"

"난 커서 어른이 될 거야."

"어른?"

아직은 은지가 이해하기엔 어려운 질문인 것 같았다.

사랑하는 딸아, 나중에 사회가 꼭 필요로 하는 어른이 되거라.

"그런데 아빠, 동생은 언제 낳아줄 거야?"

"동생이 있었으면 좋겠어?"

"응."

"알았어, 기다려 봐."

작게 웃는 령을 보고 아이는 싱긋 웃어주었다.

"당신 커피 줘?"

"자야 하니 반잔만 부탁해요."

설거지를 마친 령이 머신에서 커피를 따랐다.

"자, 다 됐어요."

은지를 말끔히 씻긴 그녀는 아이에게 잠옷을 갈아입힌 후 엉덩이를 톡톡 두드려주었다.

"고마워요."

머그컵을 받아 든 은서가 베란다로 나가자 령도 따라갔다. 창틀에 기댄 그녀가 밖을 내다보자 그도 같은 자세를 취했다.

"비가 와요."

"그러네."

보슬비가 소리 없이 내리고 있었다. 은서의 고개가 자연스럽게 그의 어깨에 기대어졌다.

"하루가 꿈같이 흘러가는 느낌이랄까."

"꿈같이 흘러가는 시간 속에 우리의 청춘은 늙어가고 있어요."

"당신은 늙는 거 싫어?"

"늙는 거 좋아하는 사람이 어디 있겠어요."

"난 당신과 함께 이렇게 늙어가는 거 너무 좋은데."

은서가 령을 바라보았다.

"이다음에 내가 호호할머니가 되어도 좋아할까?"

"곱상한 할머니가 될 것 같은데."

제 모습을 상상했는지 그녀는 빙긋이 웃었다.

"우리 딸은 뭘 하기에 이리도 조용하지?"

둘은 거실 쪽으로 고개를 돌렸다.

"못 살아……."

조용하면 오히려 불안해지는 이유가 다 있었다. 잠시 한눈을 판 사이는 아이는 은지의 구두를 신고는 거울 앞에 서 있었다. 그리고 은서의 립스틱을 가져와 제 입술에 바르느라 집중하는 모습이었다.

"멋쟁이 우리 딸."

흐뭇한지 령이 작게 웃었다.

"쟤는 커서 뭐가 되려고 벌써부터 저런데."

"어른이 되겠대."

"엉뚱하기는."

"동생도 낳아달래."

"당신 생각은?"

"이제 낳아볼까?"

령의 말에 찬성하는지 그녀가 고개를 끄덕였다. 제 모습에 만족스러운지 은지는 거울을 보며 방실방실 웃었다.

"찾아볼 논문이 있는데 귀찮네."

"나도 봐야 할 사건서류가 있는데……."

"전 누워서 보다 졸리면 그냥 잘래요."

알았다고 그가 그녀의 어깨를 살며시 어루만졌다. 잠시 후, 은서가 침실로 들어가자 그는 소파로 가서 앉았다.

"아빠, 나 예뻐?"

제 엄마 핸드백까지 든 은지는 한껏 멋을 냈다. 입술에 바른 립스틱을 보니 저절로 웃음이 나올 정도로 삐뚤거렸지만, 그는 아이의 머리를 쓰다듬어 주었다.

"세상에서 제일 예뻐."

"그럼 엄마는?"

"세상에서 제일 사랑스럽지."

은지는 신고 있는 구두를 질질 끌면서 거실을 걸어 다녔고 령은 노트북의 전원을 켰다.

그 모습을 보더니 은지는 아이패드를 들고 왔다. 물티슈를 꺼내주자 아이는 제 입술을 닦았다.

"나 저기 들어가서 볼 거야."

모든 게 평온한 밤이었다. 은지는 거실 한쪽에 쳐놓은 텐트 속으로 들어가더니 아이패드를 이용해 동화책을 보았다. 읽어주는 것을 들으며 그림을 보고 있자 미안한 생각에 령은 노트북을 덮었다.

"은지야, 아빠가 읽어줄까?"

"아니, 그런데 아빠, 엄지공주는 왜 이렇게 작아?"

"재미있게 지어낸 이야기니까 그렇지."

그가 텐트 안으로 들어갔다.

"구토는 자?"

"논문 준비하느라고 공부할거야."

령이 깔아놓은 침낭 위로 눕자 아이는 자연스럽게 그의 팔을 베고 누웠다.

리틀 은서 최은지. 령의 딸 은지는 또래의 다른 아이들보다 영특했으며, 하고자 하는 표현 또한 똑 부러지게 했다.

그가 아이패드를 들어주자 은지는 호기심 가득한 눈으로 화면을 들여다보았다.

"아빠가 내준 숙제는 다 했어?"

"은지는 배웠는데 최 자가 쓰기 힘들어. 공부는 조금 더 큰 다음에 해야 할 것 같아."

"말이나 못해야지."

그가 시계를 보았다.

"이제 그만 보고 자자. 그래야 내일 일찍 일어나지."

령의 말에 은지가 눈을 비비고 일어나 앉자 그는 아이를 데리고 침실로 들어왔다.

"구토는 또 이러고 자는 거야?"

침실로 들어간 지 얼마 안 된 것 같은데 그사이 은서는 잠이 들었다. 얼굴에 팩을 붙인 상태로 노트북을 끌어안고 자는 모습에 은지가 다가왔다.

"쉿! 피곤해서 그러니까 엄마 자게 우린 조용히 하자."

령의 말에 은지는 살금살금 침대로 올라갔고 그는 그녀의 품에 있는 노트북을 조심스럽게 거둬냈다. 은서 얼굴에 붙어 있는 팩까지 떼어낸 령은 소등 후 스탠드를 켰다.

그가 은서의 뒤로 가서 눕자 아이는 그녀의 앞으로 누웠다. 잠결인데도 은지가 제 품으로 파고들자 은서는 자연스럽게 아이를 안았다. 그런 은서를 령이 뒤에서 안았다.

"아빠, 잘 자."

"은지도 잘 자."

팔을 뻗은 령이 은서와 함께 아이까지 안자 고사리 같은 은지의 손이 그의 팔을 잡았다. 은서의 입가에는 옅은 미소가 걸렸고, 빗소리가 들리는 고요한 밤……

서로를 꼭 안은 셋은 편안한 잠으로 빠져들었다.

이 밤, 가족과 함께 이렇듯 잠들 수 있어 령은 누구보다 행복했다. 사랑하는 아내를 안고 자는 그와 자신의 아이를 안고 자는 은서. 그는 진정한 행복을 마음껏 누리고 있었다.

나만의 구토 은서야, 너도 나처럼 행복하니?

내 사랑 4가지. 당연하지!

-마침-

작가 후기

령과 은서를 저에게 주신 하느님 감사합니다.

『깬다깨 커플』은 제 인생을 바꿔준 글입니다. 살면서 이보다 아름다운 순간이 또 올까요?

가장 힘든 시기 제 자신을 힐링하고 싶어 저는 글이란 걸 써보았습니다.

글을 어떻게 써야 한다는 기본조차 없었던 저입니다. 그냥 생각나는 대로 자판을 두드렸습니다.

아무리 힘들다 해도 우울해지고 싶진 않았습니다. 그래서 저는 밝은 글을 집필했습니다.

만약에 사랑을 한다면…… 이런 사랑을 해보고 싶다. 가슴 시리도록 아름다운 사랑을 해보고 싶었습니다.

재미있는 이야기를 상상하면서 령과 은서가 되어 웃고 울었습니다. 때론 부모의 마음이 되어 가슴도 아파했습니다.

그런데 제 글을 읽는 독자님들이 제 마음과 똑같이 함께해주신다는 것을 알았습니다. 그분들이 함께 웃고 울 때 가슴 벅찼습니다.

참, 행복했습니다. 그 행복을 주신 독자님들, 진심으로 감사합니다.

무엇보다 저를 작가로 만들어주신 네이버 웹소설 관계자님들과 부족한 제 글을 지도해주신 담당자 임 대리님 감사합니다.
저는 임 대리님 덕분에 소설이란 이렇게 쓰는 것이란 걸 배웠습니다. 그 은혜 잊지 않겠습니다.
그리고 제 글 속의 아이들을 그려주신 네모 님, 고맙습니다.
종이책으로 인해 한창 고민할 때 손을 내밀어주신 와이엠북스 김은지 팀장님, 이런 행복을 누릴 수 있게 해주셔서 감사합니다.

『깬다깨 커플』이란 독특한 이름을 지어준 동생 홍혜림, 제 블로그의 동생들과 서로 이웃님들, 그리고 카페의 달콤님들과 웹소설에서 응원해주신 독자님들, 모두 고맙습니다.
마지막으로 사랑하는 제 가족과 란초 작가님, 임혜 작가님, 노승아 작가님, 한결같은 사랑을 주셔서 감사합니다. 더 노력하는 루치아가 되겠습니다. 앞으로도 애정 어린 눈으로 지켜봐주세요.

모두 사랑합니다.

-루치아 올림.